À PROPOS DES AUTRICES

L'histoire d'amour que **Susan Carlisle** entretient avec les livres débute par une mauvaise note en mathématiques. Privée de télévision le temps de remonter sa moyenne, Susan s'occupe en lisant. Un plaisir de l'évasion qu'elle cultivera plus tard en créant des romances médicales passionnées. Hormis l'écriture, Susan aime les châteaux, les voyages, le thé et, par-dessus tout, les commentaires que lui laissent ses chères lectrices...

Dotée d'un goût immodéré pour la lecture, **Annie Claydon** a passé son enfance plongée dans ses livres préférés. Sa carrière dans l'informatique ne la prédestinait pas à écrire. Et pourtant... Aujourd'hui, depuis Londres, elle invente des romances médicales pour Harlequin !

Lorsqu'elle était enfant, **Annie O'Neil** passait son temps blottie dans un confortable fauteuil, un livre à la main. Quelques années plus tard, elle couchait sur le papier des poèmes inspirés des affres de l'adolescence. Ce goût pour les belles lettres ne l'a jamais quittée, et si Annie aide aujourd'hui son mari à s'occuper de leurs vaches, elle continue d'écrire avec passion des romans, quand elle ne s'essaie pas à la pâtisserie...

Karin Baine vit en Irlande du Nord avec son mari, ses deux fils... et une incroyable collection de carnets ! Les vastes bibliothèques de sa mère et de sa grand-mère lui ont donné le goût de lire et l'envie de devenir elle-même autrice de romances. Elle peut aujourd'hui se féliciter d'avoir réalisé ce rêve, pour le plus grand bonheur de ses nombreuses lectrices.

Un Noël écossais

*

Une famille pour Flora

*

Le bal d'une héritière

*

Le souvenir d'une nuit d'amour

Collection : SAGAS

Titre original :
HIGHLAND DOC'S CHRISTMAS RESCUE

Ce roman a déjà été publié en 2020

HARPERCOLLINS FRANCE
83-85, boulevard Vincent-Auriol, 75646 PARIS CEDEX 13
Service Clients — https://www.harlequin.fr/contenu/contactez-nous
ISBN 978-2-2805-1795-9 — ISSN 2426-993X

Édité par HarperCollins France.
Composition et mise en pages Nord Compo.
Imprimé en octobre 2025 par ScandBook UAB en Lituanie
en utilisant 100% d'électricité renouvelable.
Dépôt légal : novembre 2025.

FSC
www.fsc.org
MIXTE
Papier | Pour une gestion forestière responsable
FSC® C021394

Pour limiter l'empreinte environnementale de ses livres, HarperCollins France s'engage à n'utiliser que du papier fabriqué à partir de bois provenant de forêts gérées durablement et de manière responsable.

SUSAN CARLISLE

Un Noël écossais

INTÉGRALE
LA CLINIQUE DES HIGHLANDS

SAGAS
HARLEQUIN

1

Le taxi gravissait la côte et Cass Bellow regardait par la fenêtre la clinique du château de Heartherglen, couverte de neige. Pourquoi l'avait-on envoyée ici, dans le nord de l'Écosse ?

Plus d'une fois elle s'était demandé pour quelle raison son médecin avait insisté pour qu'elle effectue sa rééducation dans cette clinique privée. N'y avait-il pas sur la planète quantité d'autres endroits au climat plus doux où elle aurait pu aller ? À commencer par les États-Unis, où elle était née. Mieux encore, n'aurait-elle pas pu rentrer chez elle, tout simplement, et mener elle-même sa rééducation à bien ? Mais non. Son médecin l'avait transférée à Heatherglen. D'après ce qu'il lui avait expliqué, c'était là qu'il envoyait ses patients ayant subi de graves blessures orthopédiques. Il considérait cette clinique comme son meilleur espoir de récupérer le plein usage de son bras et de sa jambe. Alors que Cass contestait malgré tout sa décision, il avait fini par lui dire franchement que, si elle voulait qu'il signe sa décharge, elle devait achever sa rééducation à Heatherglen.

Lorsque le taxi s'arrêta devant la porte de la clinique, Cass regarda attentivement l'architecture normande du bâtiment, toute de murs en pierre lisse et toits d'ardoise. L'ensemble était énorme et comptait un nombre impressionnant de cheminées. Elle ne s'était pas attendue à une telle bâtisse. On n'était qu'au début du mois de novembre, mais déjà des couronnes de Noël, faites de feuillage et de rubans rouges, étaient accrochées à l'extérieur des fenêtres du rez-de-chaussée. Ce spectacle ne fit qu'aggraver son humeur sombre.

Lorsqu'elle avait reçu, suite à une explosion en Europe de l'Est, un ordre de mission de l'armée pour une opération de recherche et de sauvetage, jamais elle n'aurait imaginé que cela la conduirait en Allemagne dans l'hôpital d'une base militaire. Son bras et sa jambe avaient pu être sauvés, mais elle devait suivre une rééducation sérieuse si elle voulait regagner, après des blessures aussi graves, toute la mobilité de ses membres. Et c'était uniquement dans ce but qu'elle était venue au fin fond de l'Écosse, dans cet endroit perdu enseveli sous la neige. Tout ce qu'elle voulait, c'était qu'on la laisse tranquille.

Lorsqu'elle ouvrit la portière, une rafale de vent glaciale la frappa de plein fouet, et elle frissonna. L'une des grandes portes en bois du château, ornée d'une immense couronne piquetée de baies rouges, s'ouvrit sur un homme de haute taille à la carrure d'athlète. Il semblait avoir dans les trente-cinq ans. Avec ses cheveux roux foncé, son pull beige à torsades et son pantalon marron, il incarnait précisément l'idée qu'elle se faisait d'un Écossais.

Il vint à sa rencontre, un large sourire aux lèvres.

— Bonjour, vous devez être Cassandra Bellow. Je suis le Dr Lyle Sinclair, directeur médical de l'établissement. Appelez-moi Lyle.

À sa grande surprise, cette voix chaude, au très fort accent écossais, éveilla une certaine émotion en elle, ce qui l'agaça. Ce médecin était trop gai, trop charmant à son goût. Elle était venue avec la ferme intention de faire ce qu'elle avait à faire mais en interagissant le moins possible avec les autres. Elle comptait soigner ses blessures en privé.

— Oui, c'est moi.

Heureusement, la platitude et la sécheresse de sa réponse refroidirent son interlocuteur, dont le sourire disparut. Tout ce qu'elle voulait, c'était aller dans sa chambre et dormir. Sa jambe et son bras droits la faisaient horriblement souffrir.

— Flora McNeith, la kinésithérapeute qui s'occupera de vous, ne pouvait être là pour vous accueillir, dit-il. Elle m'a demandé de veiller à votre installation. Avez-vous besoin d'un fauteuil roulant ? D'une paire de béquilles ?

Il avait maintenant un air soucieux.

— Non, je peux marcher sans aide, mais je ne peux pas courir, précisa-t-elle en enfilant sa veste pour se protéger du froid mordant.

Il laissa échapper un petit rire.

— Je comprends, dit-il. Mais entrons nous mettre au chaud.

Il leva les yeux vers le ciel et un flocon de neige se posa sur son menton. Sa barbe naissante était du même roux foncé que ses cheveux.

Cass observa le chemin qu'elle devait parcourir pour atteindre les trois marches du perron. La neige continuait de tomber. Elle prit une profonde inspiration et avança d'un pas, le Dr Sinclair à côté d'elle. Un pied après l'autre, elle réussit à gravir sans encombre les deux premières marches, mais buta sur le bord de la troisième. Instinctivement, elle s'agrippa à la manche du médecin afin de ne pas tomber.

Étant droitière, elle s'était servie spontanément de son bras droit, ce qu'elle regretta aussitôt. Une douleur fulgurante la traversa. Serrant les dents, elle mobilisa son bras gauche dans l'espoir d'amortir sa chute.

Mais au lieu de s'écrouler sur les marches, elle se trouva projetée contre le Dr Sinclair, qui la saisit par la taille, lui permettant ainsi de garder l'équilibre. Il émanait de lui une odeur de sapin et de fumée qu'elle trouva plutôt rassurante, même si elle n'aurait su dire pourquoi.

— Ne craignez rien, je vous tiens, lui dit-il, presque à l'oreille tant ils étaient proches.

Elle se redressa rapidement, reprenant appui sur ses pieds malgré la douleur. Il était hors de question d'en rien laisser paraître, la situation était déjà suffisamment embarrassante !

— Tout va bien, dit-elle, les lèvres pincées, en lui jetant un regard en coin. Merci.

Pourquoi avait-elle l'impression bizarre que l'air soucieux avec lequel il l'observait n'avait rien à voir avec ses blessures physiques ? C'était comme s'il pouvait deviner la véritable nature de sa souffrance. Elle chassa cette idée absurde de son esprit pour se concentrer sur le lieu où elle se trouvait.

Prenant une profonde inspiration, et bien décidée à cacher à quel point chaque pas lui coûtait, elle pénétra dans l'énorme hall. Elle avait appris très jeune à cacher ses émotions et à jouer du pouvoir que cela lui donnait.

Deux grandes urnes remplies de feuillage et de baies encadraient la porte. Une voûte en pierre surplombait un grand escalier. Au sol gisait un tas de branches de sapin. Elle allait donc passer Noël dans cet endroit étrange ? Elle aurait tant voulu retourner chez elle ! Elle ferait son maximum pour retrouver au plus vite toute la mobilité de son bras et de sa jambe, puis elle rentrerait aux États-Unis pour pleurer en privé ce qu'elle avait perdu.

— Vous êtes sûre que tout va bien ? demanda le médecin.

Il se tenait tout près d'elle, comme s'il craignait qu'elle ne trébuche de nouveau.

— Oui, très bien.

Si seulement elle pouvait se rendre dans sa chambre ! Elle avait d'affreux élancements dans le bras et la jambe.

— Je vais vous conduire à votre chambre, je vous expliquerai la disposition des lieux en chemin.

Il lui montra une pièce donnant sur le hall.

— Louise, mon assistante administrative, et moi-même avons nos bureaux là. Elle est de sortie cet après-midi. Vous pourrez vous occuper toutes les deux de la paperasse demain matin. Vous devez être fatiguée.

C'était peu dire. Elle se sentait épuisée par ce voyage d'Allemagne à Fort William, puis en voiture jusqu'au nord de l'Écosse.

— La salle à manger se trouve par ici, continua le Dr Sinclair en traversant le hall pour ouvrir une porte.

Comme il s'arrêtait sur le seuil, elle le rejoignit et découvrit une salle aux dimensions imposantes. Du plafond voûté en berceau pendaient de gros lustres en métal noir. Tout au fond de la pièce, au-dessus d'une cheminée assez vaste pour qu'un homme y tienne debout, étaient accrochés une série de drapeaux. Les murs, partiellement lambrissés, s'ornaient de portraits d'hommes dans des cadres somptueux. Une énorme table, qui devait pouvoir accueillir au moins une vingtaine de convives, occupait le centre de la pièce. Le sol était réchauffé par un tapis d'Orient dans les tons rouge et bleu. Les seules choses qui semblaient ne pas être à leur place étaient les feuillages entassés dans un coin de la pièce et les boîtes posées juste à côté.

— Veuillez excuser le désordre. Nous sommes en pleines décorations de Noël.

Elle ne commenta pas. La perspective des fêtes à venir ne consolerait pas son cœur brisé.

— Tous les repas sont servis ici, reprit le Dr Sinclair, sauf si le résident n'est pas en mesure de se joindre à nous. Nous nous habillons pour le dîner. Il est servi à 19 heures.

— On s'habille ? En smoking et robe du soir ?

Il secoua la tête en riant.

— Non ! Il s'agit plutôt d'éviter de dîner en jogging ou en tenue de sport. L'idée est d'inciter les résidents à utiliser leurs capacités physiques et de les motiver en leur proposant un objectif précis, quelque chose de positif.

— Comme… ?

— Boutonner un vêtement, passer un plat à son voisin, ou simplement se servir d'une fourchette.

— En ce qui me concerne, je n'ai aucun problème de ce côté-là. Alors pourquoi devrais-je assister à ces dîners ?

— Nous souhaitons que les résidents aient le sentiment de faire partie de notre famille, ce qui est le cas, fit-il en traversant le hall.

Elle n'avait aucune envie d'être sociable. Tout ce qu'elle voulait, c'était avoir du temps pour elle afin de réfléchir à ce qu'elle allait faire de sa vie. À la façon dont elle allait affronter le flot d'émotions qui se bousculaient en elle. Reprendrait-elle son travail dans les équipes de recherche et de sauvetage ? Pourrait-elle travailler avec un autre chien ? Apprendre à faire confiance à un autre homme ?

Peut-être pourrait-elle ne pas être dans les parages au moment du dîner. Cet endroit ressemblait plus à une prison qu'à une clinique.

— Savez-vous pour quelle raison on m'a envoyée ici ?

— Pour que vous retrouviez votre mobilité.

— Je sais, mais n'aurais-je pas pu faire ma rééducation aux États-Unis ? Qu'y a-t-il de si spécial ici ?

Il enfonça les mains dans ses poches.

— D'après ce que j'ai compris, votre médecin est convaincu que cette clinique est exactement ce qu'il vous faut.

Elle s'avança vers lui, le regardant droit dans les yeux.

— Qu'est-ce qui a pu l'amener à cette conclusion ?

— Eh bien, nos résidents ont un taux de récupération particulièrement élevé. Il règne ici une ambiance paisible qui aide à guérir, et notre thérapie canine est d'une importance capitale dans le processus de guérison. Cela vous rassure-t-il ?

Une thérapie canine. Elle sentit son cœur se serrer. Elle ne se sentait pas capable d'affronter cela maintenant. Il s'était écoulé trop peu de temps depuis la disparition de Rufus, son chien et son partenaire de travail.

— La thérapie canine ne m'attire pas du tout.

Elle avait fait équipe quatre ans avec son berger allemand. Elle l'avait eu alors qu'il n'était encore qu'un chiot. Elle était allée le chercher elle-même dans un élevage en Allemagne. Elle s'était entraînée avec lui dans une école formant aux missions de recherche et de sauvetage. Ils se comprenaient, tous les deux, et ils avaient confiance l'un en l'autre.

Maintenant il n'était plus là. Sa mort la faisait davantage souffrir que ses os brisés ou la façon dont son ex-petit ami l'avait laissée tomber. Rufus et elle avaient parcouru le monde, ils étaient intervenus sur les lieux des pires catastrophes. Elle éprouvait à l'égard de son chien autant de gratitude que de culpabilité.

Soudain, elle sentit le médecin l'observer avec attention. Puis il détourna le regard et se dirigea vers un petit vestibule situé sur la gauche.

— L'ascenseur est par ici.

Elle lui emboîta le pas, marchant avec précaution pour éviter toute chute.

— À mesure que les résidents progressent dans leur rééducation, ils prennent l'escalier le plus souvent possible.

Elle contempla l'impressionnante envolée de marches en marbre qui menait à l'étage.

— C'est obligatoire ?

Le Dr Sinclair sourit.

— Le mot « obligatoire » n'est pas très plaisant. Disons plutôt que c'est vivement encouragé. Monter et descendre un escalier fait partie du programme de rééducation, mais nous ne demandons à nos résidents de le faire que lorsqu'ils y sont prêts.

— Pourquoi croyez-vous que je ne suis pas prête, moi ?

— Peut-être la légère crispation de vos lèvres lorsque vous avez trébuché, tout à l'heure ? Elle me laisse penser que c'était plus douloureux que vous ne voulez bien l'admettre.

Cet homme voyait un peu trop clair en elle, et cela la consterna. Voyait-il aussi combien elle avait le cœur lourd ? Pourvu que ce ne soit pas le cas. Elle n'avait aucune envie de partager ses sentiments avec qui que ce soit.

— Je n'ai pas mal.

— Menteuse ! fit-il avec un sourire. Vous savez, reconnaître qu'on souffre ou qu'on a besoin d'aide n'est pas un signe de faiblesse. C'est la raison d'être de cet établissement.

Elle en avait assez. Tout ce qu'elle voulait, c'était sa chambre.

— Qui êtes-vous ? Le psy des résidents ? demanda-t-elle alors qu'ils sortaient de l'ascenseur.

Ils empruntèrent un vaste couloir aux murs ornés de portraits. Quelques décorations de Noël étaient déjà en place ici et là. Un épais tapis rouge étouffait leurs pas.

— Non, mais en tant qu'administrateur de la clinique et médecin urgentiste, j'aide à développer les thérapies proposées aux patients. Ici, tous les médecins travaillent ensemble pour élaborer le programme adapté à chaque patient. La rééducation est aussi mentale que physique.

— Alors, vous pensez que j'ai des problèmes d'ordre émotionnel ?

Elle en avait certainement. Elle ne pourrait pas reprendre son travail sans avoir un chien avec elle, or elle n'était pas sûre d'en être capable. Courir le risque de perdre à nouveau un animal auquel elle se serait attachée lui paraissait trop dur, trop douloureux. Elle ne voulait plus tisser de liens affectifs avec personne, qu'il s'agisse d'un homme ou d'un chien.

Lyle – c'était bien ainsi qu'il s'appelait, non ? – s'arrêta devant elle, un petit sourire aux lèvres.

— Vous savez, mademoiselle Bellow, je crois que tout le monde a des problèmes. N'allez pas croire que vous êtes un cas particulier. Nous voici arrivés, dit-il en poussant une lourde porte en bois. Vous allez occuper l'ancienne chambre de la châtelaine.

La pièce était imposante. Un grand lit à baldaquin y trônait, tendu de rideaux vert d'eau, du même tissu que la courtepointe. Sous les fenêtres était installé un coin salon composé d'une causeuse, de deux fauteuils capitonnés et d'une commode qui dissimulait sans doute un poste de télévision. De l'autre côté de la chambre, un feu de bois brûlait dans une vaste cheminée. Un luxueux tapis recouvrait le parquet de chêne ciré. Ici aussi, la décoration rappelait que Noël approchait. Des feuillages couraient sur le manteau de la cheminée, et des bougies étaient posées sur les tables.

Quelle chance d'occuper une si belle chambre. Cass reprit espoir. Elle pourrait s'y réfugier et s'y sentir bien.

— Quelqu'un a dû apporter vos bagages, dit le médecin en regardant autour de lui. Ah, ils sont là. Parfait.

Il désigna une porte à l'autre bout de la pièce.

— Votre salle de bains est ici. Vous y trouverez un jacuzzi, que je vous encourage à utiliser le plus souvent possible. Maintenant, je vous laisse vous installer. Vous n'êtes pas tenue d'assister au dîner, ce soir. Quelqu'un vous apportera un plateau. Le petit déjeuner est servi dans la salle à manger, entre 6 heures et 8 heures. Je vais avertir Flora que vous êtes arrivée. Elle ne pourra sans doute pas vous voir ce soir, mais soyez sûre que vous la rencontrerez demain matin, à la première heure. Un membre de l'équipe viendra vous chercher à 7 heures pour vous accompagner au petit déjeuner. Avez-vous besoin de quelque chose avant que je ne m'en aille ?

— Non, je ne crois pas.

— Si vous avez des questions, vous n'aurez qu'à décrocher le téléphone. Il y a toujours quelqu'un de permanence, vingt-quatre heures sur vingt-quatre. J'espère que votre séjour vous sera bénéfique.

À cet instant, un homme apparut dans le couloir derrière lui.

— Lyle, vous avez demandé à être prévenu lorsque Andy Wallace arriverait. L'ambulance est là. Je vais aller le chercher avec un fauteuil roulant.

— Merci, Walter. Je descends tout de suite.

Il se tourna vers Cass.

— À plus tard, mademoiselle Bellow.

Après le dîner, Lyle regagna son cottage à pied, la tête rentrée dans les épaules pour lutter contre le vent qui hurlait. Il venait de vivre des moments difficiles. Andy Wallace, autrefois un homme solide et toujours souriant, était désormais assis, le regard éteint, dans un fauteuil roulant. C'était un spectacle affligeant.

Andy était plus âgé que lui. Il ne l'avait que vaguement connu, autrefois. Cependant, il gardait le souvenir d'Andy et de Nick, toujours en train de rire et de faire les quatre cents coups. Nick était le frère aîné de Charles, le meilleur ami de Lyle. Maintenant, Andy n'était plus que l'ombre de lui-même. Une bombe avait explosé sous son char en Afghanistan, et il se retrouvait patient dans une clinique qui avait été créée en mémoire de Nick. Le sort se montrait particulièrement cruel, et ironique.

Mlle Bellow avait la même expression de tristesse qu'Andy. À en croire son regard, elle portait tout le malheur du monde sur ses frêles épaules. Il avait discuté de son cas avec Charles, laird de Heatherglen et lui-même médecin, mais Lyle soupçonnait que le dossier de Cassandra Bellow ne contenait pas tous les maux dont elle souffrait. Elle n'essayait même pas de cacher son désir d'être ailleurs.

Son air abattu trahissait une profonde souffrance psychologique. Peut-être son séjour à Heatherglen l'aiderait-il à guérir non seulement de ses problèmes physiques, mais aussi de ses blessures au cœur et à l'âme.

Il savait reconnaître le genre de regard qu'avaient Cass et Andy pour l'avoir vu dans le miroir chaque fois qu'il se rasait, à l'époque où il servait comme médecin dans la Royal Army. Dans sa famille, les hommes étaient tous censés faire carrière dans l'armée et il s'était plié à cette injonction. Cependant, comme la médecine l'attirait, il avait réussi à combiner les deux – l'obligation d'entrer dans les forces armées et sa passion pour la pratique médicale. Mais il avait rapidement compris que la vie militaire ne lui convenait pas. À la grande déception de son père, il avait quitté son poste et, tout en restant réserviste, il était rentré chez lui.

Son père avait gardé l'espoir de le voir un jour réintégrer le service actif de l'armée. Chaque fois qu'ils se voyaient, le sujet était abordé. Maintenant que la santé de son père se dégradait sérieusement, Lyle sentait s'accentuer la pression qui pesait sur lui. S'il réintégrait l'armée, il ferait le bonheur et la fierté de son père, mais lui-même serait très malheureux.

Lorsque Lyle était revenu au pays, Charles était en train de créer la clinique. Il lui avait proposé d'en devenir l'administrateur, et de gérer aussi le centre des urgences destiné aux villages des environs. Lyle avait accepté, et n'avait jamais regretté ce choix. Cependant, le sentiment de décevoir son père lui pesait toujours. Il n'écartait pas l'idée de retourner dans l'armée. Mais il avait aussi des obligations envers la clinique...

Alors qu'il servait au Moyen-Orient, il avait reçu la lettre de Freya lui annonçant son désir de faire une pause dans leur relation, et son mal-être avait empiré. Il s'était senti pris au piège. Des milliers de kilomètres les séparaient, il ne pouvait pas l'avoir en face de lui et lui parler. Des mois durant, il avait éprouvé une douleur sourde dans la poitrine. Ce ne fut qu'à son retour, lorsqu'il avait commencé à travailler à la clinique, qu'il avait pu respirer normalement et porter un regard lucide sur sa relation avec Freya.

Il était toujours sur le sentier couvert de neige qui menait à son cottage. Il connaissait ce chemin par cœur. Ce soir, c'était la pleine lune et il n'avait pas besoin de sa lampe de poche pour éclairer la route. Sa femme de ménage avait certainement préparé un feu dans la cheminée. L'idée de l'allumer et de se servir un verre qui le réchaufferait lui fit accélérer le pas. Il avait déjà dîné, il partageait le repas des résidents. Rien ne l'y obligeait, mais Mme Renwick était bien meilleure cuisinière que lui et il n'aimait pas manger seul, aussi prenait-il la plupart de ses repas au château. Et ce soir, comme il s'y était attendu, aucun des deux nouveaux résidents n'avait assisté au dîner.

Le lendemain matin, installé à son bureau pour liquider les affaires courantes, Lyle laissait son esprit vagabonder. Il pensait à Mlle Bellow. Elle l'intriguait mais il n'était pas passé la voir car il n'en avait pas directement la charge. Flora s'occupait sûrement très bien d'elle. Pourtant, il se sentait tenu de prendre de ses nouvelles.

Il y avait chez Cass quelque chose qui excitait sa curiosité. Son ton cassant, son air si sûr d'elle et sa volonté de cacher ce qui, de toute évidence, la tourmentait lui donnaient envie de comprendre ce qu'il y avait derrière ce regard si triste. Il avait senti sa fragilité quand elle était tombée contre lui. Elle n'avait que la peau sur les os. Ses blessures lui avaient sûrement fait perdre du poids, mais elle était vraiment *trop* maigre. Il ressentait un étrange besoin de la protéger, de la rassurer, mais il ne voulait pas le lui laisser voir. Cependant, juste avant le déjeuner, il ne put s'empêcher de se rendre au service de kinésithérapie.

Flora était là, travaillant à son bureau. Il frappa à la porte. Elle leva la tête et sourit.

— Salut, Lyle. Que puis-je faire pour vous ?

— Je voulais juste savoir comment allait Cass Bellow. Je ne l'ai pas vue aujourd'hui.

— Elle est venue ici ce matin. Elle était déjà prête à commencer lorsque je suis arrivée.

— Génial, dit-il en s'appuyant contre le chambranle de la porte. Lorsque je l'ai accueillie, hier, j'ai eu peur qu'elle ne fasse preuve d'une certaine résistance.

Flora secoua la tête.

— Non. Le problème, avec elle, c'est plutôt qu'elle en ferait trop. On dirait qu'elle veut achever sa rééducation en un temps record. J'ai dû lui rappeler qu'elle risquait de se blesser encore davantage si elle abusait de ses forces.

Il s'avança dans la pièce.

— Lui avez-vous parlé de la thérapie canine ? J'ai eu l'impression, lorsque j'y ai fait allusion hier, que c'était une surprise pour elle. Comme si ses médecins, en Allemagne, ne lui avaient pas expliqué que c'était une composante essentielle de notre programme de rééducation.

— Oui, je lui en ai parlé, mais on m'a appelée ailleurs et je n'ai pas eu le temps de lui en dire plus.

— Je vais en discuter avec Esme. Si Cass ne se présente pas au centre de thérapie canine, j'aborderai la question avec elle.

— Bien.

— J'ai dit à Cass que les résidents prenaient leurs repas ensemble et ça n'a pas eu l'air de la ravir.

— Vous et moi travaillons ici depuis suffisamment longtemps pour savoir nous y prendre avec les patients peu coopératifs. Et nous savons que les problèmes physiques impliquent souvent de s'adapter à un nouveau mode de vie. Pourquoi en serait-il autrement pour Cass ?

— Je suis d'accord. Et Andy Wallace ? Vous avez fait une séance avec lui ?

— Je dois le voir cet après-midi.

— Vous me direz comment ça s'est passé. Je ne crois pas qu'il soit dans un meilleur état d'esprit que Mlle Bellow.

Flora sourit.

— Nous avons la réputation d'être la meilleure clinique de rééducation qui soit, ce n'est pas pour rien.

— Vous marquez un point ! Je vais me chercher un sandwich pour déjeuner. Vous m'accompagnez ?

— Merci, mais j'ai de la paperasse à terminer pour le patron.

Lyle éclata de rire.

— Et il apprécie vos efforts. À plus tard.

Il se dirigea vers la salle à manger. Il allait avaler quelque chose avant de retourner dans son bureau. Il avait l'intention de continuer à surveiller Cass et Andy pendant quelques jours, jusqu'à ce qu'ils se plient de bonne grâce au programme de rééducation. Ensuite, il se tiendrait en retrait.

Après le déjeuner, Cass s'installa dans sa chambre, au coin du feu. Elle frottait sa cuisse, heureuse d'en avoir fini avec la rééducation pour la journée. Elle avait voulu en faire plus que ce qu'on lui demandait et la séance avait été épuisante. Elle avait fini en sueur et avait dû serrer les dents à plusieurs reprises pour ne pas hurler de douleur. Flora lui avait demandé d'y aller plus doucement, cela avait été fatigant et stressant. Même son bras n'avait pu supporter certains exercices.

Le pire pour elle était de découvrir qu'elle avait des problèmes d'endurance. La période de traction à l'hôpital en Allemagne lui avait demandé beaucoup d'énergie ; elle qui s'était toujours sentie en forme et capable de s'entraîner régulièrement sans aucune difficulté, ressentait désormais de la frustration. Récupérer toutes ses forces risquait de prendre beaucoup de temps.

Ce matin, quand Melissa, qui faisait partie de l'équipe, avait frappé à la porte de la chambre, Cass était déjà levée et habillée. Elle avait fait une bonne nuit, contrairement à ce qui se passait à l'hôpital. L'atmosphère et le silence qui régnaient dans ce château en pleine campagne offraient certains avantages.

Quand elle était partie pour sa mission en Europe de l'Est, elle n'avait pris que quelques vêtements avec elle. Elle était loin d'imaginer qu'elle se retrouverait coincée en plein hiver dans une clinique de rééducation au fin fond de l'Écosse. Le pantalon de jogging et le T-shirt qu'elle avait enfilé au réveil constitueraient sa tenue pour les séances de rééducation.

Melissa l'avait accompagnée dans l'ascenseur qui les avait déposées au rez-de-chaussée, où se trouvait la salle à manger.

— Je reviendrai dans un moment vous montrer comment rejoindre le service de kinésithérapie.

À la satisfaction de Cass, il n'y avait personne dans la grande salle. Elle s'était dirigée vers le buffet et avait opté pour un toast et un œuf à la coque. Elle venait de terminer son second verre de jus d'orange lorsque Melissa était réapparue.

— Flora vous attend.

Cass la suivit le long d'un couloir qui débouchait sur ce qui ressemblait à une salle de sport, éclairée par trois grandes fenêtres. Dans un coin étaient empilés des matelas. Deux tables de massage étaient installées au milieu de la pièce.

— Vous pouvez vous installer sur une table, dit Melissa. Je vais avertir Flora que vous êtes là.

Cass se hissa, non sans peine, sur une table.

Une femme aux cheveux noirs, tout en jambes et vêtue d'une tenue de sport des plus élégantes, la rejoignit bientôt. En la voyant apparaître avec son petit blouson rose vif, son haut et ses leggings noirs lui arrivant à mi-mollet, Cass se sentit particulièrement mal habillée. Elle remarqua aussi que la jeune femme était maquillée avec soin.

— Bonjour, je suis Flora McNeith. Ravie de faire votre connaissance, Cass. Excusez-moi de n'avoir pas été là pour vous accueillir hier. Je suis sûre que Lyle a bien pris soin de vous.

— Qui ? Ah oui, le médecin.

Flora éclata de rire.

— En général, les femmes se souviennent de lui. Et si nous commencions votre rééducation ?

Durant une heure, Cass montra à Flora les mouvements

qu'elle pouvait faire avec sa jambe et son bras. Pendant la première demi-heure, elles se concentrèrent sur sa jambe, consacrant le reste du temps à son bras. Avant chaque tranche d'exercices, Flora lui appliquait une compresse froide, puis une compresse chaude.

— Je vais vous envoyer au spa pour une demi-heure, annonça Flora à la fin de la séance. Après le déjeuner, quelqu'un vous conduira au centre de thérapie canine.

Cass n'eut pas le temps de répondre, un autre patient venait d'entrer dans la pièce.

Elle n'avait aucune intention de se rendre au centre de thérapie canine. Elle n'était pas prête à travailler de nouveau avec un chien. Peut-être ne pourrait-elle plus jamais le faire. Pourquoi les médecins qui s'étaient occupés d'elle en Allemagne avaient-ils insisté pour l'envoyer ici alors qu'ils connaissaient son histoire ? Peut-être avaient-ils cru que, comme elle avait été maître-chien, c'était ce qu'il lui fallait, mais elle n'y était pas prête psychologiquement. Il allait falloir qu'elle dise clairement, sans donner d'explication, qu'elle n'irait pas au centre de thérapie canine.

En se laissant glisser dans les tourbillons d'eau chaude du spa, elle faillit pousser un cri de plaisir. Aujourd'hui, elle avait fait le premier pas sur le chemin qui la conduirait à la guérison et à la possibilité de reprendre sa vie en main. Une vie dont Rufus ne faisait plus partie.

Ensuite, elle s'était arrêtée à la salle à manger pour avaler un sandwich. Maintenant qu'elle avait mangé, pris une douche chaude et enfilé des vêtements propres, elle avait l'intention de s'offrir une sieste. L'idée de passer le reste de la journée dans sa chambre la ravissait.

Elle se réveilla brusquement en entendant quelqu'un frapper à sa porte. Elle ouvrit, et se trouva face à un jeune homme.

— Je suis venu vous montrer comment aller au centre de thérapie canine.

— Désolée, mais je n'ai pas l'intention de m'y rendre.

L'homme l'observa un moment, comme s'il attendait qu'elle en dise davantage, puis il hocha la tête.

— Je comprends.

Elle retourna s'asseoir au coin du feu et contempla les flammes. Elle savait où elle en était, en ce qui concernait ses aptitudes et ses forces. La blessure de la perte de Rufus était encore trop vive. Toutes ses émotions étaient exacerbées. La simple idée d'interagir avec un chien était inenvisageable, même si cela était censé accélérer sa guérison. Elle adorait son travail, mais parviendrait-elle jamais à le reprendre un jour ? Comment se lier avec un animal qui lui ferait peut-être revivre cette insupportable douleur ?

Et s'il ne s'agissait pas seulement de son attachement à un chien ? Pourrait-elle jamais faire confiance à un homme qui risquait de lui briser le cœur ?

2

Lyle se tenait devant la porte de Cass, qui avait refusé de se rendre à son rendez-vous de thérapie canine. Alors que, selon Flora, elle s'était donnée à fond lors de sa séance de kinésithérapie, pourquoi reculait-elle devant le reste du programme ?

Comme tous ses collègues, il avait constaté l'efficacité de la thérapie canine chez les patients. Cass devait s'y soumettre. Il avait lu dans son dossier qu'elle avait travaillé comme maître-chien dans des équipes de recherche et de sauvetage. Il pensait qu'elle serait impatiente de faire connaissance avec le chien qui allait lui être attribué.

Il frappa à la porte.

— Un instant, dit une voix.

Quelques secondes plus tard, la porte s'ouvrit. Cass, vêtue d'un jean, d'un T-shirt et d'un sweat à capuche, était en chaussettes. Secouant sa courte chevelure blonde, elle le regarda d'un air interrogateur.

— Oui ?

— Je crois comprendre que vous ne voulez pas aller à votre séance de thérapie canine, dit-il d'un ton plus sévère qu'il n'aurait voulu.

— Vous avez très bien compris.

Elle recula dans sa chambre tandis qu'il restait sur le seuil.

— Cela fait partie du programme que nous appliquons ici. Nous demandons à tout le monde d'y participer.

— Pourquoi ?

— Parce que nous avons constaté que les gens guérissaient plus vite lorsque leur thérapie incluait la présence d'un chien. C'est crucial pour obtenir une récupération complète. Pourquoi ne pas me laisser vous accompagner jusqu'au centre ?

— Non merci, dit-elle en posant la main sur la porte.

Il haussa un sourcil. Avait-elle l'intention de la lui claquer au nez ?

— Vous souffrez ? Dois-je en parler à Flora ?

Il crut voir une lueur de panique dans ses yeux.

— Non, je suis fatiguée, c'est tout. Je n'ai pas envie de m'y rendre aujourd'hui.

Il consulta sa montre. De toute façon, il était trop tard, à présent, pour qu'elle aille à son rendez-vous.

— D'accord, je comprends. Se reposer fait du bien. Prenez votre après-midi. Je vous verrai au dîner.

Elle ne fit pas de commentaire et referma la porte, obligeant Lyle à reculer dans le couloir.

Il n'en revenait pas, il avait été éjecté de la chambre. Depuis quand cela ne lui était-il pas arrivé ? En réalité, jamais personne ne l'avait traité de cette façon. Cass était la première à le faire.

Ça allait être une patiente coriace.

Lorsque Lyle prit le chemin de chez lui, il faisait presque nuit. Cass n'était pas apparue au dîner. Elle n'avait pas non plus demandé qu'on lui porte un plateau dans sa chambre. Après avoir dîné, il était allé toquer à sa porte, bien décidé cette fois à se montrer moins compréhensif. Si elle se révélait incapable de se plier aux règles de la clinique, il la ferait transférer ailleurs.

Il avait frappé à trois reprises, sans obtenir de réponse. Il l'avait alors appelée, sans plus de succès, puis avait entrouvert la porte. Personne. Cass n'était pas dans sa chambre. La première chose qu'il ferait le lendemain matin, ce serait d'aller lui parler lors de sa séance de kinésithérapie avec Flora.

Comme il allait franchir la grille pour prendre le chemin menant à son cottage, il aperçut de loin, en ombre chinoise, la silhouette de quelqu'un assis sur son muret. Qui était-ce ? Sûrement pas quelqu'un d'ici. Personne n'aurait eu l'idée de s'asseoir dehors en cette saison. Il devait aller voir.

Ne voulant pas effrayer l'inconnu, il s'approcha lentement. Il n'aurait su dire s'il s'agissait d'un homme ou d'une femme, mais sûrement de quelqu'un de profondément plongé dans ses pensées, car il ne fit aucun mouvement, comme s'il ne l'avait pas entendu venir vers lui.

Il avança encore, si près qu'il aurait presque pu toucher le mystérieux inconnu. Soudain, celui-ci se retourna et le regarda. *Cass* !

Il l'avait crue en sécurité quelque part au château, peut-être même de retour dans sa chambre. Jamais il n'aurait imaginé qu'elle errait dans la nuit et le froid. Qu'est-ce qui lui avait pris de sortir à cette heure-ci ?

Elle ne portait qu'une veste légère. Les mains enfoncées dans les poches, elle semblait grelotter. Sa tenue n'était pas adaptée pour affronter les rigueurs de l'hiver. Elle aurait dû avoir un bonnet en laine, une écharpe et quelque chose de plus chaud sur le dos.

— Qu'est-ce que vous faites ici ?

Elle regardait au loin, fixant les dernières lueurs du jour.

— Ça va ? Il fait bien trop froid pour rester assise là.

— Il fallait que je sorte. Je suis restée enfermée pendant des semaines à l'hôpital. J'avais besoin de prendre l'air.

Elle parlait si bas qu'il dut se pencher vers elle pour l'entendre. Sans doute n'avait-elle pas conscience du danger auquel elle s'exposait. Saurait-elle seulement retrouver son chemin pour rentrer au château ?

— Depuis quand êtes-vous dehors ?

Elle mit un moment avant de répondre.

— Je ne sais pas.

Le froid avait-il déjà provoqué des dégâts chez elle ? Il devait la mettre le plus vite possible à l'abri.

— Pourquoi êtes-vous ici, docteur ? demanda-t-elle, cette fois d'une voix plus forte.

C'était bon signe.

— J'habite tout près d'ici, au bout de ce chemin.

— Ah !

Elle jeta un coup d'œil par-dessus son épaule, et parut aussitôt se désintéresser de la question.

— Je suis allé jusqu'à votre chambre après le dîner. Il n'y avait personne. J'ai pensé que vous y retourneriez plus tard, bien décidée à ne pas ouvrir votre porte.

Il s'assit à côté d'elle.

— Qu'est-ce qui vous a fait penser cela ?

— L'expression de votre visage quand je vous ai dit qu'on se verrait au dîner. J'ai deviné que vous n'aviez pas l'intention de vous rendre à la salle à manger, mais j'étais loin d'imaginer que vous iriez jusqu'à vous enfuir dehors.

Elle pinça les lèvres et hocha la tête.

— En effet, je ne crois pas que j'assisterai à ces repas en commun. Et je ne me suis pas enfuie.

— Ce n'est pas le moment d'en discuter. Il faut que vous rentriez vous mettre au chaud, dit-il en se levant.

Elle ne bougea pas. De nouveau, elle regarda le ciel qui s'obscurcissait.

— Ne vous inquiétez pas pour moi. Je vais bien.

Il fronça les sourcils.

— Alors vous connaissez assez bien le coin pour pouvoir vous promener sans vous perdre ?

Elle se redressa et le foudroya du regard.

— Je travaille dans une équipe de recherche et de sauvetage. Je vous assure que je suis parfaitement capable de regagner le château toute seule.

— Cela reste à prouver. De toute évidence, vous ne vous rendez pas compte à quel point il est dangereux de rester dehors par ce temps si l'on n'est pas convenablement couvert. Je n'ai pas l'intention de perdre l'une de nos résidentes pour l'avoir laissée s'exposer à un froid glacial. Vous allez vous mettre au chaud, et l'endroit le plus proche se trouve être mon cottage.

Quand vous vous serez réchauffée et séchée, je vous raccompagnerai au château.

Alors seulement Cass prit conscience qu'elle était gelée jusqu'aux os. Depuis combien de temps était-elle assise là, le regard dans le vide ?

— Venez avec moi. J'habite tout près.

Lyle lui tendit sa main gantée. Elle la contempla un moment, puis la prit pour sauter du muret. Il se mit en marche et elle le suivit. Ils arrivèrent bientôt dans une petite clairière, au centre de laquelle s'élevait un cottage en pierre, entouré de trois arbres. Une lampe était allumée au-dessus de la porte, et une autre brillait derrière la fenêtre. Quelqu'un attendait Lyle.

— Ça ne va pas ennuyer votre femme, que vous rameniez une patiente difficile à la maison ?

— Si j'avais une femme, ça ne l'ennuierait pas.

Il ouvrit la porte et s'effaça pour la laisser entrer. Elle pénétra dans un petit vestibule. Lyle lui indiqua une pièce située sur le côté tandis qu'il refermait la porte et ôtait son manteau.

— Entrez, et enlevez vos chaussures. Elles doivent être trempées. Je vais allumer le feu.

Elle pénétra dans ce qui devait être la salle de séjour. Un petit canapé et un gros fauteuil en cuir étaient installés près de la cheminée et, près du fauteuil, il y avait une lampe et une pile de livres. Un bureau jonché de papiers était appuyé contre le mur, sous une fenêtre donnant sur le jardin. À l'autre bout de la pièce, des étagères croulaient sous le poids des livres et, au mur, étaient accrochés quelques tableaux représentant des scènes champêtres. Il régnait une ambiance très masculine que Cass, bizarrement, trouva plutôt rassurante.

Lyle la rejoignit. Il était en chaussettes, ce qui semblait le rendre encore plus accessible que d'habitude.

— Vous n'avez pas encore ôté vos chaussures ? Débarrassez-vous aussi de votre veste, elle a l'air trempée.

Elle commença à se déchausser.

— Je trouve que vous passez beaucoup de temps à dire aux gens ce qu'ils doivent faire.

— Je tiens cela de mon père, et de mon séjour dans l'armée.

Il prit une boîte d'allumettes sur le manteau de la cheminée et entreprit d'allumer le feu. Bientôt, des flammes s'élevèrent dans l'âtre.

— Vous ne savez vraiment pas combien de temps vous êtes restée dehors ?

— Non, je ne pourrais pas le dire.

— Vous devez vraiment être plus prudente, à l'avenir, dit-il en se redressant. Il est très facile de se perdre par ici, qu'il y ait de la neige ou pas.

Bien qu'elle ne fût pas encore complètement déchaussée, elle ôta sa veste, qui lui parut plus lourde que d'habitude. Il avait raison. Elle ne s'était pas rendu compte qu'elle était trempée de la tête aux pieds.

Il lui prit sa veste, qu'il mit à sécher sur le dossier d'une chaise, près du feu.

— C'est une habitude, d'amener vos patientes chez vous et de les faire asseoir au coin du feu ?

Il sourit. C'était un sourire charmant, qui donnait envie de le lui rendre.

— Non ! Je dois avouer que vous êtes la première. Mais je ne fais cela que pour les personnes qui s'asseyent sur mon muret et risquent de mourir de froid.

Tremblant comme une feuille, elle ôta enfin sa deuxième bottine et la laissa tomber à côté de l'autre.

Lyle prit sur le dossier du fauteuil un tricot coloré qu'il lui drapa autour des épaules. S'enroulant dedans, elle sentit aussitôt une douce chaleur l'envahir. Elle ôta ses chaussettes, qu'elle mit à sécher devant le feu, puis elle tendit ses pieds gelés vers la cheminée et frotta sa jambe blessée, devenue toute raide. Elle commençait enfin à se détendre, et à apprécier le confort du petit canapé sur lequel elle avait pris place.

— Je vais faire du thé, dit Lyle en se dirigeant vers la porte.

— Les Anglais et leur thé, fit-elle dans un murmure.

— J'ai entendu ! Et je suis écossais, pas anglais.

Elle fit la grimace. Sa mère aurait eu honte qu'elle se montre d'une telle grossièreté.

— J'avais oublié que vous étiez américaine. Préférez-vous du café ? Je dois en avoir quelque part.

Elle esquissa un sourire.

— Non, du thé, ce sera parfait. Je vous ai déjà causé assez d'ennuis comme ça.

— Mais non, pas du tout, répondit-il en quittant la pièce.

Elle l'entendit s'affairer dans une autre partie de la maison. La tête appuyée sur les coussins du canapé, elle constata avec plaisir que ses pieds retrouvaient leur sensibilité et, remuant les orteils, elle se sentit plus calme qu'elle ne l'avait été depuis des semaines.

Lyle revint avec un petit plateau sur lequel étaient posés deux tasses fumantes, un petit pot de lait et un sucrier.

— Comment voulez-vous votre thé ? Avec du lait ? Du sucre ?

— Je ne sais pas. Dans mon café, j'aime les deux.

— Alors, essayons comme ça.

Il mit du lait et du sucre dans une tasse, qu'il lui donna. Elle laissa la chaleur gagner ses doigts glacés.

Il s'assit dans le fauteuil, sa tasse à la main.

— Comment vous sentez-vous maintenant ?

— Beaucoup mieux. Je ne me rendais pas compte à quel point j'étais frigorifiée et trempée.

— Vous devriez vraiment être mieux chaussée. Il y a une boutique au village, où vous pourrez vous équiper.

— Mes chaussures de sécurité ont été découpées et jetées, lorsqu'on m'a amenée dans la tente médicale. Ensuite, j'ai été transportée à l'hôpital, puis ici. Je m'achèterai une paire de bottines dès que je pourrai.

Il fronça les sourcils.

— Une tente médicale ? Je ne savais pas. Vous voulez bien me dire ce qui s'est passé ?

— Ça ne figurait pas dans mon dossier ?

— Si, mais j'aimerais que vous me racontiez cela vous-même. Je crois que cela vous fera du bien d'en parler.

— Vous voulez encore jouer les psychologues, doc ?

— Appelez-moi Lyle, et je voudrais surtout être votre ami.

Il s'enfonça dans son fauteuil, l'air tout à fait à l'aise.

— Mais si vous ne voulez pas en parler, dit-il, ce n'est pas un problème.

Elle était au pied du mur. Si elle ne disait rien, il penserait qu'elle était fêlée. Mieux valait tout lui raconter.

— Il n'y a pas grand-chose à dire. C'était en Europe de l'Est, je cherchais une petite fille coincée dans les décombres d'un immeuble qui s'était effondré suite à une grosse explosion. Les recherches duraient depuis deux jours, il ne restait plus guère d'espoir. Je l'ai retrouvée, elle était vivante, mais tandis qu'on la sortait de là, un mur s'est écroulé sur moi. Voilà, vous savez tout.

Elle avait délibérément évité de parler de Rufus. Elle ne voulait pas fondre en larmes devant cet étranger, même s'il se montrait très gentil avec elle.

— Eh bien, quelle histoire ! Je suis impressionné. Le type de travail que vous faites doit être à la fois très gratifiant et assez déprimant.

Il avait raison. L'empathie dont il faisait preuve à son égard la rendait consciente de sa vulnérabilité. Elle n'avait pas l'habitude que les gens la comprennent aussi bien. Les hommes avec qui elle était sortie n'avaient pas fait preuve d'une telle clairvoyance – surtout pas Jim, sa dernière histoire ratée. Et maintenant, elle avait le corps couvert de cicatrices. Quelle serait la réaction d'un homme en découvrant ces blessures ?

Lyle posa sa tasse.

— Sentez-vous vos mains et vos pieds, à présent ?

Quel soulagement, qu'il change ainsi de sujet.

— J'ai l'impression qu'on m'enfonce des milliers d'aiguilles dans la chair !

— Bien. C'est la preuve que le sang recommence à circuler.

Elle but une gorgée de thé et esquissa un petit sourire.

— Comment se fait-il que l'administrateur de la prestigieuse clinique de Heatherglen Castle vive ici, loin de tout, au milieu des bois ?

Il lui lança un regard indulgent.

— En plein jour, le cottage ne fait pas aussi isolé. C'était la maison du gardien. Lorsque je suis revenu du Moyen-Orient et que j'ai cessé de servir dans l'armée, j'ai cherché un endroit où m'installer. Il s'est trouvé que j'ai eu ce poste d'administrateur.

— Je ne vous imagine pas en militaire.

Il avait le sourire trop facile et l'air trop détendu pour l'idée qu'elle se faisait du monde rigide et codifié de l'armée.

— En fait, j'ai été programmé pour ça.

À en croire le ton sur lequel il lâcha cette confidence, il ne considérait pas cela comme lui ayant été particulièrement bénéfique. Mais elle ne posa pas de questions. Cela ne la regardait pas, et elle-même détestait qu'on se mêle de ses affaires.

— Vous avez servi à l'étranger ?

— Oui, j'ai effectué deux missions au Moyen-Orient.

— Cela n'a pas dû être une partie de plaisir.

— Non, en effet, répondit-il, le regard sombre.

Il avait dû vivre à peu près les mêmes choses qu'elle dans son travail. Jamais elle n'aurait imaginé qu'ils avaient quoi que ce soit en commun. Mais elle ne voulait plus songer au passé. Ni à la souffrance.

— Alors vous avez grandi ici ?

— Oui, dans le village de Cluchlochry. Mes parents vivent tout près. Et vous, d'où êtes-vous ?

— De l'Indiana, mais je vis maintenant dans le Montana.

Il haussa les sourcils, l'air approbateur.

— J'y suis allé. Les paysages sont magnifiques.

— C'est vrai. C'est ce que je préfère là-bas. Mais ici aussi, malgré toute cette neige, la campagne est très belle.

— Au printemps, on a l'impression de vivre à l'intérieur d'une émeraude tant il y a de la verdure partout.

Il avait prononcé cette phrase avec un accent écossais encore plus prononcé que d'habitude.

Le même phénomène se produisait-il lorsqu'il murmurait

des mots d'amour à l'oreille d'une femme qu'il désirait ? Dieu du ciel ! Ce n'était pas le genre de pensée qu'elle était censée avoir. D'où lui était-elle donc venue ?

— Laissez-moi examiner vos pieds, dit Lyle. Je veux m'assurer que vous n'avez pas de gelure.

Il plia un genou devant elle.

— Je ne crois pas que ce soit nécessaire, protesta-t-elle.

— Mais je préfère regarder. Posez votre pied ici, dit-il d'un ton sans appel en tapotant sa cuisse.

À contrecœur, elle fit ce qu'il demandait.

La jambe de Lyle était ferme sous son pied nu, et le velours côtelé de son pantalon très doux. Il tenait son talon dans la paume de sa main. Tous ses gestes étaient fonctionnels et professionnels, mais ils déclenchaient chez elle des réactions inappropriées. Elle se raidit, le regard fixé sur le crâne de Lyle. Ces petites boucles rousses étaient-elles aussi douces qu'elles en avaient l'air ? Elle faillit tendre la main pour les toucher.

— Remuez vos orteils, s'il vous plaît.

Elle sursauta et il lui fallut quelques secondes avant d'obéir. Elle sentit les mains de Lyle courir sur sa peau. Elle voulut retirer son pied, mais il le tenait fermement. Il leva la tête, affichant un petit sourire.

— Chatouilleuse, hein ?

C'était plus un constat qu'une question.

— Un peu.

— Bon, je ne vois aucun signe de gelure. C'est bien, dit-il en lui posant le pied par terre. Voyons l'autre.

Cette fois, elle n'offrit pas la moindre résistance. Il examina ce pied avec toujours la même attention, mais sans la chatouiller. Ce qui, curieusement, la déçut.

— Remuez les orteils.

Elle obéit.

— Parfait.

Il se redressa et alla prendre l'une des chaussettes qu'elle avait mises à sécher.

— Elles sont encore mouillées, dit-il. Vous allez vraiment

devoir vous en acheter de plus chaudes si vous avez l'intention de faire des promenades. Je vais vous en chercher une paire pour rentrer au château.

Il quitta la pièce.

Elle se sentait vraiment bien chez lui. Sa maison était douillette, confortable. À l'image de Lyle. Elle n'aurait pas dû avoir ce genre de réaction à son égard. Ce n'était pas le moment d'ajouter de nouvelles émotions perturbantes à celles qu'elle avait déjà.

Il revint bientôt, avec une paire de chaussettes épaisses, très masculines. Elle les enfila et, aussitôt, elle sentit ses pieds se réchauffer.

— C'est génial, dit-elle. Merci. Je les laverai et je vous les rendrai le plus tôt possible.

— Rien ne presse. Je sais où les trouver si j'en ai besoin.

Elle prit ses chaussures.

— Il est temps que je m'en aille. J'ai déjà assez abusé de votre temps ce soir.

Il ne répondit pas mais se leva et alla dans le vestibule. Cass était maintenant chaussée. Elle tendit la main pour prendre sa veste encore humide.

— Attendez, dit-il. Il vous faut un vêtement sec.

Il tenait une grosse veste, qu'il l'aida à enfiler. Celle-ci était imprégnée de l'odeur de Lyle, et si grande que Cass s'y sentait enfouie. Elle avait l'impression que Lyle la serrait dans ses bras, ce qui lui donnait une délicieuse sensation de sécurité.

Il mit son manteau, puis regarda Cass avec attention.

— Vous devez aussi avoir un bonnet, une écharpe et des gants.

Il disparut un moment à l'étage et revint bientôt avec tous les accessoires qu'il avait énumérés.

— Je ne peux pas vous les prendre ! Vous en avez sûrement besoin.

Il secoua la tête.

— J'en ai un plein tiroir. C'est ma mère qui les tricote.

Elle les caressa. La laine était d'une douceur incroyable.

— Ils ont l'air merveilleux.

— Essayez le bonnet. Il est peut-être un peu grand pour vous, mais ce sera toujours mieux que rien.

Elle se coiffa du bonnet en laine marron foncé et tendit à Lyle l'écharpe qu'elle avait encore à la main.

— Je n'en aurai pas besoin.

— Mais si. Mettez-la.

Elle n'avait pas l'habitude qu'on lui dise ce qu'elle devait faire. Légèrement énervée, elle enroula l'écharpe autour de son cou et sentit l'odeur de feu de bois et de sapin, si propre à Lyle. Dorénavant, elle lui associerait toujours ce parfum.

Elle glissa soigneusement les extrémités de l'écharpe dans la grosse veste qu'il lui avait prêtée.

— Votre mère a bien travaillé, dit-elle.

— Merci. En tout cas, vous aurez chaud, équipée comme ça. Ces gants sont bien trop grands pour vous, mais ils feront quand même l'affaire pour l'instant. Vous devrez aussi vous en acheter. Maintenant, venez, il est temps que je vous raccompagne au château.

Elle inspira profondément. Encore la même odeur. Oui, elle devait partir d'ici. Il y avait chez Lyle et dans sa maison quelque chose qui faisait naître chez elle des pensées dangereuses. Mieux valait qu'elle se retrouve seule.

3

Lyle ouvrit la porte, et Cass sentit un froid glacial s'abattre sur elle. Elle resserra l'écharpe en laine autour de son cou. Quelle chance, de l'avoir.

La nuit était tombée et le ciel était constellé d'étoiles. Elle s'arrêta un instant. Le spectacle était magnifique. Et l'atmosphère si paisible...

Au loin, sur une hauteur, elle aperçut ce qui ressemblait aux vestiges d'une vieille bâtisse.

— Qu'est-ce que c'est ? demanda-t-elle en pointant les ruines du doigt.

— Le vieux château. Il a été construit par le premier laird de Heatherglen. Maintenant ce n'est plus qu'un tas de pierres, mais, de là, on a une vue exceptionnelle sur la vallée et le village. Un chemin y conduit, mais je ne vous conseille pas de l'emprunter seule. Il n'est pas sans danger.

— Vous avez peur que je me perde ?

— J'espère que non, mais quelque chose me dit que cela pourrait arriver.

— Je vous le répète, je faisais partie d'une équipe de recherche et de sauvetage.

Il sortit une torche électrique de sa poche, et l'alluma.

— Je sais, mais vous avez sûrement toujours eu de l'aide.

Elle avait toujours eu Rufus. Elle lui faisait confiance pour revenir sains et saufs de leur mission. Maintenant elle n'avait plus personne. En cet instant si particulier, Lyle tenait le rôle que Rufus avait eu dans sa vie. Mais elle n'était pas certaine de pouvoir jamais faire à nouveau confiance à quelqu'un, qu'il s'agisse d'un chien ou d'un homme.

— Travailler dans les opérations de secours est une vraie vocation. Comment en êtes-vous arrivée là ?

— Quand j'avais dix ans, mon petit frère s'est perdu dans les bois alors que nous faisions du camping en famille. Il a disparu pendant près de vingt-quatre heures. Nous avions peur de ne plus jamais le revoir. Une équipe de sauveteurs a réussi à le retrouver. Plus tard, au lycée, je me suis rendu compte que je voulais aider les gens comme on avait aidé ma famille.

Elle marqua une pause. Pourquoi lui racontait-elle tout cela ? Qu'y avait-il chez lui qui la poussait à se confier ainsi à un étranger ? Il ralentit pour se mettre au même pas qu'elle.

— Vous et vos collègues, vous êtes des gens vraiment très particuliers. Il m'est arrivé de travailler avec certains d'entre eux, quand j'étais à l'armée. Est-ce là que vous vous êtes entraînée ?

— Non. Pendant mes études, j'ai travaillé à la clinique vétérinaire de l'université. J'y passais presque tous mes week-ends, en tant que bénévole. Il y avait quelques chiens qui avaient servi dans des équipes de recherche. C'est là que j'ai découvert que je voulais être maître-chien.

— C'est sûrement un métier excitant.

Il avait l'air vraiment impressionné.

Parfois, c'était un peu trop excitant. Elle n'avait aucune envie de revivre les derniers mois, par exemple.

— Oui, mais il y a aussi des moments très durs. C'est affreux, de voir les gens chercher désespérément ceux qu'ils aiment ou apprendre qu'un membre de la famille n'a pas pu être sauvé.

— Je sais ce que vous voulez dire. La guerre peut faire des choses horribles à un corps. En rassembler les morceaux est le pire des cauchemars.

Son ton était tellement sincère que Cass sut qu'il ne comprenait que trop bien. Malgré ses réticences à parler de sa vie privée, elle se sentait de nouveau terriblement vulnérable.

— J'aimerais mieux que nous ne comparions pas ce que nous avons vu.

Sa dernière mission figurerait sûrement en haut du tableau en matière d'horreur.

— Vous avez raison. Il vaut mieux oublier certaines choses.

Elle ne pouvait que lui donner raison.

Soudain, elle buta contre une racine que la neige avait recouverte et chancela. Lyle la retint en lui prenant le coude.

— Comment va cette jambe ?

— Comme une jambe sur laquelle un immeuble s'est écroulé et qui a forcé sur la kinésithérapie plus qu'il n'aurait fallu.

— Je veux bien le croire. Vous abusez de vos forces. Et cette promenade nocturne a sans doute été l'exercice de trop.

Il orienta sa lampe de poche de façon à éclairer le chemin devant elle.

— Je gère, dit-elle.

— J'ai parlé à Flora, d'après elle vous avez poussé les choses trop loin aujourd'hui.

Elle libéra son bras.

— Vous allez me surveiller ?

— Ça fait partie de mon rôle.

Elle s'écarta de lui autant que le permettait l'étroitesse du chemin.

— Eh bien, sachez que je n'ai pas besoin d'un baby-sitter.

— J'en prends bonne note. Je comprends également que vous êtes pressée de nous quitter. Vous savez, certains pourraient se froisser de ce genre d'attitude.

Quand l'avait-on taquinée ainsi pour la dernière fois ? Il était rare que quelqu'un se risque à le faire.

— Ce que pensent les gens m'importe moins que la possibilité de retrouver le plein usage de mon bras et de ma jambe. Vous savez parfaitement que j'aurais pu retrouver mon chemin toute seule.

— Peut-être, mais je ne peux pas courir le risque de vous perdre. La disparition d'une patiente ferait une très mauvaise publicité à la clinique.

Malgré tous ses efforts pour le tenir à distance et être désagréable, elle ne parvenait manifestement pas à le déstabiliser. Il conservait son sens de l'humour et sa confiance en lui. Et il avait le don de la faire sourire alors qu'elle n'en avait aucune envie.

Un gémissement, venant de quelque part devant eux, attira soudain son attention. Lyle orienta sa lampe de poche vers une haie voisine. Le bruit se fit de nouveau entendre. C'était le cri d'un animal, pas celui d'un être humain.

Lyle s'avança dans cette direction.

— Vous avez entendu ?

— Oui.

Elle ne bougea pas. Le bruit ressemblait aux gémissements que Rufus avait émis juste avant de mourir.

— Il y a un animal en détresse, dit Lyle.

Il s'approcha des buissons et balaya le bosquet de sa torche électrique. D'autres gémissements se firent entendre. Il pointa sa lampe vers l'endroit d'où ils venaient.

— C'est un chien, dit-il.

Elle sentit son cœur se serrer.

— Eh, bonhomme, tu as besoin d'aide ? demanda Lyle d'un ton affectueux en se penchant en avant.

Il tendit la main. L'animal se mit à grogner.

— On ne peut pas le laisser dehors par un froid pareil. Et il a l'air affamé.

Il tendit à nouveau la main vers le chien qui recommença à grogner.

— Si je peux le convaincre de nous suivre, je le conduirai au centre de thérapie canine. Esme l'examinera et s'occupera de lui.

Cass s'approcha et regarda par-dessus l'épaule de Lyle l'endroit qu'il éclairait avec sa torche. Comme il faisait une nouvelle tentative pour amadouer le chien, celui-ci montra cette fois les dents.

— Il ne va pas me laisser le prendre, on dirait. Mais je ne peux pas le laisser là, il va mourir de froid.

L'animal était d'une maigreur effrayante et il tremblait de

froid. Son regard apeuré toucha Cass au plus profond d'elle-même. Elle devait faire quelque chose.

C'était plus fort qu'elle.

Lyle s'interrogeait. Pourquoi Cass restait-elle ainsi à distance. Après tout, elle avait travaillé avec un chien, non ?

— Je ne vois pas à qui ce chien peut appartenir. Je connais tous ceux du coin, ainsi que leurs propriétaires.

Cass fit enfin quelques pas en avant, mais sans grand enthousiasme.

— Laissez-moi voir si je peux faire quelque chose, dit-elle.

Elle s'accroupit et, après avoir ôté l'un de ses gants, tendit la main vers le chien qui se mit à la flairer.

De toute évidence, elle avait plus de succès que lui.

L'animal sortit de son buisson et vint vers Cass. Ce n'était encore qu'un chiot. Il était de petite taille, et sa fourrure était très sale et embroussaillée. L'une de ses oreilles se dressait toute droite alors que l'autre tombait. D'une couleur indéfinissable, il avait tout d'un bâtard. Cass le prit dans ses bras.

— J'ai toujours mieux su m'y prendre avec les hommes qu'avec les animaux, dit Lyle en se redressant. Il vous aime bien.

Cass lui adressa un sourire contraint. Voyant qu'elle avait du mal à se relever, il l'aida.

— Le centre de thérapie canine n'est pas loin, juste derrière le château. Autrefois, c'étaient les écuries. Il faut traverser le bois. On laissera le chien là-bas, Esme s'en occupera.

Cass ne dit rien tandis qu'ils regagnaient le chemin. Elle tenait le chien dans ses bras, mais sans trop le serrer, remarqua-t-il. Avait-elle peur de cet animal ? Ou bien y avait-il autre chose ?

Ils arrivèrent bientôt au centre. Il y avait de la lumière.

— Esme doit être encore au travail. Elle est vétérinaire. C'est elle qui a eu l'idée de créer ce centre à la fois vétérinaire et thérapeutique.

Il ouvrit la porte et s'effaça pour laisser passer Cass.

— Esme, c'est Lyle ! dit-il d'une voix forte.

— J'arrive !

Esme apparut bientôt, un grand sourire aux lèvres. Sa courte chevelure blonde était en bataille, comme si elle venait de passer les doigts dedans.

— Que se passe-t-il ?

— Nous avons un patient pour toi.

Esme regarda le chien et jeta un coup d'œil interrogateur à Cass.

— Esme, je te présente Cass Bellow, l'une de nos résidentes, elle vient d'arriver chez nous.

— Bienvenue, Cass. Alors, qu'est-ce que vous avez là ? demanda-t-elle en s'approchant du chiot.

L'animal se mit à grogner. Esme sourit.

— Ah, je vois, Cass, que vous savez vous y prendre avec lui. Amenez-le par ici, je vais le regarder de plus près.

Ils se rendirent dans une salle d'examen.

— Mettez-le sur la table, dit-elle.

Cass fit ce qu'elle lui demandait.

Comme Esme commençait à palper le chien, celui-ci émit une longue plainte sourde. Cass le reprit dans ses bras.

— Je vais lui donner quelque chose qui calmera son anxiété, dit la vétérinaire.

— Apparemment, dit Lyle, Cass a un don spécial avec les animaux.

Il s'attendait à la voir exprimer quelque chose de positif, mais son visage ne traduisait qu'une profonde angoisse. Qu'avait-elle ?

Esme injecta rapidement un calmant au chiot, qui ne tarda pas à s'apaiser.

— Maintenant, vous pouvez le poser sur la table, il ne devrait plus créer de problème.

Cass obéit, puis se tourna vers Lyle.

— Je vais vous laisser, je saurai trouver mon chemin pour rentrer au château.

Et, avant que Lyle n'ait eu le temps de l'arrêter, elle franchit la porte.

— Elle paraissait bien pressée, dit Esme comme pour elle, alors qu'elle avait commencé à examiner le chien.

Lyle acquiesça. Pourquoi Cass paraissait-elle si malheureuse lorsqu'elle s'était enfuie ?

Le lendemain soir, en entrant dans la salle à manger, Lyle trouva de nombreux résidents, entre lesquels les conversations allaient bon train. Cass, elle, n'était pas là. Il ne l'avait pas revue depuis la veille.

Le dîner allait être servi lorsqu'elle fit son entrée dans la salle, au grand soulagement de Lyle. Il avait craint de devoir aller lui rappeler les règles de l'établissement.

Elle était vêtue d'un chemisier blanc et d'un jean, et avait aux pieds les bottines qu'elle portait déjà la veille. Ses cheveux étaient coiffés en arrière, et son visage nu de tout maquillage. Il y avait chez elle une simplicité et une fraîcheur qu'il trouvait très attirantes, ce qui était nouveau pour lui.

S'il était resté si longtemps lié à Freya, c'était parce qu'elle représentait, dans un monde qu'il ne pouvait pas contrôler, une certaine sécurité à ses yeux. Il était alors trop jeune, trop perdu, ce dont il n'avait pris conscience qu'après son départ à l'étranger. La façon dont leur relation avait pris fin avait modifié l'idée qu'il se faisait de ses futures partenaires potentielles. Il voulait que, la prochaine fois où il nouerait une relation avec une femme, ce soit sérieux, réfléchi, quelque chose qui l'engage pour la vie. Ce qui ne pouvait certainement pas être le cas avec une résidente qui repartirait bientôt reprendre le cours de sa vie à des milliers de kilomètres. Il devait cesser de penser à elle.

Il se leva et l'invita à s'asseoir près de lui.

— Nous sommes ravis que vous veniez vous joindre à nous, dit-il en souriant. J'avais peur de devoir sortir dans le froid pour me lancer à votre recherche.

Avant d'accepter la chaise qu'il lui offrait, elle jeta un regard au chien qui accompagnait le résident assis juste à côté d'elle.

— J'avoue que j'ai songé à sauter le déjeuner.

— Je me réjouis que vous y ayez renoncé.

— C'est la faim qui m'a fait changer d'avis.

— Quelle qu'en soit la raison, je suis content que vous soyez là. Laissez-moi vous présenter à tout le monde.

— Ce n'est pas...

Elle n'avait pas terminé sa phrase que tous les convives se tournèrent vers elle.

— Je vous présente Cass, lança Lyle à la cantonade.

Il nomma ensuite une à une chacune des personnes présentes. Les résidents saluaient Cass d'un signe de tête ou d'un « bonjour ! » auxquels elle répondait par un sourire crispé.

Lyle remarqua qu'elle mangeait très peu. À ce train-là, elle aurait du mal à reprendre du poids.

— Vous serez contente d'apprendre que le chiot que nous avons recueilli hier soir va bien. Esme l'a trouvé en bonne forme, quoique trop maigre. Il devrait récupérer rapidement.

— C'est bien.

Elle ne facilitait pas la conversation. Il fit une autre tentative.

— Elle va essayer de mener une enquête pour voir si quelqu'un le réclame.

— Ah, parfait.

Elle piqua un morceau de nourriture avec sa fourchette et le porta à sa bouche comme si cela lui demandait un gros effort.

Roger, son autre voisin de table, lui posa une question à laquelle elle répondit très brièvement. Apparemment, elle n'avait aucune envie de parler à qui que ce soit.

Il tenta une nouvelle approche.

— À ce que je vois, l'équipe et les résidents se sont activés dans cette salle. Elle a pris un air de fête.

Elle regarda autour d'elle comme si elle voyait la salle à manger pour la première fois. Comment pouvait-elle montrer une telle indifférence devant les feuillages et les rubans rouges qui ornaient les lustres et le milieu de table ? Le manteau de la cheminée avait, lui aussi, été garni de décorations de Noël. En général, d'après son expérience, c'était le genre de choses que les femmes adoraient.

Mis à part les coups d'œil qu'elle lançait au chien qui se trouvait à côté d'elle, elle semblait ne s'intéresser à rien ni à personne. Il avait envie qu'elle s'intéresse à lui. Et qu'elle l'apprécie.

Il reporta son attention sur Alice, son autre voisine de table. Peut-être que, s'il laissait Cass tranquille, elle finirait par s'ouvrir un peu. Alice et lui se mirent à parler du marché de Noël qui commençait le week-end suivant au village, puis ils évoquèrent les autres manifestations prévues dans les jours à venir, le festival de Noël qui avait lieu chaque année au château, et la Crèche vivante organisée au village.

— On m'a dit qu'il y aurait dans quelques semaines une illumination de l'arbre de Noël et aussi une parade, dit Alice, les yeux brillants d'excitation.

— C'est vrai, et ils feront même participer quelques-uns des chiens du centre.

Ayant remarqué que Cass écoutait leur conversation, il tenta de l'y inclure.

— Vous aimez les marchés artisanaux, Cass ?

— Je... Heu... Oui.

— Alors, il faudra que vous preniez le minibus pour aller à Cluchlochry samedi matin. Vous verrez, ils ont un marché très intéressant, l'endroit idéal pour les cadeaux de Noël.

— J'y penserai, dit-elle en repoussant sa chaise. Maintenant, je vais sortir faire une promenade avant qu'il ne fasse nuit.

— Pourrais-je vous parler en privé un instant ? demanda Lyle.

— Heu... D'accord, mais juste une minute. J'ai vraiment envie d'aller marcher.

— Promis, je n'abuserai pas de votre temps.

Ils sortirent ensemble de la salle à manger.

— Si nous allions au salon ? proposa-t-il.

Ils traversèrent le hall, prirent un couloir et pénétrèrent dans un autre vestibule. Lyle ouvrit une porte qui donnait sur une vaste salle meublée de quantité de fauteuils et de canapés. Un feu brûlait dans la cheminée trônant au centre du mur principal. Le mur opposé était percé de multiples fenêtres.

— Si nous nous asseyions ?

— J'ai l'impression d'avoir été convoquée dans le bureau du principal du collège, dit Cassie en s'installant au bord du canapé le plus proche. Vous auriez pu me parler sur le seuil de la salle à manger.

— J'aurais pu, mais je voudrais surtout comprendre pourquoi vous êtes si opposée à l'idée de suivre la thérapie canine. Comme vous avez l'habitude de travailler avec un chien, j'aurais cru que vous aimiez les animaux. J'ai remarqué votre peu d'enthousiasme à vous occuper du chien que nous avons trouvé hier, et vous vous êtes dépêchée de quitter le centre. J'ai lu dans votre dossier que vous aviez perdu votre partenaire. Est-ce cela, le problème ? Je voudrais vous aider. Tout le personnel, ici, le voudrait.

— Je ne veux pas de votre aide, ni celle de personne. Vous voulez que j'aille à la thérapie canine ? Bien, j'irai demain.

Leur échange fut interrompu par l'arrivée de Charles.

— Ah, vous êtes là, dit-il en venant vers eux.

Lyle se leva.

— Salut, Charles. Je te présente Cassandra Bellow, une nouvelle résidente. Cass, voici le Dr Charles Ross-Wylde, qui est aussi le laird de Heatherglen et le frère d'Esme.

— Ravi de vous rencontrer, dit Charles en souriant. Appelez-moi Charles, je vous en prie.

— Bonjour. Vous avez une ravissante maison... Château, je veux dire.

Elle avait conscience de son ton guindé, de ses propos impersonnels. Charles éclata de rire.

— Merci. Vous êtes américaine, n'est-ce pas ?

— Oui, en effet.

— C'est vous qui travaillez dans les équipes de recherche et de sauvetage ? Un travail passionnant.

— Parfois.

Son regard se tourna vers la porte.

— Je vais vous laisser discuter entre vous, dit-elle.

Et elle s'éclipsa.

Lyle la regarda partir. Il lui faisait confiance : elle irait au centre de thérapie canine le lendemain. Dans quel état elle en sortirait, c'était une autre question. Il espérait seulement que le chien qu'on lui confierait l'aiderait à guérir.

— Lyle...

Il se tourna vers Charles qui lui souriait, le regard pétillant.

— Tu l'aimes bien, pas vrai ?

— Pourquoi dis-tu ça ?

Il n'avait pas envie de parler de ses sentiments contradictoires pour Cass Bellow. Pas même à Charles, son meilleur ami. Celui-ci éclata de rire.

— Je t'ai appelé trois fois avant que tu ne me répondes !

Lyle pesta intérieurement. Désormais, Charles le cuisinerait chaque fois qu'il le verrait.

— Tu avais quelque chose d'important à me dire ?

Son ami le regarda avec un sourire entendu.

— Oh ! ce n'est pas aussi intéressant que Mlle Bellow, mais nous devons parler d'Andy et des progrès qu'il fait.

— Ah ! eh bien, allons dans mon bureau pour en discuter.

Après avoir remonté à pied la longue allée du château et atteint la route, Cass était toujours aussi irritée contre Lyle. Comment osait-il la traiter comme une enfant désobéissante ? Si elle suivait scrupuleusement les séances de kinésithérapie, en revanche elle savait que la thérapie canine ne lui apporterait aucun bénéfice. Mais Lyle ne lâcherait pas l'affaire.

Elle avait assisté au dîner dans la salle à manger, comme il le souhaitait. N'était-ce pas suffisant ? D'accord, elle irait au centre de thérapie canine dès le lendemain, mais sa participation se limiterait au strict minimum et elle ne se montrerait pas coopérative. Lyle finirait par se désintéresser de son cas.

— Sois forte, se dit-elle en enfonçant les mains dans les poches de sa veste.

Lorsque son frère s'était perdu, ses parents l'avaient prise dans leurs bras en lui répétant qu'ils devaient rester forts. Par la suite, elle s'était servie de cette devise, « sois forte », chaque fois qu'elle se sentait vulnérable. Et des années après, elle y avait encore recours pour se donner du courage.

— Sois forte ! cria-t-elle à tue-tête.

Elle avait été forte quand Jim lui avait brisé le cœur et quand, peu après, elle avait appris que Rufus était mort. Elle avait été forte quand les médecins l'avaient avertie qu'elle ne retrouverait peut-être jamais le plein usage de son bras et de sa jambe blessés. Elle avait été forte lors de son éprouvant séjour à l'hôpital. Et durant les séances de kinésithérapie épuisantes qu'elle subissait à présent. Mais elle avait beau se montrer forte, cela ne changeait rien. Elle était seule, sans personne sur qui s'appuyer.

Le bruit d'une voiture arrivant sur la route attira son attention. Le conducteur roulait beaucoup trop vite sur le sol glacé. Lorsqu'il aborda le virage, il dérapa, envoyant la voiture heurter le mur d'enceinte qui séparait la route du parc du château.

Cass franchit à la hâte la grille et, le cœur battant, se précipita vers la voiture sans se soucier de la douleur qu'elle ressentait dans sa jambe. Malgré le choc qui avait défoncé le capot, le moteur continuait de ronfler. L'air chaud qui s'échappait du radiateur formait un nuage de vapeur qui empêchait toute vision précise de la scène.

Cass toucha d'une main tremblante le flanc de la voiture. C'était la première fois qu'elle se trouvait face à un accident depuis qu'elle-même avait été gravement blessée. Et là, elle était seule, sans son partenaire. Serait-elle capable d'affronter la situation ? N'allait-elle pas craquer et fondre en larmes ? Elle respira profondément. *Sois forte.*

S'appuyant sur la voiture pour se guider au milieu de la fumée, elle avança jusqu'à la portière du conducteur et l'ouvrit. L'homme gémissait, une main posée sur son front.

— Ça va ? demanda-t-elle. Ne bougez pas. Vous êtes peut-être blessé.

— Je vais bien, fit-il d'une voix pâteuse.

Elle lui mit la main sur l'épaule.

— Je suis urgentiste. Les secours vont bientôt arriver.

L'homme ôta la main de son front. Elle était couverte de sang.

— Ne bougez pas, répéta Cass d'un ton ferme. Gardez la tête penchée en arrière. Je vais couper le moteur.

Elle entendit un gémissement venant de la banquette arrière. Il y avait quelqu'un d'autre qu'elle devait examiner. Si seulement elle avait un téléphone portable pour appeler à l'aide. Le sien avait été cassé lors de son accident et elle n'avait pas encore eu le temps de le remplacer. Le conducteur devait sûrement en posséder un.

— Monsieur, avez-vous un téléphone portable ? Dites-moi où il est, n'essayez pas de l'attraper vous-même.

L'homme lui indiqua d'une voix faible que son téléphone se trouvait dans la poche de sa veste. Elle prit l'appareil et composa le 999. Après avoir donné toutes les informations nécessaires à son interlocuteur, elle raccrocha et ouvrit la portière arrière. Une femme d'une soixantaine d'années était recroquevillée dans l'espace pour les pieds.

— Ne vous inquiétez pas, dit Cass, ça va aller. Je sais que vous êtes dans une position inconfortable, mais essayez de ne pas bouger.

La femme poussa un gémissement. Elle semblait à peine consciente. Cass lui posa ses doigts sur le cou, cherchant son pouls. Elle le trouva, mais il était très faible.

Elle entendit derrière elle une voix qu'elle reconnut immédiatement.

— Ne la bougez pas, elle souffre peut-être d'une commotion cérébrale.

— Je lui ai déjà dit de rester tranquille, répondit-elle par-dessus son épaule. Et j'ai appelé les secours.

— Je sais. Je leur ai téléphoné, moi aussi, juste après vous.

Elle devait empêcher que le conducteur continue de perdre son sang.

— Avez-vous quelque chose pour arrêter ces saignements ?

— Non. J'étais en train de rentrer chez moi quand j'ai entendu le bruit de l'accident.

Cass se redressa.

— Occupez-vous de cette femme pendant que je cherche s'il y a une trousse de première urgence dans la voiture.

Elle ouvrit la portière avant, côté passager, et fouilla dans la boîte à gants où elle ne trouva qu'un paquet de serviettes en papier. Cela ferait l'affaire. Pour l'instant.

— Cass, nous devons allonger cette femme sur la banquette pour que je puisse l'examiner convenablement.

— D'accord. Tenez, prenez ces serviettes et demandez au blessé de les appliquer sur sa blessure à la tête. Je vais me faufiler à l'arrière de la voiture pour vous aider à soulever cette femme.

Lyle prit les serviettes, qu'il plaça sur le front du blessé.

— Je l'emmènerai à la clinique pour lui poser des agrafes, mais nous devons d'abord nous occuper de cette femme. Elle a perdu conscience.

Pendant qu'il parlait, Cass avait gagné le siège arrière où elle restait agenouillée malgré la douleur que cette position inconfortable infligeait à sa jambe. Elle saisit la femme sous les bras, croisant les mains sur sa poitrine.

— Prêt ?

— À trois, on la soulève. Un, deux, trois !

Cass tira la sexagénaire vers elle tandis que Lyle la prenait par les chevilles. La femme se retrouva bientôt allongée sur la banquette. Elle poussait des gémissements sourds.

— Pourriez-vous lui prendre le pouls et vérifier son rythme cardiaque pendant que je regarde si elle souffre de blessures internes ? demanda Lyle.

Cass s'exécuta aussitôt.

— Son pouls est stable, mais assez faible.

— Bon. Pour le moment, je ne lui trouve aucune autre blessure.

Il continua d'examiner la femme.

Un minibus franchit la grille du château et vint s'arrêter près d'eux.

— Nous devons les emmener à la clinique où je pourrai procéder à un examen plus complet, dit Lyle.

— Ne faut-il pas attendre l'arrivée d'une ambulance ?

— Cela prendrait trop de temps. Elle doit venir de Fort William. C'est nous qui assurons le service des urgences dans cette zone.

— Vraiment ?

Elle était impressionnée de le voir assumer la responsabilité de tant de vies.

Le conducteur du minibus, qui faisait partie de l'équipe de la clinique, les rejoignit.

— Ron, dit Lyle, nous devons de toute urgence emmener ces deux personnes à la clinique. L'homme peut s'asseoir devant. Nous avons besoin de la civière pour la femme.

Ron hocha la tête et retourna au minibus.

— Cass, dit Lyle, voulez-vous continuer à surveiller cette femme pendant que j'examine l'autre victime ?

— D'accord.

Après un dernier contrôle, Lyle décida que les blessés étaient transportables.

— Je vais installer l'homme dans le minibus. De votre côté, ça va ?

— Oui.

Cass se concentrait sur la femme, essayant de ne pas trop penser à sa jambe et à son bras devenus douloureux.

— Il faut la protéger du froid, dit-elle. Apportez-moi une couverture si vous en avez une.

— Entendu.

Quelques minutes plus tard, Lyle revint en poussant un chariot. Ron l'accompagnait.

— Nous allons unir nos forces pour la soulever.

Les deux hommes amenèrent le chariot tout près de la portière. Cass prit la couverture que Lyle lui tendait et l'étendit sur la femme.

— Cass, dit Lyle, si vous lui soutenez la tête et les épaules pendant que Ron et moi la soulevons par les pieds, nous devrions y arriver.

Cass savait que cet effort lui vaudrait une douleur fulgurante dans le bras et la jambe. Qu'importait ! Il fallait avant tout prendre soin de la patiente. Passant ses mains sous les omoplates de la femme, elle lui soutint la tête avec les bras.

— Prête.

— Allez, Ron. Un, deux, trois, on soulève !

Les deux hommes déplacèrent lentement la femme pour la faire passer de la banquette arrière sur le chariot. Tout en essayant de garder le haut du corps et le cou de la femme aussi droits et stables que possible, Cass rampa sur la banquette. Alors qu'elle sortait du véhicule, une douleur intense électrifia toutes les fibres nerveuses de ses membres traumatisés. Lorsqu'elle essaya de se redresser, sa jambe se déroba sous elle et elle dut s'agripper au chariot pour retrouver son équilibre.

Lyle lâcha un juron.

— Comment est-ce possible ! J'étais si absorbé par ce qui se passait que j'en ai oublié que vous étiez une patiente en convalescence. Asseyez-vous.

Il la guida jusqu'à l'un des sièges de la voiture.

— Restez ici pendant que nous installons la blessée dans le minibus, dit-il.

Quel soulagement de s'asseoir ! La douleur était si violente que Cass en avait les larmes aux yeux. Lyle la regardait, l'air inquiet.

— Ron, dit-il, installons cette femme dans le minibus.

Quelques instants plus tard, il se tourna vers Cass.

— À votre tour, maintenant.

Elle serra la mâchoire et se leva. Il était hors de question de laisser voir à quel point elle avait mal.

— Je peux marcher, dit-elle d'un ton assuré.

— Peut-être, mais je n'ai pas envie que vous vous écrouliez sous mes yeux.

Il lui passa le bras autour de la taille et l'emmena vers l'arrière du véhicule. Après un moment d'hésitation, elle s'appuya contre lui et avança en boitillant jusqu'au minibus. Elle ne pouvait pas plus ignorer le trouble qu'elle ressentait en étant si proche de Lyle qu'elle ne pouvait nier la douleur qui lui transperçait la jambe.

Alors qu'elle s'apprêtait à grimper dans le minibus, elle se sentit soulevée et posée doucement sur ses pieds à l'intérieur du véhicule.

— Merci, dit-elle.

— Il n'y a pas de quoi. Asseyez-vous.

Elle obéit et s'installa au bord de l'étroite banquette, où Lyle la rejoignit bientôt. Leurs corps se frôlaient en permanence. Elle avait une envie folle de poser la tête sur l'épaule de son compagnon, mais résista à la tentation. Qu'aurait-il pensé ?

Ron ferma les portes du minibus. Toute l'attention de Lyle était accaparée par la femme allongée sur le chariot, qui avait été fixé au sol par des sangles. Elle n'avait toujours pas repris connaissance.

Ils arrivèrent bientôt au château. Lyle sauta du minibus.

— Ne bougez pas, dit-il à Cass. Je ne veux pas que vous fassiez de chute. Quelqu'un va venir vous aider à descendre.

Sans attendre de réponse, il libéra le chariot de ses fixations et, avec l'aide de Ron, il emmena la femme à l'intérieur.

Cass s'efforçait de ne pas trembler. Ce par quoi elle était passée lorsque le mur s'était écroulé sur elle lui revenait soudain en mémoire. Le son de sa voix alors qu'elle appelait Rufus et n'obtenait pas de réponse. L'attente interminable jusqu'à ce que quelqu'un vienne la sortir des décombres.

Lyle ne revenait pas. La panique la saisit. Une douleur lancinante la torturait. Il fallait qu'elle sorte de là.

Elle essaya de comprendre où elle se trouvait. Elle ne connaissait pas cette partie-là du château. Le minibus était arrêté à côté d'un petit bâtiment avec une porte à double battant.

Elle devait faire quelque chose. Et si Lyle avait besoin de son aide ? Alors qu'elle allait se mettre debout, Ron apparut. Il lui jeta un coup d'œil et se précipita vers le blessé, qui était assis à l'avant.

Lyle et Ron consacraient toute leur énergie aux deux blessés. Il allait se passer un bon moment avant que quelqu'un ne vienne s'occuper d'elle. Après tout, sa douleur ne devrait pas l'empêcher de sortir du minibus.

Se frictionnant la jambe, elle se leva en faisant bien attention à ne pas se servir de son bras droit. Serrant les dents, elle réussit à quitter le véhicule. À cet instant, les portes du bâtiment s'ouvrirent de nouveau et Melissa apparut, poussant un fauteuil roulant devant elle.

— Lyle m'a envoyée vous chercher en me disant que vous ne resteriez pas longtemps à attendre. Je constate qu'il a vu juste.

Cass fit un pas en avant en essayant de ne pas trop prendre appui sur sa jambe blessée. Comment nier que le fauteuil roulant était bienvenu ?

— Laissez-moi vous aider, dit Melissa.

Après l'avoir installée dans le fauteuil, elle la poussa à l'intérieur et Cass découvrit une grande salle d'examen, destinée aux urgences et disposant de l'équipement le plus moderne. C'était une vision fascinante. Jamais elle n'aurait imaginé que la clinique disposait d'un endroit pareil.

Lyle se tenait près de la sexagénaire, encore allongée sur le chariot. Elle avait repris connaissance et ils parlaient ensemble. Ron était occupé à nettoyer la plaie au front du conducteur, installé sur une table d'examen voisine.

— Que puis-je faire pour vous aider ? demanda Cass.

— Rien, dit Lyle. Vous en avez déjà fait assez. Vous devez vous ménager.

— Mais vous avez sûrement besoin d'aide.

Deux infirmières entrèrent alors dans la salle.

— Nous sommes assez nombreux, dit Lyle d'un ton ferme. Melissa, s'il vous plaît, veillez à ce que Cass regagne sa chambre. Je vais mettre Flora au courant de ce qui s'est passé. Peut-être voudra-t-elle vous examiner, Cass. En fait, Melissa, cela ferait peut-être du bien à Cass de profiter un moment du spa.

Et il reporta toute son attention sur sa patiente.

Revenue rapidement dans sa chambre grâce à l'aide de Melissa, ce fut avec bonheur que Cass se laissa glisser dans l'eau chaude bouillonnante, qui soulagea aussitôt ses membres douloureux. Elle avait survécu à sa première intervention d'urgence effectuée sans Rufus. Cela avait été dur, mais également assez encourageant.

Même si c'était encore peu de chose, elle avançait.

Lyle était prêt à rentrer chez lui. L'ambulance venue de Fort William était repartie, emmenant la patiente dont l'état nécessitait une hospitalisation. Après avoir posé des agrafes sur la blessure au front du conducteur, Lyle l'avait renvoyé chez lui, le confiant à des proches venus le chercher.

À présent, il avait hâte de regagner son cottage et de se mettre au lit, mais il voulait d'abord s'assurer que Cass allait bien.

Il frappa doucement à la porte de sa chambre, au cas où elle dormirait déjà. N'obtenant pas de réponse, il allait tourner les talons lorsque la porte s'entrouvrit.

— Oui ?

Elle avait brossé ses cheveux en arrière et semblait s'être passé le visage à l'eau fraîche. Elle était à la fois adorable et fragile.

Qu'y avait-il chez elle qui le fascinait autant ? Était-ce sa force ? Sa détermination ? Sa vulnérabilité ? C'était une énigme pour lui. Mais il ne devait pas oublier qu'elle repartirait bientôt chez elle. Il ne devait pas perdre son temps à s'intéresser à une femme avec qui aucune histoire sérieuse n'était envisageable. La prochaine fois qu'il tomberait amoureux, ce serait avec l'idée de s'engager pour la vie.

Mais ce n'était pas le moment de rêvasser. Il était venu prendre de ses nouvelles.

— Comment allez-vous ?

— Beaucoup mieux, après un bain chaud.

— Bien. Vous m'avez vraiment impressionné, aujourd'hui, Cass. Vous avez assuré. Je sais que vous avez dû avoir très mal. Il fallait me le dire. Ou plutôt, c'est moi qui aurais dû y penser. Je suis vraiment désolé.

Elle ouvrit un peu plus la porte.

— Hé, je travaille dans des équipes d'urgence. Je suis entraînée à porter secours aux gens, vous savez.

— C'est vrai, mais ici vous êtes aussi une patiente. J'aurais dû m'en souvenir.

Elle était si mignonne, avec son T-shirt et ses pieds nus aux ongles peints en rose.

— Je vais bien, dit-elle d'un ton posé.

Pour une fois, il y avait comme un sourire dans ses yeux.

— J'en suis ravi. Bon, je vais vous laisser vous reposer.

Il devait partir. Maintenant. Il commença à s'éloigner.

— Lyle...

Il faillit ne pas s'arrêter, mais la curiosité l'emporta.

— Aujourd'hui, vous m'avez impressionnée, vous aussi.

Il sourit. Ce compliment lui faisait plaisir, surtout venant de Cass. Il avait confiance en ses capacités, mais c'était réconfortant de voir que, contrairement à son père, d'autres personnes les reconnaissaient.

— Merci. Dormez bien, Cass.

4

Le lendemain après-midi, Cass poussa la porte vitrée du centre de thérapie canine d'une main qui tremblait. Elle avait dit qu'elle respecterait son rendez-vous, mais elle le faisait sans aucun enthousiasme.

L'idée de se retrouver avec un chien lui donnait envie de pleurer. La douleur d'avoir perdu Rufus était encore trop vive. Aucun autre chien ne pouvait le remplacer. Elle ferait ce qu'on lui demanderait, puis elle regagnerait sa chambre au plus vite pour pleurer toutes les larmes de son corps.

Lorsqu'elle ouvrit la porte, le jeune homme assis derrière le comptoir leva la tête.

— Puis-je vous aider ?

— Je m'appelle Cass Bellow. Je suis une résidente de la clinique.

Il baissa les yeux vers ce qui devait être une liste.

— Ah, oui, nous vous attendions. Venez avec moi, dit-il en se levant. Margaret va s'occuper de vous. Suivez-moi.

Cass le suivit dans un couloir qui les mena jusqu'à une pièce meublée de fauteuils. Une femme aux cheveux noirs était assise sur ses talons près d'une femme installée dans l'un des fauteuils avec un petit chien dans les bras. Cass reconnut une des résidentes de la clinique. Lyle la lui avait présentée, mas elle ne se souvenait pas de son nom.

— Margaret, dit le jeune homme, voici Cass Bellow.

La femme aux cheveux noirs se releva et, la main tendue, vint vers Cass.

— Ravie de pouvoir enfin vous rencontrer, dit-elle avec un grand sourire.

Était-ce une façon subtile de lui reprocher de n'être pas venue aux rendez-vous précédents ? Cass fut encore plus tentée de prendre le large.

— Je travaille avec Esme sur le programme de thérapie canine, ici, à Heatherglen, disait Margaret.

Le jeune homme repartit par où ils étaient venus. Le regard braqué sur le petit chien qui semblait apprécier les caresses de la résidente, Cass avait le cœur serré. Elle n'était pas prête. Elle ne voulait *rien* avoir à faire avec un chien.

— J'ai pensé que vous seriez peut-être contente de rencontrer Muffin. C'est un adorable petit chien. Il sera votre compagnon durant votre séjour ici. Je vais aller le chercher, dit Margaret en s'en allant.

Cass se tenait debout au milieu de la pièce, les genoux tremblants, évitant du regard la résidente dont elle avait oublié le nom. Elle ne voulait pas avoir à s'occuper d'un chien. Et surtout pas d'un chien s'appelant Muffin. Le souffle court, les lèvres sèches, elle dansait d'un pied sur l'autre. Elle avait vraiment envie de partir. C'était trop dur. Qu'arriverait-il si elle finissait par s'attacher à ce Muffin ? Dans quelque temps, elle quitterait la clinique. Elle ne voulait pas connaître à nouveau la douleur d'une séparation.

Sans réfléchir, elle se précipita vers la porte et retourna dans le hall d'entrée. Ignorant le jeune homme assis derrière le comptoir qui l'interpellait, elle ouvrit tout grand la porte, sortit en trébuchant dans le froid et regagna le château. Elle y entra par une petite porte dérobée qu'elle avait repérée la veille.

Certaine qu'on viendrait la chercher dans sa chambre, elle se dirigea vers la véranda. En explorant les lieux le lendemain de son arrivée, elle avait découvert une alcôve cachée derrière de grands palmiers et des bananiers en pots. Il y avait là un petit canapé. Elle pourrait s'y rouler en boule et lécher ses blessures sans que personne la voie.

À son grand soulagement, l'endroit était désert. Elle s'assit sur le canapé, ramena ses jambes sous elle et resserra autour d'elle le manteau que Lyle lui avait prêté. Quand donc la souffrance qui la rongeait s'envolerait-elle ?

Elle n'aurait su dire depuis combien de temps elle était assise là, le regard dans le vide, lorsqu'elle entendit son nom.

— Cass ?

Lyle.

Elle se raidit. Comment l'avait-il trouvée ? Elle n'avait pas l'intention de s'expliquer. Pourquoi ne la laissait-il pas tranquille ?

— Allez-vous-en.

Il ne bougea pas.

— Comment saviez-vous où j'étais ? demanda-t-elle finalement dans un murmure.

— Je vous ai vue entrer. Quand le centre canin m'a téléphoné, je savais où il fallait venir vous chercher.

Génial. Et elle qui croyait avoir réussi à s'échapper.

— Et maintenant vous êtes venu me secourir.

— J'aime aider, c'est tout. Être un ami pour vous. On m'a dit que vous aviez l'air bouleversée.

Et si elle faisait mine d'ignorer sa présence ? Peut-être finirait-il par s'en aller.

Ils restèrent ainsi un moment, assis l'un près de l'autre, silencieux.

— Vous n'avez pas l'intention de partir, n'est-ce pas ? dit Cass.

— Pas avant d'être sûr que vous allez bien.

— Oh ! soyez tranquille, je ne vais pas me faire du mal.

— Je ne pensais pas à cela, mais je suis heureux de l'apprendre.

Il se laissa aller contre le dossier du canapé, comme s'il était prêt à rester là toute la journée. À mesure que le silence se prolongeait, Cass était de plus en plus énervée.

— Que puis-je vous dire pour vous convaincre de partir ?

Il prit son temps avant de répondre.

— J'aimerais comprendre pourquoi vous refusez de participer à notre programme de thérapie canine alors que vous travaillez tout le temps avec un chien.

Pouvait-elle lui expliquer ? Comprendrait-il ? Était-ce le seul moyen d'obtenir qu'il la laisse tranquille ?

Elle ouvrit la bouche pour lui parler de Rufus, mais les mots restaient coincés dans sa gorge. Elle ferma les yeux. Puis elle se lança.

— Rufus, mon partenaire de travail, est mort. Je ne sais pas si je serais capable de m'occuper d'un autre chien.

Les larmes qu'elle retenait depuis des jours et des jours menaçaient de déborder. Elle tenta de réprimer un sanglot, en vain.

Lyle lui passa la main dans le dos dans un geste de réconfort, puis il la prit par les épaules et l'attira contre son torse. Elle enfouit le visage dans son pull et se blottit contre lui. Toutes les émotions qu'elle avait tenté de refréner depuis le jour où le mur s'était effondré sur elle s'exprimaient soudain librement. Lyle la serrait étroitement contre lui, tout en lui caressant le dos et les épaules.

— Allez-y, murmurait-il, lâchez-vous.

Ce qu'elle fit, laissant enfin sortir la douleur, la peur et le chagrin qui la ravageaient depuis des mois. Lyle continuait de lui glisser des mots rassurants dans le creux de l'oreille tandis qu'elle s'accrochait à lui.

Elle n'aurait su dire combien de temps s'était écoulé lorsqu'elle reprit soudain pleinement conscience et s'aperçut qu'elle se trouvait dans les bras de Lyle. Un sentiment de gêne la submergea. Elle se redressa brusquement.

— Je suis désolée. Je ne sais pas pourquoi je me suis laissée aller ainsi, ça ne me ressemble pas.

— Je dirais que c'est parce que vous en aviez besoin. Vous avez été soumise à un stress terrible.

Il bougea, posa les mains sur ses cuisses. Elle regretta le contact physique avec lui qui l'avait tellement réconfortée.

Elle lui brossa son pull du revers de la main.

— Je n'ai pas ménagé vos vêtements, dit-elle.

— Aucune importance. Je suis content d'avoir pu être là pour vous.

Il semblait sincère.

— Si je comprends bien, laisser les patients vous inonder de leurs larmes fait partie de votre mission ? dit-elle avec un sourire timide.

— Pas tous les patients, répondit-il, le regard tendre. Je dois dire que vous êtes un cas particulier.

Elle sentit une vague de chaleur l'envahir. Lyle était un homme bon qui savait toujours prononcer les mots qu'il fallait. Une pensée la traversa. Ah ! comme elle aurait préféré qu'il ne soit pas un médecin en train de s'adresser à une patiente.

— Je savais que vous aviez perdu votre chien, cela figurait dans votre dossier. Mais je n'imaginais pas que vous plier à la thérapie canine serait aussi difficile pour vous. Vous avez traversé de dures épreuves, physiques et... psychologiques. Flora, Esme et moi n'en avons pas assez pris conscience. Voulez-vous me parler de ce qui est arrivé ? Je sais écouter.

Elle secoua la tête. Il attendit un moment avant de reprendre.

— Quand avez-vous appris les détails de ce qui s'était passé ?

— J'ai compris que le mur était en train de s'écrouler, mais j'ignorais...

Elle s'interrompit. Elle avait la gorge serrée et les lèvres sèches. Après avoir respiré un grand coup, elle poursuivit.

— Je n'ai appris la mort de Rufus qu'à mon réveil à l'hôpital. Lorsque j'ai demandé ce qu'il était devenu, une infirmière a dû aller se renseigner.

— Je suis désolé, dit Lyle en lui passant le bras autour des épaules. Cela n'aurait pas dû se passer de cette façon.

— Peu importe quand et comment j'ai appris la mort de Rufus. Cette terrible nouvelle était toujours aussi dure à entendre.

— Peut-être, mais on aurait pu au moins vous l'annoncer avec plus de tact. Voulez-vous me parler de votre chien ?

Elle n'en avait aucune envie, mais il méritait de savoir pourquoi elle venait de sangloter dans ses bras.

— Rufus était bien plus que mon chien. C'était aussi mon partenaire et mon meilleur ami.

Et la relation la plus longue qu'elle ait eue dans sa vie. Il avait été là chaque fois que l'une de ses histoires amoureuses prenait fin. Les hommes qu'elle rencontrait étaient intimidés par cette femme qui exerçait un métier si éprouvant émotionnellement. Ou bien ils n'appréciaient pas qu'elle parte soudain pour plusieurs semaines. Pour deux d'entre eux, sa relation avec Rufus avait été un sujet de discorde. Ils auraient voulu qu'elle leur accorde toute son attention et ils ne comprenaient pas le lien étrange qui la liait à son chien. Et maintenant, elle avait le corps marqué de cicatrices qu'ils trouveraient sans doute repoussantes.

Jim, son dernier amant, celui qu'elle avait cru être l'homme de sa vie, avait jugé son métier trop dangereux. Après leur rupture, il avait eu la gentillesse de prendre de ses nouvelles lorsqu'elle s'était retrouvée à l'hôpital, mais elle avait rapidement compris que ce n'était pas tant parce qu'il se faisait du souci pour elle que pour avoir le plaisir de lui répéter une fois encore « je te l'avais bien dit ». Pas un instant il n'avait manifesté de la sympathie pour Rufus et sa disparition brutale. Elle avait alors compris que leur relation était sans espoir, malgré son attachement pour lui.

Lyle retira son bras. Il lui manqua aussitôt. C'était si réconfortant.

— Combien de temps ce chien a-t-il été votre partenaire ?

— Quatre ans. Il avait deux ans quand je l'ai eu. Nous avons consacré les huit premières semaines à nous entraîner. Il était né en Allemagne. C'est dans ce pays qu'on trouve les meilleurs chiens secouristes. Les Allemands savent les éduquer. En fait, la plupart des ordres que je lui donnais étaient en allemand.

Elle constatait que parler de Rufus lui était plus facile qu'elle n'aurait cru.

— Ah, vraiment ? Et comment s'est passée votre formation à tous les deux ?

— Cela vous intéresse vraiment ?

— Mais oui. Sinon, je ne vous aurais pas posé la question.

Il y avait bien longtemps qu'un homme ne lui avait pas manifesté une telle attention. Cela la toucha.

— J'ai dû passer un test écrit et un examen physique. Ensuite, j'ai eu une inspection à domicile afin que les autorités constituées sachent si j'étais capable de m'occuper d'un chien de ce genre. Un animal comme Rufus peut coûter jusqu'à dix mille dollars, leurs propriétaires font donc l'objet d'un contrôle très sévère. Rufus devait, lui aussi, avoir des aptitudes physiques, apprendre à obéir aux ordres que je lui donnais et se former à la détection, notamment par la reconnaissance de l'odeur corporelle. L'entraînement a été intensif pour lui comme pour moi.

— Une expérience qui a dû créer un lien très fort entre vous.

Elle sentit son cœur se serrer. Elle avait aimé ce chien de toute son âme. Et Lyle *semblait* l'avoir compris.

— Rufus n'avait que six ans, mais c'est déjà vieux pour un chien secouriste. Il devait bientôt cesser de travailler. J'avais déjà rempli les papiers pour le garder avec moi après sa mise à la retraite.

— Suivre la thérapie canine ressemble presque à une punition pour vous. Vous auriez dû nous en parler.

La voix de Lyle trahissait son désarroi. Elle détourna le regard.

— Pour que je me couvre de honte en fondant en larmes, comme je viens de le faire ?

Il lui prit la main. La sienne était grande, rassurante. Réconfortante.

— Vous n'avez aucune raison de ressentir de la honte. C'est normal d'avoir des réactions humaines.

— Oui, mais pleurer comme une madeleine en vous inondant de mes larmes, c'est peut-être aller un peu loin.

Il se pencha vers elle et vint si près que son épaule touchait presque la sienne.

— Cela ne m'a gêné en aucune façon. Je regrette seulement d'avoir tellement insisté pour que vous suiviez la thérapie canine.

— Je pensais que vous aviez lu tout cela dans mon dossier.

— Oui, mais je n'avais pas compris à quel point vous étiez proche de votre chien.

Génial. Il pensait probablement qu'elle était vraiment devenue folle.

— Je ne sais pas si je suis capable de m'occuper d'un chien.

Je m'en vais dans quelques semaines et… heu… je ne veux pas courir le risque de m'attacher à un autre chien.

Ce qu'elle ne lui disait pas, c'était qu'elle se sentait terriblement coupable vis-à-vis de Rufus parce qu'il avait sacrifié sa vie en la sauvant, elle. S'il n'avait pas aboyé, elle n'aurait pas levé les yeux et vu que le mur commençait à s'effondrer. Et Rufus avait sauté et l'avait poussée sur le côté, lui évitant ainsi une mort certaine, au prix de sa propre vie.

— Je vous comprends complètement, dit Lyle d'un ton sincère. Est-il possible d'envisager une autre façon pour vous de suivre la thérapie canine ? Par exemple, en donnant un coup de main à la clinique vétérinaire au lieu de vous voir attribuer un chien particulier.

Pourquoi pas ? Elle pouvait toujours essayer. En tout cas, il cherchait à trouver une solution acceptable pour elle.

— Cela pourrait peut-être marcher, dit-elle.

— Et si ce n'est pas le cas, nous tenterons autre chose.

Il lui lâcha la main.

— Avez-vous envie de manger un peu ?

— Je ne veux pas aller dans la salle à manger.

— De toute façon, il est trop tard, maintenant, dit-il en regardant par la baie vitrée.

Elle s'aperçut alors que la nuit était tombée. Depuis combien de temps étaient-ils assis là ?

— Je suis désolée. À cause de moi, vous avez raté le dîner.

— Pas de problème. Je suis sûr que Mme Renwick aura laissé quelque chose pour moi dans la cuisine. Allons voir ça.

— Je crois que je vais plutôt regagner ma chambre.

Elle voulait s'en aller. Se ressaisir.

— Mais non ! Vous devez avoir faim, et puis vous me tiendrez compagnie pendant que je mange.

Elle lui devait bien cela.

— D'accord, je vais le faire pour vous.

— J'ai reçu des réponses plus enthousiastes à mes invitations à dîner, mais bon, je m'en contenterai, dit-il en se levant.

Elle appréciait son sens de l'humour. Il semblait prendre la vie comme elle venait, sans trop s'angoisser. Contrairement à elle. Elle faisait face aux défis qu'elle rencontrait avec de l'inquiétude, de la peur, et la conviction de n'être pas à la hauteur de la tâche. Elle voulait sauver les gens, et donner à leurs proches ce que sa famille à elle avait reçu, le bonheur de retrouver un être cher. Maintenant, elle avait peu de chances d'y parvenir, mais cela restait encore son objectif, alors qu'elle avait les nerfs malades et n'était plus capable d'aider qui que ce soit. Pas même elle.

— Je tâcherai de faire mieux la prochaine fois.

— Ah, voilà qui fait plaisir à entendre, dit-il en lui tendant la main pour l'aider à se lever. Je retrouve la Cass d'avant, si solide. J'avoue que, un moment, j'ai été inquiet pour vous.

Il la considérait encore comme quelqu'un de solide, malgré les événements de ces dernières heures ?

— Comment cela ? demanda-t-elle en se levant.

— Je ne sais pas trop quoi faire quand je vois une femme pleurer.

— Je suis désolée de vous avoir mis mal à l'aise.

— Mais non ! Je suis content d'avoir été là pour vous réconforter. Maintenant, allons voir ce que nous pourrons trouver à manger.

En se dirigeant vers la cuisine, Lyle ne cessait de penser à Cass. Elle ne s'était pas remise de la mort de son chien. Il savait quel vide la perte d'un être cher pouvait laisser. Il avait connu cela quand Freya l'avait quitté.

Il avait bien aimé le fait que Cass ait baissé la garde avec lui et qu'elle ait pleuré sur son épaule. Mais que cela lui ait plu le troublait. L'attirait-elle parce qu'il comprenait sa souffrance intérieure ? Une chose était sûre ; elle l'envoûtait. Et cela ne le gênait pas d'être subjugué par cette femme.

Cass le suivit sans rien dire jusqu'à la cuisine. Elle semblait le faire de bon cœur.

— Asseyez-vous là, dit-il en lui montrant la petite table en bois placée près des deux fenêtres d'angle. Je vais regarder ce qu'il y a dans le réfrigérateur.

Elle obéit.

— Ah, nous avons du rôti de bœuf et une soupe aux légumes, annonça Lyle, la tête dans le réfrigérateur. Un sandwich et un bol de soupe, cela vous dirait ?

— Ce sera parfait. Puis-je vous aider ?

— Bien sûr.

Sur une étagère, il prit deux bols qu'il posa sur un plateau.

— Tenez, mettez cela sur la table, j'apporte le rôti et la soupe. Vous ouvrirez les boîtes pendant que je cherche les assiettes et le reste.

Il fouilla dans les placards et les tiroirs et mit tout ce dont ils avaient besoin sur la table. Pendant ce temps-là, elle avait ôté les films transparents qui recouvraient les boîtes.

— Si vous vous chargez de faire les sandwichs, je m'occupe de réchauffer la soupe.

— Très bien.

— Je voudrais deux fines tranches de rôti, dit-il en lui tendant un couteau.

— C'est noté.

Elle commença à couper la viande pendant qu'il versait la soupe dans une casserole, qu'il mit à chauffer sur la cuisinière. Tout en surveillant la cuisson, il regarda Cass travailler.

Ses gestes étaient précis, efficaces, et elle s'acquittait de sa tâche avec sérieux. Il eut la nette impression qu'elle montrait en toute chose une grande conscience professionnelle et qu'elle en attendait autant des autres. Ce devait être rarissime pour elle de laisser quelqu'un être le témoin de ses décharges émotionnelles. Bizarrement, il se sentait honoré qu'elle lui ait permis de la réconforter.

Il posa la casserole fumante sur la table et commença à remplir les deux bols.

— Ça sent merveilleusement bon ! s'exclama Cass.

Il sourit.

— Mon seul mérite est d'avoir fait réchauffer la soupe… Si elle sent bon, je n'y suis pour rien !

Elle le gratifia d'un sourire qui lui mit le cœur en fête. Il versa du lait dans deux grands verres.

— Ces sandwichs ont l'air délicieux, dit-il.

— Mon seul mérite est de les avoir confectionnés… S'ils sont délicieux, je n'y suis pour rien !

Elle avait repris sa phrase en essayant d'imiter son accent. Ils éclatèrent tous les deux de rire.

— Je ne suis pas très douée pour l'accent écossais, n'est-ce pas ?

— Je dirais que vous avez besoin de le travailler.

Ils commencèrent à manger en silence. Après quelques minutes, elle reposa sa cuiller à côté de son bol de soupe.

— Vous avez des nouvelles de la femme que nous avons sortie de la voiture ?

— Oui, j'ai parlé à son médecin ce matin. Ils l'ont gardée en observation toute la nuit, mais elle semble aller bien.

— Tant mieux. Et l'homme qui était au volant ?

— Il reviendra la semaine prochaine se faire enlever ses agrafes, dit-il en mordant dans son sandwich.

— Vous êtes vraiment sur tous les fronts, non ?

Elle semblait fascinée.

Ce dont il était plutôt content. En fait, il aimait beaucoup Cass. Il y avait longtemps qu'une femme ne l'avait pas autant attiré. Avec elle, impossible d'envisager autre chose qu'une brève aventure, puisqu'elle retournerait bientôt aux États-Unis, mais pourquoi ne pas profiter de sa compagnie durant son séjour ici ?

— Je ne dirais pas que je joue les Père Noël, mais j'essaye de me rendre utile quand je le peux.

Leur repas terminé, il commença à débarrasser la table.

— Il vaut mieux que je fasse la vaisselle si je ne veux pas m'attirer les foudres de Mme Renwick.

— Je vais vous aider.

Ils s'affairèrent ensemble à remettre la cuisine en ordre. Alors qu'elle lui tendait une boîte à replacer dans le réfrigérateur, leurs mains se frôlèrent, et il vit Cass rougir aussitôt légèrement. Malgré ses efforts pour avoir l'air sévère, pensa-t-il, elle ne pouvait cacher son attirance pour lui. Leurs regards se croisèrent un bref instant, puis elle alla vers l'évier et commença à faire la vaisselle. Il était clair qu'elle préférait éviter tout contact avec lui, aussi continua-t-il de s'activer en veillant à rester à bonne distance.

— Vous ne m'aviez pas dit que Mme Renwick vous laissait toujours quelque chose à manger ? fit-elle alors qu'elle achevait de laver les couverts.

— Oui, c'est vrai, mais elle est très maniaque et tient à ce que sa cuisine soit toujours impeccable, répondit-il en rangeant les bols dans le placard.

— Alors, si je ne remets pas tout parfaitement en ordre, je m'attirerai ses foudres, moi aussi ?

— Je ne m'inquiéterai pas trop pour cela, elle a vraiment un cœur d'or.

Avant de quitter la pièce, ils jetèrent un dernier coup d'œil autour d'eux pour vérifier qu'ils avaient tout remis en place.

— Je pense que nous n'avons rien oublié, dit Cass alors qu'ils refermaient la porte derrière eux. Ma mère aussi est une grande maniaque, en ce qui concerne sa cuisine.

— Je suis certain que Mme Renwick sera très satisfaite.

C'était la première fois que Cass lui révélait un détail personnel sans qu'il l'ait interrogée. Il se réjouit qu'elle commence à s'ouvrir un peu à lui.

Elle marchait devant lui. Arrivée dans le hall d'entrée, elle s'arrêta et se tourna vers lui. Elle croisa son regard et, aussitôt, baissa les yeux.

— Merci pour le dîner… et pour, vous savez… ce qui s'est passé avant. Mon… heu… mon moment de faiblesse.

Elle avait l'air si honteux qu'il eut envie de la serrer dans ses bras. Pour lutter contre la tentation, il enfonça les mains dans ses poches.

— Pas de problème.

— Je ferai un autre essai avec la thérapie canine.

— Et moi, je parlerai à Flora et à Margaret pour voir si elles peuvent vous proposer un programme où vous n'auriez pas à travailler avec un chien à vous.

Elle le regarda, le visage grave.

— Je ferai tout mon possible pour que ça marche. J'apprécie vraiment que vous m'ayez laissée pleurer sur votre épaule.

Et, à sa grande surprise, elle se hissa sur la pointe des pieds et lui donna un baiser rapide sur la joue.

Le plaisir l'envahit. Puis le visage de Cass devint tout rose, et il fut hypnotisé. Elle semblait déstabilisée. Elle le regarda d'un air surpris, puis elle battit des paupières et détourna les yeux.

— Je suis désolée, dit-elle tout bas.

Elle était si proche qu'il pouvait sentir l'odeur fraîche de ses cheveux. Il se pencha vers elle pour mieux l'entendre.

— C'était tout à fait déplacé, dit-elle. Je n'aurais pas dû faire cela.

— Je ne suis pas d'accord, dit-il d'un ton tranquille. Cela m'a beaucoup plu.

Elle ferma les yeux, puis les rouvrit et les braqua sur lui. Ils restèrent ainsi un long moment, se regardant fixement. Elle passa le bout de la langue sur ses lèvres, ce qui donna à Lyle une furieuse envie d'y goûter. Il se pencha vers elle et s'empara de sa bouche. Elle ne fit pas un geste pour s'échapper. Son baiser se fit plus audacieux. Cass y répondit un bref instant, puis elle s'écarta.

— Bonne nuit, dit-elle dans un murmure.

Il la regarda s'éloigner, en proie à une immense déception. Il aurait voulu l'empêcher de partir sans pour autant l'effrayer. Il désirait plus qu'un chaste baiser de sa part. Il avait envie d'explorer l'attirance qu'il y avait entre eux.

Cela faisait bien longtemps qu'il n'avait pas éprouvé un désir aussi violent ; il aurait voulu embrasser cette femme jusqu'à en perdre le souffle.

5

Le lendemain après-midi, Cass, en route vers le centre canin, s'étonnait encore d'avoir embrassé Lyle. Ce qui ajoutait encore à sa gêne et à son plaisir, c'était qu'il avait paru ravi de son initiative.

Jamais elle ne s'était livrée à un geste aussi impulsif. Elle réfléchissait toujours avant d'agir. Et jamais non plus elle ne s'était effondrée devant quelqu'un comme elle l'avait fait la veille en présence de Lyle. Parler de Rufus avait été si douloureux qu'elle n'avait pu retenir ses larmes.

Lyle s'était montré d'une gentillesse incroyable. Il l'avait écoutée sans la juger, au lieu de prendre ses jambes à son cou. Il avait compris sa détresse.

Et elle l'avait embrassé. Qu'avait-elle eu en tête ? Rien justement. Elle avait agi sans réfléchir. Commis un geste stupide, inconsidéré. Elle était ici pour se soigner et récupérer ses forces, pas pour se lancer dans une histoire d'amour. Son cœur n'était pas de taille, en ce moment, pour ce genre d'émotions. Et même s'il l'avait pu, à quoi tout cela la mènerait-il ? À rien, bien sûr.

Lorsqu'elle arriva au centre canin, Margaret l'accueillit sur le pas de la porte comme si elle avait guetté son arrivée. Puis elle l'emmena dans une grande salle où les chiens étaient gardés dans des enclos avec des pistes clôturées.

Margaret s'arrêta devant la première cage.

— Dans cette partie du bâtiment, nous logeons les chiens que nous qualifions de « réimaginés ». Ce sont des chiens de travail qui viennent du monde entier et sont trop vieux pour continuer de remplir leurs missions. Nous les soumettons à un nouvel entraînement afin de leur confier de nouvelles tâches. Esme a aussi un élevage pour les chiens spécialisés dans la thérapie des patients épileptiques et diabétiques. Nous les formons dès leur plus jeune âge jusqu'à ce qu'ils aient un an. Ce sont des labradors retrievers, des labracaniches et des retrievers dorés.

Cass hocha la tête.

— Voici Oscar, dit Margaret. C'est un chien très gentil que l'on a confié à M. Ellis.

— Je les ai déjà vus ensemble, dit Cass.

Elle avait reconnu le petit chien blanc et noir à la fourrure bouclée, et quelques autres aussi. Tous avaient été attribués à des patients de la clinique.

— Vous devez également vous souvenir de celui-ci, dit Margaret. C'est celui que vous avez amené ici avec Lyle l'autre soir. Nous l'avons appelé Dougal.

Cass approuva d'un geste de la tête, ce nom allait bien au petit chien.

Elles avancèrent vers le deuxième enclos.

— Celui-ci, c'est Morrow. Il était chien guide.

Il était en train d'être « réimaginé », comme Cass qui essayait de réinventer sa vie. Si elle n'était pas capable de reprendre son travail dans les équipes de recherche et de sauvetage, que ferait-elle ? Elle se sentit mal, mais serra les dents. Elle s'était suffisamment donnée en spectacle devant Lyle, elle *ne devait pas* recommencer en présence de Margaret.

Celle-ci continuait de lui présenter les chiens un à un. Cass l'écoutait d'une oreille distraite, s'efforçant surtout de rester calme, jusqu'au moment où une phrase attira son attention.

— ... Et celui-ci travaillait dans les équipes de recherche et de sauvetage. Il était excellent, paraît-il. Mais il a perdu l'usage d'un œil et cela a mis fin à sa carrière.

Cass avait le regard fixé sur le berger allemand au poil gris clair couché au fond de la cage.

— Il ne s'est pas adapté ici aussi bien que nous l'aurions voulu. Je crois qu'il s'ennuie avec nous, après la vie excitante qu'il a eue.

Cass comprenait parfaitement le malaise de ce chien.

— Et voici McDuff, poursuivit Margaret. C'est le chouchou de tout le monde.

Un gros chien au poil hirsute et aux grands yeux bruns vint vers elles. Sans réfléchir, Cass tendit la main vers lui. Il la renifla, agitant la queue.

— Maintenant que vous les avez tous vus, dit Margaret, je vais vous montrer où nous stockons les réserves et vous expliquer ce que vous aurez à faire. Vous êtes la première résidente à proposer de nous aider à soigner les chiens et je suis ravie de vous avoir. Nous avons beaucoup de travail.

Elle montra à Cass la pièce où la nourriture était entreposée, la zone réservée au toilettage et l'endroit où était rangé le matériel de nettoyage. Elle lui précisa ensuite les différentes tâches à accomplir selon les jours de la semaine.

— Nous aimerions aussi que vous fassiez faire de l'exercice aux chiens qui, pour l'instant, n'ont pas encore d'affectation. La liste se trouve sur le tableau là-bas.

Elle alla vers le mur où un bloc-notes était accroché.

— Actuellement, il n'y a que trois chiens dans ce cas. Vous pouvez les emmener se promener dehors ou bien les faire courir dans l'enclos.

Cass les laisserait dans l'enclos. Elle ne se sentait pas prête à les promener en laisse. C'était trop intime, trop risqué.

— Pensez-vous que ce travail vous conviendra ?

Elle hocha la tête. C'était le genre de tâche dont elle pouvait se charger. Cela lui permettrait d'interagir avec des chiens sans pour autant être tentée de se lier avec l'un d'entre eux en particulier.

Elle passa l'heure suivante à les nourrir et à les faire boire. Lorsque vint le moment d'entrer dans la cage du chien qui, autrefois, avait été sauveteur, elle dut lire son nom sur la pancarte, car elle l'avait oublié. Il s'appelait Hero. Elle hésita. Hero ne l'effrayait pas, mais il lui rappelait trop son cas à elle.

Le chien restait dans son coin, comme s'il voulait se couper du monde extérieur. Était-ce ce qu'elle faisait, elle aussi ?

— Hé, camarade, ravie de faire ta connaissance. Si j'ai bien compris, nous avons exercé le même métier, toi et moi. Désolée pour ton œil. C'est dur.

Elle entra dans la cage et remplit la gamelle de Hero. Il ne la quittait pas des yeux. Lorsqu'elle versa de l'eau dans son bol, il se redressa, comme s'il avait soif.

— Viens boire, je ne te ferai pas de mal.

— Il parle surtout allemand, dit une voix derrière elle.

Comme Rufus, pensa Cass, le cœur serré.

— J'aurais dû vous le dire, poursuivit Margaret qui se tenait devant la cage. Mais je suis sûre qu'il apprécie votre voix et la façon dont vous lui parlez. Je vous ai regardée, vous savez vous y prendre avec les chiens.

— J'en ai eu toute ma vie, répondit Cass en ouvrant la cage.

— Ça se voit. Il est temps que vous y alliez, maintenant. Je ne veux pas que vous vous épuisiez dès votre premier jour ici. On se voit demain ?

— D'accord. Je dois ranger quelques affaires avant de partir, dit-elle en se dirigeant vers la pièce où la nourriture était entreposée.

— Vous connaissez le chemin ? demanda Margaret tandis qu'elle s'en allait de l'autre côté.

— Oui, pas de problème.

— Parfait. Vous avez fait du bon travail aujourd'hui, Cass.

Avec un peu de chance, ce lui serait plus facile de jour en jour.

Trois jours plus tard, Cass se rendit au village en minibus avec cinq autres résidents. Admirant la fascinante beauté du paysage par la fenêtre, elle sourit, les médecins avaient fait le bon choix en l'envoyant ici. Cet endroit lui plaisait énormément.

Se rendre au centre de thérapie canine ne lui était plus aussi difficile que le premier jour. Elle était parvenue à interagir avec les chiens sans se sentir impliquée émotionnellement. Le seul pour qui elle se faisait du souci, c'était Hero. Il était toujours aussi distant. Elle essayait de ne pas trop s'inquiéter pour lui, sans y parvenir vraiment.

Aujourd'hui, elle ne voulait pas penser aux chiens, ni à la thérapie, ni même au passé. Elle voulait profiter pleinement de sa visite au village.

Dès sa descente du minibus, elle fut charmée par Cluchlochry. Elle avait l'impression d'être face à une carte de Noël de l'époque victorienne. Des feuillages enrubannés décoraient les portes et les fenêtres des maisons. La rue principale était à peine assez large pour que deux petites voitures s'y croisent. Le soleil brillait, promettant une journée plus chaude que d'habitude.

Une place pavée occupait le centre du village. La majorité des passants se dirigeait vers un bâtiment qui, d'après ce que Cass comprit, faisait office de salle des fêtes, et elle suivit le mouvement. Quelques tentes étaient installées à l'extérieur, mais la majorité des stands se trouvaient dedans. Tous étaient décorés de façon personnalisée. On avait l'impression de plonger dans une féerie hivernale. Cass se sentait très excitée à l'idée de faire un peu de shopping pour se remonter le moral. En ce début de matinée, il n'y avait pas grand monde. Aller d'un stand à l'autre serait un vrai plaisir.

Elle avait prévu de se procurer des bottines et des chaussettes, mais elle les achèterait au dernier moment pour éviter de porter des paquets toute la matinée. Pour l'instant, elle voulait découvrir ce que ce marché de Noël avait à offrir.

Le premier stand devant lequel elle s'arrêta proposait des figurines en bois faites à la main. Derrière le comptoir, un vieil homme était en train d'en sculpter une au couteau. Elle s'empara d'un ange et admira la qualité du travail. Sa mère aimerait sûrement ce genre de bibelot. Elle reviendrait en acheter un avant de rentrer au château. Comme elle espérait bien être de retour chez elle avant Noël, elle voulait être prête pour célébrer cette fête avec sa famille.

Lorsqu'elle avait été blessée, ses parents avaient voulu la rejoindre en Allemagne, mais elle les en avait dissuadés, leur affirmant qu'elle ne tarderait pas à regagner les États-Unis. La vérité, c'était qu'elle avait besoin de temps pour se ressaisir et ne pas s'effondrer devant eux comme elle l'avait fait avec Lyle.

Elle déambula de stand en stand, avide de tout voir, passant un long moment à admirer des décorations artisanales pour sapins de Noël. Fabriquées avec des matériaux naturels comme des noix, des brindilles ou des pommes de pin, elles étaient toutes différentes les unes des autres. De nouveau, elle résista à l'envie d'en acheter quelques-unes.

Elle s'arrêta devant un stand qui proposait des articles en cuir finement travaillés. Ils la tentaient, mais elle continua de flâner au milieu de la foule, devenue plus dense. Elle savourait ce moment et se félicitait d'être venue. Cela lui faisait du bien.

Apercevant une enseigne annonçant « Les tricots d'Aileen », elle s'approcha du comptoir, avec l'idée de s'acheter un bonnet, une écharpe et aussi des gants.

Elle n'avait que l'embarras du choix. Il y avait là des modèles de toutes les couleurs. Elle essaya une écharpe rayée gris et rose et un bonnet rose, puis elle se regarda dans le miroir accroché au-dessus des tricots.

Une femme potelée, d'âge mûr, était assise derrière la table, près d'un petit chauffage. Elle observait Cass tout en tricotant.

— Ça vous va très bien, dit-elle.

Son accent écossais était si prononcé que Cass dut faire un effort pour la comprendre.

— Merci. Vos ouvrages sont magnifiques. Et si doux.

Elle posa le bonnet rose et en essaya un autre, de la même couleur, mais orné d'une rosette sur le côté.

À cet instant, une porte s'ouvrit derrière la responsable du stand, et Lyle apparut, les bras chargés d'un gros carton. Il eut l'air surpris en découvrant sa présence et afficha un grand sourire.

— Ah, vous êtes là. Je vois que vous avez suivi mon conseil, vous êtes venue au marché de Noël.

Elle sentit son visage s'enflammer. C'était la première fois qu'elle le revoyait depuis qu'ils s'étaient embrassés.

Elle se força à prendre un ton détendu.

— Eh bien, je fais un peu de shopping pour me remonter le moral, comme le médecin me l'a prescrit.

— Ce n'était pas vraiment une prescription, mais je suis ravi que vous soyez venue.

D'un mouvement du menton, elle désigna le carton.

— Je vois que vous travaillez au noir. Vous n'avez donc pas déjà suffisamment à faire ?

Il rit et posa le carton sur un coin de la table, sans le lâcher.

— C'est surtout pour donner un coup de main à ma mère. Et c'est bon pour les muscles.

Elle connaissait bien ses muscles depuis qu'il l'avait enlacée, et la solidité de son torse, elle l'avait éprouvée lorsqu'elle s'était blottie contre lui.

La mère de Lyle avait oublié un moment son tricot pour les observer avec un intérêt évident.

— Maman, dit Lyle, je te présente Cass Bellow, l'une de nos résidentes au château. Cass, voici ma mère, Aileen Sinclair.

Cass hésita un moment, ne sachant quoi dire.

— Enchantée de faire votre connaissance, dit-elle enfin. Ce que vous faites est vraiment ravissant. J'aimerais avoir votre talent.

La porte s'ouvrit de nouveau sur un homme de haute taille qui était sans aucun doute possible la version plus âgée de Lyle. Lui aussi portait un carton.

— Aileen, où veux-tu que je pose cela ?

— Là, dans ce coin, ce sera parfait.

L'homme s'exécuta, puis se tourna vers Cass. Il ne semblait pas être en bonne santé. Il avait le regard éteint et le teint gris, et il était bien trop maigre pour sa taille.

— Voici Cass Bellow, dit Lyle. Cass, je vous présente mon père, le colonel Gregor Sinclair, aujourd'hui à la retraite.

— Bonjour, monsieur.

— Bonjour, jeune dame, répondit le vieil homme en échangeant une poignée de main avec elle.

— Je suis ravie de vous rencontrer tous les deux, dit Cass en s'adressant aux parents de Lyle.

— Je vois que vous n'êtes pas d'ici, dit le colonel.

— Est-ce donc si évident ? dit-elle avec un petit rire. Je viens des États-Unis, plus précisément du Montana.

— J'ai travaillé avec de nombreux Américains, lorsque j'étais dans l'armée. Des types bien. J'imagine que Lyle en fréquentera aussi lorsqu'il reprendra le service actif.

Elle regarda Lyle. Avait-il l'intention de rejoindre de nouveau l'armée ? Il semblait pourtant adorer son travail à la clinique. Avant qu'elle n'ait eu le temps de poser la question, Lyle lui prit le bonnet qu'elle avait entre les mains.

— Celui-ci vous ira très bien, dit-il.

Elle ôta l'écharpe qu'elle avait autour du cou.

— Oui, c'est aussi mon avis. J'ai envie de le prendre, ainsi que cette écharpe, et des gants assortis. Je les trouve très jolis. Et cela me permettra de vous rendre les vôtres.

— Ah oui ? dit la mère de Lyle en jetant à celui-ci un regard interrogateur.

— Cass n'a pas pu s'équiper convenablement pour affronter notre hiver écossais avant d'être transférée ici, dit-il.

Ravie de ses achats, Cass s'empressa de les payer.

— Merci, madame Sinclair. Peut-être qu'un jour j'apprendrai à tricoter, et j'essayerai alors de faire des choses presque aussi jolies que tout ce que vous avez là.

— Si vous en avez envie, je vous montrerai volontiers les différents points de tricot. Lyle pourrait vous amener déjeuner à la maison, dit-elle avec un petit sourire.

Aileen laissait-elle son intuition de mère s'emballer ?

Cass secoua la tête.

— Oh ! je ne sous-entendais pas que vous pourriez me servir de professeur.

— Mais j'adorerais vous apprendre à tricoter. De toute façon, je ne fais que cela, en ce moment, avec le marché de Noël qui doit durer encore plusieurs semaines.

Cass ne savait que penser de la proposition d'Aileen.

— Je vous remercie beaucoup, dit-elle poliment.

— Voulez-vous un sac pour vos achats ?

— Non, je crois que je vais les mettre tout de suite.

Fourrant les gants dans sa poche, elle noua l'écharpe autour de son cou et enfonça le bonnet sur sa tête.

— J'ai été enchantée de faire votre connaissance, dit-elle en s'adressant à Aileen et à son mari.

Juste avant de partir, elle jeta un rapide coup d'œil à Lyle.

— Au revoir. Euh… Savez-vous où je pourrais m'acheter une paire de bottines ?

— Et si je vous accompagnais ?

— Je ne veux pas vous faire perdre votre temps. Votre mère a sûrement besoin de vous.

— Plus maintenant, dit Aileen. Tout va bien pour moi. Dis-moi, Lyle, pourquoi ne pas t'arrêter au McKinney's Pub pour faire goûter à Cass leurs merveilleux friands à la viande ? Vous n'en trouverez nulle part d'aussi fameux, dit-elle en se tournant vers Cass.

— Bonne idée, dit Lyle en contournant la table pour rejoindre Cass.

Ils gagnèrent la sortie en se frayant un chemin au milieu de la foule de plus en plus dense.

— La couleur du bonnet et de l'écharpe vous va très bien. Elle me rappelle vos joues quand vous rougissez. Comme en ce moment, fit-il en souriant.

Une délicieuse sensation de chaleur l'envahit tout entière.

En sortant du bâtiment, ils prirent une rue sur la gauche. Cass aperçut un monument, un haut pilier cerné de marches, avec une petite statue au sommet.

— Qu'est-ce que c'est ? demanda-t-elle.

— La Croix du Marché. Elles existent en Écosse depuis le XIe siècle, elles marquent l'autorisation accordée par le roi d'organiser un marché ou une foire. C'étaient des symboles de l'autorité royale. Il n'en reste plus beaucoup aujourd'hui. Nous sommes assez fiers de la nôtre.

— Très intéressant.

Elle aimait apprendre des détails historiques sur les lieux où elle allait.

— Ces croix étaient aussi l'endroit où se faisaient les proclamations d'État. De nos jours encore, à Édimbourg, le crieur public fait ces annonces en certaines occasions.

— J'adorerais voir ça, un jour.

— Qui sait ? Ça arrivera peut-être.

C'était peu probable. Elle ne resterait pas suffisamment longtemps pour que cela se produise.

Ils marchèrent en silence un moment.

— Alors, dit Lyle, comment ça s'est passé avec les chiens ces derniers jours ?

— Vous le savez déjà, j'en suis sûre ! J'imagine que vous vous êtes renseigné.

— C'est vrai, reconnut-il en riant, mais j'aimerais que vous m'en parliez vous-même

Elle apprécia son honnêteté.

— Ça se passe mieux que je ne l'aurais cru. Au début, c'était dur, mais je m'habitue aux chiens, et eux s'habituent à moi.

— J'en suis ravi.

— Vous n'êtes pas vraiment surpris, n'est-ce pas ?

— Non, pas vraiment. La thérapie canine a fait la preuve de son efficacité. Même chez les patients qui montrent une certaine résistance.

— Est-ce une façon de me dire une fois de plus : « je vous l'avais bien dit » ?

En fait, cela lui était égal. Jamais elle ne s'était sentie aussi bien depuis son accident. Elle n'avait plus autant d'idées noires.

Lyle s'arrêta devant un magasin à la façade plaquée de bois sombre. La moitié supérieure de la porte comportait quatre panneaux vitrés sous lesquels était accrochée une couronne de Noël. Des feuillages entrelacés de rubans rouges étaient suspendus au-dessus de la porte. Celle-ci était flanquée de chaque côté de grandes vitrines où étaient exposés des bottes, des manteaux et toutes sortes de vêtements de plein air. Les articles étaient disposés comme des cadeaux mis au pied d'un sapin de Noël.

Lyle ouvrit la porte.

— Les chaussures se trouvent au fond à droite.

Elle remonta derrière lui une étroite allée bordée d'étagères croulant sous le poids des articles qui y étaient entassés. La faiblesse de l'éclairage accentuait l'attrait du lieu, qui sentait la cire à bois et le sapin. C'était typiquement le genre d'endroit qu'elle adorait, comme tout ce qui se trouvait à Heatherglen, Lyle compris. Que lui arrivait-il ?

Au fond du magasin, un petit banc en bois était installé dans un coin et, à côté, des boîtes de chaussures étaient empilées par terre, les unes sur les autres.

Lyle passa le contenu des étagères en revue.

— M. Stewart n'est apparemment pas là, dit-il. Il a dû sortir déjeuner. En attendant son retour, nous n'avons qu'à nous servir, je connais bien le magasin.

— Vous avez déjà vendu des chaussures ? demanda Cass d'un ton dubitatif.

— J'ai travaillé ici quand je revenais à la maison pour les vacances scolaires.

— Ah ! vous êtes vraiment capable de tout faire !

— Peut-être pas, mais en tout cas je peux lire ce qui est écrit sur les boîtes. Quelle est votre pointure ?

— Aux États-Unis, c'est 6 ½, répondit-elle en s'asseyant sur le banc.

Il se mit à fouiller parmi les boîtes, et en prit une qu'il tendit à Cass.

— J'espère avoir fait correctement la conversion des tailles américaines en tailles européennes. Essayez celles-ci.

Elle ouvrit la boîte. Après s'être déchaussée, elle enfila les nouvelles bottines et se leva.

— Elles sont très confortables, mais je les préférerais en noir.

— Je vais tâcher de vous trouver ça.

Il ne lui fallut pas longtemps pour dénicher ce qu'il cherchait et, avec un grand sourire, il lui donna une autre boîte.

— Quelle est votre couleur préférée ? demanda-t-il tandis qu'elle essayait les bottines noires.

— Pourquoi cette question ?

— Il vous faut de bonnes chaussettes.

— J'aime le bleu.

Il se dirigea vers des étagères situées un peu plus loin et revint bientôt avec une paire de grosses chaussettes.

— Celles-ci vous tiendront chaud, je vous le promets.

Elle ôta les bottines noires et les chaussettes qu'elle portait pour enfiler celles qu'il venait de lui donner.

— Ah, je vois vraiment la différence, dit-elle.

Elle remit les bottines noires et fit quelques allers-retours dans l'allée pour vérifier qu'elle se sentait parfaitement à l'aise dedans.

— Vous savez quoi ? dit-elle. Si jamais l'envie vous prenait d'abandonner la médecine, vous pourriez envisager un bel avenir en tant que *personal shopper.*

— Merci ! Je dois dire que c'est la première fois que l'on me fait ce genre de suggestion.

Ils partirent du même éclat de rire.

Depuis quand n'avait-elle pas ri d'aussi bon cœur ? Elle aimait la façon détendue dont Lyle abordait la vie. Tout le contraire d'elle. Il avait le don de la faire sourire, et de cela aussi elle avait bien besoin. Cependant, elle ne devait pas se mettre à compter sur lui pour aller mieux. Elle ne devait dépendre que d'elle-même. Retrouver son énergie. Être forte.

Si elle s'ouvrait davantage à lui, le moment où elle devrait le quitter serait un nouveau traumatisme, et elle savait qu'elle ne pourrait pas le supporter.

— Vous voulez les garder aux pieds ? demanda-t-il.

— Oui, je vais commencer à les assouplir.

Elle ramassa ses anciennes chaussures, qu'elle plaça dans la boîte que tenait Lyle.

— Au fait, dit-elle, quelle est votre couleur préférée ?

— Le vert. Et j'aime particulièrement le vert de vos yeux.

Elle retint sa respiration.

— Seriez-vous en train de flirter avec moi ?

— Et pourquoi pas ? dit-il en posant la boîte sur le banc. Je pensais à ce baiser...

— Vous ne devriez pas.

— Je ne devrais pas quoi ? Y penser ou recommencer ?

— Les deux.

— Pourquoi ? dit-il en s'avançant vers elle.

— Parce que je vais bientôt partir.

— Cass, nous pouvons nous rapprocher sans que ça nous engage pour la vie. J'aimerais apprendre à mieux vous connaître. Ne pourrions-nous pas être amis ? Profiter chacun de la compagnie de l'autre durant votre séjour ici ?

Présenté de cette façon, cela semblait raisonnable.

Il vint tout près d'elle, puis la prit par la taille et se pencha pour l'embrasser. Elle ne voulait pas de ce baiser. Non, c'était faux. Elle avait une envie folle qu'il s'empare de ses lèvres.

Lorsqu'il l'embrassa, elle s'agrippa à ses épaules, comme pour se fondre en lui. Elle avait l'impression que tout son corps était en feu.

Le bruit de la porte qui s'ouvrait leur fit lever la tête. Leurs regards restaient rivés l'un à l'autre.

— Il y a quelqu'un ? cria une voix d'homme.

— C'est moi, Lyle, monsieur Stewart. Je suis dans le coin des chaussures.

— Je vous en prie, murmura Cass, ne refaites jamais cela.

Elle s'écarta autant que le permettait l'étroitesse du lieu. Maintenant qu'ils avaient échangé un vrai baiser, elle voulait davantage. *Non* ! Elle était incapable de faire face aux émotions que ce baiser avait déclenchées chez elle. La panique la saisit. Laisser quelque chose se développer entre eux ne pourrait que conduire au désastre. Elle ne voulait pas faire de mal à Lyle, et elle ne pourrait pas non plus supporter d'avoir une nouvelle fois le cœur brisé.

Il l'observa un moment, puis il prit la boîte, comme si de rien n'était.

— Payons ces bottines, puis nous irons manger ces friands à la viande.

Cela lui convenait parfaitement. Comme lui, elle ferait comme s'il ne s'était rien passé. Elle le suivit jusqu'à un comptoir en bois, derrière lequel se tenait un homme d'âge mûr. Il avait les joues roses, les cheveux blancs, et une barbe blanche qui le faisait ressembler au Père Noël.

— Bonjour, Lyle, dit-il avec un grand sourire. Comment va ?

— Très bien, merci, monsieur Stewart. Nous nous sommes servis nous-mêmes. Je me préparais à vous laisser un mot avec l'argent.

— Attendez, je vais me débarrasser de ça, dit le vieil homme en posant un sac en papier brun sur le comptoir. Je suis allé acheter un friand à la viande avant qu'il n'y en ait plus. J'attends les friands de Mme McKinney toute l'année.

— J'espère que vous en avez laissé quelques-uns pour Cass et moi. Nous avons prévu d'y aller, nous aussi. Les friands de Mme McKinney sont les meilleurs du monde.

Pendant que les deux hommes discutaient, Cass avait posé l'argent sur le comptoir.

En quittant le magasin, il y avait encore du soleil mais le ciel commençait à devenir nuageux.

— On dirait qu'il va de nouveau neiger cette nuit, dit Lyle. Allons par là, fit-il en indiquant une direction sur sa gauche. Le pub des McKinney est tout au bout de la rue.

— Je n'ai pas vraiment faim. Je crois que je vais simplement me promener encore un peu, puis je rentrerai au château. Je vous remercie de m'avoir aidée à trouver mes bottines.

Il attendit quelques instants avant de parler.

— Cass, je ne voudrais pas avoir créé de malaise entre nous.

— Ce n'est pas le cas.

— Alors, vous ne devriez pas renoncer à déjeuner avec moi. Vous ne voulez pas me laisser manger tout seul, pas vrai ?

Elle pinça les lèvres.

— J'ai l'impression que vous êtes en train de me faire une sorte de chantage.

— Peut-être, dit-il avec un petit sourire en coin. Allez, vivez dangereusement et accompagnez-moi.

Elle avait conscience du risque qu'elle prenait, mais comment aurait-elle pu refuser ? Lyle s'était montré plus d'une fois si gentil avec elle.

— Si vous insistez...

Un sourire victorieux illumina le visage de Lyle.

— J'insiste. Vous savez à quel point je déteste manger seul. Venez.

Ils n'eurent pas à marcher longtemps pour arriver devant un bâtiment dont l'enseigne ne laissait pas de doute : il s'agissait du McKinney's Pub.

— Nous y voici, dit Lyle.

Cass poussa la porte et découvrit une salle au sol dallé. Au plafond, les poutres apparentes étaient noircies par la fumée. Il y avait quelques tables et des chaises en bois encore inoccupées. Des hommes installés au bar buvaient en bavardant.

— Si vous nous cherchiez une table près de la cheminée pendant que je passe la commande ? dit Lyle.

— D'accord.

— Avant, dites-moi ce que vous préférez ? Bœuf ou porc ?

— Je ne sais pas. Faites comme vous voulez.

Elle laissait rarement les gens décider à sa place. Être en compagnie de Lyle avait vraiment un effet curieux sur elle. Elle n'aurait su dire pourquoi, mais elle lui faisait confiance.

— Bien. Et préférez-vous une boisson chaude ou quelque chose de frais ?

— Quelque chose de chaud, bien sûr !

Elle fouilla dans sa poche.

— Et voici de quoi payer ma part.

— Rangez cela, dit-il, l'air offensé. Vous êtes mon invitée.

— Je ne veux pas vous laisser m'offrir mon déjeuner. Vous êtes toujours en train de faire quelque chose pour moi.

— À charge de revanche, vous pourrez toujours me rendre

mon invitation un jour ou l'autre. Maintenant, allez nous chercher une table.

— Vous ne voulez pas que je vous aide à porter tout ça ?

— Mais non, ça ira. Trouvez-nous une table avant qu'elles ne soient toutes prises.

— Très bien.

Elle se dirigea vers une table inoccupée, tout près du feu de bois qui ronflait dans la cheminée. Elle s'installa et tendit les mains vers les flammes pour se réchauffer.

Elle chercha bientôt Lyle du regard et l'aperçut près du bar. Il était facile à repérer, avec sa haute taille et ses larges épaules. Il était aussi agréable à regarder qu'à écouter. Plus le temps passait, plus il lui plaisait. Malgré ses efforts pour le tenir à distance, elle se sentait de plus en plus attirée par lui.

Il la rejoignit bientôt, apportant deux tasses fumantes qu'il posa sur la table.

— Vous avez trouvé la meilleure place possible, dit-il. Comment avez-vous fait ?

— J'ai eu de la chance.

— J'ai pris du punch chaud. J'ai pensé que cela vous plairait.

Elle saisit l'une des tasses et avala une gorgée.

— Hum...

— J'adore quand vous faites ce bruit-là, chuchota-t-il. Vous l'avez fait il n'y a pas si longtemps, quand je vous ai embrassée.

— Mais non ! protesta-t-elle en rougissant. Vous ne devriez pas me dire des choses pareilles.

— Même si c'est la vérité ?

Au grand soulagement de Cass, la serveuse leur apporta deux assiettes garnies, ce qui mit un terme à leur échange.

— Merci, dit Lyle.

La jeune femme lui lança un regard timide et disparut à la hâte. Lyle faisait manifestement de l'effet à la plupart des femmes, rien qu'en se montrant gentil avec elles. Elle qui se croyait la seule à avoir ce genre de réaction...

Elle le regarda déplier une serviette en papier pour s'emparer d'un petit friand en forme de demi-lune. Il mordit dedans, les yeux clos, et une expression de pure félicité se peignit sur son visage tandis qu'il mâchait lentement. Elle eut soudain la vision de Lyle, nu dans un lit, affichant la même expression.

Comment deux simples baisers pouvaient-ils faire naître de telles idées dans son cerveau ?

Elle décida de l'imiter. À son tour, elle prit un friand et en avala un petit morceau. Aussitôt, le goût légèrement acidulé de la viande enrobée de pâte feuilletée la séduisit. Elle ferma les yeux pour mieux savourer ce moment. Lorsqu'elle les rouvrit, Lyle l'observait. Dans son regard brillait la flamme du désir.

— Vous devriez avoir tout le temps cette expression, dit-il, la voix enrouée.

— Laquelle ? osa-t-elle demander, les yeux rivés aux siens.

— Vous avez un air angélique, comme si vous aviez atteint le nirvana.

L'émotion la submergea. Cet homme attentionné et rassurant la désirait. Et cela lui faisait du bien. Elle se sentait valorisée.

— Bonjour, Lyle, dit une voix féminine derrière Cass.

Il changea brusquement de visage. Il avait l'air à la fois contrarié et surpris. Cette femme devait compter pour lui, pensa Cass, qui se retourna pour la regarder. Elle avait de beaux yeux bleus au regard vif et son ventre rond révélait une grossesse avancée.

Cass se sentit mal. Qu'est-ce que cette femme représentait pour Lyle ?

La dernière personne que Lyle s'attendait à rencontrer, c'était Freya. Cela faisait un moment qu'ils ne s'étaient pas vus. Il avait appris par ses parents qu'elle s'était mariée et qu'elle vivait à Fort William. Il s'était sincèrement réjoui pour elle, mais cette rencontre inopinée n'en mettait pas moins ses nerfs à rude épreuve.

— Freya, dit-il en se levant.

— Cela me fait plaisir de te revoir, Lyle. Comment vas-tu ?

— Bien. Et toi ?

Elle posa la main sur son ventre rebondi.

— Je vais très bien.

Il sentit une douleur fulgurante le traverser. Ils avaient parlé de leurs futurs enfants, échafaudé une foule de rêves ensemble. Mais tout cela appartenait au passé. Leur relation avait été condamnée dès l'instant où il était monté à bord du train à destination du camp d'entraînement. À l'époque, il n'en avait pas pris conscience, aveuglé par la joie qu'il procurait à son père en rejoignant l'armée, et par la certitude que sa fiancée serait là à son retour. Il ne s'était même pas posé la question de savoir ce qu'il voulait vraiment faire de sa vie.

— Freya, dit-il, je te présente Cass Bellow. Freya est une vieille amie, Cass.

— Bonjour, dit Freya avec un petit sourire tandis que les deux femmes s'étudiaient mutuellement avec attention.

Un homme à peine plus grand que Freya, avec de larges épaules, les rejoignit. Il observa tour à tour Lyle et Cass et, fronçant les sourcils, il lança un regard interrogateur à Freya.

Elle s'éclaircit la gorge.

— Voici Angus, mon mari.

Lyle lui tendit la main.

— Lyle Sinclair, dit-il.

Angus lui serra brièvement la main, puis il passa un bras autour des épaules de Freya en un geste de possession.

— Tes parents nous attendent, lui dit-il.

Freya lança à Lyle un regard triste qui semblait vouloir lui demander pardon.

— J'ai été contente de te revoir, Lyle.

— Moi aussi, Freya.

Il les regarda s'éloigner. Pourquoi cette rencontre le déroutait-elle autant ? Ils avaient été si proches, à une époque. À présent, il y avait un rempart si haut entre eux qu'ils ne pourraient jamais le franchir. L'attitude du mari de Freya l'inquiétait. L'homme semblait incroyablement jaloux, comme s'il voulait tout contrôler. Freya était-elle vraiment heureuse avec lui ?

— Je crois qu'il est temps que je rentre au château, dit Cass en se levant. J'ai promis à Flora de l'aider à installer quelques décorations aujourd'hui, au lieu de la séance de rééducation habituelle.

— Mais nous n'avons pas fini de déjeuner !

— Moi, si. Merci pour le friand. Je dois y aller.

— Je vous accompagne jusqu'au minibus.

— Non, finissez votre déjeuner. Je saurai retrouver mon chemin. Nous nous reverrons au château.

Avant qu'il n'ait eu le temps de mettre de l'ordre dans ses pensées, elle n'était déjà plus là.

Que pensait-elle ? Qu'imaginait-elle ? Avait-elle perçu qu'il y avait eu quelque chose autrefois entre Freya et lui ?

6

De retour au château, Cass se demanda si elle devait rendre le soir même à Lyle toutes les affaires qu'il lui avait prêtées, ou bien si elle ferait mieux d'attendre de le voir durant les heures de travail. Il avait sûrement besoin de ces vêtements. Cependant, sa curiosité grandissante concernant ce qu'il pouvait y avoir entre Freya et lui la rendait prudente. Même si cela ne la regardait vraiment pas, elle ne pouvait s'empêcher de penser que cette histoire avait causé une grande souffrance à Lyle. Ou bien était-ce le bébé le problème ?

Elle connaissait suffisamment Lyle pour savoir que, s'il avait un enfant, il prendrait ses responsabilités. Celui que portait Freya était-il le sien ?

Malgré ses efforts pour rester à bonne distance de Lyle et ne pas s'intéresser à sa vie intime, elle n'y parvenait pas. Non seulement elle le trouvait attirant, mais il avait aussi prouvé qu'il était un homme bon. Par ailleurs, elle avait l'impression qu'il avait besoin de se confier à quelqu'un. Peut-être pouvait-elle l'aider. Elle lui devait bien cela.

Équipée de ses bottines et de ses chaussettes neuves, elle enfila sa veste et, les bras chargés du manteau, des chaussettes, de l'écharpe et du bonnet que Lyle lui avait prêtés, elle quitta le château. Comme il allait bientôt faire nuit, elle avait pris sa torche électrique. Elle en aurait besoin au retour.

Arrivée devant la grille du cottage, elle hésita. N'allait-elle pas trop loin en se rendant ainsi chez lui à l'improviste ? Qu'allait-il penser ? Mais elle avait besoin de le voir, d'être là pour lui s'il voulait parler à quelqu'un. Ils étaient amis, non ?

Elle alla jusqu'à sa porte en s'interrogeant. L'idée qu'il avait besoin d'elle n'était-elle pas simplement une excuse pour le revoir ? Il avait sûrement des amis, des collègues, ou même ses parents, à qui il pouvait se confier. Pourquoi voudrait-il lui parler de ses problèmes alors qu'ils se connaissaient à peine ?

Elle frappa à la porte. Le souffle court, elle tendit l'oreille, espérant presque que Lyle ne soit pas là. Elle s'était toujours montrée déterminée. Pourquoi se mettait-elle désormais à douter d'elle ? Pourquoi se comportait-elle comme une collégienne écervelée dès qu'il s'agissait de Lyle ?

Elle s'apprêtait à repartir lorsque la porte s'ouvrit.

— Cass ?

Il avait l'air à la fois surpris et content.

— Je... Heu... Je voulais vous rendre vos affaires, maintenant que je me suis acheté ce qu'il me faut.

Elle lui mit les vêtements dans les mains et tourna les talons.

— Voulez-vous entrer boire un café ? demanda-t-il d'une voix pleine d'espoir.

Elle le regarda, ne sachant que dire. Mais n'avait-elle pas souhaité de tout son cœur qu'il l'invite ?

— Pourrions-nous plutôt prendre un thé ?

Il rit.

— Bien sûr. Entrez.

Une fois à l'intérieur, il l'aida à ôter son manteau.

— Accompagnez-moi dans la cuisine, dit-il.

— Laissez-moi d'abord enlever mes bottines. Elles sont plutôt boueuses.

Elle s'assit sur le petit banc placé sous le portemanteau et se déchaussa, puis elle rejoignit Lyle.

Il était déjà en train de faire chauffer de l'eau sur la cuisinière.

— Je vois que vous portez vos nouvelles chaussettes, dit-il.

— Oui. Je n'en ai jamais eu d'aussi chaudes. J'ai l'intention d'en acheter plusieurs paires avant de rentrer aux États-Unis.

Elle s'assit à la table qui occupait le centre de la pièce.

— D'après Flora, si vous continuez à faire autant de progrès, vous retournerez chez vous plus tôt que prévu, dit-il en posant une assiette de biscuits sur la table.

Elle se servit.

— Je suis bien décidée à en finir le plus rapidement possible avec la rééducation.

Il lui jeta un regard par-dessus son épaule, puis sortit deux tasses d'un placard et y déposa les sachets de thé.

— J'ai remarqué, dit-il.

Était-il contrarié qu'elle soit aussi impatiente de quitter la clinique ? Elle regarda autour d'elle.

— J'aime votre cuisine.

— Merci.

Après avoir posé le sucrier et un petit pot de lait sur la table, il versa l'eau chaude dans les tasses et prit place à côté de Cass.

— Je trouve intéressant que vous l'appréciez, dit-il. Ces vieilles cuisines ont du charme, mais il est souvent difficile de les moderniser. J'avais tendance à croire que les femmes préféraient cuisiner dans des pièces avec tout le confort et des équipements dernier cri.

Elle mit du sucre et du lait dans sa tasse de thé.

— On dirait que vous parlez en connaissance de cause, comme s'il s'agissait d'une expérience personnelle.

— C'est le cas. Freya rêvait d'avoir une de ces maisons modernes tout en verre et métal.

Il lui offrait l'occasion de l'interroger sur Freya. Cependant, elle hésitait. Elle ne voulait pas avoir l'air d'être indiscrète. Se fâcherait-il si elle lui posait des questions ?

— C'est la Freya que j'ai rencontrée hier ?

— Oui, c'est elle. Je crois que je vous dois une explication.

— Pourquoi ?

— Parce que je venais de vous embrasser, et voilà qu'apparaît une femme enceinte dont vous avez certainement pensé qu'elle avait pu être ma petite amie. Cela donne une image peu flatteuse de moi.

— Mais vous ne me devez aucune explication.

Même si, en fait, elle brûlait d'envie d'en savoir plus.

— Peut-être, mais j'aimerais malgré tout vous expliquer. Ce bébé n'est pas le mien. Je n'avais pas revu Freya depuis plus d'un an. Elle a été ma petite amie quand nous étions adolescents. Je lui ai demandé de devenir ma femme la veille de mon départ pour le camp d'entraînement.

— Je comprends maintenant pourquoi son mari faisait cette tête.

C'était de la jalousie.

— Oui, dit Lyle, j'imagine que je ne suis pas la personne qu'il apprécie le plus au monde. Mais il n'a aucune raison de s'inquiéter. Cette histoire est terminée depuis longtemps.

— Que s'est-il passé ?

Confuse, elle se reprit aussitôt.

— Oh ! excusez-moi. Ça ne me regarde pas.

— Ce n'est rien. Je ne veux pas avoir de secret pour vous.

Qu'était-il en train de dire ? Il semblait désirer que leur relation aille au-delà d'une simple amitié.

— J'ai reçu une lettre où elle m'informait qu'elle préférait rompre. Lorsque je suis rentré quelques mois plus tard, elle était déjà mariée.

Cass lui prit la main. Elle ne s'était pas trompée. Il avait vraiment besoin de se confier à quelqu'un.

— Je suis désolée de ce qui vous est arrivé. Vous méritiez mieux que cela.

— Sur le moment, ça a été très dur, mais ça valait mieux que d'épouser la mauvaise personne. Il m'a fallu du temps avant de comprendre que ce mariage aurait été voué à l'échec. Nous étions aussi immatures l'un que l'autre. Je me suis promis que, la prochaine fois que je demanderai à une femme de m'épouser, je le ferai en connaissance de cause, en m'assurant que nous savons tous les deux à quoi nous nous engageons et ce qu'est un véritable amour. Mais parlons d'autre chose. Je suis en train de ressortir de vieilles histoires du passé et, pendant ce temps, votre thé refroidit.

Elle but une gorgée.

— J'avais deviné qu'il y avait eu quelque chose entre vous, mais je ne savais pas quoi exactement. Son mari a clairement montré qu'il la considérait comme sa propriété.

— J'ai remarqué, moi aussi. J'espère qu'elle est heureuse. Ma mère m'a dit que ce bébé était leur deuxième enfant.

— J'avoue que j'étais curieuse de savoir ce qu'il en était. En fait, l'autre raison pour laquelle je suis venue ce soir, c'est que j'ai eu l'impression que vous aviez besoin de vous confier à quelqu'un. Vous avez su m'écouter, ce qui m'a beaucoup aidée, et je me suis dit que je pouvais vous rendre le même service.

Il lui lança un regard pensif, puis sourit.

— Je vois. Et moi, je me disais que vous vouliez passer un peu de temps avec moi.

Il venait soudain de détendre l'atmosphère. C'était là l'une de ses nombreuses qualités. Elle lui rendit son sourire.

— Je vous en prie, ne laissez jamais personne vous dire que vous n'avez pas d'ego.

— Je ne suis pas sûr que ce soit un compliment, mais je préfère le prendre comme tel.

Elle rit.

— Il n'y a donc rien qui vous déstabilise ?

— J'essaye de garder un esprit positif quand je le peux. J'ai constaté depuis longtemps que la vie était plus facile si on l'abordait de cette façon. Et vous, comment voyez-vous les choses ? Le verre à moitié plein ou à moitié vide ?

Presque toute sa vie, elle avait choisi de voir le verre à moitié plein, mais elle n'était plus certaine d'y parvenir.

— Me permettez-vous de répondre plus tard à cette question ?

Il la regarda avec une telle attention qu'elle se sentit presque mal à l'aise.

— Bien sûr. Je veux juste que vous sachiez que je suis là pour vous.

— Merci. Je sais que je suis arrivée au château en ayant l'air d'en vouloir à la terre entière. J'essaye de faire des progrès.

— D'après ce qu'on m'a dit, vous y parvenez très bien.

— Bon, je dois partir, maintenant, dit-elle en reculant sa chaise.

— Vraiment ? Restez encore un peu et je vous raccompagnerai.

Son visage affichait une expression pleine d'espoir.

Elle devait s'en aller. N'avait-elle pas déjà franchi la limite en venant ici ? Pourtant, elle n'avait pas envie de retourner tout de suite au château.

— Bon, d'accord.

— Génial. Voulez-vous regarder la télévision, jouer aux échecs, ou bien faire un puzzle ?

Elle éclata de rire.

— Waouh ! Vous savez comment faire vivre un moment de folie aux femmes !

Il alla déposer les tasses dans l'évier.

— Que pourrais-je vous proposer ? Je ne connais rien de plus excitant que les accidents, mais je n'ai pas l'intention d'en provoquer un pour vous impressionner.

— Je serais ravie de faire un puzzle. Cela ne m'est pas arrivé depuis très longtemps.

Cette activité lui paraissait sans danger.

— Durant l'hiver, dit Lyle, j'en ai toujours un en cours dans la salle de séjour. Allez-y et voyez ce que vous pouvez faire. Je vous rejoins dans un instant, lorsque j'aurai fini de ranger.

Elle s'exécuta. Un feu de bois brûlait dans la cheminée. Le puzzle inachevé était étalé sur une table derrière le canapé. Il représentait une lionne et son petit et était visiblement d'un niveau de difficulté assez élevé. Elle prit une chaise et s'installa devant la table, commençant à étudier les pièces étalées devant elle.

Lorsque Lyle vit Cass assise devant le puzzle, il eut le sentiment qu'elle était parfaitement à sa place. Elle semblait faire partie de son univers.

Elle avait la tête baissée. La lueur des flammes se reflétait dans ses cheveux blonds. Une envie folle le saisit de les caresser, de tester leur douceur.

Rapprochant une chaise, il s'assit à côté d'elle.

— Alors c'est comme ça que vous passez vos soirées ? demanda-t-elle en essayant d'encastrer une pièce.

Ce n'était pas la bonne. Elle la reposa sur la table et en prit une autre.

— Pas tous les soirs, répondit-il.

Comme il aurait aimé qu'elle mette la même énergie à essayer de faire sa connaissance qu'à compléter le puzzle ! Elle déclenchait en lui des sensations qu'il n'avait plus eues depuis longtemps. Des sensations qu'il avait eues si peur d'éprouver à nouveau.

— J'aurais cru qu'un jeune et séduisant médecin comme vous était trop occupé à tenir compagnie aux dames de la région pour faire des puzzles.

Elle posa une pièce à la bonne place et ne put retenir un petit cri de satisfaction.

Comment réagirait-elle s'il essayait de l'embrasser ? Le repousserait-elle ou bien se loverait-elle contre lui, comme elle l'avait fait dans le magasin ?

Mais il devait cesser d'avoir ce genre de pensées. Il fallait qu'il se concentre sur le puzzle. Cela lui permettrait peut-être d'oublier le délicieux parfum des cheveux de Cass, le son de sa voix quand elle lui parlait ou le doux contact de sa main lorsqu'elle frôlait la sienne quand ils essayaient de placer tous deux une pièce au même endroit.

Plus le temps s'écoulait, plus il sentait le désir grandir en lui. Il finit par se lever et alla jusqu'à la cheminée, sous prétexte de jeter une bûche dans le feu. Tournant le dos aux flammes, il regarda Cass. Elle était vraiment fantastique. Il sentit chaque fibre de son être se mettre en alerte, guettant le moindre signe d'encouragement.

Elle leva les yeux.

— Hé, vous n'allez pas me laisser faire tout le travail ? Ce tableau est gigantesque.

— J'aime celui que je suis en train de contempler.

Ils restèrent un moment à se regarder, les yeux dans les yeux. Il s'éclaircit la gorge.

— Cass... Je voudrais vous embrasser. Si vous ne voulez pas, il vaudrait peut-être mieux vous en aller.

Elle battit des paupières.

— Que je parte ?

Il eut un petit rire et s'avança vers elle.

— Ou alors vous restez ? C'est à vous de décider.

La prenant par les épaules, il la fit se lever, la pressa contre lui et s'empara de ses lèvres. Elles étaient douces, souples et accueillantes.

Cette fois, elle ne montra aucune hésitation. Elle s'accrocha à son cou et l'attira à elle tandis qu'il l'embrassait fiévreusement. Elle poussa un gémissement sourd, offrant sa bouche et sa langue à Lyle.

Dévoré par un désir qui s'intensifiait à chaque seconde, il plongea les doigts dans les cheveux de Cass et lui couvrit le visage et la nuque de baisers. Lorsqu'il l'embrassa derrière l'oreille, elle se tortilla en se collant contre lui, puis le guida vers sa bouche pour qu'ils échangent encore un baiser brûlant. Glissant la main sous son sweat, elle souleva sa chemise et il frissonna de plaisir sous ses caresses.

Il ressentit le besoin de la toucher, de l'explorer tout entière. La soulevant dans ses bras, il la porta jusqu'au canapé, la fit s'allonger et la débarrassa de son sweat.

— Il y a si longtemps que je rêve de ce moment-là, murmura-t-il en lui posant un baiser sur la tempe.

— Vraiment ?

Elle semblait surprise.

Elle lui sourit. C'était un sourire suggestif et saisissant, lourd de promesses. Il sentit son sang bouillir tant il était excité.

Elle lui enleva son pull, puis sa chemise, en défaisant les boutons un à un. Lorsqu'elle eut dénudé son torse, elle se passa la langue sur les lèvres. Il faillit céder à la tentation et la posséder, là, sur le canapé. Mais elle méritait mieux que cela.

Il tenait trop à elle pour ne pas vouloir lui offrir ce qu'il y avait de meilleur.

Il la dévorait des yeux tandis qu'elle promenait l'index sur son torse, lui caressant les mamelons avant de suivre la ligne sombre qui disparaissait sous son pantalon. Lorsqu'elle laissa cet index audacieux se glisser sous sa ceinture, le besoin impérieux de la découvrir, de la toucher, de tout connaître d'elle, se fit souverain. Il souleva son chemisier et dégrafa son soutien-gorge, puis posa la main sur sa poitrine. Elle se mit à haleter. Lorsque, frôlant du pouce la pointe de ses seins, il les sentit se durcir sous ses caresses, il éprouva un plaisir indicible.

Elle avait les yeux mi-clos et les lèvres gonflées par ses baisers. Elle était magnifique. Stupéfiante. Lorsqu'il prit l'un de ses mamelons dans sa bouche, elle gémit et, lui passant les doigts dans les cheveux, elle le maintint étroitement collé contre sa poitrine.

Il la désirait tellement que cela en devenait douloureux. Il s'écarta, et l'aida à se redresser.

— Cass, êtes-vous sûre de le vouloir ? Voulez-vous qu'on monte à l'étage ? C'est à vous de décider.

À sa grande déception, elle remit son chemisier. Alors qu'il la croyait sur le point de s'en aller, elle dit d'une voix douce et sexy :

— J'ai toujours eu envie de voir ta chambre.

Il afficha un large sourire.

— Toujours, vraiment ? Cette idée me ravit. Alors, laisse-moi te faire visiter, dit-il en lui tendant la main.

Cass avait l'impression de flotter tandis qu'elle grimpait l'escalier derrière Lyle. Il lui tenait fermement la main, ce qui la rassurait sur la force de son désir pour elle.

Si sa décision soudaine de partager le lit de Lyle ne lui ressemblait pas, elle trouvait cette liberté toute nouvelle incroyablement excitante. Elle lui faisait oublier tout ce qu'elle avait perdu. Ce qu'elle voulait, c'était profiter pleinement de ces précieux moments. Il serait toujours temps, demain, de songer aux conséquences de son impulsivité. Grâce à Lyle, pour la première fois depuis des semaines, elle se sentait bien.

Arrivé sur le palier, il prit sur la droite et entra dans une pièce plongée dans l'obscurité. La tenant toujours par la main, il la guida à travers la chambre. Sous ses chaussettes, elle sentit du parquet, puis la douceur d'un tapis moelleux. Soudain, la lumière jaillit. Lyle venait d'allumer une lampe de chevet posée sur une petite table en bois, juste à côté d'un lit immense recouvert d'un gros édredon.

— Es-tu toujours sûre de le vouloir… ? demanda-t-il.

Touchée par sa délicatesse, elle lui caressa la joue.

— Oh ! oui, j'en suis sûre ! dit-elle en se dressant sur la pointe des pieds pour l'embrasser.

Il la serra étroitement contre lui et se laissa tomber avec elle sur le lit. Tout en la couvrant de baisers, il la caressait. Comme il glissait la main sous son chemisier, elle se mit à trembler. Il l'enveloppa d'un regard brûlant.

— Je veux te voir, te voir tout entière.

— Depuis l'accident, je suis couverte de cicatrices…

— Aucune importance, dit-il en l'embrassant. Elles font partie de toi, à présent. De la personne fabuleuse que tu es.

Elle n'avait jamais vu les choses sous cet angle. Elle avait eu peur que ces marques ne détournent plus encore les hommes d'elle. Elle essaya de se détendre tandis que Lyle relevait son chemisier et son soutien-gorge pour dénuder sa poitrine. Comme il lui ôtait son chemisier, elle se souleva pour lui faciliter la tâche.

— Tu es encore plus belle que je ne l'imaginais.

Il l'avait donc imaginée nue ? Cet aveu lui fit l'effet d'un baume apaisant qui calma soudain tous ses doutes.

Il l'embrassa doucement sur les lèvres avant de poser un baiser sur un sein, puis sur l'autre.

— Ils sont si doux, murmura-t-il.

Puis il posa les lèvres sur son bras, à l'endroit de la cicatrice.

— Je suis tellement désolé que tu aies été blessée.

Bientôt, il lui déboutonnait son pantalon et caressait sa peau brûlante jusqu'à ce qu'il atteigne la zone la plus intime de son corps en feu. Elle ne put rester immobile. Loin de l'apaiser, ces caresses ne faisaient qu'attiser son désir.

— Lyle...

Il l'embrassa fiévreusement et continua son exploration jusqu'au moment où il voulut la débarrasser de son pantalon. Elle souleva ses hanches. Jetant le vêtement sur le tapis, il passa la main le long de sa jambe droite, s'arrêtant sur la cuisse à l'endroit où la cicatrice avait rendu la peau toute plissée et rugueuse. Comme il se penchait pour y poser un baiser, elle se tourna sur le côté.

— Ne fais pas ça. C'est si laid.

— Chut... Rien n'est laid chez toi.

Il baisa la cicatrice, puis s'empara de la bouche de Cass tout en la caressant. Les yeux mi-clos, elle se laissait envahir par des vagues successives de pur plaisir.

Il ne s'interrompit que pour ôter son pantalon.

Elle ouvrit les yeux et eut le souffle coupé en le voyant se dresser devant elle. Tout en admirant sa force et sa beauté, elle était surprise par l'incroyable sentiment de puissance que l'effet qu'elle lui faisait lui procurait. Le désir de Lyle était de toute évidence aussi violent que le sien.

Il ouvrit le tiroir de la table de nuit et en sortit un petit paquet, qu'il déchira. Après avoir mis le préservatif, il regarda Cass.

Elle lui ouvrit les bras et, quand il la rejoignit, elle se plaqua contre lui. Puis elle écarta les jambes, et il la pénétra lentement tandis qu'elle attirait sa bouche vers la sienne. Elle adorait l'embrasser. Elle adorait le don qu'il avait de la rendre heureuse tout en la rassurant.

Comment faire pour que cela dure ?

Lorsque Lyle revint dans le lit, Cass sommeillait, la tête sur l'oreiller. Elle y laisserait son parfum lorsqu'elle s'en irait. Il se sentait comblé, le cœur léger. Cass était venue vers lui de son plein gré et s'était donnée à lui sans réserve.

Il se glissa près d'elle et la serra dans ses bras. Elle murmura quelque chose d'inaudible et se blottit contre lui comme un petit chat.

Il avait connu plus de plaisir avec elle qu'il n'en avait jamais eu avec aucune autre femme. Depuis sa rupture avec Freya, il en avait fréquenté quelques-unes, mais aucune ne l'avait obsédé au point de penser plus à elle qu'à son travail. Avec Cass, c'était le cas.

Il la sentit bouger. Elle ouvrit les yeux.

— Salut, dit-il.

— Salut. Je… n'avais pas l'intention de m'endormir sur toi.

— Je ne m'en plains pas, dit-il en l'embrassant.

Elle abrégea le baiser.

— Je ferais mieux d'y aller. Je ne veux pas manquer à l'appel, à la clinique.

Il n'avait aucune envie qu'elle parte.

— Mais ils ne font pas l'appel, là-bas ? Si ?

Elle le regarda avec un sourire en coin.

— Et qui pose la question ? Celui qui mène la danse.

— Je ne suis pas un dictateur !

Elle s'assit dans le lit et tira sur le drap pour se couvrir, au grand regret de Lyle. Avait-elle encore honte de ses cicatrices ?

— Je le sais, dit-elle. En fait, mis à part mon père, tu es l'homme le plus gentil que je connaisse.

Cet aveu le toucha. Il se pencha pour l'embrasser.

— Merci. Je crois que c'est le plus beau compliment qu'on m'ait jamais fait.

— De rien. Bon, je dois partir.

Et elle se leva sans lui laisser le temps de protester.

— Où est la salle de bains ?

Il fut tenté de lui demander de rester, mais elle avait apparemment besoin d'être seule pour réfléchir à ce qui venait de se passer entre eux. Lui aussi, peut-être.

Il pointa le doigt vers la porte.

— Là, dans le couloir.

Lorsqu'il entendit la porte de la salle de bains se refermer, il s'habilla et descendit au rez-de-chaussée.

Cass ne vint même pas le rejoindre dans la salle de séjour. Elle se dirigea droit vers ses bottines, comme pour le fuir. Avait-elle des regrets ? Elle était en train de mettre sa veste lorsqu'il lui posa la main sur l'épaule.

— Cass...

— Oui ?

— Je voudrais savoir ce que tu as dans la tête. Je crois que nous avons poussé notre relation assez loin pour nous faire confiance, tous les deux. Pourquoi es-tu si pressée de partir ? J'avoue que... ça pourrait bien me faire perdre toute confiance en moi.

Elle releva aussitôt la tête.

— Oh non, ça n'a rien à voir avec toi ! Je voudrais simplement éviter les commérages sur nous. Mais je t'assure que ton ego n'a rien à craindre.

— Ça fait plaisir à entendre, dit-il avec un grand sourire. Je te raccompagne au château.

Il l'aida à mettre sa veste, puis il enfila son manteau. Une fois dehors, il la prit par la main et, à son grand soulagement, elle ne chercha pas à se libérer.

Devant la porte latérale du château, Cass s'arrêta.

— Il vaut mieux nous quitter ici. Tu ne voudrais pas que l'équipe sache quel traitement ignoble tu fais subir à une résidente ?

— Un traitement ignoble ? dit-il en éclatant de rire. Et si nous parlions des choses diaboliques que tu m'as infligées ?

— Diaboliques ?

— J'adore ton côté diabolique. Mais je suis d'accord avec toi. Nous devrions garder cela pour nous. Il n'y a aucune raison que nous alimentions les ragots.

Elle avait déjà suffisamment de problèmes. Il ne voulait pas qu'elle s'inquiète des commérages.

Elle mit la main sur la poignée de la porte.

— Tu oublies quelque chose, dit-il en l'attirant à lui.

Il lui donna un long baiser. Quand ils se séparèrent, il la regarda attentivement.

— J’ai l’intention de trouver bientôt le moyen de te garder toute la nuit avec moi.

Elle ouvrit de grands yeux et parut vouloir dire quelque chose, mais elle resta muette et referma la porte derrière elle.

Il ressentit une profonde satisfaction. Même si Cass donnait le change, elle n’était pas indifférente à ce qui venait de se passer entre eux.

7

Deux jours plus tard, Cass était installée dans une confortable bergère, près du feu brûlant dans la cheminée du salon du château. Elle essayait de lire un livre qu'elle avait pris à la bibliothèque et qui parlait de l'histoire de Cluchlochry. Mais elle ne cessait de penser à Lyle. Elle ne lui avait parlé qu'à deux reprises, et brièvement, depuis qu'ils avaient fait l'amour. Il se comportait comme s'il se rangeait à son point de vue et considérait que ce qui s'était passé entre eux resterait l'aventure d'un soir.

Même si elle avait délibérément choisi de lui donner cette impression, elle regrettait de ne plus pouvoir l'embrasser ou se blottir dans ses bras. Ne plus le voir la rendait folle. Mais elle allait bientôt rentrer aux États-Unis. Comment aurait-elle pu se lancer maintenant dans une relation durable ?

Attendait-il qu'elle vienne vers lui ? Pouvait-elle se le permettre ? Mais pouvait-elle s'en empêcher ? L'indécision la torturait.

Elle fut distraite de ses pensées par l'arrivée de Melissa qui poussait un fauteuil roulant dans lequel un jeune homme était assis. Elle l'amena vers la cheminée, près de Cass.

Vêtu d'un T-shirt et d'un pantalon de survêtement, le jeune homme avait en fait l'air plus âgé qu'elle ne l'avait cru au premier abord. Il était décharné. Les grands cernes noirs qu'il avait sous les yeux accentuaient son air perdu. L'une de ses mains était agitée de tremblements.

— Bonjour Cass, connaissez-vous Andy Wallace ? demanda Melissa en installant le patient près du feu.

Le petit cocker au poil brun et blanc qui les avait suivis en trottinant se coucha aux pieds de l'homme.

— Non, nous ne nous étions pas encore rencontrés, répondit Cass. Bonjour, Andy.

Il la salua d'un signe de tête, puis garda les yeux fixés sur ses mains croisées sur ses genoux.

N'était-ce pas le patient qui était arrivé au château le même jour qu'elle ? Depuis, elle ne l'avait pas revu.

— J'ai entendu parler de vous. Ravie de vous connaître.

Melissa enclencha le frein du fauteuil roulant et posa la main sur l'épaule d'Andy.

— Je dois aller m'occuper d'un autre résident mais je reviendrai vous chercher pour vous emmener à la rééducation. Je n'en ai pas pour longtemps.

Elle adressa un sourire à Cass et s'en alla.

Cass se pencha vers le petit chien pour le caresser.

— Je connais bien Mélasse, dit-elle. Je travaille tous les après-midi au centre de thérapie canine. Je m'occupe de Mélasse quand il n'est pas avec vous. C'est un bon chien.

— Peut-être que je pourrais faire ça quand je marcherai à nouveau. Les médecins ne cessent de me dire que je remarcherai un jour, mais je n'en suis pas si sûr.

— Guérir prend du temps. Je suis certaine que vous y arriverez.

Qui était-elle pour donner des encouragements alors qu'elle-même était en si piteux état, émotionnellement et physiquement, il y avait à peine quinze jours ? Au réveil, elle s'était même surprise à sourire en pensant à Lyle. Sa jambe devenait plus forte, et elle tendait désormais le bras beaucoup plus loin. Elle sourit. Lyle avait embrassé ses cicatrices. Elle avait fait bien plus de progrès qu'elle ne l'avait cru possible en arrivant à la clinique. Elle commençait à croire en l'avenir.

Les yeux braqués sur le feu de bois, Andy restait silencieux. Elle avait le sentiment qu'il avait besoin de parler. Pouvait-elle faire pour lui ce que Lyle avait fait pour elle ? Lui prêter une oreille bienveillante. Simplement l'écouter.

Elle lui montra le livre qu'elle tenait à la main.

— J'étais en train de lire l'histoire de Cluchlochry. C'est une région incroyable.

Il eut une sorte de grognement. Cela pouvait presque ressembler à une réponse.

— Nous n'avons rien de ce genre, d'où je viens, dit-elle. Ce château est un endroit incroyable.

— J'ai passé beaucoup de temps ici, dit Andy d'une voix à peine audible.

Il avait les yeux humides.

— Vous étiez déjà venu au château de Heatherglen ?

— Oui. J'ai grandi à Cluchlochry.

— Pour un petit garçon, ça devait être un lieu magique. Il y a plein d'endroits où se cacher, et beaucoup d'espace pour courir.

Le regard d'Andy se voila.

— Nick et moi, nous avions l'habitude de jouer à cache-cache ici. Je n'arrivais jamais à le trouver.

Il se tut, les yeux de nouveau fixés sur le feu dans l'âtre.

— Il est parti maintenant. Il est mort en Afghanistan.

Elle retint son souffle.

— Nick était mon meilleur ami.

Elle avait l'impression d'avoir déjà entendu parler de ce Nick.

— C'est moi qui aurais dû mourir, continua Andy. Il aurait dû quitter l'armée et rentrer chez lui. Je le lui avais dit.

Elle ne comprenait que trop bien la détresse de cet homme accablé par le chagrin.

— Nick vivait à Heatherglen ? demanda-t-elle.

— C'était le frère aîné de Charles. Le Dr Charles Ross-Wylde, le laird.

— J'ai rencontré le laird. Je vois maintenant de qui vous parlez. Je suis désolée d'apprendre ce qui est arrivé à votre ami. Perdre un être auquel on tient est très douloureux.

— Vous avez perdu quelqu'un ?

Elle n'avait pas prévu que la conversation prenne cette tournure. Si elle avait su, elle se serait tue. Ces derniers jours, le fait de penser à Lyle l'avait aidée à oublier un moment les souvenirs pénibles qui la hantaient, et cela lui faisait du bien. Sa souffrance s'était atténuée.

Mais peut-être que, si elle parlait à Andy de sa propre douleur, il se sentirait moins seul et commencerait à croire que la vie pouvait devenir meilleure pour lui.

— Oui, j'ai perdu quelqu'un, dit-elle. Ce n'était pas un être humain, mais mon chien Rufus. C'était mon partenaire et mon ami.

Andy l'observa avec attention.

— Que s'est-il passé ?

Elle n'était pas sûre de vouloir entrer dans les détails, mais Andy méritait de savoir la vérité.

— Nous faisions partie d'une équipe de recherche et de sauvetage. Nous venions de sauver une enfant quand le mur du bâtiment a commencé à s'écrouler. Rufus a aboyé pour me prévenir. Le mur est tombé sur lui et moi j'ai été blessée à la jambe et au bras. Il m'a sauvé la vie et sacrifié la sienne.

Andy la regarda, l'air compatissant.

— Je suis désolé pour votre chien.

Les yeux de Cass se remplirent de larmes.

— Il me manque tellement. Je ne sais pas si je pourrai jamais reprendre ce travail sans lui, ni même si j'en aurai envie. J'ai peur que ce ne soit trop dur pour moi. Mais je ne sais rien faire d'autre.

Lyle se dirigeait vers le salon lorsqu'il reconnut la voix de Cass. Il s'arrêta sur le pas de la porte, juste à temps pour entendre sa confession. Elle ne lui avait pas raconté toute l'histoire. Il comprenait maintenant pourquoi elle était si dévastée. Non seulement elle avait perdu son chien, mais tout son univers en avait été bouleversé. Elle ne savait plus quelle direction prendre, ce qui devait la terrifier. Pour elle, perdre son métier revenait à perdre son identité.

Elle avait confié son chagrin et ses sentiments à quelqu'un, et cela avait dû beaucoup lui coûter. Elle l'avait fait parce qu'elle avait un grand cœur et qu'elle avait compris comment aider Andy. Lyle lui en serait éternellement reconnaissant.

Pendant plusieurs jours, Andy avait refusé de sortir de sa chambre. Lyle avait fini par le convaincre de descendre se mêler aux autres résidents, mais, jusqu'à présent, il refusait obstinément de parler de son accident et de la mort de Nick.

Cass et Andy étaient tellement absorbés par leur conversation qu'ils n'avaient pas remarqué sa présence, qui ne fut révélée que par l'arrivée soudaine de Melissa.

— Bonjour, Lyle, dit-elle en passant devant lui. Comment ça va aujourd'hui ?

Et elle se dirigea droit vers Andy.

Cass tourna la tête. En voyant Lyle, elle exprima successivement de la surprise, de l'inquiétude et du bonheur.

Lui aussi était content de la voir, mais il était encore troublé par ce qu'il venait d'entendre. Il avait sous-estimé l'ampleur des problèmes auxquels elle était confrontée. Maintenant il comprenait sa réaction lorsqu'ils avaient trouvé le petit chien dans le parc. Il comprenait aussi pourquoi elle ne voulait pas trop s'impliquer dans la relation qu'elle entretenait avec lui. Elle devait être submergée par la violence de ses émotions, et sa souffrance était beaucoup plus profonde qu'il ne l'avait imaginé.

— Ils vous attendent pour la rééducation, Andy, dit Melissa. Nous devons y aller.

Andy salua Cass d'un signe de tête. Elle lui répondit par un sourire.

— À bientôt, Andy.

Une fois que Melissa et Andy eurent quitté le salon, Cass leva les yeux vers Lyle.

— Tu étais là ? Tu as entendu ?

Il hocha la tête. Il n'essaya même pas de savoir pourquoi elle ne lui avait pas parlé de l'impact de la mort de Rufus sur sa vie tout entière. Ce n'était pas le moment pour des analyses de ce genre. Et peut-être ce moment ne viendrait-il jamais. Cass n'avait aucun compte à lui rendre. Le fait d'avoir passé une soirée torride ensemble ne l'obligeait en rien à lui livrer tous ses secrets.

— Je ferais mieux de partir, dit-elle en se levant.

Il s'avança vers elle.

— Tu m'as manqué, Cass, dit-il à mi-voix. Je te cherchais lorsque je t'ai entendue parler avec Andy.

— Tu voulais quelque chose ?

— Je voudrais t'embrasser. Mais pas ici.

Elle rougit. Elle avait beau essayer de donner le change, de jouer les indifférentes, il était clair qu'elle ne l'était absolument pas.

— J'attendrai, mais j'arriverai à mes fins.

— Est-ce une promesse, docteur ? dit-elle en souriant.

Comme il préférait la voir ainsi qu'avec son air triste !

— Mais oui. Par ailleurs, j'ai quelque chose à te demander. Ma mère aimerait que je t'emmène dîner ce soir à Harlow House. Elle voudrait t'apprendre à tricoter, comme elle te l'avait promis.

Cass détourna le regard. Elle paraissait indécise.

— Ce n'est pas la peine, vraiment.

— Elle sera très déçue si tu ne viens pas.

— Je ne suis pas sûre que ce soit une bonne idée.

— Pourquoi ? Tu es invitée.

— Je ne veux pas qu'elle se fasse des idées sur nous alors que je vais bientôt repartir chez moi.

— Dans ce cas...

Il tourna les talons, s'apprêtant à quitter la pièce.

Elle le retint par le bras.

— Attends... Je pense que je vais y aller. Je ne voudrais surtout pas blesser ta mère.

— J'espérais aussi que tu aurais envie de passer du temps avec moi... Je te retrouverai dans le hall à 17 heures.

Elle hocha la tête.

— Tu sais, Cass, tu as aussi bon cœur que tu es belle. Tu as vraiment aidé Andy aujourd'hui. Il a besoin de se confier à quelqu'un. Vous êtes une personne exceptionnelle, Cass Bellow.

Le regard de Cass s'adoucit. Il comprit qu'il devait partir au plus vite avant de la prendre dans ses bras et la couvrir de baisers.

Quelques heures plus tard, Lyle se rendit dans le hall où Cass était en compagnie d'un membre de l'équipe et de deux résidents. Tous s'affairaient à nouer de gros rubans rouges autour des feuillages qui avaient été fixés la semaine précédente à la rampe d'escalier.

— On commence vraiment à sentir l'ambiance de Noël ici, fit-il.

Le petit groupe se tourna vers lui.

— Merci, dit l'employé de la clinique. J'ai des aides formidables.

— J'ai encore un ruban à nouer et je suis prête, dit Cass.

Il y avait une note joyeuse dans sa voix, qu'elle n'avait pas à son arrivée à la clinique. Était-il pour quelque chose dans ce changement ? Il l'espérait vraiment.

— Nous avons le temps, dit-il.

Elle gravit une marche avec une légère hésitation. Bientôt elle descendrait cet escalier dans le cadre de sa rééducation. Et lorsque celle-ci prendrait fin, Cass s'en irait.

Voulait-il qu'elle reste ? Pouvait-il le lui demander ? Il refusait l'idée d'une relation à distance. Il savait par expérience que ce genre de lien était voué à l'échec. La vie de Cass consistait à parcourir le monde pour porter secours à des gens, et la sienne était de rester ici pour faire la même chose. Cela ne pouvait pas marcher entre eux. Il valait mieux, pour l'un comme pour l'autre, ne pas jouer les prolongations.

Quelques minutes passèrent avant que Cass ne descende lentement les marches, se tenant fermement à la rampe. Elle vint vers lui.

— Tu as fait des progrès, dit-il. Dans peu de temps, tu pourras délaisser l'ascenseur et prendre l'escalier.

— Je le reconnais, il y a quelques semaines gravir ces marches me semblait pire que l'ascension de l'Everest.

— Tu as travaillé dur. Tu peux être fière de toi.

— Merci.

Elle prit son manteau sur une chaise. Après l'avoir boutonné, elle mit son écharpe et son bonnet.

— Tu es prête ?

— Prête.

Elle se dirigea vers la porte d'entrée. Il la suivit et attendit d'être hors de portée des oreilles indiscrètes pour l'interroger.

— Je croyais que tu voulais que personne ne soit au courant de notre... amitié ? Mais là, j'ai eu l'impression que cela t'était égal, que les autres sachent que tu sortais avec moi.

— Je leur ai dit que tu voulais m'emmener marcher pour tester mon endurance.

— Ah, je vois.

Cela lui laissa un goût amer dans la bouche. Il aurait tant voulu que tout le monde sache qu'ils étaient ensemble. Mais l'étaient-ils vraiment ?

— Nous devons d'abord passer prendre la voiture au cottage.

— Tes parents habitent loin d'ici ?

— Non, mais trop loin pour que tu y ailles à pied.

Lorsqu'ils furent hors de vue du château, il la prit par la main. Son cœur se mit à battre plus fort en voyant qu'elle ne se dégageait pas. Il attendit d'avoir atteint le bois pour l'attirer derrière un arbre et la prendre dans ses bras.

— J'ai attendu si longtemps de pouvoir le faire, dit-il en s'emparant de ses lèvres.

Pour son plus grand bonheur, elle partageait manifestement son impatience. Ils échangèrent un baiser fiévreux, jusqu'à ce qu'une rafale de vent ne fasse tomber la neige qui s'était accumulée sur une branche, juste au-dessus de l'endroit où ils s'étaient réfugiés. Ils rirent comme des gamins et reprirent le chemin du cottage.

Ils allèrent directement au garage et montèrent dans la voiture.

— Tu m'as manqué, dit Lyle avant de mettre le contact. J'aurais voulu qu'on ait le temps d'aller dans ma chambre, mais ma mère nous attend.

Cass sourit.

— Nous avons tous envie de faire plaisir à nos parents.

— C'est vrai, fit-il en grommelant.

Il avait passé le plus clair de son temps à essayer de donner satisfaction à son père. S'il retournait dans l'armée, cela signifierait qu'il faisait passer le bonheur de son père avant le sien.

Cass avait accepté d'aider à la décoration de la rampe d'escalier dans l'unique but de calmer son impatience. C'était cela ou faire les cent pas en attendant l'arrivée de Lyle.

Elle était très excitée à l'idée de passer la soirée avec lui. L'attirance qu'elle avait, dès le premier jour, éprouvée pour lui s'était rapidement muée en un besoin irrépressible.

Ce besoin s'était intensifié lorsqu'il l'avait embrassée dans le bois. Dans ses bras, elle avait le sentiment de retrouver la place qui était la sienne. Et quand la neige était tombée sur eux, elle avait ri comme elle ne l'avait pas fait depuis bien longtemps.

Elle ne se posait plus de question sur les risques auxquels elle s'exposait si elle s'engageait trop avec lui. Et elle était enchantée d'aller chez ses parents.

Durant le trajet, il lui prit la main aussi souvent que l'étroitesse de la route le lui permettait. Ils traversèrent le village et s'engagèrent bientôt dans un chemin qui menait à une maison seigneuriale assez semblable, en plus grand, au cottage de Lyle.

La mère de Lyle accueillit Cass en la serrant dans ses bras, puis elle embrassa son fils avec la même chaleur, comme s'ils ne s'étaient pas vus depuis des années. Elle les conduisit dans une salle de séjour où la télévision était allumée.

À leur entrée dans la pièce, le père de Lyle ne se leva pas du canapé où il était assis, mais tendit la main à Cass.

— Rebonjour, jeune dame.

— Bonjour. Merci pour votre invitation.

— C'est un plaisir. Bonjour, fils.

Il échangea une poignée de main avec Lyle, ce qui parut étrange à Cass. N'auraient-ils pas dû s'embrasser ? Une certaine froideur semblait régner entre eux.

— Cass et moi allons dans la cuisine pour notre cours de tricot, dit Mme Sinclair. À moins que vous n'ayez changé d'avis ? fit-elle en se tournant vers Cass.

— Oh non, j'ai très envie d'apprendre.

— Alors, venez avec moi. Lyle, profites-en pour regarder le match avec ton père.

Cass jeta un regard à Lyle. Il s'était déjà assis sur une chaise. Peut-être s'était-elle fait des idées. Passer du temps avec son père ne lui posait apparemment pas de problème.

Elle suivit Mme Sinclair dans la cuisine, où régnait un ordre parfait, comme dans le reste de la maison. Le comptoir était d'une propreté exemplaire et le sol étincelait.

— Si nous nous installions près du feu ? Nous serons au chaud.

Deux rocking-chairs étaient placés devant un gros fourneau et, près de l'un d'eux, attendait un panier contenant des pelotes de laine et des aiguilles à tricoter.

Cass prit place dans l'un des rocking-chairs et laissa à Mme Sinclair celui près duquel était posé le panier.

— Nous allons commencer par quelque chose de simple, dit la mère de Lyle en s'asseyant. Je vais vous montrer comment démarrer un tricot, puis je vous laisserai faire.

— Parfait. J'ai tout à découvrir sur le tricot !

Mme Sinclair lui adressa un sourire qui ressemblait beaucoup à celui de Lyle.

— Eh bien, aujourd'hui, vous allez apprendre. Vous avez là des aiguilles à tricoter, choisissez une pelote de laine.

— Elles sont toutes très jolies.

Elle opta pour de la laine bleue, une couleur qui lui rappelait les yeux de Lyle. À son départ, elle aurait au moins ce tricot pour penser à lui.

La mère de Lyle prit une paire d'aiguilles et de la laine.

— Pour commencer, dit-elle, il faut faire une petite boucle et la glisser sur l'une des aiguilles. Ensuite…

Elle était lancée. Le tricot était sa passion, elle était dans son élément. Cass l'écoutait attentivement, observant chacun de ses mouvements.

— À présent, c'est à vous. Essayez de refaire ça avec vos aiguilles et votre laine.

Cass s'efforça de reproduire les gestes de Mme Sinclair. Au bout d'un moment, celle-ci intervint.

— Ce n'est pas tout à fait cela, ma belle. Laissez-moi vous montrer.

Elle faisait preuve d'une grande patience. Lyle aussi était patient. Tenait-il cela de sa mère ?

Cass avait tricoté dix rangs et était très fière de son travail lorsque, soudain, elle entendit derrière elle la voix de Lyle.

— On dirait que tu fais des progrès.

Elle lui brandit son ouvrage sous le nez.

— Regarde, je sais tricoter !

Il sourit, comme s'il était, lui aussi, fier d'elle.

— C'est une excellente élève, déclara Mme Sinclair.

— Cass est excellente dans tout ce qu'elle entreprend, répondit Lyle.

Elle sentit une vague de chaleur l'envahir. Lyle l'observait avec un éclat particulier dans le regard. Faisait-il allusion à la soirée où elle avait partagé son lit ? Elle lui sourit timidement, puis s'aperçut que Mme Sinclair les observait avec attention. Voyait-elle l'attirance qu'ils éprouvaient l'un pour l'autre ?

— Je suis désolé de vous interrompre, dit Lyle, mais papa et moi nous demandions dans combien de temps nous dînerions ?

Sa mère reposa son ouvrage dans le panier et se leva.

— Lyle, tu sais parfaitement, comme tous ceux qui vivent dans cette maison, que nous dînons à 18 heures précises. Il en a toujours été ainsi. Gregor y tient beaucoup.

— Oui, un militaire reste un militaire.

Il avait dit cela comme s'il s'agissait d'une simple évidence, mais il y avait une certaine amertume dans sa voix.

— Que puis-je faire pour vous aider ? demanda Cass en posant à son tour son tricot dans le panier.

— Nous avons simplement une tourte au poulet ce soir. Elle est déjà dans le four, il ne reste donc plus rien à faire d'autre que de mettre le couvert.

— Lyle et moi pourrions peut-être nous en charger ? proposa Cass en le regardant.

Il eut l'air surpris, mais il hocha la tête.

— Oui, bien sûr.

Ils se mirent à la tâche et, à plusieurs reprises, leurs mains se frôlèrent tandis qu'ils se passaient fourchettes et couteaux. Chacun de ces contacts déclenchait de délicieux frissons en elle. Elle n'aurait jamais imaginé qu'une activité aussi banale que mettre la table puisse se révéler à ce point érotique. Lorsqu'elle croisait le regard de Lyle, elle voyait la flamme du désir dans ses yeux.

— Voilà, c'est fait, dit-il quand tout fut en place.

— Merci, dit sa mère en souriant.

Elle se tourna vers un grand saladier posé sur le comptoir.

— Oh ! mon Dieu, nous devons tous remuer la pâte du pudding. Je ne veux surtout pas oublier de le faire.

— Remuer la pâte du pudding ? répéta Cass, intriguée. En quoi cela consiste-t-il exactement ?

— C'est le pudding de Noël, déclara Mme Sinclair d'un ton solennel.

— Je ne sais pas ce que c'est, avoua Cass en soulevant le linge qui recouvrait le saladier.

— Je crois que vous appelez ça un cake, aux États-Unis, dit Lyle.

— J'en ai déjà entendu parler, mais je n'en ai encore jamais vu ni mangé.

Penchée sur le saladier, elle en étudiait le contenu.

— Il faudra vous joindre à nous dans quelques semaines pour y goûter, dit la mère de Lyle en sortant une grosse cuiller en bois d'un tiroir.

Cass sentit plus qu'elle ne vit la tension qui s'était soudain emparée de Lyle. Redoutait-il le moment où elle devrait s'en aller ? C'était son cas à elle. Elle voulait passer le plus de temps possible avec lui avant son départ.

— Je ne suis pas certaine d'être encore en traitement à la clinique à ce moment-là.

— Eh bien, si vous êtes ici, vous devrez venir le goûter, répondit Mme Sinclair. Pour l'instant, il faut que vous tourniez la pâte trois fois et, ensuite, que vous fassiez un vœu.

Elle lui tendit la cuiller en bois.

Un vœu ? Quel vœu ? Celui de rentrer le plus vite possible aux États-Unis ? Ou de trouver un nouveau partenaire ? Elle n'était pas sûre d'y être prête. Elle jeta un regard vers Lyle. Faire le vœu qu'il fasse partie de sa vie pour toujours ? Que désirait-elle le plus ? Être heureuse. Elle se sentait bien, à présent. Mais cela durerait-il ?

Tourner l'épaisse mixture dans le saladier s'avéra plus difficile qu'elle ne l'avait imaginé, mais elle réussit à faire les trois tours. Et elle formula un vœu, en silence.

— Alors, quel souhait as-tu fait ? demanda Lyle en lui reprenant la cuiller pour la tourner dans le saladier.

— Je ne peux pas te le dire, ou il ne se réalisera pas.

Et Dieu savait qu'elle avait envie qu'il se réalise, même si c'était hautement improbable et irréaliste !

Profitant que sa mère s'était éloignée, Lyle se pencha vers Cass.

— Est-ce que ce vœu me concerne ? demanda-t-il à voix basse.

— Quel ego énorme ! rétorqua-t-elle sur le même ton.

Une odeur délicieuse se répandit dans la cuisine. Mme Sinclair venait de sortir la tourte du four.

— Lyle, peux-tu la mettre sur la table ? Et vous, Cass, voulez-vous vous charger de ceci ?

Elle lui tendit un grand plat de haricots.

— Il ne me reste plus qu'à appeler mon mari. Gregor ! lança-t-elle en élevant la voix. Le dîner est prêt !

Le père de Lyle finit par les rejoindre, mais cela prit un moment. Il avait du mal à se déplacer.

Le repas se déroula dans une atmosphère chaleureuse et détendue, chacun prenant visiblement plaisir à partager l'excellente nourriture et une conversation animée. Cass appréciait ce repas. Cette maison. Cette ambiance. Et Lyle. C'était ce qu'elle aurait aimé avoir dans la vie. Lyle lui souriait. C'était cela, le bonheur.

— Alors, que faites-vous en Amérique ? lui demanda M. Sinclair.

— Je travaille dans les équipes de recherche et de sauvetage.

— Ah ! un travail intéressant.

— Oui, c'est vrai.

Elle n'avait pas envie de s'étendre sur le sujet.

— J'ai cru comprendre que vous étiez militaire à la retraite ?

Il se redressa, se tenant encore plus droit que d'habitude, si c'était toutefois possible.

— Oui. Tous les hommes de ma famille ont fait carrière dans l'armée.

Il regarda Lyle, dont le visage s'était figé.

— J'espère que Lyle reprendra bientôt le service actif.

— Papa, évitons de parler de cela maintenant.

L'atmosphère était soudain devenue pesante. Mme Sinclair avait perdu le sourire.

Le père de Lyle préféra ignorer la requête de son fils.

— Tu dois le faire rapidement, sinon il sera trop tard pour avoir une chance d'obtenir des promotions.

Cass prit conscience qu'elle avait commis une erreur en interrogeant le colonel Sinclair sur son métier. Elle voulut voler au secours de Lyle.

— N'a-t-on pas besoin de Lyle ici ? dit-elle. Vous auriez dû le voir en pleine action, l'autre soir. Il avait deux blessés à soigner, plus moi. J'ai appris qu'il était le seul urgentiste sur ce périmètre. C'est une lourde charge. Je pense qu'il y a différentes façons de sauver les gens. Vous avez choisi de le faire par les armes ; Lyle, lui, le fait en soignant des blessés ou des malades. Pour moi, vous êtes tous les deux des héros.

Tous l'écoutaient en silence. Même M. Sinclair se taisait. Lyle la regardait avec tendresse, l'air à la fois surpris et admiratif.

Sa mère se leva de table.

— Je vais chercher le dessert, ces biscuits que j'ai achetés l'autre jour au marché.

Une heure plus tard, Lyle reprit le volant pour regagner le cottage.

— J'espère n'avoir rien dit de déplacé pendant le dîner, dit Cass d'une petite voix. Ce n'était pas mon intention.

Comment pouvait-elle même se poser la question ? En l'écoutant tenir son petit discours à son père, il avait senti son cœur se remplir de joie et d'admiration pour elle. Peu de gens osaient remettre Gregor Sinclair à sa place, et Cass avait su le faire tout en flattant le vieux soldat. Il la regarda comme s'il avait une reine devant lui.

— Tu as été merveilleuse. C'est un problème récurrent entre mon père et moi, depuis des années.

— Comment ça ?

— Je suis une vraie déception pour lui. Il est malade. En fait, il est en train de mourir.

— Je suis désolée, dit-elle en lui pressant la main.

— Moi aussi. Si je me réengageais, il serait fou de joie. Je pourrais lui procurer ce bonheur avant qu'il ne parte. Pour l'instant, je ne fais pas honneur à la famille ni au nom des Sinclair.

— Mais si ! Tu aides les gens. Regarde comme tu as su m'aider, moi.

Il haussa un sourcil et lui lança un regard suggestif.

— Je n'aide pas tous les résidents de la façon dont je l'ai fait avec toi.

Un sourire se dessina sur les lèvres de Cass tandis qu'elle lui donnait une petite tape sur l'épaule.

— J'espère bien !

Ces quelques mots le comblèrent. C'était la première fois qu'il l'entendait revendiquer une sorte de droit sur lui, ce qui semblait indiquer qu'il était important pour elle, bien au-delà d'une simple attirance physique. L'idée qu'elle puisse être jalouse le ravissait. Décidément, elle faisait vraiment beaucoup de bien à son ego.

Il rentra la voiture dans le garage et coupa le moteur.

— Je t'ai trouvée parfaite, ce soir. Merci pour ton vote de confiance. C'est très important à mes yeux, surtout venant de toi.

Elle lui adressa un sourire plein de tendresse tandis qu'il se penchait vers elle pour l'embrasser. Ses lèvres étaient toujours aussi douces. Il la souleva pour l'installer sur ses genoux, mais, la voyant esquisser une grimace, il se souvint de ses blessures. Aussitôt, il la laissa se rasseoir sur le siège passager.

— Je suis vraiment désolé, je t'ai fait mal ! Je ne mérite vraiment pas le titre de héros que tu m'as décerné ce soir !

— Tout va bien. Certains mouvements me rappellent simplement que je dois m'y prendre autrement avec ma jambe.

Il sortit de la voiture et en fit rapidement le tour pour l'aider à faire de même.

— Je suis vraiment désolé, dit-il de nouveau.

Elle le saisit par les revers de son manteau et l'attira à elle.

— Si tu te taisais et que tu m'embrassais, avant de m'emmener chez toi ? dit-elle tout bas.

Il sourit et la prit dans ses bras.

— C'est exactement ce que je vais faire.

8

Quatre jours plus tard, Lyle se réveilla dans son lit, et Cass était une fois de plus à côté de lui. Et il aimait cela. Beaucoup trop.

Lorsqu'ils étaient revenus du dîner chez ses parents, elle était restée. Elle avait passé la nuit avec lui. Et ils avaient décidé de dîner ensemble au cottage le lendemain soir.

Ils avaient fait l'amour et il lui avait proposé de rester avec lui jusqu'au lendemain matin.

— Je suis d'accord, avait-elle répondu, mais à une condition. Tu dois comprendre qu'entre nous il ne peut s'agir que d'une aventure. Dès que j'aurai obtenu un certificat de bonne santé, je rentrerai chez moi. Je ne peux prendre aucun engagement sérieux en ce moment, je ne m'autorise donc que des relations qui ne me poseront pas de problème le jour où elles prendront fin.

Il avait haussé les sourcils.

— Ce n'est pas parce que nous avons couché ensemble, n'est-ce pas ?

Elle lui avait caressé le bas du ventre, provoquant une réaction immédiate en lui.

— J'ai simplement besoin que les choses restent agréables et légères entre nous. Je subis trop de chocs émotionnels depuis trop longtemps. Je ne me crois pas capable d'en supporter d'autres.

— Je peux très bien te faire vivre des moments agréables et légers. En fait, j'aimerais te le prouver dès maintenant.

Il l'avait fait rouler sur le côté pour lui caresser la hanche, ce qui avait déclenché un long frisson chez elle.

Les deux soirs suivants, ils avaient dîné au château et étaient revenus à pied au cottage, main dans la main. Jamais la vie ne lui avait paru aussi belle.

Ils ne parlaient jamais du départ prochain de Cass. Pourtant tous deux savaient qu'il aurait bientôt lieu. Bien trop tôt, pensait-il. Cass était-elle du même avis ? Il ne voulait pas tout gâcher en lui posant la question.

Le samedi matin, alors qu'ils étaient au lit et que Cass lui caressait le torse d'une main distraite, elle l'interrogea soudain.

— N'as-tu jamais songé à donner un air plus festif à ta maison ? Tout le monde est en train de mettre des décorations de Noël un peu partout, mais chez toi il n'y a rien.

— Tu penses que je devrais installer un sapin dans ma chambre ?

— Non, bien sûr ! Mais tu pourrais en dresser un dans la salle de séjour. On dirait que c'est un vieux misanthrope qui vit ici.

— Tu sais que je pourrais trouver tes propos vexants ? En fait, je me contente de profiter de l'ambiance de fête du château. Les décorations de Noël, ce n'est pas trop mon truc. Et puis, je passe toujours Noël chez mes parents.

Il lui caressa doucement les cheveux.

— Mais peut-être que si j'avais quelqu'un pour m'aider, je pourrais organiser quelques petites choses. Tu veux m'aider ?

Elle se tourna vers lui et le regarda droit dans les yeux.

— J'ai cru que tu ne me le demanderais jamais.

Il éclata de rire. Elle sourit.

— Tu as quelques babioles à accrocher dans un sapin ?

— Non, je n'ai absolument rien.

— Alors, allons au marché de Noël acheter ce qu'il nous faut. J'ai vu dans un stand de jolies figurines faites main.

Un peu plus tard, Cass était assise à la table de la cuisine, sirotant un café pendant que Lyle préparait des toasts et des œufs brouillés.

— Je pourrais te donner un coup de main, tu sais.

— Je t'ai dit que j'aimais cuisiner pour toi, répondit-il. Si nous allons faire des achats, tu vas avoir besoin de toutes tes forces. Et puis, j'ai aussi d'autres projets te concernant.

Elle rougit, ce qui le ravit. Elle ne cessait de l'étonner. Sous ses airs de dure à cuire, elle était capable de rougir comme une adolescente après son premier baiser. Il adorait ces deux facettes de sa personnalité. Était-il en train de tomber amoureux ?

Elle planta sa fourchette dans l'assiette d'œufs brouillés qu'il avait posée devant elle.

— Alors, nous irons au marché dès que nous aurons terminé notre petit déjeuner, n'est-ce pas ?

— Sommes-nous si pressés ?

— Nous avons beaucoup à faire aujourd'hui, si nous voulons donner un air de fête au cottage.

— Il faut que nous ayons fini de tout décorer aujourd'hui ?

— Mais oui. Je vais bientôt m'en aller, je veux en profiter le plus possible jusqu'à mon départ.

C'était une façon brutale de le ramener à la réalité, mais il refusa de se laisser envahir par de sombres pensées. Elle voulait que leur relation reste légère, joyeuse, et il avait l'intention d'essayer de lui donner ce qu'elle attendait.

Il rit.

— D'où te vient ce soudain besoin de suivre les traditions de Noël à la lettre ?

Elle le regarda droit dans les yeux.

— C'est grâce à toi. Merci de m'avoir arrachée à mes idées noires.

Il sentit son cœur se gonfler de bonheur. Elle lui témoignait sa reconnaissance pour ce qu'il était, lui, en tant que personne. Elle le valorisait, ce qui ne lui était pas arrivé depuis longtemps. Il en avait besoin. Elle venait de lui faire un beau cadeau.

— Je t'en prie, c'est avec plaisir, dit-il en l'embrassant.

Le petit déjeuner terminé, ils se rendirent au village. Peu de gens étaient sortis. Le ciel était gris et un petit crachin commençait à tomber. Il neigerait certainement avant la fin de la journée. Cass se dirigea droit vers le stand où elle avait repéré les figurines faites main. Le propriétaire salua Lyle, qu'il connaissait depuis toujours.

— Prends tout ce qui te semble bien pour décorer le sapin, dit Lyle en la voyant passer soigneusement tous les bibelots exposés en revue.

Elle sourit.

— Tu n'aurais pas dû me dire ça.

Lorsqu'elle eut fait son choix et empilé tous ses achats sur un coin de la table, Lyle paya l'homme qui affichait un grand sourire en les regardant s'en aller.

— On pourrait aller dire bonjour à ta mère, non ? suggéra Cass.

— Oui. Elle serait blessée que nous soyons passés au marché sans nous arrêter à son stand.

Lorsque Mme Sinclair les vit arriver, elle cessa de tricoter.

— Mais que faites-vous ici tous les deux ?

— Nous sommes venus acheter de quoi décorer le sapin de Lyle, dit Cass en brandissant le sac qu'elle tenait à la main.

La mère de Lyle lui lança un regard perplexe.

— Ah ! Lyle installe un sapin chez lui ?

Elle avait dit cela d'un ton légèrement sarcastique.

Depuis son retour, jamais il n'avait décoré sa maison pour Noël. Freya avait toujours tenu à faire les choses en grand à cette occasion, mais lui n'y attachait guère d'importance. Mais puisque Cass avait envie qu'il y ait un arbre de Noël chez lui, il allait lui faire plaisir et respecter la tradition.

— Mais oui, répondit Cass, l'air très contente d'elle. Nous allons en chercher un maintenant, mais nous tenions à venir vous saluer avant.

— Gregor ! cria Mme Sinclair.

Lyle se retourna, son père arrivait en traînant les pieds. Il semblait plus fatigué que d'habitude, et plus vieux aussi.

— Salut, fils. Content de te voir. J'ai parlé au colonel McWright il y a quelques minutes à peine. Il m'a dit que tu n'étais pas encore passé le voir pour discuter de ton réengagement.

Lyle n'avait aucune envie d'aborder le sujet.

— J'ai été très occupé à la clinique. J'essayerai de trouver un moment dans la semaine.

— Il faut que tu le fasses. Il va bientôt partir à la retraite et il n'aura plus l'influence qu'il a aujourd'hui. Si tu veux obtenir le poste que tu désires, tu dois parler avec lui.

Lyle vit le sourire de Cass s'effacer. Il voulait le voir revenir. Il la prit par le coude.

— J'y penserai. Content de vous avoir vus. Cass et moi, nous allons installer un arbre de Noël au cottage, alors nous devons nous dépêcher avant qu'ils ne soient tous partis.

Et il entraîna Cass vers la sortie.

— Ravie de vous avoir vus, madame Sinclair et vous, colonel, fit-elle en leur adressant un petit signe d'adieu.

Lorsqu'ils furent hors de vue des Sinclair, elle s'arrêta.

— Vas-tu vraiment reprendre du service dans l'armée ?

— Non. Peut-être. Je ne sais pas. Écoute, je n'ai pas envie de parler de ça. Nous avons une belle journée devant nous et je veux en profiter pleinement. Allons chercher un sapin.

Elle l'observa quelques instants, puis sourit.

— D'accord, ça me va.

Il hocha la tête. Comme ce sourire lui manquerait, lorsqu'elle serait partie. Il ne voulait pas s'engager dans une relation à distance, car il savait par expérience que cela ne marchait pas. Mais il ne pouvait s'empêcher de compter le temps qu'il lui restait à passer avec elle.

Avant de quitter le marché, elle fit une pause devant un stand qui vendait des jupons décorés pour le pied des sapins. Elle en pointa un du doigt, de couleur bleu nuit, piqueté d'étoiles d'argent au-dessus de montagnes enneigées. L'avait-elle choisi en souvenir de la nuit où il l'avait trouvée assise sur le petit muret en pierre ? Il sourit. Ce soir-là, il était déjà sous le charme.

— Si celui-là te plaît, prends-le.

Elle le regarda d'un air gêné.

— Je n'avais pas l'intention de te demander de l'acheter.

— Je sais, mais tous les sapins de Noël se doivent d'avoir un joli jupon, répondit-il avec un sourire.

Quelques minutes plus tard, ils s'en allèrent. Cass tenait ses achats à la main, et semblait ravie de ses emplettes.

Au retour, ils s'arrêtèrent dans la périphérie du village pour acheter un sapin. Cass en choisit un si volumineux que Lyle se demanda s'il tiendrait dans la maison, même si celle-ci avait une belle hauteur de plafond. Mais Cass avait l'air si enthousiaste qu'il garda ses inquiétudes pour lui. Puis ils firent encore une escale dans une boutique où ils trouvèrent un pied d'arbre et des guirlandes électriques.

Ils passèrent le reste de la journée à installer et décorer leur sapin. Satisfaits du résultat, ils s'assirent près du feu avec une tasse de thé.

Cass, la tête posée sur l'épaule de Lyle, s'était blottie contre lui.

— Quelles sont les traditions de Noël auxquelles on tient dans ta famille ? demanda-t-elle.

— Tu connais déjà celle du pudding. Une année où j'étais à l'autre bout du monde, maman m'en a envoyé un par la poste. Je dois dire que, cette année-là, je me sentais terriblement seul.

— C'était l'année où tu as reçu la lettre, dit-elle doucement.

Pour une fois, entendre évoquer ce qui lui était arrivé à l'époque ne déclencha aucune souffrance en lui.

— Oui, en effet. J'ai coupé le pudding et je l'ai partagé avec les patients dont je m'occupais. Et nous avons tous eu une belle fête de Noël.

Soudain, il s'aperçut que Cass avait les larmes aux yeux.

— Qu'y a-t-il ? demanda-t-il, inquiet.

— Je déteste l'idée que tu aies pu passer un Noël si loin, si seul, loin des tiens.

— Mais, ma chérie, je suis chez moi, maintenant. Mes Noëls sont très joyeux. Et celui-ci le sera tout particulièrement, grâce à ce sapin.

Il n'ajouta pas qu'il aurait aimé aussi l'avoir, elle, près de lui ce jour-là. Il ne voulait pas y penser. Il devait profiter du moment présent.

Soudain, on frappa à la porte. Il alla ouvrir. Un membre de la police locale se tenait sur le seuil.

— Lyle, une petite fille de cinq ans a disparu. Elle a quitté le marché de Noël. Nous avons besoin de vous pour la rechercher.

— Une disparition ? demanda Cass d'un ton inquiet.

Lyle se força à fixer toute son attention sur ce que lui disait le policier. Il rassurerait Cass plus tard.

— Depuis quand l'enfant est-elle partie ?

— Ça fait deux heures et demie.

— Pensez-vous qu'elle ait pu être kidnappée ?

— Pour l'instant, rien ne le laisse penser, mais nous n'écartons aucune hypothèse.

— Que dois-je faire ?

— Nous avons établi un quadrillage de la zone, dit le policier en lui tendant une carte. Nous voudrions que vous cherchiez dans ce secteur, dit-il en lui montrant un carré tracé sur la carte.

Cass vint se planter devant Lyle, face au policier.

— Avez-vous un vêtement appartenant à l'enfant ? demanda-t-elle d'une voix décidée. Je pourrais vous aider.

— Vous ? dit l'homme, surpris.

— Je vous présente Cass Bellow, dit Lyle. Elle a l'habitude de participer à des missions de recherche et de sauvetage.

— Dans ce genre d'affaire, dit-elle, le temps joue un rôle essentiel. Avez-vous ou non un vêtement de l'enfant ?

Le policier regarda Lyle, puis il hocha la tête.

— Je peux vous trouver ça.

— Bon, retrouvons-nous dans vingt minutes à la Croix du Marché.

Et elle tourna les talons pour aller mettre son manteau.

— Alors, à tout de suite, dit Lyle au policier.

Celui-ci parut hésiter, puis il hocha la tête et s'en alla.

Lyle referma la porte et se tourna vers Cass.

— Que comptes-tu faire ?

— Un des chiens du centre canin a travaillé dans des équipes de recherche et de sauvetage. Je me suis occupée de lui, il me connaît. Il peut nous être utile, dit-elle en nouant son écharpe autour de son cou.

Lyle était en admiration. Se porter volontaire pour travailler avec un chien dans l'espoir de retrouver une petite fille perdue témoignait d'un grand courage de sa part.

— Es-tu sûre de pouvoir… ?

— Nous n'avons pas vraiment le choix. Une enfant a disparu.

Elle enfonça son bonnet sur sa tête et ouvrit la porte.

— Hé, attends-moi, s'écria Lyle en attrapant son écharpe et son bonnet avant de se précipiter derrière elle.

9

— *Komm* !

Hero obéit à l'ordre que Cass venait de lui donner et sortit de son enclos. Cela faisait maintenant deux semaines qu'elle s'occupait de lui et elle s'en était fait un ami.

— *Fuss*, dit-elle lorsqu'il fut près d'elle.

Et Hero marcha à son côté jusqu'à la voiture de Lyle. Celui-ci lui ouvrit la portière.

— *Komm*, dit encore Cass.

Hero sauta à l'arrière du véhicule. Moins d'une minute plus tard, ils étaient tous les trois en route pour Cluchlochry.

Les mains croisées sur ses genoux, Cass s'interrogeait. Elle était nerveuse. Et si elle ne tenait pas le coup ? S'ils ne parvenaient pas à retrouver la petite fille ? Si… ? Toutes ses peurs et sa tristesse revenaient la hanter. Si Rufus avait été là, elle n'aurait eu aucun doute sur ses chances de réussite, mais elle ne connaissait pas bien le niveau de compétence de Hero. Toutefois, elle devait essayer de réussir cette mission.

Chaque minute comptait. Lyle roulait sans respecter les limitations de vitesse. Lorsqu'ils arrivèrent à la Croix du Marché, le policier qu'ils avaient vu au cottage les attendait. Dès qu'ils l'eurent rejoint, il montra une petite veste orange à Lyle.

— L'enfant l'a portée aujourd'hui, expliqua-t-il.

— Alors, elle n'a rien pour se couvrir ? demanda Lyle, l'air soucieux.

Cass fut prise de tremblements en songeant à quel point la petite fille devait souffrir du froid.

— D'après les parents, répondit le policier, elle est vêtue d'un pull-over et d'un jean, et elle a des bottes. Nous ne savons pas si elle a aussi des gants, un bonnet, des choses de ce genre.

— Elle risque donc d'être en hypothermie, résuma Cass.

— Je vais prendre une couverture thermique et ma trousse médicale dans la voiture, lança Lyle en s'éloignant.

— Puis-je voir la veste ? demanda Cass.

Le policier la lui tendit. Cass s'agenouilla près de Hero pour lui faire renifler le petit vêtement.

Lyle revint avec une sacoche en bandoulière.

— Prête ? demanda-t-il en regardant Cass.

— Oui. Tu as une couverture ?

Il tapota la sacoche et alluma une torche électrique.

— *Voran*, ordonna Cass.

Hero traversa la place, le nez collé au sol. Cass le suivait, Lyle sur les talons.

Le chien les emmena vers une rue latérale, puis dans une ruelle. Cass était pleine d'espoir, Hero se comportait comme s'il avait repéré une odeur et suivait une piste. Elle le tenait en laisse et tous avançaient à un rythme soutenu. Lorsqu'ils eurent laissé le village derrière eux, Hero quitta la route pour s'engager dans un chemin.

— On dirait qu'il nous emmène vers les ruines, dit Lyle qui marchait tout à côté de Cass.

À mesure que le sentier devenait plus raide, Cass souffrait de plus en plus de sa jambe. Mais elle n'avait pas le choix, il fallait continuer. Soudain, elle vacilla. Lyle la retint en lui prenant le bras.

— Laisse-moi passer devant, dit-il. Je connais ce chemin.

— D'accord. Je vais ôter la laisse de Hero.

Elle détacha le chien, qui fila droit devant lui.

La progression se révélait de plus en plus difficile. De temps en temps, Hero s'arrêtait et regardait Lyle et Cass comme s'il était impatient qu'ils le rejoignent.

Malgré la douleur qui augmentait sans cesse, Cass refusait d'abandonner. Elle était qualifiée pour ce genre de mission, et la vie d'une petite fille était en jeu.

La nuit était tombée et il faisait à présent noir comme dans un four. Les nuages qui s'accumulaient dans le ciel nocturne annonçaient l'arrivée prochaine de la neige. S'ils retrouvaient l'enfant, celle-ci souffrirait probablement d'hypothermie et aurait besoin d'une prise en charge médicale immédiate. Arriveraient-ils à temps ?

De nouveau, elle chancela et, sans l'intervention de Lyle, elle serait certainement tombée.

— Tu veux qu'on s'arrête ? demanda-t-il, soucieux.

— Non, nous devons la retrouver.

— Je ne veux pas avoir à m'occuper de deux patients.

— Je saurai m'en souvenir.

Et elle se remit en marche péniblement, en traînant la jambe. Lyle pinça les lèvres et lui emboîta le pas.

Ils atteignirent enfin les ruines. Hero reniflait le sol, en traçant un cercle. Il finit par s'arrêter près de pierres énormes et aboya.

— Tu as trouvé quelque chose ? lui demanda Cass en s'approchant.

Lyle éclaira les pierres avec sa torche électrique.

— *Setzen* ! ordonna Cass.

Le chien s'assit. Elle s'avança, aussitôt rejointe par Lyle, et tous deux virent qu'il y avait là un trou.

— Autrefois, ça servait de cachot, dit Lyle.

— Tu vois quelque chose ? demanda-t-elle en se penchant prudemment au-dessus de la cavité.

Lyle balaya le fond de l'ancien cachot avec sa lampe de poche.

— Elle est là ! s'écria Cass.

Une petite silhouette était recroquevillée sur le sol. Elle ne bougeait pas. Cass fit un pas en avant.

— Attention, Cass ! cria Lyle. Tu risquerais de tomber.

— Comment allons-nous la sortir de là ?

— Il nous faut de l'aide.

Il sortit son téléphone de sa poche.

— Oh ! non ! s'exclama-t-il. Il n'y a pas de réseau. L'un de nous va devoir aller chercher du secours. Mais je veux d'abord voir comment elle va. Le temps presse. Je vais descendre dans le trou.

— Le terrain est trop glissant. Je suis plus légère que toi, alors tu vas me faire descendre en te servant de la sangle de ta sacoche. Sans doute n'est-elle pas assez longue pour me permettre d'atteindre le fond, mais elle m'en rapprochera ; après, je sauterai.

— Mais ta jambe ? Elle ne supportera peut-être pas le choc.

— Il faut tenter le coup. Cette enfant a besoin qu'on s'occupe d'elle maintenant. C'est décidé, je descends.

Sa détermination ne laissait guère de choix à Lyle. Il détacha la sangle de la sacoche, puis, manipulant la boucle, il l'allongea au maximum.

— Tu es prête ?

Elle saisit l'une des extrémités de la sangle et l'enroula autour de son poignet.

— Prête.

Ils s'approchèrent du trou et Lyle en fouilla le fond avec le faisceau de sa lampe électrique.

— Elle ne bouge toujours pas, dit-il.

Le cœur de Cass se serra. Ils devaient faire vite.

Lyle laissa glisser la torche électrique dans le trou afin que Cass, une fois en bas, ait un peu de lumière, puis, comme elle, il enroula la sangle autour de son poignet.

Couchée sur le ventre elle se mit à ramper en marche arrière, les pieds dirigés vers le fond du trou. Lyle s'agenouilla et la tint sous les bras tandis qu'elle se laissait aller sur le sol glissant.

— Cherche des prises pour tes pieds, dit-il d'une voix tendue par l'effort.

Elle obéit et trouva un point d'appui. Il était du côté de sa jambe blessée. Mais elle ne pouvait pas laisser la douleur la freiner dans sa progression. Elle devait continuer.

Accrochée à la sangle dont Lyle tenait fermement l'autre extrémité, elle s'enfonçait dans l'obscurité. Devinant qu'elle n'était plus qu'à quelques dizaines de centimètres du sol, elle sauta. La jambe en feu, elle serra les dents pour ne pas hurler de douleur et roula sur le côté.

— Cass ?

— Tout va bien. L'atterrissage a été plus brutal que prévu.

Ramassant la lampe électrique, elle rampa vers la petite fille, qui était toujours immobile. Elle réussit à prendre son pouls, mais il était très faible. L'enfant était glacée. Elle était en hypothermie. Ôtant sa veste, Cass l'enroula autour de la petite fille, à qui elle donna aussi son écharpe et son bonnet.

— Cass, cria Lyle, mets-toi sur le côté, je vais te lancer ma sacoche. Je voudrais avoir les constantes vitales de l'enfant avant de partir chercher du secours.

— Voilà, je suis prête.

Quelques secondes plus tard, le sac atterrit à ses pieds.

— Prends-lui sa température. Et dis-moi aussi si elle souffre de fractures.

Cass fouilla dans la sacoche et trouva un thermomètre tympanique qu'elle plaça dans l'oreille de l'enfant.

— Sa température n'est que de 32°, cria-t-elle à Lyle. Le pouls est faible. Sa peau est pâle et froide au toucher. Sa respiration est superficielle. Je vais l'envelopper dans la couverture thermique.

— Peux-tu lui prendre sa tension artérielle ?

— Je préfère qu'elle garde la chaleur que je lui ai déjà procurée.

— Oui, bien sûr.

Elle prit la petite fille contre elle, puis s'enroula avec elle dans la couverture thermique, avec l'espoir de faire profiter l'enfant de sa propre chaleur corporelle.

— Il y a deux pochettes chauffantes dans la sacoche, cria Lyle. Prends-les et place-les sous ses bras, mais elles ne doivent pas toucher la peau. Je pars chercher de l'aide. Je serai de retour aussi vite que possible. Promets-moi, Cass, de rester tranquille. Ne fais rien d'imprudent.

Il semblait vraiment inquiet. Cass était émue. C'était un homme vraiment bon.

— Hero sera là, dit-elle. Nous t'attendrons.

— J'y compte bien.

Lyle détestait avoir à abandonner Cass, mais il n'avait pas le choix. L'enfant devait être hospitalisée d'urgence.

Privé de sa torche électrique, qu'il avait laissée à Cass, il avançait lentement sur le chemin rocailleux qui, dans le noir, s'avérait particulièrement dangereux, d'autant que de la neige fondue commençait à tomber.

De temps en temps, il s'arrêtait pour voir s'il avait du réseau. Lorsqu'il obtint enfin un signal, il appela le poste de police avec un énorme soulagement. Il donna leur position au policier et lui annonça qu'ils avaient retrouvé la petite fille. Il lui demanda de faire venir une ambulance de l'hôpital de Fort William, et lui dit aussi de réclamer le fourgon médical de la clinique. Il n'y avait pas une minute à perdre.

Après avoir raccroché, il fit demi-tour pour remonter vers les ruines. Il neigeait de plus en plus fort. Il avait presque atteint son but lorsqu'il entendit au loin les sirènes des véhicules de secours.

Arrivé au sommet de la colline, il courut vers l'ancien cachot. Hero était toujours là, sagement assis au bord du trou.

— Cass !

Pas de réponse.

— Cass ?

La peur le saisit. Que s'était-il passé ?

— Cass ! hurla-t-il de toutes ses forces.

— Je suis là, répondit-elle d'une petite voix en pointant vers lui le faisceau de la lampe électrique. J'espère que les secours arrivent. Cet endroit est horrible !

— Oui, ils seront bientôt là. La petite a-t-elle bougé ?

— Non. Je vais lui prendre à nouveau sa température.

Il attendit le résultat avec impatience.

— Maintenant, dit-elle, elle est un peu en dessous de 33°.

— Il y a du progrès. Et toi, comment ça va ?

— Je voudrais être près de toi pour que tu me fasses un câlin.

Comme il en avait envie, lui aussi !

— Ma chérie, je te promets de te faire un énorme câlin dès que je le pourrai.

— Promis ?

— Je t'en donne ma parole.

À cet instant, il entendit des gens qui venaient dans sa direction.

— Par ici ! cria-t-il.

Six personnes arrivèrent vers lui en courant.

— Elles sont là, en bas. Au fond de ce trou.

— Elles sont plusieurs ? demanda l'un des secouristes.

— Oui. L'enfant est avec l'une de mes amies, une femme qui travaille avec des équipes de recherche et de sauvetage. Je l'ai aidée à descendre dans le trou. Si vous avez une corde avec vous, je vais aller la rejoindre en bas.

— Reste là, dit Les McArthur, qui dirigeait l'équipe de secouristes.

Lyle le connaissait depuis toujours.

— Nous allons avoir besoin de tes compétences médicales lorsque nous les aurons sorties de là, dit Les. Ne bouge pas d'ici. Comment s'appelle la femme en bas ?

— Cass.

L'un des hommes sortit une échelle de corde d'un gros sac. Après l'avoir solidement attachée à un rocher, il la descendit dans le trou.

Les s'approcha du bord.

— Cass, je m'appelle Les McArthur. Nous allons descendre vous rejoindre. D'abord l'échelle de corde.

— D'accord.

Les descendit le premier. Il était suivi d'un secouriste qui portait une civière pliante sur son dos. Lyle vit bientôt une lumière vive briller dans la cavité. Les devait avoir pris une puissante torche électrique avec lui.

— Nous allons avoir besoin de cordes, lança quelqu'un du fond de l'ancien cachot.

Un secouriste sortit plusieurs rouleaux de cordes d'un sac.

— Puis-je vous aider ? demanda Lyle, qui brûlait d'envie de se rendre utile.

— Non, tout ira plus vite si vous nous laissez faire notre

travail, dit l'un des hommes. Alors, vous pourrez faire le vôtre. Tout va bien se passer.

Les secouristes lancèrent une extrémité des cordes dans le trou. Quelques instants plus tard, Les les appela.

— Prêt.

Lentement, les hommes restés en surface hissèrent les cordes et bientôt apparut la civière où l'enfant était allongée. Il y avait aussi la trousse médicale de Lyle. Cass avait veillé à ce qu'il l'ait sous la main pour soigner la petite fille.

Il s'agenouilla à côté de la civière posée sur le sol.

— Je vais vérifier son pouls, dit-il. Je pourrai dire à l'hôpital ce qu'ils doivent préparer.

Il eut le plus grand mal à capter le pouls de la petite fille. Il fallait l'hospitaliser au plus vite. Même s'il détestait l'idée de devoir laisser Les prendre soin de Cass, il devait s'y résoudre. Et dès qu'il aurait du réseau, il téléphonerait à Charles et à Flora. Eux aussi s'occuperaient de Cass. Mais il avait hâte de pouvoir la serrer dans ses bras.

Il se redressa et prit son sac sous le bras.

— Descendons cette enfant en bas de la colline, dit-il. Il n'y a pas une minute à perdre.

Cass tremblait comme une feuille. Elle était gelée. Où se trouvait-elle ? Dans un trou humide et sombre où régnait un froid terrible.

Mais non, elle se trompait. Elle était à présent bien au chaud dans un environnement rassurant. Elle ouvrit les yeux.

Dehors, il faisait nuit. La pièce dans laquelle elle se trouvait n'était éclairée que par les flammes du feu qui brûlait dans la cheminée. Elle était dans sa chambre, au château.

Tournant la tête, elle vit Lyle qui dormait sur une chaise, près de son lit. Il avait les cheveux en désordre et ronflait légèrement. Il devait être épuisé.

Les secouristes attachant la petite fille sur la civière… Les souvenirs lui revenaient. Comme elle était gelée jusqu'aux os, l'un des hommes lui avait donné une couverture, mais cela n'avait pas suffi à la réchauffer. Elle se rappelait avoir descendu la colline en claquant des dents, soutenue par l'un des sauveteurs.

Lyle n'était pas là quand elle était sortie du trou. Bien sûr, sa place était auprès de la petite fille, mais elle aurait tant aimé qu'il la réchauffe en la serrant dans ses bras...

Au pied de la colline, une voiture de police les attendait. Le policier avait mis le chauffage au maximum, mais elle avait toujours très froid en arrivant au château, où Charles et Flora l'avaient accueillie.

— Lyle nous a téléphoné. Il demande que nous vous fassions un examen complet, avait dit Charles.

Et il avait poussé un fauteuil roulant vers elle.

— Je ne crois pas que ce soit nécessaire, avait-elle protesté.

— Ce n'est pas l'avis de Lyle, avait répondu Flora. Et vous méritez qu'on prenne soin de vous, après ce que vous avez fait ce soir. Merci.

— Et Hero ? avait-elle demandé.

— Esme s'occupe de lui. Il aura droit à une ration supplémentaire, à ce qu'il paraît. Esme dit qu'elle pourrait recruter quelqu'un comme vous, au centre. Avec toutes vos compétences, vous pourriez lui être très utile.

Charles l'avait examinée, puis Flora avait pris le relais, lui demandant de fléchir et de contracter son bras et sa jambe.

— Nous allons un peu intensifier la rééducation pendant quelques jours, puis je pense que nous pourrons signer votre décharge, avait-elle conclu.

Cass contempla Lyle, toujours endormi. Elle allait bientôt quitter la clinique. Ce serait très dur de ne plus le voir, mais il ne pouvait en être autrement.

Elle était dans un état émotionnel si confus qu'elle ne savait même pas si elle avait de vrais sentiments pour lui. Elle avait peut-être simplement eu besoin que quelqu'un s'occupe d'elle, parce qu'elle ne se sentait pas bien en arrivant.

De toute façon, ils étaient tombés d'accord pour passer de bons moments ensemble le temps de son séjour. Lyle n'avait jamais dit qu'il voulait davantage. Alors pourquoi se faire du souci ? Elle allait partir, comme prévu, et serait chez elle à Noël.

Mais si Lyle lui demandait de rester ? Accepterait-elle ?

Impossible. Ce serait prendre trop de risques. Ils ne se connaissaient pas vraiment, tous les deux. Peut-être ne s'agissait-il que d'une simple attirance physique. Il valait mieux considérer leur relation comme une belle amitié, rien de plus. C'était préférable pour lui comme pour elle.

D'autant plus qu'elle devait réfléchir à ce qu'elle allait faire. L'expérience de la veille lui avait fait comprendre qu'elle ne pourrait plus se charger de mission de ce genre. C'était trop dur émotionnellement. Elle allait devoir chercher un autre moyen de gagner sa vie. Décidément, il y avait trop d'inconnues dans sa vie pour qu'elle songe à s'engager sérieusement avec quelqu'un.

Elle se retourna dans son lit, ce qui suffit à réveiller Lyle. Il la regarda avec attention, le front plissé.

— Bonjour ! Comment te sens-tu ?

— Mieux. Ce n'est pas le matin ? demanda-t-elle, les yeux tournés vers la fenêtre.

— Non, il est encore très tôt. Tu as besoin de quelque chose ?

— Oui, d'un bon bain chaud.

— C'est faisable, dit-il en se levant. Pendant que tu prendras ton bain, je vais descendre te préparer un thé.

Elle sourit.

— Voilà que ça recommence. L'homme qui fait tout. Mais j'avoue que je trouve cela merveilleux.

— Je vois que tu as toujours l'esprit aussi moqueur ? dit-il en se dirigeant vers la salle de bains. Ne bouge pas, je reviens.

— Mais je peux marcher !

— Peut-être, mais j'aime te porter.

Et elle, elle adorait être dans ses bras.

Lorsqu'il revint la chercher, elle s'accrocha à son cou tandis qu'il lui passait un bras autour de la taille, et l'autre sous les jambes. Il la porta jusqu'à la salle de bains et la fit asseoir sur le rebord de la baignoire.

— Laisse-moi vérifier la température de l'eau, dit-il.

Comme il était attentionné ! Jamais aucun homme ne s'était montré aussi prévenant avec elle. Même Jim n'avait pas vraiment su la comprendre. Ni elle ni son travail, et surtout pas la relation qu'elle entretenait avec son chien. Il lui avait conseillé d'abandonner un métier qu'il jugeait trop dangereux pour elle. Contrairement à Lyle, il ne l'avait jamais vue comme quelqu'un de solide. Lyle, lui, la respectait. Et il prenait soin d'elle. Quel homme incroyable !

— Comment va la petite fille ? demanda-t-elle.

— Elle se remet de ses émotions et elle a maintenant une belle histoire à raconter. Sa famille a fait une randonnée là-haut la semaine dernière et la petite a perdu sa poupée. Elle a cru que ça s'était passé dans les ruines. Et elle est partie la chercher.

— Je n'ai pas vu de poupée.

— Moi non plus, alors je lui en ai fait envoyer une nouvelle.

Il dit cela comme si ce n'était pas grand-chose.

— Lyle Sinclair, vous êtes vraiment un type adorable.

— Le bain est prêt.

Il lui ôta son T-shirt et l'aider à entrer dans la baignoire. Elle se laissa glisser dans l'eau avec un soupir de satisfaction.

— Oh ! c'est merveilleux ! fit-elle en fermant les yeux.

— Je descends préparer le thé, dit Lyle, troublé par le spectacle qui s'offrait à lui.

Elle sourit.

— J'aimerais mieux que tu me réchauffes.

— Je suis l'administrateur de cette clinique. Je ne peux pas grimper dans une baignoire avec une patiente.

Il n'avait pas l'air convaincu.

— Verrouille la porte, accroche la pancarte *Ne pas déranger*. Il faut vivre, Lyle. Savoir être audacieux. Tu sais que tu en as envie.

Elle entrouvrit les yeux et l'attira vers elle.

— Au moins, embrasse-moi.

Il se pencha et s'empara de sa bouche. Le prenant par le cou, elle l'attira dans la baignoire, faisant gicler de l'eau partout, mais ni l'un ni l'autre ne semblait s'en soucier. Ils continuaient de s'embrasser, de plus en plus fiévreusement.

Elle déboutonna sa chemise trempée.

— Tu vas provoquer ma perte, et mon renvoi de cette clinique si je te laisse faire, murmura-t-il en l'embrassant derrière l'oreille.

Elle ne dit rien et s'attaqua à sa braguette.

— Comment vais-je pouvoir quitter ta chambre sans qu'on me voie avec des vêtements trempés ?

Pour toute réponse, elle le caressa d'une main experte, l'amenant au comble de l'excitation.

— Je te montrerai un passage secret, dit-elle enfin. Mais ce n'est pas le moment d'y penser. Chaque chose en son temps.

Et elle lui fit glisser son pantalon sur les hanches.

Quelques jours plus tard, Lyle était assis chez lui, sur le canapé du salon. Il avait passé un bras autour des épaules de Cass qui, blottie contre lui, avait posé la tête sur son torse. La pièce n'était éclairée que par les guirlandes lumineuses du sapin de Noël. Lyle avait l'impression de n'en avoir jamais vu d'aussi beau. Peut-être parce qu'il partageait ce spectacle avec Cass. Mais il sentait que quelque chose la préoccupait.

Elle l'avait accompagné jusqu'au cottage après le travail, et avait été plus silencieuse que d'habitude. Ils avaient préparé ensemble le dîner, composé d'une soupe et de sandwichs, sans qu'elle se montre plus loquace.

Était-ce la proximité de son départ qui lui causait du souci ? Tous deux savaient que la date approchait.

Il sourit intérieurement en songeant à quel point elle avait mis du piment dans sa vie. Lorsqu'elle l'avait fait tomber dans la baignoire par exemple. Ils avaient fait sécher ses vêtements devant la cheminée, mais ils étaient encore humides quand, à l'aube, il avait voulu se rhabiller pour rentrer se changer chez lui. Il avait quitté discrètement la chambre de Cass et emprunté un escalier de service, satisfait que personne ne l'ait vu. Mais alors qu'il mettait la main sur la poignée de la porte, celle-ci s'était ouverte sur Charles. Lyle était au courant qu'il venait souvent de bonne heure, mais sans savoir qu'il passait par là.

— Bonjour, avait dit Charles. Tu es sûr d'être dans la bonne direction ?

— J'ai veillé Cass.

Charles avait froncé les sourcils, l'air soucieux.

— Je l'ai examinée hier soir. Elle semblait en forme. Quelque chose ne va pas ?

— Non, je voulais juste m'assurer que tout allait bien.

Soudain, le visage de Charles s'était illuminé, comme s'il venait de comprendre.

— Et alors ? avait-il demandé.

— Et alors elle va bien.

Charles continuait de lui bloquer le passage.

— Heureux d'entendre ça. Cass est vraiment quelqu'un d'exceptionnel. J'ai su ce qui s'était passé et comment elle a tout fait pour sauver cette petite fille.

— Oui, tu as raison, elle est exceptionnelle.

— Freya s'est mal conduite envers toi, mais toutes les femmes ne sont pas comme elle. Il serait temps que tu laisses sa chance à une autre.

— Cela te va bien, de me tenir ce genre de discours !

— Ce n'est pas parce que je suis célibataire que tu dois suivre mon exemple. Tu ferais bien d'y réfléchir, avait-il ajouté en lui donnant une tape sur l'épaule. Mais tu es mouillé !

Il avait touché, sous le manteau, la chemise humide de Lyle.

— Je suis tombé dans la baignoire.

Et, sans attendre, il s'était rué dehors, poursuivi par le rire tonitruant de Charles.

— À quoi penses-tu ?

La question de Cass l'arracha à ses réflexions.

— À Charles, quand il m'a surpris l'autre matin, alors que je venais de quitter ta chambre.

Elle sourit et se serra contre lui.

— Alors, il sait, pour nous deux ?

— Oui, mais de toute façon, il aurait été au courant. Le laird sait tout ce qui se passe sur son domaine.

— Ça t'ennuie ?

— M'ennuyer ? Mais pourquoi ? Tu es une femme merveilleuse, intelligente, belle, c'est génial d'être avec toi. J'en suis très fier.

Elle lui donna un petit baiser.

— Merci. C'est très gentil de me dire cela.

— Je le pense vraiment.

Il était sincère. Il avait envie de passer sa vie avec elle, mais il n'était pas question de tenter les relations à distance. Ils allaient bientôt être séparés. Il hésitait à lui demander de rester. Mais pouvait-il la laisser partir sans lui avoir dit à quel point il tenait à elle ?

Cass s'écarta légèrement de Lyle. Elle devait lui parler. Pourquoi lui était-il si difficile d'aborder le sujet qui la préoccupait ?

— Que se passe-t-il, Cass ? Dis-le-moi.

— Je ne peux rien te cacher. Tu lis en moi comme dans un livre ! Flora m'a dit cet après-midi qu'elle comptait signer ma décharge dans trois jours. Je peux organiser mon voyage de retour. Je serai chez moi pour Noël.

Il l'observa un moment en silence.

— Je savais que tu devrais bientôt partir. Nous le savions tous les deux.

— Oui, nous le savions.

Il avait l'air résigné, alors qu'elle se sentait de plus en plus submergée par une immense tristesse.

— Et si je te demandais de rester, que ferais-tu ?

Elle secoua lentement la tête.

— C'est très gentil de me le proposer, mais ce n'est pas réaliste.

— Comment ça ?

— Ma vie est un vrai chaos. Je ne sais pas où j'en suis. Je ne sais même pas quel genre de travail je vais faire, désormais. J'ai peur de m'être servie de toi parce que tu t'es montré si gentil avec moi et que je n'avais personne d'autre vers qui me tourner. Tu mérites mieux que ça.

— Nous pouvons chercher une solution ensemble, dit-il d'un ton presque suppliant.

— Lyle, j'ai apprécié chaque moment passé avec toi, mais je dois trouver moi-même comment gérer ma vie, sinon je ne m'en sortirai jamais.

— Il me semble que ça a plutôt bien marché entre nous jusqu'à présent.

— Je n'arrive pas à y voir clair. Je ne voudrais pas te faire revivre ce que Freya t'a infligé. Tu es un homme merveilleux qui ne mérite pas d'être traité de cette façon. Je ne supporterais pas l'idée de te décevoir.

Lyle la regardait, les yeux pleins de chagrin.

— Crois-tu vraiment à toutes ces idioties ? Après tout ce que nous avons partagé ?

— Nous nous entendons bien au lit, mais il n'a jamais été question que notre histoire dure. Nous en avons parlé dès le début et nous étions d'accord. Tu ne peux pas changer les règles maintenant.

— Mais si, je peux ! Pourquoi refuses-tu de voir les choses en face ? Nous vivons une vraie relation. Tu comptes beaucoup pour moi, et je pense que c'est réciproque.

— Même si c'était le cas, où est-ce que ça nous mènerait ? Je vis aux États-Unis, j'ignore quel genre de travail je vais faire, et où cela me conduira. Crois-tu que nous réussirions à maintenir une vraie relation si nous vivions loin l'un de l'autre ?

— Cela ne se passera pas comme cela.

— Alors tu envisagerais de venir t'installer aux États-Unis ?

— Nous pourrions trouver une solution, murmura-t-il, le visage défait.

Elle détestait ce qu'elle était en train de lui faire subir.

— Si je comprends bien, tu voudrais que j'abandonne tout pour venir vivre ici avec toi.

— Présenté de cette façon, ça paraît injuste. Pourtant, je crois que nous vivons quelque chose d'important. Allons, Cass, cesse de te cacher derrière ta peur. Laisse-toi aller et arrête de te mentir à toi-même. C'est malhonnête.

— Malhonnête ! Comme tu l'es avec ton père ? Pourquoi ne lui dis-tu pas clairement que tu ne veux pas te réengager ? Que tu veux le voir heureux, mais pas au prix de ton propre bonheur ?

Il la regarda comme si elle venait de le gifler.

— C'est compliqué.

— Et mes problèmes à moi ne le sont pas ? Désolée, je n'aurais pas dû dire ça. Les problèmes que tu as avec ton père ne me regardent pas. Mais si tu reprends du service dans l'armée simplement pour lui faire plaisir, toi tu seras malheureux. Crois-tu que c'est ce qu'il veut ?

— Tu as raison, les problèmes que j'ai avec mon père ne te regardent pas, dit-il en se levant. Ça n'a rien à voir avec nous.

— Je n'en suis pas si sûre. Tu me demandes de rester avec toi alors que tu envisages de repartir à l'armée, Dieu sait où. Que serais-je censée faire ? Attendre ici ton retour ? Nous avons tous les deux des décisions importantes à prendre concernant nos vies respectives avant d'y impliquer l'autre.

Il paraissait avoir du mal à maîtriser ses nerfs.

— Tout ce que je veux, c'est que mon père ait une fin de vie heureuse.

— Je sais. Mais te réengager est-il le meilleur moyen d'y arriver ? Ne vaudrait-il pas mieux lui dire la vérité ? Tu ne peux pas prendre une décision qui pèsera sur toute ta vie en te fondant seulement sur des raisons d'ordre émotionnel. Il ne faut pas. Moi, je m'y refuse. Mes décisions doivent être basées sur autre chose que le plaisir de faire l'amour avec un beau médecin. J'ai besoin de réfléchir. De me ressaisir.

Elle détestait lui faire du mal, mais il fallait que l'un d'eux au moins fasse l'effort de penser de façon rationnelle.

— Vraiment, je crois préférable d'en rester là et de considérer cette histoire comme un agréable intermède, conclut-elle.

— Un intermède, répéta-t-il avec des éclairs de colère dans les yeux. Un intermède. Je vois.

— Nous nous étions mis d'accord dès le début.

— Si c'est ainsi que tu vois les choses, parfait. Cet *intermède* ayant apparemment pris fin, je vais te raccompagner à la clinique.

Il alla chercher le manteau de Cass et le lui tendit.

Les trois jours suivants, Cass ne revit pas Lyle. Ce ne fut qu'au moment où elle montait dans le taxi pour Fort William, première étape de son voyage de retour, qu'elle l'aperçut. Depuis leur rupture, elle avait pleuré toutes les nuits sur son oreiller, mais elle restait convaincue d'avoir pris la bonne décision, autant pour lui que pour elle.

En voyant Lyle près de la porte du château, elle sentit son cœur faire un bond. S'il lui demandait à nouveau de rester, accepterait-elle ? La question ne se posait pas, car il la regardait sans un sourire ni le moindre signe d'adieu.

Elle referma la portière et essuya une larme qui roulait sur sa joue. Tandis que le taxi s'éloignait, elle ne put résister à la tentation et se retourna. Il n'y avait plus personne sur les marches. Lyle était rentré.

Si les trois derniers jours avaient été affreux, quitter Lyle lui paraissait vraiment horrible. À quoi allaient ressembler les jours, les semaines, les mois à venir, et sa vie tout entière, alors qu'elle serait à des milliers de kilomètres de lui ?

Ce qu'elle s'était juré d'éviter s'était produit.

Elle était tombée amoureuse de Lyle.

10

Les mots que Cass avait utilisés avaient profondément blessé Lyle. Mais il devait reconnaître qu'elle avait raison.

Il s'était montré injuste envers elle. Elle était arrivée à Heatherglen mal en point, et traumatisée. Et quelques semaines plus tard, il lui demandait de tout quitter pour lui, en ne songeant qu'à ses besoins à lui. Ils avaient tous les deux des choses à régler avant de pouvoir s'engager.

Mais il n'envisageait pas de renoncer à elle. Il lui laissait jusqu'à janvier ; ensuite, il irait la retrouver. Il l'aimait et il croyait qu'elle aussi l'aimait. Ils parviendraient sûrement à trouver une solution.

Cass était la femme de sa vie. Il devait se montrer digne d'elle. Et, pour commencer, il fallait qu'il parle à son père, qu'il ait une franche discussion avec lui sur ce qu'il avait l'intention de faire de sa vie, en tenant compte de ses propres désirs et non des attentes de son père.

Il se rendit le soir même chez ses parents. Quand sa mère ouvrit la porte, elle eut l'air à la fois surprise et contente de le voir.

— Cass est avec toi ?

Le cœur de Lyle se serra. Cass était déjà à des milliers de kilomètres de lui.

— Non, sa rééducation était terminée, elle est rentrée aux États-Unis. Elle m'a chargée de vous transmettre ses adieux.

Elle l'avait fait juste avant de lui dire au revoir, quand il l'avait raccompagnée jusqu'à la porte du château, lors de la dernière soirée qu'ils avaient passée ensemble.

— Je suis désolée, dit sa mère en lui posant la main sur le bras. Il est évident que tu tiens beaucoup à elle.

Beaucoup, en effet, et plus que cela. Il l'aimait.

— J'espère qu'elle reviendra, dit-il.

— Si elle est aussi intelligente que je le pense, elle le fera, dit-elle en le serrant brièvement dans ses bras.

Il lui sourit.

— Papa est-il là ? Je voudrais lui parler.

— Oui, il est en train de regarder la télévision.

— Comment va-t-il aujourd'hui ?

— Plutôt bien. Veux-tu rester dîner avec nous ?

— Je te le dirai tout à l'heure, quand j'aurai parlé avec papa.

Il trouva son père assis au salon devant la télévision.

— Bonsoir, papa.

— Ah, bonsoir. Voilà une visite inattendue.

— Papa, il faut que je te parle, dit Lyle en prenant place sur le canapé.

Son père éteignit aussitôt la télévision.

— Tu es venu m'annoncer que tu reprenais du service ?

Il avait le visage rayonnant.

— C'est de cela qu'il est question, papa. Je ne retournerai pas à l'armée.

Le visage de son père exprima aussitôt une profonde déception.

— J'ai un bon poste ici. On a besoin de moi et je crois être utile. La vie militaire n'est pas faite pour moi. Elle ne l'a jamais été. Je m'étais engagé uniquement pour te faire plaisir. Ce que j'aime, c'est exercer la médecine ici, à la clinique. Désolé de te décevoir. Je sais que je t'ai laissé croire que je pourrais un jour me réengager, mais c'était uniquement pour te satisfaire. Je t'en demande pardon.

Le regard de son père s'était assombri.

— Je ne peux pas dire que ta décision me plaît. C'est dans les gènes de la famille que les hommes embrassent la carrière militaire. Je t'ai élevé dans cet esprit-là.

— Oui, c'est vrai. Mais je préfère de très loin pratiquer la médecine civile. Je veux servir, mais autrement.

Son père s'appuya sur le dossier du canapé. Il avait l'air vieux et fatigué.

— Je le vois bien, à présent. Je crois qu'avant je refusais de m'en rendre compte. Mon père m'a toujours répété qu'il fallait se battre pour les gens et, pour cela, servir dans l'armée. Je n'ai pas eu le choix, et lui non plus. Mais nous avons aimé tous les deux notre vie de soldat. Je n'ai jamais imaginé que tu pouvais avoir envie de suivre une autre voie. Je dois admettre cependant que le discours enflammé de ta jeune amie m'a donné à réfléchir.

Lyle était encore heureux et fier de la façon dont elle avait parlé de lui ce jour-là.

— J'ai entendu parler au village de cette petite fille qui avait disparu et que vous avez sauvée, Cass et toi, reprit son père. Des gens m'ont arrêté dans la rue pour me dire à quel point ils appréciaient ta présence ici, et le rôle important de la clinique. Je suis fier quand j'entends ça. Je regrette que tu ne veuilles pas reprendre l'armée, mais je t'aime, mon fils.

Lyle alla vers lui et le prit dans ses bras.

Puis il appela sa mère.

— Maman, je reste dîner !

Cass ne s'était jamais sentie aussi malheureuse que durant le trajet jusqu'à l'aéroport. Elle avait une envie folle d'aller retrouver Lyle. Mais il ne lui avait même pas adressé un petit signe d'adieu. L'avait-elle donc si profondément blessé ?

Elle ne pouvait pas courir le revoir. Tout ce qu'elle lui avait dit était vrai. Elle devait mettre de l'ordre dans sa vie ; ensuite elle verrait s'il avait encore des sentiments pour elle. Il méritait d'avoir une femme qui savait ce qu'elle voulait, et qui avait la tête sur les épaules. Seulement alors elle s'autoriserait à discuter avec lui de leurs éventuels projets d'avenir.

À la descente de l'avion, ses parents l'attendaient. Ils la serrèrent longuement dans leurs bras et insistèrent pour qu'elle vienne dîner et passer la nuit chez eux. Elle accepta avec joie, car elle avait pour le moment besoin du sentiment de sécurité qu'elle éprouvait auprès d'eux.

Le lendemain, son frère et sa petite famille vinrent dîner. Avec deux jeunes enfants, le repas se déroula dans une ambiance des plus animées. Cass était heureuse de revoir les siens, mais elle était tellement épuisée, à la fois mentalement et physiquement, qu'elle se retira de bonne heure dans son ancienne chambre d'enfant. Là, elle fondit en larmes.

Elle était déjà au lit lorsqu'on frappa à sa porte.

— C'est maman. Je peux entrer ?

— Oui, entre.

Sa mère apparut, une tasse à la main.

— Je t'ai apporté du thé. J'ai pensé qu'il était trop tard pour du café.

Cela suffit à déclencher une nouvelle crise de larmes chez Cass. Jamais elle ne s'était laissée aller ainsi. Mais tant de choses avaient changé pour elle au cours des dernières semaines.

Sa mère posa la tasse de thé sur la table de nuit et s'assit au bord du lit.

— Tu as un problème ? Que se passe-t-il ? Tu souffres encore beaucoup ?

Elle semblait si inquiète que Cass voulut la rassurer.

— Non, ce ne sont pas mes blessures. Je vais beaucoup mieux physiquement, je te le promets. C'est mon cœur qui est brisé. Et je crois que c'est ma faute.

Et elle lui fit le récit, entrecoupé de larmes, de ce qui lui était arrivé durant son séjour à Heatherglen.

Sa mère l'écouta attentivement, en la serrant dans ses bras.

— Alors, que comptes-tu faire, ma chérie ? lui demanda-t-elle lorsque Cass eut terminé son récit.

— Je ne sais pas. Demain matin, je vais donner ma démission. Je ne me sens plus capable de continuer ce métier.

— Ton père sera ravi. Nous nous faisions du souci de te savoir toujours si loin, toute seule.

Elle n'avait jamais été seule. Elle avait Rufus avec elle. Maintenant, elle n'avait plus personne.

— J'ai pensé que je pourrais peut-être entraîner des chiens de sauvetage.

— Tu ferais certainement un excellent travail. Et en ce qui concerne ton merveilleux médecin... ?

Son médecin ? Elle n'était même pas sûre qu'il accepte de lui adresser la parole quand elle le reverrait.

— Il m'a demandé de rester là-bas, maman. J'ai eu peur de prendre une décision aussi importante alors que j'étais dans une telle confusion, après la mort de Rufus, et si loin de vous tous. Je ne savais pas ce que je voulais faire de ma vie. Je l'ai blessé, profondément. Je ne suis même pas sûre qu'il veuille encore de moi.

— Et maintenant, toi, sais-tu où tu en es ?

— Je l'ai su dès l'instant où j'ai quitté la clinique. Mais je n'ai pas voulu faire demi-tour. J'avais besoin de rentrer chez moi. De vous voir, papa et toi. Mais, oui, je l'aime.

— Alors, tu devrais retourner le lui dire.

— Je ne sais pas s'il voudra de moi, dit-elle d'une toute petite voix. Il ne m'a même pas dit au revoir.

— Ma chérie, si j'en crois tout ce que tu m'as dit, à ta place je ne m'inquiéterais pas pour cela. Il te veut. Règle tes affaires ici au plus vite, et cours lui dire les sentiments que tu as pour lui. Tu verras bien comment il réagit.

— Je ne sais pas...

— Ma chérie, il faut savoir saisir sa chance quand elle se présente et ne pas avoir de regret.

— Mais... Pour Noël ?

Sa mère haussa les épaules.

— Nous le fêterons avant. Ou après. Ou bien nous irons en Écosse, fit-elle en souriant.

— Oh ! maman, je t'aime.

Il ne fallut que quelques jours à Cass pour démissionner de son travail, faire ses bagages et fermer sa maison. Elle était prête à aller chercher le bonheur qu'elle désirait tant. Pour cela, elle devait commencer par revoir Lyle.

Lyle n'avait jamais attaché beaucoup d'importance à la célébration de Noël. Mais celui qu'il allait passer cette année serait le pire qu'il ait jamais connu de toute sa vie.

Perdre Cass était comme avoir perdu un bras ou une jambe. Il devait réapprendre à vivre sans elle. Chaque jour lui demandait des efforts, ne fût-ce que pour remplir ses tâches quotidiennes. Les gens commençaient à remarquer son humeur sombre. Les rares fois où il voyait ses parents, sa mère le regardait d'un air soucieux et le serrait plus fort dans ses bras.

Il avait hâte d'en finir avec les fêtes de Noël et de passer à la nouvelle année. Cass et lui trouveraient certainement une solution et le moyen de vivre ensemble. Il était prêt à quitter Heatherglen pour la suivre, où qu'elle aille.

Pour l'instant, il remplissait sa mission de médecin de garde en assistant à l'inauguration officielle du gigantesque sapin de Noël qui se dressait au milieu de la place du village. Il se tenait un peu à l'écart de la foule qui se pressait autour de l'arbre, attendant son illumination. Pour l'instant, le seul éclairage venait des boutiques bordant la place.

Les mains enfoncées dans ses poches, il écoutait Charles prononcer le discours qu'en tant que laird de Heatherglen il adressait chaque année à la population, au moment de Noël.

Soudain, un mouvement attira son attention. *Cass* ? Mais non. Elle le hantait sans cesse. Plus d'une fois depuis son départ, il avait cru la voir, entendre sa voix. Chaque fois, son cœur s'affolait, puis il se rendait compte de son erreur et la déception était cruelle. Cass était aux États-Unis, il ne devait pas l'oublier. En janvier, il irait la retrouver et ils réfléchiraient au meilleur moyen de rester ensemble.

La personne qu'il avait prise pour Cass venait toujours vers lui. La lumière était trop faible pour qu'il puisse distinguer les traits de son visage.

C'était une femme. Et sa démarche ressemblait beaucoup à celle de Cass. Elle était maintenant suffisamment proche pour lui permettre de distinguer un bonnet et une écharpe semblables à ceux qu'elle avait achetés à sa mère.

Il restait immobile, convaincu que cette vision était le fruit de son imagination.

— Bonsoir, Lyle.

C'était Cass ! Elle était revenue.

Incapable du moindre mouvement, il restait là, à la regarder, incrédule.

— Lyle ?

Il se précipita alors vers elle, la serra dans ses bras et, la soulevant de terre, la fit tournoyer tandis que, accrochée à son cou, elle poussait un soupir de satisfaction.

Il la remit enfin sur ses pieds et fit un pas en arrière, la contemplant avec un regard émerveillé.

— Cass ! C'est vraiment toi ?

— Oui.

— Tu vas bien ? Ta jambe ?

— Tout va bien. J'avais juste oublié quelque chose ici.

— Quoi donc ?

— Toi.

— Moi ?

Elle le scrutait de près, une lueur d'incertitude dans le regard.

— Oui, toi. Je me demandais si nous pourrions reparler de cette solution de compromis que tu avais proposée.

— Mais oui, bien sûr ! J'adorerais.

Il l'attira à lui et l'embrassa avec passion.

Ils se séparèrent en entendant autour d'eux les cris et les applaudissements de la foule qui saluait le déclenchement des illuminations du sapin de Noël.

— J'ai terminé ma permanence ici. Où loges-tu ?

— Je pensais trouver quelque chose au village, à moins que je ne reçoive une meilleure offre, dit-elle avec un sourire.

— Tu en as une, maintenant. Où sont tes bagages ?

— À l'aéroport, j'espère. C'est une longue histoire, je te raconterai plus tard.

Il sourit et, la prenant par la main, l'entraîna vers sa voiture. Il était pressé de se retrouver seul avec elle dans son cottage.

Avant d'en franchir la porte, il la serra étroitement contre lui, s'enivrant du parfum de ses cheveux.

— Tu n'imagines même pas à quel point tu m'as manqué.

Cass contemplait le beau visage de Lyle. Il lui avait tellement manqué, lui aussi !

— Je suis contente.

— Contente ? répéta-t-il d'un ton incrédule.

— Oui, j'avais peur que tu ne veuilles pas me parler.

— Tu plaisantes ? Je t'aime, Cass. Rien n'y pourra jamais rien changer.

— Tu m'aimes ?

Il semblait que, soudain, tous ses rêves se réalisaient.

— Pourquoi crois-tu que je t'ai demandé de rester ici avec moi ?

Elle haussa les épaules.

— Je ne sais pas. J'avais les idées si confuses que je n'étais pas sûre de bien comprendre ce que tu voulais dire.

— Cass, je ne t'aurais pas demandé de rester avec moi si ce n'était pas pour toujours.

— J'aurais dû le comprendre. Et t'écouter. J'avais peur. Peur de moi et de ce que tu voulais.

— Nous allons parler de tout cela à l'intérieur. Je veux que tu sois bien au chaud et confortable quand je t'expliquerai à quel point je t'aime et je te désire.

Il lui donna un petit baiser rapide avant d'ouvrir la porte du cottage.

Une fois dans la maison, elle ôta son manteau et ses chaussures avant de se diriger vers la salle de séjour. Leur sapin était toujours là.

Elle se tourna vers Lyle et lui sourit.

— Comme vous m'avez manqué, ton cottage et toi !

Se dressant sur la pointe des pieds, elle l'embrassa.

— Toi surtout, murmura-t-elle.

Lorsqu'ils se séparèrent, Lyle partit vers la cuisine.

— Je vais nous faire du thé. Il faut qu'on parle, toi et moi.

Elle était d'accord. Elle voulait lui demander pardon et lui dire qu'elle l'aimait. Il était temps d'oublier ses doutes et ses craintes. Lorsqu'elle était avec lui, elle avait envie de vivre. Elle était heureuse. Au comble du bonheur, en fait.

Lorsqu'il revint quelques instants plus tard avec le thé, au lieu de s'asseoir à côté d'elle sur le canapé, il prit une chaise et s'installa face à elle.

— Je me mets là parce que je veux garder la tête froide. Nous devons parler.

— Je comprends, répondit-elle en souriant.

Il lui rendit son sourire.

— Je sais que je me suis montré injuste envers toi, dit-il. Je ne pensais qu'à moi, sans réfléchir à ce qui serait le mieux pour toi. Je n'aurais jamais dû te demander plus que tu ne pouvais donner. Avant de partir, tu m'as dit certaines choses que j'avais besoin d'entendre. J'avoue qu'elles m'ont mis en colère, sur le moment, mais c'était nécessaire. J'ai parlé à mon père. Je lui ai clairement dit que je ne retournerai jamais dans le service actif de l'armée.

— Comment a-t-il réagi ?

— Il n'était pas content, mais il a accepté ma décision, il m'a même dit qu'il était fier de moi et du travail que je faisais à la clinique. C'est un bon début, déjà. Je pense qu'il ne cessera jamais de regretter le choix que j'ai fait, mais j'ai compris que je ne pouvais pas me sacrifier simplement pour qu'il soit heureux. J'ai le droit de vivre pour moi.

— Tu as raison. Moi aussi, j'ai compris beaucoup de choses ces derniers jours. J'avais à peine quitté la clinique que j'ai su que je laissais derrière moi ce que la vie m'offrait de meilleur. J'ai compris que tu détenais la clé de mon bonheur. J'avais peur, si j'acceptais ce que tu m'offrais, que ce bonheur me soit un jour arraché, et cette idée m'était insupportable. Mais j'ai rapidement compris qu'essayer de vivre sans toi était pire encore. Je t'aime, Lyle.

Il vint aussitôt s'asseoir près d'elle pour la prendre dans ses bras et l'embrasser. Ce fut le plus doux des baisers, qui témoignait de tout son amour pour elle.

— Si tu ne veux pas vivre ici, dit-il, nous pouvons nous installer en Amérique. Ou n'importe où ailleurs, du moment que nous sommes ensemble. Je peux pratiquer la médecine à peu près partout sur cette planète.

— Oh non, jamais je ne voudrais te faire quitter Heatherglen. Ni Cluchlochry. Ici, tu es chez toi. Les gens ont besoin de toi. J'ai réfléchi à ce que Flora m'a dit. Elle a laissé entendre que je pourrais aider Esme au centre de thérapie canine. J'aimerais beaucoup entraîner les chiens.

— Mais c'est une merveilleuse idée !

— Tu crois que tu pourras supporter de m'avoir toujours dans les parages ?

Il rit.

— Je ne vois pas ce qui pourrait m'arriver de mieux.

— Je t'aime, Lyle.

— Je t'aime, Cass.

Un peu plus tard, Cass et Lyle étaient couchés, étroitement enlacés, dans le grand lit de Lyle. Cass avait trouvé sa place, l'endroit où elle se sentait parfaitement heureuse.

— Tu sais, il s'est passé quelque chose avec le pudding de Noël.

— Quoi donc ?

— J'avais formulé le souhait d'être heureuse. Et je le suis, dit-elle en lui caressant la joue. Follement heureuse.

Il lui donna un petit baiser léger.

— Et moi, j'avais fait le souhait que tu restes ici plus longtemps.

— Pourquoi ?

— Parce que j'ai besoin d'une cavalière pour le bal de Noël !

ANNIE CLAYDON

Une famille pour Flora

INTÉGRALE
LA CLINIQUE DES HIGHLANDS

Traduction française de
ANOUK

SAGAS
HARLEQUIN

Titre original :
FESTIVE FLING WITH THE SINGLE DAD

Ce roman a déjà été publié en 2020.

1

De près, il était encore plus beau…

Plus grand, plus blond, plus fort.

Une barbe naissante ombrait sa mâchoire carrée, et ses cheveux, longs sur la nuque, étaient maintenus en catogan. Il portait un vieux jean et une chemise bleue au col ouvert, décontracté.

Flora McNeith sourit, consciente des battements désordonnés de son cœur.

— Bonjour, je suis Flora, j'habite à côté !

Elle désigna la maison voisine tout en tirant maladroitement sur la laisse de Dougal, le chiot de trois mois dont elle s'occupait, afin qu'il s'assoie. À cause de la neige, elle lui avait mis un petit manteau de laine rouge, récupéré au refuge où le chien avait été recueilli. Coïncidence involontaire, elle-même portait un manteau rouge.

— J'avais envie de vous souhaiter la bienvenue dans notre résidence !

Et elle tendit à Aksel Olson son petit panier empli de truffes au chocolat faites maison.

Il restait encore un peu plus de trois semaines avant Noël, mais chez elle, le sapin scintillait déjà. Elle adorait préparer des confiseries ou des gâteaux, surtout à cette période de l'année, et elle adorait en offrir.

— Merci. C'est très gentil.

Un silence s'installa. Aksel avait une voix grave et chaude, mais visiblement, il n'aimait pas parler.

— Je travaille à la clinique du château de Heatherglen, reprit Flora. Je sais que votre fille, Mette, est l'une des nouvelles patientes de l'établissement, en pédiatrie.

Une lueur intriguée traversa le regard bleu d'Aksel. Un bleu profond, intense, hypnotique.

— Vous travaillez là-bas ?

— Oui, je suis kinésithérapeute. Parfois, je collabore avec les ergothérapeutes du service de pédiatrie. On travaille tous ensemble…

— Ah, je comprends. Intéressant.

Aksel s'éclaircit la voix.

— Vous voulez boire un café ?

Sans doute se sentait-il obligé d'être poli.

— Merci, mais avec Dougal…

Flora désigna le petit animal au pelage bringé qui se contorsionnait à présent pour renifler autour de lui.

— Je ne le connais pas bien, et je ne suis pas sûre qu'il sache se tenir correctement chez les autres !

Contre toute attente, Aksel se mit à rire.

— Rassurez-vous, ça ne me pose aucun problème. Je suis vétérinaire… Et j'ai moi-même un chien, une femelle labrador avec laquelle Mette apprend à se diriger.

Flora acquiesça. Elle avait eu accès au dossier de Mette, et était au courant que la fillette souffrait d'un fort handicap visuel. Elle faisait partie d'un groupe de quatre ou cinq jeunes patients malvoyants ou non-voyants qui apprenaient à être plus autonomes. Cours de locomotion, ergothérapie, théâtre, séance de psychothérapie individuelle et collective composaient l'excellente prise en charge proposée par le Dr Sinclair.

Aksel s'agenouilla devant le chiot.

— Salut, Dougal.

Il lui caressa la tête, et le chiot remua joyeusement la queue.

— Tu vas être content, une copine t'attend à l'intérieur ! Allez, venez !

Comprenant qu'elle ne pouvait plus refuser, Flora entra dans la maison sommairement meublée. Elle avait appris, car tout se savait dans la petite bourgade de Cluchlochry, qu'il s'agissait d'une location temporaire. Aksel ne résiderait en Écosse que quelques semaines, le temps que sa fille participe au programme proposé par l'équipe du Dr Sinclair.

Aksel l'invita dans la cuisine, où un jeune labrador couleur chocolat était couché dans sa corbeille.

— Voici Kari, annonça-t-il avec une pointe de fierté. Elle est à peine plus âgée que le vôtre, mais de par sa race, elle est forcément plus grande ! Vous pouvez détacher Dougal, on les laissera jouer...

Flora obtempéra. Immédiatement, les deux chiens se précipitèrent l'un vers l'autre. Ils se reniflèrent allègrement puis commencèrent à se poursuivre dans la maison. Flora préféra ne pas ôter le manteau de Dougal, difficile à mettre. De toute façon, elle ne resterait pas longtemps chez Aksel.

— Chez les animaux, on fait vite connaissance, remarqua-t-elle tandis qu'Aksel ouvrait les placards les uns après les autres.

Ils étaient apparemment tous vides.

— C'est certain. Les interactions sont plus simples. Directes. Sans artifice.

Il finit par trouver un paquet de café et une petite bouilloire en cuivre. Manifestement, il ne possédait pas grand-chose dans son garde-manger.

— Elle est belle, Kari... Et visiblement déjà éduquée, observa Flora. Donc elle est le chien guide de Mette ?

— Oui. À la clinique, une partie du programme consistera à peaufiner l'adaptation entre Mette et Kari. Ma fille devra s'habituer à travailler avec Kari tout en continuant à apprendre à être plus autonome dans d'autres domaines. J'apprécie beaucoup le centre d'éducation spécialisée assistée par le chien que propose l'établissement, ajouta Aksel. Je suis d'ailleurs devenu l'un de leurs bénévoles. Je vous en prie, installez-vous !

Il lui désigna les chaises autour de la petite table de cuisine.

— Je suis bien content que cette maison soit meublée, c'est plus pratique.

— J'imagine, oui. Vous arrivez tout juste de Norvège ? demanda Flora en s'asseyant.

Elle ôta son manteau et le posa sur le dossier.

C'était curieux de se retrouver chez cet inconnu, mais puisqu'elle avait été la première à venir sonner chez lui, il se montrait accueillant, lui aussi.

— On a atterri à Édimbourg avant-hier matin, confirma Aksel. Mette a tout de suite intégré le service du Dr Sinclair. C'est vraiment un médecin remarquable, très humain, qui est engagé de façon exceptionnelle. Mette participera à des ateliers ludiques, des cours de motricité et tant d'autres activités avec une ergothérapeute très dévouée. Vous le savez peut-être, poursuivit-il, mais ma petite fille est devenue partiellement aveugle suite à un terrible accident de voiture dans lequel sa mère, qui conduisait, a perdu la vie.

— Oh... J'ignorais les circonstances du décès de la mère de Mette, dit Flora, peinée. J'ai lu le dossier de Mette, évidemment, mais aucune information de cet ordre n'est bien sûr mentionnée. Cela relève de la sphère privée.

Aksel lui lança un bref coup d'œil avant de se concentrer sur le dosage de café dans la bouilloire. Flora s'aperçut qu'il en versait beaucoup. Le breuvage serait sans doute très fort.

— Je sais, oui, mais pour moi, ce drame n'est pas un secret. Surtout pour vous qui travaillez à la clinique. Je prépare le café comme on le fait chez nous, en Norvège, précisa-t-il, devinant peut-être ce que Flora pensait. Quant à cet accident...

Il soupira.

— Oui, ça a été affreux pour Mette et ses grands-parents. Mais sa mère et moi n'étions plus proches.

Un peu gênée par ces confidences inattendues, Flora resta silencieuse. Aksel leur servit deux grandes tasses fumantes. Au même instant, Dougal arriva précipitamment, suivi de près par Kari, et tous deux se mirent à tourner à toute vitesse dans la cuisine.

— Stop ! Couché ! ordonna Aksel à sa chienne.

La chienne labrador s'immobilisa presque instantanément, le regard brillant, puis fila vers sa corbeille où elle s'affala en haletant de contentement. Dougal s'approcha de Kari et poussa un jappement impatient, peu enclin à cesser de jouer. Flora l'appela plusieurs fois, mais au lieu de l'écouter, le chiot aboya encore plus fort.

— Viens ici, petit coquin, dit-elle en lui tendant une main affectueuse.

L'animal trottina vers elle en remuant la queue. Dès que Flora commença à le caresser, il se calma, visiblement heureux.

— Je ne l'ai à la maison que depuis quelques jours, je m'occupe de lui pour Esme Ross-Wylde. Vous la connaissez ?

— Oui, je l'ai rencontrée. Je lui ai déjà proposé mes services, comme bénévole. Elle est la sœur du Dr Charles Ross-Wylde, n'est-ce pas ? Lui, il dirige la clinique du château de Heatherglen, et Esme s'occupe du centre d'éducation canine.

— Exactement. Dougal est censé être un futur chien d'assistance, et Esme essaie de lui trouver une bonne famille d'accueil, précisa Flora. Ce n'est pas facile. En attendant, je le garde. Au moins apprend-il des tas de choses basiques en vivant avec moi ! Manger à des heures fixes, sortir, patienter, monter en voiture…

— En somme, vous l'éduquez ?

— Non, nous cohabitons, Dougal et moi.

— Mais c'est de cette manière que l'éducation canine d'un chien d'assistance s'accomplit dans de bonnes conditions, affirma Aksel. Ensuite, je suppose que Dougal ira en quelque sorte à l'école, comme Kari ! Pour l'instant, Dougal mène une vie équilibrée entre l'extérieur, avec Esme et ses collaborateurs, et votre maison, Flora, sa famille d'accueil. Chez vous, Dougal se repose tout en continuant de mémoriser des façons de vivre, des schémas, des rituels… Oui, en général, ça se passe ainsi pour tous les chiens, poursuivit-il. Et au bout de dix-huit mois, parfois deux ans, l'animal est prêt à jouer son rôle d'accompagnant.

— Et de meilleur ami de la personne handicapée.

— Exactement.

Aksel la contempla quelques secondes. Ses yeux étaient d'un bleu si intense que, malgré elle, Flora fut troublée.

— Vous connaissez bien le processus d'éducation canine.

— Forcément. Ça me passionne.

— Je vous comprends. J'adore Dougal et je constate qu'il change au fur et à mesure qu'il apprend... Dès que je l'ai vu, j'ai craqué ! précisa Flora. Esme l'a recueilli quand il avait deux mois et demi. Il était maigre, apeuré, mais après quelques heures à peine, il s'est détendu et m'a fait confiance. Il dévorait tout ce que je lui donnais, à croire qu'il n'avait rien mangé de sa vie entière ! Et aujourd'hui, il est devenu si affectueux !

Elle jeta un coup d'œil attendri au chiot.

— J'avoue que les marques étranges de son pelage bringé, et la forme bizarroïde de ses oreilles le rendent encore plus attachant. Le matin, avant d'aller travailler, je le dépose à la clinique, auprès d'Esme, et je le récupère en fin de journée. Parfois, je pourrais le laisser à la maison, au moins une demi-journée, mais Dougal a été abandonné peu de temps après sa naissance, et il ne supporte pas la solitude.

— C'est normal. Il faudra sans doute encore du temps pour qu'il se sente en confiance.

Aksel s'assit en face de Flora et but son café en silence tout en l'observant. Puis, avisant le petit panier empli de truffes au chocolat qu'elle avait apporté, il sourit.

— Au fait, on pourrait en goûter !

— Oh ! en ce qui me concerne, je n'en veux pas, avoua Flora. Tout est pour vous.

— Vraiment ?

— Oui.

Flora soutint le regard perplexe d'Aksel. *Cet homme est beaucoup trop beau*, songea-t-elle de nouveau. Trop grand, trop séduisant...

Et trop observateur. Elle avait l'impression qu'il essayait de lire en elle.

— J'ai appris, dans le dossier qui a été remis à l'équipe pluridisciplinaire, que vous avez été explorateur ?

— Exact. Je l'ai été, mais la page est, pour moi, définitivement tournée, dit Aksel. Maintenant, je suis vétérinaire.

— Métier passionnant… Tout aussi passionnant. Quelles régions du monde avez-vous explorées ? demanda Flora.

Une fraction de seconde, elle regretta de se montrer aussi curieuse, mais elle n'était pas en train de travailler, n'est-ce pas ? Donc elle pouvait parler et poser des questions sans se soucier de l'habituel cadre des relations professionnelles.

Aksel la dévisagea d'un air songeur.

— Eh bien, j'ai visité la majeure partie de l'Amérique du Sud. Le pôle Nord, le pôle Sud…

Elle sourit, impressionnée.

— La neige qu'on a ici, en Écosse, doit vous paraître bien légère.

— Disons que les températures ne sont pas aussi extrêmes que dans mon pays, admit Aksel. Mais il fait quand même bien froid, surtout maintenant, en décembre.

Il la regarda de nouveau et ébaucha un sourire plus engageant. Plus amical.

— Sincèrement, je suis ravi d'avoir une voisine aussi charmante que vous. Vous êtes écossaise ? Vous n'avez pas un accent très prononcé.

— Vous avez une bonne oreille. Mon père est diplomate et j'ai suivi une partie de ma scolarité en Italie, dans une école britannique. Mais mes deux parents sont écossais, mon père vient même d'un village à quelques kilomètres d'ici. Cluchlochry, c'est vraiment chez moi.

— Je comprends. Je suppose que vous connaissez bien la clinique… Que pourriez-vous m'en dire ?

— Le Dr Sinclair vous a sûrement expliqué l'essentiel ?

— Oui, mais votre point de vue m'intéresse.

Flora réfléchit.

Aksel souhaitait évoquer le lieu qui serait la résidence de Mette pendant les six prochaines semaines. Quoi de plus légitime ? Elle s'en voulut d'avoir évoqué sa propre famille, mais après tout, ce café en tête à tête, un samedi matin, était propice aux confidences. Et elle était communicative de nature.

— Que voulez-vous savoir ?

La première chose qu'Aksel avait remarquée chez Flora, c'était son manteau rouge, tache de couleur vive dans la pâle lumière de cette matinée glaciale. Puis d'autres éléments s'étaient superposés dans son esprit, en impressions rapides et émouvantes : la blondeur de ses cheveux qui lui encadraient le visage, la chaleur de ses yeux dorés tel du miel, la générosité de son sourire qui lui donnait envie de s'asseoir près de la jeune femme, de lui parler, de mieux la connaître.

Sauf qu'il était venu en Écosse pour aider sa fille Mette, pas pour passer du bon temps.

L'adorable et émouvante Mette, qu'il avait rencontrée uniquement parce qu'il avait contacté les parents de Lisle, espérant avoir des nouvelles de cette dernière.

Et Lisle qui n'avait même pas voulu qu'il sache qu'elle était enceinte…

Il peinait encore à croire qu'il était, lui, père de cette fillette handicapée.

Aksel reporta son attention sur Flora. Elle ressemblait à un ange qui, à cet instant, s'efforçait de maîtriser le chiot protégé d'un manteau également rouge… C'était attendrissant.

Cet ange lui avait offert des confiseries, et maintenant, il se sentait obligé de bavarder. Non qu'il en fût réellement mécontent… Il appréciait déjà beaucoup trop la compagnie de sa jolie voisine.

— Ce que je veux savoir ? reprit-il. Eh bien, tout ce que vous pourriez me dire sur cette clinique hors du commun.

Flora hésita. Elle caressait distraitement la tête du petit chien couché à ses pieds.

— Je pense que le Dr Sinclair vous a expliqué que l'ambiance est familiale. La bienveillance est la règle principale. Les équipes sont à l'écoute, et entre nous, on s'entraide autant que possible.

— Ce qui explique vos bons résultats, je suppose. Je me suis arrangé avec le Dr Sinclair pour que Mette reste à la clinique à plein temps pendant la première semaine. Ça lui permettra de mieux s'adapter. Ensuite, elle reviendra ici le week-end et plusieurs nuits par semaine. Du moins, je l'espère.

— Tant mieux… Mais ce n'est pas habituel, je crois.

Flora ne cachait pas sa surprise. Aksel savait que l'arrangement sortait de l'ordinaire. Le Dr Sinclair lui avait expliqué que la plupart des résidents bénéficiaient de l'immersion offerte par l'établissement, mais il avait dû tenir compte des inquiétudes d'Aksel concernant sa séparation d'avec Mette. La sensibilité avec laquelle ce problème était traité expliquait pourquoi, entre autres raisons, Aksel avait choisi la clinique du château de Heatherglen pour aider sa fille à mieux vivre son handicap.

— Je suppose que c'est nécessaire pour vous deux.

— Oui, Mette et moi avons besoin de tisser des liens…

Aksel s'interrompit. Il ne voulait pas révéler le fond du problème à Flora, même si, tôt ou tard, elle le découvrirait forcément.

En réalité, il était encore pratiquement un étranger pour sa petite fille âgée de six ans. Il faudrait du temps pour qu'il lui prouve qu'elle pouvait lui faire confiance, et qu'il serait toujours là pour elle. Ce séjour à Cluchlochry leur permettrait de se rapprocher.

Flora lui sourit gentiment, restant toutefois un peu distante. Une réserve toute professionnelle, sans nul doute, justifiée par le fait qu'ils abordaient la question de la prise en charge thérapeutique de sa fille.

— Je comprends, dit-elle, sans insister pour en savoir plus. Je vais à la clinique cet après-midi, j'ai des heures à rattraper. Ça vous dérange si je passe la voir, juste pour lui dire bonjour et lui souhaiter la bienvenue ?

— Bien sûr que non, au contraire.

Une joie soudaine envahit Aksel à l'idée de revoir Flora si rapidement.

— Moi aussi, je serai là-bas.

Flora acquiesça.

— Parfait. Ce sera l'occasion d'échanger davantage, si vous le voulez, sur les attentes et besoins de votre fille.

— Merci. Vous nous serez sûrement d'une aide précieuse.

— Je l'espère. En tout cas, si vous souhaitez des informations complémentaires, et si je suis à même d'y répondre, ce sera avec plaisir. Merci pour le café, ajouta la jeune femme en se levant. Il est temps que j'y aille.

Aussitôt, Dougal se dressa d'un bond, la queue frétillante.

— Il a envie de sortir…

— Kari aussi, répondit Aksel en jetant un coup d'œil à sa chienne. Mais j'ai du rangement à faire d'abord ! Je dois vider les valises et essayer de rendre cette maison un peu plus chaleureuse !

— C'est sûr. On se retrouve plus tard, alors…

— Oui. Plus tard.

En raccompagnant Flora jusqu'à la porte, Aksel perçut involontairement les effluves de son parfum. Une senteur fraîche qui évoquait des fleurs, la nature… Le bonheur. Son cœur se mit à battre plus vite. Tout, chez Flora, respirait la douceur, la générosité. Mette l'apprécierait sûrement beaucoup…

Autant que lui, déjà.

2

Samedi après-midi, Aksel se rendit à pied jusqu'à la clinique, avec Kari qui trottinait tranquillement à côté de lui. L'établissement se trouvait à environ quatre kilomètres de la maison qu'il louait à Cluchlochry, et pendant tout le trajet, malgré lui, il pensa à Flora qu'il reverrait déjà...

Le sourire de la jeune femme semblait le suivre et l'imprégner comme une fine brume de parfum. Dans un premier temps, Aksel s'efforça de l'ignorer, puis il se laissa envelopper par cette si douce sensation.

Bientôt, il parvint sur la vaste allée de gravier qui menait au château de Heatherglen : une bâtisse imposante aux murs de pierre patinés par les intempéries, surmontée d'une toiture d'ardoise qui donnait l'impression de se fondre dans le ciel. Tout autour, la campagne était vallonnée, bordée, à l'horizon, de monts enneigés. Une colline un peu plus loin dominait le bourg de Cluchlochry ; à son sommet s'élevaient les ruines de l'ancien château du clan Wylde qu'Aksel rêvait déjà d'explorer.

Le Dr Charles Ross-Wylde, le châtelain propriétaire – le laird comme on l'appelait en Écosse —, également médecin généraliste, avait transformé le lieu en établissement de soins de suite et éducation spécialisée, avec une focalisation sur la médiation animale. Un rare mélange thérapeutique. Les patients recevaient une excellente prise en charge dans un cadre agréable et bienveillant.

L'unité pédiatrique était un peu moins grande que les autres.

Les somptueux logements d'origine avaient été remplacés par des chambres lumineuses et confortables disposées autour d'une aire de jeux bien équipée et de plusieurs salles où se déroulaient cours ou ateliers.

Aksel alla vite retrouver Mette. Il avait prévu des jeux, des sujets de conversation… Mais la petite fille se montra peu réceptive, assise sur sa chaise où elle se balançait légèrement d'avant en arrière, signe qu'elle s'ennuyait ou qu'elle était inquiète, peut-être même angoissée. Kari s'était couchée sagement dans un coin de la chambre, attendant sans doute qu'on l'appelle.

— Tu veux qu'on sorte ? proposa Aksel.

— Où ?

— Dans le parc… Il y a un joli parc autour de la clinique, et même s'il fait froid, ça sent bon, et…

Un coup bref frappé à la porte l'interrompit. Mette leva le visage et écouta. Elle ne voyait qu'à quelques mètres, de façon floue, mais son ouïe était très développée.

— Entrez ! lança-t-elle d'une voix claire.

Flora parut sur le seuil. Croisant le regard d'Aksel, elle ébaucha un sourire tellement charmant qu'il sentit son cœur battre à se rompre. Décidément, cette femme naturelle lui plaisait de façon franche et irrésistible.

— Je passe rapidement pour qu'on fasse connaissance ! annonça-t-elle en pénétrant dans la pièce.

Aksel remarqua qu'elle tenait un petit paquet enveloppé de papier brillant. Elle lui adressa un clin d'œil puis s'approcha de la fillette.

— Bonjour Mette. Je m'appelle Flora et je travaille ici, donc on aura peut-être l'occasion de se revoir.

— Flora ? répéta Mette d'un air intéressé. C'est joli… C'est comme une fleur ?

Flora se mit à rire.

— Oui, si on veut. Toi, tu t'appelles Mette, je le sais, et c'est aussi très joli.

Mette hocha la tête.

— Merci. C'est norvégien. Je viens de là-bas…

— Je suis au courant. J'ai parlé avec ton papa tout à l'heure, on est voisins !

— Ah oui ? Moi, je vis ici pour l'instant, dit Mette.

— Oui, pour le moment, mais j'ai cru comprendre que le Dr Sinclair, qui s'occupe de toi, te laissera bientôt rentrer le week-end.

Mette garda le silence, un léger sourire aux lèvres. Aksel s'aperçut qu'elle était tout entière concentrée sur les paroles de Flora qui semblaient l'apaiser instantanément. Alors que, lorsque lui-même parlait à sa fille, il ne l'intéressait même pas. Magie de la voix féminine !

— Tu fais quoi, ici ? interrogea Mette.

— Je suis kinésithérapeute.

— À quoi ça sert ?

— J'aide les gens à avoir moins mal.

— Où ils ont mal ?

— Toutes sortes d'endroits. Les bras, les jambes, le dos, les hanches... Ça dépend des problèmes des uns et des autres.

Mette acquiesça sagement. Elle s'était habituée à être entourée de médecins et de divers spécialistes, si bien que de tels propos semblaient à peine l'étonner.

— Alors tu viens pour m'aider à mieux voir ?

Aksel sentit sa gorge se serrer. Croisant brièvement le regard de Flora, il se demanda comment la jeune femme allait répondre.

— Non, Mette. Je suis désolée, mais je ne peux pas améliorer ta vision, dit-elle avec douceur. En revanche, je pourrai peut-être te donner des conseils, des trucs et astuces, pour que tu sois plus autonome au quotidien.

Mette fronça les sourcils mais s'abstint de tout commentaire.

— Tu as ton propre médecin ici, reprit Flora. Le Dr Sinclair est très important, et il ne s'occupe que de personnes très importantes...

Flora avait presque chuchoté cette dernière information, comme s'il s'agissait d'une sorte de secret. Elle donnait l'impression que Mette était quelqu'un de spécial, pas seulement un patient ou un enfant nécessitant des soins.

— Je suis aussi venue te rendre visite parce que j'ai appris que tu arrives de loin…

— Oui, de Norvège ! affirma Mette.

— Ce n'est pas la porte d'à côté, quand même ! D'ailleurs, pour te souhaiter la bienvenue, j'ai un petit cadeau pour toi.

— Un cadeau ?

— Oui, tiens…

Flora tendit le paquet à la petite fille. Celle-ci s'en empara d'un geste lent mais précis. De près, elle voyait un peu. Elle discernait les contours et quelques taches de couleur.

— Qu'est-ce que c'est ?

— Ouvre-le, tu verras.

Mette hésita à déchirer le papier, mais Flora lui guida les doigts vers le ruban adhésif transparent qui maintenait l'emballage. Il se détacha facilement, et Mette retira la feuille en un seul morceau. Elle la mit soigneusement de côté, et découvrit le cadeau.

C'était une poupée de chiffon habillée d'une robe bleu et jaune, avec un large sourire rose vif brodé sur le visage.

Ravie, Mette la serra contre sa poitrine.

— Pourquoi tu ne la montres pas à ton père ? suggéra Mette.

— Oui… Papa, regarde !

Aksel éprouva une vive émotion. Mette paraissait si heureuse, tout à coup… La générosité de Flora venait de créer un miracle.

— Merci… Merci mille fois, dit-il à la jeune femme.

— Oui, un millier de mercis ! renchérit Mette, transfigurée. Je vais l'appeler Annette !

— Annette ? répéta Flora. Pourquoi pas… Tu aimes ce prénom ?

— Oui, je l'adore. Annette, bonjour, tu seras ma copine ici, avec Flora et Kari… Kari, viens ! appela Mette.

La chienne, qui n'avait pas bougé jusque-là, se leva et s'approcha de sa jeune maîtresse. Mette la caressa, l'air attendri, puis elle posa sa poupée sur le dos du labrador.

— Allez, hue !

— Kari n'est pas vraiment un petit cheval, mais proportionnellement, pour Annette, pourquoi pas ! dit Flora en riant.

— Oui, pourquoi pas… Vous avez amené le soleil avec vous, ajouta Aksel en la regardant.

— Le soleil ? répéta-t-elle, perplexe.

Sans un mot, Aksel esquissa, du bout de l'index, un sourire sur son propre visage puis il désigna sa fille qui continuait à jouer avec Kari. Flora comprit et leva un pouce victorieux. Elle avait deviné que Mette n'avait pas le moral, mais grâce au cadeau, à la présence du chien, de son père, et peut-être la sienne, de la gaieté avait jailli. De la vie.

— Je vais m'en aller, maintenant, mais on se reverra bientôt ! promit-elle.

— Un bisou, un bisou ! réclama Mette en tendant les bras vers Flora.

Elle était définitivement conquise par la gentillesse de sa visiteuse…

Et moi aussi, songea Aksel en regardant Flora et Mette échanger un baiser amical.

Quelle chance… Ce séjour à la clinique de Heatherglen s'annonçait encore plus prometteur pour Mette qu'il ne l'avait espéré. Peut-être que Flora n'interviendrait pas régulièrement dans les soins prodigués à sa fille, mais elle serait sur place, et c'était rassurant.

Quand Flora se dirigea vers sa voiture, la nuit commençait à tomber. Finalement, elle était restée dans le service d'orthopédie plus longtemps qu'elle ne l'avait prévu. Dans un sens, ce n'était pas plus mal… Cela lui avait permis de ne plus penser à Aksel Olson.

La stature de cet homme, la force qu'il dégageait, et par contraste, l'incroyable vulnérabilité de la petite Mette l'avaient bouleversée. De toute évidence, Aksel était prêt à tout pour aider sa fille. Il l'observait, veillait sur elle, s'inquiétait immensément… Trop. Au risque, sans doute, d'étouffer involontairement la fillette.

Flora savait qu'elle n'aurait rien à dire. Ce serait au Dr Lyle Sinclair, chargé de s'occuper de Mette, d'interagir et d'apaiser les éventuelles tensions et interrogations d'Aksel et de Mette. Pour sa part, elle n'aurait aucun rôle particulier à jouer... En principe, du moins. Sauf si on le lui demandait.

Alors qu'elle s'apprêtait à ouvrir la portière de sa voiture, Flora entendit une voix masculine l'appeler.

— Excusez-moi, je voulais vous remercier avant que vous partiez...

Elle se retourna. C'était Aksel, qui la rejoignait d'un pas rapide.

— Vous m'avez déjà remerciée !

— Oui, mais... Je voulais le faire encore...

Il s'approcha et la contempla d'un air un peu gêné. Il la dominait de presque deux têtes. Un géant viking, songea Flora avec humour.

— Votre cadeau a tellement plu à Mette ! Vous n'étiez pas obligée...

— Je sais, mais j'aime souhaiter la bienvenue à nos jeunes patients. Ça les aide à tenir le coup... C'est un petit rien qui peut leur donner un peu plus de peps.

— C'est certain. Mette m'a posé plein de questions sur vous... Des questions auxquelles je n'ai pas pu répondre ! ajouta Aksel avec franchise. Quel âge vous avez, si vous avez des enfants, à quoi vous ressemblez de près... Bref, vous l'avez intriguée.

— Je comprends. C'est même normal. Ne vous inquiétez pas, au cas où, j'aurai sûrement l'occasion de revoir votre fille et de lui répondre directement !

— Je l'espère... Je n'ai pas envie qu'elle se sente trop seule. Elle est très sensible... Et je crois que son handicap intensifie son hypersensibilité.

— Sans doute. En même temps, son handicap peut aussi être une source de force.

En parlant, Flora songea brièvement à son grand frère Alec, qui s'était heurté à de nombreuses difficultés parce qu'il souffrait de mucoviscidose. Enfant et adolescente, elle avait partagé le plus de choses possible avec lui, même quand il était au plus mal. Elle avait toujours voulu qu'il se sente concerné par ce qui se passait au quotidien, et qu'il puisse exprimer ses doutes, ses peurs, ses envies. Il ne s'était pas cru rejeté, ni mis à l'écart. Aujourd'hui, il allait plutôt bien... Très bien, en vérité. Malgré la maladie qui le rongeait et, chaque jour, menaçait de s'aggraver, Alec parvenait à avoir une vie privée. Contrairement à moi, pensa-t-elle.

— Je ne comprends pas, dit Aksel, la ramenant à l'instant présent. Une source de force ?

— Ce n'est pas parce que Mette est malvoyante qu'elle est plus fragile que d'autres enfants de son âge. Il faudrait qu'elle apprenne à être combative et même fière d'elle. Au fil du temps, elle saura mieux écouter, mieux sentir, elle affinera ses sens. Oui, le toucher, l'odorat, le goût..., énuméra Flora, songeant aux patients aveugles qu'elle avait accompagnés dans leurs progrès au quotidien. Et tout cela avec vous. Le plus souvent avec vous, qui êtes son père.

— Je ferai le maximum. Tout aurait été plus facile si Mette avait encore eu sa mère... Mais, oui, je ferai le maximum, promit gravement Aksel. C'est pour cette raison que nous sommes ici. Pour apprendre... Pour être plus soudés, Mette et moi.

Flora soutint le regard d'Aksel. Un frisson la parcourut brièvement. Décidément, qu'elle le veuille ou non, cet homme avait un incroyable impact sur elle.

— C'est ce qui se passera, j'en suis sûre. Sur ce, je dois y aller... Dougal, mon adorable chiot tout fou, m'attend !

— Vous en parlez comme s'il était le vôtre...

Flora se mit à rire.

— Je me suis déjà attachée à lui. Je sais que dès qu'on lui aura trouvé une famille, je m'en séparerai, mais ce sera difficile.

Aksel la regarda. Ses yeux étaient d'un bleu si perçant qu'une fois de plus Flora en fut profondément troublée.

— Je vous comprends. Adopter un chien, ce n'est pas si évident que ça. Je l'ai fait pour ma fille... J'aime beaucoup cette jeune chienne labrador qui lui servira de guide, mais c'est aussi une sacrée contrainte. En même temps, Kari nous donne déjà tellement d'amour que pas une seule seconde je n'ai regretté de l'avoir à la maison. On n'a jamais assez d'amour, pas vrai ?

— Non, jamais assez, répéta Flora, consciente d'être en train de dire exactement ce qu'il ne fallait pas.

Et la barrière professionnelle ? songea-t-elle instantanément.

— Maintenant, il faut vraiment que j'y aille. À bientôt, monsieur Olson...

Et sans attendre de réponse, elle se glissa au volant de sa voiture.

3

Dimanche matin, Flora se réveilla de bonne heure. Elle aurait aimé dormir plus longtemps, s'accorder une grasse matinée pour une fois, mais son cerveau semblait en avoir décidé autrement. Elle n'avait plus du tout sommeil.

Elle décida toutefois de ne pas se lever immédiatement. Lové dans son panier, Dougal restait profondément endormi, lui. Parfait, elle n'aurait pas à le sortir dès maintenant... Autant en profiter pour demeurer sous la couette encore quelques instants ! Dehors, il faisait un temps glacial, peut-être même qu'il neigeait.

Aksel se retrouvera en terrain connu... Ce sera comme en Norvège ! songea-t-elle, avant de s'obliger à chasser l'image de son séduisant voisin de son esprit.

Séduisant et troublant. Il était si naturel, et paraissait tellement désemparé par rapport au handicap de sa fille.

Malgré elle, Flora pensa alors à l'homme qu'elle avait aimé quelques années auparavant, Tom... Elle n'avait alors que dix-neuf ans. Tom avait été son premier véritable petit ami.

Avec lui, elle avait découvert l'amour et la colère proche du désespoir. La déception puis l'amertume.

Quand Tom avait appris qu'Alec, le frère de Flora, souffrait de mucoviscidose, il en avait parlé à ses propres parents... qui lui avaient conseillé de ne plus fréquenter Flora. Trop immature, manipulable, Tom avait donc rompu. « Ils craignent que si on a un enfant un jour, tu transmettes le gène de cette maladie », lui avait-il expliqué, affreusement malheureux et gêné. Stupéfaite, Flora lui avait expliqué que rien ne prouvait qu'elle soit génétiquement porteuse de cette pathologie...

En vain. Tom avait baissé la tête et s'était détourné d'elle. Effondrée, Flora avait mis des mois à se remettre de cette trahison.

Depuis, elle était souvent célibataire... Et plus heureuse ainsi, finalement.

— Et maintenant, j'ai un chien ! dit-elle à voix haute, en se levant d'un bond. Salut, Dougal !

Le chiot bâilla et se dressa lentement avant de trottiner vers elle. Flora lui caressa affectueusement la tête, puis elle ouvrit la fenêtre, les volets et inspira l'air glacé à pleins poumons.

Le paysage était d'une blancheur immaculée, tel de la ouate. C'était si beau... Si pur ! Hiver après hiver, elle ne se lassait pas de ce spectacle. Pas une seule fois elle n'avait regretté d'avoir acheté sa petite maison – une simple habitation de plain-pied qu'elle avait rendue chaleureuse – dans cette résidence entourée de bois. Non loin partaient des chemins qui menaient dans les collines entourant Cluchlochry... Non qu'elle parte en randonnée, ce n'était pas dans ses habitudes, mais elle aimait la nature. Et maintenant, avec Dougal, elle sortirait se promener plus souvent...

Des bruits attirèrent soudain son attention à sa droite. Devant chez lui, Aksel jouait à la balle avec sa chienne Kari qui glissait joyeusement sur la neige.

De là où elle se trouvait, Flora ne pouvait pas être vue. Aussi les regarda-t-elle quelques instants, admirant l'agilité avec laquelle Aksel bondissait, ballon à la main, afin de stimuler la jeune femelle labrador. C'était une vision si sympathique, pleine de vie... Et d'espoir. Nul doute qu'Aksel attendait beaucoup de son séjour à Cluchlochry.

Le sourire aux lèvres, Flora referma la fenêtre et se dirigea vers la cuisine. Elle se prépara un rapide petit déjeuner, nourrit Dougal qui attendait impatiemment sa pâtée, puis alla prendre une douche et s'habiller. Elle finissait d'enfiler son pull quand son téléphone sonna.

— Allô ?

— Mademoiselle McNeith ? Pardon de vous déranger un dimanche matin…

Avec son léger accent, la voix grave, chaude était aisément reconnaissable. Flora sentit son cœur battre plus vite. Pour quelle raison Aksel l'appelait-il ? Aurait-il remarqué qu'elle l'observait quelques instants plus tôt ? Ce serait gênant…

— J'ai un service à vous demander, expliqua-t-il alors. Si vous êtes disponible cet après-midi, accepteriez-vous de passer à la maison ? Mette va bientôt revenir le week-end, au moins une soirée, je l'espère, et j'ai tout préparé pour bien l'accueillir. Mais j'aurais besoin d'un coup d'œil extérieur, et surtout avisé, pour être certain que l'espace est correctement aménagé.

— Bien sûr, répondit Flora sans hésiter, soulagée qu'il ne fasse pas allusion à la curiosité dont elle avait fait preuve. Si je peux vous aider, ce sera avec plaisir.

— Merci ! Venez avec votre chien, il pourra s'amuser avec Kari ! Et ça familiarisera ma chienne avec la présence d'un congénère à la maison. Ce serait un point positif supplémentaire dans le travail de socialisation que Kari effectue, ajouta Aksel d'un ton enthousiaste.

— Je comprends. 14 heures, ça vous irait ?

— Ce sera parfait. À tout à l'heure, mademoi…

— Appelez-moi Flora, ce sera plus simple.

— OK, Flora. Moi, c'est Aksel…

Elle ne put s'empêcher de rire.

— Je sais. À tout à l'heure, Aksel.

Quand il ouvrit la porte, il fut tout de suite frappé par la douceur qui émanait de la jeune femme. Elle portait une doudoune verte, une écharpe blanche, et ses yeux noisette, presque dorés, semblaient pétiller. Des mèches de cheveux blonds s'échappaient de son bonnet de laine rose. Elle tenait Dougal en laisse, cette fois sans manteau quant à lui.

— Je ne l'ai pas couvert, puisque nous n'allons pas rester dehors, expliqua-t-elle, remarquant sans doute qu'Aksel observait l'animal.

— Évidemment ! De toute façon, rassurez-vous, le labrador est naturellement très résistant, et ce dès le plus jeune âge. Entrez, Flora, c'est si gentil d'être venue.

Elle lui sourit, et Aksel ressentit un trouble indéfinissable. Décidément, Flora ne le laissait pas indifférent. Il faudrait qu'il veille à ne pas s'éprendre malgré lui… Incorrigible romantique, il avait tendance à tomber facilement sous le charme d'une jolie femme. Cela lui avait déjà joué de mauvais tours… Notamment avec la mère de Mette.

Dougal bondit à l'intérieur, accueilli par Kari. Les deux chiens se reniflèrent tranquillement avant de se précipiter dans la cuisine.

— Ils s'entendent bien, remarqua Flora en riant.

— Chez les animaux, tout est plus facile que chez les humains. Alors je vous en prie, Flora, poursuivit Aksel, examinez attentivement le salon, le couloir, la cuisine, la chambre de Mette… J'ai posé des protections sur les angles des meubles, et agencé les pièces de manière à ce qu'il y ait le plus d'espace possible pour elle.

— Bonne idée.

Elle se débarrassa de son manteau et le suspendit à l'entrée, à côté du blouson d'Aksel. Voir les deux vêtements si proches émut bizarrement ce dernier. Cela créait une soudaine intimité entre eux.

— Le mieux serait de tout vérifier les yeux fermés, pour se mettre à la place de votre fille, suggéra Flora en regardant autour d'elle. Vous l'avez fait ?

Aksel fut étonné par cette proposition à laquelle il n'avait tout simplement pas pensé.

— Non… Pourtant, c'est évident. J'aurais dû y songer. Je le ferai tout à l'heure, et plus d'une fois, d'ailleurs. Rien de tel pour savoir si Mette peut rencontrer un obstacle difficile, douloureux…

Flora acquiesça.

— Dans l'absolu, oui. Mais vous savez, elle commettra des erreurs d'appréciation en se déplaçant, c'est inévitable, et elle apprendra de ces mêmes erreurs, peu à peu, patiemment. Et n'oubliez pas qu'elle voit un peu.

— Juste un tout petit peu, précisa Aksel, le cœur serré. Sa vision est si faible... Bref, à vous de me dire, puisque vous avez l'habitude, si cette maison est adaptée au handicap de ma fille !

Durant la demi-heure suivante, Flora passa chaque pièce en revue, paupières closes par moments, effleurant les meubles du bout des doigts comme si elle avait été aveugle. La chambre de Mette, où Aksel avait rangé peluches et poupées, fut scrutée encore plus minutieusement.

— Je crois que tout est parfait... Peut-être faudrait-il seulement ôter le tapis, suggéra finalement Flora en montrant le kilim orange et noir qu'Aksel avait disposé sur le sol. Mette risquerait de se prendre les pieds.

— Exact. Je l'enlève tout de suite ! Merci... Merci beaucoup, c'est idiot, mais je n'avais pas pensé à ce détail d'importance. Je peux vous offrir un café ? proposa Aksel, reconnaissant. Ou un thé ? Si vous avez le temps, bien sûr.

Flora hésita un bref instant, puis sourit.

— Oui, avec plaisir.

Soulagé, Aksel l'invita à le suivre dans la cuisine où les deux jeunes chiens s'étaient réfugiés... ensemble, dans la corbeille de Kari. Les observant, Flora laissa échapper un petit rire ravi.

— Eh bien, on peut dire qu'ils s'entendent vraiment bien !

— Je pense surtout qu'ils aiment se tenir mutuellement chaud. Parfois, les animaux ont de réelles manifestations d'affection entre eux, mais ils sont aussi très pratiques ! Asseyez-vous, Flora, je vous sers...

La cafetière étant restée en marche, Aksel n'eut qu'à remplir deux tasses... involontairement presque à ras bord. Alors qu'il les plaçait précautionneusement sur la table, il remarqua que Flora le regardait avec attention.

— Qu'y a-t-il ?

— Rien... Enfin, si. J'imagine à quel point l'arrivée prochaine de Mette vous rend nerveux. Vous avez envie de lui faire plaisir...

— Et surtout de l'aider à se sentir chez elle, même si on

habite une maison de location. J'avoue que je ne suis pas sûr de moi... Je la connais si peu, ma petite Mette.

Flora le contempla d'un air interrogateur mais ne posa aucune question indiscrète.

— Je peux vous confier la vérité, poursuivit Aksel après avoir bu une gorgée du breuvage bouillant. Ma relation avec Lisle, la mère de Mette, s'est achevée avant la naissance de Mette et nous n'avons donc jamais vécu ensemble. En fait, nous nous sommes séparés avant que je sache que Lisle était enceinte. Je devais m'en aller pour longtemps, je menais une expédition dans les Andes... À mon retour, j'ai appris que Lisle était partie vivre à Oslo à cause de son travail. Je pense aujourd'hui que c'était peut-être une excuse pour me dissimuler sa grossesse.

— Pourquoi ?

— On ne s'entendait plus. On ne s'est plus jamais revus. Et la première fois que j'ai appris l'existence de Mette, c'est quand les parents de Lisle m'ont appelé...

Flora le contempla en silence. Une lueur amicale brillait dans ses yeux, encourageant Aksel à continuer son récit. Pourquoi éprouvait-il cette envie soudaine de se livrer ainsi ?

Il s'éclaircit la voix et reprit :

— Les grands-parents de Mette se prénomment Olaf et Agnetha. Ce sont des gens bien. Ils n'ont jamais vraiment approuvé la décision de Lisle de ne pas me parler de Mette, bien qu'ils l'aient respectée de son vivant. Mais il y a eu ce terrible accident de voiture dans lequel Lisle a péri... Mette a survécu. Elle avait à peine un an.

Flora l'écoutait sans commenter, une expression de sincère gravité dans le regard.

— Mette a été hospitalisée une dizaine de jours. Elle ne souffrait pas de blessures graves, heureusement... En apparence, du moins. En fait, elle se trouvait encore dans son siège-auto quand les secours sont arrivés. L'appui-tête du dossier situé devant Mette s'était détaché et l'avait heurtée au visage. Le choc a endommagé ses nerfs optiques, précisa Aksel d'une voix sourde.

— C'est affreux, murmura Flora.

— Oui. Affreux. Mais au moins Mette est-elle en vie. Olaf et Agnetha se sont occupés d'elle, et un jour, ils lui ont appris mon existence. Ils lui ont dit que j'étais un aventurier, une sorte d'explorateur… J'ai laissé tomber le voyage que j'avais alors commencé, et je suis allé à Oslo pour la rencontrer. Ses grands-parents ont hésité pendant deux semaines avant de me présenter Mette. Ce furent les deux semaines les plus longues de ma vie…

— J'imagine. Ça a dû être très dur pour eux aussi.

— Très. Je les avais déjà rencontrés à l'époque où je fréquentais Lisle, et ils n'avaient pas eu une bonne opinion de moi. À leurs yeux, je n'étais pas fiable.

— Pas fiable ? répéta Flora, l'air surpris.

— Parce que je partais tout le temps en expédition… C'est certainement la raison pour laquelle Lisle ne m'a pas parlé de sa grossesse. Parce que je n'étais jamais là. Elle était persuadée qu'elle ne pourrait pas compter sur moi.

Aksel pouvait percevoir l'amertume dans sa propre voix. Lisle n'avait pas pressenti que, pour lui, un enfant serait ô combien précieux ; un merveilleux cadeau de la vie. Elle n'avait vu en lui que l'éternel voyageur et s'était retranchée à jamais.

— Elle devait s'inquiéter pour vous, dit Flora.

S'inquiéter ?

Aksel garda le silence un court instant. Il n'avait jamais pensé à Lisle comme étant une femme se souciant de lui.

— Pourquoi pensez-vous une chose pareille ?

— Peut-être ne vivait-elle pas bien le fait que vous soyez toujours ailleurs. Je me mets à sa place…

— Possible. Rétrospectivement, je me sens coupable. Et honteux.

— Et en colère, compléta Flora.

Aksel fit signe que oui. Oui, il était en colère, mais il ne s'en était ouvert à personne jusqu'à maintenant.

— Aujourd'hui, il faut que je sois à la hauteur. Mette est handicapée. Elle n'a plus de mère. Parfois, j'ai du mal à communiquer avec elle, j'ai l'impression d'être tellement maladroit, vous savez, parce que je ne la connais pas bien… Mais j'espère qu'avec le temps ça ira mieux.

Flora le regarda et sourit.

— Bien sûr. Avec l'amour, tout va toujours mieux. À ce sujet…

Elle lança un coup d'œil en direction du salon.

— Je n'ai pas vu de sapin ici, et Noël approche… Ce serait bien qu'il y en ait un quand Mette viendra. Elle appréciera votre effort, et se sentira en harmonie avec le monde.

— Un sapin…

Aksel soupira.

— Vous avez tellement raison. En Norvège, j'ai pris l'habitude de passer les fêtes chez ma sœur. Et jusqu'à présent, je ne suis jamais resté au même endroit suffisamment longtemps pour avoir une vraie maison vraiment habitée et décorée… C'est totalement différent, maintenant, affirma-t-il. Bon, j'irai acheter un beau sapin et des guirlandes au plus vite ! En vérité, j'attends avec impatience ce premier Noël avec Mette.

Flora sourit.

— Ce sera émouvant, j'en suis sûre. Émouvant et réussi.

Aksel la contempla, touché par la gentillesse qu'elle exprimait. Elle était si jolie et généreuse.

— Merci. Et vous ?

— Moi ?

Elle eut un éclat de rire frais.

— J'adore Noël, Cluchlochry, c'est chez moi. Chaque année, je renouvelle mon stock de décorations et mes recettes gourmandes !

— Au fait, vos truffes au chocolat étaient délicieuses.

— Tant mieux. Il faut savoir se faire plaisir dans la vie, pas vrai ? Sur ce, je vais y aller…

Flora se leva et, aussitôt, Dougal bondit vers elle.

— Il est l'heure de la promenade, dit-elle en le caressant affectueusement.

Aksel hésita à lui proposer de l'accompagner avec Kari.

Il en avait envie… Très envie, même. Mais ce serait accroître l'étrange sensation d'intimité qu'il éprouvait déjà avec Flora.

— Merci pour tout, Flora, j'ai de la chance de vous connaître. Rectification : Mette et moi sommes chanceux.

Un bref instant, elle parut un peu gênée. Puis elle sourit.

— Je vous en prie, Aksel, tout le plaisir est pour moi.

4

Le lendemain matin, de bonne heure, Aksel se rendit à pied au centre d'éducation canine qui se trouvait dans le parc du domaine de Heatherglen, non loin du château qui abritait la clinique. À côté de lui, Kari trottinait en remuant joyeusement la queue.

Aksel aimait ces moments où il pouvait aller librement avec son jeune chien. Cela renforçait leurs liens et permettait à Kari de se montrer fougueuse et joueuse. Par la suite, il lui faudrait être bridée puisqu'elle travaillerait avec un éducateur canin : chaque jour, elle apprenait à devenir un meilleur chien guide, et elle avait déjà progressé.

Marcher l'aidait aussi à clarifier ses idées. À moins penser à sa généreuse voisine, Flora, si jolie et touchante.

— Bonjour Aksel, lança Esme Ross-Wylde quand il pénétra dans le bureau. Comment allez-vous ?

Mince, les cheveux gris coupés court, la sœur de Charles Ross-Wylde était âgée d'une soixantaine d'années, et elle respirait la joie de vivre.

— Bien, et vous-même ?

— Toujours en forme ! Venez, j'ai de nouvelles recrues. J'aurais besoin que vous mémorisiez leurs noms et leurs spécificités ! ajouta Esme.

— Avec joie. Je suis ici pour ça.

Ils se dirigèrent vers la grande salle où huit chiens, de différentes espèces, attendaient patiemment, chacun dans leur box.

Aksel savait qu'ils avaient été confiés à Esme, et ses collaborateurs, par leurs maîtres qui voulaient que les animaux soient éduqués pour savoir accompagner des personnes handicapées.

Pendant les cinq semaines de son séjour, Aksel aiderait Esme à effectuer certaines tâches vétérinaires. Il vérifierait les carnets de vaccination, et procéderait à des soins ou examens si besoin. Il intervenait bénévolement pendant que Mette était aux bons soins du Dr Sinclair et de l'équipe de ce dernier. Cela lui permettait aussi de participer à l'éducation de Kari.

Après avoir placé sa chienne dans son box, il consulta les dossiers de chaque animal et rédigea quelques fiches résumant leurs profils.

Juste avant 9 heures, un tumulte d'aboiements annonça l'arrivée de Flora avec Dougal.

— J'y vais, dit Esme.

Aksel acquiesça puis se replongea dans ses notes. Mais son attention s'était échappée de la pièce. Il pensait à Flora, qu'il aurait voulu revoir, là, maintenant, il pensait à son sourire, ses yeux lumineux, il percevait le son de sa voix... Pourquoi se sentait-il autant attiré par elle ?

— Flora m'a appris que Kari s'est liée d'amitié avec cette petite tornade ! déclara Esme en revenant avec Dougal.

— C'est vrai. Dougal est très affectueux, et il a besoin de beaucoup d'attention.

Esme regarda Aksel d'un air hésitant, puis elle hocha la tête.

— Il aurait besoin de compagnie, c'est certain. Ici, il joue, il est tout fou, mais il n'apprend rien. Il est trop jeune et, je crois, ne possède aucune des aptitudes dont le chien d'assistance a besoin. Enfin, nous verrons comment il évolue.

— C'est sûr. En tout cas, Flora l'aime bien.

— Oh oui, et elle est adorable. Vous l'avez rencontrée, n'est-ce pas ? Elle travaille à la clinique comme kinésithérapeute. Elle a le cœur sur la main.

— Je m'en suis rendu compte. Flora est venue chez moi samedi pour m'offrir des chocolats, et elle m'a aidé à vérifier l'agencement de ma maison avant l'arrivée de Mette.

Esme sourit.

— Ça ne m'étonne pas d'elle. Flora est une perle. Chaque semaine, elle rend visite à des personnes âgées dans une résidence pour seniors, où elle se charge d'un programme de rééducation physique. De la gymnastique douce très adaptée. D'ailleurs, sauf erreur de ma part, elle y va cet après-midi, à 14 heures.

Esme regarda Aksel d'un air songeur.

— Vous savez, nous aimerions créer des temps de médiation avec un chien... Un chien calme, ou déjà éduqué, évidemment.

— Rien de tel que le contact avec un animal pour trouver ou retrouver le sourire, enchérit Aksel.

— C'est sûr. La simple présence d'un chien, ou d'un chat s'il est très doux, chez des personnes souffrant d'une pathologie peut les apaiser. Et si... Et si vous tentiez l'expérience avec Kari ?

— Avec Kari ? répéta Aksel, pris de court. Kari est très jeune...

— Mais elle est déjà partiellement éduquée : elle est le chien guide de votre fille, donc elle obéit et sait se tenir. Si vous acceptiez, Aksel, d'aller sur place avec Kari, de rester avec les résidents pendant, disons, une petite heure, dans le salon commun, en présence d'Eileen Ross, la directrice du lieu, ou après en avoir discuté avec Eileen, ce serait fantastique.

Esme avait parlé d'une traite, presque sans reprendre son souffle, ce qui ne lui ressemblait pas. De toute évidence, le projet lui tenait à cœur.

Cela se comprenait. Aksel était déjà sensibilisé aux nombreux bienfaits de la médiation animale, elle le savait.

— Ce sera avec plaisir, dit-il sans hésiter. Je me sentirai utile.

Un beau sourire illumina le visage ridé d'Esme.

— Merci de réagir ainsi. Vous êtes un ange.

— N'exagérons rien, dit Aksel en riant. Je suis motivé, et j'ai du temps libre. Profitons-en !

— Tout le monde ne serait pas partant. Enfin, vous l'êtes, et c'est ce qui compte.

Esme réfléchit.

— Je vais prévenir Flora... Vous restez à la clinique, durant les prochaines heures ?

— Je vais retrouver Mette à l'heure du déjeuner, répondit Aksel. Ensuite, je suis libre. Si Flora est d'accord, je peux l'accompagner cet après-midi avec Kari.

— Elle sera forcément d'accord. Tout ce qui peut contribuer au bien-être de ses patients l'intéresse… C'est une femme très généreuse, vous verrez !

— Je le sais déjà, Esme. Je m'en suis déjà aperçu.

Alors que Flora rangeait sa mallette dans le coffre de la fourgonnette que lui prêtait la clinique, Aksel la rejoignit. Tenue en laisse, Kari ne portait pas son harnais de travail, ce qui était normal puisqu'elle sortait de son habituel cadre éducatif.

— Esme vous a expliqué pourquoi je viens ?

— Bien sûr. Je suis ravie de cette expérience que vous allez mener, dit Flora, sincère. On manquait de personnel… Et vous voilà ! Quelle chance !

— Oui, d'une certaine manière, c'est une chance, confirma Aksel. Pendant que Mette travaille, je m'occupe utilement.

— Comment va-t-elle ?

— Plutôt très bien. Emily, son ergothérapeute est remarquable.

Flora sourit.

— Tous ceux qui exercent ici sont motivés et attentifs, peut-être plus particulièrement dans le service pédiatrique. On installe Kari à l'arrière ?

Aksel fit grimper la chienne qui haletait tranquillement, les yeux brillants.

— Elle est contente de venir avec moi ! Pour elle, on part en promenade, dit Aksel.

Il s'installa sur le siège côté passager tandis que Flora se glissait au volant.

— Kari va peut-être déchanter en se retrouvant au milieu des résidents tout à l'heure !

Flora mit le contact et démarra. Elle s'engagea sur la petite route bordée d'arbres qui menait vers le bourg.

— Alors, cet endroit où l'on va, c'est une résidence pour personnes âgées, c'est ça ? demanda Aksel.

— Oui, spécifiquement construite pour les seniors. Ça s'appelle la résidence Flower. Il y a trente logements pour un ou deux locataires, conçus pour favoriser le plus d'autonomie possible. Les appartements possèdent une ou deux chambres, un petit salon et une kitchenette, ainsi qu'un accès indépendant. Il y a un salon commun et une salle à manger pour ceux qui ne veulent pas cuisiner, et le personnel soignant est disponible en cas de besoin.

— C'est très pratique. Et vous, que faites-vous là-bas ?

— Oh ! moi, je suis la responsable de l'exercice du lundi après-midi ! expliqua Flora d'un ton léger. Le matin, le podologue se rend sur place. Le mardi, c'est le jour de l'ergothérapeute. Le mercredi, il y a le coiffeur. Le jeudi, c'est le bibliothécaire et son bibliobus. Le vendredi, l'établissement collecte les besoins en achats et courses.

— Une organisation parfaite !

— Autant que possible, oui.

En parlant, Flora s'efforçait d'ignorer le trouble qu'elle éprouvait. Se retrouver à côté d'Aksel ne la laissait pas indifférente… Savoir qu'elle passerait l'après-midi en sa compagnie lui plaisait même beaucoup.

— Et tout le monde se repose le week-end, je suppose ? demanda-t-il.

— En quelque sorte. Le samedi, c'est la soirée cinéma, qui peut être un peu mouvementée.

— J'imagine que les pensionnaires se détendent ! Mais vous, Flora, vous vous occupez surtout de rééducation physique ?

— Non, j'assure aussi des consultations individuelles. Par exemple, une de mes patientes souffre d'ankylose à l'épaule suite à une fracture du poignet. J'organise également des séances pour les membres de la famille le soir et le week-end. Je leur montre comment aider leurs parents âgés à rester actifs.

— Un peu d'exercice approprié, ça change tout, observa Aksel.

Flora lui lança un bref coup d'œil.

— Oui, c'est certain. Voilà, on arrive.

Elle désigna le bâtiment moderne de deux étages qui s'élevait un peu plus loin à gauche de la route, au milieu d'un parc.

Aksel se retourna pour regarder sa chienne. Kari était sagement assise, le museau posé sur le dossier du siège arrière.

— On va devoir travailler, mais différemment, dit-il à l'animal. Tu seras douce, promis ? Très douce !

Flora sourit. Cet homme était vraiment étonnant. Il s'adressait à son chien comme à un humain… Et le comble, c'est que Kari semblait le comprendre.

— Vous croyez vraiment qu'elle saisit le sens de ce que vous dites ?

Aksel se mit à rire.

— Le sens réel, non. Mais elle sait que j'attends d'elle quelque chose de précis, et elle sera à l'écoute. À partir de là, tout est possible.

— Je n'en doute pas.

Flora se gara sur le parking gravillonné et, avant de sortir du véhicule, croisa le regard d'Aksel. Il l'observait d'un air vaguement amusé, comme s'il devinait qu'elle s'interrogeait sur lui…

Ou comme s'il s'intéressait à elle.

Son cœur battit soudain plus vite.

Ne rêve pas, Flora, ne rêve pas…

Chassant la petite voix qui résonnait dans sa tête, Flora alla ouvrir le coffre de la voiture pour prendre sa mallette. Aussitôt, Kari bondit dehors. Flora s'écarta de justesse.

— Pour la douceur, ce n'est pas encore au point ! s'exclama-t-elle.

— Elle sera docile dès qu'elle sera attachée, affirma Aksel en saisissant le collier de sa chienne. Kari, au pied !

Il attacha la laisse et sourit à Flora.

— On y va ?

5

À l'accueil de la résidence Flower, une femme installée derrière un grand bureau interpella Flora.

— Bonjour ! Ah, aujourd'hui, vous êtes accompagnée, ajouta-t-elle en regardant Aksel. Bonjour, monsieur. Signez, je vous prie. Tous les deux.

Elle leur tendit le registre des entrées, puis donna une autre feuille à Flora.

— Votre liste pour aujourd'hui. M. King m'a indiqué qu'il souffrait d'une douleur lancinante dans la jambe.

— C'est noté, Jenny, dit Flora. Je vais m'occuper de lui, mais j'irai d'abord rendre visite à Mme Crawford.

— Je pense que Mme Crawford va franchement mieux. Elle peut lever le bras pour se brosser les cheveux, poursuivit la réceptionniste en souriant.

Jenny savait toujours tout sur les pensionnaires. De ce fait, elle détenait un rôle clé au sein de l'établissement car les résidents lui parlaient et, parfois, partageaient des informations officieuses, mais importantes, auxquelles les soignants n'avaient pas toujours accès.

— Bonne nouvelle ! dit Flora. Merci, Jenny. Je vous présente Aksel Olson, qui a rendez-vous avec Eileen.

— Je la préviens tout de suite, dit Jenny en décrochant le téléphone.

Après avoir transmis le message, elle se redressa et se pencha pour voir Kari.

— Quel magnifique animal ! C'est votre chien, monsieur ?

— Oui, ma chienne, et je m'apprête à la présenter aux personnes qui vivent ici, expliqua Aksel. Elle s'appelle Kari.

— Bienvenue, Kari ! Et bienvenue à vous, monsieur Olson. Vous connaissez Flora depuis longtemps ? interrogea Jenny, directe.

Gênée, Flora échangea un bref regard avec Aksel. Il lui sourit.

— Non, notre rencontre est récente. Ma fille, Mette, est l'une des jeunes patientes du Dr Sinclair, à la clinique de Heatherglen. Je suis vétérinaire, et je m'occupe aussi de l'éducation de Kari… qui aura peut-être un rôle de star à jouer ici tout à l'heure.

— Oh ! je vois ! dit Jenny, impressionnée. Vous venez proposer une séance de médiation animale, je suppose ?

— Exactement.

— On espère, avec Esme Ross-Wylde, commencer un projet avec les chiens qu'elle éduque, renchérit Flora. Aksel, voici justement Eileen, la directrice.

— Parfait, on se retrouve plus tard.

Prenant Kari par la laisse, et l'obligeant à marcher au pied, à sa gauche, Aksel se dirigea vers la femme vêtue d'un tailleur bleu marine qui l'attendait, souriante, à l'autre bout de la pièce. À mi-chemin, il se retourna brièvement et lança un clin d'œil à Flora. Elle sentit son cœur battre plus vite et se contenta de l'encourager d'un signe de la tête. Puis elle empoigna sa mallette et se dirigea rapidement vers l'ascenseur pour gagner le deuxième étage.

Sa première patiente, Helen Crawford, l'attendait dans sa chambre avec une impatience non dissimulée. C'était une vieille dame coquette qui aimait se teindre les cheveux en blanc presque bleuté.

— Vous voilà, Flora ! Vous serez contente, je suis moins ankylosée au niveau de l'épaule ! Regardez, je peux me tourner…

Et joignant le mouvement à la parole, elle pivota lentement sur elle-même.

— Félicitations, Helen, vous avez beaucoup progressé depuis

notre dernière séance, constata Flora. Bougez encore, s'il vous plaît, doucement, très doucement.

Tout en observant sa patiente, elle s'efforçait de ne plus penser à Aksel, la rencontre de ce dernier avec Eileen, l'enjeu de leur discussion. Aksel avait le cœur généreux. Non seulement il était vétérinaire bénévole pour le centre d'éducation canine créé par Esme Ross-Wylde, mais en plus, il acceptait de venir sur place pour présenter Kari aux résidents. Sa chienne n'intégrerait pas le projet global à long terme, puisque Aksel repartirait en Norvège, c'était donc très altruiste de sa part de donner ainsi de son temps.

— Votre épaule semble aller bien mieux, Helen, en effet, admit-elle, revenant à l'instant présent. Je suis très satisfaite de cette évolution. Dites-moi, le soir, vous devez toujours prendre des antalgiques pour réussir à dormir ?

Helen s'assit sur sa chaise, et sourit d'un air espiègle.

— Hier, franchement, j'ai senti que je n'en avais pas besoin, alors je les ai rangés dans le tiroir à côté de mon lit. Au cas où.

— Vous savez que vous pouvez dire à l'aide-soignante de les récupérer ?

— Oui, mais je préfère les garder à portée de main, si jamais la douleur revenait. Les soignants sont gentils, tous, très gentils, oui, mais parfois, ils me traitent comme si j'avais cinq ans ! confia la vieille dame d'un ton ennuyé. Il faut que je prenne mon traitement quand eux le décident, pas à un autre moment. J'estime que c'est à moi de gérer ça, vous ne croyez pas ?

Flora avait maintes fois entendu ce genre de plainte. Les médicaments étaient soigneusement surveillés et distribués, mais certaines personnes, dont Helen, auraient préféré un libre accès à la pharmacie ! Ce qui, naturellement, était impossible.

— Ils agissent en fonction de protocoles précis, et tiennent un registre de ce qui est à administrer à chaque résident. Ils sont obligés d'agir ainsi pour éviter les oublis, par exemple. Tout le monde n'a pas la même autonomie par rapport au traitement. Il y en a même qui prendrait deux fois leur dose, par distraction ou à cause d'une perte de mémoire...

— Je comprends. Les aides-soignantes et les infirmières doivent respecter les règles, sinon ils auraient des ennuis. Et je ne voudrais pas qu'ils soient dans l'embarras à cause de moi, poursuivit Helen. Ils ont beaucoup à faire et ils sont très bienveillants.

— C'est sûr.

Flora sourit.

— Je vais néanmoins indiquer dans votre dossier qu'il faudrait, si possible, vous demander si vous avez besoin d'un antalgique ou non, proposa-t-elle en ouvrant le carnet de suivi qu'elle avait apporté.

Elle s'installa près de sa patiente afin que cette dernière puisse lire ce qu'elle écrivait. Helen aimait garder l'œil sur les notes la concernant.

— Très bien, Flora, très bien.

Helen tapota la feuille d'un doigt.

— Précisez que c'est à moi de décider.

Flora ajouta la remarque et Helen fit un petit signe de tête affirmatif en approbation. Elle avait élevé quatre enfants et travaillé dans la pharmacie de Cluchlochry pendant trente ans. Même si ses trois fils et sa fille veillaient sur elle maintenant, elle refusait de paraître moins indépendante que dans le passé.

— Au fait, Flora, qui est cet homme avec lequel vous êtes arrivée ? Il est très grand !

D'abord surprise par cette question, Flora se souvint que la vieille dame aimait surveiller les arrivées et les départs depuis sa fenêtre qui donnait sur la cour principale de la résidence.

— Oui, il est effectivement très grand ! Il s'appelle Aksel Olsen, et il est vétérinaire bénévole à la clinique. Il intervient pour le centre d'éducation canine d'Esme Ross-Wylde. Il est venu avec une femelle labrador qui apprend le travail de chien guide pour sa propre fille, qui est malvoyante. Aujourd'hui, il vient présenter Kari aux résidents de l'établissement, précisa Flora.

— Très bonne idée ! Les animaux nous procurent le plus grand bien-être, je les adore, tous, petits et grands.

Une expression perplexe se refléta sur le visage de la vieille dame.

— Et d'où vient ce vétérinaire ? Son nom n'est clairement pas écossais.

— Oh ! non...

Flora se mit à rire, amusée par l'intérêt que témoignait Helen.

— Aksel est norvégien.

— Ah, je comprends. D'accord. Mais s'il a une fille, il a aussi une femme ?

— Je ne crois pas.

— Alors il en cherche peut-être une. Flora, vous êtes charmante, il serait temps que vous rencontriez un homme avec qui vous pourriez fonder une famille !

— Je suis une heureuse célibataire, Helen ! répliqua Flora. J'ai ma maison, un métier qui me plaît, et en plus, en ce moment, je m'occupe d'un chiot. Autant vous dire que je n'ai pas le temps de m'ennuyer.

En prononçant ces paroles, Flora eut toutefois la désagréable impression de se répéter. Croyait-elle réellement ce qu'elle énonçait ainsi ? Pas vraiment. En vérité, elle craignait juste d'aimer, de se tromper et d'être rejetée une fois de plus.

— Je vous comprends, mais pardonnez ma franchise, Flora, c'est quand même dommage, reprit Helen en la contemplant attentivement. À quelle heure Aksel nous présentera-t-il sa chienne ?

— En principe, à 16 heures, après mon cours de gymnastique collective.

— Eh bien, je viendrai. Je veux voir ce beau Viking de plus près !

Flora rit de nouveau.

— Parfait, alors à tout l'heure.

Elle quitta la chambre et rendit visite aux autres patients inscrits sur sa liste. Fidèle à son programme, elle ausculta chaque personne, prit des nouvelles et fit effectuer des mouvements. Par moments, elle dut procéder à un rapide massage du dos ou des jambes. En moyenne, elle restait une bonne demi-heure avec chacun et essayait toujours de bavarder un peu afin de détendre l'atmosphère.

Ensuite, comme chaque semaine, elle se rendit dans la salle commune, gaiement décorée de guirlandes. Un grand sapin de Noël orné d'étoiles scintillantes se dressait dans un coin, entouré de paquets enrubannés.

Helen se trouvait déjà sur place, assise. Une première ! *Elle veut vraiment voir Aksel*, songea Flora, amusée, se rappelant que la vieille dame refusait habituellement la gymnastique collective.

— Mesdames et messieurs, bonjour ! lança-t-elle avec entrain.

Le groupe du lundi était présent au grand complet, installé en demi-cercle devant elle, prêt à réaliser les exercices de motricité que Flora proposerait. En tout, il y avait dix participants, cinq hommes et cinq femmes âgés en moyenne de soixante-quinze ans. Savaient-ils qu'Aksel et sa chienne seraient parmi eux un peu plus tard ?

— J'ai une nouvelle sélection musicale, annonça-t-elle en posant sur la table de petites enceintes connectées à son smartphone. Essentiellement des ballades des années 1960. J'espère que ça vous plaira.

Un murmure d'approbation circula, et Flora lança la playlist de morceaux soigneusement choisis. Puis elle se plaça devant ses patients.

— Nous allons commencer par les bras… Levez le bras droit, lentement, en étirant bien au niveau de l'épaule sans forcer ! Helen, vous vous contenterez de rester bien droite, s'il vous plaît !

En parlant, Flora montra comment évoluer au rythme de la musique. Pendant une demi-heure, elle accompagna ainsi les personnes, allant auprès d'elles, les aidant à se mouvoir avec prudence. Des rires fusaient régulièrement, preuve de la bonne ambiance de la séance. Ils travaillèrent la souplesse et l'équilibre, en solo ou en duo, comme s'ils dansaient.

Puis, à 15 h 55, tous se figèrent, le regard fixé sur l'homme de haute taille qui se tenait dans l'embrasure de la porte. À ses pieds, sagement assise, Kari penchait la tête comme si elle écoutait la musique.

— Bienvenue à vous, Aksel, lança Flora en l'invitant à entrer. Mesdames et messieurs, nous avons un invité surprise, Aksel Olson et Kari, sa femelle labrador...

Souriant, Aksel salua l'assemblée d'un geste de la main. Kari leva une patte, l'abaissa, puis leva l'autre.

— Est-ce un chien de cirque ? demanda Ella, une vieille femme qui souffrait d'embonpoint.

— Pas du tout, Kari est la chienne guide de ma fille Mette, annonça Aksel en s'avançant dans la pièce. Avec Eileen, la directrice de l'établissement, nous avons parlé de ce qu'on appelle la médiation animale... Et si vous le souhaitez, Kari, ou un autre chien, viendra vous rendre visite de temps en temps.

— Ici ? demanda Burt, un vieux monsieur qui vivait sur place depuis de longues années déjà. Mais les animaux sont interdits à cause des microbes qu'ils transportent !

— Ils sont autorisés dans certains endroits, comme le nôtre, justement, intervint Flora. La résidence Flower n'est pas un hôpital où il faut garder les lieux ultra-propres et aseptisés.

Aksel sourit. Croisant son regard, Flora sentit son cœur s'affoler. Encore.

— Si vous voulez, vous pouvez appeler Kari et la caresser, ou jouer avec elle. J'ai apporté ceci, ajouta Aksel en montrant une balle de tennis jaune. Kari adore l'attraper. Vous pouvez la lui lancer...

— Et ce faisant, vous améliorerez vos réflexes et votre agilité, renchérit Flora, ravie.

Ses patients n'hésitèrent pas. Ils allèrent vers Kari qui trottinait de l'un à l'autre, tête fièrement dressée, en remuant la queue.

— Elle doit se sentir comme une star, observa Flora.

— Elle est une star ! renchérit Aksel. Regardez !

De fait, tout le monde voulait la caresser et Kari se laissait faire tranquillement. À un moment, comme si elle craignait de fatiguer les gens, elle s'assit et, du bout de la patte, fit rouler la balle.

— J'ai l'impression qu'elle a fait ça toute sa vie, remarqua Flora.

— Kari a un excellent instinct de protection. Même si elle est jeune, elle sent les faiblesses des personnes. Elle fait attention à ne pas les brusquer.

— C'est étonnant et émouvant. Ah, voici Eileen, ajouta Flora en montrant la directrice qui se tenait à l'entrée de la salle.

Elle se dirigea aussitôt vers elle, suivie d'Aksel.

— Alors ? Qu'en pensez-vous ?

Il lui importait que cette première visite fût un succès, tant pour le projet bâti par Esme Ross-Wylde que pour Aksel qui venait bénévolement.

— Je suis enchantée. Quelle idée formidable de notre amie Esme, déclara Eileen d'un ton enthousiaste. Merci infiniment d'être venu, monsieur Olson. Je dirai à Esme que nous donnerons suite, et que nous nous organiserons rapidement. Votre chienne est magnifique... Et tellement sociable !

En effet, Kari continuait à trottiner d'une personne à l'autre et se laissait caresser telle une peluche géante. Les participants affichaient un sourire réjoui.

— Le but est de permettre de travailler la motricité autrement tout en apportant une bonne dose de légèreté, reprit Eileen. Mais avant tout, grâce à la présence du chien, les gens se sentent plus heureux... Et cela se voit. La joie est le meilleur remède à tous les maux, et apporte du dynamisme même aux plus ankylosés et rouillés d'entre nous !

— C'est certain, répondit Aksel. L'animal est, par nature, joyeux et simple. Il vit l'instant présent.

Pendant qu'il prononçait ces mots, Kari poursuivait son petit périple au milieu des résidents. Certains lui lançaient la balle de tennis, d'autres se contentaient de l'appeler, de la toucher du bout des doigts... Quelque chose d'enfantin imprégnait maintenant l'atmosphère, et c'était très émouvant.

Tout en observant le changement à l'œuvre parmi ses patients, Flora songea que le charme d'Aksel avait dû également contribuer à cette belle réussite. D'ailleurs, Helen ne cessait de contempler leur invité !

— Je crois que nos résidents vont avoir du mal à vous laisser partir, remarqua Eileen d'un ton amusé.

— Malheureusement, il va falloir qu'on y aille, dit Flora en jetant un coup d'œil sur sa montre. J'ai des rendez-vous en fin de journée, à la clinique.

— Je comprends. Eh bien, rappelons Kari à l'ordre, dit aussitôt Aksel.

Il émit un bref sifflement et, aussitôt, la chienne revint près de lui.

— Magnifique obéissance, approuva Eileen. Je suis impressionnée.

— Kari est éduquée depuis l'âge de trois mois. Elle a l'habitude, précisa Aksel.

Après quoi, il s'adressa aux résidents :

— Mesdames et messieurs, je vous remercie d'avoir si bien accueilli ma fidèle collaboratrice Kari... Qui, sans doute, reviendra passer un moment avec vous dès que possible.

— Vous serez là, vous aussi ? interrogea Helen.

Flora ne put s'empêcher de rire.

— Bien sûr, Kari ne viendrait jamais sans son maître, répondit-elle à la place d'Aksel, qui ne devait pas comprendre la raison de son hilarité.

Dès qu'ils eurent quitté la résidence, elle s'en expliqua.

— Cette vieille dame vous trouve très séduisant, et elle est d'ailleurs venue participer à la séance de gymnastique collective parce qu'elle voulait vous voir de plus près !

Aksel parut amusé.

— Elle n'a pas été déçue, j'espère.

— Je n'en ai pas l'impression ! Elle est drôle, quand même, cette vieille dame... Je la connais depuis longtemps, c'est pourquoi elle s'est confiée à moi. Pour en revenir à ce qu'on vient de faire, Aksel, qu'est-ce que vous pensez de cette expérience ?

Il ébaucha un sourire et caressa la tête de Kari.

— Beaucoup de bien. Je n'aurais pas pensé que ma chienne pourrait procurer autant de joie en si peu de temps. Eileen paraît convaincue.

— C'est certain. Esme sera ravie, elle aussi, ajouta Flora en se dirigeant vers leur voiture. Il ne resterait plus qu'à déterminer qui se rendra à la résidence, et avec quel chien, puisque vous ne serez pas tout le temps ici…

Elle lui lança un bref coup d'œil, et s'efforça d'ignorer les battements rapides de son cœur. Dès qu'elle le regardait, il se passait la même chose. Comme si elle était une adolescente amoureuse.

C'était absurde.

— Non, en effet. Je repartirai en Norvège dès janvier, confirma Aksel en ralentissant l'allure, pour laisser Kari flâner sur la pelouse enneigée.

Flora patienta quelques secondes, mais Aksel et Kari ne se montraient guère pressés.

— Désolée, je dois être de retour à la clinique avant 17 heures, j'ai des patients qui m'attendent.

— Vous ne vous arrêtez donc jamais ? s'étonna Aksel.

— Quand je suis de repos ! Je suis engagée toute la journée, et ce sont des journées vraiment très pleines.

— Je vous comprends. J'étais comme vous, avant, précisa-t-il en la rejoignant d'un pas rapide.

— Avant ?

— Quand j'étais par monts et par vaux, en quête de lieux extraordinaires. Maintenant, j'apprends à trouver le merveilleux dans une maison, une pièce, une salle de gymnastique… Comme tout à l'heure, avec les résidents. C'était un beau moment.

— Oui, très beau, renchérit Flora en se glissant au volant.

Elle aurait aimé avoir l'occasion de bavarder un peu plus avec lui de ce qu'ils venaient de partager, mais elle n'avait pas le temps…

Elle n'avait jamais le temps. Ses amies le savaient, sans lui en vouloir, d'ailleurs. Sa profession s'avérait si exigeante qu'au fil des années sa vie privée avait peu à peu été reléguée aux oubliettes. Elle n'y pensait jamais, ou si rarement, et au fond, c'était très bien ainsi.

6

Après leur visite commune à la résidence Flower lundi, une semaine s'écoula sans que Flora rencontre Aksel. Il devait se rendre à la clinique de bonne heure, et revenait probablement tard.

De son côté, elle eut tellement de travail qu'elle n'eut guère la possibilité de retourner voir la petite Mette. Ses collègues lui donnaient de ses nouvelles, tout se passait apparemment pour le mieux. Par l'intermédiaire d'Esme, Flora sut toutefois qu'Aksel était retourné à la résidence Flower avec sa chienne Kari. À l'évidence, il avait conquis tout le monde et donnait encore de son temps.

Vendredi soir, la neige recommença à tomber sur Cluchlochry, transformant le paysage vallonné en un paysage idéal pour un conte de Noël. Les arbres, les toits, la chaussée devinrent tout blancs, et comme chaque année en décembre, l'atmosphère de la petite bourgade fut agréablement ouatée.

Flora adorait cette saison qui enchantait les lieux. Elle admira le grand sapin couvert de guirlandes lumineuses installé dans le hall de la clinique, et continua de décorer l'intérieur de sa maison. En principe, son frère Alec et sa femme viendraient passer quelques jours chez elle avant la fin du mois, après quoi elle irait les retrouver près de Birmingham. Leurs parents vivaient en Italie et les rejoindraient sans doute, eux aussi, chez Alec.

Elle était en train de disposer des boules scintillantes sur la cheminée encadrant son poêle à bois quand son portable sonna. Elle répondit et fut surprise d'entendre Aksel.

— Si vous êtes libre, Flora, ça vous plairait de boire un verre de vin avec moi ? Ou autre chose, bien entendu. J'ai du jus de fruits, du thé…

— C'est très gentil. Pourquoi pas ? Mette est là ?

— Malheureusement, non. Le Dr Sinclair pense qu'elle doit rester un peu plus longtemps en tant que patiente à plein temps, sans sortie le week-end. J'ai été assez déçu de l'apprendre, mais je suis bien obligé de me plier au diagnostic du spécialiste !

— Je comprends. Quelle raison a-t-il invoquée ?

— Je vous l'expliquerai. Vous me rejoignez ? Ou je peux venir, après tout, c'est sûrement plus chaleureux chez vous que chez moi…

Flora ne put s'empêcher de rire.

— J'étais en train de peaufiner mes décorations de Noël. Oui, passez, et vous me ferez part de votre avis. J'ai du vin blanc au réfrigérateur, si ça vous va.

— Avec plaisir ! J'amène Kari ?

— Bien sûr ! Dougal somnole, mais je suis certaine qu'il sera ravi d'avoir un peu de compagnie. Donnez-moi juste cinq minutes !

Après avoir coupé la communication, Flora fila dans la salle de bains pour se recoiffer et appliquer un soupçon de fard sur ses paupières. Non qu'elle ait spécialement envie de plaire… *Mais tout de même, la visite de mon séduisant voisin mérite que je vérifie mon apparence !* se dit-elle, se moquant gentiment d'elle-même. Depuis le temps, elle ne savait plus comment s'apprêter. Elle restait naturelle, et cela lui convenait très bien.

Quelques instants plus tard, Aksel sonnait à la porte. Elle se hâta d'aller ouvrir.

— Bonsoir !

— Bonsoir, Flora. C'est gentil de m'inviter.

— Vous m'aviez invitée d'abord ! Entrez vite, il neige.

Aksel ôta son épaisse parka et secoua les flocons qui s'étaient accrochés à sa chevelure blonde. Ses yeux pétillèrent quand Kari se précipita vers Dougal qui l'attendait en remuant la queue. Les deux chiens se reniflèrent joyeusement puis se précipitèrent dans le salon. Dougal, très petit de taille par rapport au labrador, était tout empressé de jouer.

— Suivons-les, dit Flora, amusée. Il y a un bon feu dans la cheminée...

— Et de belles décorations de Noël, compléta Aksel en découvrant la pièce.

Il regarda le sapin, les guirlandes qui scintillaient, les flammes dans l'âtre, et sourit.

— J'ai bien fait de venir vous retrouver. Même si j'ai acheté tout ce qu'il faut pour que l'ambiance soit plus festive à la maison, ça n'a rien à voir avec celle d'une vraie maison telle que la vôtre.

— Parce que vous êtes en location. Ce n'est pas pareil. Mette sera sûrement heureuse de découvrir vos efforts, ajouta Flora en invitant Aksel à s'asseoir. Je vais chercher à boire.

Quelques instants plus tard, elle prenait place en face de lui après avoir servi deux verres de vin blanc accompagnés d'amandes grillées et de cacahuètes dans une coupelle. Ils trinquèrent comme deux amis.

— On pourrait penser qu'on se connaît depuis longtemps, vous et moi, dit alors Aksel, en écho des pensées de Flora.

Elle rit.

— C'est vrai.

— Les Écossais ont le sens de l'hospitalité, paraît-il. Je confirme que ce n'est pas une légende !

— Merci. On aime accueillir, faire découvrir notre belle contrée, nos traditions... À ce propos, à partir de lundi prochain et pendant une semaine entière, il y aura un magnifique marché de Noël dans le centre de Cluchlochry. Vous verrez, c'est très sympathique. Vous pourrez trouver des idées de cadeaux, toutes sortes de stands sont proposés avec des créations artisanales originales, et bien sûr, des confiseries ou des boissons typiques de la région !

— Du whisky de qualité, j'imagine ?

— Par exemple.

Flora sourit.

— C'est une des spécialités du terroir ! Il y a aussi un concours gratuit de sculpture sur glace, et si j'ai bonne mémoire, les participants peuvent commencer à œuvrer dès samedi en matinée. Il suffit de s'inscrire auprès des organisateurs, à l'office du tourisme. Les créations seront exposées pendant toute la durée du marché.

— La sculpture sur glace… En Norvège, c'est très prisé. J'irai voir. Peut-être que je me lancerai dans la création d'un renne, animal très important dans la mythologie nordique, ou d'un bonhomme de glace géant que Mette pourra toucher.

— Excellente idée ! Si vous vous y mettez dès demain, vous aurez toutes les chances de donner le meilleur de vous-même, et Mette sera fière de son papa.

Aksel ébaucha un sourire un peu triste.

— Mette sera peut-être fière, mais en attendant, elle n'est pas très en forme. Elle adore la poupée de chiffon que vous lui avez offerte, elle aime bien sa chambre, ses activités, et semblait progresser. Malheureusement, elle a ressenti un blocage hier soir pendant la séance d'ergothérapie, et depuis, elle refuse de reprendre l'apprentissage avec Emily. Elles étaient en train d'apprendre à utiliser les prises électriques, donc à toucher les endroits, les repérer, palper les orifices pour réussir à brancher un appareil…

— Mette s'est fait mal ? s'inquiéta Flora.

— Non, d'après Emily, elle s'est découragée. Puis elle s'est mise en colère contre elle-même… Par moments, elle ne supporte pas son handicap. C'est pour cette raison que le Dr Sinclair a préféré que ma fille reste à la clinique ce week-end. Il va personnaliser davantage le programme qu'il a d'abord proposé pour Mette et d'autres patients malvoyants ou non-voyants. Il a besoin de passer du temps avec elle, et il le fait en plus de ses heures habituelles de travail. Je lui en suis très reconnaissant.

— C'est un pédopsychiatre très investi. Vous pouvez lui faire confiance.

— Sans aucun doute. Il n'empêche que j'ai quand même eu du mal à laisser ma petite fille là-bas… Elle me manque beaucoup.

Aksel but une gorgée de vin et laissa son regard errer. Kari s'était couchée devant la cheminée, avec Dougal blotti contre elle. Son visage se détendit alors qu'il les observait.

— En tout cas, Flora, merci de m'accueillir. Ça me fait du bien. Je me sens un peu seul, ici, et si je suis venu, c'est à cause de la réputation de la clinique de Charles et Esme Ross-Wylde. Ils sont uniques au monde dans leur approche bienveillante. Qu'avez-vous prévu pour les fêtes de fin d'année ? demanda-t-il, changeant brusquement de sujet.

Flora fut un peu déconcertée, mais elle n'en montra rien.

— En principe, mon frère Alec et sa femme passeront quelques jours ici. C'est mon frère aîné, précisa-t-elle, voyant l'interrogation se peindre sur le visage d'Aksel.

— Où habitent-ils ?

— Près de Birmingham, en Angleterre. Alec est professeur de littérature anglaise à l'université, et ma belle-sœur Emma est assistante de direction. Ils essaient d'avoir un enfant, ont même commencé un protocole de fécondation in vitro… Pour l'instant, leurs tentatives ne réussissent pas. Ils vont d'échec en échec, et c'est très douloureux pour eux. Mais ils ne se découragent pas pour autant, et songent à l'adoption si Emma ne parvient pas à être enceinte d'ici deux ou trois ans. Ils pensent que c'est peut-être la maladie d'Alec qui bloque la conception.

Aksel hocha la tête, l'air curieux.

— Quelle maladie ?

— Alec souffre de mucoviscidose. À ce jour, il a juste quelques problèmes de locomotion et des bronchites à répétition, hélas. Mais il garde un moral d'acier. Quand on était enfants, je le massais souvent, parce qu'il avait mal aux jambes…

Aksel la dévisagea en silence quelques secondes, comme s'il prenait la pleine mesure de ces révélations.

— De là viendrait votre vocation de kinésithérapeute ?

— Peut-être. J'aime soigner les autres. Faire du bien.

— Vos parents doivent être fiers de vous.

— Oh ! je ne sais pas, avoua Flora avec sincérité. Ils vivent en Italie. Mon père est professeur d'anglais, et il prendra bientôt sa retraite. Ils reviendront sans doute en Angleterre, je n'imagine pas ma mère loin de sa famille, surtout si elle devient grand-mère ! Et comme seul Alec aura la chance d'avoir un enfant...

— Pas vous ? Pourquoi ?

Flora opta pour la franchise.

— Je ne suis ni mariée ni en couple. Fonder une famille n'est pas, pour l'instant, à l'ordre du jour.

— Dommage. Vous êtes une femme généreuse, vous êtes ravissante, vous seriez une mère merveilleuse.

— C'est gentil, dit-elle, plus déstabilisée par ce compliment qu'elle ne l'aurait souhaité. Mais je ne peux pas imaginer concevoir un enfant parce que justement, même si a priori je ne souffre pas du même problème congénital que mon frère Alec, rien n'est sûr...

Aksel lui lança un regard perçant.

— Rien n'est jamais sûr.

— Non. Mais il suffirait que j'effectue toutes sortes de tests et d'analyses encore plus poussés que ceux que j'ai déjà passés. Le dépistage serait alors complet. Mais j'avoue que ça me fait peur.

Aksel la contempla d'un air songeur.

— Je vous comprends. La maladie et le handicap effraient tout le monde. Moi, je crains de ne pas être à la hauteur de ce qui est essentiel pour ma fille. Je redoute de ne pas savoir l'élever comme il faut... Vous voyez, Flora, j'ai préféré la confier à une équipe de spécialistes parce que je me sens maladroit, et trop hésitant.

— Une bonne idée, non ? C'est à ça que servent les professionnels, affirma Flora, soulagée de ne plus parler d'elle.

— C'est vrai.

Aksel sourit, mais n'ajouta rien.

Flora finit son verre, songeant que ce moment était bien agréable. Simple. Ils étaient comme deux camarades qui s'épaulaient, et c'était parfait ainsi.

7

Durant le week-end, Flora se reposa, téléphona à son frère et à ses parents, ainsi qu'à sa meilleure amie Kathy qui vivait à présent dans le nord de l'Écosse, près d'Aberdeen. Malgré le temps très froid, elle se promena longtemps avec Dougal. Protégé par son petit manteau rouge, le chiot s'amusa comme un fou dans la nature, bondissant et attrapant les boules de neige avec un tel enthousiasme que Flora rit aux éclats. Cet animal était un vrai clown !

Elle ne revit pas Aksel, mais il lui envoya un SMS samedi après-midi pour la remercier de son hospitalité du vendredi soir. Heureuse de ce contact, elle lui répondit par un smiley léger et souriant, mais au fond d'elle-même, elle aurait bien aimé lui souffler qu'elle pensait à lui...

Un peu trop.

Cela ne se disait pas.

Lundi en fin de journée, après sa visite hebdomadaire à la résidence Flower, elle se rendit au marché de Noël de Cluchlochry. Peu de monde s'y trouvait à cette heure. Cependant, bien qu'il fasse déjà nuit, les activités ludiques associées à l'événement battaient leur plein avec les enfants et quelques adultes, pour la plupart accompagnateurs des jeunes visiteurs.

Flora nota qu'Aksel s'était inscrit au concours de sculptures sur glace. Les noms des participants étaient affichés sur la vitrine de l'office du tourisme. Au moins son information s'était-elle avérée utile, songea-t-elle, ravie, avant de faire le tour des différents stands. Elle retrouva les mêmes artisans que l'année précédente, dont John et Mary Monroe qui vendaient de magnifiques sacs de style ethnique, des plaids, foulards et autres articles de qualité.

John et Mary étaient âgés d'une soixantaine d'années et le bonheur se lisait sur leur visage ridé : ils s'aimaient depuis longtemps, et malgré les années, leur amour demeurait intact.

— Viendrez-vous avec vos collègues samedi prochain ? Ce sera la fête en début de soirée ! précisa John en souriant.

— La bière coulera sans doute à flots pour ceux qui en veulent, mais nous, nous ne buvons pas d'alcool, ajouta Mary. Nous sommes amateurs de thé !

— Oh ! moi aussi, confia Flora. Thé, tisane... et petits gâteaux ou chocolat ! On se reverra en fin de semaine, je prendrai mon porte-monnaie pour m'offrir de jolies choses sur votre stand. Aujourd'hui, je suis venue les mains vides.

— Comme ça, vous faites des économies, c'est très bien... en attendant samedi, commenta gentiment Mary. Alors à bientôt !

Flora s'éloigna en souriant. Elle appréciait ce genre de bavardage tranquille. Cela la détendait après les discussions parfois intenses qu'elle menait avec ses patients à la clinique. Elle devait les rassurer, expliquer ce qui allait ou n'allait pas, donner des conseils thérapeutiques sans pour autant jouer un rôle qui ne lui appartenait pas puisqu'elle n'était pas médecin. Parfois, c'était épuisant.

Cette semaine-là, Flora eut d'ailleurs l'impression que les personnes qu'elle voyait en consultation exprimaient davantage de demandes et de besoins. Nul doute que l'approche de Noël jouait sur leur moral. Les fêtes de fin d'année n'étaient pas synonymes de réjouissances pour tout le monde, elle le savait.

Samedi arriva et, avec les deux autres kinésithérapeutes du service, Ted et Cass, Flora retourna vers 18 heures dans le centre de Cluchlochry, où les festivités se déroulaient sous des guirlandes scintillantes.

La nuit était tombée tôt, mais cela n'empêchait pas les habitants, habitués aux hivers rudes, de sortir. Des groupes joyeux empruntaient la petite route qui serpentait depuis la colline où se dressait le château de Heatherglen.

Charles Ross-Wylde se trouvait déjà sur place, remplissant ses fonctions de laird en saluant chaleureusement tous ceux qu'il croisait. Sa sœur Esme avait amené quelques chiens du centre d'éducation canine, et Flora comprit vite que la vieille dame profitait de l'événement pour s'assurer que les animaux n'étaient pas trop distraits par les lumières et les sons qui les entouraient. Une autre manière de peaufiner leur éducation !

Elle s'avança au milieu de la foule, tandis que ses collègues s'attardaient devant un stand de bijoux. Au cœur du marché, sur un vaste podium décoré de velours blanc, trônaient quatre sculptures de glace d'une soixantaine de centimètres de hauteur : deux chevaux, un oiseau qui évoquait un gros hibou, et un renne doté de bois. Des lampions éclairaient les créations, qui semblaient tout droit sorties d'un conte de Noël. Devant ce spectacle féerique se trouvaient Aksel et sa petite fille Mette qui tenait Kari par le harnais, ainsi que de nombreuses autres personnes photographiant les œuvres éphémères.

— Félicitations, dit Flora en s'approchant d'Aksel et de Mette. Je parie que vous êtes le créateur de ce superbe renne !

— Comment vous avez deviné ? demanda Mette.

Elle portait un joli manteau rouge et ses yeux brillaient de joie. Kari remua la queue comme si elle reconnaissait Flora.

— Bonjour...

Flora la caressa affectueusement.

— Dommage, ton copain Dougal est resté à la maison ! dit-elle, touchée par le regard brillant d'intelligence de la chienne.

Flora reporta son attention sur Mette et se pencha afin d'être au même niveau que la fillette.

— Et toi, comment vas-tu ?

— Super bien !

— Tant mieux. Ton père m'a parlé de son intention de participer au concours, ajouta Flora. Il m'a dit que le renne est un animal très important dans les mythes de Norvège.

— Oui, oui ! C'est bientôt Noël, et ce soir, j'ai le droit de rester à la maison avec papa ! s'exclama Mette. J'ai touché le renne, il est tellement glacé que ça pique la peau... Papa, pourquoi le froid brûle ? enchaîna la petite fille d'un ton surexcité.

— C'est à cause de nos capteurs sensoriels, répondit Aksel. Ils s'activent par grande chaleur ou quand le froid est extrême. Et si nous allions faire un tour ? Vous venez avec nous ? proposa-t-il à Flora.

— Avec plaisir. Je vais vous montrer un de mes stands préférés...

Flora se dirigea vers l'étal de John et Mary, joliment coloré sous les guirlandes lumineuses. En plus des articles qu'elle avait déjà remarqués lundi, il y avait des sacs en tissu brodés de fleurs, des sachets de lavande en patchwork attachés avec du ruban, et des chapeaux en tissu matelassé, dotés de protège-oreilles.

Contrairement à son habitude, Mary était assise sur un tabouret bringuebalant et laissait son mari s'occuper des clients. Elle portait un épais bonnet de laine et des gants, mais paraissait transie.

— Bonjour, Mary ! Il ne fait pas bien chaud, ce soir, ajouta Flora, remarquant la pâleur du visage de la vieille dame.

Mary sourit brièvement.

— Ah non... C'est gentil d'être revenue ! Avec un ami et sa petite fille, à ce que je vois, ajouta-t-elle en regardant Aksel et Mette.

— Oui, on est des amis, confirma Mette en sautillant sur place. Flora m'a offert une poupée. Ça sent bon ici ! Qu'est-ce que c'est ?

— Nos sachets de lavande embaument, expliqua Mary.

Aksel porta Mette pour qu'elle puisse mieux les humer.

— Quel est le prix ? s'enquit-il.

— Euh... Une livre et quinze shillings, annonça Mary.

Shillings ? Flora échangea un coup d'œil surpris avec Aksel. Le shilling n'existait plus en Grande-Bretagne depuis de nombreuses années.

— Mary, vous voulez dire quinze pence ?

— Pence ? Oui, bien sûr, qu'ai-je dit d'autre ? s'étonna Mary.

— Vous avez parlé de shilling, répondit Mette. C'est quoi, un shilling ?

— Une ancienne monnaie. Ma petite, tends ta main vers toi et touche ce tissu, si doux, proposa Mary en plaçant un foulard de soie vert et rouge devant Mette.

La fillette obtempéra et un large sourire illumina son visage tandis qu'elle caressait l'étoffe.

— Je t'en offre une, proposa aussitôt Aksel. Tu veux ?

— Oui, papa, c'est doux comme un doudou !

Flora sourit, attendrie par sa gaieté si spontanée. Ensemble, ils essayèrent des chapeaux, reniflèrent de la lavande, admirèrent les sacs en tissu... Ils trouvèrent un chapeau rouge pour Mette, assorti à son manteau, et Aksel encouragea Flora à s'offrir une sacoche en imitation cuir rose pâle et bleu pastel.

— Ce serait utile pour transporter votre matériel quand vous allez rendre visite aux patients de la résidence Flower !

— Vous avez raison. En plus, il ne coûte pas cher.

— Vous avez fait un bon choix, dit Mary en souriant.

Elle se leva...

Et vacilla subitement. Elle se retint de justesse en se tenant à la table.

Inquiète, Flora échangea un coup d'œil avec Aksel.

— Allons, ma chérie, assieds-toi, intervint aussitôt John.

Il guida Mary vers le tabouret, gardant le bras autour de sa taille tandis qu'elle s'installait, puis il se tourna vers Flora et Aksel. L'anxiété se reflétait sur son visage.

— Tout à l'heure, Mary est tombée et s'est violemment heurté la tête. Elle ne s'est pas plainte mais je me demande si elle ne s'est pas fait mal...

— Où s'est-elle cognée ? demanda Flora. Laissez-moi voir...

Elle s'approcha, ôta doucement le chapeau de Mary et remarqua immédiatement la grosse bosse qui s'était formée au niveau de la tempe.

À présent, Mary tremblait légèrement en balbutiant des mots incompréhensibles.

— Il faut la mettre au chaud, décida Flora.

Elle lança un regard circulaire, avisant la foule du marché de Noël et les quelques habitations des alentours. Où se réfugier à cette heure ?

— L'église... Oui, l'église est le meilleur endroit, décréta-t-elle. John, courez prévenir le vicaire !

John hésita. Clairement, il refusait de quitter Mary.

— Dépêchez-vous, s'il vous plaît, insista Flora.

Mette sembla comprendre que quelque chose ne tournait pas rond car elle passa les bras autour du cou de Kari pendant qu'Aksel s'avançait près de Mary. Il enveloppa délicatement un châle autour des épaules de la vieille dame, de plus en plus pâle.

— J'appelle une ambulance, dit Flora en prenant son portable.

On lui répondit dès la deuxième sonnerie, et elle expliqua rapidement la situation. Un véhicule médicalisé ne tarderait pas, avec à son bord le Dr Charles Ross-Wylde, lui apprit-on au bout de quelques secondes.

— On a de la chance, le grand patron de la clinique sera là en personne, annonça Flora. Mary souffre peut-être d'une grave commotion cérébrale ou d'une hémorragie cérébrale, précisa-t-elle ensuite à voix basse à Aksel. On va l'emmener dans un endroit chaud et calme... Il faudra être très prudents quand on la portera.

— Quatorze shillings pour un petit pain, ce n'est pas cher, répétait Mary, maintenant plongée dans un autre monde.

Le vicaire arriva, le souffle coupé de s'être hâté. John lui emboîtait le pas, l'air angoissé.

— Mary a donc fait un malaise ? Suivez-moi, proposa le vicaire en montrant une clé. Je vais ouvrir le petit salon de l'église, il y fait bon.

Flora acquiesça. Il ne leur restait plus qu'à persuader Mary de les accompagner.

— Mary, venez avec nous, vous devez vous mettre à l'abri.

Mary regarda autour d'elle, comme si elle n'était pas sûre de la direction à prendre. Puis elle se leva et, de nouveau, faillit perdre l'équilibre. Aksel la rattrapa de justesse. Mary demeura alors immobile, docile et sans force. Sa tête bascula sur le côté. Heureusement qu'Aksel la maintenait..., songea Flora.

Les gens commencèrent à se rassembler autour du stand. Certains proposèrent leur aide. Toutefois, il fallait seulement dégager l'accès pour qu'Aksel puisse porter Mary.

— Laissez-nous juste passer, dit Flora. Écartez-vous, s'il vous plaît !

Comprenant l'enjeu, les curieux s'écartèrent rapidement. Aksel souleva Mary dans ses bras, Flora prit la main de la vieille dame dans la sienne, et ils se dirigèrent vers l'église.

Ils longèrent l'édifice religieux pour se rendre dans une annexe plus moderne. Le vicaire les attendait, gardant les portes battantes ouvertes. Il les mena immédiatement jusqu'à une pièce calme et confortable meublée de chaises, d'un piano et de deux canapés. Avisant une banquette moelleuse placée le long d'un mur, Aksel y allongea doucement Mary. Flora fit s'asseoir Mette, puis alla chercher un coussin afin de le placer sous la tête de la vieille femme.

— Mary, ma chérie, murmura John en s'agenouillant à côté de sa femme.

Il voulut lui caresser le visage mais Mary le repoussa.

— Qu'est-ce qu'elle a ? bredouilla-t-il en regardant Flora et Aksel d'un air désemparé.

— C'est sûrement un moment de confusion, indiqua Flora, s'efforçant d'être rassurante. Il faut qu'elle reste calme pour le moment. Un peu de thé bien chaud lui ferait d'ailleurs le plus grand bien.

— Je vais en préparer, proposa le vicaire.

Alors qu'il s'éloignait, le portable de Flora sonna. C'était les secours. On l'informa qu'ils seraient là d'une minute à l'autre, avec le Dr Charles Ross-Wylde.

— Qu'est-ce qu'elle a, ma Mary ? interrogea John dès que Flora eut coupé la communication.

— Sans doute une légère commotion cérébrale, puisqu'elle s'est cognée.

— J'aurais dû être plus attentif, dit John. J'ai cru que ce

n'était rien ! Mary aussi... Après sa chute, elle m'a paru un peu réservée, inhabituellement réservée, je veux dire, mais j'ai mis ça sur le compte de la fatigue !

— Ne vous inquiétez pas, vous n'avez rien à vous reprocher, assura Flora. Une personne blessée peut parfois nier que quelque chose ne va pas et cacher des symptômes. Un changement de comportement peut aussi survenir. En tout cas, on va conduire Mary à l'hôpital et ils s'occuperont d'elle.

Par prudence, elle n'ajouta rien. En réalité, le malaise de Mary évoquait un problème plus sérieux que les simples conséquences d'un choc superficiel sur le crâne.

John s'efforça de sourire.

— D'accord. Merci. Si je peux faire quoi que ce soit...

— Dites-moi juste si Mary a récemment pris des médicaments. Par exemple, un antalgique contre le mal de tête ?

— Non, je ne pense pas. Elle ne s'est plainte de rien, et en général, elle évite l'automédication contre la douleur.

— Vu les circonstances, c'est une bonne chose, observa Flora. Les molécules risqueraient d'interférer avec le traitement ou les examens à venir. Pas d'aspirine ou d'ibuprofène ? Essayez d'être sûr...

John secoua la tête, catégorique.

— Elle n'a rien pris. J'ai été avec elle toute la journée, je l'aurais su.

— Parfait.

Flora lui adressa un sourire encourageant. Au même instant, le vicaire apporta plusieurs tasses de thé fumant. Mary voulut en prendre une mais sa main tremblait. John l'aida.

— Ce qui serait intéressant, John, c'est que vous décriviez précisément la chute de Mary, et sa façon de se comporter après avoir perdu l'équilibre, dit Flora. Si vous pouviez le faire par écrit, ce serait encore mieux. Incluez tous les détails dont vous vous souvenez, même s'ils ne vous paraissent pas importants.

— D'accord. Tout de suite.

John déchira une feuille blanche de l'un des magazines

paroissiaux qui se trouvaient sur le piano, puis il alla s'asseoir et sortit un stylo de la poche de sa veste.

Flora s'agenouilla à côté d'Aksel, qui s'était installé au bout de la banquette, près de Mary. Mette se trouvait sur ses genoux, Kari couchée à ses pieds. Ils étaient calmes ; rassurants.

— Vous voulez rester ? Je peux assurer seule, maintenant, dit Flora. Les secours ne tarderont pas.

— Parfait, mais nous repartirons ensemble. Je préfère être avec vous, précisa Aksel. Au cas où...

Flora soutint son regard, de nouveau frappée par tant de prévenance.

— C'est gentil... Merci.

— On est bien ici, lança alors Mette en caressant Kari. De toute façon, dehors, il fait trop froid !

— Oh oui, très froid, confirma Flora en se tournant vers Mary. Elle lui examina les oreilles et le nez, cherchant d'éventuelles traces d'écoulement sanguin. Il n'y en avait pas. Elle remarqua que ses pupilles étaient de taille inégale et qu'une nouvelle ecchymose se formait sur sa tempe.

Elle saisit la main de Mary.

— Serrez-moi...

La pression des doigts de Mary fut à peine perceptible.

— Aussi fort que vous le pouvez.

— C'est ce que je fais. Je ne peux pas plus, souffla Mary.

— Bon, ce n'est pas grave. Détendez-vous...

Flora commença à lui masser doucement l'avant-bras, essayant de l'apaiser le plus possible tout en observant ses réactions.

Quand, enfin, le vicaire ouvrit la porte pour laisser passer le Dr Ross-Wylde ainsi que deux secouristes portant un brancard, elle avait l'impression qu'une éternité s'était écoulée.

En quelques instants, la situation fut enfin prise en charge. Le médecin vérifia le pouls de Mary et constata une vive arythmie. Avec la plus grande prudence, les ambulanciers soulevèrent puis déposèrent leur patiente sur la civière.

— Merci, Flora, vous avez certainement permis à cette dame d'être soignée à temps, déclara Charles Ross-Wylde.

Puis il s'adressa à John et lui proposa de suivre l'ambulance dans son propre véhicule, ce que John accepta.

— Accompagnons-les, proposa Aksel. Mette, donne-moi la main…

Tout en leur emboîtant le pas, Flora ne put s'empêcher d'admirer la patience de la petite fille. Dire que la soirée aurait dû être festive ! Surtout pour elle qui ne sortait jamais de la clinique… Mais bravement, malgré son handicap, Mette avançait, un léger sourire aux lèvres, en tenant son chien d'une main ferme.

Flora réalisa alors qu'elle aimait bien Aksel et Mette…

Elle les aimait même beaucoup.

8

Une fois dehors, saisie par le froid, Flora eut l'impression qu'en quelques secondes, l'ambiance de Noël s'était évanouie. Les lumières de l'ambulance semblaient éclipser celles des guirlandes décorant les stands du marché. Sur la place, les bavardages diminuaient, l'agitation se calmait, laissant place à un étrange silence. Exposants et visiteurs regardaient en direction du véhicule à l'intérieur duquel Mary était précautionneusement installée par les brancardiers.

Le Dr Ross-Wylde, suivi de Charles et John, grimpa dans la voiture qui s'éloigna rapidement, gyrophare et sirène enclenchés.

— Pourvu que tout se passe bien, dit Flora à mi-voix, plus inquiète pour Mary qu'elle n'avait voulu l'exprimer.

Mais à présent, elle pouvait partager son ressenti.

— Vous avez fait de votre mieux, assura Aksel.

— On a fait de notre mieux, rectifia-t-elle. Si vous n'aviez pas été présent, j'aurais eu plus de mal à agir...

— Qu'est-ce qu'elle a, Mary ? coupa un homme d'un certain âge, l'air anxieux. On l'a vue tomber ce matin, c'est à cause de ça ?

D'autres personnes se rapprochèrent également et posèrent la même question.

Flora resta silencieuse, brutalement consciente de la fatigue qu'elle éprouvait. Elle sentit alors Aksel lui enlacer l'épaule et fut reconnaissante de cette marque de soutien.

— Désolé, nous ne savons rien, déclara-t-il avec fermeté. Nous pouvons seulement vous certifier que Mary sera bien soignée.

— Oui, mais..., commença quelqu'un d'autre.

Aksel se détourna et sourit à Flora.

— Il se fait tard. Je te raccompagne chez toi ?

Le tutoiement s'imposait soudain comme une évidence.

— Avec plaisir. Je suis venue à pied de la clinique, et je n'ai pas très envie de marcher jusque chez moi. Merci d'être resté avec moi, ajouta Flora.

— Je t'en prie. Je pouvais être utile.

— Tu l'as été.

Tout en se dirigeant vers le parking, Flora pensa à tout ce qui venait de se passer. Elle se remémora précisément les différents moments entre l'instant où elle s'était aperçue que Mary se sentait mal, et l'arrivée de l'ambulance. Aurait-elle pu agir différemment ? Aurait-elle pu mieux faire ?

— Mary va s'en sortir, affirma alors Aksel, comme en écho de ses pensées. Grâce à toi. Il y avait du monde autour d'elle, son mari était présent, mais personne n'avait remarqué qu'elle était mal en point.

— J'espère que ce ne sera pas trop grave... J'étais justement en train de m'interroger, avoua Flora, la gorge nouée par le doute. C'est incroyable comme la vie peut tenir à un fil...

— Qu'est-ce que ça veut dire ? demanda Mette, qui ne perdait pas un mot de leur conversation.

— Que la vie est fragile, répondit Aksel. Flora a secouru une dame qui a eu un malaise, et sans son intervention, peut-être que cette femme se serait retrouvée dans une situation dramatique...

— Elle serait morte ? Comme maman ?

Bouleversée, Flora échangea un coup d'œil avec Aksel. Mais elle se ressaisit rapidement.

— On ne peut pas en être certains, dit-elle à Mette. Nous en saurons plus une fois que les médecins l'auront examinée. Mais sache que sans ton père je n'aurais pas pu être aussi efficace. Il m'a été d'un grand secours pour venir en aide à Mary ! Le bilan de cet incident, c'est que la solidarité peut tout changer de manière positive, poursuivit-elle. Ton père et moi avons formé une bonne équipe.

— Papa a toujours fait bonne équipe avec les gens, affirma Mette avec fierté. Avant, quand il était explorateur, il pouvait même empêcher un crocodile d'attaquer un campement !

Aksel se mit à rire.

— Je n'ai raconté cette anecdote qu'une seule fois à Mette, et elle ne l'a jamais oubliée !

— Je la comprends, c'est plutôt impressionnant, répliqua Flora, amusée.

Ils avaient atteint la voiture d'Aksel, un vieux 4x4 que lui avait prêté Esme Ross-Wylde, se rappela Flora. Une manière de dédommager Aksel pour tous les efforts qu'il déployait bénévolement.

Aksel ouvrit les portières, puis le hayon du coffre afin de laisser Kari bondir à l'intérieur. Il aida Mette à s'installer sur la banquette arrière tandis que Flora s'asseyait sur le siège avant.

— Tu voudrais boire quelque chose de chaud à la maison ? proposa-t-il en se glissant au volant. Ça nous ferait très plaisir, à Mette et moi, de partager un moment de détente avec toi.

— C'est adorable...

Flora hésita. Elle était tentée, et touchée par cette invitation. Serait-ce raisonnable ? Pas vraiment. Même si elle mourait d'envie d'accepter.

— Dougal est tout seul, et je suis fatiguée. Une autre fois avec joie.

— J'aimerais bien que tu viennes, intervint Mette d'une voix fluette. Tu sais que j'adore la poupée que tu m'as donnée ? C'est ma meilleure amie, ici.

Flora sourit, émue.

— Tant mieux... Je passerai chez vous dès que possible, et tu me montreras ta chambre, d'accord ?

— Ma chambre et toutes les autres pièces ! J'ai appris les trajets par cœur. Je connais l'espace, l'*ergothapeute* m'a tout expliqué, et papa aussi !

— Ergothérapeute, rectifia Aksel. Un mot bien difficile, surtout en anglais ! Mais tu as fait de beaux progrès, ma puce, assura-t-il. En anglais comme en locomotion. Tu peux être fière de toi.

— Oui, bravo, Mette, renchérit Flora. Quand tu repartiras en Norvège, tu seras super forte.

— Je ne veux pas être forte, je veux me débrouiller seule comme si j'avais mes yeux, moi aussi, lança Mette d'un ton déterminé.

— C'est justement ça, être forte, dit Flora. Enfin, je crois...

Aksel s'abstint de tout commentaire. Peut-être avait-il une autre opinion... Ou peut-être restait-il prudent. Le sujet était délicat. Flora se souvenait des discussions intenses entre ses parents, son frère Alec et elle. Pendant longtemps, la question du handicap avait été compliquée à aborder, sans pour autant être taboue. Il ne fallait pas montrer qu'ils s'inquiétaient de façon régulière, voire excessive, pour Alec : il insistait pour vivre normalement, même s'il tombait fréquemment, même s'il toussait trop. Puis, peu à peu, au fil du temps, Alec avait admis ses faiblesses... Et était devenu plus fort moralement.

Revenant à l'instant présent, Flora fixa la route des yeux. Ils arrivaient déjà. Le trajet jusqu'à la résidence avait été rapide.

Trop rapide.

Elle aurait aimé rester plus longtemps avec Aksel et sa fille. Soudain, elle se sentait bien. Presque en famille.

— Bonne nuit à tous les deux, dit-elle avant de sortir de la voiture. On se reverra sûrement très vite.

— Je l'espère bien, répondit Aksel. Bonsoir, Flora.

Quand il lui sourit, elle sentit son cœur s'emballer et eut conscience de rougir. Heureusement, grâce à la semi-obscurité de la nuit, Aksel ne pouvait pas remarquer son trouble. Oui, quelle chance...

Après avoir pris une douche, puis avalé un velouté de légumes accompagné de fromage et de pain, Flora alla dans son salon. Elle s'installa dans un confortable fauteuil près du poêle à bois où brûlaient des bûches. Dougal était couché juste devant, sage comme une image. Il avait bien mangé et n'était sorti dans le jardin enneigé que quelques instants, n'appréciant visiblement pas l'atmosphère glaciale.

Une douce sensation de détente envahit Flora. Elle prit un roman et s'apprêtait à lire quelques pages quand son téléphone sonna.

Le numéro de Charles Ross-Wylde s'affichait sur l'écran, mais quand elle répondit, ce fut la voix de John qu'elle entendit.

— Mary souffrait d'une hémorragie cérébrale, elle a aussitôt été opérée, et elle est tirée d'affaire, annonça-t-il avec une vive émotion. Je tenais à vous le dire… Car à cette heure, sans vous, ma femme ne serait plus de ce monde.

— Oh ! merci. C'est une très, très bonne nouvelle, répondit Flora, profondément soulagée.

— Oui ! Merci, un immense merci à vous, Flora.

— De rien, John. L'essentiel est que Mary puisse se rétablir. Reposez-vous bien, et je ne manquerai pas de lui rendre visite si ça m'est possible.

— Entendu. Je le lui dirai. Je dors dans une chambre sur place, je veux être auprès d'elle à son réveil. Transmettez mes amitiés à votre ami et son adorable petite fille. J'aurai sûrement quelque chose à vous offrir pour Noël. Des cadeaux pour vous trois ! Surtout pour la petite fille qui ne voit pas bien, une écharpe en mohair, par exemple… Vous passerez à la boutique ? Nous sommes à Aberdeen, dans la rue centrale…

— Je sais, John. Merci beaucoup. Reposez-vous bien.

Dès qu'elle eut terminé la conversation, Flora envoya un message à Aksel. Il la rappela aussitôt.

— Merci de m'avoir prévenu. Comment va John ? A-t-il besoin qu'on le ramène chez lui ? Je peux m'en charger si nécessaire.

— Rassure-toi, il reste à l'hôpital auprès de sa femme. Il te remercie et a prévu un petit cadeau pour Mette, et pour nous deux aussi…

— C'est adorable. Mais je doute qu'on retourne au marché de Noël !

— Sa femme et lui tiennent un commerce à Aberdeen. Je te communiquerai l'adresse.

Ils bavardèrent encore quelques instants puis, entendant Mette appeler son père, Flora préféra abréger.

— Va t'occuper d'elle, je crois qu'elle te réclame !

— Bien sûr. C'est sa première nuit à la maison, ajouta Aksel. Et demain, elle doit retourner dans le service du Dr Sinclair. Je ne le lui ai pas encore annoncé, pas sûr qu'elle apprécie, mais c'est pour son bien... Je vais lui lire un conte de Noël pour l'endormir.

— Très bonne idée. Alors, à bientôt ?

— Oui, à très bientôt, Flora, dit-il d'un ton chaleureux. N'oublie pas ta promesse de venir nous voir... Mette compte sur toi. Elle veut te faire visiter toute la maison.

— Je n'oublierai pas.

Après avoir coupé la communication, Flora posa son téléphone et resta songeuse un long moment, le cœur battant. Elle se sentait bien avec Aksel. En confiance. Pour la première fois depuis longtemps, elle avait envie de connaître un homme...

Sauf qu'Aksel partirait, tôt ou tard, de Cluchlochry. Était-ce pour cette raison qu'elle éprouvait une telle attirance ? Parce qu'elle savait qu'il ne resterait pas ? Ils pouvaient être amis, parler sur des tas de sujets, sans pour autant s'engager davantage. Une situation idéale, pour elle.

Sans danger...

Avec Aksel, elle ne risquerait pas d'être rejetée.

Aksel borda Mette et éteignit la lumière. Sa petite fille avait adoré écouter son histoire qui mettait en scène un renne, des loups et une famille de lapins. À présent, elle s'endormait, enfin paisible.

— Je ne veux pas retourner à la clinique demain ! avait-elle protesté au moment où il s'apprêtait à quitter la chambre.

Revenant sur ses pas, il lui avait patiemment réexpliqué que le Dr Sinclair avait préparé un programme de jeux éducatifs spécialement conçus pour elle et trois autres enfants également déficients visuels, mais qu'il n'était disponible que le dimanche car, les autres jours, il était en consultation et s'occupait de dizaine de patients. Mette avait fini par se résigner.

— Tu demanderas à Flora de venir me voir ? avait-elle demandé.

— Je ne crois pas qu'elle travaille le dimanche... Mais dès qu'elle le pourra, elle te rendra visite. Si je la vois, je lui en parlerai.

— Merci, papa. Tu veux bien me donner Annette, s'il te plaît ?

Dès qu'elle avait eu sa poupée de chiffon contre elle, Mette avait fermé les yeux, apaisée.

Rassuré, lui aussi, Aksel gagna le salon et s'installa sur le canapé. Avec les décorations de Noël, aussi basiques soient-elles – un sapin dans un angle, des guirlandes lumineuses le long du manteau de la cheminée —, la pièce était dorénavant chaleureuse.

Grâce à Flora, songea-t-il.

En vérité, tant d'améliorations étaient advenues grâce à Flora : la manière avec laquelle il avait agencé l'intérieur de la maison, sa façon de collaborer avec Esme Ross-Wylde qui adorait la jeune femme et ne tarissait pas d'éloges à son sujet, ses relations avec Mette...

Le moral de Mette, tout simplement.

En peu de temps, par de délicates attentions, Flora semblait l'avoir enveloppée d'une gentillesse presque maternelle. Il savait qu'elle était également ainsi avec ses patients, attentive, généreuse... Il l'avait vue travailler à la résidence pour personnes âgées.

Et en plus, elle était ravissante. Naturellement jolie. Sans artifice.

Tout ce qu'il aimait chez une femme.

Aksel devinait toutefois que sous son sourire Flora se résignait à une vie plus solitaire qu'elle ne l'aurait souhaité. Elle lui avait confié que son frère souffrait d'un handicap, qu'elle-même ne pourrait probablement pas avoir d'enfants... Peut-être était-ce pour cette raison qu'elle se montrait si maternante avec ses patients, avec Mette, et même lui... Ainsi, lors de leur toute première rencontre, elle lui avait offert de délicieuses truffes au chocolat ! Quelle attention ! Et Flora l'avait remercié d'être resté auprès d'elle pendant qu'elle s'occupait de la pauvre Mary... Comme si elle avait l'habitude de faire face seule.

Oui, elle devait être accoutumée à une certaine solitude.

Comme moi, pensa-t-il.

Aksel se releva et alla chercher son téléphone. Et s'il invitait Flora à déjeuner le lendemain ? Il s'apprêtait à lui envoyer un message puis se ravisa. Non, en fait il avait une bien meilleure idée...

9

Flora aurait bien aimé inviter Aksel et Mette à déjeuner dimanche midi, mais vers 11 heures, elle les vit quitter leur maison à pied, avec Kari.

Dommage. Ce serait pour une autre fois.

Elle gagna la cuisine, ouvrit son réfrigérateur et en examina le contenu. Soudain, elle n'avait plus envie de se donner la peine de cuisiner rien que pour elle.

Après avoir sorti Dougal, elle se prépara un sandwich, et compléta son repas d'une simple part de tarte aux pommes. Puis elle prit un livre, se blottit sur le canapé avec son chiot – elle commençait à le considérer comme un véritable membre de sa famille ! —, et se plongea dans sa lecture.

En début d'après-midi, la sonnette retentit. Surprise – elle n'attendait personne —, Flora alla ouvrir.

Sur le seuil, elle découvrit Aksel en anorak, jean et bottes de neige, un bonnet de laine enfoncé jusqu'aux yeux. Il souriait.

— Je te dérange ?

— Non, je me reposais, avoua-t-elle, heureuse de le voir. Comment ça va ? Où est Mette ?

— Je l'ai ramenée dans le service du Dr Sinclair. C'était prévu, mais ma pauvre puce n'avait décidément aucune envie d'y retourner déjà. Enfin, elle est là-bas, et je pense qu'elle s'adaptera une fois de plus. Elle est volontaire. Annette ne la quitte pas.

— Annette ?

— La poupée que tu lui as offerte.

— Ah oui... Tant mieux, dit Flora, émue. En fait, j'aurais voulu vous inviter à déjeuner tous les deux...

— Moi aussi, j'ai pensé t'inviter ! l'interrompit Aksel. Coïncidence ! Mais j'ai accompagné ma petite fille, à contrecœur, je l'avoue. J'aurais préféré passer la journée avec Mette... et toi. Ça te dirait, une promenade ?

— Une promenade ?

Déconcertée, Flora sourit.

— Pour être franche, j'avais l'intention de rester tranquillement au coin du feu et de continuer à lire un bon roman !

Aksel hocha la tête, l'air amusé.

— Ah, ce n'est pas le même programme, c'est sûr...

Il jeta un coup d'œil vers le ciel, très blanc et légèrement ensoleillé. Un fin brouillard s'accrochait aux cimes des arbres.

— En principe, aucune chute de neige n'est prévue, même si on ne peut jurer de rien. Une seule chose est sûre : quel que soit le temps, marcher fait du bien.

— C'est certain, convint Flora.

D'instinct, elle avait confiance en lui. Aksel était amical, gentil... Au fond, pourquoi passerait-elle encore le dimanche seule ?

— Je vais m'habiller chaudement et j'arrive !

Un large sourire s'épanouit sur le visage d'Aksel.

— Bonne nouvelle. Je t'attends.

— Entre pendant que je me prépare...

— Inutile, merci. Sauf si tu penses que ce sera long !

— Oh ! non, je n'en ai que pour cinq minutes.

Ravie de sa décision, Flora se détourna et se hâta. Elle s'attacha les cheveux en queue-de-cheval afin de pouvoir ajuster son bonnet, enfila sa doudoune bleu marine, chaussa ses bottes de neige, et vérifia les écuelles de Dougal. Le chiot, qui la guettait en remuant la queue, parut déçu quand elle se contenta d'ajouter de l'eau dans le récipient.

— Tu mangeras de nouveau ce soir ! dit-elle en lui prodiguant une petite caresse.

Puis elle rejoignit Aksel avec enthousiasme.

— On y va ! lança-t-il en se dirigeant vers le sentier qui partait de la résidence.

Le chemin, que Flora connaissait, menait vers la principale colline surplombant Cluchlochry, et grimpait beaucoup.

Elle emboîta le pas à Aksel, mais eut vite du mal à suivre son allure. On sentait qu'il avait l'habitude de se mouvoir rapidement. Pour sa part, souvent seule, elle optait pour des promenades tranquilles, faciles. Visiblement, ce n'était pas du tout ce qu'avait prévu Aksel. Maintenant qu'elle s'était lancée, il faudrait qu'elle assure !

— On monte jusqu'au vieux donjon ? proposa-t-il.

Il lui désigna, au sommet, les ruines du château.

— D'après ce que j'ai lu sur Cluchlochry, cet édifice historique, ou ce qu'il en reste, appartenait à la famille Ross-Wylde.

— Exact. C'est haut ! avoua-t-elle sur le ton de la plaisanterie.

— Trop haut pour toi ?

— En fait…

Flora se mit à rire, gênée.

— Je ne suis pas du tout sportive.

— Ne t'inquiète pas, on va couper à travers bois, j'ai déjà vérifié le trajet sur une carte. Ce sera plus accessible.

— Bon… D'accord, allons-y. Ce sera une belle expédition pour la novice que je suis ! Je ne suis vraiment pas une marcheuse expérimentée, mais j'aime l'effort et le panorama qu'on aura tout en haut vaut sûrement le détour.

— Je n'en doute pas ! Alors, c'est parti.

Aksel accéléra légèrement, allongeant ses foulées comme s'il calculait le temps qu'il leur faudrait pour revenir avant l'heure du dîner.

Flora adopta le même rythme avec plus de facilité qu'elle ne l'aurait cru et, ensemble, ils traversèrent la forêt à flanc de colline.

À un moment, elle commença à avoir mal au pied droit, elle ne ralentit pas pour autant.

Leurs pas résonnaient sur le chemin sinuant au milieu des vieux arbres. C'était étrangement apaisant d'avancer ainsi en silence. Ils allaient dans la même direction sans avoir besoin de se parler. Par moments, ils entendaient le glapissement d'un renard ou le ululement d'une chouette, signe que le soleil ne tarderait pas à se coucher.

Parvenus au sommet en un peu plus d'une heure, ils émergèrent des bois couverts de givre, et Flora reprit enfin son souffle.

De près, sous la neige, les ruines du château s'avéraient impressionnantes de beauté. Les pans de murs en pierre de taille se dressaient, crénelés pour la plupart, autour d'un vieux donjon qui semblait tenir debout par miracle. À un endroit, des éboulis s'étaient agglutinés en demi-cercle, tels des dolmens figés par les ans, surplombés d'arbres enneigés. On avait l'impression de se trouver au milieu d'un extraordinaire décor de cinéma.

— Comme c'est beau, dit Aksel, admirant les reflets rouges et or qui flamboyaient à l'horizon.

— Magnifique !

Flora garda les yeux rivés à l'horizon, songeant que c'était la première fois depuis longtemps qu'elle se sentait aussi émue en contemplant le coucher du soleil. Et pour cause. Elle partageait ce moment, et cela changeait tout.

— Tu boites, observa Aksel tandis qu'elle se détournait.

Il lui indiqua un tronc d'arbre non loin.

— Assieds-toi donc, que je jette un œil.

— C'est gentil, mais ça ira.

— Vraiment ? Première règle de tout marcheur : prendre soin de ses pieds. Installe-toi, tu veux bien ?

À contrecœur, Flora prit place sur le siège de fortune. S'agenouillant devant elle, Aksel l'aida à ôter sa botte droite, puis sa chaussette. Flora eut alors la désagréable sensation que l'air froid lui piquait la peau. Elle en eut la chair de poule.

— Tu as une vilaine ampoule, observa-t-il. Pas de problème, j'ai exactement ce qu'il faut.

Il positionna le pied de Flora sur son genou, et de la poche de son anorak, retira plusieurs pansements. Il en choisit un, rangea les autres.

— Waouh ! Tu avais donc tout prévu ? s'efforça-t-elle de plaisanter.

— Quand je pars en balade, j'ai toujours de quoi soigner de petites plaies, au cas où. J'agis ainsi avec Mette… Et avec toi aujourd'hui.

— C'est très appréciable. Merci ! Un réflexe d'ancien explorateur ?

Le sourire aux lèvres, Aksel fixa délicatement un sparadrap doublé de compresse autour du talon de Flora, puis il lui remit sa chaussette.

Elle frissonna de nouveau. Tant d'attentions la troublaient plus que de raison, sans doute parce qu'elle n'avait pas l'habitude qu'on s'occupe d'elle.

— Ma foi, oui, j'imagine que c'est ce qui me reste de mon ancienne vie, répondit Aksel quand Flora se releva. Je veillais sur mes collègues et complices d'expédition comme un vrai papa poule !

— J'imagine. Ça ne te manque pas trop ? L'ambiance, les défis à relever en commun…

Aksel la regarda un peu plus longtemps que d'habitude.

— Si, beaucoup. Mais comme je l'ai dit, c'est mon ancienne vie. Avec Mette, je dois rester présent, et je le serai pour toujours. D'autre part, j'aime beaucoup mon métier de vétérinaire.

— S'occuper d'animaux, c'est passionnant, admit Flora. Et réconfortant.

— Oui, c'est vrai. Ils sont reconnaissants. On le voit dans leurs yeux, ajouta Aksel en souriant. Une fois, j'ai soigné un cygne blessé, retrouvé sur les berges d'un fleuve. Quand il s'est senti mieux, il a juste enroulé son cou autour de mon épaule… Je n'avais jamais vu ça. J'ai été profondément ému par cette preuve de communication.

— Et d'affection, renchérit Flora, touchée par cette confidence. Je m'en rends compte avec Dougal : jour après jour, il est plus proche de moi, et j'ai l'impression qu'il me remercie de l'attention que je lui donne ! Honnêtement, je ne sais pas si je réussirai à le rendre à Esme Ross-Wylde le jour où elle aura trouvé une famille pour Dougal… Je l'ai recueilli et, maintenant, j'ai envie de l'accueillir pour toujours !

— Je te comprends. C'est un chiot adorable. Mais tous les chiots sont adorables, au fond. Bon, nous ne devrions pas trop tarder pour retourner au village, la nuit tombe vraiment très vite, remarqua Aksel en jetant un coup d'œil inquiet autour d'eux. Trop vite... Je ne pensais pas que ce serait aussi brutal.

Au même instant, comme en écho de ses propos, une bourrasque glaciale souffla, et de la neige voltigea, littéralement soufflée des branches d'arbres.

Flora éprouva un frisson d'appréhension. Quand ils étaient partis en début d'après-midi, le ciel paraissait dégagé. L'atmosphère venait brusquement de changer. Aksel ne s'y était pas attendu. Elle non plus.

Elle enfila sa botte, se leva et lâcha une légère exclamation de douleur. Malgré le pansement, elle avait encore mal.

— Et zut ! Il ne manquait plus que ça !

Aksel fronça les sourcils.

— J'ai bien peur qu'on ne puisse pas rentrer chez nous en nous dépêchant, tu boites encore... Et peut-être même qu'on devra attendre un peu avant de repartir, ajouta-t-il d'une voix incrédule, tandis que d'épais flocons tournoyaient dans l'air. J'ai consulté la météo cet après-midi, ils n'avaient absolument rien prévu de la sorte ! Je suis désolé, Flora. Si j'avais su...

Flora balaya du regard le sommet de la colline, fouetté par le vent, et les ruines du château qui devenaient étrangement fantomatiques. Inquiétantes.

— En Écosse, du moins dans cette région en hiver, le climat est rude. Nous, on est habitués. On ne part pas en excursion au mois de décembre ! avoua-t-elle.

— Ce n'était pas une excursion, mais une simple promenade... Enfin, logiquement, ce devait être une balade, rectifia Aksel.

Il esquissa une moue et resserra le col de son anorak.

— Je suis désolé, répéta-t-il. Je t'ai invitée à passer un bon moment, pas à tester ton aptitude à survivre sous la neige ! Allons-nous mettre à l'abri le temps que ça se calme. Et si jamais, d'ici une demi-heure environ, la neige continuait à tomber, j'appellerai Charles Ross-Wylde ou sa sœur. Ils enverront des secours.

— Non, quand même pas, protesta Flora. Je suis capable de marcher. Il faut juste que j'aille lentement à cause de cette vilaine cloque sur mon talon… Même si le pansement calme la brûlure, je la sens encore.

En guise de réponse, Aksel lui tendit une main et, sans hésiter, Flora l'attrapa.

— Viens à l'abri, insista-t-il.

Ils se dirigèrent vers les éboulis de pierre qui ressemblaient à des dolmens en cercle, sous la cime des arbres. Dès qu'ils se retrouvèrent au centre, Flora sentit que le vent les atteignait moins. Aksel l'invita à s'asseoir dans un coin, près d'une souche d'arbre. Après quoi, rapidement, il rassembla du bois, forma un tas et alluma un feu grâce à un briquet qu'il avait tiré de son autre poche. Que gardait-il encore en réserve ? De la nourriture déshydratée ? s'interrogea Flora, aussi admirative que surprise.

Quelques secondes plus tard, les flammes crépitèrent, réchauffant le périmètre de leur refuge improvisé.

— Génial, murmura Flora, incapable de savoir si elle devait se réjouir de cette aventure ou maudire Aksel de l'y avoir entraînée.

Lui, il était tout à fait à l'aise. Dans son élément. Il l'avait soignée et, à présent, sécurisait l'endroit. Régulièrement, il regardait le ciel, vigilant. Ses yeux brillaient tandis qu'il s'activait.

Alors, peu à peu, Flora se détendit. Au fond, là, maintenant, alors que la neige tournoyait et qu'une bise cinglante soufflait, elle se sentait rassurée… Et étonnamment bien. Même s'ils ne se trouvaient pas bien loin de Cluchlochry, elle avait l'impression d'avoir effectué un long voyage…

Et d'être libre comme jamais, au milieu de la nature. Libre et protégée grâce à Aksel.

10

Tout en attisant les flammes, Aksel songeait que Flora était décidément très courageuse. Il avait remarqué qu'elle avait peiné à marcher à l'allure qu'il insufflait – trop vite malgré ses propres efforts pour ralentir —, mais sans protester ni se plaindre, elle avait continué de grimper jusqu'à ce qu'ils parviennent au sommet de la colline. Ils auraient pu se hâter de repartir au village, sauf que les conditions météorologiques changeaient brutalement la situation. De plus, elle avait mal aux pieds.

À présent, toutefois, il la sentait moins nerveuse. En dépit du froid, de la neige, de leur retranchement forcé en pleine nature, elle paraissait, oui, étrangement apaisée.

Le feu semblait chasser l'obscurité autour d'eux, illuminant les ruines du château et les monceaux de pierre comme si ce refuge improvisé était unique au monde.

Dans un sens, il aurait aimé que ce soit le cas.

Parce qu'ils se trouvaient seuls, tous les deux, Flora et lui. Il n'avait pas prévu ce genre de mésaventure, bien sûr que non, mais lui qui s'était tant passionné pendant des expéditions parfois très difficiles, il avait la sensation de vivre quelque chose d'extraordinaire ! Alors qu'ils n'étaient qu'à sept kilomètres à peine du centre de Cluchlochry. C'était étonnant.

— J'ai une drôle d'impression, dit alors Flora.

Elle lui sourit.

— Je me fais l'effet d'être plongée dans une aventure totale et mystérieuse, romanesque à souhait !

Aksel se mit à rire.

— Je pensais à peu près la même chose il y a quelques secondes. Le paradoxe est que nous ne sommes pas bien loin du bourg. Mais c'est comme si nous étions très éloignés, à cause de tout ça...

Il montra le ciel, à présent couleur d'encre, les flocons de neige qui tourbillonnaient, à peine éclairés par les lueurs du feu, balayés par le vent qui, fort heureusement, se calmait un peu.

— Les éléments !

— Mais nous, nous sommes à l'abri, objecta Flora. Grâce à toi !

Elle désigna les roches qui formaient comme une grotte rassurante. Ils étaient installés au milieu, près des flammes crépitantes.

— Oui, et on va rester ici une bonne demi-heure, je pense, ajouta Aksel. Je craignais une vraie tempête, avec du blizzard ou un équivalent, mais par chance, je crois que ce ne sera pas le cas. Nous pourrons rentrer prudemment. En marchant lentement. J'éclairerai le chemin.

— D'accord.

Un silence s'établit. Flora était blottie contre un tronc d'arbre, la capuche de son anorak rabattue sur sa tête, son écharpe remontée jusqu'au milieu du visage.

— Profitons de ce moment pour apprendre à mieux se connaître, suggéra-t-elle au bout de quelques secondes.

— Quoi, tu voudrais qu'on joue au jeu de la vérité, ce genre de choses ?

— Oui, pourquoi pas ?

Aksel lâcha un petit rire, sincèrement amusé. Emmitouflé dans sa parka, son bonnet enfoncé presque jusqu'aux yeux, il s'était installé à côté de la jeune femme, sur un rocher.

— OK, je suis partant. Tu commences.

— Pas de problème.

Elle réfléchit un court instant.

— Qu'est-ce que tu veux le plus dans la vie ?

— Question délicate...

Aksel voulait beaucoup de choses, aussi se concentra-t-il sur ce qu'il pouvait souhaiter en toute bonne conscience.

— Protéger Mette de ce qui serait dangereux pour elle.

— Dangers physiques ? Dangers psychologiques ?

— Tous les dangers. Le pire, ce sera à l'adolescence, je suppose.

— On dit que c'est l'âge ingrat. Tant de jeunes sont en rupture…

— En rupture ?

— Ils coupent les ponts avec leurs parents. Ça peut durer quelques semaines, quelques mois, parfois des années.

— Tu en as rencontré ?

— Des parents, oui. En consultation, pendant un massage par exemple, les gens ont tendance à se livrer. Ils me parlent d'eux. Je les écoute, mais j'avoue que je ne les conseille pas vraiment, précisa Flora. Ce n'est pas mon rôle. Quant aux enfants… Je n'en vois pas souvent. Ils sont surtout soignés en pédiatrie, c'est ma collègue qui les reçoit.

Elle souriait, mais Aksel percevait de la tristesse dans sa voix.

Parce qu'elle avait évoqué les enfants ? Il se rappelait qu'elle lui avait confié ne pas désirer devenir mère. Il se souvenait aussi très bien la raison qu'elle avait invoquée.

— Et toi ? Quel est ton souhait le plus cher, dans ta vie ?

Flora contempla le feu et poussa un soupir.

— En fait, j'ai deux vœux : ne plus m'inquiéter pour rien. Et ne plus tomber amoureuse.

— Au moins, c'est clair.

— Oui.

— Tu es de nature anxieuse ?

— Je crains que oui. Mais j'ai remarqué que la présence de Dougal, cette adorable boule de poils qui salit mon canapé, me calme merveilleusement ! avoua Flora en riant.

— Les animaux sont toujours apaisants.

— C'est vrai. Peut-être parce qu'ils sont sincères… La trahison n'existe pas, dans leur monde.

— Non. L'animal est authentique et fidèle, dit Aksel en attisant de nouveau les flammes à l'aide d'une branche.

Il regarda la jeune femme. Son doux visage semblait paisible, et pourtant, il avait la sensation qu'elle réfrénait ses émotions. Inquiétude ? Tristesse ? Sans doute n'était-elle pas à l'aise à cause de l'endroit où ils se trouvaient, cette nature sauvage, toute cette neige... Heureusement qu'ils étaient bien abrités par les roches et les arbres. Un refuge inespéré compte tenu de la situation.

Au fil des années, il avait cependant découvert qu'on parvenait toujours à dénicher un lieu presque parfait pour tenir le coup, se ressourcer ou simplement survivre, même en milieu hostile. À croire que des anges gardiens veillaient, avait lancé l'un de ses amis explorateurs alors qu'ils venaient de se tirer d'une passe difficile en montagne. Aksel ne l'avait pas contredit.

— Et tu ne veux donc plus tomber amoureuse.

— Non.

— J'en déduis que tu as eu le cœur brisé.

Flora lui lança un bref coup d'œil et acquiesça.

— Tu veux en parler ? Tout ce qui se raconte autour d'un feu de camp reste secret, ajouta-t-il en souriant. C'est la règle.

Elle sourit.

— Alors tout va bien. Si tu veux savoir, c'est un certain Thomas Grant qui m'a causé le plus grand chagrin d'amour de ma vie. J'avais dix-neuf ans. Mais je ne raconterai rien de plus si toi, tu ne me dis pas quelque chose sur toi. Par exemple, quel est le nom de la première fille qui t'a laissé tomber ?

Aksel réfléchit.

— Pour être franc, je ne m'en souviens pas. Je sortais avec elle un été, je suis parti faire du camping avec des amis, et quand je suis revenu, elle était avec quelqu'un d'autre. Je ne pense pas que je lui ai brisé le cœur, et elle n'a pas brisé le mien.

— Si tu ne te rappelles pas son nom, c'est qu'elle ne t'a pas fait souffrir.

Flora essayait de sourire mais ses propres souvenirs devaient être tristes.

— Vrai. Alors, ce Thomas Grant ? demanda-t-il, préférant ne pas trop parler de lui. Je vois bien que tu n'as rien oublié de ce garçon.

Elle haussa les épaules comme si cela n'avait pas d'importance. Aksel patienta, espérant qu'elle se confierait. Il avait de plus en plus envie de la connaître.

— Non, en effet. En bref, je suis allée à l'université d'Édimbourg pour devenir kinésithérapeute. Tom était étudiant en histoire, en deuxième année. Je suis tombée amoureuse de lui. Je ne l'ai pas dit à mes parents pendant un certain temps, ils étaient en Italie et je pensais leur présenter Tom d'abord. Mais je pense qu'ils ont senti les choses.

— Forcément. Nos proches devinent souvent si on va bien ou mal, si on est heureux ou malheureux...

— Eh oui. Tom et moi voulions vivre ensemble l'année suivante, poursuivit Flora. Il semblait très sérieux. Il a même évoqué des fiançailles. Je lui ai donc proposé de venir en Italie avec moi pendant quinze jours. Ma mère et mon père l'ont apprécié. Nous avons passé de bonnes vacances, même si mon frère Alec ne se portait pas très bien... Tu sais que la mucoviscidose est une maladie héréditaire ? interrogea-t-elle brusquement.

Aksel garda le silence, se remémorant tant bien que mal ce qu'il connaissait de cette pathologie.

— Sauf erreur de ma part, il s'agit d'un gène récessif, ce qui signifie que les deux parents doivent être porteurs du gène pour qu'il y ait la moindre probabilité qu'un enfant développe la mucoviscidose.

— C'est ça.

Flora frotta ses mains au-dessus du feu. Autour d'eux, le vent se calmait mais la neige continuait de tomber.

— Tom savait que mon frère souffrait de cette maladie, je le lui avais dit. J'avais aussi précisé que, dans la mesure où mes deux parents sont porteurs du gène, je pouvais être porteuse du gène défectueux.

— Il y a aussi une chance que tu ne l'aies pas puisque c'est récessif. Tu as fait un test génétique ?

Flora esquissa une moue.

— Je n'en ai pas eu le courage. À notre retour en Écosse, nous sommes allés chez les parents de Tom pendant une semaine. Je leur ai parlé de ma famille et de moi. Tom m'a expliqué plus tard que je n'aurais rien dû dévoiler… Car finalement, ses parents n'ont pas voulu que leurs futurs petits-enfants courent le risque d'hériter d'un gène malade.

— C'est affreux, dit Aksel, sincèrement choqué. Ton honnêteté s'est retournée contre toi.

Elle haussa les épaules.

— Exactement. Tom a rompu, et j'ai pleuré pendant des semaines. Inconsolable.

Aksel sentit sa gorge se nouer. Le chagrin que Flora avait éprouvé le peinait plus qu'il ne l'aurait souhaité.

— Tes parents ont été au courant ?

Elle secoua la tête.

— Je ne leur ai rien dit, ni à eux ni à Alec. Cela les aurait vraiment blessés… Je ne pouvais décemment pas avouer à mon propre frère que mon ex-amoureux trouvait qu'il n'était pas digne de vivre ! Alec est courageux. Il a rencontré son âme sœur et essaie de fonder une famille.

— Tu as gardé le silence pour protéger ton frère…

— En quelque sorte, oui.

— Et Tom a-t-il suivi le conseil de ses parents ?

— Évidemment. Sans doute parce qu'ils lui finançaient ses études… Ils ont carrément menacé de retirer leur soutien s'il restait avec moi. En fait, je le comprends, ajouta Flora d'un ton amer.

Aksel demeura silencieux, sidéré.

— Tu le comprends ? Comment ça ?

— Eh bien, je suis potentiellement porteuse d'un handicap.

— Et alors ?

— C'est un défaut. Une… tare.

— Mais pas du tout ! C'est un handicap potentiel qui ne te rend ni inférieure ni indigne d'être fréquentée… Un handicap n'amoindrit pas ce que vaut une personne ! Par exemple ma petite Mette, qui est malvoyante, a la même valeur humaine que quelqu'un qui est voyant…

— Bien sûr !

Flora posa une main sur le bras d'Aksel, et il réalisa soudain qu'il frémissait d'indignation.

Les implications de ce qu'ils venaient d'échanger, et ce que Flora lui avait confié le perturbaient plus que de raison. Ce n'était pas ce qu'il voulait, d'autant que Flora avait été cruellement blessée à cause de son histoire familiale.

— Mette est une adorable petite fille, et je suis heureuse de la connaître, affirma-t-elle. Mon frère est un homme merveilleux. Je suis heureuse qu'il existe.

— Et tu devrais ajouter que tu es heureuse d'exister, toi, répliqua Aksel, en se radoucissant.

Déconcertée, Flora resta muette un instant, observant la nature autour d'eux. Aksel fit de même. À présent, il ne neigeait pratiquement plus. Le ciel était sombre, sans étoiles, bas. Encore menaçant. Il faudrait qu'ils reprennent le chemin du retour sans plus tarder, profitant de cette accalmie.

— C'est vrai. Je suis heureuse d'exister. Mais...

Elle haussa de nouveau les épaules.

— Par respect pour mon frère, je crois, je n'ose pas faire de test génétique.

— Pourquoi ? Tu aurais peur de le blesser en découvrant que tu n'es pas porteuse ?

— Sans doute, oui. Et si, au contraire, j'apprenais que je le suis...

Elle se replongea dans le silence, hésitante. Puis elle soupira et désigna le ciel, les ruines du château aux alentours, la neige.

— Quelle incroyable conversation, ici, au sommet de cette colline... Un peu surréaliste, tu ne trouves pas ? Je te raconte ma vie et je partage avec toi mes plus grandes peurs !

Aksel sourit.

— Comme si nous étions amis. En fait, peut-être que si tu connaissais quelqu'un en qui tu aurais totalement confiance, quelqu'un qui pourrait t'aider, tu accepterais d'affronter la réalité du résultat, insista-t-il, revenant à leurs propos.

Il voyait bien qu'elle essayait de s'en éloigner. Mais quelque chose en lui l'invitait à insister. Tant pis si elle s'offusquait ou s'agaçait de son indiscrétion. Il n'avait rien à perdre... Et elle non plus.

Flora l'examina d'un air surpris.

— Pour être franche, je ne m'étais pas posé la question. J'ai pris l'habitude d'être seule face à ce problème. En parler à mes parents, à mon frère, même à ma meilleure amie, c'est compliqué. Jusqu'à présent, poursuivit-elle, j'ai préféré garder des œillères, je l'avoue. Plus facile pour moi... Mais oui, sûrement, si on me soutenait dans cette démarche, je l'accomplirais plus aisément.

— Si on t'épaulait pendant et après, ce serait mieux.

— Ce serait même idéal. Mais rien n'est idéal dans la vie ! Je peux toujours rêver...

— Rêver est essentiel. J'ai beaucoup rêvé de changer d'existence pendant mes voyages, parce que je fuyais quelque chose, confia Aksel.

Les mots lui avaient échappé. Il n'avait pas imaginé se livrer ainsi, subitement !

Toutefois, quand Flora le regarda, il sut qu'il ne regretterait pas sa spontanéité.

— Qu'est-ce que tu fuyais ?

— Le vide... Le vide que je sentais en moi.

En parlant, il s'avisa qu'il était sur le point d'avouer ce qu'il n'avait encore jamais dit à personne.

— Mes parents ont divorcé quand j'avais dix-sept ans. Au début, j'ai cru que j'accepterais la nouvelle situation. Je vivais alors avec ma mère et son compagnon. Mais ça ne s'est pas bien passé. J'avais l'impression de ne plus avoir de place chez elle... Je suis fils unique, ce n'est pas simple.

— J'imagine. Et ton père ?

— Il nous avait tourné le dos, trop soulagé de se libérer du poids des responsabilités familiales. Après tout, j'allais être majeur. Pour lui, je n'avais manqué de rien. Sauf qu'il avait toujours été absent, du moins pour moi, ajouta Aksel, plongé dans ses souvenirs. Il rentrait à la maison mais il ne prêtait pas attention à moi. Il n'a jamais joué au foot avec moi, ne m'emmenait pas en balade, ne m'a jamais invité à un spectacle, un concert...

— Il ne t'a pas donné suffisamment d'affection.

— Non. Je lui en ai voulu, forcément. Ma mère aussi. Mais elle a pu refaire sa vie, et dans un sens, tant mieux. Elle avait droit au bonheur. Alors je suis parti. J'ai voyagé, et voyagé... J'ai rencontré des gens qui aimaient l'aventure et exploraient le monde... J'en ai fait mon métier sans avoir suivi d'études spécifiques.

— Comment ?

Aksel hésita, mais Flora guettait sa réponse.

— En apprenant, en me documentant, en écrivant des reportages, expliqua-t-il, touché par l'attention sincère qu'elle lui manifestait. J'ai toujours aimé écrire. J'ai publié des articles dans différents magazines. Je suis allé en Amérique du Sud, dans les Andes, à la rencontre d'ethnies qui vivent en forêt depuis des millénaires en reproduisant les mêmes rites... J'ai également visité plusieurs pays d'Afrique. J'ai rencontré des êtres humains extraordinaires, qui m'ont tous transmis quelque chose. Je me suis passionné pour la flore, la faune, les animaux sauvages...

— Ce qui t'a sans doute amené, par la suite, à être vétérinaire ?

Il sourit, étrangement ému tout à coup.

Flora l'écoutait vraiment.

Il n'avait pas l'habitude.

— Exactement. Mais pour le coup, j'ai dû faire des études. Je me suis débrouillé pour les suivre en alternance, en finançant moi-même les cours tout en continuant de rédiger des articles. J'ai cessé de voyager les deux dernières années du cursus, parce que j'étais en stage. Au lieu d'intégrer un cabinet de vétérinaires, j'ai préféré effectuer des remplacements pour rester libre de bouger si j'en avais envie. Puis j'ai rencontré la mère de Mette... Et je suis tombé amoureux.

— En Norvège ?

— Oui, à Oslo. C'était une jolie femme... Mais aussi une séductrice. Nous avons eu des relations épisodiques pendant quelques mois, alors que je travaillais comme vétérinaire remplaçant. Mais elle n'a pas dû avoir confiance en moi... Et de mon côté, je ne connaissais pas suffisamment les femmes, je crois ! Pour tout te dire, Flora, je suis un grand timide.

Elle sourit.

— Ça ne m'étonne pas.

— Tu t'en doutais ?

— Un peu.

— Pourquoi ?

Flora hocha la tête.

— Je ne saurais pas vraiment dire. C'est une question de ressenti.

— Bon. En tout cas, avec Lisle, la mère de Mette, j'avais cru avoir rencontré la femme de ma vie, confia Aksel. Erreur ! Déjà, avant que je reparte dans les Andes, pour une dernière expédition que je ne pouvais pas refuser, notre relation battait de l'aile. J'ai donc démissionné de mon poste de vétérinaire remplaçant. Lisle m'en aurait beaucoup voulu, paraît-il. Rétrospectivement, je pense qu'elle avait besoin d'un prétexte pour rompre. Toujours est-il que lorsque je suis revenu en Norvège, un an plus tard, Lisle était décédée... Je n'avais rien su de sa grossesse.

— C'est dur.

— Très.

Aksel garda le silence, envahi de souvenirs douloureux. Le pire avait été de découvrir la méfiance que lui portaient les grands-parents maternels de la fillette. Puis il y avait eu le choc de découvrir le handicap visuel de Mette.

Un handicap qu'elle surmonterait au fil du temps. Il ferait tout pour l'aider. Tout.

— Il ne neige plus. Nous devrions rentrer, dit alors Flora en se levant. Avant que la tempête reprenne de plus belle...

— Tu as raison. Allons-y.

Spontanément, il prit la main de la jeune femme dans la sienne.

Elle le laissa faire.

11

La descente depuis le sommet de la colline s'avéra plus facile que l'aller, en dépit du froid et de la neige qui recommençait à tomber. Flora se sentait étrangement apaisée tandis qu'elle marchait à côté d'Aksel, une main dans la sienne. Il la tenait fermement, comme s'il craignait qu'elle ne perde l'équilibre et tombe.

Le trajet dura à peine trente minutes. Quand elle avait grimpé ce même chemin quelques heures plus tôt, Flora avait eu l'impression d'effectuer une véritable expédition ! Mais à présent, elle éprouvait une curieuse légèreté, comme une ivresse. L'effet du grand air ? De l'effort ? Elle n'avait même plus mal aux pieds !

— Et si tu venais dîner ou boire simplement un verre ? proposa-t-elle lorsqu'ils parvinrent devant chez elle.

Aksel la regarda d'un air hésitant. Des flocons s'étaient accrochés à ses sourcils, et Flora résista à l'envie de souffler dessus pour les lui enlever. Elle éprouvait une incroyable sensation de complicité avec lui, maintenant. Ils s'étaient tellement parlé pendant ce moment hors du commun au milieu des ruines intemporelles du château !

— Je ne voudrais pas te déranger...

— Au contraire. Je suis seule, et après cette aventure digne, pour moi, d'une échappée au pôle Nord...

Elle se mit à rire.

— J'ai envie de partager un bon repas avec toi !

Il sourit.

— Alors oui, merci, avec plaisir, Flora. Je suis également seul, ce soir. Je n'ai même pas Kari pour me tenir compagnie, puisqu'elle est avec Mette à la clinique.

— C'est mieux pour elle, dit Flora en cherchant sa clé dans la poche de sa doudoune.

Elle dut ôter son gant afin de la trouver, ouvrit enfin la porte et alluma. À peine furent-ils dans le hall que Dougal accourut vers eux pour les accueillir, surexcité.

— Oh ! j'en connais un qui a dû se sentir très seul ! dit Flora en caressant le chiot qui bondissait de joie.

— Seul et inquiet ! Dehors, la nuit est tombée et le temps n'est pas très clément... D'instinct, Dougal le sait et il n'a probablement pas compris pourquoi sa maîtresse n'était pas encore à la maison.

— C'est sûr. Eh bien, je suis là, et je vais commencer par le nourrir... Fais comme chez toi, Aksel, mets-toi à l'aise.

— Je peux allumer un feu dans la cheminée, si tu veux.

— Bonne idée. Tu verras, il y a des bûches et des cubes de combustible dans un panier, ainsi que des allumettes.

Pendant qu'Aksel gagnait le salon, Flora se rendit dans la cuisine pour donner à manger à Dougal. Alors qu'elle versait les croquettes dans la gamelle, elle entendit Aksel siffloter gaiement. Une curieuse sensation d'irréalité l'envahit alors. Cela lui paraissait si inattendu de rentrer en compagnie d'un homme... Cet homme-là, en particulier. Le père d'une patiente de la clinique. Seulement, voilà, il se retrouvait aussi seul qu'elle... Et ils s'apprêtaient à se tenir compagnie, amicalement, sans se poser de question.

Néanmoins, au fond d'elle-même, elle éprouvait une autre émotion, moins évidente à accepter. Une légère gêne, peut-être, mêlée à un désir certain de continuer à mieux connaître Aksel.

Il lui plaisait de plus en plus.

Oui, il l'attirait terriblement.

Chassant le trouble qui l'envahissait, Flora prépara un plateau sur lequel elle disposa des verres, une bouteille de vin rouge, du fromage, des crackers et du pain tranché. Avant de rejoindre Aksel, elle fila à la salle de bains se laver les mains. Jetant un coup d'œil dans le miroir, elle s'étonna de se voir avec des yeux brillants, les joues rosies par le grand air, la mine détendue. Elle sourit. Depuis quand ne s'était-elle pas sentie aussi bien ?

Elle défit sa queue-de-cheval, et passa les doigts dans ses cheveux afin de les laisser libres sur les épaules. Puis elle retourna dans la cuisine, prit le plateau et se dirigea vers le salon, Dougal sur ses talons.

Sur le seuil, elle se figea. Aksel avait allumé les décorations de Noël qui clignotaient sur le pourtour de la cheminée et sur les branches du sapin. Il avait fait du feu et l'attendait, assis sur le canapé. En un clin d'œil, elle remarqua qu'il était pieds nus. Il portait une épaisse chemise à carreaux qui accentuait la carrure de ses épaules. Qu'il était beau...

— Je t'ai écoutée, je me suis mis à mon aise. Mes chaussettes étaient humides, je les ai posées là, pour qu'elles sèchent, expliqua-t-il en les désignant par terre, devant le poêle à bois.

— Tu as bien fait. Voici de quoi se restaurer...

Elle déposa boisson et nourriture sur la table basse et, un court instant, hésita avant de s'installer à côté d'Aksel. Elle aurait peut-être dû garder une distance raisonnable en choisissant le fauteuil en face, mais... Mais non. Elle n'en avait pas envie. Elle préférait être près de lui.

Ils trinquèrent en silence et mangèrent avec appétit.

— Je mourais de faim, avoua-t-elle.

— Moi aussi. C'est normal, après ce qu'on a vécu au sommet de cette colline ! Tu as eu peur ?

— Peur ? Oh non... J'ai été fatiguée, à un moment, et j'ai surtout craint de ne pas pouvoir marcher suffisamment vite alors que la neige recommençait à tomber et qu'il faisait nuit... Ce n'était pas très rassurant, admit Flora. Mais avec toi, je me sentais en confiance. Tu nous as mis à l'abri, grâce à ce beau feu de camp improvisé, et finalement, j'ai passé un bon moment. Ce sera même inoubliable.

Aksel sourit.

— Oui, inoubliable. On a fait connaissance, en quelque sorte.

— Un peu oui.

Flora soutint son regard, consciente que son pouls s'accélérait. Sentait-il à quel point il la troublait ?

— Je repars en Norvège dans cinq semaines, dit-il alors en caressant la tête de Dougal, couché à leurs pieds. Je me suis promis que ce séjour en Écosse serait entièrement consacré à ma petite Mette, mais il s'avère qu'elle passe plus de temps avec le Dr Sinclair et ses collaborateurs qu'avec moi. Ce n'était pas ce que j'avais prévu.

— Non ? On ne t'avait pas prévenu que l'immersion devait être totale ?

— Si, bien sûr. Je pense qu'au fond de moi j'espérais pouvoir modérer le programme ! Ce qui était égoïste de ma part. Le but est qu'elle apprenne le plus de choses possible, et ensuite, ensemble, on peaufinera.

— Vous aurez toute la vie pour perfectionner son expérience, assura Flora. Même si la situation est radicalement différente, je le sais... Parce que je vois bien comment mon frère Alec s'appuie sur son passé pour construire son équilibre d'aujourd'hui. Parfois, il m'en parle... Et c'est toujours très émouvant. Par exemple, petits, on jouait au ballon ensemble. Il était maladroit, très maladroit, il tombait souvent, et j'en riais quelquefois. Pas méchamment, bien sûr, mais je riais ! J'étais gentille avec lui, mais je n'agissais pas comme s'il était fabriqué en cristal, hyper fragile... Alec a peut-être trouvé ça dur, au début, puis il s'y est habitué, et maintenant, il me remercie de l'avoir traité comme tout le monde. Ça l'a rendu plus fort.

— Je comprends. Mette deviendra plus forte en participant à tous les ateliers, les cours... Parce qu'avec moi, elle se laisse aller. Elle a besoin d'un papa gâteau.

Aksel regarda Flora et sourit.

— J'éprouve une immense tendresse pour toi, déclara-t-il soudain.

Surprise, Flora garda le silence. Son cœur battait la chamade.

— Merci... Je t'aime bien aussi, avoua-t-elle.

Il se mit à rire.

— C'est réciproque. En fait, je ne me suis jamais senti aussi à l'aise avec une femme. Tu es incroyable. J'ai l'impression que tu fais ressortir le meilleur en moi. Merci...

Il lui prit doucement la main et se pencha vers elle. Quand il déposa un baiser au coin de ses lèvres, Flora ferma brièvement les yeux.

— J'aimerais te prendre dans mes bras, murmura-t-il.

Elle sourit et, sans réfléchir, se blottit contre lui.

Il l'enlaça affectueusement ; tendrement.

Elle appuya la tête sur l'épaule d'Aksel, et referma les paupières.

Ils ne parlèrent plus.

Le silence du salon n'était troublé que par le souffle du vent qui s'infiltrait dans le tuyau du poêle, et la respiration de Dougal, endormi. Dehors, la neige tourbillonnait, de nouveau balayée par des bourrasques.

Flora se sentit alors bien, très bien, comme protégée dans un cocon douillet grâce à la douce chaleur qui régnait dans la pièce, et l'étreinte rassurante des bras d'Aksel autour de ses épaules. Peu à peu, une agréable torpeur la gagna. Aksel se détendait complètement, lui aussi. Leurs mains restaient enlacées. Confusément, elle songea qu'elle avait envie de l'inviter à dormir chez elle, avec elle, dans son lit...

Contre elle.

Un désir sourd, irrépressible, l'envahit... Et en même temps, un sommeil irrésistible la submergea.

Flora ne rouvrit les yeux qu'au milieu de la nuit. Des flammes se consumaient encore dans le poêle à bois, et seules les guirlandes lumineuses du sapin de Noël, qui clignotaient à intervalles réguliers, illuminaient la pièce.

Décontenancée, elle se redressa légèrement et s'aperçut qu'elle s'était endormie, nichée contre Aksel. Affreusement gênée, elle voulut se lever mais d'un geste tendre, il resserra son étreinte.

— Reste.

Elle croisa son regard et sentit son cœur battre follement. Il l'observait, un sourire rêveur aux lèvres.

— On a besoin de ça, tous les deux, tu ne crois pas ? De tendresse.

— Oui… Oui, c'est vrai, murmura-t-elle, consciente du sang qui pulsait à ses tempes.

— Je t'ai regardée dormir. Tu étais si sereine que ça m'a fait du bien.

— Tu n'as pas dormi, toi ?

— Non. J'ai juste sommeillé.

Il tendit un doigt vers le visage de Flora et lui effleura la joue, puis le cou. Frissonnante, elle appuya la tête sur le torse d'Aksel. Elle perçut les battements réguliers, puissants, de son cœur et éprouva alors une étrange tendresse pour lui.

De la tendresse à la volupté, il n'y avait qu'un pas à franchir… Était-elle prête ? Oui, bien sûr. Depuis Tom, elle n'avait pas connu beaucoup d'hommes, incapable de s'abandonner, bloquée dans sa crainte que son partenaire ne la laisse tomber dès qu'il apprendrait les inquiétudes qu'elle nourrissait à propos de sa constitution, cette empreinte génétique dont elle n'était même pas certaine.

Mais Aksel, lui, était au courant de tout. Il repartirait dans cinq semaines. Elle ne risquait ni de s'attacher ni de souffrir. *Alors oublie tout et accorde-toi du bon temps*, lui souffla une petite voix intérieure.

Comme en écho de ses pensées, Aksel la serra légèrement et la chaleur de son corps se diffusa dans celui de Flora. Elle tourna le visage vers lui. Il lui sourit.

— Oui, Flora… Je te désire beaucoup, tu le sens.

— Moi aussi, murmura-t-elle.

Sans plus réfléchir, elle l'enlaça et Aksel posa des lèvres douces sur les siennes, très douces, l'embrassant avec une infinie délicatesse. Le cœur battant, elle répondit à son baiser. Leurs langues se mêlèrent, soudain avides. Les mains brûlantes d'Aksel se glissèrent sous le chandail qu'elle portait, et lorsqu'il lui caressa les seins, découvrant leur texture sous la dentelle du soutien-gorge, elle crut défaillir. Jamais elle n'avait ressenti un tel désir... Elle avait l'impression d'être telle une adolescente sans la moindre expérience, trop sensible et maladroite.

— Tu veux que j'arrête ? chuchota-t-il comme s'il devinait ce qu'elle pensait.

— Oh non... C'est juste que je n'ai pas fait l'amour depuis une éternité.

— Si ça peut te rassurer, moi non plus.

Flora le regarda, émue, hésitante. Les yeux d'Aksel reflétaient autant de bienveillance que de désir. Il n'attendait qu'un signe, un encouragement...

— Viens, dit-elle en l'attirant contre elle.

Ils s'embrassèrent de nouveau, avec passion cette fois. Tout naturellement, ils commencèrent à se déshabiller et, bientôt, se retrouvèrent nus sur le canapé. Dans la pièce éclairée par le feu dans la cheminée et les guirlandes de Noël, Flora se laissa guider dans une lente danse voluptueuse. Des picotements de désir lui parcoururent la nuque, le dos et les reins tandis qu'Aksel la caressait tout entière, avec douceur et sensibilité. Elle-même s'adonna à une lente exploration sensuelle du corps d'Aksel, admirant sa musculature d'homme habitué à marcher longtemps, bravant les éléments de la nature. Quand il lui prodigua la plus intime des caresses, elle céda au plaisir comme elle ne l'avait encore jamais fait...

Et lorsqu'il plongea en elle, Flora eut la sensation de découvrir la jouissance pour la première fois. Des larmes coulèrent sur ses joues, et Aksel les couvrit de baisers avant de s'emparer de nouveau de sa bouche.

— Tu es merveilleuse... Laisse-toi aller, oui, lâche tout..., lui murmura-t-il à l'oreille.

Chavirant de plaisir, Flora noua les bras autour de la nuque d'Aksel et s'abandonna.

12

Il faisait encore nuit quand Flora se réveilla. Dans l'obscurité de la chambre, un téléphone portable sur la table de chevet affichait les chiffres six et douze.

Il était 6 h 12 et c'était le smartphone d'Aksel.

Tout revint aussitôt à la mémoire de Flora. Leur étreinte passionnée sur le canapé du salon, suivie d'une autre, plus langoureuse, dans son lit. Puis ils s'étaient laissés aller au sommeil juste avant l'aube.

Flora se blottit contre Aksel. Il dormait encore.

C'était bon de se lover ainsi, confiante, incertaine de l'avenir mais… Était-ce vraiment important ? Elle s'était donnée à Aksel avec une ardeur insoupçonnée, et avait éprouvé un plaisir merveilleux. Avait-elle jamais ressenti de telles ondes sensuelles en elle ? Alors qu'ils ne se connaissaient pas, ou si peu, leurs corps avaient trouvé le diapason de façon fluide, naturelle.

Peut-être était-ce parce que justement, elle n'éprouvait rien d'autre qu'une envie d'être bien, de jouir du moment présent, sans autre attente.

Sans crainte ni appréhension.

Aksel bougea légèrement et elle sentit la douce ondulation de ses muscles. Puis il lui prit la main, comme il l'avait fait la veille, pendant qu'ils marchaient en forêt, sous la neige, et après, pour la réconforter, la rassurer.

Il se pencha et lui embrassa le front.

— *God morgen.*

Pendant qu'ils faisaient l'amour, il avait spontanément prononcé quelques mots en norvégien. Flora n'avait pas compris leur signification, mais la façon dont il les avait murmurés n'avait laissé aucun doute sur leur sens. C'étaient des paroles d'amour, chuchotés au cœur d'une étreinte, destinés à être ressentis plutôt qu'entendus.

Elle lui sourit.

— Ça va ?

Elle n'avait pas trouvé d'autres mots pour lui demander s'il se sentait aussi bien qu'elle, s'il avait envie de rester encore un peu au lit...

— Oui, très bien, murmura-t-il, le regard tendre.

Il l'enlaça avec tendresse et ils restèrent ainsi sans parler, pendant un long moment, jusqu'à ce qu'un bruit de grattement régulier provenant du couloir vienne perturber le silence.

— C'est Dougal. Il ne s'arrêtera pas tant que je ne l'aurai pas laissé sortir.

Flora voulut se dégager mais Aksel la retint.

— Je vais m'occuper de lui, si tu veux. Et je peux même te préparer un petit déjeuner.

— C'est adorable...

Elle hésita, tentée. Mais s'activer l'aiderait à s'éclaircir les idées. On était lundi. Elle devrait se rendre à la clinique, travailler, puis à la résidence Flower pour y retrouver ses patients hebdomadaires... La vie continuait.

Rien n'était modifié...

Et pourtant, pour elle, tout avait changé.

— Je sors Dougal et j'apporte un plateau, décida-t-elle. Tu aimes bien le café fort, pas vrai ?

— Exact.

Aksel se mit à rire.

— Merci, Flora, je me sens chanceux et vraiment très gâté !

— Tant mieux. Ne bouge pas, je reviens dans quelques minutes. Tu seras encore au lit ?

— C'est sûr. Je t'attends... Et je t'espère vite.

Flora prit la route de la clinique aussi vite que le matin glacial le lui permettait, et déposa Aksel au centre d'éducation canine à 8 h 45. Elle le laissa emmener Dougal à l'intérieur. Si quelqu'un les remarquait, on penserait qu'elle avait simplement accompagné son voisin.

À 8 h 59 précisément, elle s'engouffra dans son bureau. Elle ôta son manteau et s'assit à sa table de travail. Sa première consultation du matin n'aurait lieu qu'à 9 h 30, cela lui donnait le temps de se préparer. Mais son esprit était ailleurs.

Elle ressentait tout son corps différemment, comme s'il était encore baigné du sourire et des caresses d'Aksel. La scientifique en elle lui soufflait que c'était l'effet positif d'une sécrétion d'endorphines et de sérotonine, la fameuse hormone du bonheur !

Lorsqu'elle fermait les yeux, elle pouvait encore sentir Aksel contre elle. Il lui avait offert un voyage sensuel au-delà des limites qu'elle avait connues jusque-là, une exploration d'elle-même et de ce qu'elle pouvait offrir et recevoir…

— Flora, nous avons un nouveau patient.

Elle rouvrit brusquement les paupières. Charles Ross-Wylde se tenait sur le seuil de la pièce, et il l'observait d'un air perplexe.

— J'ai frappé à la porte, vous n'avez pas dû entendre… Tout va bien ?

— Oui, oui, j'étais en train de réfléchir…

— Vous avez un problème ? Des soucis ?

— Non, rien de grave, rassurez-vous. Une question purement personnelle.

— Ah, dans ce cas…

Charles hocha la tête avec indulgence. En trois ans, elle ne l'avait jamais vu s'intéresser à autre chose qu'au travail.

— Du moment que vous êtes en capacité d'assumer vos fonctions, cela ne me regarde pas.

— Je comprends. Alors, vous me disiez que nous avions un nouveau patient ?

Ce fut une bonne journée. Tout se passa bien à la clinique et à la résidence Flower.

En fin d'après-midi, Flora alla chercher Dougal au centre d'éducation canine. Esme Ross-Wylde lui apprit qu'Aksel était venu avec Mette, qu'ils avaient parlé de la sculpture sur glace – ils avaient évoqué le beau renne qu'il avait créé lors du marché de Noël —, puis de la cordillère des Andes, où Aksel avait mené des expéditions. La vieille dame connaissait un peu cet endroit.

— Aksel est vraiment remarquable. Non seulement il me rend d'immenses services, mais en plus, il vient papoter avec moi comme s'il avait du temps libre, alors qu'en plus de son bénévolat, il s'occupe de sa petite fille ! lança-t-elle. Cette gentille Mette… Qu'elle est adorable ! Elle s'est apparemment très bien adaptée, et Charles m'a confié qu'elle accomplit de véritables progrès, ajouta Esme.

Flora sourit.

— Tant mieux. Aksel compte beaucoup sur ce séjour pour que sa fille devienne plus autonome.

— Il vous l'a dit ?

— Oui. Nous sommes voisins, nous avons eu l'occasion de discuter, expliqua Flora, espérant ne pas rougir.

La simple mention du prénom d'Aksel la troublait.

Consciente de sa confusion, elle salua poliment Esme et alla chercher Dougal.

Le chiot lui parut plus calme que d'habitude. Lorsqu'ils parvinrent chez elle, il ne courut pas dans la neige. Au contraire, il rentra vite et s'allongea devant le poêle à bois où des braises se consumaient.

— Qu'est-ce que tu as ? s'inquiéta Flora en se penchant pour le caresser.

Dougal secoua la queue et grogna doucement, ce qui surprit Flora.

— Tu veux manger ?

Il dressa les oreilles et la suivit aussitôt dans la cuisine. Apparemment, il avait bon appétit. C'était rassurant. Elle demanderait néanmoins à Aksel de l'examiner. Elle savait qu'il viendrait la voir plus tard. Il avait prévu de rester à la clinique jusqu'à ce que Mette aille se coucher, puis il passerait.

Vers 20 heures, Flora entendit le moteur du vieux 4x4 devant la maison. Les soirs précédents, Aksel revenait à pied. Là, serait-il pressé de la retrouver ?

Elle lui ouvrit dès qu'il eut sonné. Aksel souriait, une bouteille de vin à la main.

— Entre vite.

Elle lui prit la bouteille des mains, la posa sur le guéridon du vestibule et, avant qu'il ait ôté sa parka, l'embrassa. Il l'enlaça aussitôt avec tendresse.

— Heureux de te revoir…

— Heureuse aussi. Bonne journée ?

— Oui. Chargée. Et toi ?

— Très chargée, mais je me suis sentie en pleine forme. Grâce à toi.

Aksel arqua un sourcil.

— Vraiment ?

— Oui.

Il se mit à rire.

— En fait, c'est réciproque. J'ai beaucoup pensé à toi. Viens que je t'embrasse encore, dit-il en la reprenant dans ses bras.

Ils échangèrent un long baiser puis Flora invita Aksel dans le salon. Dougal était de nouveau couché devant le poêle. En voyant Aksel, il remua la queue et émit un bruit étrange, comme un grognement.

— Il est bizarre depuis tout à l'heure, indiqua-t-elle. Je voudrais que tu l'examines.

— Qu'est-ce qu'il a ?

Aksel s'agenouilla devant le chiot et lui caressa affectueusement le flanc.

De nouveau, le petit animal produisit un son de gorge, inhabituel.

— Tu entends ? Il a mangé avec appétit, précisa Flora. C'est plutôt bon signe, non ?

Aksel acquiesça. Il commença à palper l'estomac du chien,

et l'empêcha de lui lécher les doigts pendant qu'il l'auscultait. Dougal gardait la gueule entrouverte et continuait de produire ce râle des plus curieux...

— À la palpation, je ne distingue rien d'anormal. Tout va bien. Je crois qu'en réalité il essaie de ronronner ! annonça Aksel, pince-sans-rire.

Stupéfaite, Flora regarda Dougal.

— Ronronner ? Lui ?

— Oui, c'est hors du commun, je l'avoue, mais...

Aksel chatouilla Dougal derrière les oreilles et le chien se roula sur le dos en grognant de plaisir.

— Il y a une bonne explication, affirma-t-il. Ce matin, à la clinique, j'ai rédigé un compte rendu de ma visite avec Kari à la résidence Flower. Pour écrire tranquillement, je me suis installé dans la salle polyvalente du centre d'éducation canine, et j'ai pris Dougal avec moi car tout le monde était occupé. Or, il y avait un chat avec nous...

— Ils se sont bagarrés ?

Gardant l'œil sur Dougal, Aksel se releva.

— Non, mais Dougal a beaucoup observé ce petit félin, et je suis persuadé que là, il l'imite ! C'est un mimétisme étonnant qui, parfois, peut survenir dans les phénomènes d'imprégnation inter-espèces. Les chats et les chiens ne sont pas nécessairement des ennemis naturels. D'instinct, le chien chasse le chat parce que c'est une bête plus petite que lui, donc une proie potentielle. D'instinct, le chat se sent attaqué et se défend. Entre eux, au fond, réside un malentendu perpétuel !

Aksel sourit en regardant le chiot, puis il se tourna vers Flora.

— Dougal a une nature très amicale. Tout à l'heure, il s'est lové contre le chat qui ronronnait, et voilà que maintenant, il émet ce bruit insolite pour un chien. Donc à mon avis, oui, il se prend pour un chat !

Flora resta muette un instant, puis elle éclata de rire.

— Eh bien, c'est intéressant. J'espère que son problème d'identité ne sera pas trop difficile à régler ! En attendant...

Elle s'approcha d'Aksel.

— Je suis heureuse que tu sois là.

Aksel la serra contre lui et s'empara de ses lèvres.

13

Durant toute la semaine, Aksel dormit chez Flora. Ils s'organisèrent simplement, animés du même désir d'être ensemble. En fin de journée, il était impatient de la retrouver, et plus les jours passaient, plus il avait hâte de la prendre dans ses bras. Il se sentait attendri par la jeune femme, profondément ému par sa spontanéité, sa générosité et son naturel. Il était à l'aise avec elle, plus à l'aise qu'il ne l'avait jamais été avec aucune femme.

Samedi matin, le Dr Sinclair l'informa que Mette avait franchi une nouvelle étape du programme d'autonomisation avec succès et qu'elle pourrait passer vingt-quatre heures chez lui. Aksel devrait toutefois la ramener le lendemain matin avant 10 heures car l'équipe du Dr Sinclair avait prévu une série d'ateliers ludiques spécifiquement conçus pour les déficients visuels.

Heureux d'être enfin autorisé à recevoir sa propre fille, Aksel prévint Flora qu'il ne viendrait pas ce soir-là, en lui expliquant pourquoi. Flora se montra ravie que Mette et lui soient réunis. Certes, ce serait un court séjour, mais malgré tout, ce serait un moment de bonheur familial, souligna-t-elle.

Il s'arrangea pour ramener Mette et Kari à la maison en début d'après-midi. Pour le dîner, il choisit des préparations à emporter : gratin de pâtes, soupe au potiron, fromage à tartiner sur du pain de mie bien tendre. Tout ce que Mette adorait. Il alla aussi chercher le cadeau que John, l'artisan et époux de Mary – la vieille dame était déjà rétablie et en convalescence dans une maison de repos —, avait mis de côté pour Mette. C'était un bel édredon en soie sauvage, de couleurs vives, aisément perceptibles.

— C'est super beau ! s'exclama aussitôt Mette en le découvrant sur son lit. Merci papa !

— Il faudra remercier John, tu te souviens de lui ? On ira le voir, sa femme et lui, un de ces jours.

— D'accord ! Bon, maintenant, je vais visiter la maison sans que tu me tiennes la main, pour voir si je me rappelle l'espace, décida Mette avec enthousiasme.

Et elle s'élança de pièce en pièce, effleurant les murs, les meubles, nommant les lieux... Derrière sa fille, accompagné de Kari, Aksel, ému, l'observa. Elle se déplaçait avec une agilité surprenante. Oui, elle avait accompli des progrès !

Ensuite, au fil des heures, tout se déroula à la perfection. Il joua avec Mette, l'emmena se promener accompagnée de Kari, et parla de tout et de rien. Au dîner, ils se régalèrent en mangeant dans le salon, près de la cheminée où crépitait une flambée. Une fois au lit, Mette sommeilla blottie contre lui pendant qu'il lui racontait l'une de ses propres aventures en pleine forêt amazonienne, quand il avait dû se réfugier en haut d'un arbre pour éviter d'être mordu par une bande de chiens sauvages. Mette rit aux éclats en imaginant la scène...

Mais alors qu'elle s'apprêtait à fermer les yeux, la petite fille se redressa brusquement.

— Je veux souffler la bougie pour dire bonne nuit à maman !

Souffler la bougie...

Consterné, Aksel se rendit compte que, dans sa précipitation pour accueillir Mette, il avait oublié le rituel essentiel qu'ils avaient mis en place : chaque soir, elle éteignait une bougie électrique qu'il lui avait achetée, et en même temps, elle pensait fort à sa mère. Parfois, elle formulait une prière.

— Bien sûr, ma chérie, attends...

Il se hâta de descendre au rez-de-chaussée et alla chercher l'une des bougies de Noël qu'il avait disposées sur la cheminée du salon. Il l'alluma et l'apporta à sa fille.

— Juste pour ce soir, on va utiliser celle-ci, puisque l'autre est restée dans ta chambre à la clinique. Souffle !

La mine grave, Mette hocha la tête et s'exécuta. La petite flamme vacilla puis s'éteignit.

— Et voilà, c'est pour maman qui est dans les étoiles !

— Oui, pour ta maman, murmura Aksel, la gorge nouée. Maintenant, il est l'heure de dormir et de faire de beaux rêves...

Il l'embrassa tendrement sur le front, reprit la bougie et sortit de la chambre. Il resta un peu dans la sienne, à côté, au cas où Mette se réveillerait, et, constatant qu'elle dormait profondément, finit par redescendre. Toujours en alerte, Kari l'accueillit en remuant la queue, puis retourna dans son panier.

Aksel s'installa sur le canapé et ferma les yeux, l'esprit en effervescence malgré sa fatigue.

Depuis leur arrivée en Écosse, c'était la première fois que sa fille et lui passaient la nuit sous le même toit. Parviendrait-il à s'endormir ? La présence de Mette l'apaisait et, en même temps, l'incitait à rester sur le qui-vive. Il n'aurait jamais pu imaginer, lorsqu'il l'avait inscrite à la clinique du château de Heatherglen, que le programme serait aussi prenant et intense. Il avait espéré passer plus de temps avec sa fille... Mais finalement, cela s'était avéré impossible. Un mal pour un bien puisqu'elle avait fait de magnifiques progrès, songea-t-il de nouveau.

Seul souci : entre sa fille et lui, les liens lui paraissaient encore trop distants. Chaque jour, il espérait lui consacrer plus d'attention, et faire des choses avec elle. Sortir, se promener, aller dans des magasins, manger, bavarder, rire... Vivre, en somme. Il éprouvait une certaine frustration, à présent. Oui, il avait besoin d'être avec Mette. Le plus possible. Il s'en ouvrirait au Dr Sinclair...

Peut-être dès le lendemain, quand il ramènerait déjà sa fille.

Tombant de fatigue, Aksel finit par monter se coucher un peu avant minuit.

En plein milieu de la nuit, il fut réveillé en sursaut. Quelque chose, ou quelqu'un, lui tirait l'avant-bras...

Il ouvrit brusquement les yeux et se rendit compte que c'était Kari. La chienne essayait vigoureusement de l'obliger à se lever.

Une fraction de seconde plus tard, le détecteur de fumée se mit à sonner.

Un frisson d'effroi parcourut Aksel.

— Mette...

Il bondit hors du lit et fila dans la chambre voisine.

La pièce était vide.

— Mette ! Où es-tu ?

Il entendit alors sa fille sangloter en bas.

Affolé, il fila vers l'escalier.

De la fumée s'échappait du salon...

Et Mette était recroquevillée sur une marche, en bas de l'escalier. Elle pleurait, les mains enfouies dans le creux de son visage.

Aksel se précipita vers elle, l'enveloppa dans son manteau, ouvrit la porte d'entrée et sortit en portant sa fille dans ses bras.

Kari les suivit en courant.

— Papa, Kari m'a fait partir loin du feu, balbutia Mette.

Jetant un bref coup d'œil par-dessus son épaule, Aksel vit la lueur rougeoyante des flammes à travers la fenêtre sans volets du salon. Il y avait un début d'incendie !

Kari avait dû mettre Mette hors de danger en fermant la porte derrière elles comme on le lui avait appris.

Les larmes aux yeux, il serra sa fille contre lui.

— Tout va bien, maintenant, ma chérie... Tu es en sécurité...

La sirène d'une alarme réveilla brusquement Flora.

Ça ne provenait pas de chez elle.

Tout ensommeillée, elle sortit du lit, enfila ses pantoufles et regarda dehors.

Elle aperçut Aksel avec Mette dans les bras, Kari assise sagement à ses pieds.

Elle dévala l'escalier, attrapa son manteau et l'enfila tout en se précipitant à l'extérieur.

L'air glacial de la nuit lui fouetta le visage, et une odeur de fumée lui chatouilla les narines tandis qu'elle se hâtait de rejoindre Aksel et sa petite fille.

— Qu'est-ce qui se passe ?

Aksel se tourna vers elle, les yeux brillants de larmes contenues. Même si elle ne voyait pas grand-chose dans l'obscurité, Mette tendit une main vers Flora.

— Il y a le feu dans le salon, mais papa m'a dit qu'ici on est en sécurité.

— Oui...

Abasourdie, Flora interrogea Aksel du regard.

— Tu peux prendre Mette et Kari avec toi ? demanda-t-il.

— Bien sûr, mais appelle les pompiers !

— Mon téléphone est à l'intérieur. S'il te plaît, emmène-les à l'abri.

La gorge nouée, Flora souleva Mette et la serra contre elle. Aksel fila aussitôt jusqu'à sa maison et jeta un coup d'œil à l'intérieur.

— Ton papa revient tout de suite, ne t'inquiète pas, assura Flora à Mette qui tremblait dans ses bras.

— De toute façon, il sait se battre contre des crocodiles ! clama la fillette.

— C'est le tapis devant la cheminée qui est en train de cramer, s'écria Aksel. Je vais l'éteindre, il y a un extincteur dans la cuisine.

— OK... Alors à tout de suite ! répondit Flora. Kari, viens !

La chienne la suivit tandis qu'elle rentrait en portant Mette.

Une fois chez elle, Flora hésita à téléphoner aux pompiers. Aksel semblait si sûr de lui ! Elle déposa Mette sur le canapé du salon, lui ôta son manteau et lui mit une couverture autour des épaules. Kari se coucha par terre, devant la petite fille qui restait silencieuse mais semblait se détendre.

Quelques instants plus tard, alors que Flora venait de s'asseoir près de Mette, Aksel les rejoignit déjà.

— Et voilà, c'est réglé, annonça-t-il. Ça sent mauvais, maintenant, le produit que j'ai aspergé a une vilaine odeur chimique, mais il est très efficace. Les flammes ont été étouffées en peu de temps. Mette, ma chérie, ça va ? Et toi, Flora ?

— Je vais bien, et Mette se remet de ses émotions. Elle frissonne encore, précisa Flora en serrant tendrement la fillette dans ses bras.

— Parce que j'ai eu froid... Et peur ! dit Mette.

— Oh oui, j'imagine, murmura Flora, impressionnée. Qu'est-ce qui s'est passé ? Un court-circuit ?

Aksel se laissa choir sur le canapé, près de Mette. Il lui caressa les cheveux et s'efforça de sourire.

— Non. Mais je crois savoir..., commença-t-il.

— J'ai voulu allumer la bougie de maman, répondit alors Mette, des sanglots dans la voix.

Perplexe, Flora contempla Aksel.

— C'est un rituel. Le soir, Mette a une bougie électrique qui brille le temps d'une pensée pour sa mère. Mais j'ai oublié cette bougie à la clinique, soupira-t-il, soudain accablé.

Flora devina la suite.

— Mette a trouvé des allumettes...

— Oui. Une boîte que je pensais rangée en sécurité, sur le rebord de la cheminée.

Le visage sombre, Aksel secoua la tête.

— Comme je m'en veux ! Mette s'est relevée en pleine nuit et est descendue au salon. Une chance que Kari ne la quitte pas d'une semelle...

Il caressa les oreilles de la chienne qui posa bravement la tête sur les genoux de son maître.

— Elle est venue me prévenir du danger.

— Tu lui as appris à agir ainsi ? demanda Flora.

— Non, c'est instinctif. Je dormais. Kari a réagi aux flammes.

— Heureusement.

— Heureusement ! renchérit Mette en s'appuyant contre son père.

— Il ne faut pas jouer avec les allumettes, lui dit Aksel. C'est très dangereux.

— Et tu n'as que six ans, ajouta Flora.

— Je voulais une vraie bougie pour maman… Une vraie bougie pour Noël ! répéta Mette. Pour qu'elle la voie depuis les étoiles.

Flora refoula les larmes qui lui montaient soudain aux yeux. La saison des fêtes était si douloureuse pour ceux qui avaient perdu un être cher…

— On en avait déjà allumé une avant que tu dormes, dit Aksel d'une voix sourde.

Flora sentit à quel point il s'en voulait.

— C'est un accident… Et par chance, grâce à Kari, il ne s'est pas mal terminé, assura-t-elle. Bon, je vais préparer des boissons chaudes. Un chocolat ? Un thé ? Une tisane ? Qu'est-ce qui vous ferait plaisir ? J'ai d'excellents cookies aux amandes grillées, poursuivit-elle en s'adressant à Mette. Tu en voudrais ? Et bien sûr, vous dormirez ici ce soir, dans la chambre d'amis. Il faut que vous vous reposiez après cette vilaine mésaventure…

— Je peux visiter ta maison ? demanda Mette.

— Oui, bien sûr !

Flora voulut prendre la petite fille dans ses bras mais celle-ci se dégagea aussitôt et se mit debout.

— Je veux marcher ! Viens, Kari !

Flora croisa le regard d'Aksel et sourit. Il semblait soulagé par la réaction énergique de Mette.

Elle aussi. Décidément, cette petite fille ne cesserait pas de l'étonner…

Tout comme son père.

14

Aksel et Mette dormirent dans la même chambre, avec Kari, et Flora dans la sienne... avec Dougal. Aksel avait préféré rester auprès de sa fille durant la nuit entière, ce qui était bien compréhensible...

Mais difficile. Flora aurait aimé s'endormir dans ses bras.

Après toute l'agitation des dernières heures, se sentant inexplicablement seule tout à coup, elle eut du mal à trouver le sommeil. Elle était toutefois rassurée qu'Aksel et Mette se reposent sous son toit après l'inquiétant incident qui s'était déroulé chez eux. Un début d'incendie, quand même ! Elle n'osait imaginer les proportions que le drame aurait prises si la chienne n'avait pas réagi à temps pour alerter Aksel...

Puis ses pensées se tournèrent vers Aksel. Il éprouvait de la culpabilité parce qu'il avait laissé les allumettes à portée de main, sans anticiper le geste de Mette qui, malgré son handicap visuel, s'avérait très dégourdie. Comment réagirait-il, maintenant ? Surveillerait-il davantage Mette ? Serait-il plus inquiet des risques que la fillette courait au quotidien ? Trop inquiet, peut-être ? Un parent anxieux avait tendance à projeter ses propres peurs sur son enfant, et ce n'était pas bon, pas bon du tout...

L'attitude et l'éducation paternelle d'Aksel n'auraient pas dû la préoccuper, et pourtant, Flora avait l'impression d'être concernée.

Parce que tu tiens à Aksel..., lui souffla une petite voix intérieure.

C'était la vérité.

Aksel lui plaisait, il l'attendrissait, elle aimait faire l'amour avec lui, et bien qu'elle s'en soit défendue jusque-là, Flora espérait maintenir un lien amoureux aussi longtemps que possible, même lorsqu'il repartirait en Norvège...

Jamais elle n'aurait pu envisager qu'elle ressentirait une telle envie un jour. Mais elle avait confiance en lui, et cela changeait tout.

Elle finit par s'endormir peu de temps avant l'aube, et fut réveillée à peine trois heures plus tard : Aksel s'était déjà levé pour ramener Mette dans le service du Dr Sinclair. Elle s'emmitoufla dans son peignoir et les rejoignit dans la cuisine.

— Bonjour... Vous partez déjà ? Oui, je sais, ajouta-t-elle, captant le regard désolé d'Aksel. Vous devez y aller. Vous voulez que je vous prépare un bon petit déjeuner ?

Aksel secoua la tête.

— Merci. On va passer chez moi, Mette a laissé ses affaires dans sa chambre. On mangera aussi à la maison, je crois qu'on a assez profité de ta gentillesse !

Flora sourit.

— Comme tu veux. L'essentiel est que vous alliez bien.

— Ça va, assura Aksel en l'embrassant rapidement au coin des lèvres.

Un doux frisson parcourut Flora. Elle aurait aimé se blottir contre lui, mais ce n'était pas le moment. Il était surtout attentif à sa fille.

— Tu viens avec nous ? demanda Mette, encore ensommeillée dans les bras de son père.

— Non, pas maintenant. Je vais nourrir Dougal, le promener un peu, me préparer... Je travaille à la clinique cet après-midi, alors peut-être que je viendrai te voir.

— Ouiii ! s'exclama Mette. Comme ça, tu diras bonjour à Annette ?

— Annette ? Oh ! oui, bien sûr, ajouta Flora en se souvenant qu'il s'agissait de la poupée de chiffon qu'elle lui avait offerte.

— Si tu es encore chez toi dans deux heures, je peux revenir boire un café, proposa alors Aksel.

Elle soutint son regard, et sentit son cœur battre plus vite.

— D'accord.

Aksel déposa un petit baiser sur le front de Flora.

— Merci pour tout... Et à tout à l'heure.

Une fois seule, Flora s'activa. Elle donna à manger à Dougal, prit une douche, s'habilla et sortit le chiot. Après quoi, elle se prépara un copieux petit déjeuner, veillant à garder la cafetière pleine pour Aksel, puis fit un peu de ménage et de rangement. Contre toute attente, elle éprouvait une formidable énergie. La visite prévue d'Aksel n'y était pas pour rien... Elle avait hâte qu'il soit là.

Lorsqu'elle entendit le moteur du vieux 4x4, son pouls s'accéléra. Elle alla vite ouvrir.

— Oh ! toi... Heureusement que tu es là, soupira Aksel en la rejoignant.

Il la prit brièvement dans ses bras et la suivit dans le salon. Les traits tirés, il avait l'air tourmenté. Sans poser de question, Flora apporta du café, des cookies au chocolat et s'assit près de lui.

— Voilà de quoi te réconforter.

— Oui, assurément. Encore une fois, merci. Tu es si adorable... Comment pourrai-je jamais te remercier pour tout ce que tu as fait pour nous ?

— Ne te tracasse pas à ce sujet. Je vous aime bien, Mette et toi, avoua Flora. Comment va-t-elle ?

— Plutôt bien ! Elle m'a dit qu'un incendie, ce n'est pas très drôle. Elle rêve plutôt de se bagarrer contre des crocodiles ! confia Aksel en se déridant d'un coup.

Flora se mit à rire.

— La faute à cette histoire que tu lui as racontée à propos de tes aventures dans des contrées exotiques !

— Des aventures qui finiront par ressembler à une légende... Je ne suis plus l'explorateur que j'étais, ajouta Aksel un peu tristement. Et je ne suis pas certain d'être un bon père.

Elle sentit son cœur se serrer.

— Aksel, Mette va bien et toi aussi. C'était un accident.

— Oui, je sais. Mais je m'en veux beaucoup.

— C'est normal ! Sauf qu'en tant que parent, tu ne peux pas être vigilant sans arrêt. C'est ce que je dis à mes patients…

— Oui mais Mette est handicapée. Tout est différent avec un enfant qui ne voit presque rien. Il faut que j'imagine tout ce qui pourrait lui arriver…

Aksel esquissa une moue découragée.

— Comment serait-ce possible ? Je vivrais sans arrêt avec la peur au ventre, craignant le pire !

— Pas forcément ! Petit à petit, avec le temps, tu auras des réflexes justes, adaptés, sans trop d'appréhension ni pas assez. C'était comme ça dans ma famille, avec mon frère. Je parie qu'on a tous commis des erreurs et des maladresses.

— Oui, mais là, c'était bien plus grave qu'une simple erreur ou maladresse ! J'ai carrément oublié de ranger les allumettes !

— Tu ne pouvais pas supposer que Mette se réveillerait et redescendrait pour allumer une bougie.

— Non. Vraiment, pas du tout, admit Aksel. Mais je me rends compte qu'il faudra que je redouble d'attention. Toute mon énergie sera consacrée à Mette. Je n'aurai plus la possibilité de vivre autrement. Toute mon énergie, oui, reprit-il. Et tout mon temps. On repartira bientôt à Oslo, et ça continuera ainsi entre ma fille et moi. Il faudra que je sois hyper vigilant, vingt-quatre heures sur vingt-quatre…

Il hocha la tête, pensif.

— En fait, je n'aurai de disponibilité que pour mon travail et pour Mette. Oui, bientôt, on retournera à Oslo, répéta Aksel. On oubliera Cluchlochry… Et cette affreuse nuit de l'incendie.

Flora garda le silence. Le message était clair : Aksel lui faisait comprendre qu'elle n'aurait plus la moindre place dans son existence. Quoi de plus normal ? Elle n'avait aucun rôle à jouer, et rien à attendre. Rien du tout. Elle ne représentait rien, pour lui. Elle n'était au fond qu'une gentille voisine venue l'aider et le soutenir. Une femme avec laquelle il avait seulement fait l'amour.

Elle jeta un bref coup d'œil à Aksel avant de regarder par la fenêtre. Dehors, il neigeait ; dedans, il régnait une douce chaleur, mais une froide sensation lui étreignait maintenant le cœur. Elle était stupidement sentimentale... Entre Aksel et elle, ça n'avait bien sûr été qu'une simple attirance physique ! Qu'avait-elle espéré ? Comment aurait-elle pu imaginer autre chose ?

La gorge serrée, elle parvint à sourire et se leva.

— Tu veux une autre tasse de café ?

Aksel l'observa, l'air absent.

— Non, merci. Je vais rentrer chez moi et faire du nettoyage. Le salon est sale, le tapis saccagé par le feu... J'ai besoin de remettre de l'ordre. Cet après-midi, j'ai rendez-vous avec le Dr Sinclair. On doit faire le point sur le stage de Mette. Il est probable qu'on abrège notre séjour.

— Ah bon ? Et pourquoi ?

— Parce que je pense que c'est trop intensif pour Mette, et j'ai besoin d'être avec ma fille. Je n'arrête pas de me dire que j'aurais pu la perdre... Et je pense que si j'avais été plus concentré sur elle, au lieu de passer du bon temps, ce drame ne serait pas arrivé.

Au lieu de passer du bon temps...

— Autrement dit, tu crois que c'est à cause de nous, de ce qu'on a partagé cette semaine, les nuits qu'on a passées ensemble, que tu aurais été moins vigilant ? interrogea Flora, interdite.

— Peut-être. Il est trop tard pour regretter quoi que ce soit, mais maintenant, je vais miser sur une sage prudence.

Flora resta muette, envahie par un tourbillon d'émotions contradictoires.

— Mais je me suis senti très privilégié de te connaître, ajouta Aksel en se redressant à son tour. Tu as été d'une aide précieuse. Mette t'adore... Je ne sais pas ce qu'on aurait fait sans toi, hier soir.

— Vous auriez trouvé une solution, affirma Flora, se forçant à sourire.

Pour rien au monde, elle ne voulait qu'Aksel remarque sa

déception. Comment avait-elle pu supposer que, d'une manière ou d'une autre, Aksel voudrait que leur relation dure ? Entre eux, ça n'avait été qu'une brève aventure. Qui se terminait là, tout de suite.

— Alors, c'est parfait ainsi, s'entendit-elle ajouter. Bon, je dois me préparer, je travaille cet après-midi, et j'ai quelques courses à faire avant…

— Je comprends, dit Aksel. Je ne vais pas te déranger davantage.

Une lueur nostalgique se refléta dans ses yeux bleus et, une fraction de seconde, Flora espéra qu'il reviendrait partiellement sur sa décision. Même si, dans l'absolu, elle concevait qu'un père souhaite préserver ses liens avec son enfant, elle comprenait mal qu'il refuse de continuer à la voir. En quoi l'aurait-elle empêché d'être avec sa fille ?

— À bientôt, dit-il.

Flora accusa le coup.

— On se croisera peut-être à la clinique. Mais je serai très occupée, les prochains jours. J'essaierai quand même d'aller dire bonjour à Mette, je le lui ai promis, poursuivit-elle, le cœur serré.

— Tant mieux. Elle appréciera ta visite. Encore une fois, merci.

Flora se contenta de sourire et, sans un mot, le raccompagna jusqu'à la porte.

— Bonne journée, dit-il.

— Merci. Toi aussi.

Durant tout l'après-midi de ce dimanche, Flora ressentit un mélange de tristesse et de déception. Elle s'en voulait d'avoir cru, bien malgré elle, qu'entre Aksel et elle ce serait différent. Mais il avait été honnête avec elle, n'est-ce pas ? Elle n'avait objectivement rien à lui reprocher. C'était elle qui s'était leurrée, elle seule, imaginant qu'elle n'éprouverait qu'une simple amitié pour lui, et qu'elle accueillerait légèrement le départ d'Aksel…

Ou son éloignement au nom du lien paternel qu'il s'efforçait de cultiver.

Sauf qu'elle s'était attachée à lui.

Heure après heure, s'efforçant de sourire pendant qu'elle s'occupait de ses patients, Flora eut le cœur lourd. Elle se dépêcha de rentrer chez elle après le travail, et lorsqu'elle passa devant la maison d'Aksel, elle s'obligea à ne pas regarder les fenêtres d'où aucune lumière ne filtrait.

Elle passa une nuit blanche, pensant à ce qui aurait pu être, se demandant si un miracle pouvait encore se produire pour transformer le cours des choses.

L'aube lui apporta un semblant de réponse : non, la chance ne tournerait pas en sa faveur. Aksel possédait des qualités humaines qui lui étaient vraiment chères. Mais il ne supportait pas de se sentir déchiré entre sa vie de père et sa vie d'homme.

Elle devait accepter qu'il en fût ainsi, et faire le deuil d'une relation qui lui avait paru idéale.

Lundi en fin de matinée, Flora alla rendre une courte visite à Mette, s'assurant préalablement qu'Aksel ne serait pas présent. Elle discuta de tout et de rien avec la petite fille qui s'était déjà remise de l'incident du week-end. Apparemment, elle n'y songeait plus et avait hâte de revoir ses grands-parents à Oslo.

— Papa m'a dit qu'on va bientôt là-bas ! Je veux rentrer chez moi..., confia la fillette.

— Je te comprends, dit Flora.

Étrangement émue, elle quitta la chambre après avoir promis à Mette qu'elle reviendrait dès que possible. Pourquoi s'était-elle autant attachée à cette fillette ? Elle avait pourtant su, dès le début, qu'elle et son père repartiraient en Norvège ! Mais inconsciemment, elle avait dû espérer un autre dénouement. Qu'elle était naïve...

Et seule.

Toujours seule.

Trois jours s'écoulèrent. Noël approchait et Flora commença à écrire des cartes de vœux. Elle en rédigea une pour sa meilleure amie, une autre à l'attention de ses parents et de son frère. Ces derniers se réuniraient finalement début janvier pour célébrer le nouvel an, à Birmingham, en Angleterre. Elle les rejoindrait pour le week-end. En attendant, comme souvent, elle fêterait Noël avec ses collègues de la clinique. Ceux qui, comme elle, étaient célibataires ou loin de leurs familles.

Samedi en fin d'après-midi, Flora alla se promener avec Dougal. Le chiot avait grandi et pris du poids si bien que le petit manteau rouge qu'elle lui avait trouvé quelques semaines auparavant ne lui allait plus. Mais le jeune chien était plus robuste, maintenant, et il bondissait dans la neige en mordant les cristaux glacés avec délice. Flora avait confié à Esme Ross-Wylde qu'elle envisageait sérieusement de le garder. La vieille dame avait consenti à cette adoption à condition que Dougal puisse passer du temps au centre d'éducation canine. Il ne fallait pas qu'il reste seul toute la journée. Flora avait naturellement accepté, réjouie de devenir, dorénavant, la véritable maîtresse du chien.

En passant devant la maison d'Aksel, elle remarqua que de la neige s'était amoncelée sur le seuil. Le logement ne paraissait plus habité. Aksel avait dû repartir en Norvège... Sans lui dire au revoir.

La gorge nouée, Flora leva les yeux vers le ciel couvert de nuages gris sombre. La nuit commençait à tomber. À travers ses larmes, elle aperçut de la fumée qui s'élevait en panache au sommet de la colline qui surplombait Cluchlochry, près des ruines du château. Là où elle s'était rendue avec Aksel. Là où ils avaient fait connaissance, près des flammes qu'attisait patiemment Aksel.

Elle regarda fixement l'endroit où des flammes rougeoyaient. Son cœur se mit à battre plus vite. Qui, à cette heure de la journée, pouvait bien grimper là-haut et allumer un feu ?

Un signe ? Était-ce un signe ?

C'était insensé... Et pourtant, comment ne pas y croire ?

Quelques instants plus tard, elle reçut un message d'Aksel sur son portable.

Je voudrais te parler. Si tu veux, viens me retrouver dans notre refuge improvisé, en haut… Je t'y attends… Je t'espère.

15

Dès qu'il était revenu d'Oslo, Aksel avait su ce qu'il lui restait à faire.

Il ne s'en était allé que vingt-quatre heures, confiant Mette à l'équipe bienveillante du Dr Sinclair. Il avait expliqué à sa fille qu'il devait rendre une brève visite à Olaf et Agnetha, afin de résoudre une affaire importante pour leur famille. Mette avait protesté : elle aurait tant voulu l'accompagner ! Toutefois, à contrecœur, elle avait fini par accepter que son père ne pourrait pas l'emmener. Pas encore.

Oui, en une journée, Aksel avait tout considéré sous un autre angle.

Comment avait-il pu écarter Flora de sa vie ?

Il avait fait fausse route.

Totalement.

Sitôt rentré, il était reparti à pied, en haut de la colline, à l'endroit même où il s'était réfugié avec Flora ce fameux après-midi de tempête de neige qu'il n'oublierait jamais.

Il avait allumé un feu tant pour se réchauffer que pour signaler à Flora qu'il était de retour et qu'il l'attendait.

Avec un peu de chance, elle le remarquerait ce soir.

Ou demain.

Tôt ou tard, oui, elle le verrait et comprendrait le message.

Il resterait là toute la nuit s'il le fallait, puis la nuit suivante, et chaque nuit jusqu'à ce qu'elle arrive. Peu importe le temps qu'il faudrait à la jeune femme, il serait là quand Flora accepterait de le rejoindre.

Aksel avait tout prévu : épais sac de couchage, combustible pour le feu, une Thermos de thé chaud, du pain et du fromage. Comme en expédition. Sauf que cette fois, c'était un voyage au pays de l'Amour, avec un grand « A », qu'il espérait entreprendre.

Il envoya un bref message à Flora. Puis il s'installa contre un rocher, s'emmitoufla dans le duvet et regarda autour de lui. La nuit commençait à tomber. Il ne neigeait pas, heureusement. En cas de changement de temps, il redescendrait jusque chez lui, et reviendrait le lendemain soir.

Environ deux heures s'écoulèrent avant qu'il perçoive des bruits de pas en contrebas.

Son cœur se mit à battre à grands coups dans sa poitrine. Il se leva d'un bond.

— Flora ?

Lorsqu'il vit la silhouette de la jeune femme apparaître à quelques mètres, auréolée de la lumière d'une lampe torche, il se précipita vers elle.

De son bonnet de laine s'échappaient des mèches de cheveux blonds, et ses yeux brillaient comme si elle retenait ses larmes. Elle était un peu essoufflée.

— J'espérais tant que tu viendrais, dit-il en l'enlaçant passionnément. Merci...

Elle le regarda droit dans les yeux.

— C'est bien parce que c'est toi ! Grimper jusqu'ici, alors qu'il fait presque nuit et que je ne suis pas sportive, c'est un véritable exploit pour moi !

Aksel ne put s'empêcher de rire.

— Je sais. Un exploit à la mesure de ce qu'on ressent l'un pour l'autre, sans doute... Viens, ajouta-t-il en lui prenant la main. Allons nous installer près du feu.

— Là, je ressens surtout de la fatigue, avoua simplement Flora. Pour me parler, tu aurais pu choisir un endroit plus simple et plus pratique ! Par exemple chez toi, ou chez moi...

— Je voulais que ce soit ici. Parce que le lieu est exceptionnel.

— Et si je n'étais pas venue ?

Ils s'assirent près du feu. Aksel lui servit du thé et se serra contre elle, glissant un bras autour des épaules de la jeune femme. Puis il posa le duvet de manière à ce que le tissu les recouvre tous les deux.

– Si tu n'étais pas venue, je serais parti à ta rencontre. Flora sourit.

— Tu es déterminé.

— Oui.

— Où étais-tu ? Mette m'a dit que tu ne viendrais pas aujourd'hui.

— Tu as rendu visite à Mette ?

Quelle question. Flora l'avait promis à sa fille.

— Bien sûr. Mais je me suis assurée que tu n'étais pas déjà sur place.

— Pour m'éviter.

— Exactement.

— C'est normal, compte tenu de ce que je t'avais dit. J'étais à Oslo pour une journée, poursuivit Aksel. Je suis allé voir Mette hier après-midi et je suis parti directement. Je suis rentré il y a deux heures. Le vol ne dure qu'une heure depuis Glasgow.

Flora l'observa en silence. Elle semblait déjà plus détendue mais demeurait distante. Pourtant, elle était là, à côté de lui. N'était-ce pas une preuve qu'elle tenait à lui ?

— Je suis allé à Oslo pour parler avec Olaf et Agnetha, les grands-parents de Mette, reprit Aksel. Je leur ai dit que je souhaitais vivre ici, avec Mette, en Écosse. Je voulais les prévenir autant que les rassurer sur le fait que, même si nous déménagions à Cluchlochry, ils pourraient toujours voir leur petite-fille.

Flora le fixait avec une évidente stupeur.

— Et comment ont-ils réagi ?

— Bien. Ils m'ont demandé d'aménager une belle chambre d'amis, parce qu'ils viendront le plus souvent possible.

— Eh bien, c'est une bonne nouvelle… Mette m'a confié que ses grands-parents lui manquaient beaucoup.

— Je le sais. Elle devrait donc se réjouir de ce qui va se produire...

Il sourit, conscient de l'émotion qu'il éprouvait. Il fallait qu'il formule précisément ce qu'il ressentait.

— Qu'est-ce que tu essaies de me dire, Aksel ? murmura Flora en le regardant intensément.

— Tant de choses... Mais au fond, tout se résume à deux mots, Flora. Je t'aime.

Flora resta muette de stupeur. C'était comme dans un rêve...

N'écoutant que son instinct, elle avait grimpé à flanc de colline, coupant à travers bois, s'éclairant à l'aide d'une lampe torche, trébuchant parfois dans des ornières ou sur des branches. Pendant le trajet, elle avait réalisé à quel point elle aimait Aksel. Elle était prête à tout accepter, finalement... L'éloignement, la distance, les hésitations... Tout du moment que leur amitié amoureuse perdurait, et qu'il continuait à aller vers elle, à avoir envie d'elle autant qu'elle le désirait.

Cependant, pas une seule seconde elle n'avait imaginé qu'elle entendrait ce qu'il venait de lui avouer.

Les crépitements du feu de camp n'éclairaient le visage d'Aksel que par intermittence. Néanmoins, c'était suffisant pour que Flora distingue les rides soucieuses qui lui barraient le front.

— Tu m'aimes ?

— Oui, Flora. Je t'aime.

Il lui sourit.

— Je t'aime, répéta-t-il.

— Moi aussi, murmura-t-elle. Je t'aime de tout mon cœur...

Aksel la contempla puis, visiblement bouleversé, la prit dans ses bras et l'étreignit.

— Dire que j'ai failli te perdre...

— Parce que tu as eu peur, chuchota Flora en se serrant fort contre lui.

— C'est vrai. Peur de ne pas être à la hauteur de mon rôle de père si jamais je t'avais, toi, dans ma vie... Mais c'est absurde. Au contraire, je serai plus fort, plus heureux si je suis accompagné de celle que j'aime.

— Et si tu es plus heureux, tu auras davantage à partager avec Mette. Donc elle sera plus heureuse. Moi aussi, j'ai peur, ajouta Flora.

— De quoi ?

— Du rejet un jour.

— Pourquoi je te rejetterais ?

— Parce que je ne pourrai peut-être pas avoir d'enfant...

Aksel la regarda tellement intensément que Flora eut l'impression qu'il voulait lire en elle. Puis il l'embrassa sur les lèvres avec une infinie douceur.

— Mon amour... Si tu veux de moi, nous verrons ensemble comment agrandir notre famille. Je serai là avec toi, jour après jour, année après année, la vie entière...

— La vie entière ?

— Oui, Flora, parce que je ne peux pas imaginer que notre histoire s'arrête. Je t'aime, et je voudrais t'épouser.

Flora se sentit submergée par une spirale d'émotions inouïe. Joie, émerveillement et incrédulité se mêlèrent en elle.

— Tu es sérieux ?

Aksel l'enlaça de nouveau.

— Oh oui, je suis sérieux. C'est pour cette raison que j'ai voulu que tu me rejoignes ici, en haut de cette colline... Je me suis dit que, si tu venais, ce serait la preuve que tu tenais à moi. Alors je pourrais oser t'avouer ce que je ressens et qui bouscule complètement ce que j'avais prévu pour Mette et moi... Je t'aime, Flora, et je veux t'épouser. Accepterais-tu d'être ma femme ? ajouta Aksel d'une voix assourdie par l'émotion.

Flora resta silencieuse. Des larmes de bonheur lui piquaient les paupières. Tout allait si vite...

Comme dans le miracle qu'elle avait appelé de ses vœux.

Elle regarda le feu de camp, les arbres enneigés autour d'eux, et le ciel où quelques étoiles brillaient. Puis elle sourit, certaine de ne pas se tromper.

— Oui, murmura-t-elle.

16

Aksel n'aurait jamais pu imaginer qu'il serait un jour aussi heureux. Ce bonheur soudain lui semblait presque miraculeux... Mais pas une seule seconde il ne douta qu'il fût juste et mérité. Il était sûr de lui... Et sûr de Flora.

Ils avaient passé la nuit chez la jeune femme, lovés l'un contre l'autre, heureux de s'aimer encore et encore. Puis, tôt le matin, ensemble, ils gagnèrent la clinique. Flora partit travailler ; Aksel rendit visite à Mette puis au Dr Charles Ross-Wylde. Il avait une petite faveur à lui demander... Après quoi, il envoya un message à Flora.

— Où allons-nous ?

Flora se sentait aussi enthousiaste que Mette. Après le déjeuner, Aksel était venu la rejoindre en compagnie de la fillette. Un peu plus tôt, il lui avait demandé d'essayer de prendre son après-midi. Elle avait tenté le coup auprès de son équipe et, contre toute attente, on lui avait accordé un congé exceptionnel.

— Alors ? Dis-moi, insista-t-elle, comme Aksel gardait un silence mystérieux.

— Un peu de patience, tu vas vite comprendre, assura Aksel, amusé.

Son entretien avec Charles Ross-Wylde avait porté ses fruits. Le médecin avait non seulement approuvé et cautionné le projet que lui présentait Aksel, mais en plus, il lui avait donné l'autorisation de venir choisir le sapin de ses rêves...

Pour la femme de ses rêves, et sa fille adorée.

Au volant du 4x4 qu'on lui avait prêté, Aksel emprunta la route qui menait de l'autre côté du domaine du château de Heatherglen. Ils longèrent des prairies enneigées, puis traversèrent la campagne jusqu'à ce qu'ils atteignent une vaste pinède, propriété privée de la famille Ross-Wylde. Par endroits, des trouées indiquaient que des déracinements d'arbres avaient été effectués, probablement pour fournir les sapins des différents services de la clinique, des autres établissements de soin et du marché de Noël.

Aksel gara le véhicule sur le parking. Flora et lui sortirent et, ensemble, aidèrent Mette à descendre.

— Ah... Maintenant je crois deviner pourquoi on est ici, dit Flora, en tenant la petite fille par la main.

— Ça sent bon ! lança Mette en humant l'air.

— C'est la délicieuse odeur de résine qui imprègne l'atmosphère, expliqua Aksel.

Il sourit à Flora.

— Oui, on est ici parce qu'on va choisir un sapin qu'on va apporter chez toi, et par la suite, on le plantera dans ton jardin ! Si tu es d'accord, bien sûr...

Elle parut un peu surprise, mais ses yeux brillaient de joie.

— Comment ne le serais-je pas ? J'ai déjà un sapin, mais il est moins beau que ceux-là, et il ne se replante pas, alors...

— Alors ce sera symbolique, ma chérie. Racines en terre...

— Profondément en terre, enchérit-elle, comprenant l'allusion à leur amour naissant. Oui. Mille fois oui, Aksel.

— On le décorera tous les trois, poursuivit Aksel avec entrain. L'heure du Père Noël approche à grands pas !

Il contourna la voiture, ouvrit le coffre et récupéra la pelle, ainsi que le filet de transport, qu'il avait empruntés à Ted Mackie, le responsable des espaces verts de la clinique.

— Mais au fait, tu es au courant que c'est un terrain privé ?

— J'ai eu la permission de Charles, évidemment.

Une lueur admirative brilla dans le regard de la jeune femme.

— Tu penses que c'est parce qu'il te remercie d'être bénévole pour le centre d'éducation canine ?

— Entre autres, oui...

Aksel préférait rester évasif pour l'instant. Il ne dévoilerait son projet que lorsqu'il serait certain de pouvoir le faire aboutir.

— C'est enfin Noël demain ? se réjouit Mette en sautant de joie.

— Non, dans trois jours, répondit Flora. Mais en Écosse, on prépare Noël pendant longtemps, et on aime planter des sapins ! On adore également fêter Hogmanay. C'est le nouvel an écossais, qu'on célèbre un peu comme un deuxième Noël.

— Alors on fêtera Noël deux fois ? J'aime trop l'Écosse ! s'écria la fillette.

En riant, Aksel enlaça Flora, humant son doux parfum.

— Moi aussi, j'aime l'Écosse. Beaucoup...

Ils prirent leur temps pour choisir le plus beau des sapins, déambulant à travers la pinède main dans la main tandis que Mette laissait Kari la guider dans la neige.

— J'aimerais que l'arbre soit très grand, comme ça, je pourrai grimper sur ses branches pour monter au ciel ! lança Mette.

— Oui, ma puce, mais dans un premier temps, on veut le mettre en pot, dans la maison de Flora où on fêtera notre premier Noël, donc il ne faudrait pas qu'il soit trop haut, précisa gentiment Aksel.

— Et le deuxième Noël, ce sera où ? demanda Mette.

— On verra... Soit là où on habite pour l'instant, mais c'est une location, tu sais... Soit à Oslo, avec tes grands-parents, dit Aksel. Rassure-toi, on ira vite les voir de toute manière. On décidera... tous les trois.

Touchée, Flora lui sourit.

— Pour en revenir à notre sapin, prenons une taille moyenne, suggéra-t-elle. Celui-ci ?

Elle en désigna un dont la hauteur dépassait Mette d'une trentaine de centimètres.

Aksel approuva ; Mette aussi.

Une dizaine de minutes plus tard, l'arbre avait été délicatement déraciné, et enveloppé dans le filet, ses plus grosses branches repliées vers le haut. Aksel le souleva sur une épaule pour le transporter jusqu'à la voiture. Impressionnée, Flora le regarda faire. Comme il lui plaisait...

Comme elle l'aimait !

Ils devenaient un couple...

Une famille.

— Venez m'aider ! appela Mette qui était en train de rassembler de la neige .

Flora la rejoignit.

Aksel fit de même et, ensemble, ils façonnèrent un superbe bonhomme de neige.

— Magnifique ! s'écria-t-elle. Aksel, tu es décidément doué pour la sculpture ! Mette, tu tiens de ton père, tu es agile de tes mains !

Mette rougit de plaisir. Aksel sourit.

— Merci, mon amour. Après le nouvel an, je t'emmènerai en Norvège pour que tu rencontres ma famille. Tu découvriras tout ce qu'on crée avec la neige pendant cette saison.

— J'ai hâte, dit Flora, émue. Je crois que je vais passer les plus belles fêtes de Noël de toute ma vie.

Elle enlaça Aksel et l'embrassa. À côté d'eux, Mette souriait, rêveuse...

Heureuse, elle aussi.

Épilogue

Oslo, un an plus tard

Flora n'oublierait jamais la douceur bienveillante et la joie qui avaient imprégné l'atmosphère de ce Noël célébré dans la famille d'Aksel. Ils s'étaient tous réunis autour du magnifique sapin qui trônait dans la maison d'Olaf et Agnetha. Cette année, les parents d'Aksel ainsi que ceux de Flora passeraient les fêtes à Oslo.

Tout le monde avait admiré les différents modèles de chaussettes de Noël brodées et décorées, offertes par Mary Monroe qui s'était complètement remise et travaillait trois jours par semaine, avec John, dans leur magasin d'artisanat.

Mette s'étant endormie sitôt sa tête sur l'oreiller, Aksel et Flora s'éclipsèrent sur la pointe des pieds et gagnèrent leur propre chambre.

— Mes parents sont vraiment enchantés, confia Flora. Ils visiteront Oslo avec les tiens.

Elle se glissa au lit et Aksel l'enlaça tendrement.

— Oui, ma chérie, je suis heureux qu'ils s'entendent bien, et qu'ils apprécient également Olaf et Agnetha.

Flora sourit.

— Tout est parfait... Nous n'aurions pas pu rêver mieux. Mais quelle année ! Nous avons tant fait...

Ils avaient organisé leur mariage et acheté l'une des grandes maisons en pierre de taille, à la sortie de Cluchlochry. Mette, rassurée par la présence de son père et de Flora, confiante en l'avenir, s'épanouissait. Aksel avait finalement été embauché au centre d'éducation canine d'Esme Ross-Wylde, en remplacement de la vétérinaire, en poste auparavant, qui avait décidé de ne pas revenir de son congé de maternité. Parallèlement, Aksel aidait Ted Mackie à organiser, pour les résidents de la clinique, des circuits de motricité, des chasses au trésor et autres périples de découvertes dans le domaine du château.

— La nouvelle année sera également très riche en événements, assura Aksel. J'ai reçu un e-mail de Charles ce matin. Il a signé les papiers pour le terrain, qui est maintenant officiellement à nous. Nous pourrons vite commencer les travaux.

— Merveilleux ! Ton beau projet va se concrétiser, se réjouit Flora.

Aksel et elle avaient acheté, à très bas prix, une parcelle de terre en friche, à la limite du domaine de Heatherglen, non exploitée jusqu'à présent par Charles et Esme. Ces derniers considéraient ce terrain comme sans intérêt. Or, Aksel avait proposé de créer un parc d'aventures et de loisirs destinés à des personnes handicapées...

— Oui, j'en suis vraiment très heureux, dit Aksel. Charles est aussi enthousiaste que moi. Il m'a proposé de contribuer aux coûts de construction, mais comme il nous a vendu le pré à un montant symbolique... Je lui ai donc suggéré de commencer à creuser les fondations avec nous. Ce sera un geste solidaire... Et il est bien sûr d'accord.

— J'imagine ! Bravo, mon chéri. Et d'une certaine manière, en créant cet endroit, tu renoueras un peu avec ta passion des missions d'exploration ! ajouta Flora. Même si ces missions-là seront d'une nature tout à fait différente.

— En fait, elles seront plus difficiles. Il faudra réfléchir aux trajets et aux obstacles pour que les défis soient adaptés au public.

Aksel lui embrassa tendrement la main.

— En tout cas, je ne serai jamais loin de ma famille.

— Peut-être que ta famille viendra aussi parfois avec toi...

— Tu sais que j'adorerais ça.

Flora acquiesça, émue.

— Au fait, j'ai un petit cadeau pour toi.

Elle prit, sous l'oreiller, un paquet soigneusement emballé et le tendit à Aksel.

— Merci ! Je l'ouvre maintenant ?

— Bien sûr.

Elle le regarda déchirer le papier, et découvrir ce qu'il contenait : un mini-crocodile en tissu de couleur vive, la gueule entrouverte dévoilant des crocs brodés.

Aksel éclata de rire.

— Message reçu. Les crocodiles et moi... Tu veux que je relève un défi particulier, peut-être ? Quelle que soit ton idée, la réponse est oui.

— Sans savoir ce que je vais te demander ?

— C'est bientôt Noël, ma chérie. Et j'ai confiance en toi...

— Justement, à propos de confiance... Je me suis décidée à tenter le test génétique. Si tu es prêt.

Aksel la regarda et sourit.

— Je le suis depuis longtemps. Et selon le résultat, nous déciderons ensemble... Nous saurons quoi faire.

— Oui, murmura-t-elle. Merci.

— Merci ? Mais de quoi, mon amour ? La vie est comme une vaste exploration. On ignore ce qui nous attend, mais si l'on voyage avec quelqu'un en qui on a confiance, on est certain de pouvoir faire face à tout.

— C'est vrai.

Flora l'embrassa, et se blottit contre lui, se laissant envahir par la douce chaleur d'Aksel.

— D'une manière ou d'une autre, je serai papa une seconde fois...

Aksel la serra dans ses bras.

— Sois sûre, ma chérie, que je ne manquerai pas un seul instant de ce voyage-là.

— Le voyage de notre famille... Celle que nous créerons au

fil du temps, compléta Flora, rêveuse. Nous pourrons compter l'un sur l'autre, quoi qu'il arrive.

— Oui, pour toujours.

— Pour toujours, mon amour.

ANNIE O'NEIL

Le bal d'une héritière

INTÉGRALE
LA CLINIQUE DES HIGHLANDS

Traduction française de
CHRYSTELLE POULAIN

SAGAS

HARLEQUIN

Titre original :
MAKING CHRISTMAS SPECIAL AGAIN

Ce roman a déjà été publié en 2021.

1

Quel temps de chien !

Max Kirkpatrick prit une longue bouffée d'air glacé, et sa poitrine se contracta douloureusement. De froid ou de rage ? Peu importait. Il avait besoin d'être dehors, en plein vent, pour calmer sa colère.

Noël ou pas, ses rêves se brisaient, encore et toujours. Le coin de paradis qu'à son modeste niveau il avait voulu créer allait disparaître. Dire qu'il y avait cru, cette fois ! Quelle erreur !

Avant son arrivée à la tête des urgences, l'hôpital vieillot où il exerçait n'avait jamais eu d'espace extérieur. Aussi, trois ans plus tôt, avait-il créé le jardin des Plantes et des Pattes. Le petit square était sorti de terre et, même par ce froid, des patients atteints de maladies graves s'y promenaient tous les jours avec leur animal de compagnie. D'autres préféraient la chaleur des serres, et s'occupaient des fleurs comme si leur vie en dépendait. En un sens, c'était le cas.

Max effleura d'un geste doux une rose cristallisée par le gel.

Quand le petit garçon de M. et Mme Wilkinson avait perdu son combat contre le cancer, ils avaient planté ce rosier à sa mémoire. Leur fils avait souvent joué ici même, dans ces allées, avec le chien de la famille. Ils garderaient toujours ces instants précieux en mémoire ; d'ailleurs, même après la mort de leur fils, ils n'avaient jamais cessé de venir…

Dès son premier jour au Clydebank Hospital de Glasgow, Max avait imaginé ce qu'il pourrait faire du terrain vague contigu où s'empilaient ordures, gravats et autres carcasses de voitures brûlées. Il avait dessiné plan sur plan, commandé des bancs en bois, créé des bosquets, acheté des arbres... avec l'aide précieuse de ses collègues et d'un paysagiste bénévole.

Et maintenant... Quel gâchis ! Comment ne pas être révolté par la disparition programmée de ce havre de paix ?

Il s'accroupit aux abords du jardin de galets, aménagé avec une patiente désormais guérie d'une leucémie. « Mon premier jardin ! » avait fièrement déclaré Lauren. Comme les Wilkinson, elle avait été consternée d'apprendre qu'un promoteur sans scrupule avait acheté le terrain. Leur beau square allait devenir un parking. C'était une idée intolérable, mais le pouvoir de l'argent l'avait emporté sur toute autre considération.

Alors que Max réalignait machinalement une rangée de pierres, un jeune border collie déboula en courant du fond du parc. Le chien s'arrêta près de lui en agitant la queue, puis roula sur le dos, les quatre fers en l'air. C'était une femelle et, amusé, il lui gratouilla le ventre. Aucun humain ne se trouvait dans les parages. D'où venait-elle ?

— Salut, ma puce, dit-il. Tu es magnifique... Où est ton propriétaire ?

— Certains vous diraient que les animaux n'appartiennent à personne.

La voix féminine, chaude, suave, lui fit l'effet d'une cuiller de miel. C'était le genre de timbre sexy capable d'ensorceler un homme en dix secondes chrono. Heureusement, lui était vacciné depuis belle lurette.

Une paire de luxueuses bottines se matérialisa dans son champ de vision et, en un éclair, l'image d'une Écossaise plutôt nantie se forma dans son esprit. Il avait décelé dans sa voix une légère pointe d'accent, mais aussi quelque chose d'un peu hautain, comme si cette femme avait fréquenté les meilleures écoles privées, les meilleures familles... Il ne connaissait que trop bien ce genre de profil !

À l'académie militaire où son beau-père l'avait expédié dès qu'il avait pu se débarrasser de lui, on encourageait vivement les élèves à fréquenter « les gens qui comptaient ». Des gens qui comptaient surtout leur argent, comme Max en avait encore eu la preuve ce matin-là. L'hôpital avait besoin de fonds. Personne ne semblait avoir de scrupule à détruire l'œuvre qu'il avait créée en mémoire de sa défunte mère...

La chienne lui fourra le museau dans la main, et ce contact doux et tiède le ramena à la réalité.

— Comment s'appelle-t-elle ?

— Skye. Elle est très sociable et, avec vous, elle a d'entrée sorti le grand jeu. C'est une charmeuse.

Comme sa maîtresse ? Mieux valait ne pas le savoir !

— C'est un chien thérapeutique ?

— Non, de terrain. Elle est encore en formation mais elle promet d'être excellente, comme sa mère.

Une tartine de beurre et de miel. Voilà l'effet que cette voix suave produisait sur lui. Ne manquait plus que l'irish-coffee, et le tableau serait complet.

— Pour quoi la dressez-vous ? demanda-t-il dans l'espoir de balayer ces sensations étranges.

— La recherche de victimes et le sauvetage.

Intéressant. Il s'était plutôt attendu à une réponse du type « agility » ou « garde de troupeaux ». Sans la connaître, il voyait bien cette femme en propriétaire terrienne.

Relevant la tête, il étudia la silhouette qui se détachait en contre-jour au-dessus de lui. Un halo de boucles blondes. Des jambes moulées dans un jean slim. Un luxueux manteau en cachemire. Mlle Bottes et lui ne devaient pas fréquenter les mêmes boutiques...

Puis elle s'accroupit devant lui, et il croisa un regard bleu azur dont l'intensité le foudroya. Cette femme était belle... et même plus que cela. Avec son visage mince aux proportions parfaites, encadré de courtes mèches ébouriffées, dorées comme les blés mûrs, elle était tout simplement la plus jolie créature qu'il eût jamais rencontrée.

Pris de panique, il se redressa. Elle fit de même.

— Vous êtes… une patiente ? bafouilla-t-il, même s'il connaissait d'avance la réponse.

— Non. Je m'appelle Esme Ross-Wylde.

Il serra la main gantée de cuir qu'elle lui présenta, et s'efforça de se composer un visage neutre. Même lui, qui ne lisait jamais les rubriques mondaines, savait que les Ross-Wylde comptaient parmi les familles écossaises les plus fortunées. Leur domaine, situé à deux heures de route au nord de Glasgow, s'étendait au bas mot sur trois mille hectares.

L'hiver précédant le remariage de sa mère avec le dictateur - comme il avait surnommé son beau-père —, Max avait eu le privilège de découvrir le magnifique château des Ross-Wylde. Ces derniers organisaient tous les ans un marché de Noël où rien ne manquait : ni les somptueuses décorations, ni la patinoire, ni les stands de confiseries avec pommes d'amour et bonshommes en pain d'épice. Sa mère l'y avait conduit, et ils avaient passé une journée magique !

Ces vacances de Noël avaient représenté leurs derniers moments de bonheur. Ensuite, rien n'avait plus été pareil…

S'arrachant à ces souvenirs, il croisa les mains derrière son dos.

— Que nous vaut l'honneur de votre visite ? Vous avez amené Skye pour réconforter un malade ?

— Pas du tout. Je vous cherchais.

Malgré le froid polaire, le sourire d'Esme Ross-Wylde déclencha une drôle de sensation de chaleur en lui. Il se rendit alors compte qu'elle brandissait une écharpe de laine brute. Mais… C'était la sienne !

— Où avez-vous pris ça ? demanda-t-il d'un ton rogue.

Malgré son charme évident, cette femme était peut-être une ennemie. Appartenait-elle au consortium chargé du projet de parking ? Si oui, mieux valait qu'elle annonce la couleur tout de suite.

Loin de se démonter, elle éclata de rire.

— Une de vos admiratrices l'a donnée à Skye pour qu'elle s'entraîne.

Il jeta un coup d'œil vers la serre où plusieurs patientes,

rassemblées derrière les fenêtres, lui firent force signes et clins d'œil. Voilà, c'était reparti !

Un beau matin, ces dames avaient appris que les infirmières le surnommaient « le moine » – fort peu discrètement d'ailleurs. Depuis, pour s'occuper, elles essayaient de le « caser », de façon tout aussi peu discrète, en lui trouvant des invitations et autres sorties auxquelles il ne se rendait jamais.

Exaspéré, il reporta son attention sur Esme Ross-Wylde.

— Skye a rempli sa mission de recherche. Je suppose que la vôtre, c'est le sauvetage.

Elle haussa les épaules, et les coins de sa jolie bouche se retroussèrent.

— Si ça vous intéresse...

Il avait beau vivre comme un moine, il savait reconnaître une femme qui flirtait. Mais il avait renoncé depuis longtemps aux jeux de la séduction. Tout ce cinéma, très peu pour lui.

Sa vie était bien réglée. Il s'adonnait à la médecine d'urgence dans l'hôpital le plus miteux de Glasgow. Après quoi il venait jardiner ou il rentrait chez lui. Il dînait puis se couchait avec un bon livre. Fin des opérations.

— Que diriez-vous, si on pouvait sauver ce jardin ? demanda Esme Ross-Wylde.

Choqué, il leva les yeux vers elle... et le regretta immédiatement. Un élancement brutal le frappa au-dessous de la ceinture. La douleur ricocha dans sa poitrine, et il regarda, médusé, son interlocutrice. À en croire sa tête, elle avait ressenti la même chose : une attraction violente, presque animale, dont ni lui ni elle ne voulait.

Au prix d'un gros effort, il ramena son attention sur ce qu'il venait d'entendre. C'était trop beau pour être vrai. Le dictateur lui avait appris que toute médaille avait son revers.

— C'est quoi, le deal ? Je suppose qu'il y a un « mais ».

— Charmant ! Le style « brut de décoffrage », ça plaît aux dames ?

Le Dr Kirkpatrick haussa les épaules d'une manière incroyablement sexy.

— Ça marche avec certaines, fit-il.

— Pas avec moi.

Esme se serait giflée. Quel besoin avait-elle eu de planter les poings sur ses hanches avec autant de défi ? Son corps réagissait à la présence électrisante du médecin, elle n'aimait pas cela du tout.

— Comme il vous plaira, fit le Dr Kirkpatrick en serrant les lèvres.

Elle recula et se cacha les mains derrière le dos. Ce type avait dû, comme elle, rencontrer son lot d'épreuves. Et il n'était visiblement pas plus qu'elle prêt à baisser la garde.

Une chose était sûre : il ne correspondait pas à l'image qu'elle s'était faite de lui. Lorsqu'on lui avait parlé d'un médecin urgentiste et de son jardin, elle s'était figuré un homme d'âge mûr. Jamais elle n'aurait cru tomber sur un apollon au regard de braise, séduisant en diable !

Elle caressa la tête soyeuse de Skye. Les chiens étaient ses meilleurs amis depuis toujours. Ils se montraient affectueux, et surtout loyaux, fidèles. On ne pouvait pas en dire autant des hommes. Elle l'avait découvert très jeune, à l'âge de vingt ans, quand un imbécile l'avait roulée dans la farine. Cette histoire avait fait la une de la presse à scandale, elle avait mis des années à s'en remettre.

Les hommes, à présent ? Sans façon. Lorsqu'on parlait d'elle aujourd'hui, c'était pour ses œuvres de bienfaisance. Néanmoins, si les reporters friands de sensations avaient pu voir à quelle vitesse elle avait mentalement déshabillé le Dr Kirkpatrick, ils en auraient fait leurs choux gras !

— Puis-je savoir ce que vous avez à me dire ? Mais peut-être aimez-vous vous faire prier.

À sa manière de froncer les sourcils, le médecin avait perçu les mêmes étranges vibrations qu'elle, et cela ne lui plaisait guère.

Allons, un peu de bon sens. Faire une bonne action, il n'y a rien de plus facile pour toi d'habitude.

Mais d'habitude, son corps ne se transformait pas en guirlande électrique ! Sa carapace ne l'avait encore jamais trahie, alors pourquoi réagissait-elle comme une ado plongée en plein fantasme hormonal !

Consciente que le Dr Kirkpatrick attendait une réponse, elle prit une profonde inspiration.

— J'ai cru comprendre que vous aviez besoin d'aide, dit-elle.

Il la toisa, les bras croisés sur le torse en une attitude typiquement macho. Quoique... Elle sentait plutôt de la méfiance, comme s'il voulait se protéger d'un danger invisible. Elle avait déjà vu cette posture déterminée, cette solidité, ce calme imperturbable chez son défunt frère, qui avait servi dans l'armée. Avait-ce aussi été le cas du médecin ?

Du haut de son mètre quatre-vingt-dix, il ne semblait, en tout cas, pas craindre les éléments. Quel homme normal se serait promené par ce froid en simple blouse d'hôpital et veste polaire sans manches ?

Et quel homme normal aurait déclenché ce tsunami d'émotions en elle ? Il était si beau qu'il lui faisait l'effet d'un extraterrestre...

Sa stature imposante et sa mâchoire carrée, volontaire, dégageaient un charme irrésistible. Avec ses boucles châtain foncé en désordre, son regard brun où dansaient d'incroyables reflets dorés et sa posture de défi, il exsudait le mystère à cent mètres. Elle adorait les mystères.

Non, non et non !

Elle aimait les hommes doux, gentils et prévisibles. Ceux que son frère Charles – qui habitait avec elle – lui présentait régulièrement. Néanmoins, si elle les trouvait sympathiques, force était d'admettre qu'elle s'ennuyait avec eux. Alchimie et sécurité ne faisaient pas bon ménage. Le « plus si affinités » ne s'était jamais produit.

— Vous venez, telle la cavalerie, me sortir d'un mauvais pas ? demanda le Dr Kirkpatrick, railleur.

Elle dut lever la tête pour le regarder en face. Ses amies avaient beau estimer que sa petite taille et sa silhouette menue étaient « adorables », aujourd'hui, elle aurait voulu mesurer quinze centimètres de plus.

— Je dirige la fondation Heatherglen, dit-elle en guise d'introduction. Je l'ai créée après que mon frère aîné, qui était militaire, a été tué par une mine avec son chien sauveteur en zone de combat.

Un muscle tressauta dans la mâchoire de son interlocuteur. Elle avait probablement vu juste, il avait dû faire l'armée, lui aussi.

— Je finance de nombreux projets liés aux chiens, reprit-elle. L'un d'eux reçoit un gros coup de pouce à Noël. J'organise un bal caritatif, et tous les fonds recueillis lui sont reversés. Mais les choses ne s'arrêtent pas là, Heatherglen sponsorise le projet en question aussi longtemps que nécessaire.

— Génial ! J'espère que vous vous amusez bien !

Son intonation revêche, railleuse, signifiait clairement ce que le Dr Kirkpatrick pensait de cette initiative.

— Mais... cela sauverait Le jardin des Plantes et des Pattes, protesta-t-elle. Le bal attire de gros sponsors. C'est un événement magique, le clou de la saison festive...

— Et vous y tenez le rôle de la mère Noël écossaise ?

— Épargnez-moi vos sarcasmes. J'essaye de vous aider.

Peut-être n'aimait-il pas la saison des fêtes, mais elle non plus. Son frère était mort le 24 décembre, et cette époque ne lui évoquait plus que des souvenirs douloureux !

Cependant, elle ne reportait pas sa tristesse sur les autres, au contraire. Et si elle organisait ce bal, c'était aussi pour se réconcilier avec l'esprit de Noël. Force était d'admettre que, dix ans plus tard, elle avait encore du chemin à parcourir...

Le Dr Kirkpatrick écarta les bras.

— Comment réagiriez-vous si vous aviez consacré toute votre énergie à une cause pendant trois ans, pour voir le projet disparaître ?

— Je me battrais.

— En faisant confiance à une illustre inconnue ? Excusez-moi, mais c'est trop beau pour être vrai.

— Je sélectionne moi-même les donateurs. Nombre d'entre

eux ont eu, dans leur vie, recours à une association comme la vôtre. Leur générosité est une manière de témoigner leur reconnaissance.

Aucune réaction. Sans réfléchir, parce qu'elle voulait désespérément l'atteindre, elle ajouta :

— Considérez mon aide comme un cadeau de Noël !

— Les jolies médailles ont toujours un revers.

À sa manière de la dévisager, elle prit ce commentaire pour ce qu'il était : une attaque personnelle. De quel droit lui parlait-il sur ce ton ? Pour qui se prenait-il ?

Il consulta brièvement sa montre et jeta un coup d'œil vers l'entrée des urgences.

— Ma pause se termine, alors si cela ne vous ennuie pas...

— Si, ça m'ennuie beaucoup ! le coupa-t-elle, exaspérée.

Il agita son index droit en l'air, manière de dire : « Causez toujours, je ne vous écouterai pas ! » Qu'est-ce qui clochait, chez lui ? Soit il avait beaucoup souffert par le passé, soit c'était un mauvais coucheur, mais au fond peu importait : elle n'allait pas chercher à comprendre.

La fondation Heatherglen était tout sauf un caprice de gamine riche. C'était son bébé, sa fierté, l'œuvre qui lui avait permis de garder la tête hors de l'eau. Elle se réjouissait de soutenir des associations fragiles, alors tant pis pour le Dr Kirkpatrick s'il était trop bête pour saisir sa chance !

— J'ai une liste de donateurs longue comme le bras. Mon seul but était de vous en faire profiter, dit-elle d'un ton froid. Je vais vous laisser, maintenant. Pour une raison qui m'échappe, vous ne souhaitez pas empêcher Gavin Henshall de transformer ce jardin en parking. C'est votre choix.

Il sursauta, le coup avait porté. Avait-elle trouvé la faille dans son armure ?

— Je suppose qu'il faudra plus de quelques milliers de livres pour évincer Henshall, dit-il.

— Oui. Chez moi, on raisonne en centaines de milliers.

Il la fixa, l'air abasourdi.

— Très bien. Que dois-je faire pour encaisser le chèque ?

Comme elle le dévisageait en fronçant les sourcils, il esquissa une courbette. Puis, de manière inattendue, il sourit.

— Je vous prie de m'excuser. En ce moment, j'ai tendance à oublier les bonnes manières. Je ne voulais pas être impoli, madame Ross-Wylde. Ou est-ce... mademoiselle ?

— Mademoiselle.

Si elle avait trouvé sa faille, il venait, indubitablement, de découvrir la sienne. En temps normal, elle aurait pris ses jambes à son cou, mais, pour une raison inexplicable, elle avait envie de rester et d'approfondir la question. *La question... Quelle blague !*

Pour se rassurer, elle jeta un bref coup d'œil à la main gauche du médecin. Hélas ! il ne portait pas d'alliance, et son cœur s'emballa.

— J'ai rencontré les administrateurs de l'hôpital, dit-elle avec difficulté. Ils ont suspendu la vente jusqu'au mois prochain. Si je récolte assez d'argent d'ici là, ils sont prêts à l'annuler définitivement. Le jardin sera sauvé. La seule chose...

— Je savais bien qu'il y avait un « mais » !

Agacée par l'air acerbe de Max Kirkpatrick, elle le toisa :

— Il faudra me mettre en relation avec deux personnes qui ont besoin d'un chien thérapeutique. C'est la condition imposée.

— Imposée ? Rien que ça ?

— Pendant trois semaines, vos deux patients bénéficieront d'une prise en charge personnalisée, tous frais payés, dans mon centre d'éducation canine. S'ils ont des moyens modestes, la fondation sponsorisera leur animal à vie. Ils n'auront jamais rien à débourser.

— Quel type de chiens fournissez-vous au juste ?

Pour la première fois, elle avait décelé une lueur d'intérêt dans son regard. Il venait de poser la bonne question, et elle lui sourit. Elle avait la réputation d'être intarissable à propos de son chenil, dont elle était extrêmement fière.

— Nous accompagnons toutes les pathologies : diabète, épilepsie, cancer... Par ailleurs, notre offre couvre la prise en charge des maladies mentales et du stress post-traumatique.

— Bien... À titre personnel, aurai-je quelque chose à faire ?

Logiquement, elle aurait dû l'inviter à séjourner au domaine avec ses patients. Toutefois, l'idée qu'il puisse rester quinze jours chez elle l'affolait trop pour qu'elle le lui propose.

— Rien, sauf assister au bal et encaisser le chèque, répondit-elle d'un ton léger. Nous sommes très organisés, à Heatherglen. Mon frère Charles, qui est neurologue, gère une clinique de réhabilitation fonctionnelle située dans le château. Moi, je m'occupe du centre canin. J'ai bloqué dix jours sur mon planning pour vos malades, entre le 14 et le 23 décembre. Le bal aura lieu le soir du 23.

— Hum ! Je vois.

— Le timing n'est pas idéal, les gens sont souvent très pris avant les fêtes. Mais comme le donateur est pressé, on n'a pas le choix. Vos patients pourraient rentrer chez eux à Noël et revenir au château en janvier pour finir leur séjour. Si cette organisation convient à tout le monde, bien sûr.

— Et si mes directives sont respectées.

Elle eut un rire incrédule.

— Vos directives ? En tant que bénéficiaire...

— En tant que responsable du jardin des Plantes et des Pattes, je ne veux pas qu'on dénature mon association.

— Quelle idée ! Qu'est-ce qui vous a rendu si méfiant ?

— Une mauvaise expérience.

À peine avait-il prononcé ces mots que Max aurait voulu les ravaler. Mais c'était plus fort que lui : le nom de Gavin Henshall provoquait toujours des réactions négatives en lui. Cet homme lui avait fait perdre foi en l'espèce humaine.

Dès l'âge de quatorze ans, il avait trimé soirs et week-ends pour plaire à cet homme devenu son beau-père. « Il faut gagner ta croûte », lui martelait Henshall à longueur de journée. « Sans fric, tu n'es rien ! » Alors Max avait lavé des voitures, tondu des pelouses et fait toutes sortes de corvées dans l'espoir d'amadouer ce tyran domestique. En vain.

Celui-ci avait fini par l'expédier dans une école militaire, l'éloignant ainsi de sa mère, qui était restée seule sous la coupe de ce mari indigne. Max n'avait pas pu la protéger, et lorsque le cancer l'avait emportée, il avait considéré cela comme une délivrance pour elle...

Il se secoua. Tout le monde n'était pas obsédé par l'argent comme Henshall. Esme Ross-Wylde semblait franche et honnête. Elle n'avait pas l'air d'utiliser sa fondation pour écraser les autres.

Néanmoins, il voulait savoir où il mettait les pieds. Il n'annoncerait pas que le jardin était sauvé avant d'en être sûr.

— Quel rôle jouez-vous dans cette histoire ?

— Vous l'avez dit, je suis la mère Noël.

Esme Ross-Wylde avait répondu d'un ton sec, signe qu'il l'avait froissée.

— Accessoirement je suis vétérinaire, spécialisée en comportement canin, dit-elle. Il m'arrive aussi de ramasser des crottes, si vous tenez à le savoir.

Brillante. Sous ses allures de poupée de porcelaine, cette femme était brillante. Il l'avait deviné dès la première seconde. Fière et indépendante, elle devait mener sa carrière sans rendre de comptes à personne. Comme lui...

— Rien que ça ? fit-il d'un ton de velours.

Même si la séduction n'était pas son fort, il voulait la provoquer. Il obtint un sourire indulgent en retour, preuve qu'il ne s'en sortait pas si mal !

— Je suis débordée, dit-elle d'un ton ferme. Ma clinique est la seule des environs, et le centre d'éducation canine affiche complet. Nous entraînons les chiens d'assistance à diverses missions, comme appuyer sur une téléalarme à la place de leur maître. Pour les patients autistes et les dépressifs, nous formons des chiens de soutien psychologique. Ces braves toutous rendent les gens heureux et leur changent la vie.

Elle parlait de son travail avec une fierté légitime. Les animaux étaient précieux pour les malades. On pouvait toujours compter sur eux, contrairement à la plupart des humains...

— Nous sélectionnons les chiens sur des critères précis, et souvent dans des refuges, dit-elle. Les plus grandes races jouent un double rôle. Ces gros chiens apportent une aide physique aussi bien qu'émotionnelle aux militaires victimes de stress post-traumatique.

Max opina. Il connaissait beaucoup d'anciens soldats qui en auraient eu besoin. Lui-même s'étonnait toujours d'avoir servi durant quatre campagnes au Moyen-Orient et d'être revenu indemne. Physiquement, en tout cas. Psychologiquement, c'était une autre histoire...

— Et votre frère ? demanda-t-il pour couper court à ses réflexions. N'a-t-il pas son mot à dire dans le choix des patients ?

— Charles gère sa clinique, je m'occupe de la mienne. La fondation, c'est mon bébé depuis toujours...

Il eut l'intuition que ces mots cachaient quelque chose, un mystère qu'il eut envie d'éclaircir.

— ... vous vous en rendrez mieux compte sur place.

— J'avais cru comprendre que je n'étais pas invité.

Au départ, il avait été soulagé qu'Esme Ross-Wylde l'exclue du programme. Mais leur échange avait éveillé sa curiosité. Force était d'admettre qu'elle l'intriguait !

Elle rougit, visiblement embarrassée.

— En principe, j'invite le responsable du projet sponsorisé, mais... je pensais que vous étiez débordé, avec les départs en vacances, les gardes de Noël, les fêtes...

Il jeta un coup d'œil vers l'ambulance qui venait de se garer devant l'hôpital. Sa pause était vraiment finie. D'ailleurs, quel intérêt aurait-il eu à agacer davantage Esme Ross-Wylde ? Elle semblait avoir du cœur, et il risquait de tout gâcher en se la mettant à dos.

— Pas de souci. Mon carnet de bal est plein, dit-il.

— Hum ! D'accord...

Elle replaça machinalement une boucle dorée derrière son oreille, ses cheveux étaient-ils aussi doux qu'ils en avaient l'air ?

— Je... hum ! Où mes patients séjourneraient-ils ?

— Au château. Une partie des bâtiments accueille la clinique de Charles. Les chenils et le centre canin se trouvent dans les anciennes écuries.

— Personne ne chasse plus, alors ?

Elle haussa les sourcils.

— Vous semblez connaître Heatherglen.

— J'y suis allé une fois... Il y a longtemps.

Ne souhaitant pas s'étendre sur la question, il s'agenouilla pour caresser Skye.

— Donc, vous acceptez ma proposition ? demanda Esme de sa voix rauque et envoûtante.

Il se releva et soutint son regard.

— Pour sauver mon jardin, oui, volontiers, répondit-il d'un ton ferme. Comment puis-je vous joindre ?

Esme eut la vision fugace d'un couple en train de patiner au clair de lune. L'homme, qui ressemblait à s'y méprendre à Max Kirkpatrick, la tenait, elle, par la main. Ils évoluaient sur la glace dans le cadre féerique de Heatherglen...

— Par mail ? Par téléphone ?

— Oh ! je... Attendez...

Elle fourragea dans son sac à main et y trouva une carte de visite, qu'elle lui tendit.

— Contactez-moi quand vous aurez choisi vos patients, dit-elle. J'organiserai deux appels vidéo pour mieux les connaître. J'aimerais que vous y participiez.

— Est-ce vraiment nécessaire ?

Elle réprima un soupir. Dieu merci, il ne viendrait pas à Heatherglen ! Elle aurait mal supporté cette contestation permanente.

— Quelle abnégation ! fit-elle, sarcastique. Deux appels vidéo et une soirée en smoking contre deux chiens exceptionnels pour vos patients...

Plus les minutes passaient, plus elle se sentait bizarre. Cette discussion, ces regards appuyés, l'incroyable séduction dégagée par son interlocuteur... La dernière fois que quelqu'un l'avait troublée à ce point, l'histoire s'était mal terminée.

— Un smoking ? Pour le bal ?

— Oui. Votre présence incitera les donateurs à se montrer plus généreux.

— Faire des courbettes n'est pas mon fort.

— J'ai cru remarquer.

Le rire de Max Kirkpatrick fit monter en elle une vague de chaleur inattendue.

— Vous n'allez pas me lâcher, pour le bal ? demanda-t-il.

« Ni pour le bal ni pour le reste », songea-t-elle. Puis elle se traita d'idiote. D'où lui venaient ces pensées déplacées ?

— Non, confirma-t-elle. Si vous n'avez pas de smoking, mon frère vous en prêtera un. Au pire, s'il est trop grand, on rembourrera les épaules.

Pourquoi le provoquait-elle ? Elle n'avait pu s'empêcher de lui lancer un regard appréciateur, sachant qu'avec sa carrure il serait magnifique dans les vêtements de Charles. Et encore plus beau vêtu d'une simple feuille de vigne...

— Merci, mais en guise de tenue de soirée, je préfère le kilt.

De mieux en mieux ! Elle l'imaginait déjà, fort et viril comme un chef de clan... Son cerveau le redéshabilla à une vitesse folle, et elle se reprit. Pouvait-elle le dispenser du bal ?

Non, bien sûr. Impossible de faire marche arrière. Sa présence au gala était indispensable, et peut-être, grâce à lui, retrouverait-elle son âme festive. Elle faisait toujours semblant, mais elle avait rarement le cœur joyeux à Noël. Et si les choses changeaient enfin ?

— Un kilt serait parfait...

À son regard perçant, elle comprit que le médecin avait lu en elle comme dans un livre ouvert. Soudain, il fit un pas en arrière.

— Très bien, mademoiselle Ross-Wylde. Je participerai à ces deux appels vidéo et à votre bal.

Son acceptation guindée, bien plus formelle que leurs échanges badins, prouvait qu'il n'était pas dupe. Il avait compris pourquoi elle l'excluait de Heatherglen. Au temps pour la magie. Elle allait, comme d'habitude, se concentrer sur sa mission. Ainsi occupée, elle oublierait que, l'espace d'un quart d'heure et pour la première fois depuis neuf ans, elle avait rêvé d'autre chose...

— Super ! dit-elle en guise de conclusion. Puisque tout est calé, je vous dis à bientôt. Bonne fin de journée !

Elle tourna les talons, elle était soudain pressée de partir.

La dernière fois qu'elle avait suivi son cœur plutôt que sa raison, elle avait payé cette imprudence au prix fort. Plus jamais elle ne s'exposerait ainsi.

Elle avait été stupide de croire que Max Kirkpatrick pourrait rallumer la petite flamme éteinte depuis si longtemps.

Il n'était pas le bon candidat pour cela.

Personne ne l'était.

2

Depuis cinq minutes, le jeune Euan, douze ans, s'agitait dans son fauteuil.

Max, qui était assis à côté de lui, jeta un coup d'œil par-dessus son épaule. Carly, la mère d'Euan, s'était installée derrière eux et, timide comme jamais, se rongeait nerveusement les ongles.

Max avait eu toutes les peines du monde à la convaincre de venir. Sa fatigue chronique et sa peur de déranger ou de se faire remarquer lui rappelait sa défunte mère. Oserait-elle poser quinze jours de vacances ? Le pourrait-elle ?

Il eut un sourire encourageant.

— Vous êtes prêts ?

Pour être honnête, lui-même ne l'était pas. Son malaise avait une raison inavouable : jamais encore il n'avait fait de rêves érotiques comme ceux qui le réveillaient depuis une semaine. Et s'il n'y avait eu que cela…

Non content de fantasmer sur Esme Ross-Wylde, il culpabilisait. Il aurait dû expliquer à sa bienfaitrice pourquoi il s'était montré si méfiant et presque agressif, huit jours plus tôt, dans le jardin. Mais il n'avait pas trouvé le courage de lui dire qu'il connaissait Gavin Henshall. Habitué à masquer ses émotions, il ne faisait plus confiance à personne.

Il avait essayé, pourtant. En zone de combat, il s'était fié à ses supérieurs avant de s'apercevoir, consterné, que l'incompétence de certains mettait la vie des hommes en péril. Et dans la sphère personnelle, il s'était fiancé. Mais la trahison de son ex lui avait administré une ultime piqûre de rappel ; il était désormais définitivement vacciné contre les femmes.

Il ne prenait donc plus de risques, ni professionnels ni sentimentaux. Il se protégeait et mettait des verrous dans tous les domaines. C'était plus simple.

— Je suis contente que vous ayez choisi Fenella en même temps qu'Euan, dit Carly d'une voix timide.

— Elle a besoin d'un chien, elle aussi, répondit Max en signe d'assentiment.

Fenella, qui avait quarante et un ans, avait été victime d'un grave accident de voiture. Blessée à la tête, elle avait gardé des séquelles sous la forme de violentes crises d'épilepsie et arrivait souvent aux urgences pour faire soigner coupures et contusions diverses. C'était là qu'Euan, Carly et elle avaient fait connaissance.

— Son chien recevra un entraînement spécifique, dit Max.

— Est-ce que celui d'Euan correspondra à sa... situation ? demanda Carly, dubitative.

Elle n'arrivait pas à dire « stress post-traumatique » pour décrire le problème de son fils. Elle culpabilisait, même si elle n'était pas responsable de ce qui s'était passé. L'agression qu'Euan avait subie relevait « simplement » d'un terrible concours de circonstances. Il s'était trouvé au mauvais endroit au mauvais moment.

— J'ai raconté ton histoire à Esme, dit-il au jeune garçon. Elle a trouvé l'animal qu'il te faut. Grâce à lui, tu seras moins anxieux quand tu devras rester seul à la maison. Elle a aussi appelé le principal de ton collège. Il ne s'oppose pas à la présence de chiens dans l'établissement. Ce brave toutou pourra t'accompagner en classe.

Euan détortilla les mains qu'il avait croisées nerveusement, et son regard s'illumina. Pauvre gosse. Il était déjà passé quatre ou cinq fois aux urgences, toujours pour faire soigner des blessures consécutives à des bagarres. L'école était tout sauf une zone de calme, pour lui !

L'agression qu'il avait subie, dix-huit mois plus tôt, l'avait presque tué. De jeunes voyous l'avaient confondu avec un autre gamin du quartier et lui étaient tombés dessus alors qu'il rentrait chez lui. Il s'en était tiré avec des côtes cassées, un bras dans le plâtre et un visage méconnaissable. Max avait prédit le stress post-traumatique qui allait suivre, et ne s'était malheureusement pas trompé.

Perturbé à l'extrême, Euan réglait désormais tous ses ennuis avec ses poings. Il séchait les cours plusieurs fois par semaine et faisait des crises d'angoisse et des cauchemars si effrayants que ses cris réveillaient les voisins.

Carly était mère célibataire et avait besoin de travailler. Elle devait souvent le laisser seul alors qu'il aurait eu besoin d'une présence permanente. Le suivi psychologique ne suffisait pas, et Max était convaincu que l'arrivée d'un chien thérapeutique égayerait la vie d'Euan tout en lui procurant un indispensable sentiment de sécurité.

— C'est l'heure, dit Max. On n'en a pas pour longtemps. Esme veut juste te présenter ton chien.

— J'espère que c'est un gros bouledogue, et un mâle ! dit Euan.

Max pressa le bouton d'appel vidéo en souriant.

— On va vite être fixés.

Esme eut un coup au cœur quand le visage de Max Kirkpatrick apparut à l'écran.

Durant la semaine qui venait de s'écouler, elle s'était dit qu'elle avait exagéré l'impact de leur première rencontre. Elle l'avait trouvé beau, et alors ? De nombreux hommes répondaient à ce qualificatif. Des acteurs, des mannequins, des anonymes... Il n'y avait pas lieu d'être troublée pour si peu.

Elle avait voulu s'en convaincre, mais force était à présent d'admettre qu'elle avait échoué. Pour preuve les papillons qui valsaient au creux de son estomac. La distance et la mauvaise connexion ne changeaient rien à l'affaire : face à M. Super Sexy, elle perdait ses moyens !

Pour donner le change, elle reporta son attention sur le

garçon assis près de lui. Le visage blême d'Euan Thurrock et son expression pleine de défi éveillèrent sa compassion immédiate, et elle bascula en mode professionnel. Pauvre gosse ! Sous ses dehors bravaches, il n'en menait visiblement pas large.

Elle imaginait sans peine l'enfer qu'il traversait. Lorsqu'elle avait eu ses « problèmes » à Glasgow, elle avait pu se réfugier à Heatherglen. Euan, lui, était forcé de vivre là où il avait subi son traumatisme. Il n'avait pas changé d'école, il empruntait toujours le même trajet. Le stress était devenu son lot quotidien...

— Bonjour, Euan, dit-elle d'un ton doux. Je suis contente de te voir. Es-tu prêt à faire la connaissance d'Ajax ?

Le garçon lança un poing triomphal dans les airs.

— Bonjour ! Ajax, c'est un nom de chien d'attaque ? Je vais avoir un rottweiller ou un doberman ?

— Pas vraiment, non, répondit-elle, amusée.

Elle siffla une fois, et un labrador sable s'approcha aussitôt d'elle pour arriver dans le champ de la caméra. Alors, en cinq secondes, l'expression d'Euan changea du tout au tout. L'espoir et la joie illuminèrent ses traits, et Esme prit une profonde inspiration pour retenir ses larmes. Elle avait beau avoir vécu des dizaines de présentations, elle ne s'en lasserait jamais. Ces moments-là étaient trop beaux, trop émouvants !

— Assis, Ajax.

Dès que le chien eut obéi, elle lui donna une friandise, puis scruta l'écran.

— Je vois que ta maman est là, Euan. Si j'ai bien compris, c'est elle qui t'accompagne à Heatherglen ?

— Je vous présente Carly, dit Max d'une voix où pointait une indéniable émotion.

— Bonjour, madame, dit timidement la jeune femme. Je... n'ai pas eu le temps de dire au docteur que j'ai un... souci. Je travaille dans une supérette, et il y a toujours une grosse activité à Noël. Mon patron m'a dit que si je prenais des vacances, ce n'était pas la peine de revenir.

Choquée, Esme poussa un petit cri. Elle n'avait jamais

rencontré ce problème. Au besoin, elle pourrait dédommager l'employeur ou trouver lui un intérimaire.

— Voulez-vous que je lui téléphone ? demanda-t-elle.

— Hum ! C'est gentil mais... non, merci. Il risque de se vexer. J'ai trop peur de perdre mon emploi.

Esme se mordit la lèvre. Là, on était dans l'impasse. Si seulement elle avait installé son cabinet à Glasgow ! Si seulement son ex-mari n'avait pas détourné une partie de sa fortune pour construire une discothèque, l'obligeant à fuir !

Avant qu'elle ait pu parler, Max intervint :

— Ce n'est pas grave. J'accompagnerai Euan.

Bouleversée, elle le vit toper là avec le garçon. Elle les observa, la gorge nouée. Puis Max se retourna et fixa l'écran d'un air hautain.

— Si cela vous convient, Esme... Je ne voudrais pas m'imposer !

Elle comprit qu'il ferait tout pour protéger Euan et lui éviter une grosse déconvenue. Comment lui en vouloir ? Sous ses dehors bourrus, elle le devinait gentil, sensible et chaleureux. Ce qui ne l'arrangeait pas, mais alors pas du tout. Elle allait devoir se méfier, maintenant qu'il s'était invité chez elle !

Qu'il soit solide et digne de confiance, en plus d'être un véritable apollon, ne faisait pas l'ombre d'un doute. Comment résister ? Comment ne pas craquer pour lui, surtout au moment de Noël où elle était toujours plus vulnérable ?

— C'est... gentil de votre part, dit-elle en bafouillant. Je vais vous donner quelques consignes.

— Le contraire m'aurait surpris, fit-il avec un sourire narquois.

Elle rassembla ses esprits et, de la manière la plus détachée possible, passa en revue les détails pratiques du séjour.

— Euan a-t-il des allergies alimentaires ? Des choses qu'il n'aime pas ?

Carly eut l'air embarrassée.

— D'après ce que je sais, il ne mange que des pâtes, des saucisses et des frites ! dit Max en riant.

— Je voudrais bien goûter des sushis, fit le garçon d'une voix hésitante.

— On t'en trouvera, répondit Max en lui ébouriffant les cheveux.

Esme songea qu'un chien ne lui aurait pas fait de mal, à lui non plus. Il le cachait bien, mais il semblait avoir besoin d'affection. Peut-être pourrait-elle lui confier Dougal, le chiot errant qui, à cette minute précise, dormait à ses pieds. Une kinésithérapeute de la clinique l'avait recueilli devant le château et, en quelques semaines, le petit bâtard peureux était devenu câlin, obéissant et adorable...

Quand Max reprit la parole, elle fit le maximum pour rester professionnelle. Dix jours sous le même toit n'étaient pas la mer à boire, tout de même. Elle pouvait le faire. De plus, elle comptait sur Charles pour veiller au grain !

Son frère, qui était sérieux comme un pape, allait se méfier de cet inconnu trop séduisant. Une mauvaise expérience avait suffi. Elle s'était mariée à dix-neuf ans contre l'avis de sa famille, avait divorcé à vingt. Et depuis son retour à Heatherglen, Charles la protégeait farouchement. Pis, il lui présentait des hommes « fréquentables », ternes et ennuyeux...

La conversation s'achevait, Esme salua ses interlocuteurs. Puis elle regarda par la fenêtre de son bureau et soupira. Le château illuminé offrait un vrai décor de carte postale. Ne manquait plus que le prince charmant pour que le tableau soit complet.

Le prince charmant ?

Dans quelle galère s'était-elle mise ? Si elle continuait, les quelques jours à venir s'annonçaient non seulement mémorables, mais surtout dangereux !

— Dites, doc, c'est quand qu'on arrive ?

— Quand on pourra !

Si Max avait eu son mot à dire, le trajet jusqu'à Heatherglen aurait duré dix jours. Ainsi, il n'aurait pas eu à côtoyer Esme avec Euan et Fenella sous sa responsabilité. Au départ, cette dernière devait venir avec sa mère, mais la vieille dame avait contracté la grippe, et Fenella s'était, elle aussi, retrouvée seule pour le voyage.

Avec deux patients à chaperonner, Max devrait assister aux séances d'entraînement, partager les repas, les moments de détente. Bref, créer du lien, chose qu'il ne faisait jamais. S'il avait choisi la médecine d'urgence, c'était justement pour ne pas s'attacher aux malades !

Et le jardin, alors ? Ne fais pas semblant de te désintéresser des gens. Tu l'as créé pour eux. Il serait temps de le reconnaître.

Plus le temps passait, plus il avait du mal à verrouiller sa sensibilité. Pour preuve, sa réaction lorsqu'il avait vu Esme au bord des larmes, face à la caméra, le jour où Euan avait découvert son chien. La scène s'était reproduite avec Fenella, et il avait senti sa gorge se nouer devant l'émotion de leur bienfaitrice.

— À ce rythme-là, je n'aurai pas le temps de réviser mes maths aujourd'hui. Au fait, mon pote, merci de me faire sécher le collège ! dit Euan d'un ton bravache.

— D'une, je ne suis pas ton « pote », et de deux tu feras tes devoirs tous les jours, répondit Max en grommelant. Je l'ai promis à ta mère.

— Oh oh ! vous avez l'air énervé.

Max jeta un coup d'œil dans le rétroviseur intérieur. Devant l'air amusé d'Euan, il crispa les mains sur le volant.

— Je ne suis pas énervé.

— Moi aussi, je vous trouve un peu tendu, dit Fenella d'un ton docte.

Il réprima un grognement. Soit, lui-même se sentait nerveux, et alors ? On l'aurait été à moins, après une dizaine de coups de fil et deux appels vidéo avec un ange blond qui jouait les bonnes fées. La nuit, son imagination avait pris le relais, et il avait rêvé d'Esme en tenue de ski, en pyjama devant un feu de cheminée, et même… en tenue d'Ève !

Sur un coup de tête, il quitta l'autoroute pour emprunter les voies secondaires. Il avait besoin de reprendre ses esprits ; plus tard ils arriveraient, mieux cela vaudrait.

— Je prends la route touristique, dit-il comme pour lui. Autant profiter du paysage.

Pour la vingtième fois, Esme consulta sa montre.

— Ne t'inquiète pas, lui dit en riant Margaret, sa collègue et amie, ton beau gosse va bientôt arriver.

— Ce n'est pas *mon* beau gosse. Et je ne suis pas inquiète.

Elle s'écarta de la fenêtre. Si Margaret avait su ce qui la taraudait ! Mais il n'y avait aucun danger qu'elle le lui dise !

Depuis que Margaret était tombée follement amoureuse, elle s'était mis en tête de « caser » Esme pour qu'elle connaisse un bonheur identique au sien. Comme si un tel scénario était possible…

— Allez, raconte. À quoi ressemble-t-il ? Il est sûrement plus mignon que les bonnets de nuit avec qui tu dînes parfois. Charles n'a aucun goût ! fit Margaret d'un ton pétulant.

Elle prit un bonhomme en pain d'épice dans la boîte posée sur le comptoir. Mme Renwick, la chef cuisinière de Heatherglen, se surpassait toujours au moment des fêtes ; il était bien difficile de résister à toutes ces friandises.

— Ton docteur sexy est-il aussi délicieux que ces petites choses, Esme ?

— Personne n'a dit qu'il était sexy.

Hilare, Margaret faillit s'étouffer avec son gâteau.

— Pas la peine. Tu rougis chaque fois que tu lui parles au téléphone. Le baiser sous le gui n'est pas loin, tralalalalère !

— Tais-toi donc.

— Ah ! je vais enfin pouvoir me faire une opinion. Les voilà ! Je vais chercher les chiens et je reviens.

Margaret remonta la fermeture de sa veste polaire, estampillée du logo de la clinique, et sortit dans un tourbillon d'air froid. Restée seule, Esme se rapprocha de la fenêtre pour observer le vieux 4x4 qui remontait l'allée pentue menant à la clinique.

Ce véhicule hors d'âge ne déparait pas de celui d'Aksel, le vétérinaire qu'elle avait recruté récemment. Gérer à la fois le cabinet et le centre d'éducation canine était devenu compliqué, aussi l'arrivée du jeune homme avait-elle été providentielle. Doué, gentil et pragmatique, il se montrait hyper efficace. Et depuis qu'il était amoureux de Flora – une des kinés de la clinique de Charles – il nageait dans un tel bonheur qu'il aurait pu sans rechigner effectuer le double de travail !

Max était-il capable des regards adorateurs dont Aksel gratifiait Flora ? Allons. Rêver de ces choses-là était dangereux. Neuf ans plus tôt, lorsque Esme avait engagé son cœur sans réfléchir, elle avait perdu une fortune et, bien pis, l'estime d'elle-même.

Harding, son ex-mari, l'avait fait passer pour une idiote. Tous ses mensonges et ses discours n'avaient été qu'une ruse pour parvenir à ses fins. Elle était tombée dans le piège et doutait depuis de tout. L'amour sincère et désintéressé d'un homme ne serait probablement jamais pour elle !

La vision de Max assis au volant lui donna un coup au cœur. Elle avait appris par les administrateurs de la fondation qu'il avait servi au Moyen-Orient, comme son frère Nick. Voilà qui expliquait sans doute sa réserve, son calme énigmatique, cette distance protectrice qui la séduisait tant.

Résister dix jours sans se trahir relèverait de l'exploit, mais elle n'avait pas le choix. Aussi, avec effort, détacha-t-elle son regard de Max pour observer ses passagers.

Euan et Fenella faisaient plaisir à voir. Le nez collé aux vitres, ils avaient l'air de gamins à la fête foraine, et elle songea, non sans fierté, que cela était dû au château.

Avec ses douze cheminées, ses balustrades en pierre et ses jardins, l'imposante demeure offrait une image féerique. Conscients néanmoins qu'un bel extérieur ne suffisait pas, Charles et elle avaient modernisé les pièces à vivre. L'intérieur du château offrait à présent à tous les visiteurs un confort luxueux, sans ostentation, et elle appréciait de pouvoir jouer les hôtesses.

Comme la clinique tournait à plein, il manquait une chambre pour accueillir ses invités. Le Dr Sinclair, qui gérait l'hébergement, avait donc décidé que la mère d'Euan s'installerait dans la partie privée du château – là où résidait la famille Ross-Wylde. Mais Carly n'était pas venue, et c'était finalement Max qui allait dormir à deux portes de la chambre d'Esme…

Arrête d'y penser. Concentre-toi sur ton travail.

Des portières claquèrent, et les rires joyeux d'Euan et de Fenella lui parvinrent. Elle balaya à la hâte les miettes égarées sur son pull, mais avant qu'elle ait pu sortir, la porte s'ouvrit en grand, heurta la butée de porte, et commença à se refermer avant de s'immobiliser contre une solide barrière humaine… Max.

Un courant d'air glacé s'engouffra dans la pièce avec lui.

— Désolé, c'est ce vent ! fit-il sans autre forme de salut.

Quand il avisa l'accueil, il fronça les sourcils. Les présentoirs où s'alignaient sacs de croquettes, jouets pour chiens et chats, et autres produits vétérinaires, disparaissaient presque sous les boules et les guirlandes. Esme avait chargé Hamish, le petit-fils de Mme Renwick qui était stagiaire au cabinet, des décorations de fête. Le garçon s'était lâché, et le résultat déplaisait visiblement à Max. Elle haussa les épaules.

— Ce n'est pas votre tasse de thé ?

— Pas vraiment, non.

— Pourquoi Euan et Fenella sont-ils restés dehors ?

— Ils voulaient faire une bataille de boules de neige.

— Génial ! D'après les vieux Écossais, il n'y a rien de mieux pour se vider la tête après une dure journée.

— Il n'y a surtout rien de mieux pour prendre froid en sortant de voiture.

Max la dévisageait avec insistance et, finalement, son regard descendit jusqu'au chandail rouge qu'elle portait. S'attardait-il un peu trop sur sa poitrine ?

— Joli pull, dit-il.

Le motif, des ours polaires en train de patiner sur une rivière gelée, devait lui sembler ridicule et puéril.

— Je l'ai acheté au marché de Noël. Ils font les mêmes pour homme, répondit-elle, taquine.

— Sans façon, merci. Je ne porte pas ces couleurs-là.

Elle le détailla ouvertement, comme il l'avait fait avec elle.

Son pardessus marine et son pantalon en velours de la même teinte lui allaient à ravir.

— Au moins, vous êtes franc !

— Certains diraient que c'est mon plus gros défaut.

Il lui fit un clin d'œil puis, visiblement étonné de sa propre hardiesse, se rembrunit. Comme le jour de leur première rencontre, elle vit le désir flamber dans son beau regard brun et se secoua.

Il n'était pas venu au château pour elle, mais pour ses patients. À quoi bon vouloir que Noël soit différent cette année ? Il n'y avait aucune raison que cela fonctionne. Tout allait de travers depuis la mort de Nick.

Après ce drame, leur mère s'était lancée dans un tourbillon d'activités frivoles. Elle avait organisé des fêtes et mené grand train à l'autre bout du monde. Elle avait eu plusieurs liaisons, précipitant la chute d'un mariage jusque-là heureux.

Après le divorce, le père d'Esme s'était replié sur lui-même et était mort trois ans plus tard. L'ex Mme Ross-Wylde s'était remariée avec un millionnaire grec ; depuis, Charles et Esme vivaient seuls avec leurs souvenirs.

Militaire en zone de combat, Max avait dû, lui aussi, se mettre à détester Noël, Esme en était presque sûre. Mais contrairement à elle, il n'avait sans doute jamais fait l'effort d'y remédier.

Aujourd'hui, autant être honnête, elle avait renoncé à se battre pour elle-même. Par-delà le décorum, elle essayait de donner aux autres le bonheur qu'elle avait perdu. Elle se réjouissait d'arpenter les allées du marché de Noël devant le château. Elle aimait lire la joie dans les regards des visiteurs, petits et grands. Et si son cœur restait figé dans sa poitrine, nul ne le savait, sauf elle...

Elle balaya ces réflexions et prit l'assiette de gâteaux sur le comptoir.

— Même si vous êtes anti-Noël, vous prendrez bien un bonhomme en pains d'épice ? C'est une spécialité maison.

Max leva les yeux au plafond, mais se servit néanmoins et mordit délicatement dans son biscuit.

— Hum ! Excellent...

Il avait l'air sincère, et quand il lui sourit, elle songea que, finalement, il restait de l'espoir à l'horizon.

Il n'était jamais trop tard pour se réconcilier avec l'esprit de Noël.

3

Max rêvait de prendre ses jambes à son cou. Sans Euan et Fenella, il serait déjà monté dans son 4x4 pour regagner Glasgow.

Esme était une vraie sorcière de Noël. Subjugué en dix secondes, il s'était mis à lui faire des clins d'œil et à lorgner sa poitrine. Quelle classe ! Une attitude de gentleman, tout à fait digne du château où il se trouvait ! Il était consterné.

S'il avait suivi son instinct, il aurait jeté Esme sur son épaule et l'aurait emmenée dans la forêt pour l'embrasser sous un rameau de gui. Il était sûr que ses lèvres avaient un goût de cannelle et de pain d'épice, comme ses biscuits...

Rageur, il enfonça les poings dans les poches de son manteau. Il devait se concentrer sur ses patients et la chance exceptionnelle qui leur était offerte. Ce séjour présentait un intérêt thérapeutique, rien d'autre !

Soudain, la porte battante située au fond du hall, à l'opposé de l'entrée, s'ouvrit en grand. Une jeune femme brune dont le vêtement de travail portait un badge Margaret les rejoignit, tout sourire, les joues rosies par le froid. Quand son regard curieux se posa sur Max, il eut l'impression qu'elle contenait son amusement.

Esme s'était rembrunie et, sans être expert en psychologie féminine, il crut deviner la cause de son agacement. Elle avait dû le dépeindre à sa collègue en des termes peu flatteurs. Il aurait pu parier qu'elle l'avait décrit comme un vieux barbon sans charme.

Il fronça les sourcils, perplexe. Certes, il n'avait plus vingt ans, mais il était encore du bon côté de la trentaine. Son miroir lui montrait chaque matin qu'il ne ressemblait pas à l'abominable homme des neiges. Esme avait-elle des vues sur lui ? Avait-elle voulu d'entrée de jeu détourner les soupçons de sa collègue ?

Allons. Une belle châtelaine avait probablement tous les hommes à ses pieds. Un monde les séparait, et il était peu probable qu'elle s'intéresse à lui. Quoique…

S'il ne se trompait pas, le vernis de la riche héritière n'était qu'un leurre. Au-delà des apparences, Esme avait l'air d'une femme courageuse et pragmatique. Était-ce pour cela qu'elle travaillait au cœur des Highlands plutôt qu'à Édimbourg ou Glasgow, où les besoins en chiens thérapeutes étaient légion ? Il avait découvert sur Internet qu'elle avait été, un temps, la cible des paparazzis, mais comme les potins ne l'intéressaient pas, il avait zappé. La vie privée d'Esme ne le concernait en rien.

Elle toussota, comme si elle avait deviné ses pensées.

— Margaret, je te présente le Dr Max Kirkpatrick.

— Enchantée, Max ! dit cette dernière. Je suis ravie de faire *enfin* votre connaissance. Esme m'a parlé de vous et…

— Si tu amenais les chiens, Margaret ? la coupa Esme d'un ton sec. Nos invités ont hâte de les voir.

— Bien sûr, Esme, répondit son assistante d'une manière théâtrale, en détachant les mots. Mais d'habitude, on attend que les nouveaux maîtres soient dans la pièce…

Persuadé d'être la cause de cette minijoute verbale, Max en profita pour s'esquiver :

— Je vais chercher Euan et Fenella, dit-il.

Il sortit, soulagé d'échapper aux regards scrutateurs des deux jeunes femmes. Si Esme s'intéressait à lui, elle allait être déçue. Il avait été trop malheureux en amour pour s'y laisser prendre à nouveau.

Il avait idolâtré son ex-fiancée. Lorsqu'il avait projeté d'acquérir une maison pour sa mère – qu'il voulait éloigner du dictateur, Janice l'avait soutenu. Elle l'avait encouragé à repartir au Moyen-Orient afin qu'il gagne plus d'argent, plus vite. Elle ne lui avait jamais reproché leur éloignement, ces longs mois de séparation. Et pour cause...

Sa dernière mission ayant pris fin plus tôt que prévu, il était rentré avec quarante-huit heures d'avance et avait découvert la triste vérité : Janice ne s'était pas ennuyée de lui car elle le trompait avec son patron, et ce depuis des mois !

Agacé par ces souvenirs, il rejoignit ses patients et les aida à secouer la neige de leurs manteaux. Puis ils pénétrèrent ensemble dans la zone d'accueil, où Esme les accueillit avec un sourire affable.

Après les politesses d'usage, elle demanda à Euan et à Fenella s'ils avaient déjà vu leurs chambres.

— Euh... non... On n'a pas visité le casernement, répondit Fenella d'un ton timide.

Max croisa le regard soupçonneux d'Esme et prit un air contrit. Il avait un peu taquiné ses passagers pendant le voyage, et leur avait fait croire qu'ils dormiraient dans l'ancien baraquement des gardes, près des écuries...

Esme pivota vers ses hôtes et éclata de rire.

— Le Dr Kirkpatrick vous a réservé une surprise de Noël. Voici votre casernement, dit-elle, désignant le château.

— On... va dormir là ? bredouilla Fenella, incrédule.

— Il semblerait que oui, confirma-t-il.

Pour une fois, il pouvait se réjouir d'annoncer une bonne nouvelle. Voilà qui changeait agréablement.

— Vous nous avez bien eus, doc ! dit Euan en lui présentant son poing fermé pour un *fist bump* très en vogue chez les ados.

Il s'exécuta de bonne grâce, puis enroula un bras autour de la nuque d'Euan et lui frictionna vigoureusement le cuir chevelu. Le garçon eut l'air ravi, et Max songea, le cœur gros, que le malheureux n'avait ni père ni référent masculin pour l'aider ou le protéger.

Quand il se redressa, Esme les regardait d'un air attendri, et ce fut comme s'il recevait un violent uppercut. Aucune femme ou presque n'avait jamais découvert son côté sensible. Au fond, c'était normal : il les fréquentait trop peu de temps pour cela.

— Euan et Fenella, si vous choisissiez chacun une laisse, un jouet et des friandises pour votre chien ? dit-elle.

— On a le droit… de se servir ? demanda Euan d'un ton incrédule.

Jamais les deux patients ne pourraient acheter les luxueux colliers, les laisses et autres manteaux pour chiens qu'on vendait ici. Les cordes à mâcher et les paquets de biscuits devaient également être assez onéreux, et Max décida qu'au besoin il les réglerait lui-même.

— Bien sûr, dit Esme. Même s'ils ont l'air de gadgets, ces objets sont indispensables pour travailler avec les chiens – comme tes livres et tes cahiers au collège, Euan. Et puisqu'ils sont nécessaires à votre formation, ils sont évidemment gratuits.

Max, qui avait déjà pu admirer le sens pratique d'Esme, sentit son respect pour elle monter d'un cran supplémentaire. Elle avait trouvé les mots justes pour offrir ces accessoires à ses pensionnaires sans les mettre dans l'embarras.

— La première année, nous vous enverrons un colis de croquettes et de friandises une fois par mois, dit-elle. Nous ne voulons surtout pas causer de dépenses supplémentaires à vos familles. Ensuite, si besoin, la fondation vous versera une rente annuelle pour l'entretien de votre animal. Mais pour l'instant, pas besoin de s'inquiéter de cela. Prenez ce que vous voulez. C'est Noël ! fit-elle avec un sourire encourageant.

— Génial, merci beaucoup ! dit Fenella. En étant ici, le Dr Kirkpatrick va peut-être se dérider. Vous savez qu'il déteste Noël ? Au moment des fêtes, il assure toujours les gardes dont personne ne veut à l'hôpital.

— Ah bon ? dit Esme. Pourquoi ça ?

Il haussa les épaules.

— Pour rien. Bon… Si on revenait à nos moutons, ou plutôt à nos chiens ?

Il crut qu'elle allait le taquiner, mais non. Une lueur d'empathie dansa au fond de ses prunelles bleues, et elle hocha la tête de manière imperceptible.

— Oui, au travail. Fenella et Euan, faites votre marché ! Les chiens ont un collier spécial pour l'entraînement. Ils le garderont jusqu'à votre départ, mais vous pourrez ensuite en choisir un autre.

Euan était si enthousiaste qu'Esme l'observa avec curiosité. Max vint vers elle et, baissant la voix, expliqua :

— Ce gamin n'a pas une vie très rose. J'ai préféré me taire pour les chambres, il aurait été trop triste si les plans avaient changé. Mieux vaut ne rien attendre d'exceptionnel ni des gens ni des choses. Comme cela, on évite les déceptions et, en plus, on a parfois d'excellentes surprises.

— Sage philosophie. C'est ma politique en ce qui concerne les hommes.

— Vous avez bien raison, répondit-il sèchement.

Il n'aimait pas l'idée qu'elle puisse avoir une vie amoureuse. En même temps, il se maudissait de cette jalousie absurde. Il aurait dû se soucier d'elle comme de son premier stéthoscope, mais c'était tout le contraire.

Elle lui lança un regard vexé. Elle avait sans doute pris sa réaction pour un rejet et maintenant elle devait penser qu'elle ne lui plaisait pas. Si elle avait su !

Mais au fond, mieux valait qu'elle le pense. Ainsi, il pourrait garder ses distances plus facilement.

S'il baissait la garde, il n'aurait plus envie de repartir, ni au bout de dix jours ni jamais. Laisser croire à Esme qu'il était le dernier des crétins était sans doute la meilleure chose à faire.

Après s'être ridiculisée devant Max, Esme fut soulagée de sortir. Le vent glacial sur son visage la ragaillardit, et elle ouvrit d'un bon pas la marche jusqu'aux chenils.

Max ne la trouvait apparemment pas assez bien pour lui. Elle avait saisi le message. Après son expérience désastreuse avec Harding MacMillan, elle était rodée.

Soudain, la gêne et la honte cédèrent la place à la colère.

Comment Max osait-il la rejeter alors qu'il ne la connaissait pas ? Il ne valait pas mieux que son imbécile d'ex-mari !

Mais au moins, il ne s'intéressait pas à sa fortune et semblait irréprochable au travail. C'était déjà une consolation…

Ils avaient atteint les chenils sans échanger un mot, tandis qu'Euan et Fenella bavardaient joyeusement. Elle fit entrer la petite troupe dans la salle d'entraînement, qui ressemblait à un grand gymnase, où Margaret les attendait.

— Je vais chercher les chiens. À tout de suite ! dit celle-ci.

Après le départ de Margaret, Esme pivota vers ses hôtes.

— Je dois vous faire une mise en garde. Ne vous vexez pas, mais elle s'adresse principalement à vous, Max.

Il leva les mains pour montrer qu'il en avait vu d'autres. Évidemment. Il avait fait l'armée.

Pourtant, il pouvait se montrer sensible sous ses dehors réservés, comme en attestait sa gentillesse envers Euan. En fait, c'était avec elle qu'il restait de glace !

Elle bascula en mode professionnel pour conjurer sa mauvaise humeur.

— Un chien n'a qu'un seul maître, dit-elle. Euan et Fenella, il va falloir créer du lien avec le vôtre. Ils ont été hébergés dans des familles d'accueil au village et entraînés par Margaret et moi-même. Ils sont donc très sociables, mais à présent ils doivent s'attacher à vous. Ne donnez de friandises qu'à votre chien, pas à celui de l'autre. Cajolez-le et essayez d'entretenir une relation privilégiée avec lui. Autrement dit, Max, bas les pattes ! Ne leur témoignez aucune attention spéciale même si vous en mourez d'envie. Ne leur faites pas de câlins. Il faudra garder vos distances.

Max avait bien saisi le double sens des propos d'Esme.

Elle venait de le recadrer fermement, et il ne pouvait s'en prendre qu'à lui-même. Il récoltait ce qu'il avait semé.

Cette femme n'était pas du genre à quémander l'attention d'un homme. Elle avait plus de caractère que lui. Il était resté prostré plusieurs semaines après la trahison de son ex, au point de nier l'évidence...

— Vous êtes prêts, tous les deux ?

La voix d'Esme le ramena à l'instant présent. Irrité contre lui-même, il se secoua. Puis, quand Margaret arriva avec les chiens en laisse, il sentit sa gorge se nouer et inspira profondément. Pour un spécialiste de la maîtrise de soi, il se posait là !

Margaret lâcha la laisse du plus grand chien, une magnifique femelle golden retriever dont l'épaisse fourrure crème semblait douce comme la soie.

— Va, Nora ! Va voir Fenella !

La chienne se dirigea immédiatement vers la patiente, qui s'était agenouillée.

— Oh ! que tu es belle ! Regardez, Max, elle est adorable ! Enfin, non... ne la regardez pas trop. C'est la mienne !

Riant et pleurant à la fois, Fenella plongea la main dans sa poche pour donner une friandise à Nora. La chienne n'en fit qu'une bouchée, puis gratifia sa maîtresse d'un grand coup de langue sur la joue. Et voilà comment on établissait un lien en trente secondes, songea Max, médusé. Si seulement les relations humaines pouvaient être aussi simples !

Ce fut ensuite au tour d'Euan d'accueillir Ajax et, là encore, Max resta coi devant la réaction de son protégé. Il aurait cru qu'Euan ferait le fier, mais non. Dès que le labrador lui tendit la patte, il la prit dans sa paume avec un sourire plus éloquent que n'importe quel discours.

Max se gratta nerveusement le crâne pour contenir son émotion. Absorbé comme il l'était, il n'avait pas vu Esme se rapprocher. Il oublia qu'ils étaient en froid, et eut envie d'essuyer du pouce les larmes qui perlaient à ses longs cils...

— Ça me fait toujours le même effet, dit-elle en reniflant.

— C'est incroyable... Comment pouvez-vous être sûre que ça marchera à chaque fois ? Comment faites-vous ?

— D'abord, je lis les courriers des médecins et j'essaye de comprendre leurs requêtes. Ensuite, je sélectionne les chiens selon leur profil de dressage et je laisse parler mon intuition.

Il ne put s'empêcher de rire.

— Votre intuition féminine ?

— Mon intuition de vétérinaire, acquise avec l'expérience, et fondée sur ma connaissance approfondie des chiens !

Il aurait dû s'en douter. Professionnelle jusqu'au bout des ongles, elle ne laissait rien au hasard.

Pendant qu'ils discutaient, Margaret avait déjà montré quelques exercices simples à Euan et Fenella. Ils avaient demandé à leur chien de donner la patte, de s'asseoir, puis de se coucher. L'entraînement véritable commencerait bientôt, mais pour l'instant, comme l'avait dit Esme, ils « créaient du lien ». Chose dont il était lui-même incapable, échaudé qu'il avait été par la vie…

Une nouvelle fois, il culpabilisa d'avoir caché la vérité sur Henshall à Esme. Animé d'une haine profonde, il n'avait pas voulu lui montrer cet aspect peu glorieux de lui-même.

« Pardonne-lui, Max. S'il te plaît, pardonne-lui. »

À la fin de sa vie, sa mère lui avait plusieurs fois demandé d'absoudre Gavin. Il n'avait pas réussi. Il était resté figé dans la colère et l'angoisse. Comment, dans ces conditions, aurait-il pu « créer du lien » ?

— L'amour d'un animal n'a pas d'équivalent, dit Esme d'une voix douce. Ils vous donnent tout de manière inconditionnelle. Voilà pourquoi j'ai choisi ce métier.

Quand leurs regards se croisèrent, il sut qu'ils étaient sur la même longueur d'onde. Elle aussi avait dû être trahie, par le passé. Il était sûr qu'elle le comprendrait, et il l'admirait pour ce qu'elle était devenue : une femme brillante, chaleureuse et pleine d'empathie.

Une vague de tendresse le submergea. S'il n'y prenait garde, il risquait fort de tomber amoureux, ce qui serait, à tout prendre, une très mauvaise idée…

Le sourire d'Esme déclencha un délicieux frisson en lui.

— À votre tour ! dit-elle, péremptoire.

— Mon tour ? Mais que…

— Je vous ai trouvé un chien pour les séances d'entraînement. Il pourra dormir dans votre chambre, à moins que vous ne préfériez le remettre au chenil le soir. Si vous avez le cœur de le laisser pleurer...

— Mauvais plan ! Je vis en appartement, je travaille beaucoup. Je n'ai pas le temps de m'occuper d'un chien.

— On ne vous demande pas de l'aimer ni de l'adopter, répondit-elle, suave.

Mais son regard démentait la douceur de ses paroles. S'il rejetait cet animal, il aurait évidemment affaire à elle !

— Faites comme vous voulez, maugréa-t-il.

Soudain, Euan éclata de rire, imité par Fenella. Max se retourna, perplexe... et ne tarda pas à découvrir la cause de leur hilarité.

Margaret venait d'amener dans la pièce le chiot le plus miteux qu'il eût jamais vu. Le petit bâtard arborait fièrement un minuscule serre-tête à bois de renne et un manteau rouge couvert de flocons, preuve qu'il venait de se rouler dans la neige !

Ce chiot à la fourrure blanche ébouriffée était adorable, avec ses oreilles pointues et sa frimousse qui ne ressemblait à rien. Comment ne pas craquer ?

— Je vous présente Dougal, votre compagnon pour la durée du séjour, annonça Esme d'un ton théâtral.

— N'importe quoi ! Un minus avec un géant !

Esme fit mine de pleurer et prit le chiot dans ses bras.

— Vous oseriez dire non à cet être sans défense, un pauvre toutou qui n'aura personne pour l'aimer à Noël ?

L'air de rien, elle frappait fort. Elle avait senti la faille sous sa cuirasse et en profitait.

Tournant la tête, il croisa les regards pleins d'espoir d'Euan et de Fenella. Il soupira, résigné.

— Donnez-le-moi.

Il prit le chiot et le souleva pour l'amener à hauteur de son visage.

— Il paraît que je suis ton nouveau copain, mon gars, dit-il d'un ton sérieux. Tu es d'accord ?

Dougal lui lécha le nez et poussa un aboiement joyeux.

— Super. M'essayer, c'est m'adopter ! Je n'en demandais pas tant...

4

— J'aimerais dire un mot à Euan et Fenella avant qu'on parte.

— Bien sûr, allez-y !

Esme vit Max s'éloigner avec un certain soulagement. Exaltée par sa présence, elle avait en permanence envie de lui effleurer la main, de le toucher... Il n'était là que depuis vingt-quatre heures, mais cela ne changeait rien. Il l'attirait comme un aimant, et plus elle le côtoyait, pire c'était.

Postée sous un arbre, elle observa Euan et Fenella effectuer quelques tours avec leurs chiens. Au mot « pan », Ajax et Nora firent les morts sur la pelouse, et Max éclata de rire. Il incarnait à merveille la figure paternelle dont Euan était privé. Aurait-il un jour des enfants ?

Il dut se sentir observé car, soudain, il tourna la tête vers elle en fronçant les sourcils. Au moins, elle savait à quoi s'en tenir. Les étincelles ne s'allumaient pas pour tout le monde !

— On y va ? demanda-t-elle en mettant les mains en porte-voix.

Max dit quelque chose à ses patients puis, les mains enfoncées dans ses poches, revint vers elle. Il aurait visiblement préféré être ailleurs, et cette idée la chagrina. Elle ne voulait pas qu'il passe du temps avec elle par obligation. Elle voulait... être aimée. Mais pour ce genre de choses, elle pouvait attendre le dégel !

Elle attacha la laisse au collier de Dougal, puis, suivis par Euan et Fenella, ils s'engagèrent sur le chemin qui serpentait du château vers la route.

— Le domaine a très peu changé depuis ma dernière visite, dit Max.

— Ah oui ! c'est vrai, vous êtes déjà venu ! Quand était-ce ?

— Il y a vingt et un ans.

— Et combien de jours ? demanda-t-elle, joueuse.

— Trois cent cinquante-cinq, répondit-il, l'air sombre.

— Apparemment, ça vous a marqué.

— C'était génial. Ma mère m'avait fait la surprise.

Il fixait les étalages colorés du marché de Noël comme si les souvenirs défilaient devant lui. Charles avait parfois ce regard-là, et elle savait qu'il pensait aux jours heureux.

Après la mort de Nick, leur père s'était plongé dans le travail ; leur mère, dans son tourbillon mondain. Charles s'était raccroché à ses études de médecine. Elle s'était retrouvée seule avec son chagrin sans savoir comment y faire face.

Brillante élève en deuxième année d'école vétérinaire le jour, elle était devenue, pour oublier sa peine, adepte des fêtes nocturnes. Harding MacMillan, qui régnait sur la jeunesse dorée de Glasgow, avait perçu sa faiblesse. Il lui avait mis le grappin dessus, l'avait entraînée dans son piège. Au lieu de se reconstruire, elle avait eu le cœur brisé.

— On dirait que les écuries sont la seule partie rénovée du domaine.

La voix de Max la ramena au présent. Parler de choses neutres, de travaux, était une bonne idée.

— Absolument, répondit-elle. Au château, nous avons seulement installé les équipements nécessaires à nos cliniques. Nous avons redécoré et modernisé les pièces, mais la disposition est la même. Mon père accordait beaucoup d'importance aux traditions. Nous avons respecté ses volontés. Pour le marché, par exemple, nous avons juste agrandi la patinoire.

Euan accourut vers eux tenant Ajax en laisse. Fenella les rejoignit plus calmement, et quand ils furent tous ensemble, Euan désigna le marché du doigt.

— On y va ? demanda-t-il, tout excité.

Esme lui sourit.

— On ira demain, promit-elle. Ton entraînement inclut les déplacements dans une foule, ce sera l'endroit idéal. Et si tout se passe bien, on vous emmènera au village, Fenella et toi. Vous pourriez peut-être assister aux préparatifs de la crèche vivante. Max ferait un Joseph magnifique…

Pour la première fois depuis la veille, elle l'avait taquiné sans réfléchir. Il lui lança un regard faussement réprobateur, et le même courant électrique vibra entre eux. Si elle en avait l'occasion un jour, oserait-elle l'embrasser ?

— Ha ha ! ce serait drôle ! dit Euan.

— Oui, super rigolo, fit Fenella.

Amusée par leur enthousiasme, Esme pivota vers les deux patients.

— Comment avez-vous trouvé la session de ce matin ? Vous êtes contents de vos chiens ?

Des « Oh oui ! », « C'était génial » et « Trop bien » s'élevèrent. Esme s'était concentrée sur Fenella, dont la chienne savait repérer les crises d'épilepsie et pouvait agir en conséquence. Margaret, elle, avait montré à Euan comment s'appuyer sur son chien lorsqu'il était stressé.

— Je l'adore ! dit le garçon en s'agenouillant devant Ajax. On sera les maîtres du monde tous les deux.

— Si tu commençais par maîtriser la forêt ? dit Esme en riant. Ça a l'air facile, comme promenade, mais il y a beaucoup de tentations pour un chien : des écureuils, des lièvres, des cerfs…

Ajax lécha le visage d'Euan, qui réalisa un parfait « top-là » en lui tapant la patte. En vingt-quatre heures, le garçon timide et mal à l'aise avait laissé place à un pré-ado heureux.

— Doit-on les garder en laisse ? demanda Fenella.

— Oui, toujours, cette semaine. Notre objectif est que vous maîtrisiez votre animal. Quand vous reviendrez le mois prochain, on allégera la discipline.

Elle montra un sentier qui s'enfonçait dans les bois.

— Ce chemin mène à l'étang. On va vous laisser partir devant, mais rappelez-vous une chose : c'est vous qui commandez.

Faites-vous obéir pour que les chiens ne vous entraînent pas là où ils en ont envie.

Elle tendit la laisse de Dougal à Max, puis ajouta :

— Je vais les escorter de loin, avec Wylie. Vous nous accompagnez ?

Wylie, un vieux saint-bernard, la suivait toujours comme son ombre. Il n'avait pas besoin de laisse pour la bonne et simple raison qu'il était scotché à elle !

Voyant que Max regardait cette montagne de muscles avec insistance, elle fronça les sourcils.

— Auriez-vous peur des chiens, par hasard ? Je suis navrée, j'aurais dû vous poser la question avant. Mais avec Le jardin des Plantes et des Pattes, je me suis dit…

— Non, ce n'est pas cela.

— Quoi, alors ?

— Je pensais à la loyauté, à la fidélité de votre Wylie. C'est tellement rare chez les humains…

L'échange de regards qui suivit la bouleversa. À sa manière de tourner la tête, elle eut l'intuition que Max était très perturbé, lui aussi.

— On devrait… y aller, dit-elle. Fenella a rendez-vous avec Flora, une de nos kinés, dans une heure à la clinique.

Sans attendre sa réponse, elle lui confia la laisse de Dougal, puis s'engagea sur le sentier. Cet homme était beaucoup trop méfiant pour qu'ils entretiennent une relation autre que professionnelle. C'était déprimant, mais elle n'y pouvait rien.

— Quelles qualités vos chiens thérapeutiques doivent-ils avoir ?

Max et Esme cheminaient depuis cinq minutes dans un silence tendu. En parlant des chiens, il espérait briser la glace.

— Les qualités qu'on attend d'un bon militaire, répondit-elle. Du courage, du travail, de l'intelligence… Vous avez servi dans l'armée, je crois.

— Oui, pendant dix ans. Au départ, j'étais simple soldat, puis j'ai réussi le concours d'entrée au service de Santé des armées.

À dix-huit ans à peine, il n'avait pas supporté d'être impuissant lorsqu'un camarade était blessé. Il avait voulu se rendre utile, et la médecine lui avait rendu l'estime de lui-même que le dictateur lui avait fait perdre en le dévalorisant sans arrêt.

— Vous avez dû voir des choses terribles, dit Esme d'un ton grave.

— Oui. Mais au moins, je suis revenu entier. Tout le monde n'a pas eu cette chance.

— Il faudrait que vous discutiez avec Andy.

— Le type en fauteuil roulant ? Euan lui a présenté son chien, hier soir, quand nous étions dans la salle de détente. Comme ils discutaient bien, je n'ai pas voulu les interrompre.

— Andy était l'un des meilleurs amis de Nick, dit-elle tristement.

— Mis à part Charles, vous avez d'autres frères et sœurs ?

— Non. Vous n'êtes pas fan d'Internet, on dirait. Sinon, vous auriez fait vos recherches...

— Ce n'est pas mon truc, en effet. Je passe ma vie aux urgences. J'ai peu de temps libre, alors je ne vais pas l'utiliser pour lire des ragots. Je déteste ça.

Elle eut un rire, manifestement incrédule.

— Vous êtes bien le seul.

La douleur qui voilait ses prunelles bleues lui fit mal. S'il avait su s'y prendre, il l'aurait consolée, mais il n'était pas doué pour ce genre de choses...

— Nick était l'aîné de la famille, dit-elle. Il avait dix ans de plus que moi. Il faisait partie d'un escadron cynophile. Il est mort avec son chien... la veille de Noël.

La clinique de rééducation, le centre canin, les chiens recueillis dans des refuges, les entraînements à la recherche et au sauvetage... Tout prenait un sens. Tout avait été créé en mémoire de Nick.

— Votre frère devait être exceptionnel, dit-il doucement.

— C'était mon héros.

Il aurait voulu lui dire qu'elle n'était pas seule, qu'il comprenait sa douleur, car il avait, lui aussi, perdu un être cher. Il avait d'abord perdu sa mère moralement, car elle était devenue l'ombre d'elle-même face au dictateur. Puis elle était décédée...

Soudain, Dougal se dressa sur ses pattes arrière et, de son petit museau, lui poussa la jambe. Médusé, il caressa sa tête duveteuse. Ce chiot était hypersensible aux émotions. Cela ne faisait aucun doute.

En observant son protégé, Esme parut redevenir maîtresse d'elle-même. Elle esquissa un sourire.

— Pourquoi avoir choisi le Clydebank Hospital ? Il se trouve dans un secteur difficile, non ?

— C'est le quartier où j'ai grandi.

— Ah ! d'accord... Vos parents y vivent toujours ?

— Non. Ma mère est décédée... il y a quatre ans.

Il n'avait pas connu son père. Quant à son beau-père, il ne voyait pas l'intérêt d'en parler. Mais une chose était sûre : les deux maris de sa mère avaient tous les deux été indignes d'elle.

Lui-même avait économisé un sou après l'autre, pendant dix ans, pour lui offrir une maison et la mettre à l'abri du dictateur. À sa connaissance, elle n'avait jamais subi de violences physiques, mais l'intimidation psychologique avait largement suffi à son malheur. Gavin Henshall l'avait épousée pour se trouver un faire-valoir, quelqu'un à écraser. Max se demandait par quel miracle elle avait pu lui pardonner, à la fin de sa vie.

Au moins n'avait-elle pas connu les affres d'une maladie trop longue. Le cancer l'avait emportée en quelques mois et, le jour de sa mort, Max avait mis la maison – où elle n'avait jamais vécu – en vente. Il avait créé le jardin à sa mémoire, car elle avait adoré s'occuper de ses fleurs...

Avant d'accepter l'argent de Heatherglen, il allait devoir dire la vérité à Esme. Mais pour l'heure, il se contentait d'apprécier le silence qui était retombé, et le fait qu'elle n'ait posé aucune question sur son père. Comme ses chiens, elle semblait avoir un sixième sens pour réagir au mieux. Au fond, c'était encore plus dangereux, et s'il ne se méfiait pas, il risquait de lui faire des confidences involontaires !

— Où avez-vous trouvé ce petit coquin ? demanda-t-il en montrant Dougal.

— Une employée du château l'a découvert devant les grilles, un matin. Il n'a jamais été réclamé, et nos recherches pour retrouver son maître n'ont rien donné. Quelqu'un l'avait abandonné là, sachant qu'on le recueillerait. Jusqu'à la semaine dernière il vivait chez Flora, mais elle vient d'emménager avec Aksel. Comme il a un chien thérapeutique pour sa fille, ils ne pouvaient pas le garder.

Elle considéra le chiot d'un air attendri, et ajouta :

— On s'est demandé s'il fallait le dresser ou non, mais les débuts sont prometteurs. Il est même doué. Aksel l'a surpris en train d'essayer de ronronner près d'un chat, l'autre jour !

Après avoir défait sa laisse, elle prit le chiot dans ses bras.

— Pauvre Dougal. Il mérite de trouver un maître qui l'aimera tel qu'il est, avec son vécu, son histoire, et qui saura lui donner beaucoup d'amour...

Cette description aurait pu leur convenir à tous les deux. Et à sa grande surprise, avant qu'il ait pu retenir ses mots, il demanda :

— Vous voulez qu'on en parle ?

Esme n'allait sûrement pas parler d'elle à un homme qui avait le don de mettre son cœur à nu. Mieux valait faire mine de ne pas avoir compris la question de Max.

— De Dougal ? Oh ! il n'y a pas grand-chose de plus à dire. Son passé restera toujours un mystère...

« Comme le vôtre », aurait-elle pu ajouter, mais elle se retint.

— Parlez-moi de votre kilt, dit-elle pour détourner la conversation. Je ne connais pas le tartan des Kirkpatrick.

En Écosse, chaque famille avait un motif de tissu particulier, transmis de génération en génération, pour ce costume traditionnel.

— C'est parce que nous sommes d'une classe inférieure, répondit-il. Vos couleurs sont plus célèbres que les nôtres.

Piquée au vif, elle s'immobilisa.

— Ces histoires de classes sont d'un autre âge. Je n'utilise pas mon nom comme un étendard. Je gagne ma vie et j'en suis fière.

Le regard de Max s'assombrit. Elle avait répliqué beaucoup trop vivement, et il n'était pas homme à rester sans réagir.

— Vous êtes bien contente de vous appeler Ross-Wylde pour dispenser vos largesses.

— Vous n'avez pas le droit de dire ça !

— J'ai touché un point sensible, apparemment.

Incapable de s'expliquer, elle resta muette. Il reprit la parole.

— Est-il plus simple d'organiser un bal pour financer vos bonnes œuvres plutôt que d'utiliser votre argent propre ? Est-ce une manière de vous dédouaner ? Vous vous cachez derrière la fondation. Vous n'endossez aucune responsabilité, et les gens ne risquent pas de s'adresser à vous, personnellement, pour obtenir davantage...

Il avait le don d'appuyer là où cela faisait mal. Elle rejeta ses cheveux en arrière et le toisa froidement.

— Ma gestion de Heatherglen ne vous regarde pas, Max. Le bal est une action caritative, en aucun cas un événement mondain. Et je n'ai pas besoin d'un cendrillon mâle dans ma vie pour me rendre heureuse !

En deux foulées, il franchit la distance qui les séparait. Il était si proche qu'ils se touchaient presque.

— Ah non ? De quoi avez-vous besoin, alors ?

De vous. Maintenant et à jamais...

Son cœur cognait dans sa poitrine, le sang affluait à ses tempes. Elle voulait se jeter dans les bras de Max, qui la tenait prisonnière de son regard brûlant...

— Max ! Esme ! Venez vite. C'est Fenella !

Euan venait d'apparaître sur le chemin, hors d'haleine.

Max partit en courant. Incapable de suivre son train d'enfer, Esme prit la laisse de Dougal et, aussi vite qu'elle pût, descendit le sentier en emmenant les deux chiens.

Que serait-il arrivé si Euan ne les avait pas interrompus ? Elle n'osait même pas l'imaginer...

Lorsque Max atteignit la petite clairière où était allongée Fenella, il n'en crut pas ses yeux.

Nora s'était roulée en boule sous la tête de sa maîtresse qui était, apparemment, en fin de crise.

— Elle convulsait, doc, dit Euan, tout essoufflé. Je lui ai mis mon gant dans la bouche pour qu'elle ne se morde pas la langue, mais elle l'a recraché.

— Ne t'inquiète pas, ça va aller, répondit-il d'un ton apaisant. Tu as bien fait de venir me chercher.

Il s'agenouilla près de Fenella et vérifia ses constantes. Heureusement, celles-ci étaient bonnes.

— Cette chienne est géniale ! dit Euan. Je l'avais vue à l'entraînement, mais là... c'était pour de bon ! Est-ce vous qui l'avez entraînée à se mettre comme un oreiller ? demanda-t-il à Esme, qui les avait rejoints.

Elle caressa la tête de Nora et lui donna une friandise.

— Absolument. Cette posture fait partie de son travail.

Avec douceur, Max aida Fenella à s'asseoir.

— Comment vous sentez-vous ?

La phase post-ictale s'avérait parfois compliquée. La personne pouvait souffrir de migraines, de nausées, et même avoir la parole ralentie. Dans de rares cas, le patient qui venait de faire une crise développait une psychose, une paranoïa ou une peur extrême, mais cela arrivait surtout aux malades qui ne prenaient pas leurs médicaments.

— Ça... va..., bredouilla Fenella.

Elle avait l'air confus, mais son regard s'éclaira lorsqu'elle vit Nora près d'elle.

— Je me suis sentie partir... et hop ! en un éclair, cette demoiselle s'est couchée sous moi !

Après avoir caressée Nora, elle prit une friandise dans sa poche et la lui donna. Max reporta son attention sur Esme, qui observait la scène en silence. Malgré son inquiétude, elle semblait heureuse et soulagée que Nora ait aussi bien rempli sa mission.

Il remarqua également qu'elle évitait son regard, ce qui ne

l'étonna guère. De quoi s'était-il mêlé ? Qui était-il pour juger ses actions caritatives, lui qui n'avait pas eu le courage de lui parler de Henshall ?

Il devrait, à un moment, se résoudre à lui dire la vérité. Son honnêteté le poussait à le faire. Néanmoins, il y avait plus urgent dans l'immédiat.

— Avez-vous pris vos anti-épileptiques ce matin, Fenella ?

— Oui, bien sûr.

Trouver le bon médicament et le bon dosage n'était pas toujours simple. Pour avoir examiné Fenella de nombreuses fois aux urgences, il savait que l'équilibre était fragile en ce qui la concernait.

Comme elle se frottait le coude, il se rembrunit.

— Vous vous êtes fait mal ?

— Pas plus que d'habitude. Mais sans Nora je me serais cogné la tête sur une pierre ou une souche d'arbre.

— Savez-vous ce qui a pu déclencher la crise ?

Fenella lui lança un regard contrit.

— Le manque de sommeil, je suppose. Avec tout ça... je suis trop excitée. J'ai eu du mal à dormir la nuit dernière.

— Je comprends, c'est normal. Bien. Je crois que nous devrions retourner au...

— ... château, compléta Esme avec l'aisance d'une vraie châtelaine. Vous pourrez boire un thé, Fenella, et vous reposer un peu avant la séance de kiné.

La patiente se releva en grimaçant de douleur. Navré pour elle, Max allongea le bras et la soutint. La pauvre s'était fait une joie de venir à Heatherglen, mais elle ne pouvait même pas profiter tranquillement de son séjour.

— Il serait peut-être utile que Charles vous examine, dit Esme. Vous pourriez discuter de votre traitement avec lui.

— Mon traitement... me convient... très bien, bafouilla Fenella, l'air gêné.

Aussitôt, les instincts protecteurs de Max se réveillèrent.

— Votre frère s'y connaît-il en crises d'épilepsie ?

Devant l’air crispé de leur hôte, il eut conscience d’avoir parlé trop sèchement.

— J’imagine qu’un neurologue possède quelques notions sur le fonctionnement du cerveau, répondit-elle, glaciale.

Puis elle se tourna vers Fenella et, d’un ton très différent, ajouta :

— Je sais que vous êtes bien soignée au Clydebank. Je ne mets pas en doute la compétence de votre spécialiste, ni celle de Max qui vous voit régulièrement. Je voudrais seulement que rien ne soit laissé au hasard pendant votre séjour ici. Mon but est de vous aider au mieux.

— On y va..., dit Max, tenant toujours Fenella. Essayons déjà de ramener cette demoiselle au château. Ensuite, on avisera, d’accord ?

Conscient du regard d’Esme qui lui lançait des éclairs dans le dos, il se mit en marche. Il lui devait naturellement des excuses. D’abord, pour avoir critiqué sa gestion de Heatherglen. Ensuite, pour avoir mal réagi à sa proposition, pourtant très sensée, de recueillir un nouvel avis médical concernant Fenella. Il cumulait les bourdes, et le pire c’était qu’il ne comprenait pas pourquoi.

Son humeur oscillait d’un extrême à l’autre. Il se sentait démuni face à ses propres réactions, et une chose était sûre : s’il continuait, Esme allait le réexpédier à Glasgow !

Sa conscience lui donna soudain le coup de pied bien senti qu’il méritait. La vie l’avait rendu méfiant et soupçonneux. Néanmoins son passé, son hypersensibilité et tous ses blocages émotionnels ne devaient pas l’empêcher d’agir correctement. Il s’en sortait très bien aux urgences, alors pourquoi pas ici ?

Du tac au tac, son intuition lui donna la réponse. Il voulait donner à Esme une bonne opinion de lui, voire l’impressionner, mais il s’y prenait mal car il n’avait pas l’habitude de... séduire.

Commence donc par être sympa. Ce n’est pas si compliqué !

Parvenue à sa hauteur, elle lui lança un nouveau regard furieux, et il se décida :

— Appelez votre frère, s’il vous plaît. C’est une bonne idée. Je vous remercie de l’avoir eue.

Pour la première fois depuis des lustres, il consentait à demander de l'aide. Il espérait simplement ne pas avoir à le regretter.

Ce fut alors que le sourire lumineux d'Esme le toucha en plein cœur.

Parfois, cela valait la peine de baisser la garde.

5

Esme plaça délicatement l'énorme chat tigré dans les bras de sa maîtresse.

— Il faudrait mettre Theo au régime, madame Elsinore. Le surpoids est très mauvais pour son arthrite.

La vieille dame eut l'air catastrophé.

— Vous n'y pensez pas ! Je lui donne des friandises matin, midi et soir. C'est notre rituel.

— Je ne vous demande pas de tout supprimer, répondit patiemment Esme. Il faudrait juste réduire...

Elle s'interrompit en pleine phrase ; une haute silhouette était apparue devant la fenêtre. Était-il déjà l'heure de la promenade ? En se concentrant sur son travail, elle avait réussi à maîtriser son impatience, mais là, ce n'était plus possible !

Elle vit Max rire aux éclats, et une vague de jalousie la submergea. Margaret l'avait rejoint dans la cour, ces deux-là s'amusaient apparemment bien. Margaret, sa meilleure amie...

Allons, elle devenait ridicule ! Margaret avait un homme dans sa vie, elle ne représentait pas une menace.

— Vous disiez, très chère ? Que faut-il réduire ?

— Hum ! je... Il faudrait donner un peu moins de croquettes et de friandises à Theo. Désolée, je suis distraite aujourd'hui. Nous avons de nouveaux hôtes...

Mme Elsinore se tourna vers la fenêtre en souriant.

— Et quels hôtes ! Je serais distraite aussi à votre place.

Esme se sentit devenir rouge comme un coquelicot.

— Lui ? Je... Oh ! non ! Il n'est pas...

— À d'autres, ma chère ! Cet homme est renversant. Dites-moi vite ce que je dois faire avec Theo, et vous pourrez aller le rejoindre.

Mortifiée, Esme attrapa son bloc d'ordonnances et rédigea une prescription de croquettes allégées et de glucosamine, un produit contre les douleurs articulaires. Puis, après avoir raccompagné Mme Elsinore, elle prit sa veste et rejoignit les pensionnaires, rassemblés pour la traditionnelle balade de l'après-midi.

— Tu tombes à pic ! dit Margaret. Peux-tu me rendre un service, s'il te plaît ?

— Bien sûr.

Max se trouvait à l'autre bout des écuries, avec Hamish et Dougal, et sa bonne humeur semblait envolée. Il considérait le nouveau manteau « sapin de Noël » du chiot d'un air réprobateur...

— Hou hou ! Esme ! Ici la Terre ! fit Margaret. Je voulais justement te parler de Max.

— Mais...

— Je voudrais que tu l'éloignes d'ici. Il est génial, mais Euan s'en remet à lui pour tout. Pendant la promenade, j'aimerais que le gamin se débrouille tout seul, sans l'intervention de Capitaine Sexy.

— Il n'est pas sex...

— Si, complètement, et tu as flashé sur lui. Pas besoin d'être gênée. Il n'y a pas de mal à cela.

Margaret soutint le regard d'Esme, et ajouta d'un ton ferme :

— Tout le monde n'est pas Harding MacMillan. Va te balader avec lui, c'est tout. Que veux-tu qu'il t'arrive ?

Elle voulut protester, mais déjà son amie hélait Max. Quand il les rejoignit, Margaret lui exposa la situation, puis rassembla les pensionnaires pour démarrer la promenade.

Le sort se liguait contre Esme. Elle avait voulu revoir Max, mais un tête-à-tête était beaucoup trop dangereux !

Max, resté seul avec Esme, eut un rire gêné.

— Je crois qu'on s'est fait avoir, dit-il.

— Si cette balade ne vous intéresse pas, j'irai seule.

— Du calme ! Ce n'est pas ce que je voulais dire.

Dans quoi s'était-il fourré ? Il ne pouvait guère lui avouer qu'il avait terriblement envie d'elle et que, sachant qu'elle dormait au bout du couloir, il avait passé deux nuits fort agitées !

Esme pinça les lèvres et indiqua un chemin qui partait de la cour carrée.

— Par-là, on débouche sur les ruines du château médiéval. Margaret n'y emmènera pas le groupe. Mais... Rien ne vous oblige à m'accompagner si vous avez mieux à faire.

— Non, ce n'est pas ça !

— Quoi, alors ?

— Je pensais juste... que votre collègue fait beaucoup d'efforts pour nous rapprocher.

Elle eut un rire sans joie.

— Margaret aime jouer les entremetteuses, surtout avec moi. Elle ne peut pas s'en empêcher.

Malgré l'envie qu'il en avait, il s'abstint de la questionner. Si elle voulait parler de sa vie sentimentale, tant mieux. Sinon, tant pis. C'était aussi simple que cela.

Après dix minutes de marche en silence, Esme s'arrêta brusquement et leva les mains au ciel.

— Soyons clairs : vous me plaisez, d'accord ?

Il ne put s'empêcher de rire. Elle avait manifestement eu un grand débat intérieur avant d'en arriver à cette conclusion.

— Mais... Je ne sors pas avec mes clients, dit-elle.

— Qui a parlé de sortir ?

— Vous ! C'est à cela que vous pensiez, en disant que Margaret voulait nous « rapprocher ».

Conscient qu'il ne sortirait pas indemne d'une discussion, il se frotta la nuque. Jamais auparavant il n'avait ressenti une attraction aussi violente, presque animale. Esme l'avait-elle compris ?

Au-delà de son physique de rêve, il la voyait pour ce qu'elle était : une personne forte et fragile en même temps. Son énergie et son assurance cachaient une vulnérabilité qui le touchait profondément. Au fond, ils se ressemblaient. Ils se ressemblaient trop… Et il y avait danger !

— Ne vous inquiétez pas. Notre relation est purement professionnelle, et le restera.

— Super, répondit Esme d'une voix gaie que démentait son air maussade. C'est bien, d'avoir mis les choses au point.

Avant qu'il puisse répondre, ils entendirent un cri perçant, au loin, sur leur gauche.

Esme prit Dougal dans les bras et se mit à courir. Il la suivit, Wylie sur les talons. De nouveaux cris, plus proches, leur parvinrent, puis un silence angoissant retomba. Esme lui montra du doigt un champ ceint par une clôture.

— Les gens d'ici traversent souvent ce pré. C'est un raccourci vers les ruines. Quelqu'un a dû tomber et se faire mal. On va attacher les chiens à la barrière, et je vais appeler Aksel. Il viendra avec son 4x4. Si besoin, on emmènera la personne blessée à la clinique.

Elle avait relégué leur discussion aux oubliettes pour se focaliser sur l'instant présent ; il admira son sang-froid. Elle n'était pas du genre à paniquer, au contraire.

Après qu'elle eut parlé à Aksel, ils entrèrent sur le terrain par une brèche dans le grillage. L'instinct de Max se mit en alerte lorsque, arrivés au bout du champ, ils aperçurent une jeune femme assise dans la neige. Elle tenait dans les bras un lurcher dont le pelage gris était couvert de sang. Ses mains en étaient maculées, et elle pleurait à chaudes larmes. Elle sanglota de plus belle en les voyant.

— Au secours ! Aidez-moi !

Esme s'agenouilla près d'elle.

— Janet, ça va aller, dit-elle d'un ton apaisant. On est là. Vous avez mal quelque part ?

— À… la cheville. On suivait le chemin des ruines mais Teasel a vu un cerf et sauté par-dessus le grillage. La barrière était fermée à clé, j'ai dû sauter aussi ! Il doit avoir très mal. Il s'est arraché le ventre sur les barbelés !

— Max est médecin, il va s'occuper de vous, et moi de Teasel, dit Esme, qui se tourna vers Max. Janet travaille au pub du village. Elle a adopté ce brave toutou il y a... quatre ans et quelques mois, c'est ça ?

— Cinq ans aujourd'hui, répondit Janet en gémissant. C'était notre balade d'anniversaire.

— Dans ce cas, il aura droit à un traitement royal. Je vais regarder ce qu'il a.

L'énergie positive d'Esme et sa voix douce étaient une bénédiction. Les animaux étaient hypersensibles à ce genre d'attitude. Elle ne voulait pas seulement réconforter Janet, mais aussi et surtout le malheureux Teasel...

Max retira sa veste polaire et la lui tendit.

— Tenez, enveloppez-le dedans.

— Merci. Et prenez mon anorak pour Janet, dit-elle, joignant le geste à la parole. Elle est en état de choc.

— Très bonne idée.

Pendant qu'Esme enroulait Teasel dans la polaire, il aida Janet à se relever. La jeune femme chancela et, après lui avoir mis l'anorak sur le dos, il dut la faire rasseoir dans l'herbe couverte de neige. Ce n'était pas l'idéal, mais il devait l'examiner avant toute autre chose. Au besoin, il la porterait jusqu'au château. Elle serait sûrement beaucoup moins lourde que les camarades qu'il avait parfois jetés en travers de ses épaules pour les mettre à l'abri...

La palpation ne révéla aucune fracture apparente à la cheville. Néanmoins, des clichés seraient nécessaires pour confirmer son diagnostic.

— J'imagine qu'on ne peut pas passer de radios à la clinique ? demanda-t-il à Esme.

— En fait, si.

— Ouf ! Vous vous êtes bien entaillé le mollet, Janet. Il faudra contrôler votre vaccin antitétanique et nettoyer les plaies. On n'aura pas besoin de recoudre, mais...

— Je veux rester avec Teasel ! s'écria Janet. Et s'il s'était coupé une artère ? Et si...

Elle sanglotait de nouveau, et Max, avec douceur mais fermement, l'empêcha de ramper vers son chien. L'air sombre d'Esme ne laissait rien présager de bon. Il devait à tout prix lui faciliter la tâche.

— Il me semble qu'une voiture approche, dit-il, soulagé.

— Ça doit être Axel, répondit Esme sans lever la tête. Pouvez-vous aller à sa rencontre, s'il vous plaît ? À vous deux, essayez de forcer la barrière pour qu'il puisse venir ici avec le 4x4. Moins on déplacera Teasel, mieux cela vaudra.

— Ne vous en faites pas. On va y arriver.

Esme avait totalement oublié sa gêne et sa nervosité.

Qu'aurait-elle fait si Max n'avait pas été là ? Deux heures s'étaient écoulées depuis les événements de l'après-midi, mais la question tournait encore en boucle dans sa tête...

Son calme et son expérience de médecin avaient fait merveille auprès de Janet. Il avait montré sa sensibilité en tirant un mouchoir de sa poche pour lui essuyer les yeux et les joues. L'instinct d'Esme ne l'avait pas trompée : sous ses dehors impénétrables, cette armoire à glace avait un cœur grand comme l'Écosse !

— Qu'est-ce que ça donne, Esme ?

La voix de Janet résonna dans l'Interphone de la salle d'opération. La jeune femme avait catégoriquement refusé de laisser son chien et s'était installée dans l'antichambre du bloc opératoire en compagnie de Max, qui jouait les anges gardiens.

— Encore quelques points, et le tour sera joué, répondit Esme par-dessus son masque.

Elle avait commencé l'intervention derrière un paravent pour ne pas affoler Janet, car Teasel avait échappé de justesse à la mort. Il s'était ouvert de la gorge jusqu'à l'abdomen, et la déchirure n'avait évité la jugulaire que de deux petits centimètres seulement. Un vrai miracle !

Esme n'avait jamais douté de pouvoir sauver Teasel, mais avait néanmoins eu fort à faire pour nettoyer la blessure, débrider les tissus et recoudre les plaies. Heureusement, la pose de drains s'était avérée inutile et quand, enfin, le champ opératoire avait été moins effrayant, elle avait tiré le rideau pour que Janet et Max puissent regarder ce qu'elle faisait.

Son assistante, voyant qu'elle avait presque fini, coupa le micro.

— Si je suggérais à Max d'accompagner Janet à la radio, maintenant ?

Esme secoua la tête.

— Au point où on en est, dix minutes ne changeront rien.

Elle peinait à se l'avouer, mais la présence de Max lui faisait un bien fou. Elle était beaucoup plus détendue, sachant qu'il s'occupait de la jeune serveuse.

— Teasel est le bébé de Janet, dit-elle d'une voix douce. Je comprends qu'elle veuille rester jusqu'au bout.

Ayant dit cela, elle chercha le regard de Max. Quand il lui sourit, une onde de chaleur irradia dans son ventre aussi sûrement que s'il avait glissé les mains sous sa blouse.

Quel homme extraordinaire c'était ! Il s'était montré calme, compétent, maître de la situation et, pendant qu'elle opérait Teasel, il s'était fait apporter du matériel de désinfection pour soigner Janet. Ensuite, il avait surélevé la jambe de la blessée et mis de la glace sur sa cheville. Pour finir, il avait appelé le médecin traitant de Janet, lequel avait confirmé qu'elle aurait besoin d'une injection antitétanique.

Satisfaite d'avoir pu, grâce à lui, travailler l'esprit serein, Esme posa son dernier point et vérifia ses sutures. Son assistante équipa Teasel d'une collerette, puis elles le portèrent pour l'installer dans un box confortable.

— Vous êtes sûre que tout va bien ? demanda Janet quand Esme regagna la salle d'observation.

— Certaine ! Il va être groggy pendant un bon moment. Allez vite passer cette radio, Janet.

La journée n'était pas terminée, Esme se concentra sur ses

autres rendez-vous, deux séances de vaccinations qui furent heureusement vite finies.

Postée derrière la fenêtre, elle regardait partir sa dernière cliente lorsque le 4x4 de Max descendit l'allée du château. Il allait sans doute reconduire Janet chez elle, ou l'emmener voir son généraliste.

Elle avait crispé les mains sur sa poitrine de manière réflexe, et ce fut ainsi que Margaret la surprit en revenant de sa tournée des chenils.

— Ça te dirait d'aller boire un verre au pub, Esme ? L'après-midi a été mouvementé, tu le mérites.

— Non, merci, répondit-elle en souriant. Je vais plutôt aller prendre un bain.

Margaret s'approcha, suivit la direction de son regard et poussa un petit cri.

— Oh oh ! Toi, tu cherches les ennuis !

Esme en était trop consciente pour avoir le courage de protester.

Esme tomba nez à nez avec Charles sur le seuil de la cuisine.

— Oh là ! Il fait nuit, les sols sont glissants, et il recommence à neiger.

— Merci pour le bulletin météo, répondit-elle en riant.

Il jeta un regard intrigué sur sa jupe patineuse noire, puis se rembrunit.

— Il serait dangereux de prendre la route. Où vas-tu, habillée comme ça ?

Évidemment. Elle aurait dû s'en douter. Elle ne portait jamais de jupe le soir, mais des tenues décontractées ou, mieux encore, des pyjamas de flanelle.

À son grand désarroi, elle se sentit rougir.

— Je vais juste dire bonsoir à Mme Renwick. Toutes mes affaires sont au sale, dit-elle, en espérant que ce mensonge passerait.

— Oui, bien sûr !

— Un problème, Charles ? Pourquoi es-tu si grognon ?

— Je ne suis pas grognon.

Si, il l'était, et pas qu'un peu. Ses récents accès de mauvaise humeur troublaient Esme car, à une époque, elle avait trouvé que son moral s'améliorait. Deux mois plus tôt, au retour d'une conférence, il avait même été franchement guilleret. Elle s'était réjouie de le voir moins sérieux, plus détendu, mais chassez le naturel...

S'il continuait, elle allait le réexpédier en voyage. Au moins, il arrêterait de la soupçonner de...

De quoi, au juste ? De vouloir séduire Max ? Au fond, il avait bien senti les choses et n'avait pas tort. Mais il pouvait dormir tranquille : la vertu de sa petite sœur n'était pas en danger. Le Dr Max Kirkpatrick se souciait fort peu d'elle, comme il l'avait montré en rentrant du village.

Il avait rejoint ses pensionnaires dans la salle de détente sans chercher à venir la voir. Il aurait au moins pu, après cet après-midi mouvementé, lui donner des nouvelles de Janet et s'enquérir de l'état de Teasel !

Qu'est-ce qui clochait au juste ? Pensait-il qu'elle n'était pas assez bien pour lui ? Quoi qu'ils fassent, l'atmosphère restait tendue, et il fallait que cela cesse, d'une manière ou d'une autre.

Elle toisa son frère et, sans lui laisser l'occasion d'épiloguer, entra dans la cuisine, d'où s'échappait une délicieuse odeur.

— Hum ! fit-elle en lorgnant les assiettes de biscuits posées sur le comptoir. Je peux en prendre ?

— Juste un ! répondit Mme Renwick, l'air faussement sévère. Ils sont pour le marché de Noël.

Esme croqua avec délectation dans un biscuit et s'adossa au plan de travail pour regarder la cuisinière s'activer avec son talent habituel. Après quelques minutes, celle-ci poussa un soupir exaspéré.

— Esme Ross-Wylde, ne restez pas dans mes jambes ! Si vous alliez voir les pensionnaires au salon ?

— Ils n'ont pas besoin de moi.

— Peu importe ! Vous aimez bien discuter avec eux.

— C'est vrai.

Mais ce soir, elle n'avait pas envie d'affronter Max. Il était rentré sans lui faire signe. Il ne serait sûrement pas enchanté de la voir...

Elle se reprit. Quel âge avait-elle, à la fin ? Il était temps qu'elle se comporte en adulte. Elle devait aplanir la situation, même si elle ne savait pas trop comment s'y prendre. Faute de quoi les six prochains jours allaient être un enfer.

D'après Mme Renwick, il n'y avait rien de tel qu'une petite douceur pour calmer les esprits. Ravie de son idée, elle jeta un regard autour d'elle.

— Y aurait-il quelque chose pour les pensionnaires parmi tous ces délices ? Ça leur ferait plaisir...

La cuisinière lui tendit un gros gâteau au chocolat dont le glaçage impeccable brillait sous les spots.

— Prenez ça et laissez-moi travailler. Allez, ouste !

Esme l'embrassa sur la joue.

— Merci, madame Renwick, ma bonne fée de Noël !

Quittant la cuisine, elle remonta le couloir... pour tomber nez à nez avec Max. Planté sur leur seuil du salon, il observait Euan et Andy qui, leurs chiens couchés à leurs pieds, disputaient une partie de bataille navale électronique.

À les voir ensemble, souriants et détendus, on aurait dit que le militaire invalide et le garçon étaient amis depuis toujours. Ils s'étaient sans doute reconnus, ayant des expériences douloureuses en commun.

— Je n'aurais jamais cru voir ça un jour, dit Max.

— Moi non plus. Andy était triste et renfermé avant votre arrivée au château. Je désespérais de le faire communiquer avec les autres. Mais ces deux-là se sont bien trouvés !

— Ils souffrent de stress post-traumatique. Pas pour les mêmes raisons, mais le résultat est comparable. C'est super, qu'ils puissent en discuter.

Elle désigna une troisième manette de jeu abandonnée sur la table du salon.

— Vous ne jouez pas ?

— Sans façon. Les trucs virtuels, ce n'est pas mon fort.

— Pour vous avoir vu à l'œuvre aujourd'hui, je vous crois capable de beaucoup de choses dans le monde réel.

Elle se mordit la lèvre, consciente d'avoir, bien malgré elle, tenu des propos provocants. Max plissa les yeux et la détailla sans hâte, de la tête aux pieds, s'attardant sur ses yeux, ses lèvres, ses seins et ses hanches...

— Vous traînez souvent dans les couloirs, un gâteau à la main ?

— En permanence. Distribuer des douceurs fait partie de mes attributions de vieille fille pauvre, dépendante de son frère aîné pour le gîte et le couvert.

— Mais bien sûr !

Il la gratifia d'un nouveau regard incendiaire, et elle eut soudain très chaud. Puis il baissa les yeux sur l'assiette qu'elle tenait à la main.

— Vous allez vous promener comme ça toute la nuit, histoire de bien narguer les gens sans rien leur offrir ?

En une seconde, l'atmosphère se chargea d'électricité. Max ne parlait plus du gâteau. Une vive excitation s'empara d'elle.

Pouvait-elle suivre son instinct, juste une fois ? Que risquait-elle ?

Elle était chez elle, en sécurité. Et Margaret avait raison, Max n'était pas Harding MacMillan. C'était même son exact opposé, loyal, franc et honnête...

Sans réfléchir, elle plongea l'index dans le glaçage, et le lécha avec un soupir de délectation.

— Hum !

— Ça a l'air bon, fit Max d'une voix éraillée.

Fascinée par le léger duvet qui ombrait ses joues, elle leva une main vers son visage. Mais avant qu'elle le touche, il captura son poignet et s'empara de son index.

— À mon tour, maintenant.

Oh ! Il n'allait quand même pas...

Il lui remit le doigt dans le gâteau puis, sans la quitter des yeux, le glissa dans sa propre bouche. La sensation, douce et brûlante, la subjugua. Son sang se mua en feu liquide. Jamais, de toute son existence, elle n'avait vécu un moment aussi sensuel.

Et dire qu'ils étaient habillés, dans un couloir ! Elle n'osait pas imaginer ce qui se passerait lorsqu'ils seraient nus...

Ou plutôt, si, elle osait. Et elle n'avait pas honte.

— En voulez-vous un morceau ? demanda-t-elle d'une voix méconnaissable.

— Non, répondit Max tout bas. Je n'ai pas faim.

— Moi non plus.

— Donnez-le aux gars. Ça leur fera plaisir.

— Bien sûr.

Elle entra dans le salon, posa l'assiette sur la table et reçut les remerciements enthousiastes d'Andy et Euan. Elle leur souhaita une bonne soirée puis, avec une lenteur délibérée, retourna vers Max.

— Vous aimeriez voir mon sapin de Noël ? demanda-t-elle.

— C'est une proposition malhonnête ?

— Non, mais ça peut le devenir.

Sans un mot, il la suivit jusqu'au petit salon qu'elle partageait avec Charles dans l'aile privée du château. Décidément, ce Noël allait être très différent des autres.

6

— Il y a un verrou sur cette porte ?

Max craignait que le frère d'Esme ne les surprenne en fâcheuse posture. Il n'aurait plus manqué que cela !

— Non, chuchota-t-elle. Mais ma chambre ferme à clé.

— La mienne aussi.

— Il y a une branche de gui dans la mienne.

— Porte-bonheur ou pas, j'aurai toujours envie de t'embrasser.

Elle eut l'air sidéré, comme si ces mots avaient provoqué un électrochoc en elle. Il lui sourit, heureux d'avoir exprimé ce qu'il ressentait, et sûr que son désir était réciproque.

— Où est Dougal ? demanda-t-il.

— Dans ma chambre avec Wylie. Ces deux-là ne se quittent plus. Allons chez toi, murmura-t-elle, tendant la main.

Il s'en empara mais ne bougea pas d'un millimètre. Incapable de résister, il attira Esme dans ses bras et fit ce dont il rêvait depuis le premier jour : il lui captura le menton entre le pouce et l'index, baissa la tête et l'embrassa.

Sa bouche était aussi tendre, fruitée et délicieuse qu'il l'avait imaginé. Quand elle entrouvrit les lèvres, il approfondit son baiser, et son corps réagit instinctivement à cette explosion de douceur et de passion. Encore quelques instants, et il ne se contrôlerait plus. Si Charles, le grand frère, arrivait…

— On y va, dit-il d'une voix sourde. Maintenant.

Elle l'entraîna vers la porte. Ils coururent dans le couloir, et montèrent quatre à quatre l'escalier vers les appartements privés.

Sitôt refermée la porte de sa chambre, Max mit le verrou. Ce fut alors un déchaînement de passion tel qu'il n'en avait jamais connu. Ils échangèrent un baiser furieux, et son pull valsa à travers la pièce, suivi par le chemisier d'Esme.

Ivre de désir, il taquina les pointes de ses seins à travers la fine dentelle de son soutien-gorge, et fut récompensé par un gémissement rauque. Sa peau laiteuse, constellée de taches de rousseur, était aussi douce qu'il l'avait imaginé. À la lueur du feu de cheminée, d'incroyables reflets dansaient dans ses cheveux blonds. Elle était si belle qu'il dut prendre sur lui pour garder un minimum de contrôle.

— Doucement, chuchota-t-il, alors qu'elle essayait de défaire sa ceinture.

— Mais... Pourquoi ? Tu ne veux plus ?

— Au contraire, mon ange. Je te désire comme un fou depuis le premier jour.

Il fit pleuvoir une multitude de baisers sur son front, son nez, ses joues et ses lèvres. Puis il redressa la tête et lui sourit.

— Je sais qu'il n'y aura pas de retour en arrière. Il faudra qu'on soit capables de gérer l'après, c'est-à-dire demain matin et tous autres les jours, face au monde extérieur. Si ça te paraît trop difficile, mieux vaut arrêter maintenant.

— Je ne veux pas arrêter, murmura-t-elle, et son air chagrin lui alla droit au cœur.

— Tu ne me connais pas très bien !

Elle traça le contour de sa mâchoire du bout de l'index et, provocatrice, s'arrêta juste au-dessus de ses lèvres.

— Toi non plus, ça ne nous empêche pas d'être attirés l'un par l'autre.

— Tu as raison. On pourrait se dire... qu'on est en train de faire connaissance, là, maintenant ?

— C'est une bonne façon de voir les choses.

Incapable de résister, il effleura le creux de sa taille fine. Sa réaction ne se fit pas attendre : elle eut la chair de poule et, ivre de désir, il nicha le visage dans son cou.

— J'ai l'impression qu'il y a un « mais », chuchota-t-il. Dis-moi à quoi tu penses. Je t'en prie…

Esme avait le choix. Soit elle avouait à Max qu'elle avait peur d'être trahie, soit elle faisait semblant de rien et lui arrachait ses vêtements.

À demi-nue dans ses bras, elle n'avait jamais connu un moment plus sensuel. Tout l'excitait chez lui : sa voix grave, ses mains douces et chaudes, le regard adorateur dont il l'enveloppait comme une caresse. Et justement, ces instants étaient trop précieux pour qu'elle lui mente. Elle devait être honnête. C'était la moindre des choses.

Elle glissa une main sous sa chemise et, émue par les battements rapides de son cœur, ferma les yeux. Il était aussi tendu qu'elle… et il avait le corps en feu. Pressée contre lui, elle sentait la force de son désir à travers la toile de son jean. Avant de le caresser sous la ceinture, comme elle en mourait d'envie, elle devait prendre une décision.

Max n'était pas Harding MacMillan. Il n'avait rien à voir non plus avec les hommes que Charles lui présentait. Il était unique et n'attendait rien d'elle, hormis la franchise et le respect. Ce qui tombait bien : elle voulait la même chose…

Elle rêvait d'une vie simple, jalonnée de bonheurs tranquilles. Si elle franchissait un cap ce soir, retrouverait-elle foi en l'avenir ?

Elle lui offrit ses lèvres pour un nouveau baiser. Il dut lire la question dans ses yeux, car il l'embrassa avec une ferveur touchante. Il y avait de la douceur et de la passion dans son baiser, mais aussi de la curiosité, un désir infini et, surtout, un don de soi total et absolu.

Avec lui, tout était beau, idyllique. Comment pourrait-elle supporter son départ ? Elle ne devait même pas y songer !

— Je pense à nous deux…, dit-elle, consciente qu'il attendait une réponse. Je suis prête à tenter l'aventure… À condition qu'on reste discrets. C'est tout ce que je veux.

Il n'eut pas besoin d'encouragement supplémentaire. Il

arrondit les mains sur ses fesses et la souleva. Le souffle court, elle noua les jambes autour de ses hanches tandis qu'il la portait vers le lit. Elle sentit la tête lui tourner à l'idée de s'unir à cet homme dont le côté sauvage n'avait d'égal que la douceur et le raffinement. Son menton râpeux lui brûlait la joue. Ses lèvres tièdes la tenaient prisonnière. Jamais elle n'avait connu sensation plus délicieuse.

Quand il la déposa sur la courtepointe du grand lit à baldaquin, elle poussa un soupir d'aise.

— C'est un endroit charmant pour s'aimer, dit-il. Tu m'as installé ici par hasard, ou avais-tu une idée derrière la tête ?

Elle eut un sourire innocent.

— Ni l'un ni l'autre. C'est le Dr Sinclair qui attribue les chambres. À l'origine, celle-ci était pour la mère d'Euan. Mais il m'a dit qu'avec un ancien militaire je ne risquerais rien.

Le regard de Max s'éclaira d'une lueur dangereuse.

— Ah oui ? Tiens donc...

— C'est ce qu'il supposait, en tout cas.

Il défit, un sourire carnassier aux lèvres, sa boucle de ceinture.

— Puis-je te montrer ce que je fais de ses suppositions ?

— Oui... Je veux bien.

Il l'embrassa, et le reste du monde se perdit dans leur étreinte voluptueuse.

Max avait attendu toute sa vie de rencontrer Esme. Il le savait à présent. Ce soir, c'était comme s'il faisait l'amour pour la première fois. Il avait eu l'impression de tout redécouvrir ou, plutôt, de rentrer chez lui après un long voyage.

Tendre et insatiable, Esme explorait son corps. Elle lui avait embrassé le cou, la poitrine et maintenant elle descendait plus bas. Sa bouche traçait un sillon humide sur son abdomen, ses cheveux le chatouillaient délicieusement... Encore un peu, et il ne se maîtriserait plus.

Pourtant, il voulait garder le contrôle. Avant de s'abandonner, il allait la faire gémir de plaisir, la rendre folle, l'amener au bord du vertige...

Il l'attira dans ses bras et, malgré ses protestations, la renversa en arrière sur l'oreiller. À la lueur des flammes, ses grands yeux bleus reflétaient une passion intense. Il resta un moment immobile, le souffle court, et elle posa la main à plat sur son torse comme si elle voulait apprivoiser son cœur.

Leur baiser passionné, intense, le bouleversa d'autant plus que son émotion était partagée. Esme et lui vibraient à l'unisson. Ils s'étaient enfermés dans une bulle où le monde extérieur n'existait plus.

Il prit son temps pour nourrir le feu rampant qu'il sentait couver en elle. Et quand, n'y tenant plus, elle s'arc-bouta sous lui, il dut se retenir de plonger en elle pour délivrer son corps de la tension qui l'habitait.

S'il se laissait aller, le plaisir les inonderait rapidement, mais Esme méritait mieux. Il voulait prendre son temps pour lui montrer qu'elle était précieuse. Plus tard, ils pourraient explorer d'autres façons de s'aimer. Leurs étreintes se réinventeraient chaque nuit jusqu'à son départ...

Le sourire d'Esme lui gonfla le cœur d'une émotion indescriptible. Il tenait à elle. Il avait envie de la protéger et, en même temps, de s'appuyer sur la femme forte et courageuse qu'elle était. Car même s'ils venaient d'univers différents, au fond ils se ressemblaient.

Chaque jour les rapprochait un peu plus. Jamais il ne pourrait se lasser d'elle. La seule erreur à ne pas commettre serait de tomber amoureux...

Elle lui captura le visage à deux mains et sourit.

— Arrête de réfléchir. Je veux te sentir en moi.

Il récupéra un préservatif dans sa trousse d'urgence, tout en caressant Esme à l'endroit le plus sensible de son intimité. Et quand elle demanda grâce, il sut qu'elle était prête à l'accueillir.

Appuyé sur les coudes, il ne résista pas à l'envie de la titiller encore, en positionnant contre elle le bout de son sexe durci. Elle poussa un cri rauque et tendit les hanches, les joues rosies d'un désir frustré. Alors, n'y tenant plus, il vint en elle en criant de plaisir.

Leurs corps se mirent à onduler en cadence, comme s'ils étaient de toute éternité destinés l'un à l'autre. Jamais il n'avait connu cette perfection absolue, ni la sensation incroyable d'appartenir à quelqu'un qui formait l'autre moitié de lui-même.

Il voulait lâcher prise, s'abandonner complètement. Posséder le corps d'Esme ne lui suffisait pas. Il voulait son cœur, son âme. Il voulait… tout, maintenant et à jamais.

— Vas-y, chuchota-t-elle. Je suis à toi.

Il n'y avait ni crainte ni hésitation dans son regard, simplement du désir et une confiance totale. Il lui obéit, imprimant un rythme intense à leur étreinte farouche. Quand ils jouirent ensemble, Esme cria son nom, et il vit des étoiles danser devant ses yeux. « Des étoiles de Noël », aurait-elle dit, et il faillit éclater de rire.

Un jour, il lui dirait pourquoi il détestait cette période. Mais cette nuit, il ne voulait pas y penser. Il allait dormir en tenant son ange blond, adorable et magnifique, au creux de ses bras.

C'était déjà un miracle de Noël.

Esme aurait volontiers passé la journée au lit avec Max.

Il avait eu raison de dire qu'il n'y aurait pas de retour en arrière. Ils s'étaient aimés toute la nuit, et à certains moments la connexion entre eux avait été si forte qu'elle avait presque eu peur.

Tout était trop beau, trop magique. Or, le bonheur ne durait jamais longtemps, elle le savait bien.

Devait-elle suivre son instinct ? Dix ans s'étaient écoulés depuis « l'affaire Harding ». Elle n'avait fréquenté personne depuis mais cette fois, pourtant, elle était sûre d'avoir fait le bon choix.

Max incarnait tout ce qu'elle rêvait de trouver chez un homme. Il avait une personnalité complexe, mais attachante. Sa force cachait une tendresse et une sensibilité infinies. Le souvenir de leurs étreintes lui donnait la chair de poule. Il s'était montré si... amoureux qu'elle s'était complètement redécouverte dans ses bras.

L'alarme de son téléphone la fit sursauter. Le retour à la réalité s'annonçait. Elle n'avait pas le choix.

Elle embrassa la main de Max, qui lui avait servi d'oreiller, puis tendit le bras et coupa la sonnerie stridente du mobile.

— Désolée pour le réveil en fanfare, dit-elle tout bas, attendrie par l'air hébété de Max. J'ai une opération et plusieurs rendez-vous programmés ce matin.

Elle roula sur le côté, en tirant le drap sur sa bouche.

— Qu'est-ce que tu fabriques ? marmonna-t-il.

— Je cache mon haleine du matin, au cas où elle ne serait pas respirable... Hé ! arrête !

Il baissa le drap et lui planta un baiser sur les lèvres.

— Un vrai délice ! dit-il en riant. Allez, dis-moi tout. Qu'as-tu au programme ?

Ravie qu'il s'intéresse à elle, elle s'assit contre les oreillers.

— Je vais opérer des ligaments croisés d'un grand danois. L'intervention ressemble à celles pratiquées sur les sportifs.

— Waouh ! De la chirurgie du genou sur une grande race, ça me plaît. Je peux venir observer ?

Elle le considéra, perplexe.

— Tu ne suis pas Euan à l'entraînement ?

— Margaret a prévu une sortie et, d'après ce que j'ai compris, elle voudrait que je le lâche un peu. Il ne fait rien sans moi. Le hic, c'est qu'au retour à Glasgow on ne se verra plus tous les jours. Mieux vaudrait qu'il se déshabitue de moi, non ? Qu'en penses-tu ?

Elle l'embrassa doucement sur la joue. Même sans l'intervention de Margaret, il aurait réagi. Sa sensibilité lui avait fait prendre conscience du problème depuis longtemps. D'ailleurs, il lui en avait déjà parlé.

— Sous tes dehors bourrus, tu es beaucoup plus gentil que tu n'en as l'air, dit-elle.

Il poussa un grognement et se jeta sur elle comme s'il allait la dévorer. Les bras et les jambes entremêlés sous la couette, ils se chamaillèrent en riant, et, bien sûr, le jeu dégénéra. Mais ce n'était pas elle qui allait s'en plaindre...

Quand, finalement, ils se laissèrent retomber sur les oreillers, elle soupira.

— Il faut vraiment que je file. Je n'ai pas envie que Charles me voie sortir d'ici.

— Ça t'arrive souvent, ce genre de situations ?

La pointe de jalousie dans la voix de Max lui fit plaisir.

— Jamais ! Charles aurait une attaque s'il me voyait quitter la chambre d'un homme sur la pointe des pieds. Après la dernière fois...

Elle porta une main à sa bouche et s'interrompit.

— Tu veux qu'on en parle ?

Elle secoua la tête. Elle avait raconté cette histoire à son père et à son frère, mais à aucun autre homme. À vrai dire, elle n'en avait pas eu besoin. Cette fois, c'était différent.

Max avait pris une place énorme dans sa vie. Si elle voulait donner une chance à leur relation, mieux valait jouer la carte de la franchise.

— Plus tard ? suggéra-t-elle d'un ton incertain.

— Ça marche. On pourrait se voir après le travail, ce soir ?

Il lui fit un clin d'œil. Elle rougit, et l'affaire fut entendue.

Elle venait de prendre rendez-vous avec son amant, pour discuter de son ex-mari. Curieusement, cela lui semblait normal !

Max ne la laissa pas partir sans un dernier baiser. Elle le quitta à regret, certaine qu'elle aurait du mal à donner le change au travail.

Comment garder un secret lorsqu'on avait envie de rire, de chanter, de crier sa joie ?

Le défi qui l'attendait pendant les six prochains jours lui semblait déjà colossal et surhumain.

7

Esme s'apprêtait à boire son café quand Margaret fit irruption, le planning du jour à la main, dans la tisanerie.

— Ma parole, tu es rayonnante ! lui dit-elle avec un regard incrédule. Je comprends pourquoi tu ne voulais pas aller au pub hier soir.

Le souci de discrétion d'Esme fit long feu : elle n'avait jamais su mentir.

— Ce n'était pas prévu, mais... c'est arrivé, avoua-t-elle.

— Ah ! quand même ! Si tu n'étais pas passée à l'action, j'allais te reclasser dans la catégorie des vierges.

— Dis donc..., fit Esme, faussement vexée. Je ne pensais pas être un cas désespéré à ce point.

Margaret leva les yeux au plafond.

— Crois-moi, Ez, tu as échappé de justesse au couvent. Alors..., fit-elle, baissant la voix. Ça va donner quoi, cette histoire ? C'est une aventure ou c'est sérieux ?

Le cœur d'Esme penchait pour une relation durable. Sa raison, hélas ! lui disait le contraire.

— Une aventure, évidemment.

— Mais pourquoi ? Max est beau, sympa, intelligent, et vous êtes raides dingues l'un de l'autre. Si ça marche, pourquoi cela devrait-il s'arrêter ?

— Qu'est-ce qui devrait s'arrêter ?

Max venait de se planter sur le seuil. Il les dévisagea tour à tour d'un air suspicieux.

— Désolé d'avoir interrompu une grande discussion...

— Non ! s'écrièrent-elles, et il secoua la tête en riant.

Il avait tout compris, bien sûr !

Pour se donner une contenance, Esme alla lui servir un café. Quand elle lui tendit son mug, leurs doigts se frôlèrent, et elle sentit ses joues s'enflammer. Oh là là ! Elle était vraiment « raide dingue ». Mais quoi de plus normal, après des années d'abstinence ? Elle avait bien le droit de flotter sur son nuage, au moins pendant quelques jours, même si elle voulait rester lucide.

Le regard amusé de Margaret passait de l'un à l'autre.

— Alors, les tourtereaux... Aimeriez-vous savoir ce que j'ai prévu pour Euan et Fenella aujourd'hui ?

Max s'étrangla avec son café. Au comble de l'embarras, Esme fusilla son amie du regard.

— Volontiers, Margaret ! répondit-elle d'un ton sec. Fais-nous donc un petit briefing.

Margaret reprit son sérieux et leur expliqua le programme de la journée. Elle avait prévu d'emmener Euan et Fenella au centre commercial de la ville voisine.

— Euan doit apprendre à vaincre sa peur du bruit et des gens, dit-elle. Il verra comment il peut s'appuyer sur Ajax dans ces moments-là. Comme on approche des fêtes, il y aura beaucoup de monde.

— Vous êtes sûre que ça ira ? demanda Max.

— On va y aller en douceur et on quittera les lieux en cas de problème. Euan a besoin d'être guidé au départ, justement pour affronter ce genre de situation. S'il se retrouve seul dans une foule à Glasgow, il saura quoi faire.

— Vous avez raison. Il faudra qu'il se lance un jour.

— Ne vous inquiétez pas et profitez de votre journée au cabinet, dit Margaret en guise de conclusion. Cela va être passionnant.

— Oh ! mais je n'en doute pas...

L'intonation de Max fit frissonner Esme. Après le départ de Margaret, elle jeta un coup d'œil sur la pendule et sourit.

— À quoi penses-tu ? demanda-t-il.

— On a une demi-heure à tuer. Je me demande ce qu'on va pouvoir faire...

Max n'avait jamais considéré que les vétérinaires avaient moins de talent que les médecins, au contraire. Mais après avoir vu Esme à l'œuvre, il la trouvait carrément géniale.

Son art était, en un sens, plus complexe que la médecine puisque ses patients ne pouvaient pas parler. Elle agissait au feeling, avec un instinct très sûr conjugué à une parfaite maîtrise de son sujet.

Après avoir passé la blouse réglementaire, il s'était posté dans un coin de la salle d'opération pour la regarder travailler. Il avait comme prévu assisté à l'intervention sur le ligament croisé d'Arthur, le grand danois à la stature impressionnante. Tout s'était déroulé à merveille, et Esme avait ensuite stérilisé un chat, puis un chien. Elle avait enchaîné par l'ablation de la vésicule biliaire sur un labrador et, comme avec Teasel la veille, Max avait pu admirer ses sutures nettes et précises. Enfin, pour clore la matinée, elle avait habilement retiré une grosse épine du coussinet d'un chien de Saint-Hubert sans que le malheureux pousse plus d'un ou deux petits cris.

Après une courte pause, le début d'après-midi avait été mouvementé puisque Esme avait dû enlever en urgence un os coincé dans la gorge d'un chihuahua. Les opérations programmées avaient ensuite repris leur cours, et, à un moment, Esme avait entonné *Le Petit Renne au nez rouge* au son de la musique d'ambiance, pour la plus grande joie des assistantes vétérinaires.

Contrairement à la majorité des chirurgiens hospitaliers, elle était d'une simplicité confondante. Adorable avec les animaux, elle se montrait humaine et accessible avec leurs maîtres. Les gens l'appréciaient, c'était évident. Max comprenait mieux pourquoi son carnet de rendez-vous était plein quinze jours à l'avance !

La sonnette retentit au moment où elle rédigeait une

ordonnance pour son dernier patient, un épagneul souffrant d'arthrite. Une dame d'âge mûr, en tenue d'équitation et avec un volumineux carton dans les mains, surgit dans le hall.

— Au secours ! À l'aide, s'il vous plaît !

Esme se précipita.

— Madame McCann ! Que se passe-t-il ?

— C'est Honeybear ! s'écria la dame en pleurant.

Esme jeta un coup d'œil à l'intérieur du carton, et se raidit. Elle se tourna vers Max.

— Peux-tu me rendre un service, s'il te plaît ? Emmène Honeybear en salle 2 pendant que je termine avec Mme Davies. J'arrive tout de suite.

— Bien sûr.

Il s'empara du carton, et aperçut à l'intérieur un petit beagle qui saignait abondamment d'une hanche. Il était vivant, mais respirait avec difficulté ; il avait dû être renversé par une voiture.

Trois minutes plus tard, Esme le rejoignit. Elle remit un masque et des gants, une concentration intense se lisait sur son visage. Elle donna avec calme et précision ses ordres à ses deux assistantes, puis, avec une extrême douceur, installa Honeybear sur la table.

— Qu'est-il arrivé ? demanda Max.

— Mme McCann se promenait à cheval, Honeybear marchait près d'elle. Hercules, son gros cheval de trait, a eu peur de quelque chose. Il a rué, et cette pauvre chienne a reçu un coup de sabot. Ça va aller, ma belle, dit-elle d'un ton apaisant. Là, je vais te soulager un peu…

Plus Max la regardait, plus il la trouvait exceptionnelle. Lui dire adieu la veille de Noël allait être très, très compliqué. Mieux valait ne pas y penser pour le moment…

Après l'injection d'un sédatif, Honeybear s'assoupit rapidement. Max vit Esme sourire par-dessus la table.

— Tu n'es pas obligé de rester en retrait, dit-elle. Tu as amené Honeybear ici, tu fais partie de l'équipe. Va te laver les mains et approche. Tu verras mieux comment les vrais médecins travaillent ! fit-elle avec un clin d'œil.

Tandis qu'il s'exécutait, elle pria Lainey, une des assistantes, de raser la patte avant gauche pour mettre la chienne sous perfusion. À son retour, Max constata que Honeybear avait également été placée sous oxygène.

— D'abord, on lui fait une prise de sang, dit Esme. Une anomalie pourrait indiquer un problème rénal ou une hémorragie interne.

Les prélèvements effectués, Esme ouvrit un paquet de compresses et prit des ciseaux stériles.

— Allez, on va regarder tout ça de plus près.

Elle nettoya le pelage couvert de sang et le rasa par endroits, pour plus de commodité. Puis, après une palpation très délicate, elle avança un appareil de radio jusqu'à la table.

Bientôt, Max devina qu'elle souriait derrière son masque. Le résultat était moins catastrophique qu'ils ne l'avaient craint. Il observa Honeybear de plus près.

— Alors, docteur, votre diagnostic ? demanda-t-elle.

— Hum ! Le sabot du cheval devrait être contrôlé. Vu la profondeur de la blessure, il y a sans doute un clou qui dépasse du fer. Il faudra panser la plaie régulièrement et faire une injection antitétanique à Honeybear. La fracture du bassin devra être réduite. L'os n'est pas déplacé, mais...

Il observa les clichés accrochés au mur, puis ajouta :

— Si c'était ma patiente, je prescrirais une hospitalisation. L'inflammation nécessitera une surveillance pendant plusieurs jours. Le périmètre autour de la fracture va enfler, il y aura de grosses contusions. De plus, même si l'échographie abdominale est rassurante, on ne peut pas éliminer complètement le risque d'une hémorragie interne.

— Donc, malgré toutes ces blessures, tu ne recommanderais pas l'euthanasie ?

— Bien sûr que non ! se récria-t-il. Puisqu'on peut sauver un être humain dans la même situation, on doit pouvoir la sauver, elle ! C'est juste une question de temps.

Il croisa le regard brillant d'Esme et sut qu'il avait donné la bonne réponse.

— Excellent, docteur. Si tu cherches une reconversion, deux ans d'université devraient suffire. Ensuite, je t'embauche.

Elle se tourna vers ses assistantes, qui attendaient la suite.

— Dès que l'hémorragie sera sous contrôle, je ferai une réduction fermée en immobilisant la zone, dit-elle. J'espère qu'à la fin de l'épisode inflammatoire je ne serai pas obligée d'ouvrir pour poser une plaque. Avec un peu de chance, une dizaine de jours au repos suffiront. Si c'est le cas, je la laisserai sortir pour Noël. C'est le plus beau cadeau qu'on pourra leur faire, à elle et Mme McCann. On a tous envie de passer les fêtes avec ceux qu'on aime…

Max cilla involontairement. Ce commentaire lui était destiné, mais Esme ignorait tout de son vécu à Noël !

Le dictateur avait vite transformé cette période magique en cauchemar. Rien de ce que faisait Max ne trouvait grâce à ses yeux. Les cadeaux qu'il achetait avec l'argent de ses menus travaux étaient toujours considérés comme « nuls ». Après quelques années, son beau-père avait suggéré qu'il reste au pensionnat pendant les vacances. Max avait fini par s'y résoudre, pour éviter à sa mère des scènes de plus en plus pénibles…

Le regard inquisiteur d'Esme le mit encore plus mal à l'aise que ses souvenirs. Il s'excusa, et sortit prendre l'air sous le porche qui jouxtait la salle d'opération.

Le froid glacial lui remit les idées en place. Quelque part, il savait bien qu'il devait avancer. Ce blocage sur le passé avait duré trop longtemps. Il était devenu méfiant, solitaire, et il n'aimait pas cela.

Pivotant vers la fenêtre, il vit Esme qui portait Honeybear pour l'installer dans un box équipé de tapis polaires. Son cœur se contracta douloureusement dans sa poitrine, au point qu'il eut du mal à respirer. Qu'il le veuille ou non, il était arrivé à la croisée des chemins. Il ne pouvait plus rester en retrait de la vie, des relations amicales… ou amoureuses.

Il devait ouvrir son cœur à Esme pour lui donner l'affection et le respect qu'elle méritait. Continuer de la tenir à distance aurait été injuste et, au fond, il ne le souhaitait pas.

Que pouvait-il lui arriver de grave ? Son cœur risquait de se fendre un peu plus, et alors ? Au point où il en était...

Soudain, Esme s'approcha de la fenêtre. Son beau visage s'éclaira quand elle l'aperçut, puis elle posa une main à plat sur la vitre. Il se rapprocha pour faire la même chose de l'autre côté, et leurs regards se soudèrent dans un moment d'une intensité incroyable.

Oui, cette femme en valait la peine. Elle méritait d'être heureuse. Finalement, cette année, il aurait peut-être mieux à faire à Noël que de squatter les couloirs des urgences !

La dernière patiente de la journée, une loulou de Poméranie, avait volé une tourte à la viande sur la table familiale quelques heures auparavant. Elle présentait une indigestion caractéristique, et Esme dut lui faire un lavage d'estomac pour la soulager.

Max, lui, riait derrière son masque.

— Ça t'amuse de voir cette pauvre vieille Snowy souffrir ? demanda-t-elle, faussement sévère. Elle aurait pu mourir.

— Pardon, répondit-il. En la voyant, j'ai repensé à certains week-ends au Clydebank. Ce n'est pas joli, joli, quand les gens ont trop fait la fête et qu'il faut leur tendre une bassine !

Il se rapprocha pour caresser la petite boule de poils allongée sur la table.

— Désolé, ma belle, dit-il doucement. Je suis content que tu t'en sortes. Ça m'aurait fait de la peine...

Esme se sentit fondre. Quand il regardait les animaux ou les gens de cette façon, elle le trouvait irrésistible. Il était toujours adorable avec Euan et, s'il avait une femme et des enfants un jour, il ferait un excellent père.

À cette perspective, elle sentit une boule lui nouer la gorge. De son côté, elle n'envisageait pas de se remarier. Cette simple idée lui donnait la chair de poule. Cela tombait bien car, après ce soir-là, Max n'aurait sans doute jamais l'idée de l'épouser. Quand il aurait entendu l'histoire de son mariage désastreux, il aurait plutôt envie de fuir !

— Une petite perfusion pour Snowy, et on aura terminé, dit-elle d'une voix gaie pour masquer son désarroi.

Une demi-heure plus tard, après un dernier tour des box, elle se retrouva seule avec Max dans le hall désert.

— Ouf ! s'exclama-t-elle. Quelle journée !

Comme il la regardait fixement, elle ajouta :

— Quoi ? J'ai un bouton sur la figure ?

Il l'entoura de ses grands bras et l'étreignit.

— Pas du tout, tu es parfaite.

Il lui donna un baiser langoureux, tendre et sensuel. Quand il se redressa, il appuya le front contre le sien.

— Hum ! dit-il à voix basse. J'en rêve depuis ce matin.

— Ah bon ? et de quoi d'autre ?

Si la porte avait eu des rideaux, elle les aurait fermés sur-le-champ. Elle aurait déboutonné la blouse de Max et…

— De pizza ! dit-il.

Ce n'était pas tout à fait la réponse qu'elle attendait. Elle le considéra, amusée.

— Tu as faim ?

— Un peu, mais c'est surtout toi qui as besoin de reprendre des forces. J'avoue que tu m'as impressionné. Tu as assuré comme un chef aujourd'hui. Quel talent !

— Arrête, tu me gênes ! lui dit-elle, le rouge aux joues.

Elle lui donna un petit coup de poing sur le bras. Recevoir ses compliments était un cadeau magnifique après une dure journée de labeur.

Envahie d'un profond bien-être, elle se lova plus étroitement contre lui. La réponse ne se fit pas attendre, et elle sentit, à travers son fin pantalon d'uniforme, à quel point Max avait envie d'elle.

— Si on allait prendre une douche ? demanda-t-elle d'une voix rauque.

Elle voulut glisser les mains sous sa blouse, mais il l'écarta fermement.

— Si on trouvait un compromis ? répondit-il en riant. Une

douche rapide d'abord, chacun de son côté. Ensuite la pizza, et ensuite, si tu veux, on prendra une douche très longue…

Elle se tortilla jusqu'à ce qu'il la reprenne dans ses bras. Il lui donna un nouveau baiser et recula.

— Sorcière…, dit-il. Tu vas me faire renoncer à mes bonnes résolutions. N'oublie pas que tu as quelque chose à me dire. Et… moi aussi, je voudrais te parler.

En une seconde, elle sentit ses vieux doutes l'assaillir.

— Tu m'inquiètes, là…

Il lui sourit avec chaleur.

— Ce sera beaucoup moins effrayant devant une pizza.

— Si tu le dis !

Ils sortirent dans le crépuscule glacé, et Max pointa le marché de Noël du doigt.

— J'ai repéré un *food truck*, là-bas. On pourrait aller chercher notre pizza, puis trouver un endroit tranquille pour notre tête-à-tête.

— J'ai une idée ! Je connais l'endroit idéal. Personne ne viendra nous déranger là-bas.

— Parfait, *milady*. Je m'en remets à vous…

8

— Euan est gentil de s'occuper de Dougal ce soir.

Esme venait de monter une troisième volée de marches sans être le moins du monde essoufflée. Max, qui la suivait, s'arrêta pour regarder le paysage par l'une des étroites fenêtres creusées dans la montée d'escalier.

— C'est un garçon adorable. Mais s'il avait su où on allait, il aurait sûrement voulu venir. Tu me fais grimper bien haut pour manger une pizza, dit-il, taquin. Tu es sûre que le donjon n'est pas au sommet de cette tour ?

— Non, il est dans le vieux château ! Une petite fille s'y est perdue la semaine dernière, mais on l'a vite secourue.

— Et nous ? Qui viendra nous chercher si on se perd ?

— Charles, bien sûr, répondit-elle en lui jetant un regard malicieux par-dessus son épaule.

— Bien sûr, oui... Ton grand frère vole-t-il à ton secours chaque fois qu'il juge un type indigne de toi ?

Le sourire d'Esme s'évapora. Elle se retourna, puis reprit son ascension à un rythme soutenu.

— Encore quelques marches, et on y sera.

De toute évidence, il avait gaffé. Avait-il touché un point sensible, ou abordé involontairement le sujet dont elle voulait discuter ?

L'arrivée en haut de la tour interrompit ses réflexions. Ils avaient monté cinq étages pour se retrouver sous les toits, dans une petite pièce de forme octogonale au charme indéniable.

Une banquette creusée sous la fenêtre, à même la pierre, invitait au repos avec ses coussins chatoyants. Max s'y agenouilla, et ce qu'il vit lui coupa le souffle.

Juste en face d'eux, à leur niveau, la flèche du gigantesque sapin de Noël scintillait sous le ciel parsemé d'étoiles. La patinoire illuminée se trouvait sur la droite, et, au-delà, les étals du marché brillaient de mille feux, tout comme le labyrinthe. Quelques flocons de neige tombaient sur ce décor féerique.

Il se tourna vers Esme, qui venait vers lui.

— C'est magnifique, non ? dit-elle. Quand j'étais petite, je montais ici avec Nick et Charles. On adorait regarder les gens patiner.

— Tu m'as peut-être aperçu, le jour de ma visite.

— Tu as l'air nostalgique. Pour un gars qui déteste Noël, c'est curieux...

Il lui prit la main et la fit asseoir à côté de lui.

— J'avais douze ans, à l'époque, dit-il.

Elle resserra la pression sur ses doigts.

— Tu veux qu'on en parle ?

— Oui, répondit-il d'une voix rauque. Ça me fera du bien.

Esme écoutait Max dans un silence respectueux. Elle savait déjà qu'il venait d'un milieu difficile, mais plus il évoquait son enfance, plus elle avait mal pour lui.

Au bout d'un moment, elle risqua une question :

— Tu n'étais pas triste, d'être livré à toi-même ?

Il secoua la tête.

— Non, du tout. Dès que j'ai eu l'âge de me garder tout seul, c'est devenu mon quotidien. On était heureux, maman et moi, même si elle travaillait dur à l'usine. Elle avait établi des règles strictes pour les devoirs, l'heure des repas, de la lecture ou du coucher. Je suivais ses instructions à la lettre pour lui faire plaisir.

— Tu étais un gentil, dit-elle en souriant.

— À la maison, oui. Dans la rue, c'était une autre histoire. Je devais jouer les durs pour ne pas être embêté. Je n'allais pas avouer aux mauvais garçons du secteur que je savais faire cuire un poulet ou préparer un Yorkshire pudding.

— Waouh ! Tu sais vraiment cuisiner ?

— Je n'avais pas le choix si je voulais manger. Ma mère me laissait des recettes faciles... Et toi ? Vu la cuisine du château, tu as dû pouvoir faire plein de choses.

— Euh... Ça ne passionnait pas ma mère. Mme Renwick gérait tout, et personne ne m'a jamais appris. Je devrais m'y mettre, remarque ! J'en ai envie depuis longtemps.

Il éclata de rire.

— J'espère que tu ne songes pas à remplacer ta blouse par un tablier. Je t'aime bien comme tu es.

— Vraiment ?

— Mais oui. Tu es géniale, et ceux qui pensent le contraire peuvent s'exiler en Alaska !

— Merci. Ça... me touche beaucoup.

Elle détestait paraître vulnérable, mais elle avait eu du mal à retenir sa joie. Harding MacMillan, lui, ne l'avait pas appréciée pour ce qu'elle était. Il n'avait aimé que son compte en banque !

Max prit une autre part de pizza, puis s'absorba de nouveau dans la contemplation du paysage.

— Tu sembles avoir gardé un bon souvenir de Heatherglen, même si ça date un peu, dit-elle.

— Pour moi, c'était hier. Cette année-là, on a eu notre dernier vrai Noël ensemble, ma mère et moi.

L'intonation dure et amère de Max fendit le cœur d'Esme.

— Que... s'est-il passé ?

— Elle s'est mariée. Et pour son mari, un gosse de douze ans n'avait aucun intérêt. Je suis vite devenu encombrant.

Pauvre Max. Ayant déjà grandi sans l'amour d'un père, il avait dû être désespéré.

— Ton beau-père n'a jamais fait d'efforts ?

Il abandonna sa part de pizza dans la boîte, puis ferma le couvercle. Évoquer cette période lui coupait visiblement l'appétit.

— Non. Je le surnomme toujours « le dictateur », même

après tant d'années. Pour le reste du monde, il s'appelle... Gavin Henshall.

Elle étouffa un petit cri. Elle découvrait enfin ce qu'il avait voulu lui dire.

— Est-ce pour cela... que tu as accepté mon aide ?

Il se passa nerveusement une main dans les cheveux, puis lui lança un regard contrit.

— J'aurais dû t'en parler avant. Ça me mine depuis le premier jour.

Elle s'obligea à rester calme. Max était devenu son amant. Il avait pris une place énorme dans sa vie. Si elle n'avait été qu'un pion dans son jeu, elle voulait au moins en comprendre la raison.

— Pourquoi n'as-tu rien dit, alors ?

— Parce que c'est très pénible pour moi. Tu t'en es aperçue, la communication n'est pas mon fort. De plus, même si Gavin a fait de nos vies un cauchemar, je ne voulais pas te donner une fausse impression. Je suis content de remettre cet individu à sa place, je l'avoue, mais j'ai accepté ta proposition pour sauver le jardin et non par désir de vengeance. C'est très clair dans mon esprit.

L'étau qui lui serrait la poitrine se relâcha, et elle respira plus librement. Max se montrait honnête. Il lui disait la vérité parce que leur relation avait changé, avant que ce silence complique trop les choses. S'il n'en avait eu qu'après son argent, il aurait gardé le silence jusqu'au bout !

Malgré sa personnalité exceptionnelle, malgré l'homme qu'il était devenu, il souffrait encore. Et de nouveau, elle eut mal pour lui.

— Si cet homme est un affreux jojo, je suis ravie de pouvoir me mettre en travers de son chemin ! dit-elle.

Le soulagement perceptible de Max lui donna envie de pleurer. Il avait eu peur de sa réaction, preuve qu'il tenait à elle...

— Au début, il était plutôt sympa, dit-il. Ma mère ne fréquentait jamais personne. Elle attendait de rencontrer quelqu'un qui pourrait devenir un père pour moi. J'étais ravi. J'avais l'impression d'être aimé et important.

— Ta mère devait être géniale. Tous les parents célibataires n'ont pas le même bon sens.

— Mais au lieu de rencontrer le prince charmant, elle est tombée sur un faux jeton de première catégorie !

Effarée, elle découvrit comment Max et sa mère étaient tombés sous la coupe de ce manipulateur qui, sans aller jusqu'à la menace physique, leur avait fait subir maintes violences psychologiques.

— Ça devait être affreux, dit-elle d'une voix blanche.

— Oui, mais pas pour les raisons que tu imagines.

Elle posa les deux cartons de pizza à même le sol pour se rapprocher de Max. Il la dévisagea intensément, le regard empli de fureur. Elle aurait voulu le prendre dans ses bras, mais elle n'osait pas. Jamais il n'accepterait sa pitié.

— Explique-moi...

— Le plus dur, c'était pour ma mère. Henshall lui avait promis qu'elle allait devenir femme au foyer dans un quartier chic, avec de l'espace car elle adorait jardiner. Mais elle n'a jamais eu son mot à dire sur le choix de la maison. Quand il organisait un dîner, il fixait la liste d'invités, le menu. Il lui imposait les tenues qu'elle allait porter. Il avait épousé une marionnette. Un faire-valoir pour ses soirées mondaines.

Pauvre femme. Elle s'était laissé berner, comme elle-même avec Harding. Désemparées l'une et l'autre - pour des raisons différentes —, elles étaient devenues des proies faciles.

Rien qu'à penser à son propre mariage, elle frissonna.

— Tu as froid ?

Il voulut lui donner sa veste, mais elle l'en empêcha.

— Non, c'est juste que...

Je revis des mauvais souvenirs...

— Continue, l'encouragea-t-elle. S'il te plaît.

— Henshall a coupé ma mère de sa vie d'avant, de ses amis. Ensuite, il a décrété que j'étais de la mauvaise graine parce que j'étais né dans un mauvais quartier. Selon lui, je risquais de finir délinquant, alors il m'a inscrit dans une école militaire. Bizarrement, je m'y suis plu. Je me suis dit que si je travaillais bien, j'en sortirais peut-être plus vite. Il n'y avait pas les portables à l'époque. Je recevais des nouvelles épisodiquement. On correspondait, ma mère et moi, mais mon beau-père devait relire tout le courrier !

— Les choses se sont-elles arrangées ensuite ?

Surprise, elle vit son beau regard briller de larmes contenues. Elle comprenait ses silences, ses hésitations. Les expériences douloureuses n'étaient jamais faciles à évoquer.

Elle-même avait eu très peur de raconter à sa famille la duperie dont elle avait été victime. Et quand son père lui avait témoigné un soutien sans faille, elle s'était juré d'attendre l'homme qui l'aimerait ainsi, de manière inconditionnelle, sincère, désintéressée. Au risque de finir sa vie célibataire si elle n'avait pas cette chance !

Elle prit la main de Max, la pressa contre sa joue, puis en embrassa la paume. Était-il cet homme idéal ? Pouvait-elle y croire ?

— Ça reste mon plus grand regret, dit-il en soupirant. Quand j'ai compris que je serais toujours *persona non grata* à la maison, j'ai fini par m'engager. J'ai servi plus longtemps que prévu en zone de conflit, pour économiser un maximum d'argent. Je voulais acheter une maison avec jardin et l'offrir à ma mère. Elle adorait s'occuper de ses fleurs.

À son tour, elle eut envie de pleurer. Elle comprenait mieux pourquoi il avait créé Le jardin des Plantes et des Pattes. Il avait dû être fou de chagrin et de rage en apprenant que Henshall voulait détruire ce sanctuaire pour le transformer en parking.

— Tu as acheté la maison ? demanda-t-elle doucement.

— Oui, mais cela n'a servi à rien. Ma mère n'a jamais pu y vivre. Elle a eu un cancer et a été emportée en quelques mois. Ma seule consolation, c'est que j'étais présent. Je lui avais trouvé une bonne clinique et je passais tout mon temps libre avec elle. Mon beau-père n'était pas très à l'aise avec une femme mourante. C'est la seule fois où il nous aura fichu la paix !

— Oh ! Max...

— Sur la fin, j'avais offert à maman un minuscule jardin

japonais avec un petit bonsaï. Elle s'en est occupée jusqu'à son dernier souffle, et j'ai pris conscience que beaucoup de gens, lorsqu'ils sont très malades, s'accrochent à l'idée de laisser quelque chose derrière eux. Une plante, un arbre... Alors j'ai vendu la maison et j'ai créé le jardin à l'hôpital.

Incapable de se contenir plus longtemps, elle l'enlaça et l'étreignit de toutes ses forces.

— Je suis désolée que tu aies vécu ces choses horribles, dit-elle doucement. Je te promets que ce bal de Noël sera le plus beau, et le plus lucratif, que j'aie jamais organisé. J'en fais le serment. Quant à Gavin Henshall... Qu'il aille au diable !

Elle lança un poing en l'air pour ponctuer cette déclaration. Alors, graduellement, elle sentit Max se détendre dans ses bras. Une étrange lueur traversa son regard et, finalement, il lui donna le plus doux des baisers.

Max n'aurait jamais pensé que sa vulnérabilité le rendrait un jour plus fort, mais c'était bien le cas.

Ce soir-là, il avait franchi un cap. Il avait eu peur qu'Esme ne le rejette en apprenant la vérité mais, au contraire, elle l'avait écouté et soutenu. Rien que pour cela, elle occuperait toujours une place particulière dans son cœur.

Libéré d'un poids énorme, il avait éprouvé un irrépressible besoin de bouger. Il avait demandé à Esme ce qu'elle préférait, et elle l'avait entraîné dans l'escalier de la tour, vers la cuisine d'abord, puis vers la grande patinoire désertée par ses occupants.

— Quelle est ta pointure ? demanda-t-elle.

— 45.

Elle esquissa une petite moue qui déclencha son hilarité.

— Et toi ? demanda-t-il.

— 37.

Penchée sous le comptoir en bois, elle leur trouva une paire de patins chacun. Elle avait promis aux gardiens qu'ils resteraient discrets, mais elle aurait pu chanter à tue-tête que cela n'aurait fait aucune différence. Avec ce sourire-là, plus les gâteaux chipés dans la réserve de Mme Renwick, les vigiles lui auraient mangé dans la main !

Tout était calme, et Esme poussa un soupir joyeux.

— Ça fait des lustres que je n'ai pas patiné ici.

— Pourquoi ?

Il lut la réponse sur son visage et regretta d'avoir posé la question.

— Je venais avec mes frères, confirma-t-elle en laçant sa deuxième chaussure. Je ne t'ai pas beaucoup parlé de Nick.

— Non, mais si c'est trop dur...

— Ce sera toujours douloureux, mais avec toi je pense à lui d'une manière différente. Vous vous seriez bien entendus. Il appartenait à un escadron cynophile spécialisé dans la recherche de bombes. Il est mort la veille de Noël.

— Oh ! Quelle tragédie...

Il comprenait mieux pourquoi Noël était si spécial pour Esme. Elle voulait capturer l'essence des jours heureux. Lui, au contraire, pratiquait la politique de l'autruche, mais cela ne donnait rien de bon.

Et si elle avait raison ? À force d'espérer, peut-être retrouverait-elle le bonheur.

— Nick était mon héros, dit-elle. Il était bien plus âgé que moi, et je l'admirais beaucoup, comme toute la famille d'ailleurs. Quand il est mort, notre univers s'est écroulé. Mon père s'est tué au travail - au sens propre du terme. Ma mère est partie. Charles s'est absorbé comme un forcené dans ses études de médecine. Et moi...

Sa voix se brisa sur ces mots. Il lui entoura les épaules, l'attira à lui et balaya ses larmes de sa main gantée.

— C'est normal que tu aies souffert, mon ange. Perdre un être cher provoque une douleur indescriptible.

— Pire que ça, Max. J'avais dix-neuf ans et... j'ai tout raté.

— Cela m'étonnerait beaucoup. Tu étais juste écrasée de chagrin. On survit comme on peut à un pareil choc.

Lui avait eu le jardin des Plantes et des Pattes. À quoi Esme s'était-elle raccrochée ?

— J'ai une confession à te faire.

— Vas-y, dit-il d'un ton encourageant.

Elle s'était montrée formidable avec lui. À présent, il devait être à la hauteur.

— Peu après la mort de Nick, j'ai rencontré quelqu'un. J'étais en deuxième année d'école vétérinaire à Glasgow et je me sentais très mal. Il disait toujours les bonnes choses. Il avait toujours les bonnes réactions. Avec lui, je me sentais protégée dans un univers auquel je ne comprenais plus rien.

— Et que s'est-il passé ?

Elle s'enfouit le visage dans les mains.

— C'est très gênant...

D'un doigt glissé sous son menton, il l'obligea à lui faire face.

— Stop ! Je t'apprécie telle que tu es. Je te l'ai déjà dit.

— Je sais et... ça compte beaucoup pour moi, autant que ta franchise. Puisque tu t'es montré honnête, j'ai envie de te raconter mon histoire. Je te dois des explications.

La main d'Esme tremblait dans celle de Max. Elle frémit lorsqu'il resserra la pression sur ses doigts.

— Tu ne me *dois* rien, mon cœur, dit-il. Rien du tout.

— Je sais que tu es sincère. Tu n'attends rien de moi, et justement ça me donne envie de te parler. Ce type... était différent. Il était tout, sauf désintéressé.

Parce qu'elle manquait de courage, elle inspira profondément et, très vite, enchaîna :

— Je l'ai épousé sur un coup de tête deux mois après notre rencontre. Pour faire romantique, on s'est mariés à Gretna Green, le village des amoureux. Quel cliché !

Max haussa les épaules.

— Tu étais jeune. Ça peut se comprendre.

Il essayait de dédramatiser, par égard pour elle. Mais il ne pouvait pas savoir...

— Le romantisme n'a pas duré. J'ai vite compris qu'il n'y avait pas d'amour dans cette histoire, ni du côté de mon ex ni du mien. J'étais juste… sous influence. À sa demande, j'ai interrompu mes études et acheté un penthouse à Glasgow. Quand nous sommes venus au château, mariés, mon père et Charles l'ont accueilli à bras ouverts. La mort de Nick avait plongé la famille dans le désarroi. Pour eux, ce mariage était la lumière au bout du tunnel. Mais après quelques mois, Harding nous a montré son vrai visage.

— Harding MacMillan ? Le gars qu'on voit sans arrêt dans la presse people ?

— Tu lis ce genre de choses ? fit-elle, très surprise.

— Si tu savais le nombre de magazines qu'un médecin peut lire la nuit, pendant les gardes ! Les potins ne sont pas mon truc, mais je suis plusieurs fois tombé sur ce nom-là.

— Il y a dix ans, tu aurais vu mon nom aussi… Harding m'a prise pour une idiote, et quand je l'ai quitté, il a vendu son histoire aux tabloïds. Ce beau parleur a tellement bien enrobé la chose que les journaux ont transformé ma vie en enfer.

— Pourquoi ? Que s'est-il passé ?

— Quand on s'est rencontrés, il menait déjà grand train, et ses comptes étaient dans le rouge. Il était endetté jusqu'au cou. Il avait besoin d'argent. Bref, il m'a épousée pour ma fortune. Quand je m'en suis aperçue, le mal était fait.

Elle eut un rire amer, puis ajouta :

— Au départ, j'étais convaincue que sa famille était noble. J'ai découvert plus tard que mon ex-beau-père avait acheté son titre en se portant acquéreur d'un hectare de bois. Ruiné, il avait revendu le tout au plus offrant, mais bien sûr Harding ne l'avait jamais crié sur les toits.

Le regard de Max, doux, empathique et rassurant, lui fit du bien.

— Ce n'était pas ta faute, dit-il d'un ton ferme. Tu étais vulnérable, et MacMillan en a profité. Je suis surpris qu'il n'ait pas encore atterri en prison, avec la vie qu'il mène.

Elle pinça les lèvres. Elle avait bien songé à porter plainte, mais c'était de son plein gré qu'elle avait donné son code de carte bancaire à Harding. De plus, elle aurait difficilement pu l'accuser de vol sur le compte joint qu'elle avait eu l'imprudence de souscrire avec lui...

— Il a toujours navigué en eaux troubles, répondit-elle en soupirant. Quoi qu'il en soit, il donnait bien le change, au début. N'étant plus à l'école, j'avais engagé une action caritative à la mémoire de Nick. J'avais lancé un projet de centre canin pour dresser des chiens militaires.

— Que tu as brillamment mis en œuvre.

— Pas à l'époque, non. L'histoire s'est mal terminée. Comme je passais mon temps avec des éducateurs canins pour apprendre le métier, Harding s'était « gentiment » chargé de la partie travaux. Je n'avais pas le temps de le surveiller, j'avais confiance. Et puis il répétait sans cesse qu'il voulait me faire une surprise, me laisser le plaisir de la découverte.

Rien qu'à y penser, elle était malade de dégoût. Comment avait-il pu la duper à ce point, sachant qu'elle voulait ouvrir le centre en souvenir de Nick ?

— J'avais convié la presse à l'inauguration. Harding a discrètement annulé les invitations aux grands journaux, puis il a appelé tous les paparazzis qu'il connaissait. Le jour J, un immense rideau rouge avait été déployé devant l'entrée du bâtiment. Quand il s'est ouvert... j'ai failli m'évanouir. Au lieu de mon centre canin, je me suis retrouvée devant la façade clinquante d'une discothèque baptisée Le Wylde !

Max poussa un juron étouffé. Sans doute ne s'était-il pas attendu à cela.

— Lorsqu'ils ont appris la vérité, les journalistes sérieux ne m'ont pas ménagée. Je suis passée pour une gamine riche, capricieuse et égoïste. Incapable de tenir parole, je ne vivais, d'après eux, que pour le bling-bling et les distractions superficielles. Mais au fond, je me moquais de leurs commentaires. J'étais anéantie par la trahison de Harding. J'aurais dû savoir... Je me reproche encore ma naïveté.

Gênée, elle sentit des larmes brûlantes inonder ses joues. Cela faisait des années qu'elle n'avait pas pleuré sur cette histoire, mais la raconter à Max l'avait libérée d'un poids.

En dix ans, elle avait changé et en était fière. On ne pouvait pas en dire autant de Harding. Elle avait appris récemment, par sa propre mère, qu'il vivait toujours d'expédients et qu'il perdait son influence dans la jet-set. Plus dure serait la chute, mais tant pis pour lui !

Max tira un mouchoir impeccablement plié de sa poche et le lui donna. Elle le prit en souriant, le cœur gonflé de tendresse. Cet homme était un vrai gentleman comme on n'en faisait plus. Pourquoi ne l'avait-elle pas connu plus tôt ?

Elle se rappela soudain les épreuves qu'il avait traversées. Plus jeunes, auraient-ils été attirés l'un par l'autre ? Ils avaient cheminé séparément ; si le destin les réunissait là, plus forts et plus sages, ce n'était sans doute pas pour rien...

Max déposa une pluie de baisers sur ses joues humides.

— Ta famille est montée au créneau, j'imagine.

— Je m'y suis opposée. Dans le genre « pauvre petite fille riche secourue par papa », ça aurait été le bouquet. D'autant qu'à l'époque ma mère était déjà sous les feux de la rampe pour sa vie sociale débridée.

— Ton ex croyait-il vraiment que tu allais accepter cette folie de discothèque ?

Elle haussa les épaules.

— Il croyait que mes sentiments, ou plutôt ma dépendance envers lui, me feraient dire amen. Il devait s'imaginer aussi que mon projet de centre canin n'était qu'une lubie.

— Quelle erreur ! Il ne te connaissait pas.

Elle eut un sourire triste.

— Non, pas du tout. Et pour cause...

— Au moins, tu as vite coupé les ponts.

— Oui, mais cette histoire m'a poursuivie longtemps. Quand je l'ai quitté, Harding en a fait des tonnes sur notre rupture. Les paparazzis ont rôdé autour de Heatherglen pendant des mois. Un jeune reporter s'était même fait engager au château dans l'espoir de glaner quelques détails croustillants... Tu vois le genre ! Mais à leur grand regret, je n'ai jamais pleuré sur mon sort. J'ai vite réintégré l'école vétérinaire, en toute discrétion. Et j'ai bâti ma carrière.

— Là, je reconnais bien mon Esme !

Elle rougit dans la pénombre. « Mon Esme » ? Comptait-elle à ce point pour Max ?

Une chose était sûre : elle se sentait en sécurité avec lui. Elle aimait lui parler et l'écouter. Ses réactions paraissaient sincères, chaleureuses. Elle pouvait tout lui dire sans être jugée ni dévalorisée.

— MacMillan ne t'a pas volé trop d'argent, au moins ? demanda-t-il en souriant.

— Bien assez comme ça ! Notre compte commun était alimenté par certains de mes revenus boursiers. Mais il ne m'a pas ruinée, loin de là, précisa-t-elle, étonnée de pouvoir en rire. D'une, mon père avait diversifié mes placements, et de deux, je n'ai jamais été dépensière. J'ai grandi dans un milieu privilégié, certes, mais on m'a appris le respect du travail et des valeurs essentielles.

Le sourire appréciateur de Max lui fit plaisir. Elle avait toujours su qu'il s'intéressait à elle, pas à sa richesse. Il était beaucoup trop fier, honnête et indépendant pour s'abaisser au niveau des hommes tels que Harding.

— Je ne comprends toujours pas ce que j'ai pu trouver à cet imbécile ! dit-elle.

Max lui caressa le dos et appuya le front contre le sien.

— Tu en as vraiment bavé, toi.

— Oui, mais c'est fini.

Résolument, elle lui prit le bras et avança sur la glace.

— J'ai tout laissé derrière moi, ce soir plus que jamais. Oublions le passé et amusons-nous.

— Tu as raison. Profitons de la vie, ici et maintenant.

L'heure suivante fut un festival de tourbillons, de rires, de chutes et de câlins. Esme retrouva vite ses sensations et le plaisir de la glisse – des baisers passionnés en prime !

Le froid vif eut finalement raison de leurs jeux, et ils rentrèrent main dans la main au château.

Courant presque, ils montèrent à la chambre de Max et se jetèrent l'un sur l'autre avec une frénésie qui laissait peu de doute sur leurs sentiments respectifs.

Cette nuit-là fut encore plus belle que la précédente. Il sembla à Esme qu'ils exprimaient par leurs caresses, leurs soupirs et leurs gestes tendres, ce qu'ils n'osaient avouer ni l'un ni l'autre.

Quand le sommeil l'emporta, elle sut qu'elle aimait Max et qu'il possédait non seulement son corps, mais surtout son cœur et son âme.

C'était peut-être illusoire de s'accrocher à ce rêve, mais elle allait se battre pour que son miracle de Noël survive le plus longtemps possible. De préférence toute sa vie.

9

— Tu m'as l'air bien gaie, ce matin.

— Ça fait une moyenne. Toi, apparemment, tu t'es levé du pied gauche.

Esme adressa un sourire lumineux à Charles. Morose, il dégustait du bout des lèvres le succulent porridge préparé par Mme Renwick. Décidément, quelque chose ne tournait pas rond depuis qu'il était revenu de cette fameuse conférence médicale.

Il en aurait pourtant fallu davantage pour ternir la bonne humeur d'Esme qui flottait sur un petit nuage. Les nuits passées dans les bras de Max n'y étaient pas étrangères...

Quand Charles repoussa son bol avec un grognement d'impatience, elle le dévisagea, perplexe.

— Qu'est-ce qui t'arrive ?

— Rien. Je suis débordé.

Elle faillit répliquer qu'ils l'étaient toujours et que ce n'était pas une raison pour se laisser abattre, mais se retint. Elle-même avait encore deux nuits de bonheur en perspective. Charles, à sa connaissance, n'avait pas l'ombre d'une amourette en vue.

— Je peux faire quelque chose ? demanda-t-elle.

— Non, merci, c'est gentil.

Il se leva et repoussa sa chaise.

— J'ai revu Fenella hier, dit-il. J'ai appelé le Clydebank pour qu'ils me scannent son dossier. Elle serait prête à essayer un nouveau traitement, si besoin.

— C'est formidable ! Tu es génial, grand frère.

Il lui lança un regard soupçonneux.

— Toi, tu couves quelque chose...

— Absolument pas. Je suis en pleine forme.

« Et amoureuse », faillit-elle préciser, mais elle s'abstint. Max et elle étaient convenus de garder leur histoire secrète. Et puis, n'était-elle pas inconsciente de s'attacher à un homme qui habitait si loin ? Il allait bientôt partir. Il n'avait jamais parlé de revenir ni même de prolonger leur aventure, aussi magique fût-elle.

Elle expédia le petit déjeuner pour couper court aux soupçons de Charles, et rejoignit la clinique.

Avec un planning surchargé, la matinée fila à la vitesse de l'éclair. Aksel, qui devait la relayer, arriva vers midi, et après une courte pause sandwich elle troqua sa tenue professionnelle pour un legging et une robe pull rouge et verte, avec un grand sapin floqué sur le devant.

Chose rare, elle allait s'octroyer quelques heures de liberté. Mais le travail n'était jamais loin : elle voulait accompagner Euan et Fenella au marché de Noël, pour voir comment leurs chiens se comportaient.

Elle venait d'enfiler ses bottes quand on frappa à la porte du bureau.

— Entrez !

Son cœur manqua un battement lorsqu'elle découvrit Max sur le seuil.

— Coucou ! Ça va ? demanda-t-elle, toute joyeuse.

— Très bien, et encore mieux maintenant que je te vois. Tu as l'air plus festif que jamais, fit-il en riant.

Elle le rejoignit et lui planta un baiser sur les lèvres.

— Mmm... Tu as un goût de cacao.

— Margaret vient de nous offrir un bon chocolat chaud pendant qu'on t'attendait.

— Oh ! zut ! Je voulais être la première à t'en préparer un. C'est l'une des rares choses que je sache faire !

— On trouvera bien une autre occasion avant mon départ.

Ces quelques mots lui fendirent le cœur. Elle ne pouvait pas s'empêcher d'être triste.

— On n'a plus beaucoup de temps...

— Je sais, dit-il. Ça va être dur de se quitter.

Quand il l'enlaça, elle se rejeta en arrière pour le regarder bien en face.

— Est-on obligés de se quitter ?

— On n'a pas le choix. Tu vis ici, moi à Glasgow...

— Tu ne pourrais pas chercher un poste plus près ?

Elle regretta aussitôt d'avoir posé cette question. Demander à Max de tout plaquer pour un amour de vacances était injuste.

Nerveusement, il balaya une mèche qui lui tombait sur le front.

— Je crois que tu connais la réponse, mais si on en parlait plutôt ce soir ? Nos patients ont hâte de retourner au marché avec nous.

— Bien sûr. C'est fête aujourd'hui !

Elle le suivit, consciente d'avoir franchi une ligne invisible. Il souriait toujours, mais elle le sentait gêné. Pis, il n'avait pas prononcé les mots qu'elle espérait. Le rêve touchait à sa fin. Au fond, elle l'avait toujours su.

Il ne lui restait plus qu'à garder la tête haute et à donner le change, comme elle savait si bien le faire.

Une fois de plus ou de moins... Elle n'était pas à un chagrin près.

La tristesse voilait le regard d'Esme, pareille à la brume qui planait sur les tours du château.

En évitant la discussion, Max ne s'était pas montré digne d'elle. Franche et honnête, elle attendait les mêmes qualités d'un homme. Elle craignait d'être à nouveau trahie. Il le savait, pourtant, même s'il connaissait la réponse au fond de son cœur, il avait été incapable de lui parler.

Depuis quelques jours, son instinct lui criait de tout abandonner pour venir s'installer à Heatherglen avec elle. Les choses n'étaient hélas ! pas aussi simples, et s'il doutait encore, ce n'était pas d'elle mais de lui-même. Il n'était pas sûr de pouvoir définitivement oublier le passé pour se tourner vers l'avenir.

Esme, fière et souriante, ne montrait rien. Elle s'était mise à bavarder avec Euan et Fenella et, pour n'importe quel œil non averti, elle devait paraître très gaie. Mais Max, lui, savait à quoi s'en tenir et se désolait de l'avoir rendue malheureuse.

Il l'aimait tant...

Oui, il l'aimait !

L'amour et le pardon étaient plus importants que la haine et la peur, sa mère le lui avait maintes fois répété. Elle avait raison. Il le comprenait enfin.

Pour avancer, il devrait s'exposer, prendre des risques. Le cheminement était aussi primordial que le résultat, succès ou échec. Mais serait-il assez fort pour vivre avec un cœur brisé si les choses tournaient mal ?

Tant qu'il n'aurait pas la réponse à cette question, il ne donnerait pas de faux espoirs à Esme. Elle méritait d'avoir dans sa vie un homme aimant, solide et fiable. Un partenaire à sa mesure.

Il n'espérait qu'une chose : être cet homme-là un jour.

Esme fit une grimace de dégoût devant les céréales qui flottaient dans son bol de lait. Tout allait de travers, comment aurait-elle pu avoir faim ?

Max était bizarre depuis la veille. La sortie au marché de Noël s'était bien déroulée, et ils avaient de nouveau passé la nuit ensemble, mais à aucun moment il n'avait évoqué la suite de leur relation.

Enlacés au creux du grand lit douillet, ils avaient touché les cimes, pourtant elle avait eu le cœur gros. Max, cela ne faisait aucun doute, l'avait embrassée et caressée comme s'il voulait graver leurs étreintes dans sa mémoire. Comme si c'était la dernière fois...

— Tu en veux ? demanda-t-elle en présentant son bol à Wylie.

Pendant que le chien se régalait, elle chercha ce qu'elle aurait pu manger de plus appétissant. Son regard tomba alors sur le magnifique château en pain d'épice qu'elle avait élaboré la veille, au stand de confection de pâtisseries où elle avait emmené Euan et Fenella. Ils avaient passé un excellent moment, tous les trois, pendant que Max, solitaire, déambulait dans les allées du marché.

Au retour, il avait évoqué le programme des jours suivants. Ce matin-là, par exemple, il ne viendrait pas la voir à la clinique, car il devait remplacer Lyle Sinclair, le médecin généraliste, au poste de secours de la patinoire. Lyle voulait accompagner Cassandra – l'amour de sa vie – au village, où se tiendrait une répétition de la crèche vivante. Quel homme adorable, ce Lyle ! Toujours aux petits soins pour Cass !

La veille, Esme avait trouvé l'offre de Max très sympathique. À présent, beaucoup moins. Elle aurait aimé qu'il reste avec elle, sachant que le temps filait, inexorable...

Irritée, elle se leva et détacha une tourelle du château. Tandis qu'elle la picorait, on frappa, puis Max passa la tête dans l'encadrement de la porte.

— Je te fais juste un petit coucou avant de descendre au marché, dit-il. Tout va bien ?

— Pas particulièrement ! répondit-elle, puis elle lui décocha un sourire lumineux.

Il la dévisagea, visiblement pris de court par son attitude. Mais elle souffrait ; il pouvait bien en baver un peu, lui aussi !

Alors qu'elle découpait un pan de mur du château, elle entendit des pas rapides. Charles se profila derrière Max, qui s'écarta pour le laisser entrer.

— Je vois que les nourritures saines et équilibrées sont au menu, dit-il, pince-sans-rire. Je peux ?

Elle haussa les épaules.

— Sers-toi.

Charles détacha une autre tourelle du château... qui s'effondra sur son support en plastique.

— Euh... Je file, j'ai du travail, marmonna-t-il.

— Moi aussi. À plus ! dit Max.

Et ils battirent en retraite, sans nul doute impressionnés

par le regard assassin d'Esme. En d'autres circonstances, elle aurait trouvé la scène comique sauf que là elle n'avait guère envie de rire.

Si elle était en colère, ce n'était pas à cause du château écroulé. Elle était furieuse contre elle-même. Que n'avait-elle eu le courage d'affronter Max, la veille au soir ! Au moins, elle aurait su à quoi s'en tenir.

Elle avait cru que la franchise était un point fort de leur relation, mais elle s'était trompée. Max lui cachait quelque chose et, de ce fait, elle sentait ses vieux démons refaire surface. Et si elle n'était pas assez bien pour lui ? Et si, au fond, il la considérait comme un agréable passe-temps pour agrémenter son séjour, mais rien d'autre ?

Allons, elle devenait ridicule.

Max *n'était pas* comme ça. Broder sur des suppositions puériles ne la mènerait nulle part.

Elle s'agenouilla devant Wylie et lui passa les bras autour du cou.

— Tu me trouves idiote, mon pépère ? dit-elle tout bas. Tu as raison. Max n'a rien à voir avec Harding. Il faut que j'arrête mes bêtises.

Wylie la gratifia d'un grand coup de langue sur le nez. Attendrie, elle lui embrassa le museau.

— Allons-y, dit-elle en guise de conclusion. Je ne vais pas rester de mauvais poil toute la journée. J'ai des patients qui m'attendent. Et plus tard, je m'excuserai auprès de Max…

Tout en surveillant la patinoire, Max jetait de fréquents regards vers la clinique.

La veille, il n'avait pas eu le courage d'avouer ses craintes à Esme. Comment lui expliquer qu'il avait encore trop de colère et de mauvais souvenirs en lui ? Il devait les maîtriser totalement pour donner une chance à leur relation.

Romantique dans l'âme, il voulait se conduire en vrai chevalier servant. Inviter Esme au restaurant, au cinéma, au théâtre.

L'emmener dans ses quartiers favoris de Glasgow. Découvrir, au cours de longues promenades, la campagne qu'elle affectionnait. Avec son planning surchargé à l'hôpital, dégager du temps serait difficile, mais il s'imaginait déjà, faisant des allers-retours dans son vieux 4x4 les vendredis et dimanches soir.

Tiendraient-ils la distance ? Leur histoire avait-elle une chance de durer ? Ces questions étaient sans doute prématurées. Les choses étaient assez compliquées comme cela, et même s'il détestait naviguer à vue, cette fois il ne pourrait pas faire autrement.

Esme méritait d'être heureuse. En regardant des gamines insouciantes évoluer sur la glace, c'était à elle qu'il pensait et, surtout, aux confidences qu'elle lui avait faites.

Elle avait grandi dans un milieu privilégié, mais toujours sous l'œil de la presse et, dans une certaine mesure, du public. Les actions de sa famille étaient épiées, commentées. Quelle vie était-ce pour un enfant ?

Elle avait dû se construire malgré cette pression sociale, et malgré les épreuves. Rien qu'à imaginer sa solitude, il l'aimait davantage encore. Elle était devenue une femme exceptionnelle, admirable, respectée. Et elle ne le devait qu'à son incroyable énergie, et à son tempérament.

Était-elle énervée à cause du bal ? La soirée était prévue pour le lendemain, et il avait trouvé Esme très tendue, dans la cuisine…

Un sixième sens l'informa soudain qu'elle était là, près de lui. Il se retourna et la vit, plus séduisante que jamais dans son pantalon rouge et son anorak aux couleurs de la clinique.

Quand il lui tendit la main, elle jeta un coup d'œil autour d'eux, et il comprit qu'elle voulait rester discrète. Elle se rapprocha et lui donna un petit coup de hanche.

— Tu m'as manqué, dit-il.

Elle lui sourit.

— Toi aussi. Excuse-moi d'avoir été grognon ce matin.

— Cela ne fait rien, voyons. Tu es débordée, avec ce gala.

— Je l'avoue, mais ce n'était pas à cause du bal.

— À cause de quoi, alors ? Tu veux m'en parler ?

Elle plissa le nez d'une manière adorable.

— Laisse tomber. J'ai été idiote. Je me suis fait des films.

Elle lui pressa la main par-dessus la rampe de la patinoire.

— Je suis désolée, vraiment. Je ne veux pas gâcher le peu de temps qui nous reste avec mes bêtises.

S'il n'y avait pas eu tant de monde, il l'aurait prise dans ses bras. Il lui aurait avoué qu'il cherchait une solution pour rendre ce Noël magique. Celui-là, et tous les autres à venir. Parce qu'il l'aimait...

— Regarde-moi ces deux-là ! s'exclama-t-elle en observant un couple d'âge mûr. Ça doit être leur premier rendez-vous.

Il suivit son regard, amusé. Les tourtereaux patinaient main dans la main, souriants, l'air heureux.

— Pourquoi dis-tu cela ?

— Le monsieur en fait des tonnes pour impressionner sa belle. Ça marche, elle est aux anges !

En effet, la dame était radieuse, et quand son compagnon la lâcha pour exécuter une pirouette, elle applaudit comme une gamine à la fête foraine. Puis elle le rejoignit, les bras arrondis à la manière d'une ballerine, exécutant un pas de danse hasardeux qui la fit atterrir contre lui.

Alors, tout se passa très vite. Le couple, déséquilibré, percuta trois jeunes filles qui patinaient de front. Tout le monde se retrouva par terre au milieu de la patinoire, et Max se précipita, certain qu'on aurait besoin de lui.

Heureusement, grâce à ses bottes en caoutchouc, il avançait sans difficulté. Derrière lui, Esme ordonnait déjà aux moniteurs de faire évacuer les lieux. Il eut conscience de déplacements bien organisés et, très vite, il put rejoindre les personnes à secourir.

Soucieux de protéger sa compagne, l'homme s'était retrouvé coincé sous les jeunes filles. Elles se levèrent lentement, mais lorsque, enfin libre, il essaya de rouler sur lui-même, il hurla de douleur.

— Mon épaule !

Max observa la dame. Elle était un peu sonnée, mais avait pu s'asseoir sans problème. Rien d'urgent de ce côté-là.

— Je vais vous examiner, monsieur, dit-il d'un ton calme.

— Ça fait… un mal de chien.

Trente secondes suffirent à Max pour prendre la mesure du problème. L'épaule gauche était démise. Le poignet n'était pas joli, joli non plus.

— J'ai trop ma… al. Aidez-moi, s'il vous plaît !

Le blessé, qui respirait de manière saccadée, appuya à la fois le front et l'épaule sur la glace pour soulager la douleur. Max devrait le faire bouger, mais avant il voulait organiser la prise en charge dans les meilleures conditions.

— J'ai appelé les secours, dit Esme, qui venait de les rejoindre. L'ambulance sera là dans vingt minutes.

— Génial ! merci. J'aurai le temps de voir tout le monde.

— Puis-je faire quelque chose ?

Il reporta son attention sur les adolescentes. La première semblait indemne, mais la deuxième se frottait le coude, et la troisième présentait une plaie ouverte au front.

— Oui, s'il te plaît. Prends des gants dans ma sacoche, des compresses, et appuie fortement sur cette coupure.

— Ça marche.

Quel dommage que les vétérinaires ne puissent pas renforcer les équipes médicales ! Avec sa douceur, son efficacité et sa gentillesse, Esme aurait été une bonne recrue.

Certain qu'elle l'alerterait en cas de problème grave, il pivota vers son patient.

— Comment vous appelez-vous ?

— John.

— D'accord, John. Je suis le Dr Max Kirkpatrick et je vais essayer de vous soulager. Vous vous êtes démis l'épaule, et probablement fracturé le poignet en jouant les gardes du corps pour votre amie.

— Mon « amie » est ma femme depuis plus de trente ans !

— Trente ans ? répéta Max, médusé. C'est quoi, votre secret ?

John prit une profonde inspiration et esquissa un faible sourire.

— Le secret, c'est justement qu'on n'en a aucun. Je n'ai jamais menti à Jeanie. C'est ma meilleure amie, elle me connaît par cœur. Pas vrai, trésor ? Aïe !

— C'est tout à fait vrai, mon amour, répondit Jeanie.

En grimaçant et à quatre pattes, elle se rapprocha de son mari.

— Restez tranquille, John, dit Max. Je veux m'assurer qu'il n'y a pas d'autres fractures.

Un examen rapide, mais complet, le rassura. Il fallait maintenant replacer l'épaule dans les meilleurs délais pour éviter la formation d'un gros œdème. En cas d'inflammation importante, la circulation sanguine vers la main serait coupée, un scénario catastrophe qu'il valait mieux éviter.

— C'est notre anniversaire de mariage, dit Jeanie d'une voix anxieuse. Je voulais montrer à John que j'étais toujours une jeunette, malgré mes rides et mes cheveux gris.

— Tu n'as pas changé, mon amour. Je te trouve même plus belle que le jour de notre rencontre..., dit son époux d'une voix malgré tout affaiblie.

— D'ici quelques secondes, je vous injecterai un antidouleur, dit Max. Je vais juste vérifier vos constantes.

— Ça va être long ? On devait déjeuner au pub.

— Je crains qu'il ne faille annuler, répondit gentiment Max. Je dois remettre cette épaule en place. Ensuite, vous irez passer des radios à l'hôpital. Il faudra aussi plâtrer ce poignet.

Il entendit Esme commander du chocolat chaud pour les visiteurs évacués de la patinoire. Elle avait aussi appelé Lyle, qui allait venir leur prêter main-forte. On pouvait vraiment compter sur elle en cas de coup dur. Ce n'était pas étonnant, vu la maîtrise dont elle faisait preuve au cabinet.

— Doc ! Ça fait mal !

— Oh ! pardon...

Absorbé par ses pensées, il avait oublié de relâcher la pression du sphygmomanomètre...

— Tout va bien, annonça-t-il. Je vais vous faire une piqûre de morphine. Puisque vous appuyez l'épaule sur la glace, je vais injecter le produit dans la fesse. Ça ne vous embête pas ?

— Allez-y… viiite…

— Mon pauvre héros ! dit Jeanie, au bord des larmes. Voilà ce que c'est, d'être chevaleresque. Vite, docteur, je ne voudrais pas qu'il prenne un coup de soleil sur les fesses.

Même si la pauvre essayait courageusement de plaisanter, elle n'en menait pas large. Voir son mari adoré dans cet état devait la rendre malade.

— Je vais faire au plus vite, dit Max.

Pendant qu'il s'affairait, Esme engagea la conversation. John et Jeanie évoquèrent leur première rencontre sur les terres de Heatherglen, trente et un an plus tôt. Ils étaient adorables, et Max se surprit à envier leur bonheur.

Dès que la morphine eut agi, il déplia une couverture sur la glace. Malgré les protestations de John, il l'allongea sur le dos, après quoi il lui apposa un masque, relié à un flacon d'oxyde nitrique, sur le visage. Ce vasodilatateur aidait à relaxer le système nerveux, John en aurait besoin.

— Inspirez quand je vous le dirai, lui conseilla-t-il. Je pourrais vous donner un calmant plus fort, mais j'aime mieux éviter.

— Ça ira, John, décréta Jeanie. Il ne faut pas que tu sois groggy trop longtemps. On va chez Michael le 24, on a les enfants le 25, un déjeuner au club de bridge le 26. Et le 31…

— Anesthésiez-moi pour huit jours, docteur ! dit John avec une grimace comique. Elle m'épuise.

— Voyons, chéri, tu adores ça, dit Jeanie.

Se penchant, elle gratifia son époux d'un tendre baiser. Il se détendit alors, et Max en profita pour agir.

— On y va, champion. Inspirez… Encore…

Il positionna le bras à 90°, puis tira sur l'avant-bras. Comme une mécanique bien huilée, la tête de l'humérus glissa doucement et se relogea dans sa cavité.

— C'est tout ? demanda John, médusé.

— Eh oui ! C'est la technique utilisée sur les rugbymans. J'ai remis pas mal d'épaules en place à l'armée.

— Ah ! d'accord, je vois. Nos deux fils jouent au rugby. Ils se sont déjà cassé et déboîté toutes les parties du corps.

— N'essayez pas de battre leur record. Apparemment, vous allez être bien occupé pour Noël. Ce serait dommage.

— Vous avez raison, doc. Merci beaucoup. Je ne sens presque plus rien.

— Mais de rien. Je suis là pour ça.

Il trouva une attelle dans sa mallette et se fit apporter un patch réfrigéré, qu'il enveloppa autour du poignet de John. Alors seulement, avec l'aide d'Esme, il remit le patient sur ses pieds et le guida vers le bord de la patinoire.

Lyle, qui venait de les rejoindre, prit les trois jeunes filles en charge tandis que Max escortait John et Jeanie vers l'ambulance. Quand tout le monde fut parti, Esme vint vers lui et glissa le bras sous le sien.

— La patinoire a rouvert. Tu veux t'amuser un peu ?

Il rit.

— Sans façon. Une catastrophe suffit pour la journée.

— Tu as raison. Dans ce cas, on pourrait descendre au village et aller voir la crèche vivante. Cass n'est pas la seule au château à y participer. Plusieurs figurants viennent de la clinique.

— Euh... Ce n'est pas trop mon truc...

Sois gentil. Fais des concessions. Ça commence par-là.

— ... mais si tu dis que c'est sympa, je vais t'accompagner. Allons-y.

Esme s'émerveillait toujours de voir Cluchlochry paré aux couleurs de Noël.

Le village offrait un écrin idéal aux touristes en quête de charme et d'authenticité. Les maisons anciennes, les vitrines rivalisaient d'élégance et, cette année, elles lui paraissaient encore plus belles avec leurs branches de houx et de sapin entrelacées sur les appuis de fenêtres.

— Où ont-ils installé la crèche vivante ? demanda Max.

— Sous la halle de la place du marché. On arrive... Oh ! regarde ! Cass joue le rôle de Marie. Elle m'avait dit qu'elle serait déguisée en âne.

— Pour l'âne, j'aurais bien proposé Wylie, répondit-il en caressant la tête du chien qui la suivait comme son ombre.

Lui-même promenait Dougal, et quand il changea la laisse de main pour entremêler leurs doigts gantés, elle eut un soupir heureux. Ils se rapprochèrent encore, et se placèrent face au podium pour mieux voir la crèche.

Lyle, prévoyant, avait transformé une vieille échelle en siège haut afin que Cass puisse tenir une heure sans fatigue. Blessée lors d'un sauvetage sur le site d'une explosion, elle allait mieux, mais sa jambe était encore fragile, et Lyle ne voulait courir aucun risque. Esme s'étonnait encore que la jeune femme, indépendante et fière, se laisse ainsi dorloter. Comme quoi, toutes sortes de miracles arrivaient à Noël !

Balayant le public du regard, elle vit également Flora, Aksel et Mette, la fille de ce dernier, avec son chien thérapeutique. Ils l'avaient installée sur une chaise et, visiblement enchantée de cette sortie, elle observait la crèche.

Esme soupira d'aise. L'univers était en ordre. Elle-même passait un moment privilégié avec l'homme de ses rêves. La vie pouvait-elle être plus magnifique ?

Elle avait été ridicule, ce matin-là, de croire que Max lui cachait quelque chose. Il n'avait pas l'air gêné de se trouver là, avec elle, dans un lieu public, et quand il l'embrassa sur le front, elle sentit son cœur se gonfler d'allégresse.

Elle l'aimait. Malgré les difficultés prévisibles, elle voulait croire à l'avenir de leur relation. Ce n'était pas plus compliqué que cela.

— C'est beau…, chuchota-t-elle.

— Je n'avais jamais rien vu d'aussi joli, répondit-il doucement. Ils ont bien fait les choses.

— Oui, et tous les rôles ont été distribués longtemps à l'avance. Par exemple, je dois jouer Marie le 24 au soir. J'ai cru comprendre qu'il leur manquait un Roi mage. Au cas où tu aurais prévu de revenir à Heatherglen avec moi…

La question, lourde de sens, prit apparemment Max au dépourvu.

— Il faut… que je regarde mon planning. Je ne sais pas quelles gardes ils m'ont données.

— Bien sûr, c'est normal, répondit-elle d'un ton faussement enjoué.

Il dut percevoir son malaise, car il se mit à parler sans interruption, listant les choses qui lui restaient à faire avant de rejoindre Glasgow, le lendemain matin. Il avait prévu de partir bien avant elle pour repasser au Clydebank, et ensuite à son appartement, où il devrait se changer…

Ce n'était pas le scénario idéal, mais une relation amoureuse, comme la vie, était faite de compromis. L'essentiel était que Max et elle puissent se retrouver. L'inviterait-il chez lui après le gala ?

Allons, chaque chose en son temps. Cette journée-là n'était pas finie. Elle voulait en profiter au maximum.

— Si on allait déjeuner ? J'ai quelques rendez-vous cet après-midi, mais je vais essayer de finir plus tôt.

Pour notre dernière soirée…

Elle ne le dit pas, mais Max comprit le message. Il resserra la pression sur ses doigts.

— Je saurai te rappeler à l'ordre si tu traînes, fit-il avec un sourire canaille. Compte sur moi, mon ange.

10

Margaret tira sur les liens du corset, puis les noua fermement.

— Tu es sublime, Esme. Ce tartan met en valeur le bleu de tes yeux. En comparaison, j'ai l'air fade et insipide.

Esme éclata de rire.

— N'importe quoi ! Le vert va très bien aux brunes. Tu es en beauté et tu le sais.

Son amie, apparemment peu convaincue, secoua la tête.

— Le principal, c'est que *toi*, tu en mettes plein la vue à nos généreux donateurs. Et surtout, que tu ensorcelles ton prince charmant...

— Arrête un peu.

Pourtant, même si elle s'en défendait, Esme avait mis un soin particulier à sa tenue. Pour la première fois depuis des années, elle avait *envie* d'être belle.

Ce soir-là, à Glasgow, le bal se tiendrait dans la magnifique serre du Kibble Palace, un joyau situé au cœur du jardin botanique. Quoi de plus beau et de plus symbolique pour défendre l'œuvre de Max ? Lui-même s'y était souvent rendu avec sa mère. Il adorait s'y promener, il le lui avait dit. Ce serait un endroit merveilleux pour parler d'amour.

Après la remise du chèque et le départ des invités, elle se retrouverait seule avec lui. Les lumières auraient baissé, ils déambuleraient main dans la main entre les arbustes et les fleurs odorantes. Alors, elle lui dirait qu'elle l'aimait, et sa réaction lui montrerait si elle avait eu raison ou tort.

Depuis qu'il était parti, elle éprouvait une désagréable sensation de malaise. La faute aux non-dits qui avaient plombé l'atmosphère jusqu'à l'heure des au revoir. Max lui avait seulement dit : « Il faudra qu'on parle. »

Elle considéra son reflet dans la glace d'un air sévère. Max était un gentleman. Il n'allait pas filer à la sauvette. S'il ne voulait plus la voir, il aurait le courage de le lui dire. Et à en juger par leur dernière nuit d'amour, une rupture immédiate était quand même peu probable…

Un coup sec frappé à sa porte interrompit ses réflexions. Comme d'habitude, Charles entra avant d'y être invité.

— Dis donc ! protesta-t-elle. Si on avait été toutes nues ?

— Heureusement, ce n'est pas le cas, répondit-il d'un ton distrait. Vous êtes prêtes ?

— Oui. Montre-nous comme tu es beau, dit Margaret, taquine.

De mauvaise grâce, il opéra un tour sur lui-même pour leur faire admirer son kilt et son impeccable chemise blanche, puis il agita un trousseau de clés.

— Le carrosse vous attend, mesdames.

— Espérons qu'il ne se transformera pas en citrouille. Tout est possible avec toi, dit Margaret, qui aimait le titiller.

Si elle en avait pincé pour lui autrefois, aujourd'hui ce n'était plus d'actualité. Folle amoureuse du généraliste du village, elle nageait dans le bonheur et ne conservait pour Charles qu'une saine et franche camaraderie.

Le pauvre. Si seulement il avait pu rencontrer l'âme sœur, lui aussi ! Cela lui manquait, comme cela avait manqué à Esme. Certes, elle avait encore du chemin à parcourir, mais elle avait quelques longueurs d'avance…

— Où est Max ? demanda Charles comme s'il avait lu dans ses pensées.

— Il est parti ce matin. Il voulait passer au Clydebank après avoir reconduit Euan et Fenella chez eux. Mais il arrivera tôt au bal. Il veut qu'on discute, dit-elle sans réfléchir.

Charles lui lança son éternel regard soupçonneux.

— Ah bon ? De quoi ?

La peur qui n'était jamais loin refit surface. Elle haussa les épaules avec une désinvolture feinte.

— Sûrement du jardin des Plantes et des Pattes.

— Ou alors, il va t'offrir un joli caillou, dit Margaret en croisant les doigts.

— N'importe quoi ! protesta-t-elle.

Elle n'avait pas encore mis Charles au courant, pour Max. Depuis son mariage raté, son frère la protégeait farouchement. Elle voulait savoir à quoi s'en tenir avant de lui parler.

Quand Margaret siffota l'air des *Douze jours de Noël* avant de se diriger vers la porte, Esme éclata de rire. Charles les fusilla du regard, mais elles gloussèrent de plus belle jusqu'à la voiture.

Ce bal s'annonçait gai, brillant, magique. Et si Esme croisait les doigts, ce n'était pas pour recevoir un « caillou », mais simplement l'amour d'un homme.

« Pardonne-lui. S'il te plaît. »

Max entendait la voix de sa mère comme si elle était là, près de lui.

Il déposa une couronne de houx sur la tombe en granit bleu, puis regarda le ciel et sourit. Si seulement sa mère avait connu Esme ! Ces deux-là se seraient bien entendues. Elles se seraient adorées...

« L'amour que nous partageons est infini, trésor. C'est un amour qui guérit, qui pousse à faire de belles choses. Tu le portes en toi. Ne l'oublie jamais. »

Cet amour avait incité Max à créer Le jardin des Plantes et des Pattes. Ce soir-là, si tout allait bien, son sanctuaire serait sauvé. Il s'en occuperait toujours, mais il n'aurait plus à s'inquiéter de sa gestion financière. Autrement dit, il allait avoir du temps libre. À lui de trouver ce qu'il voulait en faire.

Nourrir des sentiments négatifs comme la colère ne lui apporterait rien. Il n'en avait d'ailleurs plus envie. Il devait pardonner à Gavin. Cet homme avait influé sur sa vie, directement d'abord, et ensuite de manière insidieuse, pendant trop longtemps !

Aujourd'hui, Max se connaissait bien, il savait qui il était. Il avait servi son pays. Il avait sauvé un nombre incalculable de vies. Et sur le plan personnel, il était tombé amoureux – réellement amoureux —, pour la première fois.

En dix jours, Esme avait repoussé les limites de son cœur et de sa résistance. Il était prêt à avancer avec elle et pour elle.

Cette fois, il n'y aurait plus d'ombre au tableau. Du moins l'espérait-il.

Quand Max franchit les portes de la grande serre illuminée, Esme crut qu'un feu d'artifice explosait dans sa tête.

Les yeux rivés sur l'homme de ses rêves, elle fendit la foule. Imposant et majestueux, il portait le kilt mieux que quiconque. Elle ne voyait que lui, ne respirait que pour lui…

Visiblement, il la cherchait du regard. Elle dut jouer des coudes pour arriver jusqu'à lui.

— Salut, toi, dit-elle à voix basse.

Il se retourna, la vit… Une lueur admirative – mêlée à un autre sentiment qu'elle ne put identifier – flamba sans ses prunelles sombres. Elle prit alors conscience qu'elle était prête à tous les sacrifices pour vivre avec lui.

Elle pourrait s'installer à Glasgow et y ouvrir la clinique dont elle rêvait dix ans auparavant. Margaret et Aksel gèreraient le cabinet de Heatherglen. Tout serait simple. Tout était possible !

Quand Max se pencha pour l'embrasser sur la joue, les effluves de son parfum boisé et citronné s'imprégnèrent en elle comme un élixir. Le monde extérieur s'évanouit. Elle ferma les paupières.

— Tu es très belle, chuchota-t-il.

Elle recula et, presque timidement, opéra un tour sur elle-même. Le regard appréciateur de Max valait bien la peine de porter un corset et quelques jupons. D'autant qu'elle se sentait plutôt à l'aise dans cette robe de facture traditionnelle.

— Tu es à croquer, mon ange, dit-il. N'oublie pas de me réserver une danse sur ton carnet de bal.

Un homme qui voulait rompre n'aurait jamais dit ce genre de choses. Elle lui sourit.

— Si tu es sage, je t'en garderai même deux...

Charles approcha, salua Max et lui annonça qu'il voulait lui présenter quelqu'un. Esme, pensive, les regarda s'éloigner. Elle croisait les doigts pour qu'ils s'entendent bien, tous les deux. Elle espérait que Charles saurait reconnaître et apprécier les qualités de Max lorsqu'ils se connaîtraient mieux.

Après son échec avec Harding, elle aurait toujours peur du mariage. Néanmoins, l'idée de vivre avec Max ne l'effrayait pas. Avec lui, elle serait plus ouverte, plus gaie et plus heureuse. La solitude qu'elle s'était imposée à Heatherglen pour se protéger ne lui avait pas rendu service. Elle devait réagir avant qu'il soit trop tard.

La nouvelle Esme piaffait d'impatience, elle était prête à bondir.

D'ici quelques heures, elle ouvrirait en grand les portes de sa nouvelle vie.

— Avez-vous bien compris ?

Max regarda Charles droit dans les yeux et opina.

— Oui, c'est très clair.

L'homme s'était montré direct, c'était le moins que l'on puisse dire. Il s'inquiétait pour Esme. Sa sœur cadette avait traversé pas mal d'épreuves, et Noël n'était pas une bonne période pour elle. Il craignait toujours que quelqu'un ne profite de sa vulnérabilité.

« Faites-lui du mal, et vous aurez affaire à moi ! »

Charles n'avait pas eu besoin de prononcer ces mots : Max avait saisi le message. Et jamais, depuis longtemps, il ne s'était senti humilié à ce point.

Sur un dernier regard furieux, il s'excusa et s'éloigna.

Jamais il n'avait eu l'intention de blesser la femme qu'il aimait. Pour qui Charles Ross-Wylde se prenait-il ? De quel droit l'avait-il entraîné à l'écart pour le sermonner ?

En arrivant ce soir-là, Max avait résolu d'avouer ses sentiments à Esme. À présent, il hésitait. Qu'avait-il à offrir, lui, le petit gars des quartiers pauvres ?

Ils n'étaient pas du même monde. Malgré sa gentillesse et sa discrétion, Esme appartenait à l'élite. Elle régnait en maîtresse sur la bonne société écossaise. Ce bal en était la preuve éclatante.

Il eut un rire sans joie. Cette princesse dans l'âme méritait mieux que le chef des urgences d'un hôpital décrépit. Elle pouvait viser plus haut, plus loin.

Quant à lui, il était heureux comme cela. Il avait choisi son poste, ses missions. Il exerçait là où on avait le plus besoin de ses services. C'était le principal.

Esme, elle, n'avait pas besoin de lui.

S'il voulait éviter de la mettre dans l'embarras, mieux valait la laisser tranquille.

Esme n'avait toujours pas pu dégager cinq minutes pour aller danser avec Max.

Chaque fois qu'elle l'observait, il était littéralement pris d'assaut par les donateurs qui souhaitaient lui parler du jardin des Plantes et des Pattes. Et ceux qui n'arrivaient pas à l'approcher, lui, venaient vers elle pour la féliciter de son initiative.

Avant même qu'elle ait bu une gorgée de champagne, l'objectif du gala avait été atteint. À ce rythme-là, des parcs allaient voir le jour dans toute l'Écosse, ce qui n'était pas pour lui déplaire !

Elle espérait que Max, toujours modeste, prendrait enfin conscience de sa valeur. Sous ses dehors très affirmés, le petit garçon fragile n'était jamais loin. Elle savait quels objectifs il s'était fixés, comme s'il avait, de par ses origines, toujours eu besoin de prouver quelque chose.

Mais il n'avait rien à lui prouver, à elle. Elle savait ce qu'il était : un homme merveilleux, adorable, qu'elle aimait de tout son cœur. Grâce à lui, elle avait changé. Elle avait repris confiance en elle et arrêté de culpabiliser.

Harding MacMillan était un requin sans scrupule. S'il ne l'avait pas piégée, elle, ça aurait été une autre. Sa valeur en tant que femme n'était pas – n'avait jamais été – en cause. C'était Harding l'imbécile, pas elle !

Tandis qu'elle observait Max, le cœur gonflé d'amour, le maître de cérémonie monta sur la petite estrade installée au cœur de la serre. L'heure des discours arrivait.

Diplomatiquement, elle vint libérer Max d'un groupe de vieilles dames aussi enthousiastes que bavardes.

— Tu es prêt à dire quelques mots ? demanda-t-elle.

— Bien sûr. Je voulais juste...

Il devait y avoir un problème. Il semblait hésiter à lui dire quelque chose.

— Qu'est-ce qui t'arrive ? demanda-t-elle, alarmée.

— Il faut qu'on parle.

Avant qu'elle ait pu réagir, le maître de cérémonie se rapprocha et toussota légèrement.

— Tout est prêt, mademoiselle Ross-Wylde.

— Bien sûr...

Elle se tourna vers Max et lui trouva, soudain, l'air très décidé. Que mijotait-il ?

— Désolée, ils m'attendent. On parlera juste après les discours, d'accord ?

Elle n'entendit pas sa réponse car, au même moment, on l'appela au micro. Malgré son inquiétude, elle s'efforça de sourire pour traverser la foule, et monter sur l'estrade.

Ses remerciements, courts et sincères, s'adressaient aux sponsors. Comme chaque année, elle les énuméra d'un ton chaleureux et fut récompensée lorsqu'un murmure approbateur parcourut l'assistance.

— En conclusion, je dirai, mesdames et messieurs, que vous pouvez être fiers. Fiers, car votre générosité a empêché le béton de détruire la verdure. Vous avez préservé un espace vital pour les patients du Clydebank. Grâce à vous, ils pourront jardiner, planter des fleurs, se promener avec leur chien ou tout simplement s'asseoir sur un banc au soleil pour se détendre. Merci du fond du cœur !

Sous un tonnerre d'applaudissements, elle fit signe à Max d'approcher.

— Je vous demande d'accueillir le Dr Max Kirkpatrick, le fondateur inspiré du jardin des Plantes et des Pattes. C'est lui qui mérite vos applaudissements !

Elle lui céda la place sur le podium et, quand le calme fut revenu, il remercia à son tour les mécènes. Il leva sa coupe de champagne vers elle, puis enchaîna :

— J'aimerais exprimer ma profonde gratitude à celle sans qui rien ne serait arrivé. Grâce à son énergie, Esme Ross-Wylde a fait de mon rêve une réalité indestructible. À Heatherglen, j'ai eu le privilège de côtoyer une femme forte, charismatique, courageuse. Notre aventure se termine ce soir, mais son œuvre continue. Je lui souhaite bon vent pour toutes ses entreprises. Je ne doute pas qu'elles seront couronnées de succès.

Esme eut l'impression de recevoir un grand coup sur la tête. Que voulait-il dire ? Elle avait dû mal comprendre !

— Et je porte un toast à cette bonne fée qui, par sa magie, améliore la vie des autres. Je n'oublierai jamais sa gentillesse…

Elle s'agrippa au montant du podium. Max allait la quitter. Il était en train de rompre avec elle.

— … Mesdames et messieurs, à Esme Ross-Wylde !

Il but une gorgée, puis se pencha vers elle.

— Je suis vraiment, terriblement, désolé, dit-il tout bas.

Un froid polaire s'insinua en elle, la figeant.

Elle s'était encore trompée. Deux tentatives, deux essais ratés. Soit elle n'avait pas de chance, soit elle était stupide, mais le résultat était le même : l'aventure se terminait par un cœur brisé.

Cette fois-ci, pourtant, il y avait une grosse différence. Elle savait déjà qu'elle ne s'en remettrait pas.

La vision de Heatherglen et du château s'imprégna soudain

en elle comme un baume protecteur. Elle avait hâte de rentrer à la maison, de retrouver ses chiens, sa clinique, sa vie d'avant.

Max Kirkpatrick n'existait plus. Elle ferait comme s'il n'avait *jamais* existé.

11

Jamais, sauf peut-être en zone de combat, Max n'avait senti son cœur battre si fort dans sa poitrine.

Il avait abandonné la femme de sa vie. Il avait pris la fuite.

Son appartement se trouvait à dix kilomètres du jardin botanique, mais il était parti à pied, ou plutôt en courant, dès la fin de son discours. Il n'avait salué personne. Il s'était évaporé dans la foule.

Il était parti. Parti…

Malgré le froid polaire, il était presque réchauffé lorsqu'il poussa enfin la porte de son appartement.

En mode pilote automatique, il prit une douche, se déshabilla et se coucha. À l'origine, il n'avait pas prévu de rentrer seul. Il n'avait pas prévu de rentrer, tout court. Il avait décidé de suivre Esme où qu'elle aille. Le sort – ou plutôt Charles – en avait décidé autrement.

Quand il se leva vers 6 heures, épuisé et vidé, Max décida de réagir. Il n'avait pas dormi, à peine somnolé. On était le 24 décembre, et il ne lui restait pas grand-chose, hormis ses patients et son jardin.

Le jardin… L'endroit où ses ennuis avaient commencé. L'endroit où il pourrait, peut-être, repartir de zéro…

Il prit sur lui pour s'habiller et monter dans son vieux 4x4. Au Clydebank, au moins, il se sentirait chez lui. Du moins l'espérait-il pour ne pas perdre la raison.

L'hôpital n'était pas la clé de tous les problèmes. Max en avait toujours été conscient, et plus encore ce matin-là.

Il avait planté un oranger dans la serre. Il était passé voir ses collègues, qui s'étaient démenés pour lui « offrir » une semaine de congé supplémentaire. Par égard pour eux, il s'était abstenu d'avouer qu'il n'en avait plus besoin. Et bien sûr, il se sentait toujours aussi mal...

Il s'apprêtait à repartir quand, traversant le hall du Clydebank, il avisa soudain le kiosque à journaux. Une ravissante photo faisait la une des quotidiens en cette veille de Noël : celle d'Esme.

Les photographes lui avaient rendu justice. En couleur ou en noir et blanc, elle était magnifique. Une « vraie lady » ou une « bonne fée », disaient les gros titres et, pour une fois, Max dut admettre que les journalistes avaient raison.

Cette femme était merveilleuse, et il s'était conduit comme un imbécile. Il l'avait blessée de la pire manière qui soit, sans lui donner la possibilité de réagir. Elle avait dû plaquer un sourire sur ses lèvres et faire semblant de rien. Il se détestait de l'avoir fait souffrir !

Il se donna mentalement une bonne gifle. Esme n'avait pas besoin de sentiments négatifs. Elle méritait qu'on l'aime d'un amour pur, sincère, inconditionnel. Et surtout, sans complications.

N'avait-il pas exagéré la portée des paroles de Charles ? Certes, le frère d'Esme l'avait mis en garde de manière assez froide, mais c'était apparemment sa façon d'aborder les gens. Jamais Charles ne l'avait prié de disparaître. Il lui avait même dit qu'il admirait son travail et son action...

Où Max était-il allé pêcher qu'il n'arrivait pas à la cheville d'Esme ? Il avait tiré cette conclusion tout seul, sans réfléchir. L'angoisse l'avait emporté sur le bon sens, mais cette fois il s'en rendait compte.

Il n'était pas trop tard pour réagir. Plus jamais il ne laisserait cette peur absurde gouverner sa vie. Il avait trop à perdre.

Il courut vers le parking, grimpa dans son 4x4 et rentra chez lui. Là, il entassa pêle-mêle quelques affaires dans une petite valise, avant de repartir comme s'il avait le diable à ses trousses.

Il allait jouer son avenir à quitte ou double. Esme aurait toutes les raisons de lui fermer sa porte, après la manière dont il s'était conduit. Mais s'il restait là sans rien faire, il n'aurait jamais l'occasion de plaider sa cause ni de lui avouer ses sentiments, et il ne se le pardonnerait pas...

L'amour de sa vie valait bien une action désespérée. Ce serait peut-être la dernière, mais tant pis.

Esme s'apprêtait à injecter une dose d'anesthésiant dans la perfusion de Boopsy, le jeune labrador qu'elle devait opérer, quand Aksel l'arrêta d'une main posée sur son bras.

— Quoi ? demanda-t-elle, un peu énervée.

Pourquoi son collègue la dévisageait-il en fronçant les sourcils ? Tout allait bien, et il n'y avait pas une minute à perdre pour opérer Boopsy, qui, en jouant, avait avalé une balle de tennis !

— Tu n'as pas mis la bonne dose, dit-il.

— Si.

Jane, qui l'assistait, brandit le dossier du chien.

— Il ne pèse que vingt kilos, Esme. Tu as préparé la dose pour quarante, comme s'il était adulte...

De stupeur, elle lâcha sa seringue. Comment avait-elle pu commettre une erreur aussi grossière ? Sans la vigilance d'Aksel et de Jane, elle aurait pu tuer ce pauvre toutou !

Elle s'était toujours promis que rien, et surtout pas sa vie personnelle, n'interférerait dans son travail. Pourtant, elle était si énervée depuis son retour de Glasgow qu'elle avait oublié sa règle n° 1 : les patients avant tout.

Furieuse contre elle-même, elle retira son masque et le jeta à la poubelle.

— Tu peux me rendre un grand service, Aksel ? Opère-le, s'il te plaît. J'ai besoin de faire un break.

Son collègue opina sans commentaire. Délicat et intuitif, il avait compris son embarras. Jamais une telle chose ne lui était arrivée. C'était inadmissible !

Elle quitta la salle d'opération, ôta sa blouse. Puis elle enfila sa parka et sortit sous un tourbillon de neige. De la neige à Noël ? D'habitude, elle aurait battu des mains. Aujourd'hui, cette vision la déprimait.

Une bonne balade avec son chien. Voilà ce qu'il lui fallait pour se remettre les idées en place, d'autant qu'elle aurait un rôle à tenir, ce soir-là. Charles avait proposé de décommander sa participation à la crèche vivante, mais elle avait refusé. Elle ne souhaitait pas qu'il intervienne dans sa vie.

Certes, elle faisait tout de travers, mais en tant qu'adulte elle devait assumer !

Margaret la rattrapa au moment où elle traversait la cour avec Wylie.

— Tu l'emmènes promener ? Quelle bonne idée ?

— Non, hum ! Je...

Elle voulut trouver un prétexte pour rester seule, mais Wylie mordilla la laisse qu'elle tenait à la main.

— À d'autres Esme ! Je t'accompagne, que tu le veuilles ou non. Et pour info, je suis aussi fâchée que toi.

— *Fâchée* ? Tu crois que je suis fâchée ? Je lui faisais confiance. Je *l'aimais* !

— N'exagère pas, voyons. Tu aimeras toujours Charles, même si c'est un imbécile.

Esme s'arrêta net.

— Charles ? Qu'est-ce que tu racontes ?

— Et toi ? De qui parles-tu ?

— De Max ! Il a quitté le bal sans dire merci ni au revoir...

Margaret lança un regard furieux vers le château.

— Charles ne t'a pas dit qu'il avait coincé Max en aparté, juste avant les discours ?

— Non...

— Quel imbécile je suis ! J'aurais dû t'en parler, mais j'étais sûre que tu étais au courant.

N'y tenant plus, Esme s'immobilisa.

— Explique-toi, Margaret. Qu'a dit Charles, à la fin ?

— Tu es sûre de vouloir y aller ?

Esme, irritée, secoua les épaules. Charles venait de lui fermer sa veste polaire comme si elle était gamine. Il était gentil, mais elle n'avait plus cinq ans.

Il avait de la chance qu'elle soit adulte et raisonnable. Sinon, malgré tout son amour fraternel, il aurait reçu un bon coup de poing dans la figure !

— Bien sûr que oui, répondit-elle en passant une épaisse robe de jute par-dessus son anorak.

Toutes les Marie de la crèche portaient ce costume traditionnel. Ce soir, elle l'endossait avec plaisir.

— J'ai promis au comité paroissial de jouer ce rôle et je le jouerai. Contrairement à *certains*, je ne fais pas de coups tordus, moi !

— Désolé, maugréa Charles. Je n'avais pas compris... que tu tenais autant à lui.

— Menteur ! Tu sais très bien que je l'aime. Sinon, tu ne lui aurais pas servi ton couplet du grand frère protecteur.

— Attends un peu... Tu l'*aimes* ?

Charles avait l'air estomaqué, à présent. Il n'avait pas dû imaginer que les choses en étaient à ce stade.

— Oui, répondit-elle sans hésiter. Je l'aime. Je veux passer du temps avec lui, partir en vacances avec lui, fêter Noël avec lui. Si possible, jusqu'à la fin de mes jours.

La pendule victorienne du grand hall sonna 18 h 30. Esme se dirigea vers la porte, mais Charles l'arrêta.

— Tu es... vraiment sûre de pouvoir rester assise sans bouger, énervée comme tu es ?

Elle le gratifia d'un regard hautain.

— Si Marie, sur le point d'accoucher, a pu rejoindre Bethléem à dos d'âne, je tiendrai bien une heure sous la halle. Ensuite, je filerai à Glasgow !

— Euh... Tu devrais plutôt appeler Max. Il neige, et je n'ai pas encore fait réviser le 4x4.

— Tais-toi. Ce ne sont pas des choses qui peuvent se dire au téléphone. Et puis, tout ça, c'est ta faute !

Vaincu, il leva les mains.

— D'accord, c'est ma faute. Croisons les doigts pour que tout s'arrange. Sinon, je n'ai pas fini d'en entendre parler...

En cette veille de Noël, le public était venu nombreux pour admirer la crèche vivante.

Malgré le chauffage d'appoint, il faisait frisquet sous la halle, et le nourrisson qui devait incarner Jésus avait d'abord été remplacé par un baigneur. Mais quelqu'un avait, finalement, eu l'idée lumineuse d'installer Dougal dans la mangeoire, et le chiot avait l'air ravi d'être là, bien emmitouflé dans son petit manteau.

Affublé d'un serre-tête à bois de renne, Wylie avait, comme à la maison, posé la tête sur les genoux d'Esme qui, assise près du berceau, souriait à la cantonade. Charles, lui, jouait un roi Mage et, depuis le début, elle évitait de croiser son regard anxieux. Il s'inquiétait pour elle. Elle culpabilisait de s'être fâchée et si cela continuait, elle allait fondre en larmes devant tout le village de Cluchlochry...

Absorbée par ses pensées, elle en émergea lorsqu'un murmure insistant parcourut la foule. Jusqu'alors, les gens avaient écouté les chants dans un silence religieux, mais d'un coup tout le monde s'agitait.

Alors qu'elle tendait le cou, Wylie poussa un aboiement joyeux. Puis Dougal s'agita dans la mangeoire, et elle dut user de toute son autorité pour l'empêcher de descendre du podium.

Elle ne put retenir un cri de stupeur lorsque l'immense cheval de trait de Mme McCann apparut. Son cavalier n'était autre que Max, plus beau et plus souriant que jamais, vêtu de son kilt.

Max... Que fabriquait-il ici ? Jamais elle n'aurait cru qu'il aurait envie de revenir !

Il descendit de sa monture et tendit les rênes à Mme McCann, qui le gratifia d'un sourire adorateur. Quand il s'avança vers Esme, sa vue se brouilla. C'était trop beau... Elle n'y comprenait plus rien...

— Je te dois des excuses, dit-il doucement.

— C'est plutôt le contraire, répondit-elle d'une voix rauque d'émotion.

Il la dévisagea, l'air perplexe.

— Mais non, voyons. Je suis impardonnable de m'être sauvé du bal comme un voleur.

— Je sais pourquoi tu es parti.

Une toux discrète les ramena à l'instant présent. Esme pivota vers Charles, qui, l'air tout chose, les rejoignit.

— Si vous alliez discuter au calme ?

Elle ne put s'empêcher de rire. Les villageois réunis devant le podium n'en perdaient pas une miette. Ils avaient droit à un vrai spectacle de Noël !

— Ça vous embête, si je vous fausse compagnie un moment ? demanda-t-elle à la présidente du comité.

— Bien sûr que non, très chère. Filez ! répondit la vieille dame avec un large sourire.

Trois minutes plus tard, au pub, devant un feu de cheminée, Esme s'assit près de Max et lui prit la main.

— J'ai cru que je ne te reverrais jamais.

— C'était un scénario possible, répondit-il doucement.

— Y en a-t-il d'autres ?

— Mon préféré, c'est celui où j'achète un 4x4 neuf pour faire beaucoup de route.

— Mais...

— Avant de partir, je suis passé voir le directeur du Clydebank. Je lui ai demandé s'il accepterait que je garde mon poste à mi-temps. Pour l'autre moitié, j'ai déjà contacté l'hôpital le plus proche de Heatherglen. Ils sont prêts à m'accueillir dès demain, à bras ouverts. J'ai pensé... que ça te ferait plaisir.

Elle eut l'impression que son cœur s'arrêtait de battre.

— Qu'es-tu... en train de me dire ?

— Je dis que je t'aime, Esme. Je ne peux pas vivre sans toi, respirer sans toi, dormir loin de toi. La nuit dernière, j'ai cru devenir fou d'angoisse et de chagrin. Plus rien n'aurait de sens si tu sortais de ma vie. Je suis même prêt à me battre avec ton grand frère pour te garder !

— Tu n'auras pas besoin d'aller jusque-là, répondit-elle avec un sourire heureux.

— Je ferai tout pour te convaincre que je suis l'homme de tes rêves, si tu veux bien de moi.

Médusée, elle le regarda contourner la table, puis s'agenouiller devant elle. Il lui prit les mains et les serra.

— Tu es mon cœur et mon âme, ma raison d'être. S'il te plaît, donne-moi une nouvelle chance.

Elle se rendit compte qu'elle pleurait, de bonheur cette fois. Elle aimait Max. Ils étaient faits l'un pour l'autre. Ce soir marquait la fin d'un long cheminement, le début de leur nouvelle vie...

Elle mit toute sa tendresse dans le baiser qu'elle lui donna. Quand elle releva la tête, ce fut pour découvrir des visages hilares derrière la vitrine du pub. Puis un tonnerre d'applaudissements retentit.

Max se releva, regarda derrière lui et éclata de rire.

— Ça va être dur d'avoir une vie privée à Cluchlochry ! s'exclama-t-il.

— Je connais un endroit où on sera tranquilles. Tu le connais aussi, d'ailleurs... Si on allait boire un chocolat chaud à la maison ? On a encore plein de choses à se dire...

Il eut l'air soulagé, et elle comprit à quel point il avait eu peur de la perdre. Quand il l'enlaça, ils échangèrent un nouveau baiser dans l'enthousiasme général.

Elle prit la main de Max, et ils sortirent ensemble, sous la neige, dans la nuit scintillante.

— Voilà comment transformer un fiasco en réveillon idéal..., dit-elle.

— Attends de voir ce que je te réserve pour le matin de Noël, répondit-il d'une voix sourde.

Elle appuya la tête sur son épaule et sourit aux étoiles. De là-haut, son père et Nick devaient être heureux et fiers. Elle en était sûre.

Noël avait retrouvé sa place en son cœur. Le chagrin ne

disparaîtrait jamais complètement, mais, grâce à l'amour, elle vivrait chaque journée comme une nouvelle promesse. Un cadeau précieux.

Elle tenait son miracle et ne le laisserait jamais s'échapper.

Trois tasses de chocolat et une longue discussion plus tard, Max et Esme étaient tombés d'accord sur un point : la franchise était la base d'une relation réussie.

Après une étreinte magique, ils avaient dormi dans les bras l'un de l'autre. Amoureux fou, Max avait tenu sa promesse de la veille. Il avait réveillé Esme par un baiser. Ils s'étaient aimés sans hâte, langoureusement, puis ils avaient pris une douche avant le petit déjeuner.

Ils étaient à présent installés au salon, avec Wylie et Dougal qui avaient faussé compagnie à Charles. Ils avaient squatté sa chambre, mais s'en étaient échappés dès qu'ils avaient entendu du remue-ménage !

— Dougal a vraiment l'air d'un renne, avec son nouveau serre-tête, dit Esme.

Max l'attira dans ses bras et lui embrassa le bout du nez.

— Ce chien ferait n'importe quoi pour te faire plaisir. Ça tombe bien, on est deux.

— Je suis gâtée, répondit-elle en riant. À ton tour, maintenant, dit-elle en lui tendant un paquet.

— Tu avais prévu un cadeau pour moi ? Mais...

— Ouvre-le.

Il écarquilla les yeux en découvrant ce que cachait le papier doré.

— Sérieusement ? Tu veux que je mette ça ?

C'était le pull de Noël le plus hideux qu'il ait jamais vu. Décoré de sequins et d'un gros nez rouge qui clignotait lorsqu'on appuyait dessus, cette chose donnait envie de prendre ses jambes à son cou.

Elle battit des paupières et fit la moue.

— J'ai choisi le motif exprès. Tu as dit que tu voulais me faire plaisir, non ?

— Bien sûr, ma chérie ! dit-il en passant le pull par-dessus sa tête. Voilà...

— Parfait ! Je prends le mien..., fit-elle en attrapant un autre paquet sous le sapin. Charles n'aurait jamais acheté ce genre de trucs, alors je nous en ai commandé un chacun.

— Tu es folle.

— Je sais, mais j'aime tellement Noël. Tu comprends ?

— Je comprends très bien... Tu es superbe, toi aussi, dit-il lorsqu'elle eut enfilé le sien.

Elle le prit par la main pour l'entraîner vers le grand miroir accroché au-dessus de la cheminée.

— On est ridicules ! s'exclama-t-elle, hilare. Ridiculement parfaits.

— Hum ! Pour moi, il manque quelque chose.

Elle le considéra d'un air inquiet.

— Ne me dis pas que tu as encore des secrets.

Il lui ébouriffa les cheveux et l'embrassa tendrement.

— Plus de secrets, mon cœur. J'aurais juste préféré que le bal se termine mieux. Je voulais attendre la fin des réjouissances pour te parler, mais j'aurais dû le faire ici, le dernier soir. J'ai tout gâché !

— Tu t'es bien rattrapé depuis. Et tu auras toute la vie pour te faire pardonner, dit-elle, malicieuse.

— Dans ce cas, es-tu prête à écouter ma proposition ?

Elle rougit, l'air embarrassée.

— Max, je t'aime tellement, mais... tu connais mon opinion sur le mariage.

— Oui, et je la respecte. J'ai donc pensé qu'on pourrait sceller notre engagement d'une manière plus originale et tout aussi romantique.

— Ah bon ? Mais comment...

Il agita l'auriculaire de sa main gauche et sourit.

— Je veux être ton éternel fiancé du petit doigt.

Elle éclata de rire.

— Ça existe, ça ?

— Je viens de l'inventer, donc ça existe.

Devant son air solennel, elle reprit son sérieux.

— Que veux-tu... qu'on dise ?

— Rien d'aussi formel que des vœux de mariage, rassure-toi. Je commence, d'accord ?

Elle opina, visiblement émue. Il accrocha leurs petits doigts et la regarda droit dans les yeux.

— Je t'aime, Esme Ross-Wylde. Avec toi, le monde est plus beau, et un jour j'aimerais être ton partenaire de vie.

— Un jour ?

Il eut un petit rire.

— J'aurais bien dit maintenant, tout de suite, mais... je veux être sûr que tu sois complètement d'accord.

— Oui, je suis d'accord ! Je t'aime et je veux partager mes jours et mes nuits avec toi. Voilà mon vœu, ma promesse...

Ils scellèrent leur engagement par un baiser passionné. Quand ils se redressèrent, Max garda Esme dans ses bras et lui sourit.

— Joyeux Noël...

— Joyeux Noël... Celui-ci est le plus merveilleux de tous.

— Il y en aura beaucoup d'autres, mon amour. Je t'en fais le serment.

12

Deux ans plus tard

Esme ajusta sa traîne et virevolta devant la fenêtre.

— Je n'y crois pas ! Il neige...

— Depuis que tu portes ta bague de fiançailles, tout se passe exactement comme prévu. Cet énorme caillou a des pouvoirs magiques, répondit Margaret en riant.

— C'est le pouvoir de l'amour...

Esme prit sur la table le somptueux bouquet préparé par les jardiniers du château. Avec ses baies de houx et ses roses rouges entremêlées de bruyère, c'était l'accessoire idéal dont elle avait rêvé. Pour la touche saisonnière, on y distinguait même quelques pousses d'épicéa et de minuscules pommes de pin.

— Vas-tu l'attraper, Margaret ?

— Ah ça ! oui ! Compte sur moi.

Après un bref coup frappé à la porte, Charles les rejoignit dans le salon.

— Alors, petite sœur ? Pas trop stressée ?

— Absolument pas. Je flotte sur un petit nuage.

Son regard dériva vers la photo de famille qui trônait dans un grand cadre sur le mur.

— Je voudrais que Nick et papa soient là.

— Ils sont *là* ! dit Charles en lui posant une main sur le cœur. Ils resteront toujours avec nous.

— Tu as raison… Je n'arrive pas à croire que maman ait fait l'effort de venir.

— Incroyable, mais vrai. C'est encore un miracle de Noël, répondit Charles.

En ce jour si spécial, il rayonnait. Sa joie faisait plaisir à voir et, quand il glissa un bras sous le sien, Esme songea qu'elle était vraiment fière d'être sa petite sœur.

— Prête à rejoindre ton cher et tendre ? demanda-t-il.

— J'ai hâte.

— Alors c'est parti !

Quand Esme franchit les portes de la chapelle, Max sentit son cœur manquer un battement.

Deux ans avaient passé, mais rien n'avait changé. Elle l'émouvait toujours autant. Et il l'aimait encore plus…

Dougal et Wylie trottinaient derrière elle, équipés chacun d'un minuscule coussin sur leur collier. Ils jouaient leur rôle de porteurs d'alliances à la perfection ! Quant aux demoiselles d'honneur, Margaret en tête, elles étaient sublimes dans leurs robes vert sapin qui rappelaient le décor végétal choisi pour la cérémonie.

Pourtant, Max n'avait d'yeux que pour Esme. Radieuse dans son fourreau de soie grège, elle remontait maintenant la nef au bras de Charles. Elle était si belle que Max en eut le souffle coupé.

Dans la petite église pleine à craquer, tous les regards étaient tournés vers elle, et quelques dames âgées s'essuyèrent discrètement les yeux. C'est qu'elle était populaire, sa future épouse ! Tout le monde l'adorait à Cluchlochry… Mais pas autant que lui, bien sûr.

Devant l'autel, Charles lui lança un regard faussement sévère. Ils s'appréciaient beaucoup, maintenant. Ils étaient même devenus très complices.

— Je te la confie, dit son futur beau-frère en lui donnant la main d'Esme.

— Je la chérirai jusqu'à la fin de mes jours, répondit Max d'un ton solennel.

Esme pressa ses doigts et lui sourit. Il dut se retenir de l'embrasser sur-le-champ, devant l'assemblée.

— Tu es prête ? chuchota-t-il.

— Prête et impatiente, mon amour.

Main dans la main, ils se tournèrent vers le pasteur qui, un sourire indulgent aux lèvres, attendait pour les marier.

La magie de Noël était là, plus éclatante, plus lumineuse que jamais.

Ils savaient déjà qu'elle durerait toute la vie.

KARIN BAINE

Le souvenir d'une nuit d'amour

INTÉGRALE

LA CLINIQUE DES HIGHLANDS

Traduction française de

MICHELLE LECOEUR

SAGAS

HARLEQUIN

Titre original :
THEIR ONE-NIGHT CHRISTMAS GIFT

Ce roman a déjà été publié en 2021.

1

Harriet Bell laissa de nouveau son regard s'égarer du côté de Charles Ross-Wylde, à l'autre extrémité de la salle où les participants au séminaire médical prenaient une pause thé entre deux exposés.

Elle avait eu un choc en le revoyant, mais avait réussi jusqu'à présent à se retenir de le gifler, de lui envoyer le contenu de son verre à la figure ou d'expliquer à l'assistance que c'était à cause de lui qu'elle ne se risquait plus à aimer de nouveau.

Cet homme était un menteur, un égoïste au cœur dur, elle était beaucoup mieux sans lui !

Du moins, c'était ce dont elle avait voulu se persuader durant ces douze dernières années.

En réalité, le scénario de leurs retrouvailles était bien différent de ce qu'elle avait imaginé. Elle s'était attendue à ressentir de la haine envers lui, mais peut-être était-elle devenue plus sage avec les années.

Physiquement, il n'était pas très différent de l'homme qui lui avait promis autrefois qu'ils passeraient leur vie ensemble. Il faisait juste plus mûr, plus mâle…

Il tentait toujours de discipliner ses cheveux noirs en les rejetant en arrière pour se donner un style censé mieux convenir à sa profession. Pourtant elle se rappelait surtout à quel point ils étaient ébouriffés le matin au réveil.

Il était impeccable dans ce costume bleu marine fait à ses mesures. La barbe était nouvelle, et l'ombre qui recouvrait son menton lui donnait l'air encore plus viril si c'était possible. Cela lui allait bien, ainsi que les lunettes qu'il arborait avec une élégance nonchalante.

Bon sang, il était toujours superbe ! Et apparemment encore capable de lui faire battre le cœur comme si elle venait de courir un marathon.

Au moins, elle avait le temps de l'étudier discrètement et de décider ce qu'elle allait faire.

Si elle le voulait, elle pouvait sortir d'ici sans qu'il ait rien remarqué, et leur situation resterait inchangée...

Impossible. Elle avait tant de choses à lui dire et d'explications à lui demander.

— Il faudrait qu'ils ouvrent un bar, ici, marmonna-t-elle à l'intention de la femme qui servait les rafraîchissements, en tournant le dos à son ex-fiancé.

Étant donné les circonstances, une goutte de whisky aurait été la bienvenue dans son café. Non pas qu'elle soit habituée à boire, mais cela l'aurait peut-être aidée à échapper à ses souvenirs d'elle et de Charles – les bons comme les mauvais.

Bon, elle se contenterait d'une dose de sucre supplémentaire dans son café pour tenter de se remettre du choc...

— Je ne m'attendais pas à te voir ici !

Le doux accent écossais qui avait eu le pouvoir de jouer avec ses nerfs lui déclencha un frisson dans le dos. Elle ne trouva rien de mieux que de sursauter et de renverser la moitié de sa tasse sur elle avant de se retourner pour lui faire face.

— Charles ! Quelle surprise !

— Désolé, je ne voulais pas te faire peur.

Il saisit une serviette sur la table du buffet et se mit à tamponner la tache qui ornait le devant de sa robe.

— Je peux le faire moi-même, merci.

Elle n'avait pas l'intention de se montrer brusque, mais elle ne voulait pas qu'il la touche, ne sachant pas trop quelles émotions il pourrait susciter en elle, même après tout ce temps.

— Désolé, répéta-t-il en lui donnant la serviette.

Elle tenta à son tour de réparer les dégâts. Vainement.

— Cela fait plaisir de voir un visage familier. Tu vas bien, Harriet ?

Aucun signe de remords pour tout ce qu'il avait détruit, apparemment. Il lui parlait comme à une vieille camarade d'école sur laquelle il viendrait juste de tomber par hasard et avec qui il n'aurait jamais eu de lien émotionnel !

Elle reposa sur la table le café et la serviette mouillée, et prit le temps de réfléchir à sa réponse.

Si elle commençait par faire une scène à Charles, il serait clair pour lui qu'elle ne l'avait jamais oublié, et cela l'inciterait probablement à prendre la fuite. Elle ignorait encore ce qu'elle voulait de lui, mais en tout cas pas ça.

— Oh ! tu sais... J'ai fait des choses à droite à gauche. Et toi ? demanda-t-elle en se forçant à sourire, décidée à entrer dans son jeu jusqu'à ce que l'un des deux craque.

Elle, probablement.

— Pareil. J'ai occupé un poste à Glasgow pour compléter ma formation médicale, et j'ai ouvert une clinique à Heatherglen. Au départ, c'était pour soigner des vétérans de l'armée, mais ensuite nous avons évolué vers ce qui se fait de mieux en matière de rééducation physique et psychique pour nous adresser à toutes sortes de patients.

— Super...

Comme Charles avait mis fin à leurs fiançailles après avoir hérité de la fortune de son père et du domaine familial, il était difficile pour elle de paraître plus enthousiaste devant ce qu'il avait accompli.

— Je voulais faire quelque chose qui fasse honneur à mon frère et à mon père, mais cela entraîne beaucoup de frais. Je ne me rends pas aussi souvent à Londres que je le souhaiterais.

Son frère aîné, Nick, avait été militaire en Afghanistan. Il avait malheureusement été tué par une bombe artisanale avant qu'elle ait eu l'occasion de faire sa connaissance. Cette tragédie familiale, suivie par la mort de son père un an plus tard, avait profondément affecté Charles et eu raison de leur projet de mariage. C'était à la suite des obsèques de son père qu'il était revenu sur son engagement auprès d'elle.

Au début, elle avait mis sa décision sur le compte du chagrin, mais quand il n'avait pas voulu repartir avec elle pour Londres, elle avait compris qu'il ne voulait vraiment plus l'épouser. Il ne lui avait pas réellement fourni d'explication sur son revirement, alors qu'elle aurait tant souhaité en avoir une.

Quand elle était plus jeune, elle avait été témoin de ce qui s'était passé entre ses propres parents : elle avait vu sa mère se torturer, cherchant à comprendre ce qu'elle avait pu faire de travers pour que son père les quitte. Pas question pour elle de passer le reste de sa vie à se tourmenter comme sa mère l'avait fait jusqu'à sa mort. Aussi avait-elle fini par accepter le fait que Charles ne voulait simplement plus d'elle. Et, naturellement, elle n'était pas retournée en Écosse depuis.

Difficile pour elle de faire le lien entre cet homme et celui avec qui elle bavardait à présent.

— C'est la même chose pour moi, convint-elle. J'ai trop de responsabilités ici en ce moment pour pouvoir prendre un peu de vacances.

— Donc, tu es finalement restée ici ? J'avais espéré que tu le ferais, dit-il en souriant.

— Oui, répondit-elle. Je suis chirurgien orthopédiste.

« Et au top de ma spécialité », faillit-elle ajouter, blessée qu'il ne se soit jamais inquiété de ce qu'elle était devenue.

Certes, elle non plus n'avait pas pris de ses nouvelles, parce qu'elle avait craint de regretter tout ce qu'ils n'avaient pas pu faire ensemble. Dans le cas de Charles, il avait plutôt péché par manque d'intérêt pour elle.

— Et moi neurologue, dit-il. Cela m'a semblé la meilleure voie à suivre pour venir en aide aux vétérans.

Quelle équipe auraient-ils formée ensemble…

Mais elle n'aurait peut-être pas poursuivi sa carrière aussi assidûment s'ils s'étaient mariés. À l'époque où ils étaient ensemble, elle s'était imaginé qu'elle pouvait tout avoir : une carrière et une famille. Elle les voyait, Charles et elle, comme un bloc soudé, sur un pied d'égalité et tous les deux désireux de partager la responsabilité d'élever des enfants. Mais lorsque la situation de Charles avait changé, il était revenu sur ses engagements. Il l'avait quittée, la laissant ramasser seule les morceaux de son cœur brisé.

Après tout, peut-être qu'elle l'avait échappé belle. S'il s'était montré aussi peu fiable plus tard, il l'aurait peut-être quittée en la laissant élever seule leurs enfants.

Elle s'était jetée à corps perdu dans le travail parce que c'était la seule chose sur laquelle elle pouvait toujours compter, et elle n'avait aucun regret.

Charles semblait ne pas en avoir non plus...

Il y eut un silence gêné. Apparemment, ils ne savaient plus quoi dire, mais aucun des deux ne voulait être le premier à s'éloigner.

L'annonce faite au haut-parleur les tira d'embarras.

— Nous demandons à tous les participants de bien vouloir regagner leurs sièges pour le prochain exposé, merci.

Il ne leur restait plus qu'à décider s'ils voulaient se revoir ou se quitter à jamais.

— Et si on allait prendre un verre dans un endroit un peu plus confortable ? proposa Charles. Le bar de l'hôtel devrait être tranquille, étant donné que tout le monde est coincé ici pendant encore quelques heures à écouter des choses que nous connaissons déjà.

Tout en parlant, il posa légèrement la main sur sa taille. Elle sentit à peine la pression de ses doigts sur sa peau, mais cela suffit à réveiller toutes les zones érogènes de son corps, au point qu'elle aurait été prête à le suivre à l'autre bout de la terre.

— Ou... oui, répondit-elle d'une voix éraillée.

Bon sang, dans quel guêpier venait-elle de se fourrer ?

Charles ignorait ce qu'il espérait gagner en rejoignant le bar avec Harriet, si ce n'est l'avoir pour lui tout seul pour la première fois depuis plus d'une décennie. Quand il l'avait aperçue de l'autre côté de la pièce, il avait juste eu envie de se trouver près d'elle. Comme la première fois, lorsqu'ils s'étaient rencontrés à l'école de médecine et étaient immédiatement devenus inséparables.

Avec le recul, il se rendait compte que leur jeunesse et leur inexpérience n'auraient jamais fonctionné dans son monde, où rien n'était plus important que le sens de la tradition et le devoir envers la famille. Mais à l'époque, il n'avait voulu qu'une seule chose : être avec Harriet, sans aucune considération pour Heatherglen.

Il pouvait s'estimer heureux qu'elle ait accepté de prendre un verre avec lui au lieu de lui jeter son café brûlant à la figure !

Devant le bar, deux ou trois autres personnes avaient trouvé refuge. Il l'entraîna à l'écart.

— Assieds-toi, je vais chercher à boire. Vin blanc ?

— Oui, merci.

Le rappel de sa boisson préférée fit remonter à sa mémoire des souvenirs d'un temps, au début de leurs études, où ils faisaient un peu trop souvent la fête. Plus tard, ils avaient accompagné leurs dîners romantiques d'une bouteille de vin qu'ils ne prenaient souvent pas le temps de finir...

Bon Dieu, quelle idée de repenser à ça ! se sermonna-t-il en s'éloignant.

L'époque où il agissait uniquement dans son propre intérêt était censée être révolue. Désormais il ne prenait plus aucune décision sans se demander en quoi elle pourrait affecter son entourage. Ses actes passés avaient eu pour conséquence la mort de son frère et de son père, et il avait durement appris de ses erreurs.

Son premier acte altruiste avait été dans l'intérêt de Harriet – quand il avait sacrifié sa relation avec elle en héritant de Heatherglen. Elle n'en avait rien su, car il n'avait pas pu lui dire qu'il préférait qu'elle reste à Londres et qu'elle poursuive sa carrière, au lieu d'être entraînée dans la pagaille qu'était la gestion du domaine. Elle aurait insisté pour être près de lui en Écosse.

Cependant, à présent qu'il la revoyait, il prenait conscience de tout ce qu'il avait perdu, et le poids du regret et de la culpabilité pesait lourdement sur ses épaules.

Ce soir, s'il s'était approché d'elle et lui avait proposé de prendre un verre, c'était entièrement pour lui, sans tenir compte des sentiments de Harriet. Pourtant, jusqu'à présent son attitude envers lui avait été amicale. Il était très possible qu'il ait exagéré dans son souvenir l'importance de ce qu'ils avaient vécu ensemble. Peut-être l'avait-elle oublié à la seconde même où elle avait repris ce train sans lui...

— Tu as l'air en forme, observa-t-il quand il revint près d'elle.

Elle avait toujours été jolie, avec ses longs cheveux blond foncé et sa taille fine. Mais elle était devenue une femme incroyablement belle. Si la robe vert émeraude qu'elle portait n'avait rien d'exceptionnel, elle mettait en valeur ses formes arrondies et la rendait terriblement sexy.

— Merci.

Elle but une gorgée de vin, laissant une trace de son rouge à lèvres couleur rubis sur le bord du verre...

Il avait intérêt à garder sa libido sous contrôle. Elle était son ex-fiancée, pas une rencontre anonyme d'un soir.

— Alors, tu es mariée ? Tu as des enfants ? demanda-t-il avant d'avaler une gorgée de bière pour se donner l'air cool.

Après tout, qu'est-ce que sa situation matrimoniale pouvait bien lui faire à présent ?

— Non. J'ai décidé que ma carrière était la seule entreprise de longue durée dont j'avais besoin dans ma vie. J'ai trop à faire pour me permettre de retomber dans le piège des sentiments.

Aïe !

Une lueur de défi brilla dans les yeux de Harriet, comme si elle attendait qu'il réplique. Mais il n'en avait aucune envie, car cela n'aurait pas manqué de gâcher ce moment. Cependant elle aurait mérité un semblant d'explication.

— Et toi, est-ce que tu t'es casé ?

— Je suis trop occupé avec la clinique et, pour être honnête, l'exemple de ma mère n'est pas vraiment une incitation au mariage. Je ne sais même pas combien elle a eu de maris depuis papa. Trois, je crois. Elle passe son temps à naviguer sur le super yacht de son dernier époux, si bien qu'on la voit rarement. Je pense que, pour elle, il y a trop de tristes souvenirs qui se rattachent à Heatherglen.

— Je connais ça, marmonna Harriet en sirotant son vin comme pour y chercher du réconfort.

— Harriet, à propos de tout ça...

Il devait y avoir un moyen de dire : « Ce n'était pas ta faute mais la mienne », sans que cela sonne faux.

Ce fut elle qui le tira d'embarras.

— C'est un sujet beaucoup trop sérieux pour ce soir, Charles, décréta-t-elle en posant la main sur la sienne.

Il dut faire un gros effort pour se concentrer sur ce qu'elle disait alors que son corps réagissait au quart de tour à son contact.

— Je ne suis plus sérieuse actuellement, ajouta-t-elle en le fixant d'un regard de plus en plus sombre, sans retirer sa main.

Il se pencha lentement sur elle.

— Non... ? Et qu'est-ce que tu fais ?

— Je m'amuse. Tu te rappelles comment on fait, j'en suis sûre. Si c'est le cas, je suis chambre 429.

Sur ces mots elle se leva et s'éloigna, le laissant bouche bée et le cœur battant, bataillant avec sa conscience qui lui disait que la suivre serait une très mauvaise idée.

Harriet se dirigea vers l'ascenseur, les jambes tremblantes. Jamais de toute sa vie elle ne s'était montrée aussi effrontée. Elle ne pouvait même pas en imputer la faute à l'alcool, puisqu'elle n'en avait bu qu'une gorgée. À la seconde où elle avait revu Charles, elle avait eu envie de lui et désiré renouer avec leur passé. Mais elle ne voulait pas remuer les cendres de leur histoire en se rappelant la façon dont il l'avait rejetée. L'important, c'était qu'il soit toujours attiré par elle. Comme si cela pouvait effacer au moins en partie l'atteinte qu'il avait portée à son amour-propre.

Une nuit avec son ex, à ses conditions, cela ne pourrait-il pas l'aider à mettre un terme définitif à cette relation qui lui avait gâché toutes les autres ?

Le problème, c'était que Charles n'avait pas sauté sur l'occasion, et elle n'avait probablement réussi qu'à s'humilier devant lui, ajoutant un chapitre lamentable à leur tragique histoire.

Luttant contre les larmes, elle s'excita sur le bouton de l'ascenseur comme si cela pouvait le faire arriver plus vite. Ensuite, il l'engloutirait et la transporterait loin d'ici pour toujours...

— Harriet, attends ! cria Charles au moment où elle pénétrait dans l'ascenseur.

Elle laissa les portes se refermer devant son nez pour en finir avec lui, mais il avança le pied à l'intérieur.

— Es-tu certaine de vouloir faire ça ? demanda-t-il, visiblement tendu.

Ainsi donc, il prenait sa proposition en considération. Il ne l'avait pas immédiatement rejetée.

Elle retrouva aussitôt son assurance et son envie de le séduire.

— On ne va pas en faire toute une histoire, dit-elle en se rapprochant de lui si près qu'elle sentit sa chaleur. Nous sommes deux célibataires qui travaillent dur et qui ont envie de se défouler un peu dans une chambre d'hôtel.

— Nous savons tous les deux que ce serait plus que ça, marmonna-t-il avec effort, comme s'il s'efforçait de se montrer raisonnable.

Mais ses yeux et son corps parlaient un autre langage.

— Pas forcément, répondit-elle d'une voix éraillée par le simple fait de le sentir si proche.

— Je sais que je t'ai fait souffrir, Harriet. Si nous couchons ensemble maintenant, cela n'y changera rien. Je retournerai à Heatherglen. Quant à toi, ta vie est ici.

C'était l'évidence même : ils ne se remettraient pas ensemble, quoi qu'il se passe cette nuit. Mais il ne lui avait pas dit non. Tout au contraire.

Doucement, il lui caressa la joue avec son pouce, prêt à se

ranger à sa décision. Elle n'avait pas d'inquiétude là-dessus, persuadée qu'elle saurait gérer la situation.

— Je ne cherche pas à réveiller notre histoire, lui assura-t-elle. Le passé est loin derrière, mais il est clair que l'alchimie existe encore entre nous.

Tout en parlant, elle laissa courir l'index de haut en bas sur le devant de sa chemise, se délectant de voir le désir assombrir son regard.

C'était *cela* qu'elle voulait : la confirmation que, physiquement, elle avait autant de pouvoir sur lui qu'il en avait sur elle. Elle en avait besoin pour enterrer définitivement le passé.

Elle s'était servie de Charles comme d'une excuse pour empêcher quiconque de devenir trop proche d'elle, mais à présent elle commençait à se demander s'il ne lui manquait pas quelque chose dans la vie. Si elle voulait envisager de nouveau la possibilité d'avoir une relation sérieuse, voire de fonder une famille, elle devait balayer tous les tristes souvenirs qu'elle avait de Charles. La nuit à venir leur donnait une chance de se dire correctement adieu.

— Mais nous avons une histoire longue et compliquée. Est-ce vraiment une bonne idée de revenir en arrière ? objecta-t-il.

— Il n'est plus temps de te montrer chevaleresque, répliqua-t-elle avant de poser la main sur la boucle de sa ceinture, qu'elle commença à défaire.

Charles étouffa un grognement.

— Je veux juste éviter que nous fassions quoi que ce soit qui risque de te blesser de nouveau. Je n'ai pas plus à te donner maintenant qu'au moment de notre séparation.

— Tout ce que je demande, c'est une nuit. Mais je ne vais pas non plus te supplier.

Elle retira la main. S'il voulait davantage, il faudrait qu'il l'exprime clairement.

— Une nuit ? répéta-t-il, avec un petit sourire hésitant.

Il était si près qu'elle entendait sa respiration haletante. À l'évidence, il n'était pas aussi maître de lui qu'il voulait le laisser paraître.

— Nous ne nous sommes jamais dit adieu, en voilà l'occasion.

— Une façon de mettre concrètement un terme à notre histoire ? Marché conclu, grommela-t-il avant de la prendre par la taille.

L'attirant contre lui, il posa les lèvres sur les siennes.

Instantanément, la passion rejaillit entre eux. Il l'embrassa avec une telle ardeur qu'elle en eut le souffle coupé.

Elle ne se rappelait pas que Charles était aussi... envoûtant. La folie de ce moment ajoutait sans doute du piquant à ce dernier échange. Car c'était bien la dernière fois qu'ils étaient ensemble. Au moins, elle aurait un souvenir plus doux à garder dans sa mémoire.

Il la poussa doucement contre la paroi de l'ascenseur, sa bouche ne quittant pas la sienne et sa langue faisant naître en elle une vague de désir. À tâtons, elle chercha le bouton du quatrième étage, mais il appuya sur celui du deuxième.

— Ma chambre est plus près, murmura-t-il.

Son souffle chaud dans son cou la fit flageoler sur ses jambes.

Son ancien amant se rappelait exactement tous ses points sensibles, et elle frissonna de délice à la pensée qu'il n'allait pas manquer d'user de cet avantage.

Mais ils pouvaient être deux à jouer à ce jeu !

En quelques secondes, tous les deux se mirent à gémir de plaisir pendant que leurs corps refaisaient connaissance.

La porte de l'ascenseur s'ouvrit, et ils sortirent dans le couloir d'un pas chancelant, ne pouvant se résoudre à mettre fin à leur étreinte passionnée. Charles sourit contre sa bouche en tentant d'ouvrir la porte de sa chambre derrière son dos. Tous deux se mirent à s'esclaffer comme les adolescents qu'ils étaient autrefois.

— Est-ce que tu as des protections ? demanda-t-elle tout en souhaitant qu'il ne s'interrompe pas dans son élan pour partir à leur recherche, au risque de changer d'avis.

— J'en ai quelque part...

Il la poussa contre son grand lit tout en faisant pleuvoir des petits baisers le long de sa nuque, jusqu'à ce qu'elle se laisse tomber sur le matelas avec un soupir de volupté. D'une main, il sortit son portefeuille de sa poche et en retira un petit sachet.

Au moins, il ne semblait pas avoir un tiroir rempli de préservatifs dans le but de passer le week-end avec des femmes anonymes.

Elle l'aida à se débarrasser de sa veste et entreprit de déboutonner sa chemise, pressée de sentir sa peau sous ses doigts. En caressant les poils de son torse, toutes sortes de sensations lui revinrent en mémoire, et elle se rappela à quel point ce corps viril lui était familier autrefois. Pressée de retrouver leur intimité, elle tendit la main vers sa braguette.

— Harriet ? Je voudrais qu'on prenne notre temps, dit Charles, le souffle court.

— Je te veux maintenant, dit-elle avec détermination.

C'était elle qui menait le jeu. Pour justifier qu'elle couche avec son ex, elle devait le traiter avec autant de désinvolture qu'il l'avait fait avec elle. Il ne devait pas se méprendre sur ce qu'elle attendait de lui : il s'agissait de sexe, et uniquement de sexe - un domaine dans lequel elle savait qu'il excellait.

Tout cela était incroyablement spontané et sexy, mais elle prit conscience brusquement qu'elle prenait un risque énorme en couchant encore une fois avec cet homme. Celui qui avait eu le pouvoir de faire s'écrouler le monde autour d'elle. Même si elle avait eu des amants depuis, seul Charles Ross-Wylde pouvait lui donner ce qu'elle voulait réellement.

Sans plus protester, Charles lui sourit dans l'obscurité.

— On a toute la nuit pour refaire reconnaissance, murmura-t-il.

Il glissa la main sous sa jupe pour lui enlever son slip avant de la lui remonter autour de la taille, et elle se retrouva à moitié déshabillée, haletante.

Elle aussi, elle désirait que leurs corps communiquent de nouveau cette nuit.

Une fois qu'il fut en elle, ils s'agrippèrent l'un à l'autre pour rechercher l'extase qu'ils savaient pouvoir atteindre ensemble. Elle avait dû attendre douze longues années pour revivre cela avec lui. Aucun autre homme n'avait pu la satisfaire comme

Charles – peut-être parce qu'elle ne s'était plus jamais autorisée à s'impliquer émotionnellement de crainte de souffrir à nouveau.

Charles savait où la toucher pour la rendre à moitié folle de plaisir, et il était exactement où elle voulait qu'il soit. À la manière dont il accélérait peu à peu ses mouvements en elle, on aurait dit que lui aussi voulait rattraper le temps perdu.

Elle se laissa emporter par le rythme de leurs ébats. L'orgasme l'atteignit avec force, et lorsque Charles cria à son tour, elle pria pour que cette nuit ne finisse jamais.

À quoi bon vivre dans le passé, alors que le présent était aussi excitant ?

2

Deux mois plus tard

Pendant son voyage en voiture, tout le monde souhaita à Harriet un joyeux Noël, depuis les animateurs de la radio jusqu'aux étrangers qu'elle rencontra en route.

Il y avait cependant peu de chances que cela se produise, vu ce qu'elle avait à dire à Charles. Elle allait lui gâcher sa journée...

De toute façon, elle pouvait très bien s'en sortir toute seule. Si elle faisait tout ce chemin pour le voir, c'était uniquement pour lui donner une chance d'assumer ses responsabilités cette fois. S'il refusait, il pourrait le lui dire en face, et ils ne se reverraient plus jamais.

Le trajet vers l'Écosse fut long mais sans incident, car le trafic était fluide. La plupart des gens avaient préféré rester chez eux pour fêter Noël en famille ou avec leurs proches. Quant à elle, elle n'avait ni l'un ni l'autre... Pour l'instant. L'année prochaine, ce serait différent. Toute sa vie était sur le point de changer.

Plus elle s'approchait du domaine de la famille Ross-Wylde, plus elle sentait son estomac se nouer. Elle appréhendait sa conversation prochaine avec Charles, se rappelant la dernière qu'ils avaient eue à Heatherglen. Jamais elle n'aurait imaginé revenir là où elle avait laissé son cœur.

Des panneaux lui indiquèrent la direction de la clinique qui lui avait volé son fiancé. C'était là qu'il avait fait sa vie en tant que directeur et propriétaire du domaine – au lieu de devenir son époux.

Malgré les larmes qui lui brouillaient la vue, elle reconnut le chemin qui traversait les collines.

La nuit hivernale avait effacé les couleurs du paysage. Elle ne distinguait plus que les silhouettes des arbres qui bordaient la route menant à la demeure ancestrale de Charles.

Plusieurs bâtiments apparurent, mais elle n'eut d'yeux que pour le château illuminé dont le porche et les fenêtres étaient décorés de couronnes et de guirlandes, comme pour lui souhaiter la bienvenue. Mais elle n'avait pas prévenu de son arrivée, comptant sur l'élément de surprise pour jauger la réaction de Charles quand il apprendrait la nouvelle.

Elle gara sa voiture derrière les autres, déjà toutes recouvertes d'une fine pellicule de neige glacée ressemblant à une garniture de pâtisserie.

À en juger par la musique et les rires qui lui parvenaient, tout le monde s'amusait bien !

En se dirigeant vers l'entrée, elle ne put s'empêcher d'éprouver un pincement de jalousie à la pensée que Charles célébrait les fêtes ici avec sa famille, alors qu'elle n'en avait aucune. Instinctivement, elle posa la main sur son ventre encore plat.

Dans quelques mois, ce serait une autre histoire.

Si elle était là, ce n'était pas pour forcer Charles à revenir dans sa vie. Elle s'était plutôt bien débrouillée sans lui pendant toutes ces années, et à présent elle n'attendait rien de sa part. Elle n'était pas si naïve : quand ils s'étaient retrouvés, il n'avait pas été question de bébé. Mais elle voulait faire les choses correctement en l'informant de sa grossesse. Étant donné son attitude passée, elle doutait qu'il décide d'être partie prenante dans ce qu'elle s'apprêtait à vivre. Elle se contenterait donc de lui dire qu'elle ne lui demandait rien. Son plan consistait juste à l'informer et à s'en aller. Au moins, tous les deux sauraient à quoi s'en tenir.

Alors qu'elle arrivait en haut des marches, la porte d'entrée s'ouvrit brusquement, et toute la chaleur et l'excitation de l'intérieur jaillirent au-dehors.

— Oh ! désolée ! dit une petite blonde souriante. Je ne savais pas qu'il y avait quelqu'un. Êtes-vous venue pour la clinique ?

Il y avait chez elle quelque chose qui était familier à Harriet.

— Esme, c'est toi ? s'exclama-t-elle.

Esmeralda n'était qu'une ado la dernière fois qu'elle l'avait vue, mais il n'y avait pas d'erreur possible, ses yeux d'un bleu intense étaient trop semblables à ceux de son frère.

— Oui. Je peux vous aider ?

Dire qu'elle avait failli être sa belle-sœur… À présent elle doutait qu'Esme se souvienne d'elle, même si elle lui donnait son nom.

— Esme, tu veux bien refermer la porte, s'il te plaît ? Tu es en train de refroidir la maison

Cette voix irritée venant de l'intérieur était celle de Charles. La seconde d'après, celui-ci était sur le seuil, un verre à la main.

Seigneur, qu'est-ce qu'il lui avait pris d'arriver chez lui sans crier gare cette nuit, au lieu d'attendre de pouvoir lui parler quand il serait seul ?

En réalité, elle n'avait pas eu les idées très claires à partir du moment où elle avait découvert que son test de grossesse était positif. Sans réfléchir davantage aux conséquences que leur nuit de passion allait avoir sur son avenir, elle avait rempli un sac de voyage et pris la direction de l'Écosse.

Le regard de Charles tentait de percer l'obscurité.

— Harriet ?

— Désolée, je ne me doutais pas que tu avais de la compagnie.

Elle préférait rebrousser chemin et renoncer à leur conversation plutôt que de devoir lui parler en public.

— Harriet ? Harriet Bell ? s'écria d'une voix aiguë Esme, qui l'instant d'après se jeta dans ses bras, l'étreignant si fort qu'elle ne sentit plus le froid.

— Esme, lâche-la, dit Charles, du ton du grand frère agacé par sa petite sœur.

Celle-ci l'ignora complètement. Prenant Harriet par les épaules, elle l'entraîna dans la maison.

— Mais qu'est-ce que tu fabriques ici ? Cela doit faire au moins dix ans ?

— Douze, mais quelle importance...

Charles n'avait évidemment pas dû lui parler de leur nuit à Londres, d'autant plus qu'eux-mêmes s'étaient mis d'accord pour oublier qu'elle ait jamais eu lieu.

Sauf que ce n'était plus possible à présent.

— Content de te voir.

Il l'embrassa chastement sur la joue – une attitude probablement dictée par la présence de sa sœur –, mais ce bref contact suffit à la troubler.

— Moi aussi, dit-elle, nerveuse.

— Maintenant, le bâtiment principal est utilisé pour la clinique, expliqua-t-il. Esme et moi, nous avons des appartements privés dans une autre aile. Nous avons transformé les anciens quartiers des serviteurs en une petite cuisine et un salon. Cela nous procure un peu d'intimité, à l'écart des allées et venues des patients pour la clinique. Tu veux boire quelque chose ? demanda-t-il après avoir vidé son verre d'une gorgée. Un verre de vin aux épices pour te réchauffer ?

— Non, merci. Je conduis. Mais je prendrai volontiers une tasse de thé.

En fait elle n'avait envie de rien, mais peut-être que dans la cuisine elle aurait l'occasion de lui parler en tête à tête.

— Oh ! et pourquoi pas un chocolat chaud ? s'exclama Esme Je peux t'en préparer un avec de la crème et des marshmallows.

L'offre était trop tentante.

— Ce serait super, merci.

C'était étrange. Les Ross-Wylde se comportaient comme si elle était une simple voisine juste passée leur dire bonsoir, et non pas une ex-fiancée surgie de nulle part après une très longue absence. Soit ils étaient extrêmement bien élevés – ce qui était le cas –, soit ils étaient trop inquiets pour lui demander l'objet de sa visite.

Pendant qu'Esme se rendait à la cuisine, Charles lui proposa de retirer son manteau.

— Alors, comme ça, tu passais par là ? demanda-t-il avec un petit sourire.

Londres se trouvant à huit heures de route, il se doutait bien qu'elle n'était pas là par hasard.

— Je sais que cela ne faisait pas partie de ce dont nous étions convenus, et je suis désolée de cette intrusion un soir de Noël, dit-elle. Je ne pensais pas que ta maison serait pleine de monde.

— Oh ! ce n'est rien ! Tu m'as évité une autre séances de charades. Esme tient à se conformer à tous les clichés pour l'occasion.

— Cela explique ta tenue...

Il portait un gros pull criard qui ne lui allait pas du tout, bien loin de ses tenues chics habituelles.

— Un cadeau de ma petite sœur, qui l'a tricoté elle-même, expliqua-t-il en levant les yeux au ciel.

Mais elle savait qu'il préférait paraître ridicule plutôt que de faire de la peine à Esme.

Si seulement il avait pris en considération les sentiments de sa fiancée quand il avait rompu, elle n'aurait peut-être pas été aussi déterminée à passer cette dernière nuit avec lui en guise de conclusion.

— Adorable, dit-elle. C'est si attentionné de sa part, de passer autant de temps à confectionner un cadeau.

Pour elle, Noël était un jour comme les autres. Les cadeaux ne se bousculaient pas, en dehors de la traditionnelle boîte de chocolats ou d'une bouteille de vin offerte par un patient reconnaissant. Et elle ne prenait pas la peine d'élaborer un dîner compliqué juste pour elle. Elle préférait travailler chaque fois qu'elle le pouvait.

— Hum ! Je suis sûr qu'elle t'en aurait fait un aussi si on avait su que tu venais.

Elle devina qu'il était curieux de savoir ce qui l'amenait, alors qu'ils avaient cessé tout contact après cette inoubliable nuit dans sa chambre d'hôtel.

Elle se racla la gorge.

— Je suis venue parce qu'il y a une chose dont nous devons parler.

— Dans ce cas, allons dans un endroit tranquille. Notre fête de Noël tire à sa fin, mais il y a encore quelques personnes.

— Ce serait préférable, en effet.

— Qu'est-ce que vous faites tous les deux, debout dans le couloir ? intervint Esme. Charles, amène Harriet au salon pour qu'elle puisse déguster son chocolat chaud près du feu.

— Je pense qu'elle préférerait être dans un endroit plus tranquille après toutes ses heures de conduite.

Harriet lut la déception sur le visage d'Esme, qui s'était montrée si accueillante avec elle.

— Je peux toujours prendre le temps d'avaler d'abord mon chocolat, dit-elle en souriant.

Elle vit à l'expression de Charles qu'il comprenait sa réaction, et il s'effaça pour la laisser entrer dans le salon.

Il y avait là quelques couples en train de bavarder près du buffet disposé le long du mur du fond, et un homme terriblement séduisant, assis près du feu, se leva quand il les aperçut.

Charles fit les présentations.

— Harriet, voici le Dr Max Kirkpatrick. Max, je te présente Harriet Bell, qui est chirurgien orthopédiste à Londres.

On n'aurait pas pu être plus bref.

— Ravi de faire votre connaissance, dit le médecin en s'inclinant légèrement.

Mais elle remarqua qu'il ne quittait pas Esme des yeux et devina une attirance réciproque entre eux.

Apparemment, ces deux-là en étaient à la phase où l'on a du mal à s'éloigner l'un de l'autre et où les mains se cherchent en permanence. Mieux vaut profiter des bons moments tant qu'il y en a. Elle était bien placée pour savoir que l'amour ne dure pas toujours.

— Moi aussi, répondit-elle. Esme, n'as-tu pas dit que tu avais besoin d'aide en cuisine ?

— Euh... Oui, en effet.

Esme posa le chocolat chaud sur la table et se précipita dans le couloir avec Max, tous deux visiblement pressés de se retrouver seuls.

Harriet jeta un coup d'œil dans la direction de Charles, qui n'avait rien perdu de la scène et qui posait sur elle des yeux remplis du même désir.

Elle se sentit flageoler sur ses jambes.

Un seul mot d'elle, et tous deux seraient encore partants pour une nouvelle soirée sans contraintes... À condition que ce mot ne soit pas « bébé ». Cela changerait complètement le regard de Charles sur elle – et sans doute pas en mieux.

— Je voudrais te présenter une partie de notre personnel, dit-il.

Il y avait Cassandra Bellow, une jolie Américaine qui était une ancienne patiente, et Lyle Sinclair, un médecin généraliste. Charles n'eut pas besoin de préciser qu'ils étaient en couple, c'était évident à la façon dont ils étaient collés l'un à l'autre.

L'autre couple était composé d'Aksel Olson, un Suédois travaillant avec Esme, et de Flora qui était kiné à la clinique.

Charles tenait donc la chandelle, il ne semblait pas avoir de partenaire, grâce au ciel ! Il ne lui était pas venu à l'idée qu'il aurait pu rencontrer quelqu'un depuis la dernière fois qu'ils s'étaient vus. Cela aurait compliqué encore davantage les choses.

— Et tu as déjà vu Esme et Max, ajouta Charles d'un ton réprobateur, alors que ceux-ci réapparaissaient, le visage éclairé d'un large sourire. Tu as pris une chambre à Cluchlochry ?

Elle tenta de goûter le chocolat à travers la crème et la garniture de marshmallows, mais à en juger par le sourire narquois de Charles, elle sut qu'elle n'avait réussi qu'à s'affubler d'une moustache blanche, qu'elle tenta d'essuyer d'un revers de la main.

— J'avoue que je ne m'en suis pas encore préoccupée.

Il fronça les sourcils.

— Tous les hôtels ne sont pas ouverts la nuit de Noël, et ceux qui le sont affichent probablement complet.

— Il faut que tu dormes chez nous, dit Esme d'un ton ferme. Ce n'est pas la place qui manque.

C'était Esme qui lui offrait l'hospitalité, et non son frère !

Harriet eut envie de protester, mais elle n'avait pas le courage de reprendre déjà la voiture.

— Esme, j'aimerais bien que tu ne considères pas Heatherglen comme ton centre de sauvetage personnel pour tous les abandonnés de la Terre, dit Charles avec irritation.

Harriet se demanda ce qu'elle devait comprendre.

— Désolé, ajouta-t-il aussitôt. Je voulais parler de quelqu'un d'autre.

Il baissa les yeux sur une boule de poils qui se roulait à ses pieds.

— Oh ! qu'il est mignon ! Comment s'appelle-t-il ?

Elle s'accroupit pour caresser la fourrure de l'adorable chiot.

— Dougal. Il était à moitié mort de faim quand on l'a trouvé, mais Aksel l'a remis sur pied, et Esme lui cherche un foyer, expliqua Flora.

— Harriet n'est pas un animal abandonné, protesta Esme, qui n'hésitait visiblement pas à s'opposer à son frère aîné. C'est une amie, et elle est la bienvenue pour dormir ici.

— Je n'ai jamais dit le contraire. Je faisais une remarque, c'est tout.

Harriet reposa sa tasse.

— Ce serait sans doute plus simple que je cherche un endroit en ville.

Ce n'était pas du tout ce qu'elle avait prévu. À cette heure-ci, elle avait pensé qu'elle serait sur le chemin du retour, pendant que Charles remercierait sa bonne étoile de l'avoir fait échapper au piège parental.

— Non ! protestèrent en chœur les deux Ross-Wylde avec indignation.

— Je croyais que tu avais quelque chose à me dire, s'enquit Charles.

— Nous avons tant de retard à rattraper, Harriet ! ajouta Esme. Charles dirige la clinique, et moi le cabinet vétérinaire et le centre de thérapie canine à côté. Il essaye juste de rappeler qu'il est le chef au château, dit-elle en donnant une tape sur le bras à son frère.

— Oh ! Tu veux sans doute dire que je suis le propriétaire, répliqua Charles. Excuse-moi, Harriet. Je vais t'emmener voir une de nos chambres. Pendant ce temps, ma chère sœur pourrait peut-être avoir la bonté de te préparer quelque chose à manger.

— Avec plaisir. Mais je le fais pour notre invitée, pas pour toi.

Harriet pouffa malgré elle.

Ils se ressemblaient tant, tous les deux ! C'était sans doute pour cela qu'ils se chamaillaient, aussi loin que remontaient ses souvenirs. Mais il était évident qu'ils s'adoraient.

Elle aurait tant aimé avoir un frère ou une sœur avec qui se disputer, et pour qui elle aurait éprouvé un amour inconditionnel auquel elle aurait pu s'accrocher après avoir perdu tous les autres.

— Nous avons toujours quelques chambres prêtes pour les cas d'urgence, expliqua Charles en faisant entrer dans une des chambres du premier étage. Nous avons parfois des patients qui arrivent trop tard pour être admis à la clinique, et nous les gardons pour la nuit.

— Je suis sûre qu'ils apprécient. Tout comme moi.

Elle ne devait pas oublier qu'il lui faisait une faveur en la laissant rester ici en dépit de son arrivée inopinée. Le comportement risqué qu'ils avaient eu à Londres avait été son idée à elle. Elle s'était donc préparée à en supporter seule les conséquences.

— Le lit, la salle de bains, la penderie, énuméra Charles, faisant un rapide tour de la pièce. As-tu besoin d'aide pour porter tes bagages ?

— J'ai juste un sac dans la voiture. C'était vraiment une visite sous l'impulsion du moment.

— Ah oui ! La discussion. C'est à propos de ce qui s'est passé à Londres ? Je dois avouer que j'ai eu plus de mal à penser à autre chose que je ne l'aurais cru.

Tout en parlant, il se rapprochait d'elle, et elle sentit son cœur battre plus vite à la pensée qu'il pourrait l'embrasser. Elle en avait terriblement envie, mais ce n'était pas ce qui l'avait amenée ici.

— Je suis enceinte, Charles.

Il se figea.

— Pardon ?

Elle s'assit sur le lit, souhaitant qu'il puisse l'engloutir tout entière.

— Cette nuit-là, à Londres... Je suis enceinte.

Charles se laissa tomber sur le matelas à côté d'elle.

— Mais... Mais nous avions pris des précautions.

— Oui, la première fois, précisa-t-elle avec lassitude.

La deuxième fois était arrivée plus tard, alors qu'ils étaient nus sous les draps. Charles avait pris son temps et l'avait caressée jusqu'à la rendre dingue avant de pénétrer en elle. Et la troisième fois, aux premières heures de la matinée, c'était elle qui s'était rapprochée de lui, sachant qu'ils allaient devoir se séparer pour de bon.

La conception avait pu avoir lieu n'importe quand durant ces quelques heures passionnées. Ils avaient alors été trop absorbés l'un par l'autre pour se préoccuper du reste.

Charles se prit la tête dans les mains, et elle attendit avec appréhension qu'il assimile l'information.

— Tu en es sûre ? Tu as fait un test ?

— Oui, Charles. Sinon je n'aurais pas fait tout ce chemin.

Elle comprenait que ce soit un choc pour lui, ça l'était pour elle aussi.

Enfin, Charles releva la tête et la regarda dans les yeux.

— J'ai renoncé à fonder une famille après notre rupture, dit-il lentement. Pour une très bonne raison : je n'ai pas de temps à consacrer à des enfants et à tout ce qui va avec.

Se relevant brusquement, il se mit à faire les cent pas dans la chambre comme un animal piégé qui ne sait pas comment s'échapper de sa cage.

S'il pensait qu'elle avait attendu d'être au sommet de sa carrière pour le séduire, tomber enceinte et le forcer à revenir dans sa vie, il avait réellement oublié qui elle était.

— Crois-moi, devenir mère ne faisait pas non plus partie de mes projets immédiats, dit-elle lentement, mais voilà où nous en sommes. Je n'ai pas dit que je voulais quoi que ce soit de toi.

Il n'y avait pas de place dans ta vie pour moi, et je ne m'attends pas qu'il en soit autrement pour notre enfant.

— Cette nuit-là, nous étions censés passer un bon moment, une sorte de baroud d'honneur avant que chacun de nous reprenne son chemin, dit Charles. Un bébé, cela signifie exactement le contraire. Désormais, nous serons liés pour toujours. Si c'était ce que j'avais voulu, je nous aurais épargné une rupture douloureuse il y a douze ans.

Voilà, c'était dit.

Elle serra les dents et hocha la tête vigoureusement.

— OK. Tu as exprimé ton point de vue. Je crois qu'il n'y a rien d'autre à dire.

Elle n'aurait pas dû venir. Elle n'avait pas pu s'empêcher d'avoir le léger espoir d'une réponse différente, mais Charles venait de lui prouver qu'il n'avait pas changé. Il était toujours capable de la laisser tomber.

Elle s'en était sortie toute seule jusque-là, et était certaine de pouvoir aussi élever ce bébé seule. Mieux valait que Charles se soit montré sincère, plutôt qu'il ait feint d'être intéressé et qu'il se défile plus tard en faisant souffrir leur enfant.

Charles était atterré.

Harriet était enceinte ! C'était sa faute, car il n'avait pas su la protéger. Il s'était laissé emporter sans réfléchir aux conséquences de ses actes. Encore une fois.

Lorsqu'il l'avait vue ce soir sur le pas de sa porte, il avait espéré qu'elle voudrait revivre leur nuit à Londres, car il n'avait pas pu effacer ce moment de sa mémoire. Peut-être même auraient-ils pu la prolonger cette fois-ci jusqu'au nouvel an. Mais c'était à présent un tout autre scénario qui se jouait.

Il aurait aimé que Harriet lui donne une indication sur ce qu'il était censé faire...

Au lieu de cela, elle se leva et quitta la pièce.

Bon, un peu d'espace lui ferait du bien. Esme aller s'occuper d'elle, et quand il aurait digéré la nouvelle, ils pourraient s'asseoir et envisager la suite ensemble.

Lorsque Esme serait au courant, elle ne manquerait pas de réagir à sa manière explosive. D'ailleurs, il ne serait pas surpris que Harriet l'ait déjà informée, après la manière dont il lui avait parlé.

En apprenant qu'il allait être père, il avait eu un réflexe de défense. Il devrait s'en excuser auprès de Harriet, une fois le choc passé. Il était en colère contre lui, pas contre elle. C'étaient ses désirs égoïstes qui avaient entraîné ce bouleversement radical. La dernière chose qu'il voulait était compliquer la vie à son ancienne fiancée.

La réaction de Harriet à ses paroles si dures lui rappelait le jour terrible des obsèques de son père. Cette fois-là non plus, elle ne l'avait pas giflé comme la plupart des femmes l'auraient fait. Pleurant en silence, elle avait simplement fait ses bagages, et était partie. Il n'avait plus jamais eu de ses nouvelles jusqu'à cette conférence.

Un bruit de moteur l'attira à la fenêtre, juste à temps pour voir s'éloigner sa voiture.

Cette scène avait un air de déjà-vu, sauf que cette fois il ne pouvait pas prétendre qu'il avait agi pour son bien à elle.

— Charles, peux-tu me dire ce que tu lui as fait ?

Comme il s'y attendait, Esme s'était précipitée à sa recherche, prête pour le combat.

— Pas maintenant, marmonna-t-il.

— Tu as encore dû lui dire quelque chose pour qu'elle parte comme ça. As-tu vraiment l'intention de rester encore une fois planté là à la regarder s'en aller ?

C'était la question cruciale.

Ce qu'ils feraient à propos du bébé, ce qu'il éprouvait pour Harriet et comment ils s'organiseraient ensuite, tout cela serait secondaire s'il la laissait de nouveau partir sans réagir. C'était une femme indépendante qui exerçait avec succès son métier de chirurgien, elle n'avait nul besoin de lui ni de son argent. C'était lui qui avait le plus à perdre.

— Dis à tout le monde que la fête est finie et qu'ils rentrent chez eux.

Laissant à Esme le soin de clore la soirée, il se précipita au rez-de-chaussée pour récupérer ses clés de voiture.

C'était la seule fois où il avait la possibilité d'agir de façon juste – sans attendre qu'il soit trop tard. Son enfant ne serait pas élevé dans l'idée que son père n'était pas à la hauteur !

Il ne voulait plus vivre avec ce sentiment de culpabilité et de regret. La perte de son père et de son frère lui avait appris à ne pas être égoïste, et à moins qu'il veuille perdre aussi son enfant, il devait penser à sa mère au lieu de la bouleverser.

D'autant plus qu'elle avait fait tout le trajet jusqu'en Écosse pour lui parler en personne !

3

Tout en conduisant, Harriet s'apostropha intérieurement, laissant couler ses larmes.

Avait-elle vraiment cru que Charles réagirait de façon différente ? Qu'est-ce qu'elle espérait, qu'ils allaient vivre heureux ensemble pour toujours ? Comment avait-elle pu se montrer aussi stupide !

Elle renifla rageusement et s'essuya les yeux d'un revers de main.

Elle lui avait offert une chance de s'impliquer dans la vie du bébé, mais il n'était pas intéressé. Fin de l'histoire. C'était lui le perdant. De son côté elle savait à quoi s'en tenir. Elle était capable d'élever cet enfant toute seule, et ce serait sans doute préférable pour elle et pour lui. Contrairement à sa pauvre mère, elle serait préparée dès le début à être un parent isolé.

Au moins, sa venue ici lui avait rappelé que cette nuit à Londres n'avait été rien de plus qu'un fantasme. Le vrai Charles était enraciné dans sa tradition familiale et son sens du devoir filial, ce qui ne laissait de place pour personne d'autre dans sa vie. Elle-même était une fille de la ville, une femme indépendante. Elle n'appartenait pas au même milieu.

Pourtant, elle ne pouvait s'empêcher de souffrir qu'il ne veuille pas d'elle.

Après leur escapade à l'hôtel, elle avait voulu se convaincre qu'un changement s'était opéré entre eux, et pas seulement sur le plan physique. Au fond d'elle, elle avait espéré qu'il serait content de la revoir parce que, avant de savoir qu'elle était enceinte, elle s'était interrogée sur la possibilité de faire revivre leur relation.

Mais elle avait laissé ses émotions et son plaisir prendre le pas sur son bon sens, oubliant de se servir de son cerveau ! D'où la situation dans laquelle elle se trouvait.

De nouveau, Charles Ross-Wylde avait changé le cours de sa vie, l'envoyant sur une route qu'elle n'avait jamais envisagé de prendre. Et, comme la dernière fois, elle devrait en tirer le meilleur parti. Simplement, au lieu de chercher à faire carrière, son principal but serait désormais de devenir une bonne mère...

Soudain, elle se rendit compte que les phares d'une voiture se rapprochaient à vive allure dans son rétroviseur, et un klaxon retentit avec insistance.

Quelqu'un de la maison l'avait suivie et voulait attirer son attention.

Esme, probablement. Celle-ci s'était rendu compte que quelque chose clochait et voulait la persuader de revenir. Si Charles ne voulait pas du bébé dans sa vie, il ne lui avait sûrement pas parlé. Il fallait qu'elle ait vraiment bon cœur pour partir à sa poursuite alors qu'elles étaient quasiment devenues des étrangères l'une pour l'autre !

Bien qu'elle n'ait aucune intention de retourner au château, elle se gara sur le bord de la route pour faire correctement ses adieux à la jeune femme, qui n'était pour rien dans cette histoire. Ensuite elle pourrait laisser Heatherglen derrière elle à tout jamais.

Sortant de la voiture, elle se tint sur le bas-côté et attendit. Les phares de l'autre voiture l'aveuglaient, l'empêchant de voir la personne qui conduisait. Ce fut lorsqu'une haute silhouette masculine en sortit qu'elle comprit que ce n'était pas Esme.

Sans doute Charles voulait-il lui faire signer un papier pour qu'elle renonce aux droits de l'enfant sur le domaine, ou quelque chose comme ça.

— Je n'ai rien à te dire, lança-t-elle d'une voix forte. En tout cas, rien de très poli.

Elle se hâta de regagner sa voiture, mais avant qu'elle ait pu ouvrir la portière, Charles la saisit par le bras.

— Excuse-moi, Harriet. J'ai mal réagi.

— Ah ? tu crois, vraiment ? répliqua-t-elle en tentant de se dégager.

— S'il te plaît, rentre à la maison avec moi, et nous pourrons parler tranquillement, proposa-t-il en desserrant son étreinte, mais sans la lâcher.

— Pourquoi ? Tu m'as clairement fait comprendre que tu ne voulais pas être partie prenante dans la vie de cet enfant.

Cela faisait la deuxième fois qu'il la laissait tomber de la manière la plus insensible qui soit. Quand elle avait oublié qu'elle ne devait pas lui faire confiance et avait laissé parler ses hormones, elle était tombée enceinte.

— Je suis désolé, j'étais sous le choc. Nous savons tous les deux que j'ai participé de mon plein gré et avec enthousiasme à cette nuit à l'hôtel.

S'il continuait de la toucher, elle pourrait difficilement continuer de le détester.

— J'aurais dû appeler plutôt que de venir ici.

— Non ! Je suis content que tu sois venue. Écoute... Il est tard, et il fait très froid. Si tu rentrais juste à la maison avec moi ? La discussion peut attendre.

La proposition était tentante, alors que son estomac gargouillait, que ses pieds étaient glacés et qu'elle n'avait aucune envie de faire le tour de la ville en frappant aux portes dans l'espoir de trouver une chambre.

Au domaine, il y avait un feu qui ronronnait dans la cheminée et un buffet couvert de nourriture. Si elle revenait avec lui, ce serait uniquement pour le bien du bébé. Ils avaient des choses à décider à son sujet, c'était le principal but de sa venue. Et cela n'avait rien à voir avec le fait qu'il la tenait toujours et qu'il portait ce pull ridicule tricoté avec amour par sa petite sœur.

— Je suppose que je n'ai pas d'autre endroit où aller...

— C'est décidé, tu rentres avec moi, dit Charles.

Il tenait probablement à sauver la face devant sa famille

et ses amis. Elle ne devait surtout pas s'imaginer qu'il était soudain devenu l'homme qu'elle avait toujours cru au fond d'elle qu'il était. Par conséquent, elle se contenterait d'apprécier le gîte et le couvert qui lui étaient offerts, évitant ainsi de faire courir un risque à son futur bébé en errant dans les paysages sauvages d'Écosse.

— Bon.

Elle regagna sa voiture.

Bien sûr, rien n'avait changé. Excepté peut-être que Charles avait meilleure conscience en ne laissant pas la mère de son enfant disparaître dans la nuit.

Alors qu'elle suivait Charles en direction du domaine, décidée à aller directement se coucher et à éviter toute nouvelle confrontation, il freina soudain à l'approche de la maison et s'arrêta si brusquement qu'elle faillit rentrer dans sa voiture. Elle le vit courir à travers l'allée sans prendre la peine de refermer sa portière derrière lui.

— Qu'est-ce qui te prend ? s'écria-t-elle en ouvrant sa propre portière après avoir détaché sa ceinture.

Alors seulement, elle distingua à la lumière des phares le corps d'une femme allongé sur le sol glacé et secoué de soubresauts. Curieusement, un chien couché près d'elle faisait office de coussin pour sa tête.

— Fenella, vous m'entendez ? cria Charles en se penchant sur elle pour lui prendre le pouls.

Harriet s'agenouilla près d'eux, écartant les débris de cadeaux de Noël éparpillés autour de la femme et qui risquaient de la blesser, tellement son corps était agité de convulsions incontrôlables.

— C'est une de tes patientes ? demanda-t-elle.

— Une des clientes d'Esme. Elle est épileptique. Nous devons donc attendre avec elle que la crise soit finie.

Harriet hocha la tête.

Lorsque quelqu'un fait une crise, il est important de ne pas chercher à le maîtriser ni à le bouger, pour éviter qu'il se blesse. Tout ce qu'ils pouvaient faire, c'était veiller à ce que la patiente ne se blesse pas et surveiller la durée de la crise. Si elle dépassait cinq minutes, cela pouvait entraîner des dommages au cerveau.

— Je ne pense pas qu'elle se soit fait mal en tombant, je ne vois pas de blessures, dit Harriet en dénouant l'écharpe entourant le cou de Fenella.

— C'est grâce à Nora, la chienne qu'Esme a dressée. Elle a dû alerter Fenella qu'une crise allait survenir et se positionner sous elle pour éviter qu'elle se cogne la tête.

— Impressionnant, murmura Harriet.

Elle pouvait constater concrètement les précieux services qu'Esme rendait par son travail à ceux qui s'adressaient à elle. De même que Charles. En dépit de leurs problèmes personnels, elle ne pouvait nier tout le bien qu'il faisait au domaine de Heatherglen entre la clinique et le centre de thérapie canine qu'il avait créé avec sa sœur.

— Les convulsions ralentissent. Elle devrait bientôt revenir parmi nous, dit-il.

En reprenant conscience, Fenella serait fatiguée et encore confuse. Elle resterait en observation pour la nuit, ainsi que Nora.

— Je vais prévenir les autres pour qu'ils nous aident à la rentrer au chaud, annonça Harriet.

Elle se précipita à l'intérieur et ramena Esme et Max pour qu'ils organisent le transfert vers la clinique.

Une fois que Fenella eut été admise à la clinique et Nora emmenée au chenil par Esme, Harriet prit conscience qu'elle était épuisée physiquement et émotionnellement. Elle n'avait plus qu'une seule envie : se lover dans un bon lit chaud.

La maison était étonnamment calme en comparaison de l'animation qui y régnait à son arrivée. Peut-être pourrait-elle profiter de ce que Charles était allé garer les voitures pour rejoindre discrètement la chambre qu'on lui avait assignée.

À peine avait-elle posé le pied sur la première marche de l'escalier que la voix de Charles la fit sursauter.

— Harriet, inutile de chercher à m'éviter. Viens plutôt manger un morceau, tu en as besoin après la soirée que tu as eue.

Son estomac prit la décision pour elle.

— Le fait est que je n'ai pas dîné.

— C'est important pour le bébé que tu ne sautes pas de repas.

Au moins, il reconnaissait son état et faisait attention à elle...

Charles l'entraîna à la cuisine, où les plans de travail étaient chargés des reliefs du buffet.

— Comment va Fenella ? demanda-t-elle en attaquant un sandwich à la dinde.

— Elle va mieux. Apparemment, elle voulait apporter quelques cadeaux aux membres du personnel, mais elle n'aurait vraiment pas dû sortir à pied par ce froid. Je vais jeter un coup d'œil à son traitement et voir si je peux réduire la fréquence de ses crises. J'irai au Clydebank Hospital consulter son dossier. En ce moment, Esme est en train de gâter la chienne pour la récompenser d'avoir fait un si bon travail.

Son sourire était rempli de fierté devant les résultats obtenus par sa sœur.

— Esme est-elle au courant, pour nous ? demanda-t-elle en posant la main sur son ventre.

— Non. Une chose à la fois. Un autre sandwich à la dinde ?

— Oui, merci, répondit-elle, affamée.

— Il y a des boissons sans alcool dans le frigo.

Elle remplit deux verres de pétillant au raisin pendant qu'il disposait deux assiettes de sandwichs sur la table, et ils s'installèrent tous les deux.

— C'est très bon, dit-elle, la bouche pleine.

— Je suis vraiment désolé pour ce que je t'ai dit tout à l'heure, Harriet.

Elle posa ce qu'il restait de son sandwich. Elle n'avait soudain plus très faim en se rappelant leur conversation.

— Tu as été honnête. Ce bébé ne fait pas partie de tes projets.

— La journée a été longue, et je ne m'attendais pas du tout à cette nouvelle, qui m'a fait l'effet d'une bombe. Mais je n'aurais pas dû me montrer aussi cassant avec toi.

Les excuses de Charles constituaient un progrès. Elle n'avait eu droit à rien de tel, la première fois qu'il lui avait parlé si durement.

— Ça a été un choc pour moi aussi, crois-moi. Pourquoi crois-tu que j'aie sauté dans ma voiture pour venir ici ? Tout comme toi, je ne savais pas comment réagir. Mais ce qui importe, c'est ce que nous allons faire ensuite.

— Tu es donc enceinte de deux mois ?

Elle hocha la tête.

Elle avait été tellement absorbée par son travail qu'elle n'avait pas remarqué l'absence des premières règles.

— Je suis vraiment venue uniquement pour t'informer de ma grossesse, afin que personne ne puisse me reprocher de te l'avoir cachée. J'ai l'intention de poursuivre ma carrière médicale. Une garde partagée entre Londres et l'Écosse est tout simplement impossible, mais je pense pouvoir mener de front mon métier et ma maternité en étant bien organisée.

Charles prit le temps d'avaler une gorgée avant de répondre.

— J'ai toujours voulu être père. Je m'étais résigné à l'idée que cela ne m'arriverait pas, mais en voyant tout le monde autour de moi se fixer et fonder une famille je dois avouer que cela me manquait. Même s'il n'était pas planifié, ce bébé est une vraie bénédiction. Il sera l'héritier de Heatherglen ! Ce domaine se transmet de génération en génération. Je ne peux pas te laisser repartir avec mon bébé, car je ne veux pas être père juste le week-end. La famille est tout pour moi, et je veux être proche de mon enfant.

Charles n'avait pas parlé de prendre la mère avec le bébé, sa première pensée avait été de transmettre son patrimoine.

Soudain, Harriet eut l'impression de n'être qu'une machine à faire un bébé. C'était un tel revirement d'un seul coup qu'elle sentit la tête lui tourner.

Avant de venir ici, elle aurait dû se rappeler l'obsession des Ross-Wylde pour la tradition familiale. Il était évident que le propriétaire de Heatherglen voudrait un héritier, et elle lui avait facilité la tâche. Elle avait fait ce qu'il fallait pour devenir une seconde fois un dommage collatéral.

Charles s'imaginait-il réellement qu'il pouvait obtenir la garde de leur enfant et la tenir à l'écart ? Elle ne s'était pas attendue à avoir ce genre de conflit avec lui, mais s'il insistait, elle ferait tout ce qui était en son pouvoir pour que cet enfant bénéficie d'un environnement stable dans la vie. Or, l'expérience lui avait appris que Charles Ross-Wylde n'était pas fiable.

— Et comment comptes-tu faire ? répliqua-t-elle aigrement. Ce n'est pratique pour aucun de nous de devoir traverser le pays dans les deux sens, et je n'ai pas des horaires de fonctionnaire. Que vas-tu faire ? Me kidnapper ? Me séquestrer au grenier jusqu'à l'accouchement et te débarrasser de moi ensuite une fois que je n'aurai plus d'utilité ?

— Je ne crois pas qu'il soit nécessaire d'en arriver là, répondit Charles d'un ton calme. Mais tu pourrais venir t'installer ici. La maison est assez grande pour qu'on puisse mener notre vie chacun de notre côté et partager l'éducation de l'enfant.

Et voilà. Il s'était débrouillé pour trouver une solution qui l'arrangeait *lui*. Il devait pourtant se douter que, pour elle, Heatherglen était associé à de tristes souvenirs, et qu'elle ne pouvait pas envisager de se réveiller chaque matin à l'endroit même où leur conte de fées avait tourné au cauchemar.

Plus tard, il serait facile à Charles de faire une demande officielle pour obtenir la garde. Comment croire qu'un enfant puisse être mieux ailleurs que dans ce cadre familial prestigieux, sans parler des millions que les Ross-Wylde avaient en banque ?

Elle sentit un frisson d'appréhension lui courir dans le dos à la pensée de la bataille qu'elle devrait mener pour ce bébé auquel elle tenait de plus en plus.

— Tu sais bien qu'il n'en est pas question, Charles. Ma vie et ma carrière sont à Londres.

— Écoute-moi, dit Charles d'une voix tendue. La campagne est tellement mieux que la ville pour élever un enfant. Tu n'as pas de famille là-bas, et regarde le paysage autour de toi. Ici, au moins, tu serais entourée d'une famille et d'amis.

— *Ta* famille, *tes* amis, *ta* maison et *tes* règles.

Il n'était pas question qu'elle le laisse la contrôler. Elle ne renoncerait pas à son indépendance pour être enfermée dans une tour où le seigneur et maître des lieux pourrait agir comme bon lui semblerait avec son héritier. Quelle place y avait-il ici pour elle ?

— Esme fait aussi partie de la famille du bébé. Tous ceux qui vivent et travaillent à Heatherglen deviendraient vite tes amis. Sans parler de tous les chiens que ma sœur garde ici. Je suis sûr qu'un enfant apprécierait de grandir en leur compagnie – bien plus que moi.

— Je te l'ai dit, je ne vais pas renoncer à ma carrière parce que je suis enceinte. Être la mère de tes enfants ne suffit plus à remplir ma vie.

Même si, contrairement à lui, elle n'était jamais partie. S'il croyait le contraire, c'était que son ego avait grossi autant que son compte en banque. Elle avait travaillé trop dur pour réussir.

— Je ne te demande pas de renoncer à quoi que ce soit pour moi, lui assura Charles. Je pense avant tout au bébé.

— Un chantage émotionnel ne te mènera nulle part, Charles. J'élèverai cet enfant dans l'idée que, de nos jours, les femmes peuvent tout avoir. En fait, tu m'as rendu service en me jetant comme tu l'as fait. Sinon, j'aurais quitté Londres pour venir ici avec toi, et je n'aurais pas pu m'épanouir dans mon métier comme maintenant.

— Pourquoi crois-tu que je l'ai fait ? marmonna-t-il en débarrassant les assiettes.

C'était la première fois qu'il lui fournissait un semblant d'explication pour son attitude, mais cela n'avait aucun sens.

— Tu m'as dit que tu ne voulais plus m'épouser, que tu avais Heatherglen et que tu n'avais pas besoin de moi après avoir hérité de ton père les terres et le titre.

C'était en substance ce qu'il lui avait annoncé après les obsèques de son père – ce n'étaient peut-être pas les mots exacts, mais il l'avait renvoyée à Londres, le cœur brisé.

— As-tu réellement cru que je pouvais changer de sentiments

pour toi aussi facilement ? répondit-il. Je me doutais que tu insisterais pour me suivre, et je ne voulais pas que tu renonces à ton rêve de poursuivre une carrière médicale. Ce domaine a coûté la vie à mon père, et je connaissais les difficultés et le dur travail qui m'attendaient ici. Je n'ai pas voulu t'imposer ce fardeau.

Manifestement, il était sincère, constata-elle, ahurie.

Ce fut comme si son cœur se brisait encore une fois, à la pensée de la jeune femme qui avait cru qu'elle n'était pas assez bien pour l'amour de sa vie, et du fils en deuil qui avait senti le poids du monde peser sur ses épaules.

— Je n'en avais aucune idée, dit-elle dans un murmure.

Ainsi Charles lui avait menti avec les meilleures intentions. Elle l'avait détesté pendant toutes ces années alors qu'il avait agi par amour pour elle...

En même temps, il ne lui avait pas laissé la possibilité de choisir elle-même son avenir.

— De toute façon on ne peut pas revenir en arrière, dit-il. À présent, il s'agit d'avancer.

Elle sentit la colère monter.

— Attends un peu ! Tu as décidé pour moi que je devais retourner à Londres, et maintenant tu veux que je m'installe ici parce que c'est plus pratique pour toi ? Tu ne serais pas un peu obsédé par le contrôle ?

À l'époque, il n'y avait aucun doute qu'elle se serait installée à Heatherglen avec lui parce qu'elle l'aimait et que rien d'autre ne comptait davantage. Dommage qu'il n'ait pas éprouvé la même chose pour elle.

— Je sais que tu m'en veux, mais pour finir tout s'est passé pour le mieux jusqu'à maintenant, non ?

Il esquissa un sourire triste – pour elle ou pour lui ?

Apprendre que, aux yeux de Charles, il avait agi dans son intérêt *à elle* était une révélation. De l'extérieur, on aurait pu en effet penser que son plan avait fonctionné : elle était à l'aise financièrement et effectuait à Londres la carrière dont elle avait rêvé. Mais elle n'avait jamais plus accordé sa confiance à un homme. Pour finir, le destin les avait réunis à nouveau, et elle attendait le bébé qu'elle avait voulu avoir avec Charles. Sauf qu'il n'était plus question d'amour entre eux.

— Désormais, ma carrière n'est pas négociable, déclara-t-elle.

Si c'était pour cette raison qu'il l'avait rejetée, il n'allait tout de même pas s'attendre qu'elle y renonce maintenant ?

Charles secoua la tête lentement.

— Harriet, ici, nous avons la clinique. Ce serait inespéré d'avoir quelqu'un de ton envergure avec nous. Heatherglen t'offrirait la possibilité de réunir ton travail et ta maison en un même endroit, et de concilier tes activités professionnelles et ta vie familiale avec le bébé. Viens travailler ici. Cela me semble la solution idéale.

— Naturellement ! Tu es chez toi, et tu gagnes sur tous les tableaux en pouvant être un père à plein temps et en ayant un chirurgien orthopédiste tombé du ciel. Mais c'est beaucoup me demander que de renoncer à tout ce que j'ai à Londres pour venir ici.

Elle ignorait tout de la vie à la campagne et risquait de s'y sentir isolée. Heatherglen ne lui avait pas apporté le bonheur dans le passé, et les liens familiaux que Charles entretenait ici n'étaient pas ce qu'elle souhaitait pour son bébé. Et puis, honnêtement, ce qu'elle redoutait le plus, c'était que ses sentiments pour Charles ne remontent à la surface et qu'elle ne puisse plus s'en défaire. Une seule nuit avait déjà été difficile à oublier – avant même qu'elle apprenne sa grossesse.

— Il ne s'agit pas d'une compétition mais d'un partenariat, Harriet – sans l'inconvénient de la distance entre nous. N'as-tu pas envie que l'on réalise cela ensemble ?

Elle resta un instant interloquée.

Avec lui, tout paraissait simple, mais c'était cette distance, justement, qui lui permettrait de rester raisonnable lorsque leurs vies seraient de nouveau mêlées.

— As-tu réellement besoin d'un chirurgien orthopédiste ici ? Je ne saurais me contenter de donner quelques consultations de temps en temps.

Sinon, elle craignait de finir par se retrouver dans le rôle de mère au foyer qu'elle voulait éviter.

— Justement, j'ai actuellement une patiente pour laquelle j'aurais besoin de ton aide. Si tu estimes que la clinique et la maternité ne sont pas suffisantes, je suis certain que tous les hôpitaux dans un rayon de cent kilomètres feront la queue pour t'avoir. Tu pourrais gérer ton propre service de consultation. Tout est ouvert...

Dans ce cas, c'était difficile de lui opposer des arguments. La vie à Londres était agitée, frénétique, et Harriet était toujours à plein régime. Mais c'était aussi parce qu'elle n'avait personne chez elle pour l'inciter à ralentir et apprécier les choses. Qu'elle y soit préparée ou pas, ce serait différent dans quelques mois.

Mais si elle relevait le défi, rien ne pourrait lui garantir l'issue de cette aventure, et il y avait fort à parier que ce serait elle qui s'en sortirait le plus mal.

— Comment savoir si tu ne vas pas encore changer d'avis ? lança-t-elle.

— J'ai perdu un frère, un père et une fiancée à cause de cet endroit, répondit Charles sombrement. Je ne voudrais pas qu'il m'empêche d'avoir la possibilité d'être père. Tu sais que je ne peux pas partir d'ici, j'ai trop de responsabilités qui sont engagées. Mais je veux que mon enfant sache que je serai là pour lui – ou elle. En venant ici, tu me permettrais de le faire.

— C'est beaucoup me demander, Charles. Et après ce que nous avons traversé...

— Alors, épouse-moi ! Je peux vous fournir à tous les deux tout ce dont vous aurez besoin.

Elle sursauta.

Une proposition de mariage aussi désinvolte, comme si elle ne signifiait rien pour lui, c'était presque une insulte. Dire que la première fois que Charles lui avait demandé de l'épouser, elle avait été aux anges ! Sa mère était morte peu de temps après le début de leur relation, et il avait alors représenté un avenir inespéré. Le mariage et la stabilité étaient alors tout ce qu'elle voulait.

Mais depuis, les choses avaient changé.

— Ne sois pas ridicule.

— Ce n'est pas rare pour un couple de se marier dans l'intérêt d'un bébé, insista-t-il. Tu aurais les mêmes droits que moi sur le domaine, la clinique et tout le reste.

Il lui offrait tout, excepté l'amour et l'attachement – les seules choses qui auraient pu la convaincre que ce mariage serait une bonne idée.

Sa réponse claqua plus durement qu'elle ne l'aurait voulu.

— Non !

Elle vit les épaules de Charles s'affaisser devant son refus d'un mariage de convenance et en ressentit une culpabilité mêlée de fierté.

Il avait beaucoup à apprendre sur la femme à laquelle il avait affaire maintenant. Elle ne se laisserait plus aussi facilement ballotter au gré de ses changements de décision.

— Quand dois-tu reprendre le travail ? demanda-t-il après un silence interminable.

— Début janvier. Pourquoi ?

— Tu pourrais passer le reste de ton congé ici. Ce serait comme une période d'essai, si tu veux. Tu ferais la connaissance du personnel et des patients de la clinique, et tu verrais l'endroit où tu pourrais travailler si tu le décidais.

Elle soupira, hésitante.

En fait, elle ne savait plus comment se sortir de la situation qu'elle avait elle-même créée en venant ici. Si elle partait maintenant, elle pouvait être sûre que Charles aurait recours à tous les moyens légaux pour exercer sa paternité, et elle ne voulait surtout pas que son enfant se retrouve pris entre deux feux.

Peut-être valait-il mieux accepter sa proposition et rester quelque temps. Elle ferait tout pour qu'il se rende compte qu'il était impossible pour elle de s'intégrer ici, tout en ayant une conduite raisonnable. Et lorsqu'il serait évident que cela ne marchait pas, elle pourrait dire qu'elle avait essayé de faire les choses à sa façon. Une fois de retour à Londres et après la naissance du bébé, il serait trop déstabilisant pour eux de changer d'endroit.

— Qu'est-ce que tu en dis, Harriet ? Si tu restes ici pendant la période des fêtes, tu seras là pour le réveillon de la Saint-Sylvestre. C'est Esme qui l'organise cette année, autant dire qu'il y aura un spectacle à ne pas manquer.

Eh bien, si je suis invitée à la fête...

Elle voulait se convaincre qu'elle acceptait de rester parce qu'elle voulait éviter une bataille juridique. Et non pas à cause des yeux bleus qui lui souriaient ou à la pensée qu'ils allaient être réunis comme une vraie famille.

4

— Jus d'orange, céréales, toasts et thé, récapitula Charles avant d'apporter le plateau à Harriet.

Comme elle n'était qu'au début de sa grossesse, il ignorait comment elle réagirait de bon matin face à un petit déjeuner plus élaboré, et il préférait jouer la sécurité.

Il n'arrivait toujours pas à croire qu'il allait être père.

Pendant longtemps, il n'y avait eu qu'Esme et lui au château, tous les deux absorbés dans leur propre carrière. Désormais, il y aurait un nouveau centre d'intérêt.

Bon, sa proposition de mariage avait été une erreur. Il avait cherché à ramener Harriet dans sa vie alors que tous deux avaient admis à Londres qu'ils n'avaient pas d'avenir ensemble. À présent, il avait envie d'avoir du temps avec elle et qu'ils aient une chance de travailler ensemble.

Depuis qu'il avait hérité de Heatherglen, il n'avait jamais osé envisager d'avoir une famille, sachant que toute sa vie serait consacrée au domaine. Le propriétaire était censé se marier et avoir un héritier, mais il avait jugé plus important de créer la clinique et de gérer son fonctionnement. Maintenant qu'un bébé allait arriver, il n'avait plus le choix. C'était une chance pour lui de mener une vie normale et d'assumer un nouveau rôle. Aucune femme ne s'était montrée à la hauteur de Harriet, aussi n'était-ce que justice qu'elle soit la mère de son enfant.

— Quelqu'un a l'air heureux, ce matin !

Levant les yeux, il vit Harriet debout dans l'encadrement

de la porte de la cuisine, avec la même expression réjouie qui devait être la sienne.

— Je me disais que ce serait super d'avoir un tout-petit qui trottine partout...

S'il voulait la persuader de rester, inutile de lui cacher ce qu'il pensait. Il devait la convaincre qu'il n'était plus opposé à cette idée et que, au contraire, il attendait cet enfant avec impatience.

— Je n'ai toujours pas dit oui, objecta-t-elle, les sourcils froncés.

D'accord, il ne fallait pas non plus qu'il brûle les étapes.

— Qu'est-ce que tu fais debout ? demanda-t-il, préférant éviter une nouvelle confrontation. J'allais t'apporter ton petit déjeuner au lit.

— Je suis une lève-tôt, rappelle-toi. J'aime profiter de la journée dès le début de la matinée. Merci quand même, ajouta-t-elle en s'asseyant à la table avant de prendre une tranche de pain grillé sur le plateau.

Il se servit une tasse de café et s'assit à son tour.

— C'est vrai, tu étais ma petite alouette... J'avais oublié que tu aimais te lever de bonne heure.

C'était une remarque innocente, mais elle lui remit en mémoire des souvenirs plus récents, et des images érotiques s'imposèrent à son esprit.

Son toast à la main, Harriet lui jeta un coup d'œil de côté.

L'arrivée inopinée d'Esme les tira d'embarras.

— Ce n'est que moi !

Sa sœur allait sauter de joie en apprenant qu'elle allait devenir tante.

— À la demande de Charles, je suis allée au centre de thérapie chercher des affaires de rechange pour toi, Harriet. Je t'ai apporté une de nos tenues d'hiver.

Elle posa bruyamment la pile de vêtements et les bottes sur la table juste à côté du petit déjeuner.

— C'est très gentil, mais il ne fallait pas... Il est vrai que je ne sais pas combien de temps encore je pourrai porter mes vêtements, dit Harriet en vérifiant la souplesse de l'élastique du pantalon.

Ses yeux s'écarquillèrent : elle venait de se rendre compte qu'elle avait trop parlé.

L'incident n'échappa pas à Esme.

— Que veux-tu dire ?

Une fois qu'Esme saurait pour le bébé, il ne serait plus possible de revenir en arrière. Mais elle avait déjà dû deviner.

— Je... Euh.

Harriet s'éclaircit la voix.

— Je suis enceinte.

Esme se figea, attendant visiblement la suite.

— Charles est le père.

Sa sœur poussa un cri assourdissant.

— Oh ! mon Dieu ! Quand est-ce arrivé ? Comment ? C'est... C'est in-croy-able !

Elle serra Harriet dans ses bras avant de se jeter dans les siens.

— Arrête, tu vas m'étouffer, protesta-t-il en riant.

— Je suis si heureuse pour toi, frangin. Car c'est une bonne nouvelle, n'est-ce pas ?

— Oui, bien sûr, répondit-il sans hésiter.

Il aurait voulu se montrer aussi positif quand il l'avait appris. Sa réaction instinctive de défense avait détruit le peu de confiance que Harriet avait encore en lui. Mais il espérait avoir une chance de restaurer leur relation dans les prochains jours, ne serait-ce que pour le bébé.

— C'était pendant la conférence, c'est ça ? demanda Esme. Je savais qu'il s'était passé quelque chose. Tu n'as pas arrêté de sourire pendant une semaine. Tu sais, Harriet, mon frère n'exprimait plus d'émotions depuis qu'il t'avait perdue – à part ronchonner tout le temps. Tu es la seule personne qui a l'air de le rendre heureux.

Sa sœur le connaissait un peu trop bien, et il se sentit rougir. Quant à Harriet, elle était écarlate. Il lui jeta un coup d'œil d'excuse pour le manque de tact d'Esme.

Il s'agissait de leur histoire d'amour, c'était à eux seuls de décider d'en discuter.

— Je ne suis ici que pour les fêtes, précisa Harriet. Le temps de mettre au point certaines choses.

— Ne te gêne pas pour venir jeter un coup d'œil au centre de thérapie et pour passer me voir si tu as envie de parler, lui proposa Esme.

Décidément, la subtilité n'était pas son fort.

— Merci d'avoir apporté les vêtements à Harriet, lui dit-il. Nous ne voudrions pas te distraire davantage de ton travail.

Elle lui jeta un regard noir pour lui faire comprendre qu'elle avait mis le doigt sur la source de leur conflit et qu'il pouvait s'attendre à un interrogatoire en règle.

Oui, il avait eu tort. Aussi devait-il tirer profit de chaque seconde passée seul avec Harriet pour tenter de se racheter.

Sa sœur l'ignora complètement et embrassa la future maman sur la joue.

— C'est bon te t'avoir ici...

— Je n'en suis qu'à deux mois de grossesse, aussi j'aimerais bien que tu gardes la nouvelle pour toi pour l'instant.

Il savait qu'Esme respecterait son souhait, même si elle mourrait d'envie de l'annoncer à tout le monde.

— Je n'arrive pas à croire que je vais être tante ! s'exclama-t-elle avant de s'éclipser.

— Elle fera une merveilleuse tatie, commenta Harriet.

— Elle va surtout pourrir cet enfant, soupira-t-il. Quand je la vois faire avec tous ces chiens, je me dis que, à la seconde où le bébé sera là, la maison va déborder de jouets et de gadgets.

Curieusement, la pensée d'avoir le château sens dessus dessous ne le dérangeait plus autant. Ce serait super qu'il redevienne une vraie maison, au lieu d'être un mémorial lui rappelant tout ce qu'il avait perdu.

Sa sœur avait raison sur une chose : il était resté figé dans ses deuils, il ne parvenait pas réellement à accepter les pertes qu'il avait subies – y compris celle deHarriet. Il fallait espérer qu'en renouant avec elle il retrouverait un peu de paix.

— Je suis sûre que nous serons contents d'avoir son aide pour faire du baby-sitting – si je décide de rester, s'empressa d'ajouter Harriet.

Au moins, elle n'était pas contre le soutien que sa sœur pourrait leur apporter *si* elle décidait de rester.

Finalement, elle avait très bien fait d'annoncer la nouvelle à Esme. Avec sa sœur pour le soutenir, il avait deux fois plus de chances de la persuader de rester définitivement.

— Si je te faisais faire le tour de la clinique pour que tu voies ce qui a été réalisé ? suggéra-t-il.

Peut-être que si Harriet constatait à quoi il avait sacrifié leur avenir, ils auraient plus de chances de s'en créer un nouveau.

Harriet marchait avec Charles jusqu'à la clinique, qui était toute décorée pour les fêtes.

Elle s'en voulait d'avoir trop parlé. Maintenant qu'Esme était au courant de sa grossesse et non plus seulement Charles et elle-même, cela risquait de compliquer la situation. Une fois qu'il aurait compris qu'elle ne le laisserait pas régenter sa vie et celle du bébé, ce ne serait pas aussi simple de rompre sans faire de vagues, avec une future tante survoltée au milieu.

Certes, elle appréciait de voir Charles se montrer charmant et prévenant. La veille, il l'avait épatée en la rattrapant pour la prier de rester, même si c'était pour des raisons égoïstes. Cette proposition, cette dernière chance qui lui offrait un avenir à Heatherglen avait généré en elle, malgré sa réserve, un faible espoir qu'il était peut-être encore l'homme d'honneur auquel elle avait cru.

Le temps passé ensemble à la conférence avait réveillé chez elle des sentiments que Charles ne méritait sans doute pas, c'étaient surtout ses hormones qui lui avaient joué un tour. Aussi, en se réveillant ce matin, avait-elle été bien décidée à se montrer intransigeante avec lui… Et voilà qu'elle le trouvait en train de lui préparer le petit déjeuner, le visage illuminé d'un large sourire à la pensée du bébé qui arrivait, faisant tout pour qu'elle se sente à l'aise dans son environnement.

C'était pour ça qu'elle avait annoncé la nouvelle à Esme : elle s'était sentie si bien qu'elle avait commencé à avoir l'impression de faire partie d'une famille.

À présent qu'il l'emmenait faire le tour des lieux, si elle voulait se protéger, elle devait considérer Heatherglen uniquement d'un point de vue professionnel : une clinique de campagne, cela n'avait rien de comparable avec les hôpitaux londoniens. Pour elle, ce serait une sorte de rétrogradation – le plus sûr moyen de renoncer à sa carrière au profit du seul rôle de mère.

Charles s'effaça pour la laisser franchir la porte.

— Je sais que le 26 décembre est censé être un jour férié, mais j'espère que ça ne t'ennuie pas si je passe voir mes patients. Ce doit être difficile d'être loin de chez soi à cette période de l'année.

— Pas du tout, répondit-elle. De toute façon, on n'est jamais vraiment en congé.

Si elle se trouvait à Londres, elle irait probablement rendre visite à certains de ses patients. Il y avait peu de monde dans sa vie, qui était assez solitaire. Parfois, les patients qu'elle traitait étaient pour elle un véritable réconfort, autant qu'elle devait l'être pour eux.

Charles avait renoncé à leur relation pour rester ici, transformant cet édifice ancestral en un lieu où lui et sa sœur pouvaient travailler côte à côte. Il ne quittait jamais sa maison, alors que pour elle son appartement n'était qu'un logement comme un autre, où elle venait dormir entre les opérations chirurgicales et les réunions. Il pouvait se situer n'importe où dans le monde et était facilement remplaçable, car elle n'y était pas attachée. Si c'était là ce qui constituait son foyer, elle avait déjà plus de liens avec Heatherglen.

Lorsqu'un bébé serait là, tout serait différent. Que ce soit à Londres ou ici, Noël aurait une tout autre saveur. Elle voudrait certainement passer le plus de temps possible avec son enfant plutôt que de faire le tour des salles des hôpitaux.

— Il y a eu de nombreux changements depuis la dernière fois, fit-elle remarquer.

Et ils avaient été faits au détriment de son pauvre cœur…

— Nous pouvons avoir jusqu'à vingt résidents en même temps, précisa Charles avec fierté. Esme a beaucoup plus de clients au centre de thérapie. Notre affaire tourne bien.

Il l'entraîna dans la pièce principale.

— Ici, c'était le salon. Nous avons dû effectuer beaucoup de transformations pour des raisons d'hygiène et de sécurité, mais on s'est efforcés de conserver les éléments originaux, comme la cheminée.

Elle ne pouvait pas oublier que c'était précisément dans cette pièce qu'il avait détruit ses rêves d'avenir avec lui. C'était peut-être pour cela qu'il l'avait modifiée à ce point – afin d'éliminer toute trace de ce moment.

Elle avait maintenant la preuve que c'est impossible : on ne peut pas simplement effacer l'histoire quand cela nous arrange. Malgré nos efforts, il y a toujours des rappels du passé pour faire intrusion dans le présent.

— Je me rappelle que nous étions ici le jour des obsèques de ton père, dit-elle.

Elle ne voulait pas contrarier Charles, mais ce souvenir était encore trop vivace pour qu'elle puisse l'ignorer.

Il était clair que, ce jour-là, quelque chose d'autre que son chagrin l'avait tourmenté. Il s'était montré distant avec elle, alors qu'ils se tenaient l'un près de l'autre. Au moins, il avait eu l'obligeance d'attendre le départ des autres personnes présentes pour rompre leurs fiançailles, insistant même pour qu'elle garde sa bague. Mais cela n'avait pas atténué son désarroi et son humiliation.

— C'était il y a longtemps, répondit-il d'un ton bref, avant de se diriger vers les autres pièces.

Ils ne pouvaient pas changer le cours du temps – pas plus ce qui s'était passé ce jour-là que leur moment de folie à Londres. Si Charles le pouvait, elle ne pensait pas qu'il agirait différemment, étant donné que la clinique avait tant prospéré depuis leur rupture. Quant à elle, même si elle n'avait pas souhaité cette maternité, cela faisait maintenant partie d'elle, et elle n'avait aucun regret. Si elle n'était pas tombée enceinte par accident, elle n'aurait peut-être jamais eu d'enfant. C'était l'événement le plus important de sa vie, et elle allait l'attendre avec impatience.

Ils devaient assumer leurs décisions, passées ou futures. Le mieux était de mettre ses émotions de côté à propos de cet endroit et de commencer à le voir principalement comme un lieu de travail.

— Quels sont les services que vous proposez ? demanda-t-elle.

— Nous assurons les consultations, bien sûr, avec un équipement de pointe et des thérapies holistiques, ainsi qu'une infrastructure médicale d'urgence pour les patients qui doivent être hospitalisés.

— On dirait que vous avez tout ce qu'il faut. Je ne vois pas ce que je pourrais vous apporter de plus.

Ce n'était pas de la fausse modestie. Elle savait que les chirurgiens orthopédistes expérimentés étaient recherchés par les cliniques privées, mais cela ne suffisait pas à la motiver sur le plan professionnel. Elle voulait être le plus utile possible aux patients, et les cas les plus difficiles se trouvaient à son avis plutôt dans les hôpitaux des villes. C'était très gratifiant d'améliorer la qualité de vie d'un patient en soulageant ses douleurs et en lui faisant retrouver en bonne partie sa mobilité.

— Tu es la meilleure dans ta spécialité, Harriet. Parfois les listes d'attente sont interminables, et la plupart des gens viennent ici parce qu'ils ne supportent pas de souffrir si longtemps.

— Vide ton sac, Charles. Je sais que tu as quelque chose à l'esprit.

— Tu me connais trop bien…

— Autrefois, peut-être. Mais je préférerais être sûre de ce que tu as dans la tête à présent.

Le sourire de Charles s'effaça, et elle comprit qu'elle avait encore le pouvoir de l'atteindre.

— Je t'ai aussi amenée ici pour te présenter quelques patients.

Ils s'arrêtèrent devant une chambre au moment où Flora, la kiné, refermait la porte en sortant.

— Il a l'air de bouger un peu mieux aujourd'hui, annonça-t-elle.

Charles frappa à la porte et attendit d'avoir la permission d'entrer, ce que Harriet apprécia.

Ce n'était qu'un geste de politesse, mais il montrait qu'il respectait l'intimité de ses patients, les traitant davantage comme des hôtes.

— En... trez.

— Tu vas voir Gerry, expliqua Charles. Il se remet lentement d'un AVC, et on travaille sur la récupération du langage et de la mobilité.

Elle hocha la tête, sachant aussitôt à quoi s'attendre.

Un accident vasculaire cérébral peut survenir lorsqu'une obstruction empêche le sang d'atteindre le cerveau, ou à cause d'une rupture de vaisseau. Les conséquences peuvent être sérieuses et entraîner des problèmes durables - notamment des difficultés à communiquer et un comportement irrationnel —, causés par les répercussions de l'attaque sur les plans psychologique et cognitif. Ces difficultés diminuent à mesure que la rééducation progresse.

Mieux valait être préparée, au cas où le patient aurait des pulsions de colère ou de rancune envers ceux qui le soignaient.

Un homme assez âgé vêtu d'un pyjama de coton bleu était assis dans un fauteuil près du lit et s'efforçait d'une main tremblante de faire courir un peigne dans ses cheveux blancs.

— Bonjour, monsieur Moore. J'aimerais vous présenter ma collègue Harriet, qui m'accompagne aujourd'hui.

— Appe... lez-moi... Gerry. Ravi... de... vous... connaître... Harriet.

Son élocution était lente, et il avait du mal à articuler. Conséquence de l'AVC, le côté gauche de son visage s'était affaissé, mais son œil brillait d'une étincelle pleine de vie.

— Moi de même, Gerry.

Elle lui prit la main et la tint un instant entre les siennes.

— Comment ça va avec la kiné ? demanda Charles.

— Elle… me mène… à la ba… guette, répondit Gerry en esquissant un sourire.

— En tout cas, vous faites des progrès.

Harriet savait à quel point il était important pour ces patients d'améliorer leur force musculaire par des exercices répétés, en se fixant des objectifs modestes mais essentiels – comme arriver à saisir un objet. Le rétablissement était lent, mais ces exercices encourageaient les patients à avoir sur le long terme des buts plus ambitieux, comme tenir debout ou marcher.

— Je peux… manger… seul… maintenant.

— C'est super, dit Charles. Je vais voir s'il est possible de vous faire prendre vos repas avec les autres résidents. Un peu de compagnie vous fera du bien.

Gerry sourit d'un air las. Visiblement, les efforts qu'il faisait pour parler l'épuisaient.

— Nous allons vous laisser continuer les exercices que Flora vous a donnés. Je sais que les membres de l'équipe travaillent avec vous, mais si vous avez envie de me parler de ce que vous ressentez, n'hésitez pas à me le dire. Ce que vous vivez en ce moment est un peu déconcertant et frustrant, et c'est la même chose pour votre épouse, mais je suis là avec tous les autres pour vous aider à traverser cette période.

Quand ils se retournèrent sur le seuil avant de partir, Gerry avait déjà refermé les yeux.

Il était clair que Charles allait au-delà du cadre de son travail avec ses patients. S'il voulait lui prouver qu'il avait bon cœur, eh bien, c'était réussi.

— C'est un monsieur adorable, et ses progrès sont encourageants, commenta-t-elle.

— Je pense que c'est un véritable atout d'avoir une équipe pluridisciplinaire sous le même toit. Nous avons souvent des cas de ce genre et, comme tu le sais, les orthopédistes peuvent travailler main dans la main avec les kinés pour obtenir de meilleurs résultats.

Elle ne lui donna pas la satisfaction d'acquiescer, mais cela ne lui déplaisait pas de le voir essayer de la convaincre. Elle avait ainsi un aperçu du travail qu'il faisait ici et découvrait l'homme qu'il était devenu en son absence : quelqu'un de noble et de consciencieux qui voulait ce qu'il y avait de mieux pour Heatherglen et ses patients.

— J'ai quelqu'un d'autre à te présenter, si tu es d'accord.

— Bien sûr.

Il frappa à une autre porte, et une voix joyeuse et juvénile leur cria d'entrer.

Elle fit la connaissance de la famille Dawson, composée des parents et de leur fille Bryony âgée de sept ou huit ans, à l'adorable sourire auquel manquaient plusieurs dents en attente de repousse. En la voyant arborer ce visage radieux alors qu'elle était reliée en permanence à des appareils, on ne pouvait pas se permettre d'être de mauvaise humeur pour des broutilles.

— Bryony est ma patiente préférée, mais il ne faut le dire à personne pour qu'il n'y ait pas de jaloux, expliqua Charles sur le ton de la confidence.

Il fit un clin d'œil à la fillette, qui gloussa.

Il pouvait charmer un enfant aussi facilement qu'il l'avait charmée, elle, la première fois qu'ils s'étaient vus. Cela donnait une idée de l'excellent père qu'il serait.

— Est-ce que Harriet est ta petite amie ? demanda la petite fille.

Harriet se surprit à guetter sa réponse, ce qui était totalement ridicule.

— Mlle Bell est chirurgien comme moi, sauf qu'elle s'occupe des os des patients au lieu de leur caboche.

Il se tapota le crâne avec le point en faisant une grimace, suscitant un nouveau rire de l'enfant, ce qui lui évita de répondre à cette question personnelle.

Bryony fixa les yeux sur elle.

— Est-ce que tu peux réparer mes jambes ?

— Euh... je...

— Harriet nous rend simplement visite, mais je peux lui expliquer ta maladie, si tu veux bien.

Charles jeta un coup d'œil du côté de ses parents, et tous les trois hochèrent la tête.

Harriet eut alors le sentiment étrange que le piège se refermait autour d'elle.

— Bryony souffre de paralysie cérébrale. Actuellement, elle a une pompe à Baclofène pour soulager la douleur chronique. C'est un petit appareil implanté dans l'abdomen, qui est relié à la colonne vertébrale par un mince tube sous la peau et fournit en permanence une dose de médicament pour détendre les muscles et diminuer les crampes.

C'était une installation un peu lourde pour un corps d'enfant, et à l'évidence Bryony occupait une place spéciale dans le cœur de Charles.

En tant que chirurgien orthopédiste, elle avait elle-même une bonne expérience de la paralysie cérébrale, causée par un incident dans le cerveau au moment de la naissance. La gravité de l'état variait d'un patient à l'autre, mais on s'adressait souvent à elle pour des problèmes de spasticité. Des contractures très douloureuses et des spasmes réflexes pouvaient provoquer des déformations osseuses et une impotence. Grâce à la chirurgie, elle aidait à détendre les muscles trop serrés ou transférait des muscles forts sur des muscles faibles. Dans certains cas, elle opérait l'articulation concernée. Le passé médical du patient et son potentiel de guérison devaient être pris en compte avant de décider l'opération. Elle n'agissait pas sans consulter toute une équipe de thérapeutes et de spécialistes afin de fixer des objectifs réalistes.

— J'espère que la pompe t'aidera bientôt à te sentir mieux, dit-elle, consciente de l'épreuve que cela représentait pour toute la famille, particulièrement à la période de Noël.

— Le rétablissement a été plus long que prévu, car Bryony a attrapé un virus transmis par son petit frère juste après l'opération, mais on espère que tu pourras bientôt rentrer chez toi, n'est-ce pas ? dit Charles, s'adressant directement à sa petite patiente.

Harriet était certaine qu'il était passé lui rendre visite la veille, jour de Noël.

— Le Père Noël m'a envoyé une lettre pour me dire qu'il fera un arrêt à ma maison quand j'irai mieux, déclara Bryony d'un air sérieux.

— Parce que tu es une petite fille spéciale et très courageuse, lui dit sa mère en posant la main sur son front.

Au regard entendu qu'elle échangea avec Charles, Harriet se douta que l'écriture du Père Noël devait beaucoup ressembler à celle de ce dernier.

— Nous aurons un second Noël à la maison une fois que Bryony sera rentrée, ajouta la maman d'un ton enjoué.

En voyant cette femme avec sa fille, Harriet prit soudain conscience du rôle qu'elle-même s'apprêtait à assumer, et en eut presque le souffle coupé.

Désormais, tout comme le bonheur et la tranquillité d'esprit de Mme Dawson dépendaient de son enfant, chaque décision qu'elle prendrait et chaque émotion qu'elle ressentirait seraient liées à son bébé. Peu importait ce qu'il adviendrait entre elle et Charles, entre l'Écosse et Londres. Le bien-être de ce bébé passait avant tout.

Instinctivement sa main se posa sur son ventre, comme si elle cherchait à le protéger.

Le geste n'échappa pas à Charles, qui n'en continua pas moins à plaisanter durant quelques minutes avec les Dawson avant de prendre congé.

— Je vais faire visiter à Harriet le reste de la clinique, mais je repasserai plus tard, promit-il en serrant la main des parents.

Ce n'est qu'une fois qu'ils furent retournés dans le couloir qu'il délivra à Harriet le reste de l'évaluation du cas de la petite fille.

— Bryony a 20 % de spasticité dans les membres. Elle était mobile, mais récemment la douleur est devenue trop forte. On ignore combien de temps la pompe va tenir, et une autre opération serait donc à envisager.

Harriet sentit son cœur fondre pour cette famille à laquelle elle s'était déjà attachée en si peu de temps.

S'il s'agissait de son enfant, elle voudrait que tout ce qui était humainement possible soit fait pour l'empêcher de souffrir.

— Comment puis-je aider ? demanda-t-elle, consciente que cela l'engageait à revenir à Heatherglen.

5

Charles n'avait pas cherché à culpabiliser Harriet pour qu'elle l'aide à soigner Bryony, mais il voulait qu'elle se rende compte de la différence qu'elle pourrait faire en venant à Heatherglen avec tout ce qu'elle apporterait. La petite fille avait subi une rude épreuve, ainsi que ses parents, et il ferait tout ce qui était en son pouvoir pour leur rendre la vie plus facile.

Il faisait de son mieux pour tenir compagnie à Bryony, et connaissait suffisamment Harriet pour supposer qu'elle ferait de même. Passer ainsi des moments de qualité avec un enfant lui montrerait l'avantage d'une responsabilité parentale partagée. Il voulait qu'elle se rende compte par elle-même qu'il était préférable pour eux d'être une équipe, et que le bébé serait beaucoup mieux ici avec ses deux parents. Comme une famille.

Le tour des autres patients fut vite accompli. Alors qu'ils repassaient devant la chambre de Bryony, les parents de celle-ci ouvraient la porte pour partir. À ce moment, une boule de poils arriva à fond de train du bout du couloir en poussant de petits gémissements joyeux.

— Qu'est-ce que... ?

— Mais c'est le chiot d'Esme ! s'exclama Harriet en se penchant pour caresser l'animal.

— Il est trop mignon ! Est-ce que je pourrais l'avoir ? demanda avec excitation Bryony depuis son lit.

Il maudit le cœur généreux de sa sœur qui allait l'obliger à contrarier sa jeune patiente.

— Désolé, Bryony. Il a dû s'échapper de la maison.

— Tu peux le caresser, si tu veux, dit Harriet, optant pour un compromis.

Elle déposa le chiot près de la fillette avant que les yeux de celle-ci se remplissent de larmes.

Dougal lécha le visage de Bryony, qui éclata de rire, ravie.

— Ça chatouille...

Même s'il était mécontent de cette intrusion, le bonheur de la petite fille faisait plaisir à voir. Mais cela ne l'empêcherait pas de toucher deux mots à Esme au sujet de ce trublion. Certes, les chiens faisaient partie de la thérapie, mais il ne voulait pas que Dougal se trouve dans les jambes de l'équipe soignante.

— Désolé, dit-il en tendant un flacon de gel désinfectant à la mère.

— Ne vous en faites pas. Il est la meilleure thérapie que nous pourrions avoir.

Souriante, Mme Dawson se joignit au groupe entourant Dougal comme s'il s'agissait d'un nouveau-né.

Il pouvait comprendre l'intérêt que suscitait un bébé. Mais un chien ? Bon, ils calmaient les patients en les distrayant de leur maladie et de leur traitement. Mais il n'avait jamais été un amoureux des chiens, probablement parce que ses parents insistaient toujours sur le désordre et les dégâts qu'ils pouvaient causer dans un endroit comme celui-ci, où le moindre meuble avait une valeur historique et marchande.

— Nous allons le ramener chez lui, dit-il en s'effaçant pour laisser passer Harriet et son nouveau complice.

— Au revoir, Dougal, dit la famille en chœur, indiquant par là qu'un seul d'entre eux allait lui manquer.

— Esme va m'entendre. Elle ferait bien de lui donner enfin un bain, plutôt que de le laisser traîner partout !

— Oh ! pauvre bébé ! N'écoute pas ce méchant homme, dit Harriet d'un ton plaintif en couvrant des mains les oreilles du petit chien. Tu me rappelles les odeurs de mon enfance...

— Tu vivais dans un chenil ? ironisa-t-il.

Elle leva les yeux au ciel.

— Quand j'étais avec maman, nous avions toujours un chien à la maison. Ils sont d'excellents compagnons, totalement dévoués à leurs maîtres. Si je n'étais pas aussi prise par mon travail, j'en aurais encore un, mais ce serait cruel de le laisser seul chez moi toute la journée juste pour mon plaisir.

Harriet lui avait parlé de son enfance difficile avec un père absent et une mère trop dépendante, mais elle n'avait jamais mentionné d'animal. Elle semblait si heureuse en compagnie de Dougal qu'il imagina une seconde leur famille au complet avec toutes sortes d'animaux bruyants.

— Ce n'est qu'un bébé, et Esme ne veut que son bien. Comment peux-tu être fâché contre cette petite frimousse ?

Elle souleva à sa hauteur le chiot, qui se mit à remuer la queue avec enthousiasme.

Charles plongea dans ses yeux expressifs qui ne demandaient qu'à échanger de l'amour. Une petite langue rose se mit à lui lécher le menton.

Il en aurait oublié pourquoi il râlait autant, quand il sentit soudain un liquide chaud couler sur son costume.

La mémoire lui revint brusquement.

— Dougal !

— Oups ! Je crois qu'il est un peu trop excité, dit Harriet, qui faisait visiblement beaucoup d'efforts pour se retenir de rire afin de ne pas ruiner l'éducation qu'Esme peinait à inculquer au chiot.

Harriet trouvait compréhensible que Charles soit contrarié que Dougal se soit défoulé dans la clinique, mais il n'y avait pas eu de réel dommage... À part son costume.

D'un air excédé, il lui prit le chiot et le souleva à bout de bras en se dirigeant vers la porte.

— Tu ne peux pas l'abandonner dehors, il fait beaucoup trop froid ! s'écria-t-elle, alarmée.

— Pour qui me prends-tu, Harriet ? Je ne suis pas tout à fait un monstre.

Elle se calma aussitôt, mais l'incident montrait à quel point sa confiance en Charles s'était émoussée. Elle ferait tout pour que son enfant ait un foyer stable. Or, le passé lui avait démontré que l'on ne peut pas toujours compter sur un père.

Néanmoins, elle suivit Charles au centre de thérapie canine.

Là aussi, elle fut époustouflée par les changements qui avaient été opérés à cet endroit. Les anciennes écuries avaient été modernisées grâce à d'immenses fenêtres qui en faisaient un lieu accueillant. Un gros investissement en temps, en argent et en amour avait sûrement été nécessaire pour un tel résultat à la clinique et au centre !

Mais cet investissement, Charles ne l'avait pas fait pour elle.

— Les chiens sont un grand atout, mais ils sont de la responsabilité d'Esme, expliqua-t-il. Je ne veux pas passer mes journées à leur courir après tout en essayant de travailler. Mon job consiste à m'assurer du bien-être des patients pendant leur traitement, et celui d'Esme est de dresser des chiens. Par-dessus le marché, je n'ai pas été élevé dans l'amour des animaux. Cela ne veut pas dire que je suis incapable de montrer de l'amour et de la compassion à un bébé, quelles que soient les idées qui peuvent te trotter dans la tête, ajouta-t-il avec un regard appuyé.

Elle se sentit soudain ridicule et rougit de honte : elle avait nettement exagéré la situation.

— Charles ! Harriet ! C'est gentil de passer me voir, s'exclama Esme en les voyant arriver, tandis que les chiens qui l'entouraient se manifestaient bruyamment.

— Je crois que ceci est à toi, dit Charles en soulevant l'auteur du forfait, qui n'avait pas le moins du monde l'air coupable et qui lui lécha le visage. Ce sera à toi de régler la note du pressing.

— Oh non ! Il n'a pas fait ça... Si ? Le problème, c'est que Dougal t'aime, et il est tout excité quand il te voit. Il préfère ta compagnie à celle de Max, malgré tous nos efforts. Et où qu'on le mette, il parvient toujours à s'échapper pour retrouver celui qu'il préfère.

— On se demande bien pourquoi, soupira Charles.

Mais il n'avait plus l'air aussi furieux devant le chiot qui lui faisait la fête.

— En tout cas, Dougal a fait forte impression sur Bryony, chez qui il a fait irruption, nota Harriet pour tenter de détendre l'atmosphère.

Esme fit la grimace en apprenant les exploits de Dougal.

— Je suis désolée, dit-elle. Max et moi le surveillons pourtant régulièrement. Je ne veux pas non plus le garder en cage, il est important qu'il s'habitue à un environnement familial.

— Charles et moi pouvons le prendre avec nous et garder un œil sur lui le temps que tu aies fini ici, proposa Harriet.

— Vraiment ? Cela m'aiderait beaucoup. Je dois encore m'occuper d'une douzaine de chiens.

— À charge de revanche, sœurette, dit Charles, qui semblait résigné à faire du chiot-sitting pour le reste de l'après-midi.

— Puis-je faire une suggestion, Esme ? ajouta Harriet. Bryony, la jeune patiente de Charles atteinte de paralysie cérébrale, a très bien réagi avec Dougal. Y aurait-il une possibilité que tu les fasses travailler ensemble ? Il aurait ainsi un logement alternatif provisoire, et la petite fille un compagnon très stimulant.

Esme secoua la tête.

— Malheureusement, je ne suis pas sûre que Dougal soit apte à être entraîné. Il est encore très petit. Mais nous pouvons chercher un autre chien pour Bryony, si la famille est intéressée. On entraîne beaucoup de chiens pour ce type de patients, à qui cette thérapie est très bénéfique.

Harriet hocha la tête, compréhensive.

Elle pouvait comprendre la joie que l'on ressent à recevoir l'amour inconditionnel d'un chien dans les moments difficiles. Cela ne pourrait qu'aider Bryony à relever les défis qui se présentaient à elle.

— Je vais en parler à ses parents et leur demander qu'ils passent te voir, intervint Charles, qui semblait prendre la suggestion au sérieux maintenant qu'il s'agissait d'améliorer le sort de sa jeune patiente.

— Super ! dit Esme avec un large sourire. Je leur ferai faire le tour des locaux, et je pourrai les mettre en contact avec nos autres familles.

Elle fit la bise à Harriet et à son frère avant de disparaître dans le chenil, leur confiant son protégé.

— Pas bouger !

Tout le monde aurait pu dire à Charles qu'il était vain de chercher à faire obéir Dougal vu son âge, mais il voulait tenter d'affermir son autorité sur lui.

Le petit chien le regarda en remuant la queue, la langue pendante, avec une expression réjouie mais visiblement sans la moindre intention de s'exécuter.

Franchement, que pouvait-il bien avoir de si irrésistible pour cet animal, alors qu'un bol de pâtée et un coussin confortable l'attendaient à côté ?

— Je vais rester avec lui pendant que tu te changes, dit Harriet en enfouissant le visage dans la fourrure du chiot.

— Si ça ne t'ennuie pas, je vais en profiter pour prendre une douche.

— Vas-y. Moi, j'en profiterai pour faire des câlins à Dougal sans subir ton regard désapprobateur.

Il n'était pas certain qu'elle plaisantait. S'il voulait l'impressionner, il avait plutôt intérêt à s'entendre avec ce toutou turbulent. D'autant plus que s'il devait compter sur Esme pour lui trouver un foyer, Dougal deviendrait sûrement un résident de longue durée à Heatherglen. Quant à lui, il n'aurait qu'à s'habituer aux changements autour de lui...

Un peu d'espace entre lui et Harriet lui ferait du bien, se dit-il en retirant ses vêtements pour entrer dans la cabine de douche. Au départ, il avait proposé à celle-ci de les rejoindre à la clinique avec l'idée qu'il serait plus proche du bébé. Cependant, plus il passait de temps avec Harriet, plus il prenait conscience de tout ce à quoi il avait renoncé douze ans auparavant.

Si cette nuit à Londres lui avait rappelé leur entente physique – qui s'était même confirmée avec l'âge —, se retrouver aujourd'hui en sa compagnie lui avait fait apprécier ce côté empathique qui lui avait tant plu autrefois chez elle. Certes, ses qualités professionnelles étaient indiscutables, mais c'était pour d'autres qualités – comme sa sollicitude pour Bryony et pour ce stupide chien – qu'il était tombé amoureux d'elle autrefois.

Dommage qu'elle lui ait fait clairement comprendre qu'elle ne lui faisait pas confiance pour passer plus d'une nuit avec lui. Il ne pouvait pas l'en blâmer, mais les raisons pour lesquelles il voulait qu'elle reste à Heatherglen devenaient de plus en plus personnelles.

Il voulait tout avoir : une carrière réussie, un domaine honorant la mémoire de son frère et de son père, et une famille à lui, avec une compagne qui partagerait tout avec lui. Mais il savait que c'était égoïste et que cela pouvait affecter ses proches – ceux qu'il était censé aimer.

Il poussait Harriet à venir s'installer ici pour le bien du bébé, mais c'était aussi dans son intérêt à lui. Quel était celui de Harriet ? Il y avait de meilleures perspectives pour elle à Londres sur le plan professionnel, c'était même pour cela qu'il avait sacrifié leur avenir commun. Ce n'était pas juste de lui mettre la pression à ce sujet. Le mieux était de résoudre la question en ayant une vraie discussion sur ce qui convenait le mieux à tous.

Ce n'était pas la première fois qu'il devait contenir ses sentiments pour elle, et il avait survécu. Ils avaient survécu tous les deux.

En sortant de la douche, il se noua une serviette de bain autour des reins et se dirigea vers la penderie de sa chambre. Comme il ne voulait pas risquer d'abîmer un autre costume, il choisit un vieux jean confortable et un pull.

Au moment où il allait retirer sa serviette, la porte de la chambre s'ouvrit brusquement, et une boule de poils qui ne lui était déjà que trop familière se rua sur lui. Une secousse autour de la taille, et il sentit l'air froid sur sa peau nue.

— Bon sang, qu'est-ce que... ?

— Dougal !

Harriet se précipita à son tour dans la chambre, et il n'eut que le temps de croiser les mains en guise de cache-sexe sur l'attribut de sa virilité.

Elle resta une seconde bouche bée avant de recouvrer ses esprits.

— Oh ! pardon ! Je suis désolée, Charles. Il a réussi à se faufiler au moment où je mettais la bouilloire à chauffer pour le thé. Il est d'une rapidité déconcertante.

— Pas de problème. Avec lui, il faudrait avoir des yeux dans le dos.

— Dougal, lâche ça, ordonna Harriet à l'animal, en tentant de récupérer la serviette avec laquelle il s'amusait en poussant de petits grognements.

Dougal ne fit que renforcer sa prise, et Charles était bien placé pour savoir qu'il avait de petites dents pointues comme des aiguilles.

— Inutile d'insister, dit-il. Maintenant, si vous voulez bien m'excuser tous les deux...

— Donne-moi... cette... fichue... serviette ! insista Harriet, tirant toujours par à-coups.

À la dernière secousse, elle tira plus fort et se retrouva les quatre fers en l'air mais brandissant triomphalement la serviette toute mâchouillée.

— Je ne saurais dire qui est le vainqueur sur ce coup-là, commenta-t-il, imperturbable.

Haussant les épaules, elle se releva et, d'un air de défi, lui noua elle-même la serviette autour de la taille. Elle était si près qu'il sentit la chaleur de son haleine et de sa peau.

Harriet leva les yeux vers Charles et vit son regard intense posé sur elle, alors qu'elle avait encore le bras autour de sa taille.

Pour ce qui était de rester détachée émotionnellement, elle n'avait visiblement pas choisi la meilleure méthode.

Si elle se rappelait la dernière fois qu'elle avait posé les mains sur son corps nu, elle pourrait facilement retomber dans son lit en oubliant tout, excepté tout le bien qu'il pouvait lui faire quand ils étaient ensemble.

— Harriet, dit-il d'une voix rauque qui trahissait le désir.

Elle ferma les yeux pour résister à la tentation, mais la douceur de ses lèvres et l'ardeur de ses baisers lui revinrent alors en mémoire.

— S'il te plaît, arrête, murmura-t-elle d'un ton suppliant.

S'il faisait un geste de plus, elle ne pourrait pas résister.

Coucher avec Charles ne ferait qu'entraîner des complications, comme l'avait démontré leur nuit à Londres. Au lieu d'apporter une sorte de conclusion à leur histoire, elle avait été le début d'un tout nouveau chapitre entre eux.

Il posa le menton sur son crâne et soupira, en écho à sa propre frustration.

Elle posa la joue contre son torse, consciente qu'il ne portait toujours quasiment rien sur lui. Elle avait envie de pleurer, mais il la garda contre lui, comme s'ils cherchaient tous deux le même réconfort dans cette étreinte.

Ils avaient commis des erreurs et en avaient souffert, mais ne pouvaient ni revenir en arrière ni prédire ce qui allait se passer.

En grandissant auprès de sa mère dont elle avait dû s'occuper, elle n'avait pas été habituée à recevoir beaucoup de réconfort. Il avait fallu qu'une des deux soit forte pour soutenir l'autre, et c'était elle, l'enfant, qui était devenue le parent. Ensuite, lorsque Charles lui avait brisé le cœur, elle avait eu besoin d'une épaule pour pleurer. Comme elle n'avait pas trouvé dans son entourage d'épaule disponible, elle s'était forcée à aller de l'avant, de crainte de laisser la tristesse la consumer comme sa mère. Depuis lors, elle avait appris à être fière de son indépendance et à reprendre le contrôle de ses émotions... Pourtant, la chaleur de la peau de Charles lui rappelait tout ce qui lui avait manqué dans sa recherche d'une vie indépendante.

Après leur histoire traumatisante et la rupture dont elle venait d'apprendre qu'il ne l'avait pas voulue, il était probable que lui aussi ait vécu dans une sorte d'isolement émotionnel.

En mesurant ce que tous deux avaient perdu, un sentiment de tristesse l'envahit.

À cet instant, un jappement leur rappela que Dougal était là aussi, et ils s'écartèrent l'un de l'autre.

— On dirait que quelqu'un réclame ton attention.

Charles esquissa un sourire, mais son air de chien battu lui serra le cœur.

Mieux valait qu'elle ne cultive pas l'idée qu'il voulait d'elle plus que son attention.

— Il attend sa gamelle, répondit-elle.

— Je vois ça, dit Charles en riant, tandis que le chiot recommençait à tirer sur sa serviette.

Mais cette fois, il s'y attendait, et réussit à préserver sa pudeur.

— Une fois nourri, je veillerai à ce qu'il ne puisse plus s'échapper, dit-elle avec détermination.

6

Esme avait insisté pour préparer elle-même le dîner, alors qu'elle venait à peine de s'arrêter de travailler. Encore une qui n'était pas assujettie à des horaires fixes.

— C'est ma façon de vous remercier de ne pas avoir enfermé Dougal dans la première cage venue.

— Vraiment, il ne fallait pas, protesta Harriet.

Pour sa part, elle aurait très bien pu se contenter d'une tranche de pain grillé. Son estomac était un peu bouleversé depuis qu'elle avait surpris Charles nu dans sa chambre.

Cela lui avait rappelé à quel point elle était vulnérable dans ses bras, et elle n'avait qu'une envie : recommencer. Le fait de se retrouver autour de la table avec Esme, Charles et Max, comme deux couples pour un repas de famille, ne l'aidait pas.

Contrairement à elle, Charles attaqua le plat de bon appétit.

— C'est délicieux, dit Max en posant la main sur celle d'Esme.

Ils échangèrent un long regard, et il y avait tant d'amour dans leurs yeux qu'elle dut se détourner, sentant l'émotion la gagner.

C'était difficile de croire que, à une époque, Charles et elle oubliaient aussi le monde autour d'eux. Et pourtant ! Charles avait dû ensuite reprocher à leur relation de l'avoir empêché de voir les difficultés dans lesquelles son père s'était débattu après la mort de Nick. L'amour pouvait être également source d'égoïsme.

— Alors, qu'est-ce que vous avez fait avec Dougal cet après-midi après avoir quitté le centre ? demanda innocemment Esme.

Harriet faillit s'étrangler en avalant, et Charles lui jeta un coup d'œil narquois.

— Nous avons été occupés à l'empêcher de faire des bêtises, répondit-elle en adressant à Charles un petit sourire complice.

Elle préférait que l'incident de la serviette reste entre eux.

— À partir de demain, il ne vous embêtera plus, dit Esme. Max va installer des barrières de sécurité. Vous savez, celles qu'on utilise pour les bébés. De toute façon, il devait y en avoir bientôt.

Elle se tut brusquement, se rendant sans doute compte de ce qu'elle venait de dire. Max aussi, à en juger par son air stupéfait.

— Harriet est enceinte de Charles, précisa Esme, craignant probablement qu'il se jette à ses pieds en croyant que c'était elle qui allait être mère.

Charles reposa bruyamment sa fourchette et son couteau dans son assiette.

— Bon sang, Esme ! Harriet t'avait demandé de garder cela pour toi.

— Désolée, j'ai gaffé, marmonna Esme, penaude.

— Ça ne fait rien, assura Harriet. Nous venons juste de l'apprendre, Max. Et, pour l'instant, on essaye d'organiser les choses.

Elle ignorait ce qu'il savait exactement de leur histoire, mais de toute façon ils allaient bientôt devoir en informer tout le monde.

Max hocha la tête d'un air compréhensif.

— Ce n'est pas n'importe quelle nouvelle ! Je n'en dirai rien à personne.

— Merci.

— Félicitations ! dit Max en levant son verre dans la direction de Harriet. Et à toi aussi, mon pote, ajouta-t-il en serrant la main de Charles par-dessus la table.

Charles rayonnait littéralement.

De voir sa grossesse si bien acceptée donnait à Harriet l'impression étrange de faire partie de la famille. Rien à voir avec la sensation d'isolement dont elle avait besoin pour maintenir le contrôle de sa vie.

Heatherglen offrirait certes à son enfant le cadre idéal pour grandir, celui qu'elle n'avait pas eu, mais elle n'était pas convaincue qu'il lui conviendrait personnellement. Il lui faudrait passer outre ses sentiments pour Charles, qu'ils soient positifs ou négatifs, pour être capable de lui faire face au quotidien.

— Demain, Harriet et moi allons faire un tour au village, annonça Charles au milieu du repas.

— Ah oui ? s'étonna-t-elle.

Il n'avait pas jugé nécessaire de la consulter.

— J'ai pensé que ce serait bien de te faire voir les environs. Les magasins vont être rouverts, et tu auras sans doute des achats à faire.

Elle le fixa, pensive.

Cette escapade les éloignerait des patients, de la famille et des animaux qui leur avaient servi de tampon aujourd'hui. Ils seraient seuls, en tête à tête. Une situation risquée, à en juger par l'incident de l'après-midi... Enfin, cette initiative de Charles prouvait qu'il pensait à elle et même qu'il voulait passer du temps en sa compagnie, anticipant ses besoins au cas où elle déciderait de rester plus longtemps.

Elle n'eut pas le cœur de refuser.

— En effet.

Elle vit alors Esme secouer la tête d'un air dubitatif.

— Quoi ? demanda Charles d'un ton bref.

— Cela ne te ressemble pas, mon frère. Tu ne prends jamais de temps pour toi. Même hier, le jour de Noël, tu as passé presque tout ton temps à la clinique.

Il haussa les épaules.

— Peut-être que j'ai maintenant d'autres priorités.

Le visage d'Esme s'éclaira d'un sourire taquin.

— Déjà ? Alors, la paternité doit être faite pour toi !

Harriet les observait avec amusement et un peu d'envie.

Comme toujours, la relation d'Esme avec son frère passait par toutes les émotions. Seules deux personnes très proches et s'aimant très fort pouvaient passer sans dommages par là. À un moment ils se sautaient presque à la gorge, et l'instant d'après ils blaguaient ensemble.

Si elle-même avait eu un frère ou une sœur à ses côtés, dans les bons comme les mauvais moments, elle ne se serait peut-être pas fermée émotionnellement pendant toutes ces années. Elle aurait eu quelqu'un pour lui botter le derrière quand elle en avait besoin.

L'idée d'un soutien familial pour son enfant lui plaisait, mais cela l'amenait aussi à analyser son histoire avec Charles.

Leur relation avait déjà été sens dessus dessous avant même qu'ils aient cet enfant. Ils n'étaient même pas ensemble. Et elle ne devait pas oublier qu'elle était censée décliner son offre de rester là pour pouvoir retourner à Londres. Comment croire qu'ils puissent fonder une famille ensemble dans des circonstances aussi instables ? C'était carrément ridicule.

Pourtant, Charles faisait des efforts pour la convaincre, ainsi qu'Esme, qu'il allait changer et aménager son emploi du temps à Heatherglen de façon à pouvoir se consacrer à elle et au bébé.

Ce n'était pas là le propriétaire et maître des lieux qu'elle s'était attendue à affronter au château, le Charles qui ne cédait rien à personne. Chaque petit geste qu'il avait pour elle et chaque concession qu'il faisait allaient rendre son départ plus difficile, le moment venu.

— Prête ?

La main sur la clé de contact, Charles attendait que Harriet ait bouclé sa ceinture pour démarrer.

— Prête, répondit-elle.

— Je vais rouler doucement, les routes sont verglacées depuis la nuit dernière, et je transporte une charge précieuse...

Elle haussa les épaules, souriant malgré elle.

Visiblement, dans l'esprit de Charles, le but de cette sortie n'était pas seulement de compléter sa garde-robe, mais aussi de lui démontrer qu'il pouvait lui donner la priorité quand il le fallait. Elle y était certes sensible, mais ce qui importait, c'était qu'il soit fidèle à ses promesses.

Elle n'attendait pas de lui qu'il laisse tomber son travail pour l'accompagner faire des courses quand cela lui chanterait. Le problème n'était pas son dévouement envers ses patients, mais élever un enfant nécessitait de faire régulièrement de nombreux compromis, qu'il s'agisse de l'école, des vacances ou des périodes où il serait malade. Avoir un enfant, cela ne s'ajoutait pas à un programme déjà existant, c'était la vie qui devait s'organiser autour de lui. Elle préférerait se débrouiller seule plutôt que d'entendre Charles se plaindre chaque fois qu'il devrait procéder à un changement dans sa routine de travail.

Certes, si elle décidait de ne pas s'installer ici et qu'il veuille voir leur enfant les week-ends et pendant les vacances, ce serait compliqué. Mais d'un autre côté, si elle restait et qu'elle avait d'autres engagements sur le plan professionnel, ou s'il s'avérait que Charles ne veuille de nouveau plus d'elle, la séparation serait très dure. Elle était déjà en train de s'intégrer trop facilement ici. Tout le monde se montrait si accueillant qu'elle commençait à se considérer comme une des leurs...

En ville, la neige était une vraie nuisance, cela causait des accidents et ralentissait le trafic. Ici, à la campagne, elle prit le temps d'apprécier le paysage.

Les champs d'une blancheur immaculée scintillaient à la lumière du jour. Des colonnes de fumée s'échappaient de cottages dignes de contes de fées, et elle imaginait les familles à l'intérieur, assises autour du feu.

Juste avant l'entrée du village, Charles, voulut s'arrêter à un carrefour, mais la voiture poursuivit son chemin en glissant sur la chaussée.

Instinctivement, elle posa les mains sur son ventre, se sentant comme une maman ours qui protège son petit.

Charles, visiblement habitué à conduire par ce temps, s'efforça de contrôler le véhicule en accompagnant le dérapage plutôt qu'en luttant contre lui. La voiture finit par s'arrêter, et elle remercia le ciel qu'ils se soient trouvés seuls sur la route. Si quelqu'un était arrivé en face, ils n'auraient rien pu faire.

— Est-ce que ça va ? s'inquiéta Charles, couvrant ses mains de la sienne.

— Tout va bien, lui assura-t-elle.

— Au retour, je prendrai l'autre route. Elle est plus longue, mais elle a dû être sablée.

Elle hocha la tête en silence, se remettant doucement du choc. Elle venait de se rendre compte que la vie de son bébé était plus précieuse pour elle que la sienne propre : elle aurait donné n'importe quoi pour que son enfant soit sain et sauf – même son métier et sa maison.

En fait, si elle était sûre que Heatherglen soit le meilleur endroit pour assurer sa sécurité, elle n'hésiterait pas.

Plusieurs tentatives furent nécessaires pour que la voiture reparte finalement dans la bonne direction, Charles refusant catégoriquement qu'elle sorte pour alléger le poids.

À force de faire tourner les roues pour se dégager, une odeur de caoutchouc brûlé s'était répandue à l'intérieur, et elle se sentit mal. Elle sentait la nausée la gagner.

— Il faut que je sorte, dit-elle péniblement.

— Qu'est-ce qui ne va pas ? demanda Charles en se rangeant immédiatement sur le bas-côté.

— J'ai besoin... d'air...

En un éclair, il détacha sa ceinture et sauta hors de la voiture pour venir lui ouvrir la porte.

— Fais bien attention, l'avertit-il en lui tendant la main.

— J'ai juste besoin de respirer, rien de grave.

Mais elle accepta le soutien qu'il lui offrait et ferma les yeux, priant pour que le monde s'arrête de tourner.

— Ça va aller mieux...

Il la plaqua avec son corps contre la voiture.

— Regarde-moi, Harriet, lui ordonna-t-il. Ouvre les yeux et concentre-toi sur moi. C'est ça. Maintenant, respire profondément. Inspire... Expire...

Elle s'exécuta, respirant son odeur familière, si rassurante et irrésistible, et elle se sentit mieux.

Mais Charles ne la lâcha pas.

— Est-ce que cela t'est déjà arrivé ? demanda-t-il.

— Non, mais je n'ai pas pour habitude de faire des dérapages en voiture dès le matin.

Le sarcasme était sa seule défense quand elle se sentait à sa merci.

— Je ne t'aurais jamais emmenée si j'avais su que la route était aussi mauvaise. Tu as envie de rentrer ?

— Non, répondit-elle. Excuse-moi, ce doit juste être le choc, ou une nausée matinale. Ça va passer.

Son sentiment de culpabilité était presque palpable.

Charles l'aida à regagner le siège passager.

— Tu sais, dit-il doucement en lui tenant les mains, ce n'est pas une faiblesse d'être malade, ni de laisser quelqu'un t'aider.

Elle hocha faiblement la tête.

Elle ne s'était pas rendu compte d'à quel point elle avait besoin de quelqu'un comme lui dans sa vie, pour pouvoir souffler de temps en temps et le laisser être fort à sa place.

Elle eut alors comme un flash, l'imaginant dans la salle d'accouchement, affichant la même présence calme et la guidant pendant le travail.

Cependant, la naissance du bébé était encore loin, et entre-temps, tout pouvait arriver. Mieux valait ne pas devenir dépendante du soutien de Charles, si plus tard il n'était pas là au moment crucial.

Quand elle sortit de la voiture en claquant la portière, ses gestes étaient redevenus plus assurés.

À Londres, au moment des soldes d'hiver, les boutiques étaient toujours en effervescence, débordantes de clients à la recherche d'une bonne affaire. Ici, Cluchlochry était tranquille, comme en hibernation, attendant le printemps pour que ses habitants se risquent à la lumière du jour.

— Je t'assure, je me sens beaucoup mieux à présent. Il

faudrait que je bouge un peu pour me distraire. Tu as parlé de faire les boutiques ?

Charles n'essaya pas d'argumenter.

Ces deux derniers jours, il avait vu la femme qu'elle était devenue, et avait dû se rendre compte qu'elle était beaucoup plus forte que celle qu'il avait connue autrefois. Elle était parfois qualifiée d'entêtée. C'était ce mécanisme d'autodéfense qui empêchait son cœur fragilisé de prendre d'autres coups. Elle devait garder sa cape de superwoman en permanence. Particulièrement avec lui.

— Noël étant passé, je suis sûr qu'ici les gens seront contents de voir des clients. Ensuite, on pourra s'arrêter déjeuner au pub McKinney.

Il avait recommencé à neiger, ce qui limitait la visibilité.

— Par où suggères-tu de commencer ? demanda-t-elle.

— Il y a une boutique de laine, si tu veux te mettre à tricoter.

Il lui indiquait de la main la vitrine de la boutique, ornée de pelotes de laine de toutes les couleurs.

— Et pourquoi ferais-je une chose pareille ? s'insurgea- t-elle.

Attendant une explication, elle se tourna vers lui, prête à en découdre sur les stéréotypes du genre.

— C'est ce que font les fe... heu.. les gens en attendant un bébé, non ?

Elle espéra qu'il plaisantait.

— Et toi, tu n'oublieras pas d'affûter tes outils d'ébéniste pour fabriquer le berceau du bébé, j'espère ?

— Pourquoi pas ? répondit-il, le visage impassible.

Elle ouvrit la porte de la boutique suivante, et Charles entra avec elle.

— Bonjour, Joanie. Voici Harriet, une amie de la famille. Je lui montre un peu le village.

Elle se demanda s'il y avait encore des gens dans le pays qui se rappelaient le scandale des amours contrariées du jeune propriétaire du domaine. Les commérages iraient bon train s'ils savaient qu'elle était de retour, enceinte.

La corpulente rousse tenait une boutique originale remplie de toutes sortes de babioles pour les touristes et pour les enfants. Malheureusement, rien qui puisse améliorer sa garde-robe.

— Vous avez l'air gelée, lui dit Joanie. Je vais vous faire une tasse de thé pour vous réchauffer.

Ignorant ses protestations, elle disparut à l'arrière de sa boutique.

— Un thé chaud et bien sucré, c'est exactement ce qu'il te faut, décréta Charles, approchant déjà deux chaises du comptoir.

Apparemment, les thés impromptus n'étaient pas chose rare ici.

Harriet s'assit et se réchauffa les mains sur le radiateur électrique. La chaleur bienfaisante pénétrait jusqu'à ses os, et elle ressentit le même bien-être qu'en arrivant à Heatherglen après avoir roulé seule depuis Londres pendant des heures.

Joanie revint avec un plateau couvert de bonnes choses et remplit des mugs de thé.

— Essayez les *shortbreads*, c'est moi qui les ai faits, conseilla-t-elle en ouvrant une boîte à biscuits remplie de gâteaux en forme de sapins de Noël.

Une seule bouchée, et Harriet se retrouva au paradis des friandises.

— C'est très bon, dit Charles, la bouche pleine.

Joanie rougit à ce compliment.

— Tout le monde a l'air de les aimer. Je devrais peut-être les vendre...

— Absolument. C'est délicieux, renchérit Harriet.

La commerçante sourit, radieuse.

— Finissez tranquillement votre thé pendant que je porte ma poubelle dans l'arrière-cour.

Lorsque leur hôtesse ouvrit la porte, une bouffée d'air glacé fit frissonner Harriet. Charles posa son mug et lui frotta le dos pour la réchauffer. Ce contact énergique suffit à faire remonter sa température.

Soudain, ils entendirent un choc sourd suivi d'un bruit de verre brisé.

Ils se regardèrent, saisis.

— Joanie ? Est-ce que ça va ? appela Charles tout en se précipitant vers le fond de la boutique, suivi de Harriet.

Il n'y eut pas de réponse.

Et pour cause. Joanie gisait sur les pavés de la cour, inconsciente, le contenu du sac-poubelle répandu autour d'elle, et une flaque de sang s'élargissait sur le sol autour de sa tête.

Ne sentant plus ni le froid ni la neige, Harriet s'agenouilla près d'elle pour lui prendre le pouls.

— Joanie, vous m'entendez ?

— J'appelle une ambulance, dit Charles. J'espère qu'il y en a une disponible pas loin. Fais attention au verre cassé, il ne faudrait pas que tu te blesses aussi.

Le fait qu'il soit si prévenant avec elle continuait de la surprendre. À l'époque où ils étaient amoureux, il aurait tout fait pour qu'elle soit en sécurité, mais ils n'étaient plus censés être amoureux...

Elle effectua des contrôles basiques sur Joanie, s'assurant que les voies respiratoires n'étaient pas obstruées. Pendant ce temps, Charles indiquait au standardiste où ils se trouvaient. Il vint ensuite lui prêter main-forte, couvrant Joanie de son pardessus pour la garder au chaud.

— Elle a dû glisser sur la glace, et sa tête a heurté le sol dans sa chute. On ne peut pas la bouger tant qu'on n'a pas de minerve.

Il pouvait y avoir toutes sortes de complications avec des blessures à la tête ou au cou, et un risque de paralysie s'ils essayaient de la bouger.

— Il faudra un scanner, au cas où ce serait plus qu'une commotion cérébrale, poursuivit Charles. Si les routes sont trop mauvaises pour l'amener jusqu'à Glasgow, on la fera attendre confortablement à Heatherglen jusqu'à ce que le transfert vers l'hôpital soit sûr.

— Elle a un pouls stable et fort, et sa respiration est normale, annonça Harriet.

Mais Charles n'eut pas l'air aussi positif en vérifiant sa blessure à la tête.

— Elle a une fracture du crâne compliquée. La peau et les

tissus sont abîmés, si bien que le cerveau est partiellement exposé.

Une fracture ouverte présentait un risque d'infection bactérienne. Si elle n'était pas soignée, elle pourrait entraîner des dommages permanents au cerveau, pouvant aller jusqu'à la mort. Joanie pourrait aussi être sujette à des crises d'épilepsie et se retrouver paralysée.

Impossible de se prononcer sans scanner, mais elle allait probablement devoir être opérée pour diminuer l'œdème au cerveau. Il y avait urgence.

Harriet tamponnait le sang autour de la blessure pour contrôler l'hémorragie tout en parlant à sa patiente, tentant vainement d'obtenir une réaction. Charles reprit son téléphone pour informer le centre de secours de la gravité de l'état de leur patiente, mais revint avec de mauvaises nouvelles.

— Le temps est très mauvais là-bas. Ils ignorent combien de temps il faudra pour la transférer à l'hôpital, et un transport aérien est hors de question tant qu'il y aura du blizzard.

Il devait prendre une décision rapidement, car il entendait l'ambulance de la clinique approcher, et Joanie n'avait pas de parent proche avec qui il aurait pu discuter de la situation.

— Nous allons l'amener à Heatherglen et faire un scanner là-bas, déclara-t-il.

S'il s'avérait qu'il s'inquiétait inutilement, ils pourraient prendre leur temps pour le transfert à l'hôpital. En revanche, quelque chose de plus sérieux nécessiterait d'agir immédiatement. En général, ils n'effectuaient pas d'opérations importantes à la clinique. Ils faisaient office de service des urgences local si nécessaire, mais dirigeaient les cas sérieux vers l'hôpital.

— Lyle va évaluer son cas, mais s'il faut opérer, nous devrons peut-être faire appel à tes compétences.

Scot se chargeait habituellement des urgences locales, mais Harriet était un chirurgien expérimenté. En optant pour cette solution, ils éviteraient de perdre du temps et augmenteraient les chances de rétablissement de Joanie.

C'était exactement le genre de situation pour laquelle il avait créé la clinique avec Lyle.

7

Les docteurs Sinclair et Kirkpatrick les attendaient devant la porte du château.

— J'ai pensé que vous auriez peut-être besoin d'un supplément d'aide, dit Max à Harriet.

Elle acquiesça, un peu surprise.

Visiblement, elle n'était plus un simple visiteur. Elle avait déjà été incluse dans le cercle des médecins.

Si chacun offrait ses services, cela ne pouvait qu'accroître les chances de guérison de Joanie, avec autant de personnel médical expérimenté à son service.

— Cela ne vous ennuie pas si je me charge de l'opération ? demanda-t-elle à Lyle tandis qu'ils poussaient Joanie à l'intérieur sur un chariot.

— Pas du tout. C'est vous le chirurgien, ici.

Il ne montrait aucun signe de vouloir marquer son territoire, ce qui allégea la pression qu'elle sentait monter en elle.

— Nous devons d'abord effectuer un scanner.

— Voulez-vous que je vous assiste si vous avez à opérer ?

— Plus on est nombreux, mieux c'est.

Le scanner confirma leurs craintes, et elle se retrouva rapidement en train de se désinfecter les avant-bras pendant que l'équipe se préparait, Joanie ayant été mise sous anesthésie générale.

— Je suis heureux que nous ayons autant de mains disponibles, déclara Charles.

Ce fut lui qui pratiqua la première incision du crâne, révélant l'étendue de la fracture, et son assistant maintint le morceau de peau sur le côté.

Harriet dégagea rapidement la zone, ôtant les caillots de sang qui s'y étaient formés et réparant les vaisseaux endommagés. Lorsque le saignement eut cessé, elle plaça des vis pour maintenir le crâne en place.

— Nous allons la mettre sous moniteur pour prévenir les infections et les complications secondaires, comme un œdème cérébral ou une pression intracrânienne. Charles, nous allons devoir la ventiler jusqu'à ce qu'il soit possible de la transférer dans une unité de grande dépendance.

Il arrivait qu'un patient ait besoin d'une chirurgie supplémentaire pour soulager encore la pression et drainer le sang qui s'accumulait. Elle allait prescrire des antibiotiques puissants et un traitement qui réduirait les risques d'inflammation. Elle n'était pas experte dans cette matière, mais elle avait passé suffisamment de temps dans un bloc opératoire pour savoir ce qu'elle faisait.

Tout de même, elle serait soulagée lorsque Joanie pourrait bénéficier des soins d'un spécialiste de l'hôpital et ne serait plus sous sa responsabilité.

Une fois l'intervention terminée et toutes les mesures nécessaires prises pour la sécurité de Joanie, Charles insista pour qu'elle aille se reposer pendant qu'il surveillerait le réveil de leur patiente.

Elle prit le temps de prendre une douche, de se changer et de faire un petit somme, puis elle s'installer dans un fauteuil devant le feu de cheminée du petit salon privé, plus optimiste qu'elle ne l'avait jamais été depuis son arrivée.

Charles avait confiance en ses compétences. Or, toutes ses décisions étaient prises avec à l'esprit le meilleur résultat possible pour ses patients.

L'option la plus facile aurait été de laisser Joanie sur place à la merci de la météo, dans l'attente d'une ambulance directe pour l'hôpital. Au lieu de cela, il avait pris la responsabilité de ce qui se passerait tant que leur patiente serait à Heatherglen...

Oui, peut-être y avait-il réellement une place pour elle ici, pour pratiquer les opérations d'urgence. Sans compter les cas nécessitant un chirurgien orthopédiste au quotidien. La variété des cas maintiendrait son intérêt pour la pratique, et elle proposerait un service nécessaire à la communauté locale.

Avec le recul et l'explication que Charles lui avait donnée de son comportement passé, elle commençait à comprendre – sans pour autant l'approuver – ce qui l'avait amené à agir comme il l'avait fait douze années auparavant. Dommage seulement qu'elle l'ait su si tard. Pendant toutes ces années, c'était elle qui avait été égoïste en le voulant à toute force pour elle seule, alors qu'il se consacrait à améliorer la vie de ses semblables.

— Je suis sûr que tu rêvais de pratiquer une opération du cerveau durant tes vacances, plaisanta Charles en lui apportant une tasse de thé qu'il posa sur la table basse à côté d'elle.

— Je n'étais pas censée être en vacances, tu te rappelles ? répondit-elle.

Elle était venue pour qu'ils prennent des décisions importantes concernant l'enfant qu'ils allaient avoir dans quelques mois.

Charles vint s'asseoir en face d'elle, le feu de la cheminée projetant des ombres et des lueurs mouvantes sur son visage fatigué.

Apparemment, c'était la première fois qu'il se permettait de faire une pause depuis l'accident de Joanie. Si c'était là son rythme de travail habituel, pas étonnant qu'il n'ait pas le temps d'avoir une vie privée !

Mais elle n'allait pas l'imiter pour autant.

— Comment l'oublier, alors que Heatherglen représente la famille pour moi ?

Il se tut et fixa les flammes, perdu dans ses pensées.

— Excuse-moi, Charles, mais je n'arrive pas à comprendre. On aurait pu depuis longtemps fonder une famille ensemble, mais tu m'as tourné le dos ainsi qu'à notre avenir commun. J'admire ton dévouement pour ton travail, mais je ne peux pas m'empêcher de me demander avec inquiétude où tu vas pouvoir caser un enfant dans ton emploi du temps. Qu'est-ce qui va changer ?

À quoi bon accepter de lui des promesses qu'il ne pourrait pas tenir ? Qu'elle-même n'ait pas la priorité par rapport à Heatherglen, c'était une chose, mais elle ne le laisserait pas agir de même avec leur enfant.

— Rien ne va changer, répondit-il. Je vais rester fidèle à ma famille comme je l'ai été ces dernières années. Cela inclut mon fils ou ma fille.

Il lui sembla qu'une chape de plomb lui tombait dessus : Charles lui offrait la confirmation qu'elle n'avait jamais été – et qu'elle ne serait jamais – incluse dans le cercle de ses proches.

— Être fidèle à sa famille et lui offrir un toit et la stabilité financière, cela n'a rien à voir avec le fait d'être parent, répliqua-t-elle, faisant effort pour maîtriser ses émotions. J'ai grandi en croyant que mes pensées et mes sentiments importaient peu à côté de ceux de ma mère. Je devais être forte et ignorer ce qui était naturel pour les autres enfants. Je ne recevais ni attention, ni affection, ni intérêt pour mon travail à l'école de la part de ma mère, trop prise par ses propres angoisses. Elle réclamait constamment mon attention, et le plus clair de mon temps lui était consacré. Cela a été presque un soulagement lorsqu'elle est décédée. Je veux que mon enfant, lui, ait une vie heureuse.

Perdre un parent est la pire épreuve qui soit pour tout le monde, et elle pleurait toujours sa mère. Cependant, la crise cardiaque qui avait terrassé celle-ci lui avait rendu sa liberté. Elle n'aurait jamais atteint les sommets dans sa carrière si elle avait dû continuer à être à la disposition de sa mère.

En tant que mère, elle-même ferait tout pour que les besoins émotionnels de son enfant soient comblés – ce dont elle n'avait pas bénéficié en tant qu'enfant ni en tant qu'adulte. Le simple fait de lui lire une histoire le soir ou de passer de temps en temps un après-midi avec lui à faire des cupcakes lui prouverait qu'il était aimé.

Depuis qu'elle était arrivée au domaine, Charles s'était mis en quatre pour qu'elle se sente bien, mais il était impossible de savoir s'il pourrait être disponible sur le long terme quand ce serait nécessaire. Pas question pour elle de s'installer ici si chacun devait finir par être contrarié par l'intrusion de l'autre dans sa vie, avec leur enfant au milieu.

— J'ai conscience de ne pas faire partie de la famille, tu me l'as fait clairement comprendre en me renvoyant à Londres, ajouta-t-elle.

Et cela faisait toujours mal.

Charles s'agrippa nerveusement aux bras de son fauteuil et secoua la tête d'un air triste.

— Tu ne vois donc pas ? C'est moi qui ai causé la mort de mon père. C'est pourquoi je devais rester à Heatherglen. Après la mort de Nick, j'ai continué à mener ma vie à Londres sans me préoccuper de la façon dont mes parents s'en sortaient. Or, ils ne s'en sortaient pas du tout. Papa s'est jeté à corps perdu dans le travail pour tenter d'étouffer son chagrin d'avoir perdu l'aîné de ses enfants. Si j'avais été un fils digne de ce nom, je serais revenu pour l'aider et alléger sa charge tout en le distrayant de sa peine. Il a lui-même creusé sa tombe prématurément, et je n'ai rien fait pour l'en empêcher. J'étais trop habitué à jouir de ma liberté sans aucune des responsabilités qui pesaient sur les épaules de Nick, et j'ai continué de même. Jusqu'à faire ma demande à une jeune femme vulnérable d'à peine une vingtaine d'années qui venait de perdre sa mère...

— Nous avions tous les deux l'âge de savoir ce que nous faisions, répondit-elle. Certes, nous nous sommes peut-être un peu précipités, mais ne te sers pas de moi pour augmenter ta culpabilité. Quant à la mort de ton père, qu'est-ce que tu aurais pu y faire ? Toi aussi, tu pleurais ton frère.

Elle se rappela les nuits sans sommeil de Charles après la mort de Nick. Ce qui était arrivé à son frère avait été traumatisant pour tout le monde.

Charles cessa de s'en prendre à son fauteuil et se mit à faire les cent pas dans la pièce, avant de s'appuyer des mains au manteau de la cheminée.

— Ce n'était pas que du chagrin, dit-il en fixant le feu. C'était de la culpabilité.

Malgré la chaleur du feu, elle frissonna, tant la voix de Charles était glacée, sans aucune émotion, alors qu'elle savait à quel point la mort de Nick l'avait anéanti.

— Comment peux-tu te reprocher sa mort alors qu'il a été tué en Afghanistan lors d'une patrouille ? Ce n'est pas toi qui as fait exploser la bombe artisanale. Je sais comme tu l'aimais...

Il lui avait toujours parlé de Nick avec une telle admiration qu'elle avait regretté de ne pas avoir pu faire sa connaissance.

— Tu ne comprends pas... On s'est disputés avant qu'il reçoive son affectation. Je lui ai balancé des choses impardonnables que je ne pourrai jamais retirer. Je lui ai dit d'aller se faire voir quand il a essayé de me faire la leçon pour que je fasse ma part à Heatherglen. Tout ça parce que j'étais jaloux de lui. Je ne voyais pas pourquoi j'aurais dû consacrer mon temps et mes efforts à un endroit dont je ne devais même pas hériter.

Charles laissa échapper un petit rire désabusé qui s'acheva en un sanglot.

Elle-même avait prétendu plus d'une fois qu'elle le détestait lorsqu'elle s'était laissé submerger par l'émotion, alors que, en fait, elle n'avait jamais cessé de l'aimer. C'était une façon de se défouler, mais elle se rendait compte que ce n'était pas toujours sans conséquence.

— Nous disons tous des choses que nous ne pensons pas sous le coup de la colère, fit-elle observer après un silence. Mais on ne doit pas pour autant se flageller jusqu'à la fin de ses jours.

Charles la fixa d'un air sombre.

— Malheureusement si, quand on sait qu'on n'aura plus jamais l'occasion de revenir sur ses paroles. Pour moi, Nick était celui qui avait tout : il était un héros de la guerre et l'héritier de Heatherglen. Esme était la plus jeune, la petite princesse de maman et papa. Moi, au milieu, j'étais juste la roue de secours.

Elle eut le cœur serré en lisant la souffrance dans les yeux de cet homme qui assurait quotidiennement un rôle protecteur auprès de sa sœur, de sa maisonnée et de ses patients, mais qui se négligeait lui-même. Elle était certaine qu'il ne s'était encore jamais ouvert de ces tourments à personne.

Elle ressentait comme un privilège qu'il lui en parle, et en même temps elle avait mal pour lui – et pour elle. S'il s'était confié à elle à cette époque, ils auraient pu traverser cette épreuve ensemble. Au lieu de cela, chacun s'était enfermé avec sa souffrance, se retirant dans son coin pour panser ses blessures.

Après avoir écouté Charles vider son sac, tout ce qu'elle pouvait faire, c'était lui offrir du réconfort.

Par chance, elle connaissait le traitement approprié.

Elle posa la main sur son épaule afin qu'il sache qu'elle était là pour lui, et quand il se retourna, elle lui ouvrit les bras.

D'abord réticent, il se laissa aller contre elle en poussant un long soupir, relâchant la tension accumulée.

Ils restèrent enlacés un long moment, puisant un réconfort mutuel dans leur étreinte, avec les craquements du feu pour seul bruit.

— Tu dois laisser le passé derrière toi, Charles, dit-elle enfin, émue. Ne le laisse pas te détruire. Tu as le droit de vivre ta vie, surtout après avoir tant fait pour les autres.

— Je ne pouvais pas ramener Nick ni papa, mais j'ai pensé que je devais faire ce qu'il fallait avec toi, Harriet. Vouloir me marier et mener une vie normale était un rêve. La dure réalité, c'était prendre la responsabilité de Heatherglen où tout était à faire. J'enviais ta liberté, alors que la mienne m'était enlevée. Et je ne voulais pas gâcher ta vie en te retenant ici. Je sais que je t'ai brisé le cœur, mais j'ai aussi brisé le mien.

Avec un soupir, il s'écarta d'elle pour mieux la voir, et son regard glissa sur son ventre où leur bébé grandissait jour après jour.

— Je n'ai jamais rien fait que je ne veuille pas faire, à part te quitter, murmura-t-il.

Elle essaya de sourire, mais la tristesse était toujours là. Elle n'avait jamais été réellement heureuse depuis ce jour.

— Je n'ai jamais voulu que tu partes, Harriet. J'ai pensé que c'était mieux pour toi, et pour Nick et mon père, que je reste pour remettre cet endroit sur pied.

— Je sais.

Elle appuya le front contre le sien.

— Mais toi, Charles ? Qu'est-ce que tu voulais ?

— La seule chose que j'aie jamais vraiment voulue, Harriet. Toi, dit-il en posant les mains sur ses hanches.

Elle sentit aussitôt son cœur s'emballer, et quand elle plongea le regard dans celui de Charles, les jeux étaient faits : son avenir était indécis, mais à cet instant elle savait exactement ce qu'elle voulait faire.

Pourtant, elle hésita, le souffle court, la bouche près de la sienne, sachant que si elle cédait de nouveau à la tentation, elle ne pourrait plus jamais repartir.

Charles prit la décision pour elle : sa bouche fondit sur la sienne.

Elle attendait cela depuis Londres. Elle rêvait qu'il l'embrasse et que tout disparaisse autour d'eux. Et maintenant, elle mourait d'envie d'aller plus loin. Les circonstances les avaient éloignés l'un de l'autre trop longtemps. À présent, ils pouvaient donner libre cours à leur attirance mutuelle.

Elle tira la chemise de Charles hors de son pantalon et prit à peine le temps d'en défaire quelques boutons avant de la lui passer par-dessus la tête.

Il s'en amusa.

— Ici ? Maintenant ?

— Oui !

Elle reconnut à peine sa voix éraillée par le désir qui exigeait de Charles qu'il la prenne là où ils se trouvaient. Son envie de lui était si intense qu'elle en perdait toute inhibition... Tant pis, elle pourrait toujours mettre ça sur le compte de ses hormones.

Avec délice, elle promena les mains sur son torse pendant que Charles lui picorait la nuque de baisers tout en lui retirant ses vêtements.

— Max et Esme sont couchés, et Dougal est enfermé dans un endroit sûr, murmura-t-il.

Ils n'étaient donc pas totalement insouciants, cette fois...

Leur désir était aussi fort qu'à Londres, mais il avait changé.

Là-bas, ils avaient voulu retrouver le plaisir physique qu'ils avaient connu ensemble. Maintenant qu'ils allaient être parents, il s'était accru d'une charge émotionnelle.

Inutile de le nier, Charles Ross-Wylde était le seul homme à qui elle se soit donnée complètement. Son corps et son âme avaient toujours été à lui, et en refaisant l'amour avec lui elle jouait avec son cœur à un jeu dangereux.

Mais elle avait toujours considéré que Charles valait la peine qu'elle coure ce risque.

Avec le bébé, la proposition de travail et l'offre de rester à Heatherglen, le dernier engagement que Charles avait encore à prendre était envers elle. C'était l'unique raison qui la ferait rester. Elle l'aimait, elle l'avait toujours aimé et l'aimerait toujours. Mais si ce n'était pas réciproque, elle ne pourrait pas vivre ici, car ce serait encore pire que de ne jamais le voir.

— Tu as froid ? demanda-t-il en la voyant frissonner.

— Je suis juste un peu nerveuse, répondit-elle, sincère.

Elle était inquiète de ce qui allait se passer entre eux après cette nuit, car elle avait besoin d'être plus qu'une distraction pour lui.

— Moi aussi.

Cet aveu la surprit de sa part. Il laissait entendre que, de son côté aussi, il s'agissait de plus que d'une simple satisfaction physique.

— Nous pouvons prendre tout notre temps, dit-il avant de se lancer dans un long baiser sensuel qui élimina en elle toute tension.

Puis il dégrafa son soutien-gorge et le laissa tomber par terre, libérant ses seins qui étaient plus sensibles que d'habitude. Quand il prit un mamelon dans sa bouche, elle crut qu'elle allait se consumer de désir.

— Charles…

Il n'y avait pas de temps à perdre, son corps avait décidé qu'il le voulait maintenant.

Elle le débarrassa de son boxer, la dernière barrière avant d'accéder au plaisir.

Comment était-ce possible que quelque chose que vous avez fait des centaines de fois dans le passé ait l'air d'être une nouveauté ? Charles allait faire l'amour à la mère de son bébé et lui prouver ainsi son engagement envers elle. Il voulait que cette nuit dure très longtemps et qu'elle soit très spéciale.

Il remarquait déjà les subtils changements dans son corps, avec le gonflement et la sensibilité de ses seins. Cela suscitait en lui un tel amour pour elle qu'il redoutait de la faire souffrir de nouveau involontairement. Il voulait redécouvrir le plaisir de Harriet sur son visage, faire passer ses désirs avant les siens.

Mais elle ne lui facilitait pas la tâche en jouant avec son corps, qu'elle connaissait bien. Il réprima son propre désir pour se focaliser sur le sien et déposa une multitude de baisers légers sur son ventre avant de se retrouver à genoux devant elle. Doucement, il lui écarta les jambes et posa les lèvres à l'intérieur de ses cuisses. Elle poussa un gémissement de volupté, et il sentit augmenter en lui son impatience d'un contact encore plus intime, mais il prit le temps de l'amener jusqu'au plaisir.

Quand elle atteignit l'orgasme, il la souleva dans ses bras et la déposa doucement sur le canapé, avant de recouvrir sa nudité de la sienne. Il l'embrassa d'abord tendrement, puis sentit la passion monter de plus en plus.

— Harriet, je ne peux plus attendre...

— Tant mieux.

Enfin, il pénétra en elle.

Il aurait voulu lui crier qu'il l'aimait, si seulement il y avait eu une chance qu'elle le croie. Il préféra lui montrer la force de ses sentiments dans chacun de ses mouvements.

Harriet noua les jambes autour de sa taille et l'accompagna tandis que leurs souffles se mêlaient. Ils se mirent à gémir, puis à crier ensemble, au point qu'il craignit qu'on ne les entende à l'autre extrémité du château.

Puis le calme revint, et alors seulement il vit des larmes briller dans les yeux de Harriet.

Il crut que son cœur s'arrêtait de battre.

— Qu'est-ce qui ne va pas ? Est-ce que je t'ai fait mal ?

Il était pourtant sûr qu'une même extase les avait portés tous les deux.

Elle se mordit la lèvre en secouant la tête, et il respira de nouveau.

— Oh non ! c'était... incroyable, au contraire. C'est juste que...

Elle poussa un petit soupir triste, et il comprit ce qui la chagrinait : ils auraient pu vivre tout cela depuis longtemps, et personne n'était plus conscient que lui de ce qu'ils avaient perdu. Oui, pendant tout ce temps, ils auraient pu vivre ensemble à Heatherglen et fonder une famille.

— Je sais.

Il l'embrassa doucement sur les lèvres, essayant de lui montrer à quel point il était désolé. Le mal qu'il leur avait causé à tous les deux semblait absurde à présent, puisque leur séparation n'avait pas affecté leurs sentiments. Ils étaient même plus intenses que jamais.

Dougal aboya quelque part, lui rappelant que leur intimité n'était pas garantie là où ils se trouvaient. Il entendit la porte d'une chambre s'ouvrir et se refermer en haut, puis des bruits de pas dans l'escalier.

Ils rassemblèrent leurs vêtements à la hâte comme deux adolescents surpris par leurs parents et s'habillèrent en silence, mais personne ne se manifesta.

Quand ils eurent fini de se rhabiller, nul n'aurait pu deviner qu'ils venaient d'avoir un rapport sexuel absolument époustouflant. Ni que Charles avait eu la révélation que son amour pour Harriet était encore plus fort qu'à l'époque où il n'était qu'un jeune étudiant égoïste.

Peut-être que ce temps qu'ils avaient passé éloignés l'un de l'autre n'avait pas été un drame absolu. S'il n'avait pas vécu ici sans Harriet si longtemps, il n'aurait sans doute pas apprécié à sa juste valeur tout ce qu'elle apportait dans sa vie.

— On peut aller dans ma chambre, proposa-t-il. Ce sera plus tranquille qu'ici.

Non seulement il pourrait lui ouvrir son lit, mais ils devaient parler d'avenir. Le temps s'écoulait vite, et il voulait être le plus possible avec elle, en espérant lui faire ressentir la même chose pour qu'elle se rende compte que le meilleur endroit pour elle et le bébé était ici, avec lui.

— Si ça ne t'ennuie pas, je crois que je vais me retirer dans ma chambre, Charles. Je ne veux créer de confusion chez personne.

La femme aimante qu'il avait tenue contre lui quelques minutes auparavant était soudain devenue distante.

Pour le coup, son euphorie se dissipa rapidement.

— Je pensais que...

— S'il te plaît, ne me mets pas davantage de pression, le supplia-t-elle.

La voyant sur le point de pleurer, il se garda d'insister.

— À demain matin, donc.

Il avait presque autant de mal à quitter Harriet ce soir que douze ans auparavant. Mais cette fois, il lui laissait le soin de faire le pas suivant.

La décision concernant l'avenir de leur relation reposait entièrement sur elle. Il se sentait impuissant, ce à quoi il n'était plus habitué depuis longtemps.

8

— Esme aimerait vous rencontrer pour discuter de la possibilité pour Bryony d'avoir un chien du centre de thérapie.

Harriet avait rejoint les Dawson dans le couloir pour parler discrètement des besoins de leur fille, car elle ne voulait pas susciter de faux espoirs chez la petite fille, au cas où ils n'auraient pas été d'accord.

— Oui, répondit sa mère. Le Dr Ross-Wylde nous a proposé de nous prendre un rendez-vous avec elle au centre. Nous pensons que c'est une excellente idée. Un chien serait un bon compagnon pour Bryony.

— Je suis ravie de l'apprendre avant de repartir pour Londres.

— Je suppose que vous avez votre famille là-bas…

Elle faillit répondre par la négative mais se contenta de sourire. Ils n'étaient pas là pour discuter de sa vie privée. Elle ne savait pas ce qui était le plus triste à admettre, le fait qu'elle n'avait personne à rejoindre, ou le fait qu'elle refusait la chance d'avoir une famille ici parce que cette idée la faisait paniquer.

Elle quitta les parents de Bryony qui la remercièrent pour son aide. Pour éviter de tomber sur Charles, elle avait prévu de partir dès ce matin. Elle avait même envisagé de s'éclipser au milieu de la nuit. Tout ça parce que, en couchant de nouveau avec lui, elle s'était rendue à l'évidence qu'elle l'aimait toujours. Mais elle ne pourrait pas le fuir tout le temps, pas plus qu'elle ne pouvait nier ce qu'il leur arrivait.

Se prenant la tête entre les mains, elle se demanda une fois de plus à quoi elle jouait avec Charles.

La nuit dernière, en y réfléchissant seule dans son lit, elle s'était convaincue que si elle considérait uniquement l'aspect professionnel dans sa décision, elle pourrait repartir d'ici sans dommage. Mais ce n'était pas si simple. Il ne s'agissait pas seulement du bébé, maintenant qu'ils avaient refait l'amour.

Se retrouver dans la maison de Charles et participer à sa vie professionnelle rendait les choses très différentes. Les sentiments qui s'étaient révélés n'allaient pas disparaître tout simplement si elle se cachait de lui.

Elle avait passé une partie de la matinée avec Esme, à jouer avec les chiens et à discuter des avantages de les faire intervenir dans la thérapie de patients atteints de paralysie cérébrale. Elle savait que Charles était alors occupé par sa tournée quotidienne à la clinique. Elle était repartie au moment où elle l'avait vu s'approcher.

Mais ce serait parfaitement puéril – et épuisant – de continuer ainsi. Ils retomberaient forcément l'un sur l'autre à un moment donné.

Alors, que faire ? Elle ne pouvait pas lui dire pourquoi elle était redevenue distante après leur échange passionné. Cela paraissait évident, la force des sentiments qu'elle avait pour lui n'était pas réciproque. Il pourrait en tirer avantage pour maintenir le contact avec leur enfant.

Elle se sentait coincée, prise entre ses émotions et ses mauvaises décisions. Le pire étant qu'elle ne regrettait pas du tout ce qui s'était passé la veille, prête de plus à recommencer si l'occasion se représentait. Elle était dangereuse pour elle-même.

L'élégance tranquille du salon où les patients venaient se détendre et bavarder entre eux l'attira, et elle se dirigea vers le feu qui crépitait dans la cheminée.

La pièce était vide lorsqu'elle y était passée plus tôt, mais en s'approchant, elle découvrit qu'un homme d'une quarantaine d'années était assis près du feu, sans doute venu lui aussi chercher un peu de paix.

— Oh ! Pardon. Je n'avais pas vu que quelqu'un était là.

— Pas de problème. C'est un bon endroit pour rassembler ses idées.

Il aurait été impoli de lui tourner le dos à présent. Elle alla donc s'asseoir de l'autre côté de la cheminée.

— Je ne sais pas si je dois rassembler les miennes, répondit-elle d'un ton désabusé. Je ferais peut-être mieux de les jeter à la poubelle.

Aussitôt, il éclata de rire, et la glace fut rompue.

— Êtes-vous résidente ici ? lui demanda-t-il.

— Je rends visite à Charles et Esme Ross-Wylde.

— Oh ! Vous êtes une amie de la famille ? Alors vous connaissiez Nick ?

— Malheureusement, je n'ai jamais eu l'occasion de le rencontrer. Était-il un de vos amis ?

L'homme hocha la tête d'un air triste.

— J'ai servi avec lui en Afghanistan. Pas facile de s'en remettre.

— Je suis vraiment navrée.

— Au moins, à présent je peux en parler sans m'effondrer.

— Vous avez été aidé ici ?

S'il avait été un ami de Nick, elle était certaine que Charles et Esme avaient tout fait pour qu'il puisse surmonter sa souffrance.

— Ils m'ont littéralement sauvé la vie en me remettant sur pied, et maintenant on travaille à me faire réintégrer la société. J'ai toujours du mal à supporter certains bruits trop forts qui ressemblent à des explosions. J'ai l'impression qu'ils sont toujours dans ma tête.

— Ce doit être terrible, mais je suis sûre que vous avez dû faire de grands progrès ici. Ce sont des choses qui prennent du temps.

Elle était heureuse de constater elle-même tout le bien que les patients pouvaient retirer de Heatherglen.

— Je suis très reconnaissant à Charles et Esme de l'aide qu'ils m'ont apportée, ainsi que tout le personnel du domaine. Nous préparons le dernier test qui aura lieu bientôt. Ils prévoient de faire un feu d'artifice pour la Saint-Sylvestre, et nous verrons comment je réagis.

Il ramassa une paire de béquilles posées par terre et se hissa en position debout.

— Bonne chance, lui dit-elle.

— Merci. Au fait, je m'appelle Andy. Andy Wallace.

— Harriet Bell.

Elle n'avait jamais fait autant de nouvelles connaissances ni serré autant de mains que depuis qu'elle était ici. C'était un sentiment agréable que de faire partie de la communauté.

— J'espère vous revoir bientôt, Harriet.

Le salon remplissait bien son rôle, se dit-elle alors que son interlocuteur s'éloignait : il l'avait aidée à oublier ses problèmes pour s'intéresser à ceux de quelqu'un d'autre.

La voix de Charles mit fin à ce moment de paix.

— Je viens de parler aux parents de Bryony, dit-il. Ils sont enthousiasmés par l'idée du chien.

— Bonne nouvelle. Je suis contente qu'ils aient ce projet pour leur fille.

— Je voulais d'abord te parler.

Il s'assit près d'elle sur la causeuse, et il lui sembla qu'il remplissait tout l'espace avec sa large carrure. Difficile de s'écarter quand ils étaient hanche contre hanche et cuisse contre cuisse.

— De Bryony ?

— En partie. Je suppose que tu as déjà entendu parler de rhizotomie dorsale sélective.

Elle ne s'était pas attendue à ça, mais il avait réussi à éveiller son intérêt.

— Oui. C'est une opération de la colonne vertébrale dont le but est d'améliorer la mobilité. J'ai participé à quelques-unes.

Cela consistait à sectionner des nerfs proches de la colonne, ce qui non seulement pouvait diminuer la spasticité mais aussi redonner aux patients leur indépendance. Cependant, ce n'était pas sans risques, car les résultats étaient irréversibles. Si des nerfs moteurs étaient tranchés, il pouvait en résulter une paralysie totale. Il s'agissait de chirurgie hautement spécialisée, mais elle avait vu la vie des patients transformée grâce à cette intervention.

— Tu sais donc quelle différence cela pourrait faire dans la vie de quelqu'un comme Bryony Dawson, dit Charles. De nombreux patients atteints de paralysie cérébrale pourraient en bénéficier, ce qui leur permettrait par exemple de manger et boire seuls et de ne plus être reliés à des appareils pour le restant de leurs jours.

— Mais ces patients doivent d'abord être soigneusement évalués par rapport à leur fonctionnalité. Ma tâche consiste surtout à intervenir après l'opération en cas de problèmes d'alignement des articulations. Et c'est le neurochirurgien devant pratiquer l'opération qui prend la décision finale. Dans le cas de Bryony, il n'y a aucune garantie que cela fonctionne, dit-elle avec regret.

— Je sais bien. J'aurais aimé opérer moi-même si je n'avais pas eu Heatherglen à gérer. D'ailleurs, il y a beaucoup de choses que j'aurais voulu faire différemment... Mais il faut regarder devant, pas en arrière. Je voudrais donner de l'espoir à des familles comme celle de Bryony.

— Le problème, c'est qu'il n'y a pas assez de fonds disponibles pour cette procédure, soupira-t-elle. On est dans une situation inextricable puisque pour les obtenir il faut prouver que l'opération fonctionne. Les hôpitaux n'ont jusqu'ici obtenu un accord que pour un nombre limité de patients répondant à certains critères.

— C'est pourquoi j'envisage de trouver en partie des fonds par moi-même, peut-être en installant ici avec ton aide un centre de recherche où l'on pourrait pratiquer la procédure pour ceux qui en ont besoin et enregistrer les résultats.

— Ensuite, les patients ont besoin d'une physiothérapie intensive avant de pouvoir retrouver de la mobilité.

— Bien sûr. Il faut aussi prévoir une extension du service de kiné. J'en ai déjà parlé avec Flora. Et toi, qu'en penses-tu ?

demanda Charles. Est-ce que cela t'intéresserait de faire partie du projet ?

Elle réfléchit avant d'opiner.

Ce projet était excitant. Tout médecin rêvait de participer à quelque chose qui révolutionnerait le monde de la médecine, et elle ne faisait pas exception. Mais elle devait s'assurer que le jeu en vaille la chandelle pour sa carrière, si le domaine privé ne marchait pas.

— C'est une énorme opportunité, mais il faudrait que quelque chose de concret soit déjà en place pour que je me décide à tout abandonner à Londres. Il te faut un neurochirurgien à bord, ou tout cela restera lettre morte.

— Je connais quelques personnes qui seront partie prenante si nous avons en place la structure post-soins adéquate comprenant un chirurgien orthopédiste. Je vais aussi contacter le médecin consultant de Bryony pour savoir si elle serait une candidate potentielle.

— Ce serait génial pour elle et sa famille, dit-elle en hochant la tête. Je pense souvent à eux.

— Il me semble que je ne t'ai pas beaucoup vue depuis hier soir, observa Charles en posant la main sur son genou.

C'était un geste innocent par rapport à la veille, mais son corps ne parut pas faire la différence.

— Je réfléchissais au potentiel qu'il y aurait ici pour ma carrière, prétendit-elle.

Ce n'était pas totalement faux, mais lorsque Charles était près d'elle, elle n'y pensait plus du tout. Tout ce qu'elle savait, c'était qu'elle le voulait, lui.

Avant de revenir à Heatherglen, elle n'avait pas pris conscience d'à quel point sa vie était incomplète auparavant. Son retour à Londres ne ferait qu'accentuer ce sentiment de manque. Si seulement elle pouvait réellement se fier à Charles, elle préférerait rester ici plutôt que de retourner dans un monde sans lui.

— Alors ? Quel est le verdict ? dit Charles d'une voix un peu tendue.

Elle prit une longue inspiration.

— Il est évident que Heatherglen offre certaines possibilités.

— Par exemple ?

— La clinique constitue une bonne base pour mon travail. Comme tu l'as dit, je peux aussi avoir des consultations et opérer à l'hôpital, et la collaboration avec Esme au centre de thérapie est très attrayante. Je pense que ce serait bénéfique pour toutes les deux de discuter de nos patients.

Heatherglen lui offrait en effet l'opportunité de continuer sa carrière tout en s'occupant de sa famille. La principale ombre au tableau, c'était sa crainte de se retrouver encore une fois avec le cœur en lambeaux par la faute de l'homme qu'elle aimait.

— Et nous ? demanda Charles en lui prenant la main.

Il se mit à lui caresser le creux du poignet avec le pouce, déclenchant aussitôt des picotements de plaisir sur sa peau.

Hélas ! pas une seule fois il n'avait émis le désir d'avoir une véritable relation avec elle. Ils allaient être parents, et ils avaient déjà été amants. Il ne pouvait sans doute pas s'engager davantage, c'était à elle de décider si cela pouvait lui suffire.

— Je ne vois pas pourquoi on ne pourrait pas continuer comme ça, dit-elle avec défi, émoustillée par la pensée de partager régulièrement son lit avec lui.

— Alors, tu vas rester ? On élèvera le bébé ici, ensemble ?

L'espoir et la joie qu'elle vit sur son visage auraient dû la conforter dans sa décision. Au lieu de cela, elle se rembrunit malgré elle, car il ne parlait aucunement d'elle : il était juste excité à l'idée d'avoir le bébé ici.

— Je reste pour le moment, mais il faut quand même que je rentre à Londres au nouvel an comme prévu.

En dépit de ses sentiments non partagés pour Charles, elle savait que Heatherglen serait probablement un meilleur environnement pour qu'un enfant s'épanouisse, plutôt que l'existence solitaire qu'elle avait à Londres. En tant que futurs parents, ils voulaient tous les deux la même chose.

— Et pour ce qui est de t'installer ici pour de bon ?

— J'y réfléchis...

— Tu n'imagines pas à quel point cela me rend heureux.

Lui prenant le visage entre les mains, il lui planta un baiser sur les lèvres.

Si elle fermait les yeux, elle pouvait croire que c'était possible. Quand Charles l'embrassait, quand il posait les mains sur elle, elle vivait pleinement le moment, quelles que soient les questions qui l'agitaient.

Certes, elle pouvait emménager ici, y élever leur enfant, poursuivre sa carrière et faire l'amour avec Charles chaque fois qu'ils en auraient envie. La seule chose qu'elle ne pouvait pas avoir, c'était son amour. Mais rien n'est jamais parfait. Il suffisait peut-être de se contenter de ce qu'elle aurait.

— Bonjour, belle endormie.

Charles enfouit le visage dans les cheveux de Harriet, tout emmêlés de leurs activités nocturnes.

— Il est déjà l'heure ? murmura-t-elle avec effort.

— Hélas ! oui.

— Hum ! gémit-elle en remontant le drap sur sa tête.

— On a encore un peu de temps avant que je commence ma tournée, murmura-t-il contre son oreille.

Les deux derniers jours avec elle avaient été fantastiques. C'était tout ce dont il avait rêvé : se réveiller à côté de Harriet nue le matin, et replonger entre les draps avec elle la nuit. Quelle meilleure façon de commencer et de finir une journée ? Avec la clinique, Harriet et bientôt le bébé, il se considérait comme l'homme le plus heureux de la planète.

Certes une relation classique ne commençait pas par une grossesse et une collaboration professionnelle. Avec le temps, il espérait qu'il pourrait régler leurs problèmes personnels pour qu'elle puisse de nouveau lui faire confiance et qu'ils vivent un jour comme une vraie famille.

Jusqu'à présent, Harriet ne lui avait pas signifié qu'elle voulait autre chose que satisfaire ses besoins physiques. Même s'il était heureux de la contenter, il était encore amoureux d'elle, et le serait toujours. Restait à espérer que, dans un futur pas trop lointain, elle éprouve les mêmes sentiments à son égard.

En tout cas, il connaissait ses points faibles et ne craignait pas de s'en servir à son avantage.

Il lui mordilla le lobe de l'oreille tout en caressant la pointe de ses seins, déclenchant de sa part un ronronnement de plaisir.

Elle cligna des yeux en s'étirant.

— Je dois avoir une tête épouvantable.

— Tu es très belle.

— Dans ce cas...

Ce fut à son tour de gémir quand il sentit les doigts de Harriet s'emparer de son sexe. Sa réaction ne se fit pas attendre.

Harriet poussa un petit cri de surprise lorsqu'il la retourna sur le dos d'un coup de reins, la couvrant de son corps.

Elle était déjà prête à l'accueillir, et il pénétra facilement en elle, où il trouva la paix qu'il n'avait jamais connue qu'avec elle. Elle était la seule femme avec qui il ait jamais eu envie de partager sa vie. Depuis qu'elle était revenue, son cœur avait commencé à guérir. Chaque geste, chaque baiser d'elle était un cadeau incroyable qu'il recevait. Un jour, peut-être croiraient-ils tous les deux qu'il en valait la peine.

Il aurait voulu lui dire qu'il l'aimait, mais il avait l'impression qu'il n'en avait pas le droit. Cela risquerait de l'effrayer alors qu'elle était déjà réticente à propos de son installation ici. Les sentiments qu'il avait pour elle risquaient de compliquer la vie qu'il devait avoir avec la mère de son enfant. S'il les gardait pour lui, ils ne pouvaient contrarier personne. C'était quand il ne pensait qu'à lui que les conséquences étaient douloureuses pour son entourage.

La voix de Harriet le tira de ses pensées.

— Allô ? Où étais-tu parti ?

— Je suis ici, avec toi.

Il lui donna un long baiser passionné, et ils se mirent à se balancer ensemble, accrochés l'un à l'autre, tandis qu'il la suivait jusqu'au bout du plaisir.

Pour finir, ils passèrent tellement de temps au lit qu'ils durent se dépêcher pour être à l'heure au travail.

— Il faut que je me change, dit Harriet. Je ne peux pas porter les mêmes vêtements qu'hier.

— Tu pourrais emprunter une de mes chemises et ne rien porter d'autre, je crois que personne ne s'en formaliserait, plaisanta-t-il en laissant courir l'index le long de son dos tandis qu'elle se baissait pour ramasser ses vêtements.

— Moi, si, protesta-t-elle.

Il ne put s'empêcher de déposer de petits baisers sur sa nuque, un endroit qu'il savait particulièrement sensible, et elle ferma les yeux. Mais quand il approcha la main de ses seins, elle s'écarta.

— Il faut vraiment que j'y aille.

— Tu n'es pas obligée. Tu es libre de faire ce que tu veux, notamment avec moi.

Il sut qu'il avait gaffé quand il la sentit se raidir et qu'elle repoussa ses mains.

— Charles, si jamais je dois faire partie de cette maison, il n'est pas question que je tire avantage de ma position – pas plus que toi. Je viendrai ici pour travailler, et non pour être installée comme ta maîtresse.

Harriet rassembla ses vêtements d'un geste vif, et il vit qu'elle faisait des efforts pour contenir sa colère.

— Je le sais bien, dit-il, confus. C'était une mauvaise blague.

Mais elle n'écoutait pas. Elle se dirigea pieds nus vers la porte, ses chaussures à la main, visiblement pressée d'échapper à sa compagnie.

— Je te verrai à la clinique, dit-elle avant de claquer la porte.

Avec un soupir, il se laissa retomber sur les oreillers.

Ce n'était pourtant pas un crime de vouloir passer du temps avec elle… Peut-être lui avait-il trop vanté Heatherglen, au point que le domaine avait maintenant plus d'attrait que lui.

9

Harriet se rendait compte qu'elle avait réagi de manière excessive aux plaisanteries de Charles, ce matin. D'autant plus qu'elle aurait été ravie de passer le reste de la journée au lit avec lui. C'était ce sentiment au fond d'elle qu'elle n'était bonne pour lui que pour le sexe qui l'avait amenée à répondre aussi brusquement.

— Il va falloir que je lui dise ce que je ressens, confia-t-elle à Dougal, couché à ses pieds.

Charles étant pris par des tâches administratives – un domaine dans lequel elle ne pouvait pas l'aider —, elle avait regagné ses quartiers. Mais il n'en occupait pas moins ses pensées.

Au moins, se dit-elle en soupirant, elle n'était pas la seule à l'aimer.

Pour éviter que le petit chien sème la panique dans toute la clinique à la recherche de Charles, Esme avait suggéré de lui donner une de ses vieilles chemises pour le consoler et faire office de doudou, et ça marchait. Dougal avait enfoui le museau dans la chemise, respirant l'odeur que Harriet savait enivrante.

L'odeur de son maître malgré lui, tapissant son panier, le calmait jusqu'à ce qu'il le voie en personne.

Si elle repartait définitivement pour Londres, peut-être pourrait-elle voler des vêtements de Charles pour les emporter...

En fait, tous les deux avaient juste envie d'être avec Charles. Malheureusement, il semblait les tolérer uniquement à ses conditions.

Pourtant, elle l'avait vu se radoucir avec le chien au point de sacrifier une de ses chemises. Elle l'avait même surpris en train de jouer avec lui quand il croyait qu'on ne le regardait pas. Il s'habituait à partager son espace, et elle espérait que cela s'étendrait à elle.

Après les épreuves qu'il avait traversées en perdant des membres de sa famille et les tourments personnels que ceux-ci lui avaient confiés, il n'était pas impossible qu'il ait aussi peur qu'elle de souffrir et de perdre encore quelqu'un de proche.

Dougal poussa un petit gémissement, réclamant son attention.

— Il est temps d'être courageux, lui dit-elle. Nous devons montrer à Charles ce qu'il pourrait avoir ici : une vraie famille. Allons nous promener.

Elle prit la laisse et l'attacha au collier du chien, qui se mit à sauter de joie autour d'elle.

Elle parlerait à Esme de la possibilité de prendre Dougal définitivement pour le compte de Charles. Il serait le chien de la famille, celui avec lequel leur enfant grandirait, et un lien de plus pour elle avec Heatherglen, car elle ne se contenterait pas d'être un membre du personnel et une amante. Elle voulait être un élément précieux de la maison que Charles chérissait tant.

Charles avait hâte de retrouver Harriet après le travail. L'atmosphère avait été tendue entre eux depuis son faux pas du matin, et il avait bien l'intention de se rattraper. Il avait eu du mal à la persuader que le domaine était le meilleur endroit pour elle et leur bébé, et elle pouvait encore facilement changer d'avis. Plaisanter sur le fait qu'elle pouvait très bien être là uniquement pour le plaisir, cela n'avait pas été du meilleur goût.

Par la fenêtre, il aperçut Harriet qui revenait d'une promenade avec Dougal, accompagnée par Max et Esme.

Son nouvel ami et sa sœur, main dans la main, avaient vraiment l'air très bien ensemble.

À l'inverse, Harriet et lui avaient une attitude très fluctuante l'un envers l'autre. Certes, ils étaient compatibles au lit – ils l'avaient toujours été. Mais en dehors de cet espace clos, il y avait plus qu'une distance physique entre eux. Souvent, un malentendu ou un désaccord les séparait, comme ce matin, quand elle s'était éloignée de lui après avoir fait l'amour.

— Hello, dit-il en venant à leur rencontre.

Il embrassa sobrement Harriet sur la joue.

Celle-ci triturait la laisse de Dougal entre ses doigts, et il surprit un échange de regards entre elle et sa sœur.

À l'évidence, il ne lui avait pas manqué autant qu'au chiot, qui tentait désespérément d'attirer son attention en donnant des coups de patte sur sa jambe de pantalon.

— Hello, répondit Harriet. J'ai eu envie d'emmener Dougal prendre l'air cet après-midi.

Au moins, elle n'hésitait pas à démontrer son affection au chien en le caressant et en l'embrassant.

— On pourrait aller dîner quelque part, si tu veux, proposa-t-il alors qu'elle s'apprêtait à rejoindre Esme et Max à l'intérieur.

Même s'il avait eu tendance à l'oublier pendant des années, il existait un monde en dehors de Heatherglen.

Harriet passa devant lui.

— Une autre fois, peut-être. J'ai des choses à régler avec ta sœur.

C'était un refus clair et net.

— Quelque chose ne va pas ?

— Non. Il faut que j'aille donner à manger à Dougal. Excuse-moi.

Elle rentra en traînant derrière elle le chien, qui freinait des quatre pattes pour rester avec lui.

Au moins, il y en avait un ici qui voulait être avec lui…

Il retrouvait la même sensation de vide que le jour où il avait pris conscience qu'il compromettrait l'avenir de Harriet si elle le suivait à Heatherglen. Il avait l'impression que l'histoire se répétait. À Londres, le temps de Harriet était précieux, elle débordait d'activités. Ici, il l'avait alléchée avec cette promesse de centre de recherche. Il y pensait depuis que Bryony était arrivée à la clinique, mais la perspective de voir Harriet faire partie de l'équipe en faisait encore plus une priorité. Quelqu'un d'ambitieux comme elle ne manquerait pas de saisir cette opportunité, mais combien de temps faudrait-il pour que ce projet se réalise ?

Il se tapa la tête contre le chambranle de la porte.

Une fois de plus, il avait été égoïste. Occupé à gérer la clinique et le domaine, il avait négligé les conséquences que cela aurait pour quelqu'un d'autre s'il l'entraînait avec lui. Ces années d'isolement n'auraient servi à rien, s'il n'en avait pas tiré de leçon et s'appropriait la vie de Harriet pour son seul bénéfice.

Ces quelques jours étaient censés être un test qui permette à Harriet de décider ce qu'elle voulait. De toute façon, elle ne s'engagerait probablement pas sur le long terme avec lui. Il convenait parfaitement pour une aventure de vacances, mais il n'avait pas retrouvé sa confiance, et cela n'arriverait pas tant qu'il continuerait à ignorer ce qui était le mieux pour elle.

Certes, cela lui convenait très bien d'avoir la femme qu'il aimait sur place et qu'ils élèvent ensemble leur enfant dans sa maison familiale. C'était cette même conduite égoïste de sa part qui avait conduit son père et son frère à la mort. Il ne pouvait pas continuer ainsi.

Si Harriet se retrouvait dans un endroit où elle ne voulait pas être avec quelqu'un qu'elle n'aimait pas, cela équivalait à une mort lente – semblable à celle dont sa mère avait souffert. Il ne croyait pas qu'elle pourrait l'aimer de nouveau, et c'était sa faute si elle était enceinte. S'il avait utilisé des préservatifs ou n'avait pas cédé à la tentation, jamais elle ne serait venue jusqu'ici le retrouver.

En fait, s'il était honnête avec lui-même, il devait reconnaître que le Charles qui lui avait rendu sa liberté la première fois avait été un homme meilleur que celui qu'il était devenu.

— Je suis si contente pour vous deux…

Des larmes de joie brillaient dans les yeux d'Esme quand elle serra Harriet dans ses bras avant de faire un câlin à Dougal.

Harriet était venue la voir pour discuter de l'adoption de

Dougal. Comme ses quartiers se trouvaient à l'autre extrémité du château, c'était l'endroit parfait pour une conversation secrète.

— Hum ! dit-elle, je ne suis pas certaine que ton frère soit aussi enthousiaste, mais il aime ce chien plus qu'il ne veut bien l'admettre.

Elle voulait surprendre Charles plus tard avec la nouvelle. Cela faisait déjà deux jours qu'elle y pensait. Voir Esme au travail et entraîner Dougal en lui donnant quelques règles de base l'avait convaincue qu'ils pouvaient dresser le chiot. Lui aussi allait faire partie de la famille.

— Bien que Charlie ne soit pas très fort pour dévoiler ses sentiments, je constate la différence depuis que tu es ici, dit Esme. Je ne me permettrai pas d'intervenir dans ce qui se passe entre vous deux, mais il est évident que vous êtes amoureux l'un de l'autre.

— Vraiment ?

— Oui, vraiment. Et je suis heureuse que ma grande sœur soit de retour !

Harriet sourit à Esme, émue.

Elle avait été si préoccupée par sa relation avec Charles qu'elle avait négligé celle qu'elle aurait dû cultiver avec Esme. Jamais elle n'aurait pensé que leurs rares rencontres pendant ses années d'études auraient suffi à faire impression sur la sœur de Charles alors adolescente, mais c'était apparemment le cas.

Après sa rupture, elle avait simplement conclu qu'elle n'était plus la bienvenue à Heatherglen.

— Je regrette de ne pas être restée en contact, dit-elle en posant la main sur la sienne.

Esme haussa les épaules.

— Tu ne pouvais pas savoir que je t'avais mise sur un piédestal et que tu étais devenue pour moi la grande sœur que j'avais toujours rêvé d'avoir. J'ai été anéantie quand Charles m'a annoncé que tu étais partie et que le mariage était annulé. Je n'avais aucune idée de ce qui s'était passé, et je te perdais après Nick et papa. Pendant longtemps, j'ai été en colère contre toi et contre Charles.

— Je suis désolée… Cette rupture m'a tellement dévastée que je n'ai pensé qu'à mes propres sentiments.

La pauvre Esme s'était retrouvée seule au milieu d'une tragédie familiale. Cela expliquait son adolescence difficile, dont elle avait eu quelques échos.

— Je pense qu'on se débattait tous dans nos histoires, dit Esme. Il faut espérer que l'on a trouvé ce qu'on cherchait.

Elle baissa les yeux sur la bague qui brillait à son index.

— Max et toi, vous avez l'air très heureux, murmura Harriet.

Elle et Charles avaient encore du chemin à faire, mais avant que le bébé arrive, il leur restait du temps pour tenter de résoudre les problèmes qu'ils rencontraient chaque fois qu'ils se rapprochaient.

— C'est juste une bague qui témoigne de son attachement, précisa Esme. Nous voulons prendre notre temps.

Son excitation était visible, mais on aurait dit qu'elle craignait de crier trop fort qu'elle était heureuse. Harriet pouvait la comprendre : pour elle, tout ce qui avait trait aux affaires de cœur n'était jamais définitivement acquis.

— Bonne idée, répondit-elle. Mes félicitations…

Elle la serra affectueusement dans ses bras, touchée qu'elle se confie ainsi à elle.

En fait, c'était comme si elles formaient une sorte de club secret basé sur la solidarité féminine. Cela lui avait toujours manqué. Elle allait passer plus de temps avec Esme et développer avec elle cette notion de famille qui l'attirait tant.

— Nous avons tous des projets, s'enthousiasma Esme. Heatherglen commence à ressembler de nouveau à un vrai foyer. Tu imagines, comment ce sera quand le bébé sera là ?

Harriet n'eut pas le courage d'exprimer ses craintes concernant l'engagement de Charles envers elle. Elle espérait que cela finirait par s'arranger avec l'adoption de Dougal, qui montrerait à Charles qu'elle pensait déjà à eux en tant que famille.

L'enthousiasme d'Esme la gagnait peu à peu.

Comment ne pas être transportée par l'idée d'une famille telle que la voyait Esme ? Ils avaient tous souffert ces dernières années, mais les planètes semblaient finalement s'aligner. D'ici un an, elle serait complètement installée. Charles et elle prendraient quelques jours de congé pour que le bébé passe son premier Noël avec eux...

— J'ai hâte d'être au prochain Noël pour participer à tout ce qui se passe ici, reconnut-elle. Mais il faut d'abord que je parle à Charles de mes projets.

En fait, elle aurait adoré avoir un vrai rendez-vous avec Charles. Elle ne pouvait même pas se rappeler la dernière fois qu'elle avait pris le temps de dîner ou même d'aller au cinéma avec quelqu'un. Depuis qu'elle avait renoué avec lui, ils avaient passé leurs meilleurs moments ensemble au lit. Elle était loin de s'en plaindre, mais elle aurait aimé aussi sortir avec lui comme un couple normal. Ils étaient si différents de ceux qu'ils étaient il y a douze ans qu'ils avaient besoin de se connaître mieux.

Si elle s'installait ici, ils auraient sûrement l'occasion d'avoir un peu de bon temps en dehors de Heatherglen. Et prendre la responsabilité d'un chien montrerait à Charles qu'elle voulait vraiment rester ici avec leur famille.

— Harriet ?

Après être passé par la cuisine et le salon, Charles frappa à la porte de la chambre de Harriet, mais n'obtint pas de réponse. Aucun signe de Dougal non plus depuis leur retour.

Pendant qu'il se douchait et qu'il se changeait, elle avait tout de même dû avoir le temps de parler à Esme.

Il devait reconnaître que cela le contrariait. Bien sûr, elle pouvait discuter avec qui elle voulait comme cela lui plaisait, mais si elle ne pouvait pas se confier à lui, cela ne ferait qu'accentuer la distance entre eux.

S'il n'y avait que ça pour la faire rester, il ferait de son mieux pour qu'elle soit certaine qu'il lui apporterait tout le soutien dont elle aurait besoin lorsque le bébé serait là.

— Tu es là ?

Il poussa la porte entrouverte, mais la chambre était vide.

Avec un soupir, il s'assit au bout du lit.

Il ne voulait pas violer son intimité, mais il remarqua le sac de voyage à moitié défait qui se trouvait à côté, comme si elle était prête à partir à tout moment.

Au moins, il espérait que la nouvelle qu'il lui apportait renforcerait son sentiment de sécurité.

Un trottinement de pattes de chien résonna dans le couloir, et il entendit la voix de Harriet.

— Il va bien falloir faire face au problème à un moment ou à un autre, Dougal. Espérons que Charles sera de meilleure humeur que d'habitude.

Conscient d'être un intrus, il se releva d'un bond au moment où elle entrait.

— Charles ? Qu'est-ce que tu fais ici ?

Elle fut si saisie de le voir qu'elle lâcha la laisse du chien, qui se précipita aussitôt sur lui.

— Serait-il possible de faire tenir ce chien tranquille pendant cinq minutes pour pouvoir discuter en paix ?

Ils allaient sans doute vivre un moment-clé dans leur relation, il ne voulait pas qu'il soit gâché par les débordements d'affection de Dougal.

— Oui. Bien sûr.

Elle récupéra la laisse du chien et le confia à Esme qui passait dans le couloir.

— Je sais que je t'ai contrariée ce matin avec ma stupide remarque, commença-t-il. Alors, j'ai passé quelques coups de fil à l'hôpital Fort William où j'ai des contacts. Je me suis renseigné à propos de ton transfert là-bas.

— Tu as... quoi ?

Elle croisa lentement les bras sur sa poitrine, et il se demanda s'il n'aurait pas mieux valu qu'il se taise.

— Je voulais que tu aies une raison concrète de venir t'installer ici, et j'ai pensé que te trouver un poste à l'hôpital était la meilleure façon de te convaincre qu'il y avait une vie professionnelle qui t'attendait ici, étant donné que le projet de centre de recherche va prendre quelque temps avant de se réaliser à la clinique.

— Et tu n'as pas pensé à me consulter d'abord ? demanda Harriet, les sourcils froncés.

Ce n'était pas la réaction qu'il attendait.

— Eh bien, j'ai pensé que tu serais contente. Cela te donne des opportunités de carrière, et tu bénéficies de bonnes conditions pour t'installer.

Ni lui ni le domaine n'ayant suffi à la convaincre, il avait pris cette initiative pour emporter sa décision. Avec le temps, il espérait qu'elle finirait par l'aimer autant qu'elle aimait son métier... Mais les choses ne prenaient visiblement pas une très bonne tournure.

Harriet poussa un soupir d'exaspération.

— Charles ! C'est à moi de décider de quelque chose d'aussi énorme qu'un changement de carrière me concernant. Pas à toi. Une fois de plus, tu as pris des décisions à ma place sans penser aux conséquences. Je ne sais rien de cet hôpital ni de ses structures. J'ignore ce que je serais censée y faire. Ce sont des recherches que je dois effectuer par moi-même, au moment où je serai prête à changer de lieu de travail – si j'y suis prête.

— Je voulais seulement te faciliter ce changement, Harriet. J'aimerais tant que tu trouves une raison de vouloir rester ici !

— C'est moi ou le bébé que tu veux avoir ici ?

— Je croyais avoir un paquet cadeau pour les deux.

Mais cela ne la fit pas sourire.

Il ne savait pas quelle réponse elle avait envie d'entendre. Naturellement, il était important pour lui d'être proche du bébé mais, par-dessus tout, ce qui l'avait poussé à passer ces appels aujourd'hui, c'était son désir d'avoir Harriet ici avec lui.

— Ce n'est pas drôle, Charles. Il s'agit de ma vie, de mon avenir et de ma carrière dans lesquels tu es en train d'intervenir. Si tu ne t'en rends pas compte, je ne crois vraiment pas que nous puissions avoir un futur ensemble !

En entendant ces mots, il eut une idée de ce qu'elle avait dû ressentir quand il lui avait annoncé la même chose des années auparavant. Il lui sembla qu'on venait de lui arracher le cœur.

Harriet avait paru hésitante à l'idée de tout recommencer ici auprès de l'homme dont elle avait cru qu'il l'avait abandonnée sans raison. Il avait pensé que la perspective d'un emploi à l'hôpital la rassurerait, mais apparemment il s'était trompé sur toute la ligne.

— Je voulais juste que tu restes, marmonna-t-il, se sentant pathétique d'avoir encore échoué avec d'elle.

— Il s'agit toujours de ce que *tu* veux, n'est-ce pas, Charles ? J'avais espéré que l'on pourrait aller de l'avant et oublier le passé, mais voilà la preuve qu'on n'a pas progressé d'un pouce : tu n'as pas du tout changé. Mais moi, si. Il n'est pas question que je sois encore rejetée le jour où tu te seras de nouveau lassé de moi.

— Harriet, je t'en prie, on va arranger ça. J'ai tout gâché. Dis-moi comment je peux réparer mon erreur.

Cette fois il aurait beaucoup plus à perdre si elle sortait de sa vie pour de bon. Il l'aimait plus que jamais, ainsi que le bébé qu'il risquait de ne jamais connaître.

— Si tu avais changé et n'étais plus l'homme qui a rompu nos fiançailles sans même m'expliquer pourquoi, je n'aurais pas besoin de te dire ce que tu dois faire. Si nous forçons cette relation à fonctionner simplement pour que tu puisses nous avoir là où tu veux, le bébé et moi, nous allons nous rendre mutuellement malheureux. Alors, arrêtons les frais. Je vais passer une dernière nuit ici, et je partirai demain. J'ai diverses choses à régler. On pourra discuter de ton droit de visite une fois que le bébé sera né. J'ai vraiment essayé de me conformer à tes souhaits, mais étant donné les circonstances, tu comprendras que je demande la garde totale.

Il poussa un soupir, accablé.

Comment aurait-il pu protester, alors que Harriet avait raison ? Si elle l'avait aimé, les choses auraient pu s'arranger, mais il ne pouvait pas l'obliger à éprouver les mêmes sentiments qu'il avait pour elle.

Jamais il n'aurait dû sortir de son rôle de propriétaire et de médecin, sachant que son cœur risquait de souffrir à nouveau. Il allait devoir entamer un nouveau processus de deuil pour la perte de la femme qu'il aimait, de son enfant, et de la famille qu'il n'aurait jamais.

10

Harriet venait de voir son monde s'écrouler autour d'elle. Encore une fois.

— Je suis désolé que les choses aient tourné de cette façon, avait dit Charles sur le ton de quelqu'un qui vient d'annuler son contrat de téléphone, avant de passer la porte.

Elle réussit à rester debout jusqu'à ce que le bruit de ses pas se soit éloigné dans le couloir, puis ses jambes refusèrent de la porter, et elle se laissa tomber sur le lit, trop assommée pour pouvoir pleurer.

Rompre avec Charles était la dernière chose qu'elle avait voulu faire, mais cela avait été une réaction d'autodéfense : en apprenant que Charles recommençait à prendre des décisions pour elle sans même la consulter, il lui était enfin devenu clair qu'il n'avait rien compris.

Leur relation ne marcherait jamais, et d'autant moins quand le bébé serait là et qu'ils auraient à s'en charger tous les deux. Si Charles était incapable de changer en tenant compte de son avis et de ce qu'elle ressentait, pour finir, ce serait le bébé qui souffrirait avec elle. Aussi ne voyait-elle pas d'autre solution que de partir pour sauver le peu qu'il restait de son cœur.

Cette fois, la décision venait d'elle, mais ce n'était pas facile pour autant. Elle devait penser au bébé. Désormais ils ne seraient plus que tous les deux. Comme elle et sa mère.

Ce fut seulement lorsqu'elle pensa au bébé qu'elle donna

libre cours à ses larmes. Elle se roula en boule sur le lit, les bras autour de son ventre.

Pourquoi avait-il fallu qu'elle retombe amoureuse de Charles Ross-Wylde ? Il lui avait offert un travail, une maison et une place dans son lit. La seule chose qu'il n'avait pas été capable de lui donner, c'était l'amour et le respect qu'elle attendait désespérément de lui. Charles avait tout fait pour lui donner envie de faire partie d'une famille ici, avec lui, avant de tout faire s'écrouler en retombant dans les mêmes erreurs.

Si elle était repartie dès la première nuit, elle n'aurait pas été dans la même disposition d'esprit. Après quelques jours à Londres à s'apitoyer sur elle-même, elle serait passée à autre chose. Mais elle était restée. Elle avait vu les possibilités qu'elle avait de vivre heureuse à Heatherglen et de faire partie d'une vraie famille. Il allait lui falloir oublier tout cela pour s'occuper d'elle-même, car il n'y avait personne d'autre pour le faire.

Quand Charles rejoignit sa sœur dans la cuisine, elle était en train de remplir le bol d'eau de Dougal.

— Tu te lèves bien tôt ce matin, observa-t-elle.

Il était épuisé par sa nuit, mais pas de la façon dont Esme aurait pu l'imaginer.

— Tu as vu Harriet ?

— Pas encore. Alors, que penses-tu sincèrement du projet d'adoption de Dougal ?

— Le quoi ?

— Ne me dis pas qu'elle ne t'en a pas encore parlé ? Moi et ma grande bouche !

— Non, euh... Nous avions autre chose sur le feu.

Esme fit mine de se boucher les oreilles.

— Stop. Je ne veux rien savoir de ce que mon frère et sa copine ont fait la nuit dernière.

— Alors, raconte-moi.

— Harriet a une brillante idée : que vous adoptiez Dougal tous les deux et le gardiez au château.

Il en resta bouche bée quelques secondes.
— Elle voulait que *nous* adoptions Dougal ?
— Oui.
Esme croqua dans son pain grillé sans en dire davantage, mais c'était inutile, il savait tout ce qu'il avait besoin de savoir : Harriet avait envisagé de rester ici et d'y faire sa vie avec lui.
Adopter un chien était un engagement qu'elle s'était apprêté à prendre auprès de la famille qu'ils auraient dû devenir. Par sa maladresse en tentant de lui trouver un emploi, il avait tout fichu par terre. S'il l'avait laissée parvenir seule à ses propres conclusions à propos de ce qu'elle voulait au lieu d'essayer de lui forcer la main, elle ne serait pas en train de le quitter.
Il avait été égoïste. Pas une seule fois, quand il avait tenté de la convaincre d'élever le bébé ici, il n'avait considéré ce qui pouvait la rendre heureuse, elle. Il lui demandait d'abandonner tout ce qu'elle avait accompli à Londres pour pouvoir les avoir ici, elle et le bébé, sans que cela perturbe le cours de sa vie. Mais que valait sa vie sans Harriet ?
Douze ans auparavant, il l'avait renvoyée plutôt que d'essayer de l'intégrer dans son monde. Maintenant, c'était exactement ce qu'il essayait de faire, mais toujours à son idée à lui. Il attendait de sa part toutes les concessions, alors que c'était lui qui devrait faire des compromis pour lui prouver qu'il l'aimait. Il espérait qu'il n'était pas trop tard.
Il se dirigea vers la porte avec une détermination renouvelée : remettre coûte que coûte leur relation sur les rails.
— Esme, si Harriet passe par ici, j'ai besoin que tu la retiennes pour me faire gagner du temps.
— Tu voudrais bien m'expliquer ?
— Elle veut retourner à Londres. Il faudrait que tu la gardes ici jusqu'à mon retour, d'accord ?
— Qu'est-ce qui t'arrive, Charles ?
Si sa sœur savait à quel point il avait tout gâché avec Harriet, elle tomberait sur lui à bras raccourcis. Il allait faire tout son possible pour réparer les dégâts avant qu'Esme ait recours à la violence.

— J'essaye de me bâtir une vie, lança-t-il en sortant.

— Bon, ne sois pas trop long. Tu sais que nous avons la fête de ce soir à préparer.

Apparemment, Esme pensait qu'il pouvait y arriver en quelques heures. Il n'avait plus qu'à espérer qu'elle ait raison, car s'il ne rentrait pas à temps, il avait tout à perdre.

Harriet avait eu l'intention de partir le matin à la première heure, mais, épuisée, elle s'était écroulée sur son lit et avait sombré dans un sommeil si profond qu'elle n'avait pas entendu l'alarme de son téléphone. À son réveil, la vue de Charles s'éloignant en voiture la rendit encore plus triste.

S'il n'était pas prêt à se battre pour elle, il n'y avait vraiment rien qui la retenait ici !

Pour le coup, elle prit son temps pour se préparer et ranger ses affaires. Charles étant absent, elle n'était plus aussi pressée. Et puis, elle devait aller dire au revoir à Esme.

Elle fut surprise de trouver celle-ci encore assise dans la cuisine alors que, habituellement, elle travaillait à cette heure-là.

— Bonjour, Harriet. Tu veux que je te prépare quelque chose pour le petit déjeuner ?

Esme ne devait pas se montrer trop gentille avec elle, sinon elle allait fondre en larmes en lui disant à quel point elle aimait son frère. Il ne fallait pas qu'elle traîne ici, sinon elle risquait de changer d'avis et d'être condamnée à passer sa vie auprès de quelqu'un qui était incapable de la prendre en considération. Ce n'était pas de gaieté de cœur qu'elle laisserait Esme dans l'ignorance de la situation, mais elle n'aurait pas pu supporter de voir sa peine. La sienne était déjà très lourde à porter.

— Non, merci. Je vais rentrer à Londres, et j'ai encore beaucoup à faire.

Esme ouvrit de grands yeux.

— Quand ? demanda-t-elle.

— Aujourd'hui. Maintenant. Dès que je serai tout à fait réveillée.

Elle n'était pas emballée par le long trajet qui l'attendait, mais elle devait s'en aller avant de se retrouver face à Charles. Il n'y avait aucune garantie qu'elle parvienne à rester sur ses positions devant lui, tant son amour pour lui la submergeait.

— Non ! Tu ne peux pas ! s'écria Esme, d'une voix si forte que Dougal prit peur et alla se réfugier dans son panier, la queue entre les pattes.

— Il le faut.

— Mais... Mais ce soir, c'est la Saint-Sylvestre, et nous donnons une grande fête ! Tu ne peux pas rater ça.

— À vrai dire, je ne suis absolument pas d'humeur à faire la fête, répliqua Harriet.

Ne rien dire à Esme, c'était une chose, mais devoir afficher un visage réjoui devant des tas d'étrangers était au-dessus de ses forces.

— C'est une fête magnifique, Harriet. Tous les gens des environs viennent. Il y a de la musique, et assez de whisky pour arriver à persuader Charles de chanter.

Malgré elle, cela éveilla son intérêt. Elle se rappela quand elle avait fait sa connaissance à l'université, lors d'une de ces soirées alcoolisées et bruyantes. Charles s'était emparé d'une guitare et avait commencé à chanter en s'accompagnant. Sa voix de velours et son accent écossais avaient captivé tout le monde dans la salle.

Cela faisait hélas ! bien longtemps qu'elle ne l'avait pas entendu chanter.

— Je ne manquerai à personne...

— Bien sûr que si, persista Esme. La Saint-Sylvestre est le moment où nous nous rassemblons tous. Tu n'as rien vu dans ta vie tant que tu n'as pas participé à notre fête.

— Je dois reprendre le travail, protesta-t-elle mollement, sentant ses défenses faiblir.

— Il y aura un feu d'artifice, et on va danser, sans parler de tous les hommes en kilt !

Il y avait en particulier un homme qui serait très craquant revêtu du tartan familial...

Non, il ne fallait vraiment pas qu'elle retarde davantage son départ.

— S'il te plaît, promets-moi que tu seras là, dit Esme d'un ton presque suppliant. C'est notre façon de dire adieu au passé et d'accueillir l'année à venir.

Le final dont elle avait besoin avant de devenir la maman de ce bébé qu'elle devrait aimer pour deux. Après tout, elle pourrait toujours s'éclipser pendant le feu d'artifice...

— De toute façon tu ne peux pas partir maintenant, les traiteurs nous ont fait faux bond. Je vais avoir besoin que tu fasses des achats pour moi.

— Quoi ? Oh non ! Esme ! Tu ne peux pas demander à quelqu'un d'autre ?

Esme afficha une mimique d'impuissance qui lui parut un tantinet surjouée.

— Il n'y a personne de disponible. Je dois aller retrouver ceux qui préparent le feu d'artifice, et Max aide l'orchestre à faire les essais pour la sono. Cette année, Charles m'a tout délégué, et je ne peux pas recevoir les gens sans rien leur offrir à manger. J'ai besoin de ton aide...

Si l'événement de l'année tournait à la catastrophe, elle savait qu'Esme s'en voudrait énormément. Celle-ci méritait que quelqu'un pense à elle, pour une fois.

Elle poussa un soupir résigné.

Cette Saint-Sylvestre serait probablement la pire qu'elle aurait jamais vécue.

Charles ne voulait pas plus animer une fête qu'il n'avait envie de retrouver une maison sans Harriet. Cette année, il était prêt à passer la main à Esme. Comment pourrait-il célébrer le commencement d'une nouvelle année alors qu'il terminait si mal la précédente ? Malheureusement, dans leur histoire, il n'y avait pas de marraine fée qui pouvait, d'un coup de baguette magique, le rendre heureux de nouveau ou faire que Harriet l'aime.

Il ne l'avait pas vue ce matin, et priait pour que sa sœur ait trouvé un prétexte pour la garder à Heatherglen pendant les quelques heures où il avait été absent. Ce serait terrible s'il ne pouvait pas la revoir pour faire amende honorable.

S'il retrouvait Esme seule dans la cuisine et que Harriet était partie, il ne se le pardonnerait jamais, et sa sœur lui ferait passer un sale quart d'heure lorsqu'elle aurait appris à quel point il avait été stupide.

Comme il s'y attendait, à peine eut-il mis le pied dans la maison que Dougal fut là pour l'accueillir.

Il se baissa pour caresser le seul être qui semblait content de le voir, et en se relevant il rencontra le regard anxieux qui le hantait depuis la veille.

— Esme m'a demandé de rester pour la fête, dit Harriet, s'excusant presque d'être encore là.

La trouver ainsi devant lui alors qu'il avait tant craint de ne plus jamais la revoir fut un éblouissement pour lui, et il faillit chanceler.

— Peux-tu nous laisser une minute, sœurette ? demanda- t-il.

Harriet voulut protester.

— Ce n'est pas...

Mais Esme avait déjà refermé la porte derrière elle.

— Pouvons-nous parler un moment ?

Il s'assit à la table et indiqua une chaise à Harriet, mais celle-ci resta debout.

— Je ne pense pas qu'il y ait encore quelque chose à dire.

— Je crois que si. J'ai appris que tu avais projeté que Dougal reste pour de bon au domaine.

Harriet prit un torchon et se mit à frotter énergiquement le plan de travail, qui avait pourtant l'air immaculé.

— C'est juste une idée que j'avais eue. Je suis sûre qu'Esme va trouver un autre endroit pour lui.

— Tu allais prendre cette décision sans m'en parler d'abord ?

Elle se retourna vivement pour lui faire face.

— Trouver un nouveau foyer à un chien, ce n'est pas comparable avec le fait de chercher du travail pour quelqu'un dans un autre pays sans lui en parler.

— Je sais, je sais. Ce que j'essaye de te dire, c'est que nous avons agi tous les deux en pensant que cela profiterait à l'autre. Je ne cherchais pas à contrôler ta vie, mais j'ai eu tort de ne pas prendre tes sentiments en considération.

— Pourtant tu n'ignores pas comme il a été difficile pour moi de te faire de nouveau confiance, et tu recommences exactement la même chose.

— Je m'en rends compte maintenant. Il est sans doute trop tard, mais je jure que dorénavant je ferai tout pour que tu sois heureuse. Tout ce qui importe pour moi, c'est toi et le bébé.

— J'aimerais pouvoir te croire.

— Quand tu voulais que l'on prenne Dougal avec nous, c'était parce que tu pensais rester ici, n'est-ce pas ? Alors, tout au fond de toi, je dois un peu compter pour toi, sinon tu n'aurais pas envisagé cette adoption.

— Mes sentiments n'ont jamais été en question. Je t'aime, Charles. Je t'ai toujours aimé. Pourquoi crois-tu que mon départ soit aussi difficile ?

En l'entendant prononcer enfin ces mots, Charles sut que cette fois il avait fait ce qu'il fallait.

— Mais alors, que diable sommes-nous en train de faire ?

Il s'approcha d'elle pour la prendre dans ses bras, mais elle l'évita et se remit à frotter le plan de travail.

— Je regrette, mais au bout du compte, rien d'autre n'a changé. Si ce n'est que cette fois je n'accepte pas ta conduite.

— Ce n'est pas exact, objecta-t-il. Cette fois, tout a changé. La crainte de te perdre a été un véritable électrochoc pour moi et m'a fait prendre conscience de beaucoup de choses. Ici, la clinique s'est bien développée et peut très bien continuer sans moi. Esme pourra prendre le relais.

Harriet s'arrêta de nettoyer des taches invisibles et le fixa.

— Qu'est-ce que tu racontes, Charles ?

Il sortit un papier de sa poche et le lui tendit.

— Je suis allé voir mon notaire ce matin. Voici une lettre qui confirme mon intention, et les contrats sont en train d'être rédigés.

Sans un mot, elle parcourut le document des yeux.

Le notaire ne s'était pas réjoui qu'il veuille renoncer à son héritage aussi facilement, mais c'était un sacrifice auquel il était prêt à consentir si cela signifiait que Harriet et lui pouvaient être ensemble.

— Je ne peux pas te laisser faire ça.

Harriet replia la lettre et se pencha pour la glisser dans sa poche de veste. Elle était si près de lui qu'il sentait sa chaleur et son parfum, et il avait de nouveau terriblement envie de l'embrasser.

— Ah bon ? Parce que, maintenant, tu me dis ce que je dois faire ou non ? observa-t-il avec un sourire taquin.

Elle lui jeta un regard oblique.

— C'est différent. Heatherglen est toute ta vie. Je ne peux pas te laisser y renoncer.

— Toi et le bébé, vous êtes ma vie, à présent. J'ai trop exigé de toi en te demandant de quitter ton logement, ton travail et tout le reste pour t'installer ici. Si tu crois encore que ton avenir est possible avec moi, je suis tout à fait prêt à te suivre à Londres. Je trouverai certainement du travail là-bas, et nous pourrons revenir rendre visite à Esme de temps en temps.

Harriet voulait qu'il montre son engagement, qu'il fasse un geste suffisamment important pour qu'elle cesse de craindre le pire, et la solution lui était finalement apparue. Il avait tenu la promesse qu'il s'était faite d'honorer son frère et son père, et Esme avait monté son affaire et était tombée amoureuse. À présent, il était temps qu'il se concentre sur ce qui était le plus important pour lui : Harriet et leur enfant à venir.

Harriet secoua la tête, effarée.

— Tout ça est… C'est énorme.

Elle voulait croire que ce soit possible, mais, à peine quelques heures plut tôt, elle avait été près de s'en aller pour toujours, convaincue que Charles ne l'aimait pas assez pour changer. Et voilà qu'il lui proposait de renoncer à tout pour l'accompagner à Londres ? Elle sentait la tête lui tourner en pensant aux possibilités qui les attendaient, mais il y avait encore quelque chose qui la retenait.

— Je ferai tout pour te prouver que cette famille est tout ce que je veux, insista Charles. Tu n'as qu'un mot à dire, et j'arrêterai même de travailler pour être un papa à domicile. Je ne veux pas te perdre à nouveau.

Elle ne lui demanderait jamais de faire aucune des choses auxquelles il était prêt à renoncer, mais elle s'autorisa enfin à penser qu'il parlait sérieusement.

— Tu ferais tout cela pour moi ?

— Je le ferais pour toi. Pour nous. Pour notre famille.

Il lui caressa la joue avec le pouce et lui effleura les lèvres d'un baiser, avant de s'écarter au moment où elle avait envie qu'il continue.

— Je ne veux pas t'influencer pour que tu prennes ta décision. Tu dois faire ce qui est bon pour toi.

Si seulement elle le savait.

— Esme, ce ne sont pas les aliments que j'ai achetés au supermarché, observa Harriet en montrant les plateaux de haggis, de rutabagas et de patates ainsi que la multitude de petits cakes aux fruits.

— Euh... Il y a eu un malentendu, répondit Esme, qui avait fini par faire une pause au moment où la fête battait son plein pour aller se servir au buffet dressé dehors sous la grande tente. En fait, les traiteurs sont arrivés peu de temps après ton départ.

Elle comprit qu'elle avait été roulée.

— Ah oui ! Et tu ne pouvais pas m'appeler pour me prévenir ?

Esme fit un geste vague.

— J'étais très occupée, tu sais. De toute façon, ça ne fait pas de mal d'avoir de la nourriture en plus.

Elle fit un clin d'œil à Charles avant de disparaître avec Max.

— Pourquoi ai-je la curieuse impression que tu es pour quelque chose dans ce cafouillage avec les traiteurs ? demanda-t-elle à Charles.

Celui-ci lui entoura la taille des bras et l'embrassa dans le cou.

— On avait besoin d'un peu de temps pour se reprendre en main, non ?

Elle aurait dû lui en vouloir d'avoir gâché son après-midi, mais après tout cela montrait qu'il s'était battu pour eux. Pendant qu'elle faisait ces courses, il se trouvait dans une étude de notaire et renonçait au domaine pour lui prouver son engagement et être avec elle.

Charles l'embrassa de nouveau.

— Il est bientôt minuit, et j'ai promis que j'irais chanter. Mais je ne suis pas sûr d'avoir bu assez de whisky pour en être capable.

— Tu dois y aller, dit-elle avec conviction. J'ai attendu ça toute la soirée.

Cette Saint-Sylvestre lui rappelait leur première rencontre, et elle mourait d'envie de l'entendre à nouveau chanter.

— Dans ce cas... Es-tu certaine que Dougal est bien enfermé ?

— Oui, et je lui ai mis la radio pour qu'il ne se sente pas trop seul, comme tu en as eu l'idée.

— Merci. Bon, j'y vais.

Il lui déposa un dernier baiser sur les lèvres avant de rejoindre l'orchestre.

Par chance, le temps s'était amélioré durant la journée. Malgré le sol boueux, la foule s'était déplacée dehors pour écouter l'orchestre. L'atmosphère était celle d'un festival de musique, d'autant plus que la plupart des spectateurs portaient des bottes de caoutchouc pour pouvoir traverser les champs détrempés.

Charles était si beau sur scène, vêtu de son kilt et chantant du folk traditionnel écossais en jouant de la guitare, qu'elle ne pouvait que devenir sa groupie n° 1. Surtout s'il ne la quittait pas des yeux, comme si elle était la seule personne présente et que ses chansons lui étaient directement adressées.

— Cette dernière chanson est dédiée à la femme que j'aime. Harriet, c'est pour toi.

Lorsque Charles entama la ballade sur laquelle elle était tombée amoureuse de lui la toute première fois, elle sentit les larmes lui couler sur le visage, et elle comprit que les dernières barrières autour de son cœur avaient attendu qu'il dise qu'il l'aimait pour s'effondrer.

La fin de la chanson arriva trop tôt, mais elle veillerait à ce que cette guitare et ce kilt soient toujours à portée de main. Elle avait bien l'intention de les revoir tous les deux régulièrement.

— 10, 9, 8...

L'orchestre avait commencé le compte à rebours, et Charles sauta de la scène pour la retrouver.

— 7, 6, 5, 4...

Andy, l'ami de Nick qu'elle avait vu au salon, se tenait debout entre Esme et Max. Il s'appuyait lourdement sur ses béquilles et attendait avec une inquiétude visible le déclenchement de la cacophonie des cris de joie et du feu d'artifice, comme s'il s'apprêtait à livrer bataille.

Elle lui fit un signe d'amitié.

— 3, 2, 1...

Toute la place s'embrasa, et le ciel s'illumina d'une explosion de couleurs vives, tandis que la foule entonnait *Auld Lang Syne*, la chanson écossaise célébrant le bon vieux temps, qu'on chantait traditionnellement la première à chaque nouvelle année.

— Est-ce que tout va bien, Andy ? demanda-t-elle en s'approchant du vétéran.

— Vous savez quoi ? Je ne me crois plus en Afghanistan, pas même dans ma tête, répondit-il avec un sourire radieux. Bonne année, Harriet. Je crois que ce sera la meilleure depuis longtemps !

Elle était si heureuse pour lui qu'elle le serra dans ses bras.

Puis Andy alla rejoindre Esme, et son rire lui confirma qu'il avait réussi son test et fini par vaincre ses démons.

Cela faisait chaud au cœur de voir un patient prendre un nouveau départ après avoir souffert de troubles sévères.

Charles la saisit alors par la main et l'entraîna vers la maison.

— Où allons-nous ? protesta-t-elle. Nous allons rater la fête...

— Ce qu'il ne faut surtout pas rater, c'est la première personne de l'année qui va franchir le seuil de notre maison – ce qu'on appelle le *first footer*, expliqua-t-il.

— Oh ! dit-elle, intriguée.

À peine venaient-ils d'entrer que l'on frappa à la porte.

Charles l'ouvrit à un grand homme aux cheveux noirs qui portait un panier.

— Bonne année, lui dit-il.

Souriant, l'homme leva son panier, énumérant avec son accent rocailleux les petits cadeaux symboliques qu'il contenait.

— Du whisky pour fêter la nouvelle année. Un morceau de charbon pour que vous ayez chaud dans votre maison. Des *shortbreads* pour que vous n'ayez jamais faim, et une pièce d'argent en gage de prospérité. Bonne année, doc !

Charles prit le panier puis secoua avec vigueur la main de l'homme, avant de lui indiquer la fête.

— Merci, Jon. Allez vous servir à boire et à manger.

Lorsque le mystérieux visiteur fut reparti, Charles saisit la bouteille de whisky, l'ouvrit et en versa dans deux verres disposés comme par hasard sur un plateau sur le buffet de l'entrée.

— Bonne et heureuse année, ma chérie.

Harriet choqua son verre contre le sien.

— À la nouvelle année, et à notre nouvelle vie.

— Je suis si heureux que tu sois ici pour partager ce moment avec moi ! Il n'y a qu'une chose qui pourrait le rendre plus parfait. C'est pourquoi je voulais que l'on reçoive ensemble les bénédictions du *first footer*... Harriet Bell, veux-tu m'épouser ?

— Oui. Mille fois oui ! répondit-elle en jetant les bras autour de son cou sans se soucier de son verre.

C'était l'engagement suprême, et elle ne voulait rien davantage qu'épouser cet homme et avoir son enfant. Du moment qu'elle était avec Charles, peu lui importait où ils commenceraient leur nouvelle vie.

Ils avaient fini par se parler sincèrement, et cela les avait libérés. Leur famille pourrait s'épanouir dans le meilleur endroit possible : une maison remplie d'amour.

Épilogue

Charles allait et venait dans le salon avec le bébé sur son épaule, s'efforçant de le calmer.

— Est-ce que tu ne crois pas qu'on devrait annuler la fête de Noël ?

— Thomas fait juste ses dents, ça va aller, répondit Harriet.

Elle était plus que jamais éprise de son beau mari, qui se montrait aussi prévenant envers leur fils qu'envers elle. Ils appréciaient à sa juste valeur le temps passé ensemble pendant la période des fêtes, même si leur sommeil était souvent troublé ces derniers temps.

— Ce n'est pas seulement pour Thomas. Je crois que cela nous ferait du bien de passer une soirée tranquille ensemble.

Lorsque leur fils eut enfin arrêté de pleurer, Charles le posa avec délicatesse sur le tapis d'éveil qu'ils avaient reçu de tatie Esme pour Noël. L'attention du bébé se portant sur les animaux de la jungle aux couleurs vives qui ornaient le tissu, son père épuisé se laissa tomber sur le canapé près d'elle.

Heureusement, il lui restait assez d'énergie pour un baiser passionné. Le fait d'être parents n'avait pas fait diminuer cet aspect de leur relation.

— Quand le silence revient, on se croirait au paradis...

Se relaxer près du feu, passer du temps ensemble, cela semblait plus attrayant que la perspective de s'assurer toute la soirée que leurs invités auraient assez à boire et à manger.

— On pourrait au moins faire l'impasse sur la nouvelle année.

— Je ne pense pas que les autres s'en formaliseraient. Aksel et Flora seront sûrement très bien au chaud chez eux au village, et ils n'auront peut-être pas envie de ressortir dans le froid. Idem pour Lyle et Cassandra, bien qu'ils aient moins de trajet à faire.

À cette période, la plupart des gens aimaient rester chez eux avec leurs proches. Et cette année, Harriet aussi avait une famille auprès de qui elle voulait rester.

— Et Esme ? demanda Charles.

— Tu sais bien qu'elle voudra de toute façon voir son neveu. Et puis, avoir Max et Esme avec nous, ce n'est pas comme animer une fête. On pourra quand même passer une soirée tranquille.

— Tu crois ? Attends un peu qu'elle nous fasse jouer aux chaises musicales ou à cache-cache.

— Du moment que je n'ai pas à cuisiner pendant des heures ni même à m'habiller pour la circonstance, ça me va. Aujourd'hui, j'ai l'intention de buller.

— Moi aussi, dit Charles en s'étirant de tout son long sur le canapé.

Tous deux avaient bien mérité un peu de repos après l'année qu'ils venaient de passer, entre son transfert depuis Londres et les projets pour le centre de recherche. Sans parler, au milieu de tout ça, de leur mariage et de la naissance de Thomas.

L'année à venir promettait d'être aussi très chargée, avec Aksel qui allait créer un parc d'aventures dans le domaine. La famille de Heatherglen ne faisait que s'élargir.

Ils entendirent un bruit de papier froissé, et Charles releva la tête.

— Dougal ! Il est encore fourré dans les cadeaux.

Harriet regarda avec amusement la bataille à laquelle tous les deux se livraient autour de la nouvelle écharpe que Joanie avait tricotée à Charles pour Noël. Elle semblait leur vouer une reconnaissance éternelle pour lui avoir sauvé la vie.

— Rends-moi ça, stupide animal !

Charles grognait presque aussi fort que Dougal, qui devait

croire qu'il s'agissait d'un nouveau jeu, et Thomas se mit à glousser devant ce spectacle.

Harriet éclata de rire à l'unisson.

Cette famille un peu folle, c'était la sienne, et elle ne l'échangerait pour rien au monde.